어스시의 이야기들

어스시 전집 제5권

어스시의 이야기들

어슐러 르 귄 단편소설집

최준영 · 이지연 옮김

황금가지

TALES FROM EARTHSEA
by Ursula K. Le Guin

차례

머리말

어스시 책 중 넷째 권인 『테하누』의 말미에 이르러 이야기는 내가 '지금'이라 느낀 지점에 다다랐다. 그리고 이른바 현실 세계라는 곳의 '지금'이나 마찬가지로 나는 다음에 무슨 일이 일어날지 알 수 없었다. 짐작하고 예측하고 두려워하고 희망할 수는 있지만 알 수는 없었다.

테하누의 이야기를 더 이상 끌고 갈 수 없었기에(왜냐하면 아직 일어나지 않은 일이었기 때문이다.), 그리고 어리석게도 게드와 테나의 이야기가 길이 행복한 결말에 다다랐다고 여겼기에 나는 그 책에다 "어스시의 마지막 책"이라는 부제를 붙였다.

아, 어리석은 작가여. '지금'은 움직인다. 이야기의 시간 속에서도, 꿈의 시간 속에서도, 옛날옛날 한 옛날에도 '지금'은 '그때'가 아니다.

『테하누』가 출판되고 칠팔 년 후에 어스시를 배경으로 한 이야기를 써 달라는 요청이 들어왔다. 그 장소에 눈길을 주자마자 내가 그곳을 보고 있지 않던 동안 거기에선 일들이 벌어지고 있었음을 알았다. 다시 그리로 가 '지금' 무엇이 진행되고 있는지를 찾아보기에 딱 좋은 때였다.

나는 또한 '그때'보다 더 전에 일어났던 여러 가지 일들에 관해서도 알고 싶어졌다. 게드와 테나가 태어나기 전 말이다. 어스시와 마법사들과 로크 섬과 용들에 관한 많은 사항들이 나에게 의문을 던지기 시작했다. 지금 일어나는 일들을 이해하기 위해서 어느 정도 역사를 파고들어 볼 필요가 있었다. '군도의 기록들'에 웬만큼 시간을 투자해야 했다.

존재하지 않는 역사를 조사하는 그 방식은 그것을 이야기로 풀어내며 무슨 일이 벌어지는지를 발견하는 것이다. 나는 이 방식이 이른바 현실 세계의 역사학자들과 심하게 차이가 난다고는 생각지 않는다. 설령 직접 몇몇 역사적 사건의 현장에 있었다손 치더라도, 이야기로 할 수 없다면 그 사건을 우리가 이해할 수 있을까? 기억이나 할 수 있을까? 하물며 우리의 경험 범위를 벗어난 시간과 공간에서 벌어진 사건들이라면, 다른 이들이 들려주는 이야기에 의지할 수밖에 없다. 어쨌든 과거의 사건들은 오로지 기억 속에만 존재하고, 기억이란 상상의 한 형태다. 일어나는 일들이 '지금'에는 현실이지만, 일단 '그때'가 된 후라면 그 현실성을 지속시키는 것은 전적으로 우리에게 달렸다. 우리의 정력과 정직성에 달린 것이다. 만약 우리가 그 기억을 그냥 흘려 버린다면, 오직 상상만이 그 기억에 최소한의 빛이나마 돌려줄 수 있다. 혹시 과거에 관하여 거짓말을 한다면, 다시 말해 과거를 억지로 우리가 원하는 이야기에 끼워 맞추어 우리가 원하는 의미를 갖게끔 만들어 버리면 거기에서는 현실성이 사라진다. 가짜가 되어 버리는 것이다. 시간을 초월하여 역사와 신화의 큰 가방에 과거를 제대로 꾸려 담아 함께 지니고 간다는 것은 매우 고된 일이다. 하지만 노자가 말했듯이 현명한 사람들은 짐수레와 함께 행군한다.

존재한 일이 없는 세계, 처음부터 끝까지 허구인 역사를 건축하고 재건할 때 조사의 순서는 다소 달라지지만 기본적인 추진력과 기법은 거의 똑같다. 무슨 일이 일어나는지를 보고 왜 그 일이 일어나는가 이해하려고 한다. 그곳 사람들의 말에 귀 기울이고 그들이 무엇을 하는지 지켜본다. 그에 관하여 진지하게 생각하고, 정직하게 이야기하려고 애쓴다. 그러면 그 이야기가 무게를 갖게 되고 사리에 맞게 된다.

이 책에 담은 다섯 편의 이야기들은 이전 네 권의 어스시 책들이 구축해 놓은 세계를 탐험하고 확장한다. 이야기 하나하나마다 그 자체만으로 가치가 있지만, 앞의 네 권을 먼저 읽고 나서 이것들을 읽는 편이 더 좋을 것이다. 「찾은 이」는 이전 책들의 시대보다 300년쯤 전의 이야기다. 암울하고 혼란스러운 시대였다. 이 이야기는 군도의 관습과 제도 중 몇몇 가지가 어떻게 생겨났는지를 조명해 준다. 「대지의 뼈」는 게드의 첫 스승이었던 마법사를 가르친 마법사에 관한 이야기로서, 지진을 멈추는 데 한 명의 현자만으로는 부족했다는 것을 보여 준다. 「검은 장미와 금강석」의 시간대는 최근 200년 중 어느 때로든 상정할 수 있다. 아무튼, 사랑 이야기는 어느 시대 어느 고장에서든 일어날 수 있으니까. 「높은 습지 이야기」는 게드가 어스시의 대현자였던 6년간, 짧지만 사건으로 가득 찬 그 기간으로부터 꺼내 놓은 것이다. 그리고 마지막 이야기인 「잠자리」는 『테하누』의 결말로부터 몇 년 뒤에 위치하며 『테하누』와 그 다음 책 『다른 바람』을 잇는 다리가 된다. 용이 놓은 다리다.

그렇게 해서 순서를 흐트러뜨리는 일 없이 몇 년 몇 세기를 넘나들 수 있었고, 이 이야기들을 쓰는 데 모순과 불일치를 최소화하고자 나는 좀 더 체계적이고 조직적이 되어서 종족들과 그 역사에 관해 내가 아는 것들을 한데 모아 「어스시 세계 개관」을 엮었다. 그 글의 기능은 30년도 더 전에 내가 『어스시의 마법사』를 집필하기 시작하면서 맨 처음 그렸던, 군도와 원해들 전체를 담은 커다란 지도와 비슷한 것이다. 나는 무엇이 어디에 있는지 알고 있어야 했으며, 이 지점에서 저 지점으로 어떻게 해서 도달할지도 알아야 했다. 공간적으로뿐 아니라 시간적으로도 말이다.

상상의 왕국들을 담은 지도와 같은 유의 허구적 사실이 몇몇 독자들에게는 정말로 흥미를 끌기에, 나는 이야기들 뒤에 그 개관 글을 실었다. 또한 나는 이 책을 위해 지도를 다시 그렸다. (한국판에서는 『어스시의 마법사』 연작 전권에 작가가 새로 그린 이 지도를 수록하고 있다.—옮긴이) 그리고 그 작업을 하던 중 행복하게도 아주 오래전에 그렸던 지도를 '군도의 기록들' 속에서 찾아냈다.

어스시에 관하여 쓰기 시작한 이래 여러 해가 지났고, 나는 달라졌다. 당연한 일이다. 그리고 그 책들을 읽는 사람도 마찬가지로 달라졌다. 시대란 언제나 변화의 시대이지만, 우리 시대는 거대하고 급속한 도덕적 정신적 변신을 치르는 시대라고 하겠다. 본(本)은 무거운 짐이 되고, 많은 단순한 것들이 복잡해지고, 혼돈은 세련되어지고, 주지의 사실이던 것이 몇몇 사람들이 가졌던 생각일 뿐임이 밝혀졌다.

심란한 일이다. 왜냐하면 일시적인 것, 황홀하게 번쩍거리는 전기 불빛에 환희작약하면서도 우리는 또한 불변성을 추구하기 때문이다. 옛이야기들은 변하지 않는 점 때문에 소중하다. 아서는 아발론 섬에서 영세토록 꿈을 꾼다. 빌보는 "그곳에 갔다가 다시 돌아올" 수 있으며, 거기에는 언제나 사랑스럽고 친숙한 샤이어가 있다. 돈키호테는 영원히 풍차를 죽이러 길을 떠난다……. 그렇게 사람들은 안정감을, 오래된 진실을, 변하지 않는 단순성을 찾아 판타지의 왕국들로 회귀한다.

그리고 자본주의의 공장들이 그것들을 제공해 준다. 수요와 공급이 맞아떨어진다. 판타지는 기능성 상품이 되었고, 하나의 사업이 되었다.

기능화된 판타지는 위험을 무릅쓰지 않는다. 아무것도 창안해 내지 않는다. 원래 것을 베껴서 하찮게 만들 따름이다. 그것은 지적이고 이국적인 복잡성을 지닌 옛이야기들을 강탈하여 전개해 나가며, 그 이야기들 속의 행동들을 폭력으로 바꾸고, 배우들을 인형으로, 그 이야기가 말하는 진실된 말들을 감상적인 상투어구로 바꿔 놓는다. 주인공들은 그들의 검이나 광선검, 마술 지팡이를 추수용 수확기처럼 기계적으로 휘둘러 대어 돈다발을 베어 들인다. 심원한 고뇌를 동반한 도덕적 선택은 삭제되어, 이야기는 귀엽고 안전해진다. 위대한 이야기꾼들이 정열에 가득 차 품었던 착상들은 복제되어서 판에 박힌 이야기가 되고 장난감으로 전락한다. 화려한 색깔의 플라스틱으로 찍어낸 장난감. 광고에 뜨고 판매되고 망가지고 쓰레기통에 버려지는,

대체 가능하고 교환 가능한 장난감이다.

판타지를 하찮은 것으로 전락시키는 이들이 계산에 넣고 있으며 이용해 먹는 것은, 어린이든 어른이든 간에 독자들이 지니고 있는 천하무적의 상상력이다. 독자들은 그 상상력으로 이러한 죽은 소설들에게조차 생명을 불어넣는다. 아무튼 생명이라고 해야 할 것을 한동안 지속시켜 준다.

모든 살아 있는 것들과 한가지로 상상은 '지금'에 살며, 진정한 변화를 동반해, 변화를 통해, 변화 속에 살아 있다. 우리가 하는 모든 일, 소유한 모든 것과 마찬가지로 이 또한 무단 절취되거나 타락할 수 있다. 그러나 상업적으로나 교훈적으로 남용을 당할지라도 상상은 죽지 않는다. 숲과 초원이 있던 그곳에 정복자들은 사막을 남기고 떠나겠지만, 비는 내릴 것이고 강물은 바다로 흘러갈 것이다. 그 상태대로 머물러 있지 않는, 제멋대로 모습을 바꾸는, 진실이 아닌 "옛날 한 옛날"의 왕국들은 인간 역사와 사상에 커다란 한 부분을 차지한다. 마치 변화무쌍한 지구의 위의 국가들처럼 말이다. 개중에는 지도상의 국가보다 더 오래 버티는 나라도 있다.

우리는 오랜 세월 실제 국가와 상상의 왕국들 양쪽 모두에 발 딛고 살아왔다. 그러나 이제는 어느 쪽 나라에서건 부모나 조상들이 그랬던 방식대로 살지 않는다. 매료되는 경험은 세월과 함께 바뀌고, 시대와 함께 바뀐다.

우리는 오늘날 서로 다른 열두 명의 아서 왕들을 알고 있으며 그들 모두가 진실하다. 샤이어는 빌보의 생전에 이미 돌이킬 수 없는 변화를 겪었다. 돈키호테는 아르헨티나로 말을 달려가서 거기서 호르헤 루이스 보르헤스를 만났다. 더 많은 것이 그대로 있을수록 더 많이 변한다. ("더 많이 변할수록 변하는 게 없다."라는 프랑스어 속담을 뒤집어 사용함.—옮긴이)

어스시로 돌아가 그것이 여전히 거기 있음을 발견한 것은 나에게 기쁨이었다. 그 세계는 거기 있으며 영영 친숙하지만, 그래도 변하였고 아직도 변하고 있다. 내가 일어나리라 생각했던 일은 실제로 일어난 일이 아니며, 사람들은 내가 그러리라고 생각했던 그 사람이 아니고(그들의 정체도 그대로가 아니다.), 내가 가슴으로 안다고 생각했던 내 방식대로의 섬들을 나는 잃고 말았다.

그러니 이 이야기들은 내 탐험과 발견의 보고서다. 어스시를 좋아해 온 사람들과 좋아하게 될 것 같은 사람들, 그리고 아래의 가설들을 기꺼이 받아들여 줄 이들을 위하여 어스시에서 전해 온 이야기이다.

사물은 변한다.

즉 작가들과 마법사들이 늘 신뢰할 만하지는 않다.

그러니 아무도 용을 설명할 수 없다.

찾은 이

암흑시대에

600여 년 전 인라드 섬의 베릴라에서 쓰인 『어둠의 책』 첫 장은 이렇다.

엘파란과 모레드가 숨 거두고 솔레아 섬이 바다 밑으로 가라앉은 후, 나이 어린 세리아드가 왕위에 오를 날이 오기까지 현자 회의가 통치를 대행했다. 세리아드의 재위는 찬란했지만 너무도 짧았다. 그 뒤를 이어 인라드에서 다스린 왕은 일곱 명인데, 그들의 왕국은 평화 속에 번영하며 커 나갔다. 그 이후 용들이 서쪽 땅들에 와 넘나들며 약탈했으니, 마법사들이 나가서 대항해도 소용이 없었다. 아캄바르 왕은 궁정을 인라드의 베릴라에서 해브너 시로 옮겼으며, 그곳에서 함대를 내보내 카르그 땅으로부터 온 침략자들과 전투를 벌였고 그들을 도로 동쪽으로 쫓아 보냈다. 그러나 카르그 인들은 계속 침략선을 보내어 내해까지 들어올 때도 있었다. 해브너에 있었던 열네 명 왕들 가운데 맨 마지막 왕이 마하리온으로, 그는 용들이나 카르그 인들과도 평화를 이루어 냈지만 그러기 위해 커다란 대가를 치러야 했다. 그리고 룬을 새긴 고리가 조각난 뒤로, 즉 에레삭베가 위대한 용과 더불어 죽고 용맹한 마하리온이 배반당해 살해되고 만 그때부터 군도에서 벌어진 일들 중에는 상서로운 일이 없었다.

마하리온의 옥좌에 앉겠다고 나선 이들은 많았지만 그 자리를 지킬 수 있었던 이는 아무도 없으며, 경쟁자들이 서로 싸움에 따라 지지자들의 충성이 갈래갈래 나뉘었다. 공공의 복리는 남아나지 않고 정의도 없어졌으며 부를 지닌 자들이 멋대로 행했다. 귀한 가문의 사람들을 비롯해 상인과 해적 등 군인과 마법사를 고용할 재력이 있는 자들은 다들 군주를 자칭했으며, 이 땅이나 저 도시가 자기 영토라고 선포하곤 했다. 군벌들은 정복하여 얻은 사람들을 노예로 삼았고, 고용된 자들 역시 사실상 노예였으니, 땅을 차지하려고 다투는 경쟁 군벌들이나 항구를 습격하는 해적들, 생업을 빼앗기고 굶주림에 쫓긴 나머지 노략질하고 강도질하는 비참한 난민 무법자들로부터 그들을 지켜 줄 보호 수단은 그 주인들뿐이었기 때문이다.

『어둠의 책』은 거기 묘사된 시대보다 나중에 쓰인 것으로, 서로 아귀가 맞지 않는 역사 이야기며 토막난 인물 이야기들에다 왜곡된 전설들을 짜깁기해 놓은 것이다. 그러나 그래도 암울했던 그 시대를 헤치고 살아남은 기록들 중에서는 제일 낫다. 역사를 원치 않고 칭송을 원했던 군벌들은 책들을 불살라 버렸는데, 가난하고 힘 없는 사람들이 책 속에서 힘이란 무엇인가를 배우게 될까 봐 그렇게 했다.

하지만 마법사의 전승책이 손에 들어왔을 때는 군벌이라도 신경을 써서 조심스럽게 처리했다. 동티나는 일이 없게 멀찍이 봉인해 버리든가, 아니면 자기가 고용한 마법사에게 주어서 자기가 바라는 일에 그 책을 이용하게 했다. 어떤 마법사나 마법사의 견습이 이 전승책들의 면지와 마법 주문의 여백, 그리고 단어 목록에다가 전염병, 기근, 약탈, 군주가 바뀐 일 등을 기록해 두기도 했다. 기록과 함께 그 일이 생겼을 때 사용한 마법 주문과, 그걸로 성공을 거두었는지 그렇지 못했는지도 적어 두었다. 느닷없이 등장하는 이런 기록들은 부분부분 어느 시점을 명백히 비추어 보여 주지만, 그렇게 드러난 순간들의 사이사이는 온통 깜깜하다. 그 기록들은 어두운 빗속 먼바다를 떠가며 깜박이는 배의 불빛 같다.

그리고 노래가 있다. 자잘한 섬들과 해브너의 조용한 고원에서 나온 해묵은 이야기 노래며 설화시들이 그 시절의 이야기를 전한다.

해브너 대항(大港)은 세계의 중심에 세워진 도시다. 그 만 위로 흰 탑들이 서 있고, 가장 높은 탑에는 에레삭베의 검이 하루의 아침 첫 빛과 마지막 저녁 빛을 받아 빛난다. 온 어스시의 크고 작은 상거래, 학문과 기술이 모두 다 그 도시를 거치며 그 부(富)는 묻힌 적이 없다. 왕은 '고리'가 회복되고 나서 돌아와 그곳에 자리했으며, 이는 치유를 상징했다. 그리고 근래에는 그 도시에 여러 섬으로부터 남녀들이 와 용과 이야기했는데, 이는 변화를 상징했다.

그러나 해브너는 또 큰 섬이기도 하다. 넓고 풍족한 땅으로, 항구에서 내륙으로 들어가며 만나게 되는 마을들이나 온 산의 산자락에 자리 잡은 농장 지대에는 무슨 대단한 변화가 일어나는 법이 없다. 거기서는 노래가 부를 만하면 계속 되풀이해 불리기 쉽다. 그곳 선술집에 모인 늙은이들은 아는 사람 이야기를 하듯 모레드를 입에 올린다. 젊었던 옛날, 그들도 영웅이었던 것처럼……. 거기서는 아가씨들이 소를 데리러 나가면서 '손' 섬의 여자에 관한 이야기들을 한다. 그 여인은 세상 모든 곳에서 잊히어 심지어 로크에서도 기억하는 이 없지만 오직 햇살 비치는 저 조용한 길과 들판에서는, 살림하는 아낙네들이 일하고 얘기 나누는 부엌의 화덕 곁에서는 기억에 살아 있다.

왕들의 시대에는 현자들이 인라드의 궁정에서 회합을 가졌고, 나중에는 해브너 궁정에 모여 왕에게 조언을 하거나 서로 도움을 주고받았다. 선한 목적이라고 합의한 바를 이루기 위하여 자신들의 기술을 발휘한 것이다. 그러나 어두운 시대에, 마법사들은 저마다 숙련된 기예를 가장 높은 값을 부르는 자에게 팔아넘겼다. 그들은 마법으로 서로 결투를 하고 전쟁하는 데 온 힘을 쏟았고 자기들이 저지르는 악에 무심했다. 아니, 그보다도 더 심했다. 전염병이 돌고 기근이 오고, 봄철의 치수(治水)를 그르치고, 비 없는 여름에다 여름 없는 한 해, 양과 소가 병든 새끼와 기형 새끼를 낳는 일이며 섬들마다 주민들도 병들고 기형인 아이들을 낳게 된 것 등 이 모든 일들은 마법사와 마녀들의 술수 때문이라고 여겨졌는데, 정말로 그런 경우가 많았다.

이리하여 마술을 익히는 일은 위험한 것이 되었다. 강한 군벌이 보호해 주지 않는 한……. 그리고 설사 군벌의 보호를 받는다 해도 마법사가 자기보다 더 큰 힘을 지닌 마법사를 만나면 여지없이 파멸당했다. 또한 마법사가 보통 사람들 사이에서 경계를 늦추면, 그들 역시 할 수만 있으면 마법사를 죽여 버리려고 했다. 보통 사람들은 마법사야말로 자기들을 괴롭히는 지독히 나쁜 일들의 원천이자 악한 존재라고 보았다. 그 시절 대부분의 사람들 마음속에 마법이란 송두리째 사악한 것이었다.

촌동네 마술사들이나, 특히 여자들이 부리는 마법과 주술이 싸잡아서 오명을 뒤집어쓰고 지금까지도 거기서 벗어나지 못하게 된 것이 이때의 일이다. 마녀들은 그들 고유의 기술을 사용했다가 크나큰 대가를 치렀다. 새끼 밴 짐승과 임신한 여자를 돌보는 일, 아이 받기, 노래와 의례를 가르치기, 농사와 원예의 순서를 잡고 비옥하게 되도록 축복하는 일, 건물을 짓고 집과 그 속의 가구 집기들을 건사하는 일, 그리고 광산에서 광물을 캐내는 일……, 이 중차대한 일들은 모두 여자가 관장하게 되어 있었다. 이러한 작업에서 확실히 좋은 성과를 거둘 수 있게 하는 마법 주문과 술법들이 잔뜩 있었고, 마녀들은 서로 비법을 주고받았다. 그러나 해산할 때나 논밭에서 일이 잘못되어 가자 이 또한 마녀 탓이 되었다. 일은 제대로 되기보다 잘못되는 경우가 더 많아졌다. 마법사들이 전쟁에 나서서 뒷일은 생각하지 않은 채 눈앞의 이익을 위하여 독과 저주를 함부로 사용했던 것이다. 그들은 가뭄과 폭풍우를 불러왔으며, 마름병을 일으키고 불을 일으키고 역질로 땅을 휩쓸어 버렸다. 그 대가는 동네 마녀들이 대신 치렀다. 마녀는 왜 치유 주문을 걸었는데 살이 썩어 문드러지는지, 왜 자기가 받은 아기가 기형아인지, 왜 축복을 해도 밭고랑에 뿌린 씨가 누렇게 뜨고 가지에 달린 사과가 못 먹게 말라비틀어지는지 영문을 알 수 없었다. 그러나 이렇게 흉한 일들이 벌어지니 누군가 비난을 받아야 했으며, 바로 거기에 마녀나 동네 마술사가 있었다. 그들은 마을이나 촌읍에 살았지 저 먼 군벌들의 성과 요새에 무장한 병사들이나 방어 주문에 보호받으며 살지 않았다. 사람들은 마술사와 마녀들을 독이 퍼진 우물에 빠뜨려 죽이고 메말라 버린 들판으로 끌고 가 태워 죽였다. 죽어 버린 토양을 다시 비옥하게 하기 위하여 그들을 산 채로 땅에 묻기도 했다.

이러다 보니 마녀들의 전승 지식, 그들의 가르침을 전해 주고 배우는 일은 몹시도 위험한 일이 되었다. 그런 것을 배우고 받아들이는 사람은 주로 처음부터 남들 사이에 낄 수 없는 떠돌이였다. 절름발이, 미치광이, 사고무친한 사람, 늙은 사람……, 여자든 남자든 잃을 것이 거의 없는 사람들이다. 지혜로운 남자와 지혜로운 여자, 신뢰받고 어디까지나 존경을 받던 마법 사용자들의 인상은 마침내 간교한 속임수를 부리는, 무력하고 미덥지 못한 동네 마술사에다 육욕과 질투와 사악한 심보로 달여 낸 물약을 가진 마귀할멈이라는 모습으로 바뀌었다. 그리하여 어린 아이에게 깃들인 마법 재능은 흉한 것이자 숨겨야 할 일이 되어 버렸다.

이것이 그 시절의 이야기다. 이야기의 일부는 『어둠의 책』에 실려 있으며 또 다른 일부는 해브너 온 산 고지의 농장들과 펠리언 숲 지대에 전해진다. 조각조각 단편적인 이야기 토막을 한데 모으면 하나의 이야기가 엮이어 나온다. 절반은 풍문이요 절반은 추측으로 아주 느슨하게 이어 붙여진 조각보이지만 그래도 진실에 가까울 것이다. 이것은 로크 섬 학교의 설립에 관한 이야기이며, 만약 로크의 대마법사들이 이 이야기가 실제로 일어난 그대로가 아니라고 말한다면 그들이 그 다른 이야기를 해줄 수 있을 것이다. 왜냐하면 로크가 처음으로 '현자의 섬'이 된 시대는 한 점의 구름에 가려 있고, 그 구름은 필경 현자들이 거기에 놓아둔 것일 터이기 때문이다.

수달

우리 시냇물엔 수달 하나 산다네,
어떤 모습으로든 변신할 수 있다네.
마법 주문은 뭐든지 척척
사람 말과 용의 말을 모두 다 하네.
물은 그렇게 흘러, 흘러간다네.
물은 그렇게 흘러간다네.

'수달'은 배 만드는 사람의 아들이었다. 아버지는 해브너 대항의 조선소에서 일했다. 그에게 그렇게 촌스러운 이름을 지어 준 사람은 어머니였다. 어머니는 온 산 북서쪽 어귀에 있는 촌

동네 '길끝' 마을 출신인 시골 여자였는데, 많이들 그러듯 일자리를 찾아 도시로 나왔다. 먼 데에 넘나들며 거래를 하는 잘난 사람들에게는 말썽이 많던 시절이라 조선공 일가는 될수록 남의 눈에 띄지 않고 지내려고 조바심쳤다. 안 그러면 후회하게 될 터였다. 그랬기에 아들아이가 마법에 소질이 있음을 알게 되자, 아버지는 아이를 두들겨서 그 뿌리를 뽑으려고 했다.

"구름을 두들기면 비밖에 더 나오겠어요."

수달의 어머니는 말했다.

"어린애를 때리다가 애 성질 버리지 않을까 겁나네."

아이 고모의 말이었다.

"애가 주문을 써서 처남 허리띠로 처남을 치겠소!"

고모부도 말했다.

그러나 아이는 마법 재주를 피워 아버지를 골탕 먹이지 않았다. 수달은 아무 소리 없이 때리는 대로 얻어맞았고, 재주를 숨기는 법을 배웠다.

수달에게 마법은 별게 아니었다. 캄캄한 방 안에 은빛 나는 불을 켜는 일은 쉬웠다. 잃어버린 핀을 그저 생각하는 것만으로 찾아낸다든가, 나무 위를 손으로 쓸며 말을 걸어서 어긋난 접합부를 바로잡을 수도 있었다. 그래서 수달은 사람들이 그런 문제를 가지고 큰일이나 난 것처럼 쩔쩔매는 것이 이해 가지 않았다. 그러나 아버지는 아들의 "편법"에 몹시 화를 냈으며 한번은 일할 때 그가 마법의 말을 걸려 하자 주먹으로 입을 후려치기도 했다. 아버지는 입 닥치고 목공 일은 공구를 써서 하라고 일렀다.

어머니는 설명하고 타이르려고 애썼다.

"아주 비싼 보석을 발견한 것 같은 거야. 우리 중 누가 금강석을 찾았다면 잘 숨겨 둬야지 어떡하겠니? 너한테 돈을 주고 보석을 살 만한 힘센 사람이라면 널 죽이고 그것을 빼앗을 수도 있단다. 꽁꽁 숨겨 둬야 해. 대단하신 양반님네들이나 그 밑에서 재주 피우는 작자들하고는 상종을 하지 말아야 해!"

"재주 피우는 작자들"이라는 것이 그 당시 사람들이 마법사를 부르는 말이었다.

힘을 가진 사람의 능력 중 하나는 힘을 알아보는 것이다. 아주 솜씨 좋게 위장하지 않으면, 마법사는 마법사를 알아본다. 그리고 소년에게 솜씨라고는 배 짓는 목공 솜씨밖에 없었다. 그 일에서 수달은 열두 살 나이에 장래가 촉망되는 학생이었다. 그 무렵 수달이 태어날 때 그를 받았던 산파가 찾아와 부모에게 말했다.

"일이 끝나는 저녁때에 수달을 나한테 다니게 해요. 노래들을 배워서 이름 받을 날 준비를 해야 하잖아요."

여기에는 아무 문제가 없었다. 산파는 수달의 누나에게도 똑같이 했던 것이다. 그래서 부모는 수달을 저녁마다 산파 집에 보냈다. 그러나 산파는 수달에게 「창조」 노래만 가르친 것이 아니었다. 그녀는 수달의 재능을 알았다. 이 산파를 비롯해 그녀와 비슷한 몇 명의 남녀가 있어서, 명성은 전혀 없고 오히려 어떤 사람은 평판이 영 의심스러웠지만, 모두들 바로 그 재능을 다소간 지니고 있어 자기들끼리 비밀리에 각자 지닌 전승 지식과 마법 기술을 나누던 차였다.

"재능이 있는데 가르침이 없으면 배가 있는데 뱃길잡이가 없는 거지."

그 사람들은 수달에게 그렇게 말했고 자기들이 아는 것을 모두 가르쳐 주었다. 그래 봐야 많지는 않았다. 그러나 그 가운데는 위대한 기술로 이끄는 실마리가 포함되어 있었다. 그래서 수달은 부모님을 속이는 일에 가책을 느끼면서도 차마 이 지식을 뿌리치지 못했다. 게다가 초라한 스승들은 성심껏 그를 가르쳐 주고 칭찬해 주었다.

"해를 끼치려고 사용하지 않는 한 해를 입을 일도 없단다."

스승들은 수달에게 그렇게 말했다. 이 일을 약속하는 것은 어려울 게 없었다.

도시의 북쪽 성벽을 끼고 흐르는 세레넨 시내에서 산파는 수달에게 진정한 이름을 주었다. 오늘날 해브너에서 멀리 떨어진 섬들에서는 그 이름으로 그를 기억한다.

이 사람들 가운데 늙수그레한 남자가 있었는데 그들끼리 그를 '변화사'라고 불렀다. 변화사는 수달에게 환상 주문 몇 가지를 알려 주었고, 소년이 나이 열다섯쯤 되자 세레넨 시냇가의 들판으로 데리고 나가서 자기가 아는 진정한 변화 주문 하나를 보여 주려 했다.

"우선 네가 저 덤불을 한 그루 나무처럼 보이게 만들 수 있는지 보자꾸나."

변화사가 말했고 수달은 곧바로 그 말대로 했다. 소년이 환상을 너무나 쉽게 불러오는 바람에 노인은 경계심이 생겼다. 수달은 그 다음을 배우기 위해서 빌고 졸라야만 했고, 끝내는 자기의 비밀스러운 참 이름에 걸고 자기의 것이든 남의 것이든 생명을 구하기 위해서가 아니라면 결코 변화사의 위대한 주문을 사용하지 않겠노라고 맹세하고 약속을 했다.

노인은 그제야 주문을 가르쳐 주었다. 하지만 이것은 알아 봐야 쓸 곳이 별로 없다고 수달은 생각했다. 마법을 숨기고 있는 처지였기 때문이다.

조선소에서 아버지와 고모부와 함께 일하면서 배운 것은 최소한 써먹을 수가 있었다. 수달은 썩 괜찮은 배 짓기 기술자가 되어 가는 참이었다. 아버지도 그 점은 인정을 했다.

그 시절에는 내해의 왕을 자처한 해적 로센이 해브너 시를 비롯해 해브너 섬 동쪽과 남쪽 전체를 지배한 대군벌이었다. 그렇게 부유한 영지로부터 가혹하게 긁어모은 재물로써 로센은 군대를 점점 불리고 선단을 늘렸다. 그 배들은 로센의 명령을 받고 나가서 노예를 잡아 오거나 타지를 약탈해 오곤 했다. 수달의 고모부 말마따나 로센은 조선공들을 바쁘게 해 주었다. 일자리를 찾으려 해도 구걸밖에 할 일이 없고 마하리온의 궁정에 쥐들이 뛰어다니는 이 시절에 일을 할 수 있으니 배 짓는 사람들은 고맙게 생각했다. 정직하게 제대로 일하면 그만이지 그 결과가 무엇에 이용되는가는 그들이 따질 일이 아니었다. 수달의 아버지는 그렇게 말했다.

그러나 다른 쪽으로도 배움을 쌓아 왔던 수달은 이런 문제에 무감각할 수 없었다. 그의 양심은 민감했다. 지금 짓고 있는 대형 갤리선은 로센의 노예들을 노잡이로 삼아 전쟁에 나갈 것이고, 노예들을 화물로 싣고 돌아오게 될 터였다. 훌륭한 배가 그처럼 추악한 일에 사용된다는 생각을 하자 수달은 속이 메스꺼웠다.

"원래 하던 대로 작은 고기잡이 배들을 만들면 안 되나요?"

수달은 이렇게 물었지만 아버지는 대답했다.

"어부들은 배 값을 못 치르지 않느냐."

수달은 항변했다.

"배 값을 안 내기는 로센도 마찬가지예요. 그래도 어찌어찌 살 수는 있을 거예요."

"나보고 왕의 명령을 거절하라고? 우리가 짓는 이 배에서 이 아비가 노예들과 함께 노 젓는 꼴을 보고 싶은 게냐? 생각 좀 해라, 녀석아!"

그래서 수달은 생각을 싹 비우고 일에 동참했지만 가슴은 울분에 찼다. 마치 덫에 치인 꼴이었다. '마법 재능을 타고난 게 무슨 소용이 있을까.' 하고 수달은 생각했다. 덫에서 빠져나가게 해 주지도 못하지 않나?

어떤 식으로건 배 짓는 목수 일을 허투루 하는 것은 기술자로서의 양심이 허락하지 않았다. 그러나 마법사로서 수달의 양심은 배에다 주문을 걸라고 시켰다. 배의 뼈대와 나무 판자들에 저주를 짜 넣는 것이다. 이것이야말로 그 비밀스러운 기술을 좋은 목적에 사용하는 것이 아닐까? 해를 끼치려고 하는 것은 맞다. 하지만 어디까지나 해롭기 짝이 없는 악당들을 해칠 뿐이다. 수달은 스승들에게 이 일을 말하지 않았다. 만약 자기가 하는 일이 잘못된 것이라면 그건 선생님들의 잘못이 아니고, 그들은 이 일에 관해 아예 모르고 있어야 했다. 수달은 오랫동안 이 일을 궁리했고 어떻게 실행에 옮길 것인지 빈틈없이 계획하여 지극히 조심스럽게 주문을 엮었다. 그것은 바로 찾기 주문을 거꾸로 한 것으로, 수달은 마음속으로 그것을 '잃기 주문'이라고 불렀다. 배는 항해에 나설 것이고 다루는 데 아무 문제가 없을 것이며 키를 잡는 대로 나아갈 것인데, 다만 결코 원하는 방향으로는 갈 수 없을 터였다.

이것이 훌륭한 일꾼들이 지은 훌륭한 배를 그릇되게 사용하는 데 대한 항의로 그가 할 수 있는 최대한의 일이었다. 수달은 마음이 뿌듯했다. 배가 물에 띄워지자(배는 모든 면에서 멀쩡해 보였다, 왜냐하면 문제점은 난바다에 나간 후에 드러날 터였기 때문이다.), 수달은 자기가 한 일을 스승들에게 말하고 싶어서 견딜 수가 없었다. 늙은이들과 산파들, 죽은 자와 대화할 수 있는 나이 젊은 곱사등이, 사물의 이름을 아는 장님 소녀로 이루어진 작은 한동아리에 그 일을 털어놓고 싶었다. 수달이 자기가 부린 마법 재주를 이야기하자 장님 소녀는 소리 내어 웃었지만 나이 든 사람들은 말했다.

"조심해라, 경계해야 해, 단단히 숨어야 한다."

*

로센의 부하들 중에 사냥개라는 이름을 쓰는 남자가 있었다. 그 이유는 본인 말에 따르면 마법을 냄새 맡는 코를 가졌기 때문이라고 했다. 로센이 그자를 고용한 이유는 식사와 음료, 의복과 여자 등 적의 마법사가 그를 해치기 위해 술수를 부릴 수 있는 온갖 물품을 냄새 맡게 하려는 것이었다. 사냥개는 또 로센의 싸움배들도 검사했다. 배란 물이라는 위험한 매질 속에 띄우는 약한 물건이므로 마법 주문이나 저주에 속수무책으로 당하게 마련이다. 새로 지은 갤리선 위에 오르자마자 사냥개는 냄새를 맡아 냈다.

"이런, 이런. 이게 누구람?"

사냥개는 방향타로 걸어가서 그 위에 손을 얹었다.

"제법 영리한걸. 그런데 대체 누구지? 아마 풋내긴가 본데."

그러고는 알아주듯 코를 벌름거렸다.

"아주 영리해."

*

조선공 거리의 그 집으로 괴한들이 들이닥친 것은 날이 저문 뒤였다. 그들은 문을 발로 차 안으로 쓰러뜨렸고, 무기를 들고 갑옷을 입은 사내들 사이에 서 있던 사냥개가 말했다.

"저놈이다. 다른 놈들은 놔둬."

그러곤 수달을 보고 말했다.

"움직이지 마라."

낮고 친숙한 어조였다. 사냥개는 나이 젊은 수달에게서 엄청난 힘을 느꼈다. 그로 인해 다소 두려움을 품을 정도였다. 그러나 수달은 두려움에 짓눌린 데다 배운 것이 정말 얼마 되지 않아서 마법을 사용하여 스스로 자유를 찾거나 그자들의 폭력을 그치게 하겠다는 생각을 하지 못했다. 그는 그들에게 몸을 날려서 짐승처럼 싸웠다. 결국은 그들이 그의 머리를 후려쳐서 쓰러뜨렸다. 그들은 수달 아버지의 턱뼈를 부수고, 재주 피우는 놈을 키우지 말라는 교훈을 주기 위하여 고모와 어머니를 까무라칠 때까지 두들겨 팼다. 그런 다음 수달을 끌고 갔다.

좁다란 그 길에서 문들은 전혀 열릴 줄 몰랐다. 요란한 소리가 났지만 알아보러 내다보는 사람 하나 없었다. 그자들이 가고 나서도 한참 시간이 지난 뒤에야 몇몇 이웃들이 기어 나와서 수달네 식구들을 위로했다. 최대한 다독이며 한 말은 이랬다.

"세상에, 끔찍해라! 망할 놈의 마법 같으니!"

*

사냥개는 제 주인에게, 저주를 건 놈을 찾아서 안전한 장소에 가둬 두었노라고 알렸다. 그러자 로센이 말했다.

"누구 밑에서 일하는 놈이야?"

"전하의 조선소에서 일하던 자입니다, 전하."

로센은 전하라고 불리는 것을 좋아했다.

"누가 그놈을 시켜서 배에 저주를 걸게 했냐는 말이다, 바보 놈아!"

"저 혼자 한 일 같습니다, 전하."

"왜? 무슨 이득이 있다고 그런 짓을 해?"

사냥개는 어깨를 으쓱했다. 사람들이 로센을 주는 것 없이 밉

게 본다는 얘기는 하지 않았다.

"마법 재주 피우는 놈이라고 했지? 그놈을 써먹을 수 있겠나?"

"해 보겠습니다, 전하."

"길을 들이든지 땅에 묻어 버려."

로센은 그렇게 말하고, 좀 더 중요한 일들 쪽으로 주의를 돌렸다.

*

수달의 소박한 스승들은 그에게 긍지를 가르쳐 주었다. 수달은 그들에게 훈련을 받는 사이에 로센 같은 자를 위하여 일하는 마법사들에 대하여 깊은 경멸감을 갖게 되었다. 그들은 공포나 탐욕으로 마법을 더럽혀서 사악한 목적을 위해 사용하는 자들이다. 자신들의 기술을 그렇게 배신하는 것보다 더 가증한 일은 있을 수 없다고 수달은 생각했다. 그래서 수달은 사냥개에게 경멸감이 일지 않는 것이 당황스러웠다.

수달은 로센이 차지한 옛 궁전 중 한 곳의 창고 속에 감금되어 있었다. 창고에는 창문이 없고, 문에는 쇠창살이 박힌 옹이진 참나무 문짝이 달려 있었다. 그리고 수달보다 훨씬 숙련된 마법사라도 가둬 둘 수 있는 주문들이 그 문에 걸려 있었다. 로센이 삯을 주고 부리는 자들 가운데는 굉장한 기술과 마법력을 지닌 이들이 여럿이었다.

사냥개는 자기가 그중 하나라고는 생각하지 않았다. 그는 말했다.

"내가 가진 건 코뿐이지."

사냥개는 수달이 의식을 되찾고 빠졌던 어깨가 나아 감에 따라 그의 상태를 살펴보고 이야기를 나누려고 매일같이 찾아왔다. 그는 (적어도 수달이 보기에는) 호의를 보이며 터놓고 이야기했다.

"자네가 우리를 위해 일하지 않으면 그들이 자넬 죽일 거야. 로센은 자네 같은 자들을 그냥 풀어주지 않는다네. 받아 주겠다고 할 때 가담하는 게 좋아."

"전 못합니다."

수달은 도덕적으로 큰소리치며 말한 것이 아니라 애석한 사실을 전하듯이 말했다. 사냥개는 값어치를 재듯 물끄러미 그를 보았다. 해적 왕에게 붙어 지내면서, 그는 허풍과 협박에 질렸고 허풍선이와 협박꾼들에게도 학을 떼었다.

"자네가 제일 강한 마법이 뭐지?"

수달은 대답하는 것이 내키지 않았다. 그는 사냥개를 좋아할 수밖에 없었지만 신뢰할 필요까지는 없었다. 수달은 결국 우물우물 말했다.

"모습 바꾸기요."

"둔갑술 말인가?"

"아니요. 그냥 속임수들이죠. 나뭇잎을 금 조각으로 바꾸는 겁니다. 겉보기에요."

그 시대에는 다양한 마법 기술의 갈래들에 고정된 이름이 붙여지지 않았고 그것들 사이의 상호 연관성도 확실히 규명되어 있지 못했다. 그들의 지식에는 로크의 현자들이 훗날 말하는 "과학"이라는 것이 결여되어 있었다. 그러나 사냥개는 자기가 잡은 포로가 재능을 숨기려고 한다는 사실을 확실하게 짐작했다.

"자네 자신의 모습을 변화시킬 수는 없단 말인가? 겉보기로라도?"

수달은 어깨를 으쓱했다.

그는 거짓말을 하는 것이 힘들었다. 스스로 생각하기에 영 서툴렀다. 연습을 해 본 적이 없는 것이다. 사냥개는 그보다 더 잘 알았다. 마법이 진실하지 못한 것을 거부한다는 것을 그는 알고 있었다. 속임수 요술을 부리는 것, 손재주 피우는 것, 그리고 가짜 영매 노릇은 마법으로 사기를 치는 것이었다. 유리를 금강석이라고 속이고 구리를 금으로 속이는 짓이다. 협잡질이고, 그러한 토양에서는 거짓말이 얼마든지 피어오른다. 그러나 상급 마법 기술은 설사 그릇된 목적으로 사용한다 할지라도 진정한 대상을 다루는 일이었으며 그 기술을 이루어지게 하는 언어는 참된 언어였다. 그러므로 진짜 마법사들은 자기 기술에 관하여 거짓말을 하기가 몹시 어려웠다. 가슴속 깊이에서, 자기가 하는 거짓말이 뱉어지는 그 순간 세계를 변화시킨다는 것을 그들은 알고 있었다.

사냥개는 수달이 딱했다.

"자네 아나? 자네를 심문하는 사람이 겔룩이었다면 한두 마디 주문만으로도 아는 것을 모조리 뱉어 놓고야 말았을 거야. 지금처럼 꾀부리는 건 어림도 없지. 난 그 흰얼굴 영감이 심문한 죄수가 어떤 몰골이 됐던지를 직접 보았지. 이보라고, 자네 바람은 전혀 못 다루나?"

수달은 머뭇거리다 말했다. "다룹니다."

"가방 있어?"

날씨술사들은 가죽 자루를 가지고 다니기가 일쑤였는데, 말로는 바람을 넣어 다닌다고들 했다. 그 속에서 순풍을 풀어 놓는가 하면 못된 바람을 잡아 가둔다는 것이다. 그냥 허풍일 수도 있지만 날씨술사라면 누구든 가방을 가지고 있었다. 기다랗고 큼지막한 자루나, 아니면 조그만 주머니이기도 했지만…….

"집에 있어요."

수달이 말했다. 거짓말은 아니었다. 정말로 집에 가방이 하나 있기는 했다. 수달은 그 속에 뾰족하고 날카로운 공구들과 수평기를 갈무리해 두었다. 바람에 대해서 한 말 역시 거짓말은 아니었다. 몇 번인가 수달은 쪽배를 타고 돛에 마법풍을 약간이나마 불러들여 본 적이 있었다. 폭풍우와 맞서 싸우거나 그것을 조종하는 일은 엄두도 낼 수 없었지만 말이다. 범선에 오르는 날씨술사는 반드시 그런 일을 할 수 있어야 했다. 하지만 수달은 된바람에 휩쓸려 바다에 빠져 죽는 편이 이 흙구덩이에서 죽임 당하는 것보다는 낫다고 생각했다.

"그렇지만 그 기술을 왕을 섬기는 데 발휘할 마음은 없을 테지?"

"어스시에 왕은 없어요."

젊은이는 고지식하고 정의로웠다.

"나의 주인님이라고 하지, 그럼."

사냥개는 참을성 있게 말을 고쳤다.

"안 할 겁니다."

수달은 말했다. 그러고는 머뭇거렸다. 이 사나이에게 해명을 해야 한다는 생각이 들었다.

"그건……, 하기 싫다는 것도 있지만 할 수가 없다는 거예요. 그 갤리선의 겉판자를 댈 때 쓰는 틈새 메우는 나무 있잖습니까? 방향타 가까이에 넣는 거요. 틈새 메우는 나무가 뭔지 아시겠어요? 배가 험한 바다에 나가서 선재가 움직이면, 그 나무가 빠져나올 수가 있어요."

사냥개는 고개를 끄덕였다.

"그렇지만 나는 그럴 수가 없었어요. 난 조선공이거든요. 배가 가라앉게 만드는 일은 할 수 없어요. 배에 사람들이 타고 있을 텐데요. 내 손이 말을 듣지 않을 거예요. 그래서 나는 내가 할 수 있는 일을 했어요. 배가 자기 멋대로 나가게 만들었죠, 조종하는 대로 가는 게 아니라."

사냥개는 빙그레 웃었다.

"몇 명이 붙었지만 자네가 해 놓은 짓을 아직까지 해소시키지 못하고 있더군. 어제 보니 흰얼굴 영감이 배 위를 사방으로 기어 돌아다니면서 투덜거리고 불평하던걸. 키를 새로 앉히라고 명령이 내렸어."

사냥개가 말하는 '흰얼굴'이란 로센이 고용한 마법사 중에서 제일가는 현자급으로 북방에서 온, 창백한 피부 색을 가진 남자였다. 이름은 겔룩이라고 했는데 그에 관한 무시무시한 소문이 해브너에 자자했다.

"그런다고 되는 일이 아니에요."

"자네는 자네가 배에 건 주문을 해제할 수 있나?"

맞은 자국이 나고 피곤에 지친 수달의 얼굴에 반짝 만족한 빛이 스쳤다.

"아니요. 세상 누구도 못할 겁니다."

"거참 안됐군. 그걸로 흥정을 해 볼 수도 있었을걸."

수달은 아무 말도 하지 않았다.

"요즘 세상에 코란 것은 아주 쓸 만한 물건이지, 잘 팔리는 물건이야."

사냥개는 말을 이었다.

"내가 경쟁자를 찾겠다는 것은 아냐. 하지만 찾는 이는 언제라도 일거리를 찾아내고야 만다는 얘기도 있잖나……. 광산에는 가 봤나?"

마법사의 추측이란 거의 아는 것에 가깝다. 설사 자기가 아는 것이 무엇인지 모르더라도 말이다. 수달이 처음으로 타고난 재능을 드러낸 것은 없어진 물건을 즉각 찾아내는 능력을 발휘하면서였다. 두 살인가 세 살 때의 일이다. 떨어뜨린 못이든 엉뚱한 장소에 놓아둔 공구든 간에, 그것들을 가리키는 말을 깨치기만 하면 수달은 금세 찾아낼 수 있었다. 그리고 조금 자란 뒤 수달이 흠뻑 빠졌던 재미 중 하나는 혼자서 교외로 나가서 풀이 자란 들판을 따라 내키는 대로 걷거나 산에 올라가는 일이었다. 그러면서 맨발바닥을 통하여 온몸으로 전해져 오는 땅 밑 수맥의 느낌을 맛보고, 광맥과 광물 덩어리를 감지하고, 겹겹이 쌓이고 휘어 있기도 한 여러 가지 다른 암석과 토양의 지층을 읽었다. 마치 장엄한 건물 속을 걷는 듯했다. 복도와 방들을 보고, 아래로 내려가 텅 빈 동굴 방들과 그 벽에 뻗어 있는 은 광맥의 아련한 반짝임을 보는 것이다. 그렇게 나아갈수록 그의 몸이 대지의 몸으로 화하는 것 같고, 수달은 그 동맥과 내장과 근육들을 자기 것처럼 느꼈다. 이 힘은 어렸을 때 즐기고 기뻐했던 것이다. 그것을 어디에든 이용해 보겠다고 생각한 일은 없었다. 줄곧 비밀로 간직해 왔던 것이다.

수달은 사냥개의 물음에 대답하지 않았다.

"이 밑에 뭐가 있지?"

사냥개가 거칠거칠한 점판암 포석이 깔린 바닥을 가리켰다.

수달은 한동안 가만히 있었다. 그러곤 낮은 목소리로 말했다.

"진흙하고 자갈돌하고, 그 아래에는 석류석을 품고 있는 바위가 있습니다. 성읍 이쪽 부분의 지하는 모두 그 바위로 되어 있어요. 이름은 몰라요."

"이름은 배우면 되지."

"저는 배 짓는 법을 알고 배를 몰 줄도 압니다."

"자네는 배를 멀리하는 편이 좋겠어. 전투니 약탈이니 하는 것도 그렇고. 산기슭을 돌아 세이모리의 오래된 광산에 왕의 일터가 있지. 거기 가 있으면 왕을 거슬릴 일이 없을 거야. 그분을 위해 일하는 것은 불가피해, 자네가 목숨 붙여 살려면 말이야. 내가 자네를 그쪽으로 보내게끔 알아봐 주지. 자네가 가겠다면 말일세."

잠시 침묵이 있고 나서 수달이 말했다.

"고맙습니다."

그런 후에 그는 사냥개를 올려다보았다. 그 짧은 한번의 시선은 묻는 눈, 판단하려는 눈이었다.

사냥개는 수달을 잡아온 사람이고, 수달의 집 식구들이 정신을 잃을 때까지 두들겨 맞는 것을 구경하고 서 있었던 사람이었다. 그는 구타를 말려 주지도 않았다. 그런데도 마치 친구처럼 말을 붙여 왔다. 왜지요? 수달의 눈이 묻고 있었다. 사냥개가 그에 답했다.

"재주 있는 사람들끼리 서로 뭉쳐야 해. 기술을 모르는 자들, 돈밖에 가진 게 없는 자들은 우리를 서로 싸움 붙이지. 그자들의 이득을 위한 싸움이지 우리를 위한 게 아니야. 우리는 그들에게 우리 힘을 팔아넘기지. 왜 그럴까? 만약 우리가 한데 뭉쳐 우리 길을 간다면 이보다 나아지지 않을까? 나아질 걸세."

*

사냥개가 젊은이를 세이모리로 보낸 것은 좋은 뜻에서였지만, 수달의 의지가 얼마나 순수한지 제대로 모르고 한 일이었다. 그것은 수달 자신도 자각 못했다. 수달은 복종에 습관이 되어 있어서 자기가 실제로는 언제나 자기 결심을 지켜 왔다는 사실을 깨닫지 못했고, 너무나 젊어서 자기 행동이 죽음을 초래할 수도 있음을 진정으로 받아들일 수가 없었다.

감옥에서 끌려 나가게 되자 수달은 변화사 노인의 자기 변신 주문을 써서 탈출해야겠다고 마음먹었다. 생명이 위험한 상황임은 틀림없다, 그러니 그 주문을 써도 되지 않을까? 그가 결정할 수 없었던 것은 무엇으로 변신할까 하는 것이었다. 새가 될까, 아니면 한 줄기 연기가 될까? 무엇이 가장 안전할까? 그러나 수달이 궁리하는 사이에 마법사의 잔재주에 익숙한 로센의 부하들은 음식에 약을 탔고 그로써 궁리는 끝장이 났다. 그자들은 수달을 노새가 끄는 수레에 귀리 자루처럼 털퍼덕 실었다. 여행 도중 수달이 깨어날 기미가 보일 때마다 한 명이 와서 자기 안전을 확실히하기 위해 그의 머리를 후려쳤다.

약에 취해 힘이 다 빠지고 머리가 지끈지끈 아픈 상태로 정신이 들었을 때, 수달은 벽돌 벽과 벽돌을 쌓아 막은 창문들이 있는 방 안에 있었다. 문에는 창살이 없고 겉보기에는 잠금장치도 없어 보였다. 그러나 똑바로 일어서려고 애를 쓰면서 수달은 끈처럼 몸과 마음을 얽어맨 마술의 존재를 깨달았다. 끈에는 탄력이 있어 그가 움직이는 대로 몸에 친친 감겨 들며 옥죄어 들었다. 일어서기는 했지만 문 쪽으로는 한 발도 떼어 놓을 수 없었다. 심지어 손도 뻗을 수 없었다. 근육이 자기 것이 아닌 듯한 느낌에 수달은 소름이 쫙 끼쳤다. 그는 도로 주저앉아서 가만히 있으려고 노력했다. 가슴통을 얽어맨 마법의 줄 때문에 깊은 숨을 쉴 수 없고, 머릿속 생각들이 몹시 좁은 공간에 우겨넣어진 듯 정신마저 질식할 것 같았다.

오랜 시간이 지난 후에 문이 열리고 몇 사람이 들어왔다. 수달은 그들이 재갈을 물리고 두 팔을 등 뒤에서 묶는데도 아무 반항을 못했다.

"이젠 술수를 엮지 못하겠지, 젊은 놈아. 주문을 말할 수도 없을 거다."

얼굴이 심하게 굴곡진, 체격이 당당하고 힘센 남자가 그렇게 말했다.

"하지만 고개는 얼마든지 끄덕일 수 있지, 응? 넌 광맥 탐색꾼으로 쓰라고 이리 보낸 거야. 일을 잘하면 잘 먹고 편히 자게 해 주지. 진사(辰砂)야, 진사가 있으면 고개를 끄덕이라고. 이 옛날 갱도 어디쯤 아직도 진사가 남아 있을 거라고 왕의 마법사들이 말했지. 왕께서 진사를 원하신단 말이다. 그러니까 찾아내는 편이 좋아. 이제 널 데리고 나갈 거다. 내가 수맥 찾기꾼이 되고 넌 내 지팡이가 되는 셈이야, 알겠어? 네가 앞에서 가. 네가 이쪽이다 싶으면 가고 싶은 쪽으로 고갯짓을 해, 그래. 그러다 발밑에 원광이 있는 걸 알게 되거든 그 자리를 발로 굴러, 그렇게. 이제 알아들었지, 응? 네가 제대로만 하면 나도 약속을 지키지."

그 사내는 수달이 고개를 끄덕이기를 기다렸지만 수달은 우두커니 서 있기만 했다.

"마음에 들지 않나? 이 일이 싫다면 언제든지 굽는 일 쪽으로 가도 돼."

이 사나이, 다른 사람들이 '핥기'라고 부르는 자가 수달을 끌고 나가자 따가운 아침 볕이 눈을 찔렀다. 감방을 벗어나자 수달은 얽어맸던 주문이 느슨해지고 풀려 나가는 것을 느꼈다. 그러나 또 다른 주문들이 이곳의 다른 건물들에 걸려 있었다. 특히 돌로 지은 탑 주위에 걸려 있어서 저항과 거부가 끈끈한 선들이 되어 공기 중에 가득 찼다. 그 선을 뚫고 나가려고 하면 얼굴과 뱃속에 쿡 찌르는 듯한 고통이 엄습해 와서, 수달은 겁에 질려 자기 몸에서 상처를 찾았다. 그러나 상처는 없었다. 재갈이 물려지고 꽁꽁 묶인 채 마법을 부릴 목소리도 손짓도 할 수 없는 그는 이 주문들에 속수무책이었다. 핥기는 땋아 만든 가죽끈 한쪽 끝을 수달의 목에 둘러 묶고 다른 끝을 잡고서 뒤를 따라왔다. 핥기는 수달이 주문 두 개를 뚫고 걸어가도록 내버려두었고, 그러고 나자 수달은 주문을 피했다. 주문이 어디에 있는지는 알기 쉬웠다. 먼지 이는 좁은 길이 주문을 피해 굽어 나갔기 때문이다.

개처럼 목줄에 묶인 채로, 수달은 길을 따라 걸었다. 그는 주눅이 든 채 메스꺼움과 분노로 벌벌 몸을 떨었다. 수달은 주위를 둘러보고, 돌로 지은 그 탑 건물을 보았다. 널찍하게 입 벌린 출입구에 장작이 쌓여 있고, 구덩이 곁에 녹슨 바퀴와 기계가 있고, 자갈과 진흙이 커다랗게 더미를 이루고 있었다. 깨질 듯 아픈 머리를 돌리자 현기증이 났다.

“광석 찾기를 할 수 있으면 하는 편이 나을걸.”

핥기가 수달 옆으로 따라붙으며 곁눈질로 그의 얼굴을 들여다보았다.

“혹시 못 하더라도 마찬가지야. 찾기를 하라고. 그 편이 땅 위에 오래 붙어 있을 수 있으니까.”

돌로 지은 탑에서 한 남자가 나왔다. 그 사람은 수달과 핥기 옆으로 지나갔는데, 괴상하게 발을 질질 끄는 걸음으로 허겁지겁 걸어가며 눈은 똑바로 앞 위쪽만 쳐다보았다. 입술 사이로 침 줄기가 새어 나와 뺨은 번들번들하고 가슴은 축축하게 젖어 있었다.

“저게 광석 굽는 탑이다. 진사를 구워서 금속을 추출하는 거야. 굽기 일 하는 놈들은 일이 년 안에 죽어 버리지. 어디로 갈까, 찾기꾼?”

잠시 후에 수달은 왼쪽으로, 그 잿빛 석조 탑에서 멀어지는 방향으로 고갯짓을 했다. 그들은 나무 한 그루 없는 골짜기 길을 타고 한참을 갔다. 버려진 흙더미에 풀이 자랐고 광물 찌꺼기가 땅에 널려 있었다.

“이 밑은 전부 오래전에 작업이 끝났어.”

핥기가 말했다. 동시에 수달은 발아래 기이한 나라가 있음을 알아차렸다. 비어 있는 통로와 어두운 땅 밑 컴컴한 공기가 괸 방들이 수직의 미로를 이루었으며, 가장 깊은 곳에 팬 구덩이들에는 움직일 줄 모르는 물이 차 있었다.

"은광석은 애초에 별로 나질 않았고 '물 쇠'도 동난 지 오래야. 이봐, 젊은 녀석아. 너 진사가 뭔지는 아나?"

수달은 머리를 흔들었다.

"내가 구경시켜 주지. 겔룩이 찾는 게 그거라고. 물 쇠 광석. 물 쇠는 다른 금속을 먹어치워, 황금까지도. 알아? 그래서 겔룩은 그걸 왕이라고 부르지. 네가 겔룩에게 그가 찾는 왕을 찾아준다면 괜찮은 대접을 받게 될 거다. 겔룩은 이쪽에 자주 온다고. 이리 와, 내 보여 주지. 냄새를 맡아야 개가 길을 찾겠지."

핡기는 수달에게 광물이 들어 있을지도 모르는 돌덩어리를 보여 주기 위해 그를 데리고 광산으로 내려갔다. 긴 수평 갱도 끝에서 몇 명의 광부들이 일하고 있었다.

남자들보다 몸집이 작아 좁은 장소에서 좀 더 쉽게 움직일 수 있기 때문인지, 아니면 땅에서 하는 일에 익숙해서인지, 또는 필경 관습이 그래서 그런 것인지 몰라도 어스시에서 광산 노동자는 언제나 여자였다. 이 광부들은 자유인 여자로서 광석 굽는 탑의 일꾼들 같은 노예들이 아니었다. 겔룩이 자기를 광부 십장으로 임명했다고 핡기는 말했지만, 그는 광산 안에서는 아무 일도 하지 않았다. 광부들이 못하게 했다. 남자가 삽을 들거나 버팀목을 세우는 것이야말로 재수 없는 일 중에서도 가장 심한 것이라고 정말로 믿고 있었기 때문이다. "내 비위에 딱이지."

핥기는 그렇게 말했다.

마구 흐트러진 머리에 눈빛이 밝은, 이마에 촛불을 매단 여자 하나가 곡괭이를 내려놓고 양동이에 담긴 적은 양의 진사를 수달에게 보여 주었다. 적갈색 덩어리와 부스러기들이 들어 있었다. 광부들이 일하는 지면에는 그림자들이 휙휙 스쳐 갔다. 오래된 통나무 버팀목이 삐걱거리고 흙먼지가 후드득 떨어졌다. 어둠 속으로 공기는 선선하게 흐르고 있었지만 가로세로 뚫린 수평 갱도들은 너무도 낮고 좁아서 광부들은 몸을 잔뜩 구부리고 움츠린 채 오가야 했다. 군데군데 천장이 무너진 곳이 있었다. 사다리는 휘청거렸다. 광산은 으스스한 장소였지만, 그래도 수달은 그 안에서 은신처에 숨은 것 같은 느낌이 들었다. 타는 듯한 대낮의 바깥으로 나오자 반쯤 아쉽기까지 했다.

핥기는 수달을 굽기 탑에 갖다 넣지 않고 숙소 건물로 데리고 돌아왔다. 그는 잠가 두었던 방에서 부드럽고 두꺼운 가죽으로 된 작은 주머니를 꺼내 왔다. 주머니는 그의 손 안에서 묵직하게 늘어져 있었다. 핥기는 주머니를 열어 그 안에 고인, 먼지 빛깔로 반짝이는 것을 보여 주었다. 주머니를 도로 아물리자 속에 든 금속이 움직였다. 팽팽하게 주머니를 부풀린 그것은 도망쳐 나오려는 산 짐승 같았다.

"저게 왕이야."

핥기의 목소리에 어린 감정은 숭배 같기도 하고 증오 같기도 했다.

마술사는 아니었지만, 휾기는 사냥개보다 훨씬 더 호락호락하지 않은 남자였다. 그러나 사냥개와 마찬가지로 그도 역시 인정사정없는 사람일 뿐이지 잔인하지는 않았다. 휾기는 가차없이 복종을 요구했지만, 그 외엔 아무것도 요구하지 않았다. 수달은 일생 동안 해브너의 조선소에서 노예들과 노예 주인들을 봐 왔기에 자기가 운이 좋다는 것을 알았다. 적어도 환한 낮에는, 휾기가 그의 주인인 동안에는 말이다.

수달은 자기 감방 속에서만 음식을 먹을 수 있었다. 그때만 재갈을 풀어 주었던 것이다. 식사는 빵과 양파였는데 빵에는 냄새 고약한 기름을 한 번 묻혀서 주었다. 수달은 매일 밤 배가 고파도 주문에 친친 묶여서 그 방에 앉은 채 음식을 거의 목에 넘길 수가 없었다. 음식은 금속 맛이 나고 재 맛이 났다. 밤은 길고 끔찍했다. 왜냐하면 주문이 그를 압박하고, 천근 무게로 짓누르고, 몇 번이고 몇 번이고 숨을 쉬려 헐떡이며 공포에 질려 잠 깨게 만들었기 때문이다. 그러나 깨어도 결코 생각의 결을 바로 놓을 수가 없었다. 방 안은 완전한 암흑이었다. 도깨비불을 만들어 방을 밝힐 수 없었기 때문이다. 낮이 오는 것은 말로 형언할 수 없이 반가웠다. 설사 그것이 등 뒤로 손이 결박되고 입에는 재갈이 물려진 채 목에는 목줄이 채워지는 일이라고 해도 말이다.

홅기는 매일 아침 일찍이 수달을 데리고 산책을 나갔고, 두 사람은 종종 오후 늦게까지 헤매 다녔다. 홅기는 말수가 적고 참을성이 많았다. 그는 수달에게 광물이 있다는 낌새를 감지해 냈느냐고 물어보지 않았다. 수달이 정말 제대로 찾고 있는 건지 아니면 찾는 척만 하는지도 묻지 않았다. 수달 자신도 그 질문에 대답할 수 없었다. 이처럼 지향 없이 헤매는 동안에도 땅 밑 세계에 관한 지식은 전과 마찬가지로 스며들어 왔는데, 수달은 그것들을 떨쳐 버리고 자신을 닫으려고 했다.

'나는 악을 위해 봉사하지 않을 거야!'

수달은 스스로 말했다. 그런데 여름의 공기와 빛이 그를 느슨하게 만들고, 벗은 발의 굳은 발바닥으로 발밑의 마른 풀을 밟을 때면 수달은 그 풀뿌리들 아래 암흑에 잠긴 땅속으로 기어가는 물줄기가 있음을 알았다. 운모가 여러 층으로 겹쳐 이루어진 널찍한 암반 위로 물이 배어 나와 흘러간다. 그 암반 아래에는 공동이 있고, 그 빈 곳의 벽면에 얇게 더께진 선홍색 진사가 있다……. 수달은 신호를 보내지 않았다. 그는 마음속에 떠오르는 저 지하 세계의 지도가 무엇인가 좋은 일에 사용될 수 있으리라 생각했다. 방법을 찾아낸다면 말이다.

그러나 열흘가량 지나고 나자 홅기가 말했다.

"겔룩 나리가 이쪽으로 오신다. 보여 드릴 광석이 하나도 없으면 다른 찾기꾼을 찾게 될 거야."

수달은 사오 리 거리를 고민하며 걸었다. 그런 다음 빙 돌아와서 핥기를 옛 광산의 갱도 끄트머리에서 그리 멀지 않은 작은 둔덕으로 이끌었다. 거기 이르자 고갯짓으로 밑을 가리키고 발을 굴렀다.

감방으로 돌아와서 핥기가 목줄을 거두고 재갈을 풀어 준 뒤에 수달은 말했다.

"거기 광석이 좀 있어요. 옛날 갱도를 똑바로 연장하면 닿을 수 있습니다. 열 걸음쯤이면 돼요."

"양은 좀 돼?"

수달은 어깨를 으쓱했다.

"겨우겨우 계속해 나갈 정도로군, 그렇지?"

수달은 아무 말 하지 않았다.

"나한테야 딱이지만."

핥기가 말했다.

이틀 후 마법사가 도착했다. 광부들은 옛 갱도를 다시 열어 광석을 향해 파 나가고 있었다. 핥기는 수달을 숙소 건물의 감방 안에 집어넣지 않고 햇볕을 쬐도록 밖에 앉혀 두었다. 수달은 고마웠다. 손이 묶이고 입이 막힌 채였기에 정말 편하다고는 할 수 없지만, 바람과 햇살은 크나큰 축복이었다. 게다가 깊은 숨을 쉴 수 있고, 코와 입에 흙이 틀어막히는 꿈을 꾸지 않고 꾸벅꾸벅 졸 수도 있다. 감방에서 보내는 밤마다 수달은 그 꿈밖에 꾸지 않았다.

수달은 숙소 건물 그늘에서 땅바닥에 앉은 채 반쯤 잠들어 있었다. 광석 굽는 탑 곁에 쌓여 있는 통나무들의 냄새가 고향의 일터를 떠오르게 했다. 비단처럼 고운 참나무 판자에 대패질을 하면 새 나무 냄새가 피어오른다……. 무언가 인기척이 그를 일깨웠다. 수달은 올려다보고, 마법사가 자기 앞에 서서 굽어보고 있음을 깨달았다.

겔룩은 무척 화려하게 차려입고 있었다. 당시에 그 같은 사람들은 많이들 그랬다. 로바네리 비단으로 지은 긴 옷은 새빨갛고, 금색과 검은색으로 룬 문자와 상징들이 수놓여 있었다. 그리고 최대한 키가 커 보이게끔 챙이 넓고 끝이 뾰족한 모자를 썼다. 수달이 이 사람을 알아보는 데는 옷차림을 볼 필요가 없었다. 수달은 자신을 얽어맨 마법의 줄과 밤마다 내리덮이는 저주를 빚어낸 손을 알고 있었다. 그 힘이 가진 숨을 틀어막는 위력, 시큼한 충격을 잘 알았다.

"우리 애송이 찾기꾼이 여기 계셨군그래."

겔룩이 말했다. 그의 음성은 비올의 현처럼 부드럽고 깊었다.

"햇살 아래 잠을 잔단 말이지, 일을 잘해 낸 상인가 보지? 그래, 네가 '붉은 어머니'를 파낼 수 있게 귀띔을 해 줬다지? 여기 오기 전에도 붉은 어머니를 알았나? 너도 그 '왕'을 추종하나? 자, 여길 봐. 이제 밧줄이나 구속구는 필요 없지."

겔룩은 그 자리에 선 채 손가락을 한 번 튀겨 수달의 손목을 풀어 주었다. 입을 막았던 수건도 느슨하게 풀어졌다.

"네가 스스로 할 수 있도록 내가 가르쳐 줄 수도 있어."

수달이 아픈 손목을 문질러 피가 통하게 하고, 몇 시간이나 이에 짓눌려 있던 입술을 움직여 보는 모습을 지켜보면서 마법사는 빙긋 웃었다.

"사냥개가 말하길 네 녀석은 장래가 촉망된다더군. 제대로 이끌어 주면 대단하게 될 거라고 말이야. 네가 왕의 궁정을 방문해 보고 싶다면 내가 데려가 주지. 하지만 넌 내가 말하는 왕이 누구인지 모르겠지?"

아닌 게 아니라 수달은 마법사가 입에 올린 왕이 해적 얘긴지 수은 얘긴지 알 수 없었다. 그러나 틀릴 위험을 무릅쓰고 추측해 보기로 했다. 수달은 빠른 몸짓으로 석조 탑 쪽을 가리켜 보였다.

마법사의 눈이 가늘어지고 미소가 더 크게 번졌다.

"왕의 이름을 알고 있나?"

"물 쇠지요."

"천박한 것들은 그렇게 부르지. 아니면 수은이라고 부르거나, '무거운 물'이라고도 하지. 하나 그분을 섬기는 이들은 왕이라고 부른다. 아니면 '만물왕'이라고도 하고 '달의 몸'이라고도 일컫지."

겔룩은 매우 친절하고 호기심 어린 눈으로 수달을 스쳐 탑을 바라보았다가 다시 수달에게 시선을 되돌렸다. 마법사의 얼굴은 넙데데하고 길쭉했으며, 수달이 이제껏 본 사람 중 누구의 얼굴보다도 더 희었다. 그의 눈은 푸르스름했다. 흰 것과 검은 것이 섞인 터럭이 턱과 뺨 여기저기에 곱슬곱슬 물결쳤다. 그가 소리 없이 친근한 미소를 짓자 조그마한 이가 드러나 보였다. 몇 개는 빠지고 없었다.

“진정으로 보는 법을 배운 자들은 그분을 있는 그대로 바라보지, 바로 모든 물질의 군주로. 힘의 뿌리가 그 속에 있어. 그 궁정의 비밀 속에서 우리가 그분을 무엇이라 부르는지 아나?”

운두 높은 모자를 쓴 키 큰 남자가 돌연 수달 곁의 흙바닥에 쭈그리고 앉자 둘 사이는 매우 가까워졌다. 겔룩의 숨결에서는 흙냄새가 났다. 밝은 빛깔을 띤 눈이 똑바로 수달의 눈을 응시했다.

“알고 싶나? 알고 싶은 건 뭐든지 알 수 있어. 난 너에게 어떤 비밀도 숨기지 않겠다. 너도 나에게 숨기지 마라.”

그러고는 소리 내어 웃었다. 위협하려는 웃음이 아니고 즐거워서 웃는 것이었다. 겔룩은 수달을 다시 물끄러미 쳐다보았다. 그의 넙데데하고 허연 얼굴은 부드러웠고 사려 깊어 보였다.

“너는 힘을 가졌어, 암. 온갖 자잘한 손장난과 잔재주를 부릴 수 있지. 똑똑한 녀석이야. 지나치게 똑똑하지도 않아, 다행한 일이지. 배우지 못할 만큼 똑똑하지는 않단 말이거든, 어떤 놈들은 그렇지……. 내가 너를 가르치겠다, 네가 응하겠다면. 너는 배우는 걸 좋아하나? 지식을 좋아하지? 우리가 왕이라고 일컫는 그의 이름을, 암석들의 궁정에서 홀로 찬란히 빛나는 그 이름을 알고 싶나? 그분의 이름은 '투레스'야. 이 이름을 알겠어? 이건 만물왕의 언어에 속한 단어지. 그분의 언어로 부르는 그분의 이름이야. 비천한 우리들의 언어로는 '정액'이라고 부르지."

마법사는 다시 미소를 지으며 수달의 손을 토닥였다.

"왜냐하면 그분은 곧 씨앗이요, 열매 맺게 하는 자이기 때문이야. 힘과 정의의 원천이고 씨앗이지. 알게 될 거야, 알게 될 거야. 따라와, 같이 가자고! 왕이 그 신민들 사이를 나는 광경을 보러 가자고. 그들 속에서 스스로 태어나는 그 광경을!"

그러고는 느닷없이 되튕기듯 자리에서 일어섰다. 그는 깜짝 놀랄 만한 힘으로 수달의 손을 끌어당겨 일으켜 세웠다. 그는 흥분하여 소리 내어 웃고 있었다.

수달은 끝없이 이어지는 어지럼증과 비몽사몽간에 잠겨 있다가 생생하고 뚜렷한, 살아 있는 세계로 끌려 나가는 기분이었다. 마법사가 손을 댔을 때 그는 주문에 얽히는 공포감이 아니라 활력과 희망을 선물받은 느낌이 들었다. 수달은 이 남자를 믿으면 안 된다고 내심 다짐했지만 정말이지 믿고 싶었고, 그에게서 배우고 싶었다. 겔룩은 힘이 있고 권위가 있었다. 이상한 사람이지만, 자신을 자유롭게 해 주었다. 수달은 몇 주 만에 처음으로 주문에도 걸리지 않고 손도 묶이지 않은 채 걸을 수가 있었다.

"이리 와, 이쪽으로. 너한테 해로울 건 없다니까."

겔룩이 중얼거렸다.

두 사람은 광석 굽는 탑의 출입구로 갔다. 석 자나 되게 두꺼운 벽에 좁다랗게 난 통로였다. 겔룩은 수달의 팔을 잡았다. 젊은이가 머뭇거렸기 때문이다.

핥기가 해 준 이야기에 따르면 열을 가한 광석에서 피어오르는 수은 증기가 그 탑에서 일하는 사람들을 병들게 하고 죽음에 이르게 한다고 했다. 수달은 탑에 들어가 본 적이 없었고, 핥기가 들어가는 것을 본 일도 없었다. 좀 다가갔다가 탑 주위에 빙 둘러 가두기 주문이 쳐져 있어서 노예가 도망치려고 하면 고통을 주고 미치게 하여 주문에 얽어맨다는 사실을 알았을 뿐이다. 이제 수달은 팽팽한 거미줄 같은, 검은 안개 같은 주문들이 그것들을 만들어 낸 마법사 앞에 길을 열어 주는 것을 느꼈다.

"숨 쉬어, 숨 쉬어, 숨을 쉬라고."

겔룩이 껄껄 웃으며 말했고, 수달은 탑에 들어서면서 숨을 멈추지 않으려고 애썼다.

둥근 지붕을 인 커다란 방 한가운데에 광석 굽는 가마가 버티고 있었다. 이글이글 타는 불 앞에 성냥개비 같은 검은 사람 그림자들이 삽으로 바쁘게 광석을 퍼서, 엄청나게 큰 풀무 바람을 받아 굉장한 소리를 내며 타오르는 불붙은 통나무 위로 올리고 또 올렸다. 그 밖에 새 통나무를 끌어 오거나 풀무를 움직이는 사람들도 있었다. 둥근 지붕 맨 꼭대기로부터 탑 내부에 나선형으로 이어진 방들은 연기와 매연에 묻혀 있었다. 훑기가 이야기해 준 바에 따르면 그 방들에 수은 증기가 붙잡혀 액체로 변하고, 다시 열을 받았다가 재응축되면서 가장 위쪽 석실에 이르러 순수한 금속이 되어 돌그릇에 흘러 고인다고 했다. 하루에 겨우 한 방울 아니면 두 방울이라고, 훑기는 그렇게 말했다. 지금 굽고 있는 저급의 원광으로부터 나오는 양은 그 정도였다.

"겁내지 마라."

겔룩이 말했다. 그의 음성은 강하고 음악적이었으며 헐떡거리는 듯한 거대한 풀무 바람 소리와 쉬지 않고 으르렁대는 불 소리를 능가했다.

"이리 와, 와서 봐라. 왕이 공중을 날아서 스스로 순수해지고 그의 신민들을 순수하게 하는 광경을!"

그는 수달을 광석 굽는 가마 가장자리로 끌어당겼다. 겔룩의 눈은 이글거리고 훑아 오르는 불길이 비쳐 번들거렸다.

"사악한 영혼들이 왕을 위하여 일하면서 깨끗해지지."

겔룩이 말했다. 그의 입술은 수달의 귓가에 바짝 붙어 있었다.

"그들이 부지런히 침칠을 하면 찌꺼기와 녹이 떨어져 나와 흘러내리지. 병독과 불순한 것들이 곪아서 짓무른 상처에서 흘러내리게 되는 거야. 그러면 그들은 마침내 불에 태워져 깨끗하게 정화되고 날아오를 수 있게 돼. 날아올라서 왕의 궁정에 들어가는 거지. 이리 와, 가 보자고, 저 탑 위로, 캄캄한 밤이 달을 낳는 저곳으로 가는 거야!"

수달은 겔룩의 뒤를 따라 나선 층계를 올라갔다. 계단은 처음에는 넓었지만 갈수록 밭아지고 좁아지며 시뻘겋게 달아오른 화덕이 있는 증기실들을 지나갔다. 각각의 방들로부터 배기통이 정련실로 뻗어 올라가고, 벌거벗은 노예들이 광석을 태워 생긴 그을음을 벗겨내어 다시 타도록 삽으로 화덕에 퍼 넣었다. 겔룩과 수달은 맨 꼭대기 방에 이르렀다. 겔룩은 통로 가장자리에 혼자 있던 노예 한 명에게 일렀다.

"왕을 보여 다오!"

그 노예는 키가 작고 여위었으며 머리카락이 하나도 없었다. 손과 팔에 난 종창에서는 진액이 흘렀다. 그가 냉각관 끄트머리에 받쳐져 있던 돌그릇의 뚜껑을 열었다. 겔룩은 어린애처럼 잔뜩 열중하여 그 안을 들여다보았다. 그러곤 웅얼거렸다.

"정말로 작군. 너무나 어려. 자그마한 왕자님, 아기 군주님, 투레스 공이시여. 세상의 씨앗, 영혼의 보석이여!"

겔룩은 그 근사한 옷의 가슴께에서 은실로 장식한 고운 가죽

주머니를 끄집어냈다. 그 주머니에 달려 있던, 섬세하게 만들어진 뿔 숟가락으로 그는 몇 방울 안 되는 수은을 돌그릇에서 떠올려 주머니 안에 넣었다. 그러고는 도로 주머니 끈을 묶었다.

노예는 그 옆에 선 채 꼼짝도 하지 않았다. 열기와 독 연기로 가득 찬 광석 굽기 탑에서 일하는 사람들은 모두들 벌거벗었거나 사타구니에 천을 두르고 싸개 신발을 신었다. 수달은 그 노예를 한 번 더 흘긋 보면서 키로 보아 아직 아이가 아닌가 생각했다. 그러나 그때 조그만 젖가슴이 눈에 띄었다. 여자였다. 대머리 여자였다. 뼈다귀처럼 여윈 사지에 관절이 매듭처럼 불룩불룩 불거져 있었다. 그 여자는 수달을 한 번 올려다보았는데 오직 눈만을 움직여서 보았다. 그녀는 불 속에 침을 뱉고는 짓무른 입가를 손으로 훔친 다음 또다시 미동도 없이 서 있었다.

"그래그래, 조그만 종년아. 잘한 짓이다."

겔룩이 그 부드러운 음성으로 여자에게 말했다.

"네 찌꺼기를 불에 넣는 거야, 그러면 살아 있는 은으로 변할 테니까. 달빛으로 변하지. 그야 신기할 것도 없는 일이야."

겔룩은 수달을 끌고 돌아서서 도로 나선 층계를 내려가기 시작했다.

"어떻게 가장 비천한 것으로부터 나온 무언가가 가장 고귀한 것이 될까? 그것이야말로 마법의 위대한 원리지! 저 더러운 붉은 어머니로부터 만물왕이 태어나는 거야. 다 죽어 가는 노예의

침에서 은빛 나는 '힘의 씨앗'이 만들어지고."

연기에 그을린 돌 층계를 빙빙 돌아 내려가는 동안 겔룩은 쉬지 않고 이야기했고 수달은 그의 말을 이해하려 애썼다. 왜냐하면 이 사람은 힘을 가진 사람이고 그에게 힘이 무엇인가를 이야기해 주고 있었기 때문이다.

그러나 다시 햇빛 비치는 바깥으로 나왔을 때에도 수달의 머리는 어둠에 잠겨 있었고 핑핑 돌았다. 수달은 몇 걸음 못 가서 몸을 반으로 접고 엎어져 땅바닥에 토했다.

겔룩은 예의 호기심 어린, 애정이 담긴 눈빛으로 그 모습을 보고 있었다. 그러고는 수달이 경련을 하고 헐떡거리면서 몸을 가누어 서자 부드럽게 물었다.

"왕이 두렵나?"

수달은 끄덕였다.

"네가 왕의 힘을 나누어 받는다면 그분은 너를 해치지 않아. 힘을 두려워하는 것은, 힘과 싸우려 드는 것은 몹시도 위험한 일이지. 힘을 사랑하고 힘에 함께하는 것이 확실하고 훌륭한 방법이야. 봐, 내가 하는 걸 잘 보라고."

겔룩은 수은 몇 방울을 떠 넣었던 그 가죽 주머니를 손에 들었다. 눈으로는 수달의 눈을 보면서 그는 주둥이를 묶은 끈을 풀고 주머니를 입에 가져다 대더니 그 안에 담긴 것을 마셨다. 겔룩이 웃음 지으며 입을 벌려서 수달은 그의 혀 위에 고인 은

빛 액체 방울을 볼 수 있었다. 겔룩은 그것을 삼켰다.

"이제 왕이 내 몸 안에 있지. 나의 집을 찾아 주신 고귀한 손님이야. 나는 그분 때문에 침을 흘리거나 토하지 않고 내 몸도 짓무르지 않아. 전혀 아니지, 왜냐하면 나는 그분을 겁내지 않으니까. 겁내지 않고 맞아들이지. 그래서 그분은 나의 핏줄에, 동맥에 들어오시는 거야. 나는 전혀 해를 입지 않아. 내 피는 은빛으로 흐르지. 내 눈에는 다른 사람들이 모르는 것들이 보여. 나는 왕의 비밀을 공유해. 그리고 그분이 나를 떠날 때에는, 그분은 변 속에 자신을 숨기지. 더러운 것 속에 숨으시는 거야. 그리고 다시 한번 그 더러운 곳으로부터 내가 그분을 취하여 정화해 주기를 기다리시지. 그분이 나를 정화한 것처럼 말이야! 그렇게 매번 우리는 함께 더욱 순수해지는 거야."

마법사는 수달의 팔을 잡고 함께 걸었다. 그는 미소 지으며 확고한 말투로 말했다.

"나는 달빛을 변 보는 사람이야. 나 외에 이런 사람은 만나볼 수 없어. 그리고 그보다 더욱, 그보다 더욱 근사한 것은 왕께서 나의 씨앗에 임하신다는 것이지. 그분이 곧 나의 정액이 된다. 나는 투레스고 그가 바로 나야……."

혼란스러운 의식 속에서 수달은 자신들이 광산 입구 쪽으로 가고 있음을 어렴풋하게만 자각했다. 그들은 지하로 내려갔다. 광산의 굴길들은 어두운 미로였으며 마법사의 말도 그러했다.

수달은 발을 헛디디며 걸어 나갔고 이해해 보려고 애썼다. 그는 탑 안에 있던 노예를 보았다, 자신을 쳐다보았던 그 여자를. 그는 그녀의 눈을 보았다.

두 사람은 등불 없이 걸어갔다. 오직 겔룩이 앞에 띄운 희미한 도깨비불만이 어둠을 밝혔다. 오래도록 사용되지 않은 갱도로 나아갔지만 마법사는 한 걸음 한 걸음을 잘 알고 있는 것 같았다. 아니면 길을 모르고 헤매면서도 전혀 거리낌 없이 나아가는 것이거나……. 그는 이야기를 하다가 가끔씩 안내나 경고의 의미로 수달을 돌아보았다. 그런 다음 계속해서 전진하고, 이야기도 계속했다.

그들은 광부들이 옛 갱도를 연장해 놓은 지점에 다다랐다. 거기서 마법사는 팔락팔락 타는 촛불 빛과 들쭉날쭉한 그림자 속에 핥기와 이야기를 나눴다. 그러고는 굴 끄트머리의 흙에 손을 대어 작은 덩어리를 떼어 냈다. 흙덩어리를 손바닥 안에서 굴려 보고 짓이겨 시험해 보고 혀로 맛을 보았다. 그러는 동안에는 말이 없었고, 수달은 여전히 이해해 보려고 애를 쓰면서 정신을 집중해 그를 응시했다.

핥기가 그들을 따라 숙소 건물로 돌아왔다. 겔룩은 그 부드러운 음성으로 수달에게 잘 자라고 말했다. 핥기는 언제나와 마찬가지로 수달을 벽돌 벽으로 막힌 그 방에 집어넣고 빵 한 덩어리와 양파 한 알, 물 한 병을 준 다음 문을 닫았다.

수달은 늘 그랬듯이 주문의 줄이 가하는 불편한 압박감 속에 몸을 웅크렸다. 그는 심한 갈증으로 물을 마셨다. 흙냄새를 풍기며 톡 쏘는 양파의 맛은 근사했고, 수달은 그것을 모조리 먹어치웠다.

창을 막은 벽돌 사이를 바른 진흙이 조금씩 틈 난 곳으로 스며드는 희미한 빛이 사라져 감에 따라, 그 방에서 보낸 밤이면 언제나 그랬듯이 처참한 공허가 대신 다가왔다. 수달은 깨어 있었고 점점 더 잠과는 멀어졌다. 겔룩과 함께한 시간으로부터 그의 정신을 휘저었던 흥분이 점점 가라앉았다. 그리고 대신 무엇인가가 솟아오르고, 가까이 다가왔다. 그것은 점점 뚜렷해지려고 했다. 그가 광산 안에서 본 영상, 그림자처럼 희미하면서도 또렷한 영상이었다. 그 탑 위층 방에서 본 노예, 빈약한 가슴과 짓무른 눈을 가진 여자, 독에 찌든 입에서 흐르는 침을 뱉고, 그런 다음 입을 훔치고, 죽음을 기다리며 서 있던 여자……. 그 여자는 그때 그를 쳐다보았다.

수달은 탑에서 보았을 때보다 지금 그 여자를 더 똑똑히 볼 수 있었다. 지금까지 그가 본 어떤 사람보다도 더 또렷하게 그녀를 보았다. 그 가느다란 팔과 불룩하게 부풀어 오른 팔꿈치와 손목의 관절, 어린애 같은 목이 눈앞에 선했다. 마치 그녀가 이 방 안에 함께 있기라도 한 것 같았다. 그녀가 그의 내부에 있는 듯하고, 그녀가 그인 듯했다. 그녀는 수달을 쳐다보았다. 수달은 그녀가 자신을 쳐다보는 것을 보았다. 그는 그녀의 눈을 통해 자기 자신을 보았다.

그는 자신을 묶고 있는 주문 가닥들을 보았다. 어둠으로 짜인 묵직한 끈이 그를 온통 친친 동여매고 있었다. 그 매듭에서 벗어날 방법이 있기는 했다. 만약 그가 저렇게 돌아선다면, 그 다음에는 그렇게 한다면, 그래서 그 줄들을 양손으로 가른다면, 그렇게……. 그렇게 그는 자유로워졌다.

그 여자는 더 이상 보이지 않았다. 그는 방 안에 혼자 서 있었다. 구속받지 않은 채로.

몇 날 몇 주 동안 할 수 없었던 생각들이 한꺼번에 머릿속으로 몰려들었다. 생각과 감정들이 폭풍처럼 몰아쳤다. 분노, 복수심, 동정심, 긍지까지.

제일 먼저 힘과 복수의 환상이 강력하게 그를 휘어잡았다. 그 노예들을 풀어 줄 것이고, 겔룩을 주문으로 묶어서 제련소의 불 속에 처박아 버릴 것이다. 그자를 묶어 눈멀게 하고 맨 꼭대기 방에서 독한 수은 증기를 맡게 할 것이다, 죽을 때까지……. 그러나 생각이 진정되어 좀 더 뚜렷하게 돌아가자, 수달은 자신이 대단한 기술과 힘을 지닌 마법사를 때려눕힐 수 없다는 것을 자각했다. 아무리 그 마법사가 미쳤더라도 말이다. 수달에게 희망이 있다면 그것은 겔룩의 광기를 교묘하게 이용하는 데 있었다. 그렇게 해서 그 마법사가 스스로 파멸하도록 이끄는 것이다.

수달은 가만히 생각해 보았다. 겔룩과 함께 있는 동안 수달은 그에게서 무엇을 배우려고 애썼다, 그 마법사가 하는 말들을 이해해 보려고 노력했다. 그러나 이제 수달은 확실히 알 수 있었다. 겔룩의 생각은, 겔룩이 그렇게 열성으로 나누어 주려고 했던 가르침은 그의 힘과 아무 관계가 없으며 어떤 진정한 힘과도 관계없었다. 광석 채굴과 정련은 과연 나름의 비밀을 품고 있고 숙련을 요하는 위대한 기술이지만, 겔룩은 그 기술에 관하여 아무것도 모르는 것 같았다. 그가 입에 올린 만물왕이니 붉은 어머니니 하는 이야기는 그저 말일 뿐이었다. 심지어 정확한 말도 아니다. 그런데 수달이 어떻게 그런 줄을 알았을까?

청산유수로 쏟아 놓은 이야기 중에서 겔룩은 꼭 한마디 옛 언어로 된 단어를 말했다. 옛 언어란 마법사들의 주문을 이루는 언어이고, 그 한마디는 바로 '투레스'였다. 겔룩은 그 말이 정액을 의미한다고 했다. 수달은 그가 지닌 마법의 재능으로 그 의미가 옳다는 것을 알았다. 겔룩은 그 단어가 또 수은을 가리킨다고도 말했지만, 수달은 그가 틀렸음을 알았다.

수달의 소박한 스승들은 창조의 언어 가운데 자기들이 아는 단어들을 모두 다 가르쳐 주었다. 그 가운데 정액의 이름이나 수은의 이름은 들어 있지 않았다. 그러나 수달의 입술이 벌어지고 그의 혀가 움직였다.

"아예주르."

그의 목소리는 석조 탑에 있던 그 노예의 목소리였다. 수은의 이름을 알고, 수달을 통해 그것을 말한 사람은 바로 그녀였다.

그로부터 잠시 동안 수달은 움직이지 않고 멈춰 있었다. 몸과 마음 모두, 그리고 처음으로 자기의 힘이 어디에 놓여 있는지 이해하기 시작했다.

수달은 자물쇠 채워진 방 안의 어둠 속에 선 채 자신이 자유롭게 떠날 수 있음을 자각했다. 왜냐하면 그는 이미 풀려났기 때문이다. 비바람 같은 환희의 말들이 그의 몸을 타고 흘렀다.

한참 후에, 천천히, 수달은 도로 주문의 덫 속으로 들어갔다. 전에 있던 장소로 돌아가서, 짚 요 위에 앉아서 생각을 계속했다. 가두기 주문은 여전히 거기에 있었지만 이제는 그를 억누를 힘이 없었다. 그 주문이 마룻바닥에 그려진 금인 양 수달은 그것을 넘어 드나들 수 있었다. 자유에 감격하고 감사하는 마음이 심장 박동처럼 규칙적으로 그의 가슴을 두드렸다.

수달은 자기가 해야만 할 일을 생각했다. 그리고 어떻게 해야 할지를 궁리했다. 수달은 자기가 그 여자를 소환했는지 아니면 그녀가 자기 의지로 왔던 것인지 확실히 알 수 없었다. 그녀가 옛 언어의 단어를 그에게 말해 줬는지 아니면 그를 통해 말한 것인지도 알 수 없었다. 수달은 무엇이 자기가 한 일이고 무엇이 그녀가 한 일인지 알지 못했다. 그가 어떤 것이든 주문을 사용했다가는 거의 틀림없이 겔룩을 깨우게 될 터였다. 하지만 결국에는 무모하게, 두려움을 느끼면서, 자신에게 마술을 가르쳐 준 사람들이 그저 뜬소문으로나 여기던 주문을 사용하여 석조탑의 그 여자를 소환했다.

그는 자기 마음속에 그 여자를 끌어와서 바로 거기 그 방 안에서 아까 보았던 그대로 그녀를 바라보았다. 그러고는 소리 내어 그녀를 불렀다. 그러자 여자가 왔다.

유령 같은 그녀의 모습이 거미줄처럼 에워싼 주문의 구속 바로 바깥에 서서 가만히 그를 응시했다. 어디서 나오는지 알 수 없는 부드럽고 파르스름한 빛이 방을 채웠으므로 그녀는 그를 볼 수 있었다. 헐고 짓무른 입술이 떨렸지만, 여자는 말이 없었다.

수달이 말했다. 그는 그녀에게 자신의 참 이름을 주었다.

"나는 메드라야."

"나는 아니에브야."

그녀가 속삭였다.

"우리가 어떻게 자유를 얻을 수 있을까?"

"그의 이름으로."

"설사 그걸 알아낸대도…… 그자와 함께 있을 때 나는 말을 할 수가 없어."

"내가 너와 함께 있으면, 내가 그걸 쓸 수 있어."

"나는 너를 부를 수 없어."

"그래도 난 갈 수 있어."

그녀는 주위를 둘러보았고 그는 위를 올려다보았다. 둘 다 겔룩이 무엇인가를 느끼고 잠에서 깨었음을 알았다. 수달은 주문의 줄이 당겨지며 단단히 죄어드는 것을 느꼈다. 익숙한 그림자가 그를 덮었다.

"내가 갈게, 메드라."

여자가 말했다. 그녀는 빼빼 마른 손을 내밀었다. 주먹을 쥔 채로. 그런 다음 손바닥을 위로 하여 손을 폈다. 마치 그에게 무엇인가를 주는 것처럼……. 그러고는 가 버렸다.

그녀와 함께 빛도 사라졌다. 수달은 홀로 암흑 속에 있었다. 주문이 그의 목을 차갑게 조여 와 숨을 쉴 수가 없었다. 주문은 그의 손을 묶고 폐를 짓눌렀다. 수달은 헉헉거리며 몸을 굽혔다. 그는 생각을 할 수 없었다. 기억할 수도 없었다.

"옆에 있어 줘."

수달은 그렇게 말했지만 자기가 누구에게 말하는지도 몰랐다. 그는 겁에 질렸지만 무엇을 겁내는지 알지 못했다. 마법사, 힘, 주문…… 모든 것이 암흑이었다. 그러나 그의 몸속에, 마음이 아닌 몸속에는 그가 이제 이름 부를 수 없게 된 지식이 불처럼 뜨겁게 남아 있었다. 미로처럼 뒤얽힌 땅 밑 동굴에서 손에 들린 작은 등불 같은 하나의 확신이었다. 수달은 그 빛의 씨앗에서 눈을 떼지 않았다.

기력을 없애는 사악한 꿈, 숨통이 막히는 꿈들이 밀려들었다.

그러나 수달을 얽매지는 못했다. 수달은 깊은 숨을 쉬었다. 그러고는 마침내 잠이 들었다. 그는 빗줄기가 너울처럼 드리워진 산비탈을 꿈꾸었다. 비를 뚫고 환한 빛이 비치고 있었다. 그는 구름 떼가 여러 섬의 바닷가를 지나쳐 떠가는 꿈을 꾸었다. 그리고 안개 속에 서 있는 높고 둥근 초록빛 동산과 바다 저 끝에 비치는 햇빛을 꿈꾸었다.

✳

겔룩이라는 이름을 쓰는 마법사와 로센 왕을 자칭하는 해적은 여러 해 동안 서로 손잡고 일해 왔다. 서로 상대방의 권력을 받쳐 주고 늘려 주면서, 서로 상대방이 자기를 위해 일하는 하인이라고 믿었다.

겔룩은 자기가 없으면 로센의 거지같은 왕국은 금세 주저앉을 것이고 적의 대마법사 아무나 주문 하나의 반만 가지고도 그 왕국의 왕이라는 자를 지워 없앨 수 있다고 여겼다. 그러나 그는 로센이 주인 노릇을 하게 놔두었다. 해적은 마법사에게 편리한 존재였다. 그는 오랫동안 겔룩이 원하는 것을 마련해 주고, 한가한 시간을 주고, 실험에 사용할 노예들을 끝없이 공급해 주었다. 로센 본인이나 그의 항해와 약탈에 걸어 준 보호 마법을 유지하는 일은 쉬웠다. 보물을 숨겨 둔 곳이나 노예들이 일하는 장소에 건 가두기 주문도 그대로 유지했다. 그런 주문을 만들어 거는 일은 문제가 달랐다. 그것은 오랜 시간이 걸리는 힘든 일이었다. 그러나 이제 주문은 제대로 걸려 작동하고 있었고, 해브너 섬을 통틀어 그것을 해제할 수 있는 마법사는 없었다.

겔룩은 자신을 두렵게 만드는 사람을 만나 본 일이 없었다. 과거 그를 방해했던 몇몇 마법사들은 꽤 강력해서 겔룩도 경계를 했다. 그러나 그는 기술과 힘에서 자신과 동등한 사람은 한 명도 알지 못했다.

근년에 와서 '길' 섬으로 노략질 나갔던 로센이 가져다 준 한 권의 전승책에 실린 신비에 점점 깊이 빠져 들면서, 겔룩은 과거에 배웠거나 스스로 발견한 여러 기술들에 더 이상 진전을 보지 못했다. 그 책은 그 모든 것이 하나의 더 위대한 마법으로 이어지는 실마리이자 그림자라고 믿게 만들었다. 하나의 진정한 원소가 모든 물질을 다스리듯이, 하나의 진정한 지식이 다른 모든 것을 포괄한다는 것이다. 그 마법에 늘 더 가까이 근접하면서 겔룩은 마법사들의 기술이라는 것이 로센이 내건 왕호나 그의 법률처럼 조야하고 거짓된 것임을 알았다. 진정한 원소와 함께하게 된다면, 그 자신이 하나뿐인 진정한 왕이 될 터였다. 인간들 중 그 혼자만이 창조와 소멸의 말을 할 수 있을 것이다. 용들을 개처럼 부릴 것이다.

그 젊은 광맥 찾기꾼에게 힘이 깃들어 있는 것을 겔룩은 알아차렸다. 가르침을 받지 못해 서투른 채이지만, 그렇기에 겔룩이 이용할 수 있는 힘이다. 겔룩에게는 지금 가진 것보다 훨씬 더 많은 수은이 필요했고, 그러므로 찾기꾼이 필요했다. 무엇을 찾는 것은 기초적인 기술이다. 겔룩은 그 기술을 익힌 일이 없었지만 그 젊은이가 재능을 가지고 있다는 사실은 알았다. 그 녀석의 참 이름은 얼마든지 알아낼 수 있을 것이고, 그렇게 되면 그를 확실히 조종할 수 있으리라. 겔룩은 그가 제구실을 하게끔 가르치는 데 소모될 시간을 생각하고는 한숨지었다. 그러고 나면 계속해서 땅에서 원광을 캐내고 수은을 정련해야지. 지금까지처럼. 겔룩의 생각은 목전의 장애와 시간 지연을 훌쩍 뛰어넘어 종국에 있을 놀라운 신비로 달려갔다.

겔룩이 주문으로 봉한 상자에 넣어 언제든 직접 지니고 다니는 길 섬의 전승책에는 진정한 정련의 불길에 관하여 여러 방법들이 나와 있었다. 이에 관해 오래도록 연구한 결과 겔룩은 우선 충분한 양의 순수한 금속을 손에 넣으면 그 다음 단계는 이를 더욱 정련하여 '달의 몸'으로 만드는 일임을 알게 되었다. 그는 책에 일부러 모호하게 숨겨 기록된 어구로부터 순수한 수은을 더욱 순수하게 하는 불은 그냥 나무만 가지고는 피울 수 없고 사람의 시체를 연료로 해야 한다는 것을 알아냈다. 숙소 건물의 자기 방에 앉아서 또다시 그 구절을 읽고 골똘히 음미하는 사이에 겔룩은 거기에 또 다른 의미가 담겨 있을지도 모른다는 것을 깨달았다. 마법 전승의 단어들은 언제나 이중적인 의미를 지녔다. 어쩌면 책에서 말하는 것은 단지 비천한 육체만을 희생으로 바치는 것이 아니고 열등한 영혼 역시 태우라는 이야기일 듯했다. 탑에 피워진 그 강한 불길은 죽은 몸뚱이뿐 아니라 산 사람도 살라 버릴 수 있다. 살아 있고 의식이 있는 사람. 오물로부터 순수한 것이 나오고, 고통에서 기쁨이 추출된다. 이것은 전적으로 위대한 원칙에 부합했으니, 한번 인식하자 아주 확실하게 이해가 되었다. 겔룩은 자기가 옳다고, 이제 드디어 방법을 찾아냈다고 확신했다. 그러나 서둘러서는 안 된다. 인내심을 가져야 하고, 만사를 확실하게 해야만 한다. 겔룩은 또 다른 방법으로 주의를 돌려 앞엣것과 비교해 가며 밤이 이슥토록 책을 들여다보며 골몰해 있었다. 한순간 무엇인가가 그의 정신을 다른 곳으로 잡아당겼다. 그의 의식 범위 바깥 가장자리에 침입한 것이 있었다. 그 젊은 녀석이 무엇인가 재주를 피우려고 시도하고 있었다. 겔룩은 신경질적으로 한마디 주문을 말하고, 그물처럼 아롱진 만물왕의 왕국으로 돌아갔다. 그는 갇힌 청년의 꿈이 자신이 건 제약을 벗어났다는 것을 눈치 채지 못했다.

다음 날 겔룩은 홡기를 보내어 젊은이를 데리고 오게 했다. 그는 수달을 만나고 싶어 조바심쳤다. 상냥하게 대하고 가르치고 어제 했던 것처럼 몇 번 토닥여 주리라. 겔룩은 수달과 함께 양지쪽에 앉았다. 그는 아이들과 동물들이 좋았다. 모든 아름다운 것들을 좋아했다. 젊은 존재를 옆에 두는 것은 즐거운 일이었다. 아무것도 모른 채 두려움을 품은 수달의 모습은 귀여웠으며 미처 스스로 자각 못한 그의 힘도 사랑스러웠다. 허약한 데다 꾀만 부리고 몸뚱이는 병들어 추해진 노예들은 지긋지긋했다. 물론 수달은 그의 노예이지만 그 사실을 깨닫게 해 줄 필요는 없다. 사제간이 되면 된다. 하나 제자라는 건 신임할 수 없는 놈들이지. 겔룩은 자기 제자였던 '일찍'을 떠올리고 그렇게 생각했다. 지나치게 똑똑한 놈이었다, 겔룩은 그를 더욱 엄격하게 통제했어야 했다. 부자간이다, 수달과 그는 부자간이 될 수 있을 터였다. 녀석에게 자신을 아버지라고 부르게 할 것이다. 겔룩은 자기가 그의 참 이름을 알아낼 생각이었음을 상기했다. 방법은 무수히 있었지만, 젊은이가 자신에게 조종되고 있는 이상 가장 간단한 방법은 직접 물어보는 것이었다. 겔룩은 눈길을 유심히 수달에게 못박고 물었다.

"네 이름이 뭐지?"

마음속에는 조금 저항하는 몸부림이 있었지만, 입이 벌어지고 혀가 움직였다.

"메드라입니다."

"그래그래, 잘 말했다, 메드라."

마법사가 말했다.

"나를 아버지라고 부르려무나."

*

"붉은 어머니를 찾아내야 한다."

다음 날 겔룩이 그렇게 말했다. 그들은 다시금 숙소 건물 바깥에 나란히 앉아 있었다. 가을 햇볕이 따사로웠다. 마법사는 뾰족 모자를 벗어 버려서 숱 많은 백발이 얼굴로 흘러내렸다.

"네가 조그만 광맥 조각을 찾아서 파게 한 건 알고 있어. 하지만 거기에 있었던 건 고작 몇 방울이야. 그렇게 적은 양을 얻자고 원광을 굽는 건 타산이 맞지 않아. 날 도울 생각이고 또 내가 널 가르치려면 네가 좀 더 애를 써야 할 거다. 무슨 말인지 알 테지. 안 그러냐?"

그는 수달을 향해 웃음을 보였다.

수달은 고개를 끄덕였다.

그는 마법사가 그토록 손쉽게 자기 이름을 말하게 만들었다는 사실에 아직까지 충격을 받고 떨고 있었다. 이로써 겔룩은 수달에 대하여 직접적이고도 절대적인 지배력을 갖게 되었다. 이제 수달은 어떤 방식으로든 겔룩에게 저항할 희망이 깡그리 사라져 버렸다. 그날 밤 수달은 완전한 절망에 빠져 있었다. 그러나 그때 아니에브가 그의 마음속으로 들어왔다. 그녀 자신의 의지로, 방법을 강구해서 온 것이다. 수달은 그녀를 부르지 않았고 그녀를 생각할 수조차 없었다. 그리고 결코 소환을 감행할 수도 없었다, 겔룩이 자기 이름을 알기 때문에. 그러나 그녀는 왔다. 심지어 수달이 마법사와 함께 있을 때에도, 환영이 아니라 그의 머릿속에 실재로서 왔다.

마법사의 이야기를 들으며, 줄곧 주위에 어둠을 엮는 통제 주문을 반쯤 의식하면서 아니에브를 알아차리기란 어려운 일이었다. 그러나 수달은 알아차렸다. 그녀는 수달과 함께 있다기보다 직접 그가 되었다. 아니면 수달이 그녀가 되었든가……. 수달은 아니에브의 눈으로 앞을 보았다. 그녀의 목소리가 마음속에 울리자 그것은 겔룩의 음성보다 또렷하고 그의 주문보다 더 강력했다. 수달은 그녀의 눈과 마음을 통하여 보고 생각할 수가 있었다. 그러자 마법사가 그의 몸과 마음을 완전히 장악했다고 확신한 나머지 그를 자기 의지에 묶는 주문을 소홀히하고 있음을 눈치 채게 되었다. 속박하는 줄은 서로를 잇는 것이기도 했다. 수달은(아니면 그의 내부에 있는 아니에브는) 겔룩이 건 주문을 따라 겔룩의 마음속으로 스며들어 갔다.

겔룩은 이것을 전혀 알아차리지 못한 채, 끝없는 주문같이 혹하게 하는 그 음성을 이어 가며 이야기를 계속했다.

"진짜 자궁을 찾아내야 한다. 대지의 아기주머니를 찾는 거야. 그 속에 순수한 달의 씨앗이 머금어져 있지. 달이 대지의 아버지라는 걸 아나? 그거야, 그거라고. 그래서 그는 대지와 눕지, 아버지의 권리로서 말이야. 달은 땅의 비천한 진흙에 참된 씨앗의 축성을 내려. 그런데 이 땅은 왕을 낳으려 하지 않아. 막강한 공포에 젖어 자진해서 사악한 길을 택하지. 땅이라는 년은 그를 움켜잡아 끌어넣고 깊숙이 숨겨 버려. 자기를 정복할 주인을 낳을까 봐 두렵기 때문이지. 그것이 바로 왕을 태어나게 하기 위하여 그 계집을 산 채로 태워야만 하는 이유야."

겔룩은 말을 끊고 한동안 아무 말 없이 생각을 굴리고 있었다. 그 얼굴에는 흥분한 기색이 어렸다. 수달은 겔룩의 마음속에 떠오른 영상을 한 찰나 훔쳐보았다. 커다랗게 타오르는 불길, 손발이 달린 장작들이 불타오른다. 부풀어 오른 덩어리들이 불에 타면서 불에 던져진 생나무의 소리 같은 비명이 울려 퍼졌다.

"그래, 계집을 산 채로 불태워야 해. 그래야만, 그렇게 해야만 그가 그 속에서 솟아오르지, 찬란한 모습으로! 아, 이제 그럴 때야. 아니, 이미 지났지. 우리가 왕을 태어나게 해야 해. 거대한 광맥을 찾아야만 한다고. 그건 여기에 있어. 거기엔 의심의 여지가 없다. '그 어머니의 자궁이 세이모리 땅 밑에 있나니.'"

겔룩은 또다시 말을 멈추었다. 그가 느닷없이 똑바로 응시하는 바람에 수달은 그의 마음을 훔쳐보던 게 들킨 줄 알고 공포에 얼어붙었다. 겔룩은 반쯤은 날카롭고 반쯤은 무심한 기묘한 눈빛으로 한동안 수달을 물끄러미 바라보았다. 그는 웃음을 띠고 있었다.

"꼬마 메드라야!"

그제야 수달이 거기 있는 것을 알아차린 것처럼 겔룩이 불렀다. 그러고는 어깨를 토닥였다.

"넌 숨겨진 것을 찾아내는 재능을 지닌 녀석이야. 꽤 쓸 만한 재능이지. 제대로 훈련만 받는다면 말이야. 두려워 마라, 아이야. 네가 왜 내 하인들을 보잘것없는 광맥으로만 이끌었는지 안단다. 꾀 부리고, 뜸을 들이고……. 하지만 이제 내가 왔으니 내 말에 따라라. 그리고 아무것도 두려워할 것 없다. 내게 숨겨 봐야 소용없어. 숨길 거라도 있나? 현명한 아이는 아버지를 따르고 아버지 말에 순종하는 법이야. 아버지는 그만 한 보상을 해주는 것이고."

겔룩은 곧잘 그러던 대로 바짝 다가붙어서는 부드럽고 확신에 찬 목소리로 말을 이었다.

"넌 분명히 거대한 광맥을 찾아낼 거야."

"어디 있는지 제가 알아요."

아니에브가 말했다.

수달은 말을 할 수 없었다. 그녀가 그를 통하여, 그의 목소리를 써서 말했다. 그 음성은 걸걸하고 탁하게 들렸다.

겔룩이 상대방으로 하여금 말하게 하지 않은 상황에서 그에게 말을 걸 수 있었던 사람은 아주 드물었다. 겔룩은 자기에게 가까이 오는 사람들을 침묵시키고 약하게 만들어 통제하는 주문을 너무나 상습적으로 사용하고 있어서 주문을 쓴다는 의식이 거의 없을 정도였다. 겔룩은 남들이 자기 말을 듣게 하는 데 익숙했지 남의 말을 듣는 데는 익숙하지 못했다. 자신의 힘을 확신하고 자신의 생각들에 사로잡힌 탓에, 그 너머를 생각지 못한 것이다. 그는 수달을 그저 자기 계획의 한 부분이자 자기 자신의 도구로 여겼을 뿐 그를 제대로 인식하지 못했다. 그래서 다시 말하며 웃음 지었다.

"그래그래, 알아내야지."

그러나 수달은 겔룩을 민감하게 인식하고 있었다. 신체적으로도 그렇고 막강하게 통제해 오는 힘으로도 그랬다. 아니에브가 말을 하자 수달은 자기에게 드리워진 겔룩의 힘이 상당 부분 걷히고 발 디딜 자리가 생기는 느낌이었다. 겔룩이 그렇게나 가까이, 공포스러울 만큼 가까이 있었지만 수달은 가까스로 입을 열었다.

"그리로 모시겠습니다."

딱딱한 음성으로 힘겹게 그가 말했다.

겔룩은 이렇게 말하고 저렇게 말하도록 사람들을 조종하는 데 습관이 들어 있었다. 만약 그들이 말을 하게나 한다면 말이다. 지금 이 말은 그가 원했던 것이지만, 듣게 될 줄은 몰랐던 뜻밖의 말이었다. 겔룩은 젊은이의 팔을 잡고 얼굴을 아주 가깝게 들이대었다. 그가 움츠러드는 것이 느껴졌다.

"정말 영리한 녀석이군. 먼젓번에 찾아낸 광석 덩어리보다 나은 물건이냐? 채굴해서 구울 만한 가치가 있어?"

"그게 광맥이에요."

젊은이가 말했다. 느리고 어눌한 그 말들에 대단한 무게가 실렸다.

"대광맥이라고?"

겔룩은 수달을 똑바로 쳐다보았다. 얼굴과 얼굴 사이가 손 한 개 폭만큼도 되지 않았다. 푸른 기가 도는 눈동자에 담긴 빛은 부드럽고 어지럽게 흐르는 수은 같았다.

"자궁이란 말인가?"

"주인만이 거기에 갈 수 있습니다."

"주인이라니?"

"집안의 주인. 왕 말입니다."

수달에게 이 대화는 또다시 조그만 등불에 의지해 넓은 암흑 속을 걸어 나가는 느낌이었다. 아니에브가 알고 있는 것이 바로 그 등불이다. 한 걸음 내디디면 다음 걸음을 어디에 놓아야 할지 눈에 보였다. 그러나 자기가 어디를 걷고 있는지는 파악할 수 없었다. 다음에 무엇이 올지 전혀 알 수 없고, 보아도 본 것이 무엇인지 이해할 수 없었다. 그러나 수달은 무엇인가를 보았고, 한 마디 한 마디 전진해 갔다.

"네가 어떻게 그 집을 알지?"

"저는 봤습니다."

"어디서? 이 근처에서?"

수달은 고개를 끄덕였다.

"땅속인가?"

그가 보는 것을 그에게 말해 주라고, 아니에브가 수달의 마음 속에 속삭였다. 그래서 수달은 말했다.

"반짝이는 지붕 위 어둠 속으로 개울이 흐릅니다. 그 지붕 아래에 왕의 집이 있어요. 지붕은 바닥에서 아주 높직이, 높은 기둥에 받쳐져 있지요. 바닥은 빨개요. 기둥도 모두 빨개요. 그 위에 룬 문자들이 빛을 냅니다."

겔룩은 숨을 멈추었다. 그러곤 곧, 아주 부드럽게 물었다.

"룬을 읽을 수 있어?"

"저는 못 읽어요."

수달은 무감각한 어조로 말했다.

"저는 거기 갈 수 없어요. 왕 말고는 그 누구도 몸을 가지고 그곳에 들어설 수 없어요. 거기 적힌 것을 읽을 수 있는 건 왕뿐입니다."

원래부터 희었던 겔룩의 얼굴이 더욱 창백해졌다. 그는 턱을 조금 떨었다. 그러고는 일어섰다. 늘 그러듯이 갑작스럽게 벌떡 일어섰다.

"나를 그리 데려가라."

겔룩은 애써 자제하며 말했지만, 너무나 거칠게 강제로 일으켜 걷게 하는 바람에 수달은 몸을 휘청하며 일어났고 넘어질 듯 비틀거리며 몇 걸음을 내디뎠다. 그런 다음에 그는 발길을 재촉하는 겔룩의 강압적이고 열띤 음성에 저항하지 않으려고 애쓰면서 뻣뻣하니 어색한 걸음으로 걸어 나갔다.

겔룩은 수달에게 아주 바짝 붙어 오면서 걸핏하면 팔을 움켜잡았다. 그러면서 몇 번인가 말을 했다.

"이 길이지. 그래그래, 바로 이쪽이야!"

그러나 그는 수달을 따라가는 것이었다. 잡은 손과 주문으로 수달을 밀고 마구 몰아쳤지만 갈 방향은 수달이 선택했다.

그들은 광석 굽는 탑을 지나고 옛 갱도와 새로 판 갱도를 다 지나서 수달이 여기 온 첫날 휥기를 데리고 갔던 기다란 골짜기로 접어들었다. 계절은 이제 늦가을이었다. 그때는 초록빛이던 관목과 풀 더미가 지금은 칙칙하게 말라붙었고, 불어오는 바람에 덤불에 아직 남은 마지막 잎들이 바스락거렸다. 그들이 가는 방향 왼쪽 아래로는 빽빽이 엉킨 버드나무 수풀 속에 작은 개울이 흘렀다. 부드러운 햇살과 긴 그림자가 산비탈에 줄무늬졌다.

수달은 겔룩의 손아귀에서 벗어날 순간이 다가온다는 것을 알았다. 지난밤부터 그는 확신할 수 있었다. 그는 또 바로 그 순간에 자기가 잘하면 겔룩을 패배시키고 그의 힘을 제거해 버릴 수도 있다는 것을 알고 있었다. 만약 겔룩이 환상에 눈멀어 방어를 소홀히한다면, 만약 수달이 그의 이름을 알아낸다면 말이다.

겔룩의 주문은 여전히 두 사람의 마음을 한데 묶고 있었다. 수달은 조급하게 겔룩의 마음속으로 파고들어 그의 참 이름을 찾아 헤맸다. 그러나 어디를 봐야 할지, 어떻게 찾아야 할지 도무지 몰랐다. 자기 기술을 제대로 익히지 못한 찾기꾼으로서 그가 겔룩의 생각 속에서 또렷이 볼 수 있었던 것은 뜻 모를 말들이 가득 찬 전승책의 여러 쪽들과 겔룩이 그린 환상뿐이었다. 바로 새빨간 기둥마다 은빛 룬 문자들이 춤추는, 붉은 벽에 둘러싸인 넓디넓은 궁전이다. 그러나 수달은 책장도 룬도 읽을 수가 없었다. 읽는 법을 배운 적이 없었던 것이다.

이번에 수달과 겔룩은 탑으로부터나 아니에브로부터 점점 멀리 가고 있었다. 그녀의 존재감은 때때로 약해지고 희미해졌다. 수달은 그녀를 소환할 엄두를 내지 못했다.

불과 몇 걸음 앞쪽으로 발밑 땅속에, 겨우 석 자쯤 지하에, 검은 물이 흘러서 운모로 된 바위 턱 너머 부드러운 흙 속으로 스며 들어가고 있었다. 그 아래로 텅 빈 구멍이 입을 벌리고 진사가 덩이져 숨어 있었다.

겔룩은 거의 완전히 자기 자신의 환상에 홀려 있었지만, 수달과 마음이 서로 연결돼 있었기 때문에 수달이 본 것을 일부나마 엿보았다. 겔룩은 발걸음을 멈추며 수달의 팔뚝을 움켜쥐었다. 그 손은 욕심으로 덜덜 떨렸다.

수달은 앞쪽으로 솟아오른 나지막한 비탈을 가리켰다.

"저기가 '왕의 집' 입니다."

그 순간 겔룩은 수달을 내버려두고 그 언덕 비탈과 자기가 그 속에 투영한 환상에 집중했다. 수달은 비로소 아니에브를 부를 수가 있었다. 그녀는 단번에 그의 마음과 존재 속으로 들어왔고 그와 함께했다.

겔룩은 꼼짝 않고 서 있었다. 그러나 떨리는 양손은 단단히 움켜쥐어지고, 마치 사냥감을 뒤쫓고 싶지만 냄새를 찾지 못한 사냥개처럼 장신의 몸을 후들후들 떨고 비틀어 댔다. 그는 정말 어쩔 줄을 몰랐다. 아직 마지막 햇살을 받고 있는 언덕배기엔 풀이 자랐고 덤불이 우거졌지만 들어갈 수 있는 입구는 보이지 않았다. 자갈흙에서 풀들이 자라나 있다. 땅에는 어떤 틈새도 흔적도 없었다.

수달은 그런 말을 하려고 생각하지 않았는데 아니에브가 그의 음성을 빌려서 말했다. 그와 감쪽같이 닮은 약하고 둔한 목소리였다.

"주인님만이 문을 열 수 있습니다. 왕만이 열쇠를 가지고 있어요."

"열쇠라고."

수달은 주의를 끌지 않도록 꼼짝 않고 서 있었다. 탑의 그 방에 선 아니에브와 똑같이.

"열쇠가 뭐지."

겔룩이 다급하게 또 말했다.

"열쇠는 왕의 이름입니다."

어둠 속에서 건너뛰는 무모한 짓이었다. 둘 중 누구 입에서 나온 말이었을까?

겔룩은 여전히 제정신을 잃고 바짝 흥분한 채 떨고 있었다. 잠시 후, 그가 말했다.

"투레스."

거의 속삭임에 가까웠다. 바람이 메마른 풀 속을 헤집고 불었다. 마법사는 느닷없이 앞으로 뛰어나갔다. 이글거리는 눈으로 그가 외쳤다.

"왕의 이름으로 명하노니 문을 열라! 나는 티나랄이다!"

동시에 그의 두 손이 빠르고 힘찬 손짓을 했다. 무거운 장막을 양쪽으로 열어젖히는 듯한 동작이었다.

겔룩 앞의 언덕 비탈이 부르르 떨고 꿈틀꿈틀 진동하더니 입을 벌렸다. 생겨난 틈새가 깊어지고 넓어졌다. 틈새에서 물이 솟아올라 마법사의 발치를 지나 흘러 내려갔다. 겔룩은 뒤로 물러났고, 노려보다가, 한 손으로 단호한 손짓을 하여 그 물을 바람에 날리는 분수 물처럼 획 쓸어내 버렸다. 땅에 벌어진 틈은 더 깊어져서 운모 덩어리를 드러냈다. 돌을 쪼개는 날카로운 음향과 더불어 반짝이는 운모 바위가 쪼개져 나갔다. 그 밑은 암흑이었다.

마법사는 발을 내디뎠다.

"내가 왔도다."

그는 기쁨에 차 부드러운 음성으로 말하며 땅에 갈라진 날것의 상처 자리로 거리낌 없이 성큼성큼 걸어 들어갔다. 하얀 빛이 그의 양손과 머리 주위에 노닐었다. 그러나 땅속 공동의 부서진 지붕 가장자리까지 간 뒤에, 내려가는 경사 길이나 계단이 보이지 않았으므로 그는 머뭇거렸다. 그리고 바로 그 찰나에 아니에브가 수달의 목소리로 외쳤다.

"티나랄, 쓰러져라!"

허둥지둥 발을 고쳐 디디며 돌아서려고 했지만, 마법사는 무너지는 바위 턱 가장자리에서 딛고 설 자리를 잃고 어둠 속으로 떨어져 내렸다. 새빨간 외투가 위로 펄렁 날리고 그를 감싼 마법의 빛이 유성처럼 떨어져 갔다.

"닫혀!"

수달은 털썩 무릎을 꿇고 양손을 땅에 짚은 채, 벌겋게 입을 벌린 틈에 대고 외쳤다.

"닫혀요, 어머니여! 상처를 치유하고 완전해져요!"

이 말을 외칠 때까진 알지도 못했던 창조의 말로써 수달은 애원하고 빌었다.

"어머니여, 완전해지세요!"

그가 말했고, 상처 입은 대지는 신음하고 움직이며, 아물어

들고, 스스로 치유되었다.

불그스름한 선이 남았다. 흙먼지와 자갈과 뿌리 뽑힌 풀들 사이로 생겨난 흉터였다.

바람이 낮게 자란 떡갈나무 관목의 마른 잎들을 흔들었다. 해는 언덕 저편에 있었고 낮은 잿빛 구름 덩어리들이 언덕을 넘어왔다.

수달은 그곳 언덕진 비탈 밑에 홀로 몸을 웅크렸다.

구름이 짙어졌다. 비가 작은 계곡을 통과하여 지나가며 먼지 흙과 풀 위로 내렸다. 구름 위로는 태양이 밝디밝은 하늘의 집서편 층계를 내려 밟고 있었다.

수달은 마침내 몸을 일으켰다. 비에 젖고 춥고 마음이 혼란스러웠다. 왜 여기에 있는 것일까?

그는 무언가를 잃어버렸고 그것을 찾아야만 했다. 잃어버린 것이 무엇인지 몰랐지만 그것은 불의 탑에 있었다. 연기와 독한 증기 속으로 돌층계가 올라가는 그곳에……. 그는 그리로 가야 했다. 그는 발을 딛고 일어서서 주춤주춤, 위태로운 발걸음으로 절뚝거리며 골짜기를 도로 내려갔다.

몸을 숨긴다든가 자신을 방어해야겠다는 생각은 전혀 뇌리에 떠오르지 않았다. 다행히 근처에 경비병이 없었다. 경비병은 몇 명 되지 않았고 별로 경계하고 있지도 않았는데, 마법사의 주문이 감옥을 자물쇠 채워 놓았기 때문이다. 주문은 사라졌지만 탑 안에 있는 사람들은 그 사실을 몰랐다. 그들은 희망 없음이라는 더 큰 주문에 걸려 일하고 있었다.

수달은 둥근 지붕이 덮인 광석 가마와 바삐 움직이는 노예들을 지나쳐, 빙빙 돌아 오르며 점점 어두워지는 냄새 지독한 층계를 천천히 올라갔다. 그리하여 맨 꼭대기 방에 이르렀다.

그녀가 거기 있었다. 수달을 치료해 줄 병든 여자, 보물을 간직한 가난한 여자, 수달 자신이기도 한 낯선 여자가.

그는 말없이 문가에 섰다. 그녀는 도가니 옆 돌 위에 앉아 있었다. 그 야윈 몸은 돌바닥처럼 창백하고 어두운 잿빛이었다. 입에서 흘러내린 침이 턱과 가슴에 반짝거렸다. 수달은 갈라진 땅에서 흘러내리던 샘물을 생각했다.

"메드라."

그녀가 말했다. 입이 헐어 또렷하게 말할 수가 없었다. 그는 무릎을 꿇고 앉아 그녀의 양손을 쥐고 얼굴을 들여다보았다. 그가 속삭였다.

"아니에브, 나하고 가자."

"집에 가고 싶어."

그녀가 말했다.

그는 그녀를 도와 일으켜 세웠다. 두 사람을 보호하거나 숨겨줄 주문은 읊지 않았다. 그의 힘은 모조리 다 써 버렸다. 그리고 그녀에게 아무리 대단한 마법이 잠재해 있었다고 한들, 그것이 골짜기로 들어가는 기묘한 길을 한 걸음 한 걸음 그에게 자신을 싣고 함께 가서 마법사를 속여 이름을 말하게 할 정도로 엄청난 마법이었다 한들, 아니에브는 마법의 기예나 주문을 전혀 몰랐고 남은 힘이 전혀 없었다.

그런데도 아무도 그들을 주목하지 않았다. 마치 무슨 마법의 보호가 감싸고 있는 듯했다. 두 사람은 빙빙 도는 층계를 걸어 내려와, 탑을 나와서, 숙소 건물들을 지나, 광산에서 떠났다. 그들은 나무가 성긴 숲 지대를 지나서 세이모리의 저지대를 바라보고 앉아 온 산을 등 뒤에 감춘 산기슭 언덕들을 향해 갔다.

*

아니에브는 그렇게나 굶주리고 거의 망가진 여자의 몸으로, 벌거벗은 것과 다름없는 차림에 찬비를 맞으며 걷는 것치고는 아주 잘 걸었다. 그녀의 의지는 모조리 앞으로 걸어가는 것에 집중되었다. 그 외에 다른 것은 그녀의 뇌리에 없었다. 수달도 없고 아무것도 없었다. 그러나 그녀는 거기에 진짜 몸으로 함께 있었고, 수달은 그녀가 소환에 응하여 와 주었을 때만큼이나 날카롭고 낯설게 그녀의 존재를 느꼈다. 벗겨진 머리와 헐벗은 몸에 비가 흘러내렸다. 그는 그녀를 멈춰 세우고 자기 윗도리를 입혀 주었다. 옷이 더러운 게 부끄러웠다. 이 몇 주 동안 내내 입던 옷이었기 때문이다. 아니에브는 옷을 씌워 입혀 주도록 가만히 있다가 바로 다시 전진했다. 빨리 걷지는 못했지만 꾸준히 걸어갔다. 두 눈을 마차 바퀴 자국에 고정시키고 그것을 따라갔다. 비구름 아래 밤이 일찍 찾아들어 발 디딜 곳을 볼 수 없을 때까지 그녀는 걸었다.

"불을 만들어."

그녀가 말했다. 애처롭게 애원하는 소리였다.

"불 만들 줄 모르니?"

"몰라."

수달은 그렇게 말했지만, 마법의 불빛을 불러 오려고 노력했고 얼마 후에는 발 앞을 희미하게 밝힐 수 있었다.

"비 피할 곳을 찾아서 좀 쉬자."

그가 말했다.

"난 멈추면 안 돼."

그녀가 말하고 다시 걷기 시작했다.

"밤새도록 걸어갈 수는 없어."

"누워 버리면 일어나지 못할 거야. 난 산이 보고 싶어."

가냘픈 목소리는 산언덕을 휩쓸고 나무들 사이로 쏟아지는 빗방울들의 수많은 목소리들 속에 묻혔다.

그들은 어둠 속에서 계속 전진했다. 은빛 선을 그리는 빗줄기 사이로 비치는 도깨비불의 흐린 은색 빛에 드러난 바퀴 자국만 보면서 갔다. 그녀가 비틀거려서 그가 팔을 잡아 주었다. 그 뒤로는 나란히 몸을 바짝 붙여서 여린 온기와 위안을 찾으며 다시 걸어갔다. 걸음이 느려지고, 점점 더 느려졌지만, 그들은 계속해서 걸어 나갔다. 새카만 하늘에서 떨어지는 빗소리와, 젖은 발이 바퀴 자국의 진흙탕과 젖은 풀을 밟을 때 나는 입 맞추듯 물기 어린 작은 소리 외에는 아무 소리도 없었다.

"봐."

그녀가 멈춰 서며 말했다.

"메드라, 저기 봐."

그는 자면서 걷다시피 하고 있었다. 창백한 도깨비불 빛이 거의 사라졌다. 그것은 더욱 아련하고 크나큰 맑음 속으로 녹아버렸다. 하늘과 땅이 모두 한가지로 잿빛을 띠었다. 그러나 그들 앞으로, 그들 위로, 아주 높이, 공중에 뜬 구름 조각보다 더 높은 곳에 기다란 산등성이가 발갛게 빛났다.

"저기야."

아니에브가 말했다. 그녀는 산을 가리키고 미소 지었다. 그러곤 고개 들어 길동무를 바라보고, 천천히 고개 숙여 땅을 보았다. 그녀는 무릎을 꿇고 무너져 내렸다. 그는 아니에브 곁에 무릎 꿇고 앉아 부축하려고 했다. 그러나 그녀는 팔 안에서 스르르 미끄러져 내렸다. 그는 최소한 아니에브의 머리가 길의 진흙 속에 빠지지 않도록 지탱하려 했다. 그녀의 팔다리와 얼굴이 비틀리고 이가 딱딱 부딪쳤다. 그는 아니에브를 꽉 끌어안고 몸을 덥혀 주려고 했다.

"여자들에게."

그녀가 속삭였다.

"'손'에게. 물어봐. 마을에서. 난 결국 산을 봤어."

아니에브는 다시 일어나 앉으려고 애를 썼지만 심한 떨림이 덮쳐 와 그 몸을 허물었다. 그녀는 이제 숨을 쉬려고 할딱거렸다. 산등성이의 선에, 그리고 동쪽 하늘 전체에 빛나는 붉은 광채를 받으며 수달은 그녀의 입에서 흘러나오는 새빨간 거품과 침을 보았다. 아니에브는 때때로 그를 꽉 움켜쥐곤 했지만 더 이상 말은 하지 않았다. 붉은 광채가 차차 가시고 구름이 또다시 산을 가로질러 달려와 떠오르는 해를 가려 사위가 어둑해지기까지, 그녀는 죽음과 싸우며 숨을 쉬려고 분투했다. 최후의 힘겨운 숨 한 모금을 몰아쉬고 다시는 숨 쉬지 않게 된 것은 날이 이미 다 밝고 비가 올 무렵이었다.

이름이 메드라인 남자는 진흙탕 속에 앉아 죽은 여자를 팔에 안고 흐느껴 울었다.

참나무를 한 짐 싣고 노새를 이끌어 길 가던 수레꾼이 그들이 있는 데까지 올라왔다가 둘을 다 '숲끝' 마을까지 데려다 주었다. 수레꾼은 젊은 남자가 죽은 여자를 놓게 할 수 없었다. 그는 쇠약해져 벌벌 떨고 있었지만 안은 이를 길에 내려놓으려 하지 않고 그대로 그러쥔 채 마차에 기어올랐다. 그러고는 숲끝에 갈 때까지 몇 십 리 길 내내 그녀를 안고 있었다. 그가 한 말은 "그녀가 절 구했어요."뿐이었고, 수레꾼은 아무 말도 묻지 않았다.

"그녀가 절 구했는데, 전 구해 주지 못했어요."

산골 마을의 남녀 주민들에게 그는 격한 어조로 그렇게 말했다. 그는 여전히 그녀를 놓으려고 하지 않고, 비에 젖고 뻣뻣해진 몸뚱이를 지키려는 듯 꽉 끌어안고 있었다.

마을 사람들은 충분히 시간을 들여서 이 마을 여자 중에 아니에브의 어머니가 있으니 어머니가 그녀를 안아 보도록 놔주어야 한다는 이야기를 그가 알아듣도록 해 주었다. 그는 결국 그렇게 했다. 그러면서도 그 여인이 자기 벗을 부드럽게 대하는지, 여차하면 그녀를 보호할 태세로 지켜보았다. 그런 다음에는 또 다른 여자가 이끄는 대로 얌전하게 따라갔다. 그 여자가 입으라고 건네주는 마른 옷을 입고, 먹으라고 준 약간의 음식을 먹었다. 그녀에게 이끌려 간 잠자리의 요 위에 누워서는 너무나 지친 나머지 흐득거리는 소리를 냈다. 그러고는 잠이 들었다.

*

하루 이틀이 못 되어 핥기의 부하 몇이 찾아와 위대한 마법사 겔룩과 젊은 찾기꾼을 본 사람이 없느냐고 묻고 다녔다. 둘 다 감쪽같이 없어져 버렸다는 것이다, 마치 땅이 삼켜 버린 것처럼……. 숲끝 마을 사람 누구도 '풀밭'네 집 사과 광에 숨어 있는 이방인에 관해서 입도 벙긋하지 않았다. 그들은 그를 안전하게 지켜 주었다. 아마도 그로 인하여 오늘날 그곳 사람들이 자기네 마을 이름을 과거 부르던 이름인 '숲끝' 대신에 '수달굴'이라고 부르는 것이리라.

*

수달은 길고 고된 시험을 거쳤고, 엄청난 힘에 맞서며 중대한 계기를 얻었다. 나이가 젊어 체력은 얼마 안 가 회복이 되었지만 그의 마음은 좀처럼 갈피를 잡지 못했다. 그는 무엇인가를 잃어버렸다. 영원히 잃었다, 발견한 그 순간 잃고 말았다.

그는 기억 속을 헤매고 그림자 사이를 찾아다녔다. 영상들을 헤집으며 찾고 또 찾았다. 해브너의 집을 습격했던 놈들, 돌 감옥, 사냥개, 숙소 건물에 있던 벽돌 감옥과 친친 동여매는 주문들, 활기와 함께 돌아다니던 일, 겔룩과 함께 앉았던 것, 노예들, 불, 수은 증기와 연기를 뚫고 빙빙 돌아 올라가 탑 꼭대기 방에 이르는 돌층계. 찾기 위해서 그는 이 모든 것을 되새기고 모든 것을 뚫고 나가야 했다. 몇 번이고 몇 번이고 그는 그 탑의 방에

서서 그 여자를 쳐다보고, 그리고 그녀는 그를 보았다. 몇 번이고 몇 번이고 그는 그 작은 골짜기를 지나가고, 메마른 풀 사이를 지나가고, 마법사의 불타는 환영 속을 지나갔다. 그녀와 함께. 몇 번이고 몇 번이고 그는 마법사가 거꾸러지는 것을 보고, 땅이 닫히는 것을 보았다. 그는 새벽에 발갛게 빛나던 산등성이를 보았다. 자기가 안고 있는 사이에 아니에브가 죽었다. 일그러진 그 얼굴이 그의 팔에 꽉 눌려 있었다. 그녀에게 정말 너는 누구냐고 우리가 해낸 일이 무엇이냐고, 어떻게 그럴 수 있었느냐고 묻지만 그녀는 대답할 수가 없었다.

그녀의 어머니인 에이요와 이모인 '풀밭'은 현명한 여인들이었다. 그들은 따뜻한 기름과 안마와 약초와 송가로 최선을 다하여 수달을 치료했다. 그들은 수달에게 말을 걸었고 그가 하는 말에 귀를 기울였다. 두 사람 다 그가 위대한 힘을 가진 남자임을 믿어 의심치 않았다. 그는 부인했다.

"따님이 도와주지 않았더라면 전 아무것도 못했을 거예요."

"그 애가 어떻게 했는데요?"

에이요가 부드럽게 물었다.

그는 최선을 다해 이야기해 주었다.

"우린 초면이었어요. 그런데도 그녀는 저에게 이름을 주었어요……. 그리고 저도 이름을 주었죠."

그는 한참씩 사이를 두어 가며 띄엄띄엄 말했다.

"마법사와 함께 걸었던 건 저예요. 그의 술법에 걸려 있었죠. 그런데 그녀가 저와 함께 있었고, 그녀는 자유로웠어요. 그렇게 우리 둘이 함께 그자의 힘을 그자에게 되돌려 보냈고, 그래서 마법사는 자멸했지요."

그는 한참 동안 생각에 잠겼다가 말했다.

"그녀가 저에게 힘을 전해 줬어요."

"우리도 그 애가 대단한 재능을 지닌 줄은 알았어요."

에이요가 말했다. 그러고는 한동안 조용히 있었다.

"어떻게 그 애를 가르칠지 몰랐죠. 산에는 선생이 남아 있지 않아요. 로센 왕의 마법사들이 마술사와 마녀들을 죽여 버렸거든. 되려고 하는 사람도 이젠 없어요."

"한번은 내가 산에 높이 올라갔을 땐데, 봄 눈보라가 몰아쳤다오. 그래 길을 잃었지. 그 애가 그리로 찾아왔어요. 그 애가 나를 찾아왔다고, 몸으로 온 게 아니고 말요. 와서는 나를 산길로 이끌어 줬지. 그때 그 앤 겨우 열두 살이었다오."

풀밭의 말이었다.

"그 앤 가끔씩 죽은 이들과 함께 거닐기도 했어요."

에이요가 몹시 낮은 소리로 말했다.

"팰리언으로 내려가는 숲 속에서요. 그 앤 옛 힘들을 알고 있었어요. 할머니가 나에게 말씀해 주셨던 힘, 대지의 힘들이지요. 거기에서는 그 힘들이 강하다고 그 앤 말했더랬죠."

"그렇지만 그 애도 딴 애들이나 마찬가지로 그냥 어린 계집애였다오."

풀밭이 말하고 얼굴을 묻었다.

"좋은 애였는데."

그녀가 속삭였다.

한참 후 에이요가 말했다.

"젊은 애들 몇이서 '눈마을'로 걸어 내려가던 차였는데. 거기 양치기한테서 양털을 사러 갔더랬죠. 작년 봄이네요. 사람들이 말하는 그 마법사가 거기 와서 주문을 걸었어요. 노예를 잡으러 왔던 거예요."

그런 뒤 모두들 침묵에 젖었다.

에이요와 풀밭은 서로 몹시 닮았는데, 수달은 그들에게서 아니에브의 모습이 어땠을지를 보았다. 작은 키에 호리호리하고 싹싹한 여자. 둥근 얼굴과 맑은 눈과 풍성한 짙은 빛 머리카락을 가진 여자. 여느 사람들 머리처럼 직모가 아니라 꼬불꼬불 뒤엉킨 곱슬머리다. 해브너 서쪽 지역에는 그런 머리가 많았다.

하지만 아니에브는 대머리였다. 광석 굽는 탑의 노예들이 전부 그랬듯이.

아니에브의 평소 이름은 '깃발꽃'이었는데 봄에 피는 푸른 붓꽃을 뜻했다. 어머니와 이모는 그녀에 대한 이야기를 할 때 그녀를 깃발꽃이라고 불렀다.

"내가 뭐든, 내 능력이 어느 정도든 그걸론 충분치 않아요."

수달은 그렇게 말했다.

"충분할 수가 없지요. 게다가 혼자서 무슨 일을 하겠소?"

풀밭은 엄지를 세우고, 다른 손가락들을 치켜들었다가 손가락을 한꺼번에 그러모아 단단히 주먹을 쥐었다. 그런 다음 서서히 손목을 돌려 손을 펴서 무엇을 주는 듯한 몸짓으로 손바닥을 내밀었다. 수달은 아니에브가 그런 손짓을 하는 것을 본 적이 있었다. 그는 유심히 보고, 그것이 주문이 아니라 신호라고 생각했다. 에이요가 그를 보고 있었다.

"이건 비밀이에요."

에이요가 말했다.

잠시 후에 수달이 물었다.

"저에게 알려 주실 수 있나요?"

"이미 알고 있잖아요. 댁이 깃발꽃에게 준 것. 그리고 그 아이가 댁에게 준 거지요. 신뢰예요."

"신뢰라고요……. 그래요. 하지만 대항하려면…… 그들에게 대항하려면요? 겔룩은 죽었어요. 아마 로센도 이제 몰락하겠죠. 그런다고 뭐가 달라질까요? 노예들이 자유롭게 풀려날까요? 거지들이 밥을 먹게 될까요? 정의가 이루어질까요? 전 우리들 내부에 악이 있다고 생각해요. 우리 인류에게요. 신뢰는 그걸 부정해요. 훌쩍 뛰어넘어 버리죠. 벌어진 틈바구니를 뛰어넘어요.

하지만 틈새는 거기 있죠. 그리고 우리가 하는 일은 뭐든 모조리 결국에는 악에 봉사하는 일이 돼요. 왜냐하면 우리가 악이니까요. 탐욕스럽고 잔인하고. 전 세상을 봐요. 여기에 있는 산과 숲을 보고, 하늘을 봐요. 이건 괜찮죠. 이래야 해요. 하지만 우린 그렇질 못해요. 사람들은 안 그렇다고요. 우린 글렀어요. 우린 그릇된 일을 해요. 짐승은 나쁜 짓을 하는 법이 없죠. 그놈들이 무슨 수로요? 하지만 우린 할 수가 있고, 해 버려요. 절대로 그만두지 않죠."

두 사람은 동의도 부정도 하지 않고 그의 말에 귀를 기울여 그의 절망을 받아 주었다. 그가 한 말들은 그들의 조용한 귀 기울임 속으로 들어가 거기서 며칠을 머물렀다가 바뀐 모습으로 그에게 되돌아왔다.

"우린 다른 사람이 없이는 아무것도 할 수 없어요. 하지만 한데 모여 서로 힘을 실어 주는 건 바로 탐욕스러운 자들, 잔인한 자들이에요. 그리고 그자들과 함께하지 않는 사람들은 모두 외톨이로 서 있지요."

처음 보았을 때 아니에브의 첫인상이, 탑의 방 안에 홀로 서서 죽어 가고 있던 여자의 영상이 그를 떠나지 않았다.

"진정한 힘이 남용되고 있어요. 마법사는 다른 마법사와 싸우는 데 기술을 쓰면서 탐욕스러운 자들을 섬기죠. 어떤 기술이든 그런 식으로 사용한다면 무슨 소용이 있겠어요? 그건 남용되는 거예요. 그릇된 길을 가는 거고, 방임된 거예요. 노예들의 삶처럼요. 누구도 혼자 자유로워질 수는 없어요. 현자일지라도 마찬가지예요. 그들 모두가 감방에 갇혀 아무 보람도 없는 일에 마법을 사용해요. 힘을 좋은 일에 쓸 길이 없어요."

에이요가 주먹을 쥐었다가 손바닥을 위로 하여 손을 폈다. 재빠른 손짓, 신호다.

한 사내가 산을 타고 숲끝 마을로 올라왔다. 눈마을에서 온 숯 굽는 이였다.

"우리 마누라 '둥지'가 현명한 여인들에게 말을 전하라고 해서요."

마을 사람들이 그에게 에이요의 집을 알려 주었다. 숯 굽는 사람은 문간에 서서 다급한 동작을 해 보였다. 주먹이 펼친 손바닥이 되었다.

"둥지가, 아침부터 까마귀가 날고 사냥개가 수달을 쫓더라고 전해 달랍디다."

불가에 앉아 호두를 까던 수달은 그대로 멈추었다. 풀밭은 말을 전해 준 사람에게 고맙다고 인사하고, 들어와 물 한 잔과 호두 한 줌 들라고 권했다. 그녀와 에이요는 그 사내를 상대로 그의 아내에 관한 얘기를 나누었다. 사내가 떠나자 풀밭은 수달에게 돌아섰다. 수달이 말했다.

"사냥개는 로센의 부하예요. 전 오늘 떠나겠어요."

풀밭은 자기 자매를 쳐다보았다.

“그러면 이제 댁하고 얘기를 좀 해야겠소.”

풀밭은 그렇게 말하고 화덕 건너편 자리에 앉았다. 에이요는 탁자 옆에 서서 아무 말도 하지 않았다. 화로에는 불길이 활활 잘 탔다. 계절은 축축하고 추울 때였고, 산지에 사는 그들은 땔감만큼은 넉넉했다.

“이 지방 전체에 걸쳐 사람들이 있어요, 어쩌면 저 멀리에도 있을지 모르지. 댁이 말한 것처럼, 아무도 혼자서는 현명해질 수 없다고 생각하는 사람들이라오. 그렇기에 이 사람들은 서로서로 지탱해 주려고 노력해요. 그게 바로 우리가 ‘손’이라고 불리는 이유고. ‘손 여인들’이라고 불리기도 하지, 다 여자뿐인 건 아니지만. 그렇지만 우리가 여자들을 자처하는 건 도움이 돼요. 대단한 양반들은 자기네가 상대할 사람들을 찾을 때 여자는 쳐주지 않거든. 아니면 여자들은 규범이나 폭정 같은 일에 아무 생각 없다고 여기든가, 아무 힘도 없다고 생각하니까.”

그늘에 묻혀 선 에이요가 말했다.

“사람들이 말하길, 왕들이 다스리던 때처럼 정의의 법이 지켜지는 섬이 있대요. ‘모레드의 섬’이라고 부른다더군요. 그렇다고 왕들의 인라드는 아니고, 에아도 아니에요. 그 섬은 남쪽에 있지 해브너 북쪽이 아니라는 거예요. 소문에 그 섬에서는 손의 여인들이 옛 기술을 지키고 있다고 해요. 그리고 그들은 그걸 가르친대요, 마법사들이 그러듯 혼자만 꽁꽁 간직하는 게 아니고."

"댁이 그런 가르침을 받아서 마법사들에게 교훈을 줄 수 있을지 모르지."

풀밭이 말했다.

"그 섬을 찾을 수 있을 거예요."

에이요가 말했다.

수달은 두 사람을 번갈아 쳐다보았다. 분명 그들은 자기들이 간직한 가장 큰 비밀을, 자기들의 희망을 말해 준 것이다. 그는 중얼거렸다.

"모레드의 섬이라고요."

"그건 그저 손의 여인들이 부르는 이름일 거예요, 마법사들과 해적들에게 내막이 드러나지 않게 하려고요. 그자들에겐 그 섬이 틀림없이 뭔가 다른 이름을 띠고 있겠지요."

"정말 끔찍이 먼 길이 될지도 모른다오."

풀밭이 말했다.

두 자매나 이 산골 마을 사람들에게는 온 산이 세상 전부였고 해브너 섬의 해안은 우주의 끄트머리였다. 그 너머로는 오직 소문과 꿈만 존재했다.

"바다로 가야 해요, 남쪽으로. 그렇다고들 해요."

에이요가 말했다.

"이 사람도 알아, 동생아. 배 짓는 목수였다고 하지 않았어? 하지만 바다까지 내려가는 길부터가 끔찍이 먼데. 마법사가 냄새를 맡고 쫓아온다니 말요. 거기까지 어떻게 가려오?"

"냄새를 지워 주는 물한테 신세를 좀 져야죠."

수달이 말하고 자리에서 일어섰다. 무릎에 잔뜩 쌓였던 호두 껍데기가 우수수 쏟아져, 그는 화로 비를 들어 껍데기를 재 속으로 쓸어 넣었다.

"가야겠네요."

"빵이 있어요."

에이요가 말했고, 풀밭은 딱딱한 빵과 딱딱한 치즈와 호두를 양의 위장으로 만든 주머니에 급히 꾸렸다. 그들은 아주 가난한 사람들이었다. 자기들이 가진 것을 그에게 주었다. 아니에브가 바로 그렇게 했다.

"제 어머니가 팰리언 숲 근처 길끝 마을 출신이세요."

수달이 말했다.

"그 마을 아세요? 거기서 '마가목'의 딸 '장미'라고 불렸는데요."

"수레꾼들이 여름에 길끝 마을로 내려간다오."

"혹시 누가 어머니 고향 마을 분들과 얘기할 수 있으면, 그쪽 사람들이 어머니한테 말을 전해 줄 거예요. 제 외삼촌 '적은재'가 일이 년에 한 번씩 도시에 가니까요."

자매는 끄덕였다.

"어머니가 제가 살았다는 걸 아셨으면 좋겠어요."

그가 말했다. 아니에브의 어머니가 끄덕였다.

"아시게 될 거예요."

"이제 떠나구려."

풀밭이 말했다.

"물길을 따라가요."

에이요가 말했다.

그는 그들을 껴안았고, 그들은 그를 껴안았다. 그런 뒤 그는 그 집을 떠났다.

수달은 점점이 자리 잡은 오두막집들로부터 달려 내려가 물소리 요란한 급류에 다다랐다. 숲끝 마을에서 잠든 밤마다 온 밤 내 그 노래하는 물소리를 듣곤 했다. 그는 개울에 빌었다.

"나를 받아 주세요, 구해 주세요."

그는 부탁을 했다. 그러곤 늙은 변화사가 오래전 가르쳐 주었던 주문을 엮고, 변신의 단어를 말했다. 그러자 요란하게 흐르는 물가에 무릎 꿇었던 남자는 없어졌다. 대신 수달 한 마리가 개울로 미끄러져 들어가 자취를 감췄다.

제비갈매기

우리 언덕에는 현자 하나 산다네,
뜻한 대로 일할 수단이 있는 남자지.
그는 모습을 바꾸고, 그는 이름을 바꾸네,
하지만 그 나머진 변함이 없지.
그렇게 물은 흘러, 흘러가네.
그렇게 물은 흘러간다네.

어느 겨울날 오후, 온네바 강이 해브너 대항 북쪽 해안을 향하여 삐져나와 있는 곳의 강기슭 진흙 섞인 모래벌판 위에 한 남자가 서 있었다. 초라한 옷을 입고 초라한 신을 신은 그 남자는 여윈 몸에 피부는 갈색이고 눈과 머리카락은 검었다. 그 머리카락은 아주 곱고 숱이 많아서 빗방울을 튕겨 냈다.

강어귀의 기슭에는 비가 내리고 있었다. 잿빛 겨울날의 차갑고 음울한 보슬비였다. 남자의 옷은 흠뻑 젖은 채였다. 그는 어깨를 움츠리더니 뒤돌아서서 저 아래 해안에 보이는 가느다란 굴뚝 연기를 향해 발을 떼어 놓았다. 물에서 수달이 네 발로 올라온 자국에 이어 사람이 두 발로 그 자리를 떠난 자국이 그의 등 뒤에 남았다.

그 다음 그가 어디로 갔던지는 노래가 알려 주지 않는다. 노래에는 그저 그가 방랑했다고 나올 뿐이다. "그는 이 땅 저 땅을 헤매 다녔네." 만약 그가 대도(大島)의 해안을 따라갔다면 거기 있는 여러 마을들에서 '손'의 암호를 아는 산파나 현명한 여인이나 마술사를 찾아 도움을 받을 수 있었을 것이다. 그러나 사냥개가 뒤를 쫓고 있었으니, 그는 최대한 빨리 해브너를 떴을 가능성이 높다. 아마 에바브너 해협 어선이나 내해 상선의 선원이 되어 배를 타고 떠났을 것이다.

방주 섬에, 호스크 섬의 오리미에, 또 그 아래 아흔 섬에 왕들의 정의와 마법사들의 명예를 기억하는 이들이 사는 땅을 찾아 나섰던 남자 이야기가 전해 내려온다. 그 남자는 그 땅을 '모레드의 섬'이라 불렀다고 한다. 이 이야기가 메드라에 관한 것인지는 알 수 없다. 그는 여러 이름들을 사용했고 더 이상 좀처럼 자기 이름을 수달이라고 대지도 않았기 때문이다. 겔룩의 파멸은 로센을 몰락시키지 않았다. 해적 왕에게는 돈을 주고 고용한 다른 마법사들이 있었고, 그중 이름을 '일찍'이라고 하는 남자는 느닷없이 나타나 자기 스승 겔룩을 무찌른 애송이를 찾아내고자 했다. '일찍'이 그의 행방을 추적해 낼 승산은 컸다. 로센의 힘은 해브너 전역과 내해 북쪽까지 확장되었고 해마다 더 커져 갔다. 그리고 사냥개의 코는 여전히 날카로웠다.

메드라가 내해 서쪽으로 먼 길을 가서 펜더에 다다른 것은 아마 추적을 피하기 위해서였을 것이다. 아니면 호스크 섬의 손 여인들 사이에서 들은 이야기가 그를 그리로 보냈던지도 모른다. 용 예바우드가 파멸시키기 전인 당시에 펜더는 부유한 섬이었다.

그때까지 메드라가 갔던 곳들은 어디 할 것 없이 해브너와 똑같거나 더 지독한 땅들뿐이었다. 전쟁과 기습과 약탈로 몸살을 앓는 땅이다. 경작지에는 잡초가 무성했고 마을에는 도둑이 들끓었다. 아마 메드라는 아름답고 평화로운 도시와 유복한 주민들을 보고서 펜더가 모레드의 섬이 아닌가 생각했을 것이다. 그는 거기서 '용도마뱀'이라 불리는 나이 든 현자를 만났는데 그 본명은 전해 내려오지 않는다. 모레드의 섬 이야기를 들은 용도마뱀은 미소를 띠더니 슬픈 눈으로 바라보다 고개를 가로저었다.

"여긴 아니야."

그는 그렇게 말했다.

"여긴 아닐세. 펜더 군주들은 좋은 사람들이지. 왕들을 기억하고 있고. 전쟁이나 약탈을 원하지도 않아. 하지만 자식들을 서쪽으로 내보내 용 사냥을 시킨다네. 놀이 삼아서. 서원해(西遠海)의 용이 사냥감 오리나 거위인 양 말이야! 그런 일은 좋은 결과를 낳을 수 없어."

용도마뱀은 메드라를 아주 기꺼이 제자로 삼았다.

"난 자신이 아는 모든 것을 기꺼이 전해 준 현자로부터 마법의 기예를 배웠네. 그 지식을 물려줄 사람을 찾지 못하던 터에 이제 자네가 온 걸세."

그는 메드라에게 그렇게 말했다.

"젊은 사람들이 날 찾아와서 이렇게들 말한다네. '그건 무슨 소용이 있나요? 황금을 찾을 수 있어요? 용을 죽일 수 있는 칼이 있어요? 사물의 균형에 관한 이야기는 무슨 소용인가요? 아무런 이득이 없는데.' 그렇게들 말을 해. 이득이 없대!"

그러고선 노인네는 젊은이들의 어리석음과 작금의 악한 세태에 관해 길게 넋두리를 했다.

자신이 아는 것을 가르치는 데 있어, 용도마뱀은 지칠 줄 모르고 인심이 후했으며 아주 정밀했다. 메드라는 난생처음으로 마법을 특이한 천부의 재능이나 이성을 뛰어넘는 행위가 아닌 기예와 기술로 보는 눈을 가지게 되었다. 이 기예와 기술을 진정으로 깨치려면 오랫동안 연구하고 오랜 세월 실습하여 바르게 사용해야만 한다. 그런 과정을 거친 후에도 마법은 여전히 낯설고 기묘한 면모를 잃지 않지만 말이다. 용도마뱀이 습득한 주문과 마술은 제자보다 별로 많을 것이 없었지만 그는 머릿속에 훨씬 위대한 어떤 생각, '하나로 결합된 지식'이라는 생각을 명확하게 간직하고 있었다. 그것이 그를 현자로 만들었다.

스승의 말에 귀를 기울이면서, 메드라는 자신과 아니에브가 희미하게 발치만 겨우 비추는 불빛에 의지해 비 내리는 어둠 속을 헤쳐 나갔던 일과 동틀 녘에 그 붉은 산등성이를 바라보던 일을 떠올렸다.

"주문은 모두 다른 주문에 의지한 것이지. 나뭇잎 한 장의 움직임 하나하나가 어스시 모든 섬, 모든 나무의 모든 잎사귀를 움직이게 하는 거야! 그것이 바로 사물의 이치야. 바로 자네가 찾아야 하고 주목해야 하는 것일세. 이치를 떠나선 아무것도 제대로 되질 않아. 오직 그 안에서만 자유를 누릴 수 있는 걸세."

메드라는 3년간 용도마뱀과 함께 지냈다. 그런 후 늙은 현자가 죽자 펜더의 군주는 메드라에게 스승의 뒤를 이으라고 제의했다. 용 사냥꾼들은 난폭하고 입이 걸었지만, 용도마뱀이 그 섬에서 존경을 받았던 이상 그의 후계자 또한 존경과 권력을 누리게 될 터였다. 아마도 모레드의 섬에 가까운 곳에 왔지 않나 싶은 생각에 메드라는 생각보다 오래 펜더에 머물렀다. 그는 젊은 군주와 함께 배를 타고서 토링앗 제도를 지나 서원해 깊숙한 곳까지 용을 찾아 나섰다. 마음속엔 용을 보고 싶다는 강한 욕망이 자리 잡고 있었다. 그러나 갑작스러운 폭풍우가 일어 배를 세 차례나 잉앗으로 돌려야만 했다. 그 시대에는 날씨가 고약했던 것이다. 메드라는 몰아쳐 오는 풍랑을 뚫고 다시 서쪽으로 배를 몰기를 거절했다. 그는 해브너 만에서 외대박이 배를 몰던 시절 이래 날씨 다루기에 관해 많은 걸 배운 터였다.

그 얼마 후 그는 펜더를 떠나 다시 남쪽으로 발길을 돌려 엔스머에 간 듯하다. 그는 이런저런 가장으로 자신을 감추고 마침내 '아혼 섬'에 있는 게스에 도착했다.

그곳 주민들은 지금도 그렇듯이 그때도 고래 사냥을 하고 살았다. 메드라는 이 일에 끼고 싶지 않았다. 배도 마을도 지독한 악취를 풍겼다. 그는 노예선을 타기 싫었지만, 게스를 떠나 동쪽으로 가는 유일한 배편은 오 항구에 고래기름을 나르는 노예선이었다. 그는 오 섬 동남쪽에 있는 '닫힌 바다' 이야기를 들었는데 그곳엔 잘 알려지지 않은 부유한 섬들이 있고 그 섬들은 내해 섬들과는 교역이 없다고 했다. 그가 찾는 곳이 거기 있을지도 모르는 일이었다. 그래서 그는 노예 마흔 명이 노를 젓는 노예선의 날씨술사로 일했다.

처음으로 날씨가 좋아 순풍에 구름 몇 점 보이지 않는 청명한 하늘과 따뜻한 늦봄 햇살이 함께했다. 배는 게스에서 꽤 멀리 나왔다. 그날 오후 선장이 키잡이에게 하는 말이 메드라의 귀에 들려왔다.

"로크에 가까이 가지 않도록 오늘 밤에는 선수를 남쪽으로 유지해."

메드라는 그 섬 이름을 들어 본 적이 없었으므로 물어보았다.

"거기가 어디죠?"

"고립된 죽은 섬일세."

선장은 키가 작고 고래를 닮은, 서글프고 이해심 깊은 작은 눈을 가진 사람이었다.

"전쟁이 있었나요?"

"여러 해 전이지. 역병에, 흑마술까지. 그 섬 주위의 바다 전체가 저주에 걸려 있다네."

"벌레가 나와."

선장의 아우인 키잡이가 말했다.

"로크 섬 근처에서 고기를 잡으면 똥더미 위에 놓인 죽은 개처럼 벌레가 득실거린다고."

"거기 아직도 사람들이 삽니까?"

메드라가 묻자 선장이 말을 받았다.

"마녀들이 살지."

아우도 거들었다.

"벌레를 먹는다더군."

군도엔 그런 섬들이 많았다. 적 편 마법사가 메말리는 저주를 내려 황폐해지고 고립된 섬들. 그런 곳들은 가는 것은 물론이고 지나쳐 가는 것만으로도 나쁜 장소였으므로, 메드라는 이 섬에 대한 생각을 그만 접었다. 밤까지는 그랬다.

얼굴에 쏟아지는 별빛을 받으며 갑판에 나와 잠을 자던 중, 그는 단순하고도 생생한 꿈을 꾸었다. 대낮이었다. 구름들이 밝은 하늘을 가로질러 날아가는데, 바다 건너 높직한 초록빛 동산 위로 햇살이 빛나는 것이 보였다. 메드라는 그 영상을 또렷하게 간직한 채 잠에서 깨어 그것이 10년 전 세이모리의 광산 숙소 방 안에서 주문으로 꽁꽁 묶인 채 꾸었던 꿈이라는 것을 알았다.

그는 일어나 앉았다. 캄캄한 바다는 어찌나 고요한지 길게 넘실대는 파도들의 닦은 듯 매끄러운 쪽 여기저기 별빛이 거울에 비친 듯했다. 노로 젓는 갤리선은 육지가 보이지 않는 곳까지 나가는 일이 거의 없고, 밤에는 거의 노를 젓지 않으며 만이나 항구에 정박하곤 했다. 그러나 이 해로에는 정박할 곳이 없고 날씨가 아주 평온하게 가라앉아 있었기에 배는 주 돛대를 세우고 큰 사각 돛을 올렸다. 배는 부드럽게 앞으로 떠갔고, 노잡이 노예들은 노 자리에서 잠들어 있었다. 자유인 선원들도 키잡이와 파수꾼을 제외하고는 모두 잠들었다. 그나마 파수꾼은 꾸벅꾸벅 졸고 있었다. 물은 배 옆을 건드리며 속삭이고, 배의 목재들은 작게 삐걱거리고, 노예를 묶은 사슬은 조금씩 절그럭거리고 또 절그럭거렸다.

'이런 밤에는 날씨술사가 필요 없지. 그리고 아직 보수를 받은 것도 없고.'

메드라는 속으로 그렇게 생각했다. 그 꿈에서 깨어날 때 마음속에 로크라는 이름이 떠올랐다. 왜 전엔 그 이름을 듣거나 해도에서 본 적도 없을까? 사람들 말대로 저주받고 버림받은 땅일지도 몰랐다. 하지만 해도에는 그려져 있어야 하지 않을까?

"제비갈매기로 변신해 날아가면 동트기 전에 돌아올 수 있을 거야."

그는 혼잣말을 했지만 열의는 없었다. 그는 오 항구로 가는 길이었다. 폐허가 된 섬은 너무나 흔하다. 그런 섬을 찾아 날아갈 필요는 없었다. 그는 밧줄 타래에 몸을 편히 눕히고 별을 바라보았다. 서쪽을 보니 바다에서 조금 위로 대장간자리의 별 네 개가 반짝였다. 별들은 조금 가물거리는가 싶더니 그가 쳐다보는 가운데 하나씩 깜박깜박 꺼져 버렸다.

느리고 부드러운 너울 위로 작게 한숨 짓는 듯한 희미한 떨림이 달려 지나갔다.

"선장, 일어나요."

메드라가 일어나 말했다.

"무슨 일이야?"

“마녀 바람이 불어와요. 우릴 따라오고 있어요. 돛을 내려요.”

바람은 전혀 일지 않았다. 공기는 포근하고, 큰 돛은 헐렁하게 처져 있었다. 다만 서쪽 하늘에 소리 없는 암흑이 점점 높이 솟아올라 별들이 흐려지다 사라져 버릴 따름이었다. 선장은 그것을 보았다.

“마녀 바람이라고 했나?”

내키지 않는 어조로 그가 물었다.

재주를 가진 사람들은 날씨를 무기로 써서 적의 곡식 위로 우박을 퍼붓거나 강풍을 불어 보내 적군의 함대를 침몰시켰다. 변덕스럽고 거친 그런 폭풍은 처음에 보내진 곳으로부터 아주 멀리 떨어진 장소에 몰아칠 수 있고, 몇 백 리나 떨어진 곳의 추수꾼이나 선원들을 괴롭힐 수도 있었다.

“돛을 내려요.”

메드라가 확고하게 말했다. 선장은 하품을 하고 욕설을 내뱉더니 큰 소리로 명령을 내리기 시작했다. 선원들은 느릿느릿 일어나서 다루기 힘든 돛을 느릿느릿 거둬들이기 시작했고, 노 감독은 선장과 메드라에게 몇 가지 질문을 던진 후 노예들에게 호통을 치고 그들을 다그치려고 매듭지은 밧줄로 좌우를 내리치며 왔다 갔다 했다. 돛이 반쯤 내려지고 큰 노에 노예들이 반쯤 붙고 메드라가 멈추기 주문을 반쯤 읊었는데 마녀 바람이 배를 때렸다.

칠흑 같은 어둠이 덮치며 단 한 번 엄청난 천둥이 울더니 마녀 바람이 몰아닥치며 거센 빗발이 쏟아졌다. 배는 고삐가 당겨진 말처럼 뱃머리를 쳐들며 일어섰다가, 너무나도 맹렬하게 확 떨어져 내리는 바람에 돛대가 빠져나왔다. 아직 제자리에 연결돼 있기는 했지만 밑동이 느슨해졌다. 돛이 수면을 치고, 물이 차더니, 바다가 갤리선을 끌어당겨 뒤집어 버릴 듯했다. 긴 노들이 노받이 안으로 미끄러져 들어오는 바람에 사슬에 묶인 노예들이 자리에서 버둥거리며 비명을 질렀다. 기름을 채운 나무통들이 풀려 나와서 서로 부딪쳐 천둥 같은 소리를 냈다. 그것들이 배를 기울게 하고 전복시킬 판이었다. 갑판이 바다에 수직으로 곤두섰고, 폭풍우 속 엄청난 파도가 배를 때려 뒤집자 배는 물속으로 가라앉았다.

고함치고 비명을 지르던 사나이들의 목소리가 갑자기 침묵했다. 바다를 때리는 비의 포효 외에는 아무 소리도 나지 않았다. 변덕스러운 바람이 동쪽으로 지나가 버림에 따라 빗소리도 줄어들었다. 바람과 비를 뚫고 한 마리 하얀 바닷새가 검은 물로부터 날개 쳐 올라, 연약하고 필사적인 날갯짓으로 북쪽을 향해 날아갔다.

*

화강암 절벽 밑 좁다란 모래밭에, 동틀 무렵 첫 빛 아래, 한 마리 새가 내려앉은 자국이 찍혀 있었다. 사람이 걸어간 발자국이 그 자국에 이어졌다. 이리저리 헤매며 절벽과 바다 사이에서 점점 좁아지는 모래밭을 따라 한참이나 걸어온 발자취다. 그러나 발자국은 그 자리에서 그쳤다.

메드라는 어떤 형상이든 자기 자신이 아닌 다른 형상을 반복해서 취할 때의 위험성을 알고 있었지만, 난파에 이어 기나긴 밤 동안 날아오느라 지쳐서 몸이 벌벌 떨렸다. 게다가 잿빛 모래밭은 어디로 가도 기어오를 수도 없이 깎아지른 절벽 발치에 맞닥뜨렸다. 그는 주문을 엮고 그 말을 한 번 더 했고, 제비갈매기가 되어서 빠르고 힘겨운 날갯짓으로 절벽 꼭대기까지 날아올랐다. 그런 다음에는 날기에 신들려서 아침 해가 뜨느라 그림자 진 땅 위를 날아갔다. 저 멀리 처음 비친 햇빛 속에 환히 드러난 높은 초록 동산의 둥그스름한 곡선을 그는 보았다. 그는 그것을 향해 날았고, 그 위에 내렸다. 그리고 땅에 닿자마자 다시 사람이 되었다.

그는 혼란스러운 정신으로 한동안 거기에 서 있었다. 자기 자신의 모습을 취한 것이 스스로 결정하고 행동한 게 아닌 듯했다. 오히려 이 땅에, 이 동산에 닿음으로써 자기 자신이 된 것 같았다. 그가 지닌 것보다 더 강한 마법이 여기서 그를 압도했다.

그는 호기심과 경계심을 가지고 주위를 둘러보았다. 동산 위로 온통 불티풀이 꽃을 피워 그 길쭉길쭉한 꽃잎들이 풀밭에 노랗게 타올랐다. 해브너의 아이들은 그 꽃을 알았다. 그들은 그 꽃이 일리엔 섬이 불탈 때 튕겨 나온 불티라고들 했다. '불의 주인'이 그곳을 공격하고 에레삭베가 그와 싸워 그를 패배시켰을 때에. 메드라가 거기 서 있는 동안 영웅들에 관한 노래와 이야기들이 기억 속에 솟아올랐다. 에레삭베와 그보다 더 전에 살았던 영웅들, 독수리 여왕 헤루, 카르그 인들을 동쪽으로 쫓아 보낸 아캄바르, 그리고 '평화를 만든 이' 세리아드, 그리고 솔레아의 엘파란, 그리고 백색 마법사 모레드. 그는 사랑받는 왕이었다. 용자들과 현자들, 그들이 메드라 앞에 나타났다. 마치 소환되기라도 한 듯이, 그가 그들을 자기에게 부르기라도 한 듯이. 그러나 그는 부르지 않았다. 메드라는 그들을 보았다. 그들은 키 큰 풀 속에 서 있었다. 아침 바람에 고개를 까딱이는 불꽃 모양 꽃들 속에 서 있었다.

그런 후 그들은 모두 사라졌고, 메드라는 홀로 동산 위에 서 있었다. 몸이 떨리고 마음은 의문에 찼다. 그는 생각했다. '난 어스시의 왕과 여왕들을 보았어. 그런데 그들이 이 언덕에 자라는 풀에 지나지 않다니?'

메드라는 천천히 언덕 꼭대기를 빙 둘러 동쪽 사면으로 갔다. 해는 수평선에서 손가락 두세 개 폭만큼 올라와 있어 그쪽은 이미 밝고 따뜻했다. 햇빛 아래 내려다보자 동으로 열린 만 위쪽에 자리 잡은 마을의 집 지붕들이 보이고, 만을 건너 저 바깥쪽으로는 높직이 바다 가장자리가 그린 선이 세상 절반을 죽 가로질러 뻗어 나갔다. 서쪽으로 돌아서자 경작지와 초지와 길들이 보였다. 북쪽으로는 길고긴 초록 언덕 지대가 이어졌다. 남쪽으로 땅이 움쑥 들어간 곳에 키 큰 나무들로 이루어진 숲이 있어 그의 시선을 끌어당기고 놓아주지 않았다. 메드라는 그것이 해브너 섬의 팰리언 숲처럼 크나큰 삼림의 초입이라고 생각했는데, 자기가 왜 그렇게 생각했는지는 알 수가 없었다. 왜냐하면 그 한 움큼의 숲 너머로는 나무가 없고 히스 덤불과 목초지만 있었기 때문이다.

메드라는 키 큰 풀들과 불티풀을 헤치고 내려오기 전에 오랫동안 그 자리에 서 있었다. 동산 기슭에서 그는 한 좁은 길로 접어들었다. 그 길은 아주 한적하지만 잘 유지된 경작지들 사이로 그를 이끌어 갔다. 메드라는 좁든 넓든 마을로 통하는 갈림길이 나오지 않나 살폈지만 동쪽으로 나가는 길은 없었다. 들판에는 군데군데 새로 쟁기질을 한 곳이 있건만 사람은 아무도 보이지 않았다. 지나가는 그를 보고 짖는 개도 없었다. 한 갈림길에 이르자 늙은 당나귀 한 마리가 나무 울타리를 친 돌투성이 풀밭에서 풀을 뜯고 있다가 벗이 그리워 울타리 사이로 대가리를 내밀었을 따름이다.

메드라는 걸음을 멈추고 회갈색이 도는 여윈 얼굴을 쓸어 주었다. 도회지 사람이고 바닷가 사람인 그는 농장이나 가축에 대해서는 아는 것이 없었다. 그러나 당나귀가 보는 눈은 친절한 것 같았다. 그래서 말을 걸었다.

"여기가 어디냐, 당나귀야? 아까 마을을 봤는데 어떻게 가면 좋지?"

당나귀가 대가리를 쭉 뻗어 그의 손에 세게 밀어붙여 대는 바람에 그는 눈 바로 위와 귀 밑을 계속해서 긁어 주게 되었다. 그가 긁어 주니 당나귀는 기다란 오른 귀를 팔락거렸다. 그래서 메드라는 당나귀와 헤어진 뒤 갈림길 오른쪽으로 접어들었다. 얼른 보기에는 동산 언덕 쪽으로 되돌아가는 길처럼 보였지만 그는 그쪽 길을 택했고, 얼마 가지 않아 집들 사이를 걷게 되었다. 그러고는 곧 거리로 접어들어 마침내 만 위의 그 마을로 내려갔다.

마을도 농경지만큼이나 기이할 정도로 조용했다. 사람 목소리 하나 없고 얼굴 하나 보이지 않았다. 화창한 봄날 아침 평범해 보이는 마을에서 찜찜함을 느끼기란 쉽지 않지만, 이토록 고요하고 보니 정말로 역병이 덮친 곳에 와 있는 건 아닌가, 저주에 걸린 섬은 아닌가 하는 생각이 절로 들었다.

그는 계속 걸어갔다.

한 집과 자두나무 고목 사이에 빨랫줄이 걸려 있고, 빨래집게로 집어 놓은 옷가지가 햇살과 산들바람 속에 팔랑팔랑 날렸다.

고양이 한 마리가 어느 집 정원 모퉁이를 돌아 나왔다. 버림받아 굶주린 고양이가 아니고 앞발이 하얗고 수염이 쫙 뻗친 포동포동 건강한 고양이였다. 그리고 마침내, 돌이 깔린 가파르고 단출한 길거리를 걸어 내려가던 중, 그는 사람 목소리를 들었다.

멈춰 서서 귀를 기울이자 아무 소리도 들리지 않았다.

메드라는 거리 맨 끝까지 걸어 내려갔다. 길은 조그만 장터 광장으로 이어졌다. 거기 사람들이 모여 있었다. 수가 많지는 않았다. 그들은 물건을 사거나 팔고 있지 않았다. 상점이나 매대도 벌여 있지 않았다. 그 사람들은 그를 기다리고 있었다.

마을을 굽어보는 초록 동산 위를 걸은 때부터, 풀 속의 밝은 그림자를 본 때부터 그의 마음은 편안해졌다. 그는 무엇인가를 기대했다. 크나큰 미지에 대한 예감에 차 있었다. 겁이 난 것은 아니다. 그는 가만히 서서 자기를 맞으러 나온 사람들을 바라보았다.

세 명이 앞으로 나섰다. 큰 덩치에 가슴이 넓고 백발이 환하게 빛나는 나이 든 남자 하나에 여자가 둘이었다. 마법사는 마법사를 알아본다. 그렇기에 메드라는 그들이 힘을 지닌 여인들임을 알았다.

그는 주먹 쥔 손을 들어 올려서 뒤집은 뒤 펴 보였다. 손바닥을 위로 하여 그들에게 손을 내민 것이다.

"아."

한 여자가 말했다. 둘 중 키가 큰 여자였다. 그녀는 소리 내어 웃었다. 그러나 손짓에 응답을 보내지는 않았다.

"당신이 누군지 말하시오. 어떻게 여기에 왔는지도."

백발 노인이 말했다. 충분히 예의를 차렸지만 인사라고는 할 수 없고 반기는 기색도 아니었다.

"저는 해브너에서 태어나 조선공과 마술사로 수련을 거쳤습니다. 게스에서 오 항구로 가는 배를 타고 왔지요. 어젯밤 마녀바람이 몰아쳐 와 배는 침몰했고 저 혼자 살아남았습니다."

메드라는 여기까지 말하고 침묵했다. 배와, 배 안에 사슬로 묶여 있던 사람들에 대한 생각이, 검은 바다가 그들을 먹어 버린 것처럼 지금 그의 마음을 집어삼켰다. 그는 빠져 죽을 뻔했다가 물 위로 올라온 사람처럼 숨을 들이마셨다.

"여기엔 어떻게 왔소?"

"변해서요……, 새로 변해서. 제비갈매기로요. 여기는 로크섬이지요?"

"스스로 변신을 했다고?"

그는 고개를 끄덕였다.

"당신은 누구를 섬기지요?"

두 여자 중 키가 작고 더 젊은 사람이 처음으로 입을 열어 물었다. 이 여자는 표정이 단호하고 엄숙했는데 두 눈썹은 까맣고 길었다.

“누구의 부하도 아닙니다.”

“오 항구에는 무슨 볼일로?”

“여러 해 전에 해브너에서 저는 노예 같은 신세였습니다. 저를 자유롭게 해 준 분들이 말씀하기를 폭군들이 없고 세리아드의 법이 아직 기억되며 마법 기예가 존경받는 땅이 있다고 하셨죠. 저는 그 장소를, 그 섬을 7년에 걸쳐 찾아다녔습니다.”

“당신에게 그 이야기를 해 준 사람들이란 누구지요?”

“손의 여인들입니다.”

키 큰 여자가 상냥하게 말했다.

“주먹을 쥐고 손바닥을 보여 주는 건 누구라도 할 수 있죠. 하지만 아무나 로크로 날아올 수 있는 건 아니에요. 헤엄을 쳐서든 배를 몰아서든, 사실 어떤 방법으로라도 올 수 없어요. 그러니 우린 당신이 도대체 어떻게 여기 왔는지 물어볼 수밖에 없답니다.”

메드라는 즉시 대답하지 않았다.

“우연입니다.”

마침내 한 말은 이랬다.

“오래도록 간절히 바랐기 때문에 생긴 우연이지요. 기술이 아닙니다. 지식도 아니고요. 제 생각에 저는 제가 찾던 그곳에 온 것 같군요. 하지만 모르겠습니다. 그분들이 제게 말한 사람들이 여러분인 것 같지만, 모르겠군요. 동산 위에서 제가 본 나무들이 크나큰 신비를 간직하고 있다고 생각하지만, 모르겠어요. 제가 아는 건 저 동산에 발을 디딘 이래 저 자신이 마치 어린애였을 때 같고 「인라드의 위업」을 처음으로 들었을 때 같다는 것뿐입니다. 저는 경이로움에 푹 빠져 버렸습니다."

백발의 노인이 두 여자를 쳐다보았다. 다른 사람들이 앞으로 나와 그들 사이에 조용히 얘기가 오갔다.

"만약에 여기 머문다면 뭘 할 건가요?"

눈썹 검은 여자가 물었다.

"저는 배를 짓거나 고치고, 또 모는 일을 할 수 있습니다. 찾기를 할 수 있어요, 땅 위나 땅 밑에 있는 것을요. 날씨를 다룰 수 있습니다, 여러분께 그럴 필요가 있으시다면 말이지만요. 그리고 어느 분이든 저를 가르쳐 주신다면 마법의 기예를 배우렵니다."

"무엇이 배우고 싶지요?"

목소리가 부드러운 키 큰 여자가 물었다.

이제 메드라는 자기의 남은 일생이 걸린 질문을 받았음을 감지했다. 다시 한번 그는 한참을 말없이 서 있었다. 그러곤 말을 막 꺼내려다가, 말았다가, 끝내 이렇게 말했다.

"저는 한 사람을 구하지 못했습니다. 한 사람, 저를 구해 준 사람을요. 제가 아는 그 무엇도 그녀를 자유롭게 해 주지 못했어요. 전 아무것도 모릅니다. 만약 자유로워지는 방법을 아신다면, 제발 부탁이니 가르쳐 주십시오!"

"자유!"

키 큰 여자가 말하자 그 음성은 채찍 내리치는 소리처럼 울렸다. 그녀는 곧 함께한 사람들을 쳐다보았고, 잠시 후에는 미미한 웃음을 띠었다. 메드라에게 돌아서며 그녀가 말했다.

"우리는 갇혀 있어요, 그렇기에 자유란 우리가 연구하는 대상이지요. 당신은 우리를 가둔 벽을 통과해서 이곳으로 찾아왔어요. 당신이 말하는 자유를 찾아서. 하지만 로크를 떠나기란 로크에 오기보다 훨씬 힘들다는 것을 알게 될 거예요. 감옥 속의 감옥이며, 그중 일부는 우리 스스로 세운 감옥이니까요."

그녀는 다른 사람들을 쳐다보고 물었다.

"여러분은 뭐라고 말씀하시겠어요?"

그들은 거의 말을 하지 않았다. 마치 침묵 속에서 서로 의논하고 동의하는 것처럼 보였다. 마침내 키 작은 여자가 단호한 눈으로 메드라를 쳐다보고 말했다.

"원한다면 여기 머물러요."

"그러겠습니다."

"당신을 뭐라고 부르면 좋겠어요?"

"제비갈매기요."

그가 말했다. 그래서 그는 그렇게 불렸다.

✳

그가 로크에서 발견한 것은 오래도록 찾아 헤맸던 희망과 뜬소문에 못미치기도 하고 더 낫기도 했다. 로크 섬은 어스시의 심장이라고, 그 사람들은 그에게 말했다. 시간이 시작된 그때 세고이가 물속에서 끌어올린 첫 땅은 북해의 찬란한 에아였으며, 두 번째가 로크 섬이었다. 그 초록 동산 즉 '로크 동산'은 온 어스시의 섬들보다 더욱 깊이 뿌리 박고 있다. 그가 보았던 나무들은 섬 위 여기에 있는 것처럼 보였다가 다른 때는 저기 있는 것처럼 보이곤 했는데 바로 세상에서 가장 오래 묵은 나무들이며 마법의 원천이자 중심이었다.

"'숲'을 베어 낸다면 모든 마법이 스러질 거예요. 저 나무들의 뿌리는 지식의 뿌리예요. 저 나뭇잎들이 햇살 속에 만드는 그림자 무늬들은 세고이가 창조할 때 말했던 단어들을 이루지요."

그의 선생이 된, 눈썹이 검고 단호한 '깜부기불'은 그렇게 말했다.

로크에서 마법 기예를 가르치는 선생들은 모두가 여자였다. 힘을 지닌 남자는 한 명도 없었는데, 섬에는 남자 자체가 거의 없다시피 했다.

30년 전, 와소트의 해적 두목들이 로크 섬을 정복하려고 함대를 보냈다. 별로 있지도 않은 재물을 탐내서가 아니라 대단하다고 소문이 난 마법의 힘을 분쇄하기 위해서였다. 로크 섬의 마법사 중 한 사람이 와소트의 '재주 있는 자들'에게 섬을 팔아 넘겨서 방어 주문과 경고 주문의 위력을 낮춰 놓았다. 일단 주문에 틈이 생기자 해적들은 마법이 아닌 무력과 화력으로 섬을 점령했다. 커다란 배들이 스월 만을 채웠고 해적 떼가 불을 지르고 약탈했으며, 노예 사냥꾼은 성인 남자들, 소년들, 젊은 여자들을 잡아갔다. 어린애와 노인들은 마구 죽여 버렸다. 그들은 집과 경작지를 닥치는 대로 모조리 불질렀다. 며칠 후 그들이 배를 몰아 떠나갔을 때에는 마을이 깡그리 없어졌고, 농장은 처참하게 무너져 폐허만 남았다.

만 위에 자리 잡은 스월 읍에도 로크 동산과 '숲'이 지닌 신비가 얼마쯤 깃들어 있었다. 침략자들이 노예를 찾아 마구 휘젓고 지나가며 불을 놓았지만, 불은 꺼졌고 좁다란 골목길들은 약탈자들을 길 잃게 했다. 섬사람들 중 살아남은 것은 현명한 여인들과 그 자녀들로서, 스월 읍이나 '내재의 숲'에 숨었던 이들이었다. 현재 로크에 살고 있는 남자들은 그 당시 목숨을 건진 어린애들이 어른이 된 것이다. 몇 명은 나이가 들어 늙었다. 섬에는 손의 여인들 외에 다른 통치 체제가 없었다. 그들의 주문이 지금껏 로크를 지켜 왔으며, 지금은 전보다도 훨씬 더 굳게 지키고 있기 때문이었다.

그들은 남자들을 신뢰하지 않았다. 한 남자가 배신했다. 남자들이 공격했다. 남자의 야망이 문제였다고, 그들은 그렇게 말했다. 무엇인가를 얻겠다는 남자의 야심이 마법 기술을 온통 더럽히고 만 것이다.

"우리는 결코 남자들의 통치 체제를 채택하지 않아요."

키 큰 여인 '너울'이 그 온화한 음성으로 말했다. 그리고 깜부기불 또한 이렇게 말했다.

"우리 스스로 파멸을 자초했던 거니까."

손의 여자와 남자 들은 백여 년 전에 로크에서 결성된 현자들의 연맹이었다. 그들은 자신들의 능력에 자부심과 신뢰를 가졌고, 전쟁 일으키는 자들과 노예 사냥꾼들에 대하여 언젠가 대대적으로 일어나 맞설 수 있을 때까지 비밀리에 연대하여 저항하도록 다른 이들을 가르치려고 했다. 연맹에서 지도자는 언제나 여자들이었다고 깜부기불은 말했다. 또한 여인들이 고약 장수와 그물 짜는 사람 등으로 가장하고 로크로부터 내해 주변의 다른 땅들로 가서 촘촘하고 광범위한 저항의 그물을 짰다. 심지어 지금까지도 그 그물의 밧줄 오라기와 매듭들이 남아 있다.

메드라는 아니에브의 마을에서 그런 흔적을 만나 지금껏 그것을 뒤쫓아 왔다. 그러나 흔적들은 그를 이 땅으로 이끌지 못했다. 그 침략 이후로 로크 섬은 완전한 고립을 택했다. 섬에 사는 현명한 여인들이 안으로부터 강력한 보호 주문을 짜고 또 짜서 섬을 단단히 봉인했으며, 다른 데 사람들과는 전혀 왕래를 하지 않았다. 깜부기불은 말했다.

"우리는 그들을 구할 수 없어요. 우리 자신을 구할 수도 없었는데요."

너울은 특유의 온화한 음성과 미소를 지녔지만 요지부동이었다. 그녀는 메드라에게, 자기가 그를 로크 섬에 남게 하자는 의견을 말하기는 했지만 그것은 그에게서 눈을 떼지 않고 지켜보기 위해서였다고 말했다.

"당신은 우리의 방어벽을 한 번 뚫었어요. 당신 자신에 관하여 하는 얘기들은 정말일 수도 있고 아닐 수도 있지요. 내가 당신을 믿게 할 수 있는 말이 뭐가 있나요?"

너울은 다른 사람들과 합의 하에 메드라에게 저 아래 부둣가에 작은 집 한 채를 내주고 스윌 읍의 배 짓는 이를 보조하는 일자리도 마련해 주었다. 여자 조선사는 너울에게 그 일을 가르쳐 준 인물이었으며 메드라의 기술을 반갑게 맞이했다. 너울은 메드라를 괴롭히거나 방해하지 않았고 언제든지 상냥하게 인사를 건넸다. 그러나 그녀는 말했다. "내가 당신을 신뢰하게 할 어떤 말을 할 수 있지요?" 그리고 그는 아무 대답 하지 못했다.

깜부기불은 메드라가 인사하면 대개 낯을 찡그렸다. 그녀는 느닷없이 질문을 던지고, 그의 대답을 귀 기울여 들은 뒤에 아무 소리 하지 않았다. 메드라는 쭈뼛쭈뼛 '내재의 숲'이 무엇인지 말해 달라고 청했다. 왜냐하면 그가 묻자 다른 사람들이 "깜부기불이 말해 줄 수 있을걸요." 하고 대답했기 때문이다. 그녀는 오만하지는 않더라도 더 이상 말할 여지가 없는 태도로 그의 청을 물리치며 이렇게 말했다.

"'숲'에 대해서는 그 안에 들어가 직접 배울 수밖에 없어요."

며칠 후 깜부기불은 그가 고깃배 한 척을 수리하고 있던 스윌 만의 모래밭으로 내려왔다. 그러곤 힘 닿는 대로 그를 도와주면서 배 만드는 일에 관해 물어보았다. 그는 얘기를 해 주고 직접 자기 솜씨를 보여 주었다. 평온한 오후였다. 그러나 일이 끝나자 깜부기불은 평소처럼 홱 가 버렸다. 메드라는 그녀가 신기했다. 종잡을 수 없는 여자였다. 그 얼마 후 그녀가 이렇게 말했을 때 그는 깜짝 놀랐다.

"'긴 춤'을 지낸 다음에 '숲'에 갈 거예요. 올 거면 와요."

로크 동산에서 바라보면 '숲' 전체가 보이는 것 같았다. 하지만 그 안에 들어가 걸으면 들판으로 빠져나올 수 없는 경우가 왕왕 있었다. 계속해서 나무 밑을 걷게 되는 것이다. 숲 중심부에는 나무들이 모두 한 종류인데, 다른 어느 곳에서도 자라지 않으며 하드 어로는 '나무' 이외에 다른 이름이 없었다. 옛 언어에서는 저 나무들 하나하나가 각자의 이름이 있노라고 깜부기불이 말했다. 계속해서 걸어가면 한동안이 지난 후 다시금 낯익은 나무들 사이를 걷게 된다. 참나무와 너도밤나무, 물푸레나무, 밤나무와 호두나무와 버드나무 등 봄철에는 푸르고 겨울에는 헐벗는 나무들이다. 거기에는 빛깔 짙은 전나무와 삼나무, 그리고 메드라가 알지 못하는 키 큰 상록수가 있어 붉은색을 띤 부드러운 나무껍질과 겹겹이 층진 잎 무더기를 지녔다. 계속해서 걸어가도 나무들 사이로 난 길은 결코 같은 그 길이 아니었다. 스윌 읍 사람들은 너무 멀리 가지 않는 게 좋다고 일러 주었다. 갔던 길을 되돌아와야만 들판으로 빠져나올 수 있기 때문이었다.

"숲이 얼마나 멀리까지 펼쳐져 있나요?"

메드라가 묻자 깜부기불이 말했다.

"마음이 미치는 만큼 멀리 가지요."

나무에 달린 잎들은 말을 하며, 그 그림자들은 읽을 수 있다고 그녀는 말했다.

"나는 그것들을 읽는 법을 배우는 중이에요."

메드라는 오리미에 있을 때 군도의 일상어 읽는 법을 배웠다. 나중에 펜더의 용도마뱀이 '힘의 룬' 가운데 몇 글자를 가르쳐 주었다. 그것은 알려진 전승 지식이었다. 깜부기불이 홀로 내재의 숲에서 배우는 것은 그녀가 지식을 나누는 사람들 이외에는 아무도 아는 바가 없었다. 깜부기불은 여름내 숲의 처마 아래서 살았다. 생쥐와 덩치 큰 숲쥐들로부터 얼마 안 되는 식량을 지키기 위한 상자 한 개만 가지고, 나뭇가지로 비를 그으며, 숲에서 흘러나와 스윌 만으로 흘러드는 작은 강에 합쳐지는 개울 가까이에 음식을 만들기 위한 불을 피웠다. 메드라는 근처에 노숙했다.

그는 깜부기불이 자기에게 무엇을 원하는지 몰랐다. 그는 그녀가 자기를 가르치고 숲에 관한 궁금증에 대답하기 시작했으면 하고 바랐다. 그러나 그녀는 아무 말도 하지 않았고, 그는 숲의 낯섦만큼이나 자신을 위압하는 그녀의 고독을 방해할까 두려운 마음에 수줍고 조심스러웠다. 거기서 맞은 둘째 날에 깜부기불은 함께 가자고 그를 불러서 숲 속 아주 깊숙이 이끌고 들어갔다. 그들은 몇 시간이나 침묵한 채 걸었다. 여름 한낮에 숲은 고요했다. 우는 새도 없었다. 나뭇잎도 술렁일 줄 몰랐다. 나무들 사이 오솔길은 끝없이 달라지며 또 내내 같기도 했다. 그는 언제 돌아서게 될지 알지 못했지만, 이미 로크 섬의 해안을 넘어설 만큼 멀리 걸어왔다는 사실은 알고 있었다.

포근한 저녁 무렵 그들은 다시 경작지와 목초지로 빠져나왔다. 야영하는 장소로 돌아가면서 메드라는 서쪽 언덕들 위로 대장간자리의 네 별이 솟아 나온 것을 보았다.

깜부기불은 그저 "잘 자요." 하는 말 한마디로 작별 인사를 했다. 다음 날에 그녀는 이렇게 말했다.

"나는 나무 아래 앉아 있으려고 해요."

어떻게 하라는 것인지 몰라 주저하면서 메드라는 좀 거리를 두고 그녀를 좇아가, 나무들이 모두 한 종류뿐이며 이름 없지만 저마다 고유의 이름을 지닌 숲의 한가운데에 이르렀다. 그녀가 크고 해묵은 나무 뿌리 사이에서 썩어 가는 부드러운 나뭇잎 층 위에 앉자, 그도 멀리 떨어지지 않은 곳에서 앉을 자리를 찾았다. 그리고 그녀가 물끄러미 바라보고 귀 기울여 듣고 가만히 움직이지 않는 동안 마찬가지로 보고 듣고 가만히 있었다. 그렇게 며칠을 했다.

그런 후 어느 날 아침, 메드라는 기분이 뒤틀려 깜부기불이 숲 속으로 걸어 들어가는데도 그냥 개울가에 남아 있었다. 그녀는 뒤돌아보지 않았다.

그날 아침 너울이 스월 읍에서 바구니에 빵, 치즈, 응유와 여름 과일들을 담아 가지고 찾아왔다.

"무엇을 배웠죠?"

그녀다운 차분하고 온화한 태도로 너울이 물었고, 메드라는 대답했다.

"내가 바보라는 걸요."

"어째서 그런가요, 제비갈매기?"

"바보가 나무 아래 백 년을 앉아 있어 봤자 현명해지지 않아요."

키 큰 여인은 약간 웃음을 띠었다.

"내 동생은 이전에 남자를 가르쳐 본 적이 없어요."

그녀는 말한 다음 그를 흘긋 보고, 여름날의 들판 너머 멀리로 시선을 던졌다.

"그 애는 전에는 남자를 바라본 적이 없어요."

메드라는 말없이 서 있었다. 얼굴이 화끈 달아올랐다. 그는 땅을 보았다.

"난 원래……"

그는 말하려다가 도중에 끊었다.

너울의 말을 통해 그는 갑자기 깨달았다. 깜부기불이 안절부절못하는 것, 성마르게 구는 것, 침묵하는 것에는 다른 측면이 있었다. 그는 지금까지 깜부기불을 건드릴 수 없는 존재로 바라보려고 애썼다. 그녀의 보드라운 갈색 살결을, 새까맣게 반짝이는 머리카락을 만지고 싶어하면서도 말이다. 그녀가 갑작스레 이해할 수 없는 도전의 눈빛을 빤히 던져 올 때에 그는 자기에게 화를 내는 거라고 생각했다. 그는 모욕이 될까 봐, 그녀를 화나게 할까 봐 두려웠다. 그녀가 두려워한 것은 무엇일까? 그의 욕망? 그녀 자신의 욕망? 그러나 깜부기불은 경험 없는 소녀가 아니다, 그녀는 현명한 여인이며 마법에 익은 현자다. 내재의 숲을 걸으며, 그림자의 형상을 알아보는 여인인데! 너울과 함께 숲 가장자리에 서 있는 동안 이 모든 생각이 제방을 무너뜨린 홍수처럼 그의 마음속에 휘몰아쳤다.

"현자들은 서로서로 따로 선다고 생각했습니다."

끝내 그가 한 말은 이랬다.

"용도마뱀은 사랑을 나누는 일이 힘을 무너뜨린다고 했어요."

"그렇게 말하는 남자 현인들이 있죠."

너울이 온화하게 말하고, 다시 미소를 지었다. 그러곤 작별 인사를 했다.

그는 오후 내내 혼란에 빠져 성질을 내고 있었다. 깜부기불이 숲에서 나와 개울 위쪽에 마련한 나뭇잎 차일을 찾아가자 메드라는 너울이 갖다 준 바구니를 구실 삼아 들고서 그리로 찾아갔다.

"얘기 좀 할까요?"

그가 말했다. 그녀는 짧게 고개를 끄덕하며 까만 눈썹을 찌푸렸다.

그는 아무 말이 없었다. 깜부기불은 쪼그리고 앉아 바구니에 무엇이 들었나 보았다. 그러곤 방긋 웃었다.

"복숭아네!"

"내 스승이셨던 용도마뱀 님은 마법사가 사랑을 나누면 힘을 잃게 된다고 말씀하셨어요."

그가 불쑥 내뱉었다.

깜부기불은 아무 말 없이 바구니에 든 것들을 꺼내어 두 사람 각자의 몫으로 나누어 놓았다.

"그게 정말이라고 생각해요?"

메드라가 물었다. 그녀는 어깨를 들썩였다.

"아뇨."

그는 혀가 굳어서 서 있었다. 잠시 후 깜부기불이 그를 올려다보았다.

"아니에요."

그녀가 부드럽고 낮은 음성으로 말했다.

"사실이 아니라고 생각해요. 나는 모든 진정한 힘들과 모든 옛 힘들이 뿌리에서는 하나라고 생각해요."

그는 여전히 그 자리에 서 있었다. 그리고 그녀가 말했다.

"복숭아 좀 봐요. 모두 잘 익었네요. 바로 먹어치워야겠어요."

"만약 당신에게 내 이름을 말해 준다면……, 나의 진짜 이름을요……."

"내 이름을 말해 줄게요. 그게…… 시작하는 방법이라면요."

그러나 그들은 복숭아로 시작했다.

양쪽 모두 수줍었다. 메드라가 그녀의 손을 잡을 때 그의 손은 떨렸다. 그리고 깜부기불은, 진짜 이름을 엘레할이라고 하는 그녀는 찡그리며 몸을 돌렸다. 그런 다음 그녀는 아주 살짝이 그의 손을 만졌다. 그가 윤기 흐르는 검은 머리채를 쓸어내리자 그녀는 억지로 참는 것 같았다. 그래서 그는 멈추었다. 그가 껴안으려 하니 그녀의 몸은 뻣뻣해져서 그를 거부했다. 그러더니 그녀가 돌아서서 단호하게, 서두르며, 서투른 동작으로 팔 안에 그를 끌어안았다. 함께 보낸 첫날 밤에는, 아니 그 후로도 몇 밤 동안은 양쪽 다 쾌감이나 편안함을 별로 얻지 못했다. 그러나 그들은 서로에게서 배웠고, 부끄러움과 두려움을 뚫고 정열에 몸을 담갔다. 그런 후에야 숲 속에서 침묵하며 보내는 긴 낮과 별빛 반짝이는 긴 밤들이 그들에게 기쁨이 되었다.

너울이 읍에서 마지막으로 딴 끝물 복숭아를 가지고 올라왔을 때 그들은 웃음을 터뜨렸다. 복숭아는 그들 행복의 상징이었던 것이다. 그들은 너울에게 남아서 함께 저녁을 먹자고 졸랐지만 너울은 남으려고 하지 않았다.

"그럴 수 있는 동안 여기 남아 있으렴."

그녀는 그렇게 말했다.

그해 여름은 너무 빨리 끝났다. 비가 일찍 찾아오고, 가을에는 로크처럼 한참 남쪽으로 내려온 지역까지 눈이 내렸다. 재주 있는 자들의 간섭과 참견에 바람이 성을 내기라도 한 것처럼 폭풍에 폭풍이 잇따랐다. 여자들은 고적한 농가의 화덕 옆에 모여 앉았고, 사람들은 스웰 읍의 화롯가마다 둘러앉았다. 그러곤 몰아치는 바람 소리나 때리는 빗소리, 아니면 눈 내리는 정적에 귀를 기울였다. 스웰 만 바깥 바다는 섬을 빙 두른 절벽 해안과 암초들에 부딪혀 천둥처럼 울어 댔다. 배를 낼 엄두를 내지 못할 바다였다.

그들은 가진 것을 함께 나누었다. 이 점에서는 진정 모레드의 섬이 맞았다. 로크 섬 사람치고 굶주리거나 집이 없는 사람은 없었다. 필요 이상으로 많이 가진 사람도 없었지만 말이다. 바다나 폭풍우뿐 아니라 섬을 위장하고 배들을 길 잃게 만드는 방어책을 통해 나머지 세상으로부터 은폐된 채로, 섬사람들은 일하고 이야기하고 「겨울 송가」와 「청년 왕의 위업」 같은 노래를 불렀다. 그리고 책들이 있었다. 「인라드 연대기」와 「현자 영웅들의 역사」가……. 고기잡이 여자들이 그물을 만들고 고치는 널찍한 부둣가 회당에서 나이 든 남자나 여자들이 이 귀중한 책들의 일부분을 큰 소리로 읽어 주곤 했다. 거기에도 화덕이 있어서 불을 피웠다. 섬 반대편의 농장에서도 사람들이 역사책 읽는 것을 들으러 와서 숨죽여 흥미롭게 귀 기울이곤 했다.

"우리의 영혼은 굶주려 있지요."

깜부기불의 말이었다.

그녀는 '그물 회당'에서 멀지 않은 메드라의 작은 집에서 함께 살았다. 그러나 언니인 너울과 함께 보내는 날들도 많았다. 깜부기불과 너울은 와소트에서 침략자들이 왔을 때 꼬마 아이들이었고 스윌 읍 가까운 농장에 살고 있었다. 자매의 어머니는 아이들을 농장의 지하 저장고에 감춘 다음 주문을 써서 남편과 오빠들을 지키려고 했다. 남자들은 숨지 않고 약탈자들과 싸우려 했던 것이다. 그들은 가축들과 함께 살해당했다. 집과 헛간은 불태워졌다. 작은 여자 아이들은 지하 저장고에서 그 밤을 보냈고 몇 밤을 더 숨어 있었다. 썩어 가는 시체를 묻기 위해 마침내 찾아온 이웃들이 두 아이를 발견했다. 아이들은 아무 소리도 내지 않고 굶주린 채로, 곡괭이와 부러진 쟁기로 무장을 하고 죽은 가족들 위로 쌓아 올린 돌과 흙 더미를 지킬 태세를 취하고 있었다.

메드라는 깜부기불에게서 이 이야기를 언뜻만 들었다. 어느 날 밤, 깜부기불보다 세 살이 더 많아 그때 일을 훨씬 또렷하게 기억하는 너울이 그에게 전부 자세하게 말해 주었다. 깜부기불은 함께 앉은 채 말없이 듣고 있었다.

그 답례로 메드라는 너울과 깜부기불에게 세이모리의 광산과 마법사 겔룩과 노예 아니에브에 대한 이야기를 해 주었다.

그가 이야기를 마치자 너울은 한참 동안 입을 다물고 있다가 말했다.

"당신이 말했던 게 그건가요, 처음 여기 왔을 적에? '나를 구해 준 사람을 구하지 못했다.' 고."

"그리고 당신은 나에게 물었지요, '내가 당신을 믿게 만들 어떤 말을 할 수 있나요?' 하고."

"이제 말했어요."

너울이 말했다.

메드라는 그녀의 손을 잡아 자기 이마에 가져다 대었다. 이야기를 하면서 그는 눈물을 참고 있었다. 이제는 더 이상 그럴 수도 없었다.

"그녀는 나에게 자유를 주었어요. 그리고 나는 아직도 내가 하는 모든 것이 그녀를 통해서, 그녀를 위해서 하는 것이라고 느껴요. 아니, 그녀를 위해서가 아니죠. 죽은 사람을 위해서 할 수 있는 일은 없어요. 오직……"

"우리를 위해서요."

깜부기불이 말했다.

"살아 있는, 숨어 있는 우리를 위해서죠. 죽은 사람이나 죽이는 사람을 위해서가 아니라요. 죽은 사람은 죽은 거예요. 대단한 자들, 위세 있는 자들은 아무런 제약도 받지 않고 마음대로 행하죠. 세상에 희망이 남아 있다면 그건 보잘것없는 사람에게 있어요."

"우린 영원히 숨어 있어야 하나요?"

"남자다운 말이네요."

너울이 특유의 부드러운, 상처 입은 미소를 보이며 말했다.

"그래, 맞아요. 그럴 필요가 있는 한 영영 숨어 있어야 해요. 이 해안 저 너머엔 오직 죽고 죽이는 것밖에 아무것도 없으니까요. 당신이 말한 대로죠, 나는 믿어요."

"하지만 진정한 힘은 숨길 수 없어요. 오래도록 숨겨 둘 수 없죠. 나누지 않고 숨겨 두면 죽어 버려요."

메드라가 말했다.

"로크에서 마법은 죽지 않아요. '로크에서는 모든 주문이 강력하도다.' 아스가 직접 했던 말이에요. 당신, 나무 아래를 걸어 봤지요……. 우리가 할 일은 그 힘을 지키는 거예요. 숨기는 거죠, 그래요. 마치 어린 용이 불을 간수하듯이 말이에요. 그리고 나누지요, 하지만 여기서만이에요. 힘을 건네주지요, 한 사람이 다른 사람에게, 여기서, 안전한 곳에서요. 큰 강도들과 살인자들이 가장 눈여겨보지 않을 곳이죠. 이곳에 있는 사람 누구도 전혀 대단한 사람이 아니니까요. 언젠가는 용이 힘을 갖추게 될 거예요. 설사 천 년이 걸릴지라도……."

"하지만 로크 섬 밖에는 노예가 되고 비참하게 굶어죽는 평범한 사람들이 있어요. 그들이 천 년 동안 희망도 없이 그렇게 살아야 할까요?"

그는 자매를 번갈아 쳐다보았다. 한 사람은 너무나도 온화하고 확고부동했으며, 다른 하나는 딱딱한 겉모습 밑으로 금방 붙은 불처럼 성급하고 연약했다.

"해브너에는요, 로크 섬에서 멀리 떨어진 온 산의 마을에, 세상 일을 전혀 모르는 사람들 사이에 여전히 손의 여인들이 살고 있더군요. 그렇게 오랜 세월이 지났는데도 그 그물은 끊어지지 않았어요. 어떻게 엮은 그물입니까?"

"재주를 다해 엮었죠."

깜부기불이 말했다.

"그리고 넓게 펼쳐 놓았지요!"

메드라는 다시금 그들을 번갈아 쳐다보았다.

"해브너 시에서 나는 제대로 가르침 받지 못했어요. 내 스승님들은 마법을 못된 목적에 이용하지 말라고 타이르셨지만, 정작 그분들은 두려움 속에 살며 강한 자에게 대항할 힘이 전혀 없었죠. 그분들은 나에게 가진 것을 모두 전해 주셨지만 그건 정말 얼마 되지 않아요. 내가 잘못 나가지 않은 건 그저 운이었어요. 그리고 아니에브가 나에게 선물로 준 힘 덕분이죠. 그녀가 아니었다면 나는 지금도 겔룩의 종일 거예요. 그러나 그녀 역시 가르침을 받지 못한 상태였고, 그래서 노예로 잡혔어요. 가장 뛰어난 자들이 마법을 그릇되게 가르치고 가장 힘센 자들이 악한 목적을 위해 마법을 사용한다면, 여기 있는 우리들의 힘이 어떻게 커질 수 있지요? 어린 용은 뭘 먹고 살까요?"

"여기가 중심이에요. 우리는 중심을 지켜야 해요. 그리고 기다려야죠."

너울이 말했다.

"우리는 마땅히 주어야 할 것을 줘야만 해요. 우리만 빼고 모두가 노예라면, 우리의 자유가 무슨 가치가 있습니까?"

메드라가 말했다.

"진정한 기예는 거짓을 이겨요. '형상'은, 만물의 이치는 유지될 거예요."

깜부기불이 찡그리며 그렇게 말했다. 그녀는 부지깽이에 손을 뻗어 화로 안에 든 자기 이름들을 긁어모은 다음, 한 번 탁

후려쳐서 불똥이 날리게 했다.

"그건 내가 알아요. 그러나 우리 삶은 짧고 형상이란 아주 길죠. 만약 로크가 예전의 그 로크라면? 진정한 기예를 가진 사람들이 이곳에 더 많이 모여 있었다면, 그래서 보존할 뿐 아니라 가르치고 배운다면 어떻겠습니까?"

"지금의 로크가 예전의 로크라면, 그래서 강력하다고 소문이 나면, 우리를 두려워하는 자들이 다시 우리를 파멸시키러 오게 될 테죠."

너울이 말했다.

"해답은, 비밀리에 진행하는 겁니다. 하지만 해답인 동시에 문제이기도 하군요."

메드라가 말했다. 그러자 너울이 말했다.

"우리의 문제는 남자들에게 있어요. 이렇게 말해서 미안해요, 나의 형제여. 남자들은 다른 남자들 눈에 여자나 아이들보다 더 중요한 존재로 보여요. 우리가 여기 마녀를 쉰 명 모은다고 해도 그들은 별로 신경 쓰지 않을 거예요. 하지만 우리가 힘 있는 남자 다섯을 확보한다면 그들은 그걸 눈치 챌 거고, 다시 우리를 짓밟을 방법을 찾을 거예요."

"그래서 우리 중에 남자들이 있어도 우리가 '손의 여인들'이었던 거예요."

깜부기불의 말이었다. 메드라가 말했다.

“지금도 변한 게 없죠. 아니에브도 당신들 중 한 명이었어요. 그녀, 당신들, 우리 모두가 똑같은 감옥에 갇혀 살고 있어요.”

“우리가 뭘 할 수 있나요?”

너울이 말했다.

“우리 힘을 배워야지요!”

메드라가 말했다.

“학교로군요. 현인들이 와서 서로서로 배우는 학교. 만물의 이치를 연구하는 학교……. 숲이 우리를 지켜 줄 거야.”

깜부기불이 말했다.

“군벌들은 학자나 학교 선생을 멸시해요.”

메드라가 말했다.

“두려워하기도 할 거예요.”

너울이 말했다.

그렇게 그들은 그 긴 겨울 동안 서로 대화하고, 다른 사람들과도 이야기를 나누었다. 그들의 이야기는 서서히 꿈에서 목표로, 갈망에서 계획으로 모습을 바꾸었다. 너울은 늘 조심스러웠고 위험을 경고했다. 머리 흰 노인 ‘모래언덕’은 몹시 열의를 보여서, 깜부기불은 그가 스윌의 아이란 아이는 다 긁어모아 마술을 가르치기 시작할 판이라고 말했다. 로크의 자유가 다른 이들을 자유롭게 하는 데 달려 있다는 신념을 일단 갖게 되자 그녀는 어떻게 하면 손의 여인들이 다시 강하게 성장할 수 있을지에 온 마음을 다 기울였다. 그러나 나무들 사이에서 고독으로 다듬어진 깜부기불의 정신은 언제나 제대로 된 형식과 명료성을 추구했다. 그녀는 말했다.

"우리의 기예가 뭔지 모르면서 어떻게 남들을 가르치겠어요?"

그래서 그에 관한 토론이 있었다. 섬의 현명한 여인들이 다 참가했다. 진정한 마법 기예란 무엇이며 그것이 어디에서 거짓으로 변하는가, 어떻게 만물의 균형을 지키거나 혹은 어그러뜨리는가, 무엇이 유용하고 무엇이 위험한가, 어째서 몇몇 사람들은 다른 어떤 재능이 아닌 특정한 한 가지 재능을 가지는가, 그리고 천부의 재능을 갖지 못한 분야의 기술을 배울 수 있는가 없는가. 이런 토론을 통하여 그들은 그때부터 길이 전해질 위대한 마법 기예의 이름들을 도출했다. 찾기, 날씨 다루기, 변신술, 치료술, 소환술, 형태 만들기, 이름 짓기, 환각을 다루는 기술, 그리고 노래들에 관한 지식이다. 그것들은 로크의 대마법사들이 지닌 기예들로서 지금까지 이어지는데, 다만 찬미사가 찾기꾼의 자리를 대신했다. 찾기가 단순히 쓸모 있는 기술에 불과하고 현자에게는 걸맞지 않는다고 여겨지게 되었기 때문이다.

그리고 바로 이러한 토론들로부터 로크 섬의 학교가 시작되었다.

학교의 시작이 이와는 전혀 달랐다고 말하는 사람들도 있다.

그들은 '검은 여인'이라고 불린, 땅의 옛 힘들과 결탁한 한 여자가 로크 섬을 다스리고 있었다고 한다. 그들은 그 여자가 로크 동산 아래 동굴에 살았고 낮의 햇빛 아래로는 결코 나오지 않으며 땅과 바다를 덮는 광대한 주문을 엮어 내어 남자들을 그녀의 사악한 의지에 굴복시켰다고 한다. 그러다 최초의 대현자가 로크에 와서 봉인을 깨고 동굴에 들어가, 검은 여인을 물리치고 그 지위를 빼앗았다는 것이다.

이 이야기에서 진실은 단 한 가지뿐인데, 바로 최초의 로크 대마법사들 중 하나가 실제로 크나큰 동굴을 열고 그 안에 들어갔다는 것이다. 그러나 로크 섬의 뿌리가 모든 섬의 뿌리이기는 해도 그 동굴은 로크에 있지 않았다.

그리고 실제로 메드라와 엘레할의 시대에 로크 사람들은 남자도 여자도 땅의 옛 힘들을 두려워하지 않았다. 오히려 그 힘들을 숭앙하고 거기에서 힘과 영감을 얻고자 했다. 그것이 세월이 흐르며 변한 것이다.

그해에는 봄이 늦게 찾아왔다. 날씨는 춥고 사나웠다. 메드라는 배를 짓기 시작했다. 복숭아나무에 꽃이 필 때쯤 그는 갸름하고 튼튼한 큰바다용 배를 완성했다. 해브너 식으로 지은 배였다. 메드라는 이 배를 '희망호'라고 불렀다. 얼마 지나지 않아 그는 희망호를 스월 만 밖으로 몰고 나갔는데 동료를 태우지 않고 혼자 갔다.

“여름이 끝날 때쯤 날 기다려요.”

그는 깜부기불에게 말했다.

“나는 숲에 있을 거예요.”

깜부기불이 대답했다.

“그리고 내 마음은 당신과 함께예요. 나의 검은 수달, 나의 하얀 제비갈매기, 내 사랑, 메드라.”

“그리고 내 마음은 당신과 함께일 거요, 나의 타오르는 깜부기불, 내 꽃피는 나무, 내 사랑, 엘레할.”

*

그가 나선 탐색 항해 중 맨 처음인 이때에 메드라, 그가 불린 대로 말하자면 ‘제비갈매기’는 내해를 북쪽으로 항해하여 몇 년 전 들렀던 오리미로 갔다. 거기에는 그가 신뢰하는 손의 사람들이 살고 있었다. 그중 한 명은 ‘까마귀’라 불렸는데, 재산이 넉넉한 은둔자로서 마법 재능은 전혀 없지만 기록된 것, 즉 전승책이나 역사책에 대해서는 굉장한 열정을 가진 사나이였다.

까마귀의 말마따나 제비갈매기가 책을 읽을 수 있게 되기까지 “그의 코를 책 속에 처박아 준” 사람이 바로 그였다. 까마귀는 부르짖었다.

“글을 읽을 줄 모르는 마법사는 어스시의 저주야! 무지한 힘은 해악이라고!"

까마귀는 묘한 인물이었다. 외고집에 오만하고 집요하고, 자기의 열정을 수호하는 데 있어서는 용감무쌍했다. 그는 여러 해 전에 로센의 위세를 대놓고 무시하여 변장한 채 해브너 항으로 가서 옛 왕립 도서관 한 곳에서 책 네 권을 빼내 온 일이 있었다. 그는 길 섬에서 저술된 수은에 관한 불가해한 논저 한 권을 구하고 몹시 자랑스러워했다.

"로센의 코 밑에서 채 온 것이기도 하다네."

까마귀는 제비갈매기에게 자랑했다.

"와서 한번 보라니까! 유명한 마법사가 지녔던 책이거든."

"티나랄이죠. 전 그를 압니다."

제비갈매기가 말했다.

"쓰레기 책이구먼, 그렇지?"

까마귀는 책에 관련된 것이라면 눈치가 아주 빨랐다.

"나야 모르지. 난 사실 더 큰 건을 찾고 있거든."

까마귀는 그렇게 말하며 머리를 쳐들었다.

"『이름의 책』 말씀이군요."

"아스가 서쪽으로 갔을 때 함께 사라져 버렸지."

"용도마뱀이라는 현자가 제게 말해 준 바로는, 아스가 펜더에 있을 때 한 마법사에게 말하기를 자기가 아흔 섬을 떠나기 전 『이름의 책』을 어떤 여자에게 주고 잘 간수하라고 당부했노라고 했다더군요."

"여자를 줘! 책을 간수하라고! 아흔 섬에다! 그가 미쳤군."

까마귀는 난리를 쳤지만, 『이름의 책』이 아직까지 남아 있을지 모른다는 생각 하나만으로 제비갈매기가 가자는 대로 당장 아흔 섬으로 나설 태세였다.

그렇게 해서 그들은 희망호를 남쪽으로 몰아가 맨 처음 냄새 퀴퀴한 게스에 기항했고, 그로부터 행상으로 가장한 채 미로 같은 물길을 헤집고 조그만 섬들을 하나하나 찾아다녔다. 까마귀는 배에다 아흔 섬 사람들 살림살이에서 볼 수 있는 것보다 더 나은 물건들을 쟁여 실었고, 제비갈매기는 공정한 가격을 불렀다. 대부분이 물물 교환이었다. 섬사람들에게는 돈이란 게 거의 없었던 것이다. 그들에 관한 소문이 그들보다 먼저 퍼졌다. 이 사람들이 물건을 책과 바꿔 준다는 것이었다, 케케묵고 난해한 책일 경우에 말이다. 그러나 아흔 섬에서는 모든 책이 케케묵고 난해했다. 책이 있기나 하다면!

까마귀는 은단추 다섯 개와 진주를 박은 손칼 한 자루, 그리고 로바네리 비단 한 폭을 주고 책장에 물 얼룩이 진 아캄바르 시대의 박물지 한 권을 손에 넣어 기분이 좋았다. 그는 희망호에 앉아서 등을 구부리고 하레키, 오탁, 얼음곰 같은 동물들을 나타낸 오래전의 묘사 글에 몰두했다. 그러나 제비갈매기는 모든 섬에 일일이 상륙해서 주부들이 모인 부엌과 늙은이들이 앉아 있는 따분한 선술집에서 자기가 가져온 물건들을 구경시켰다. 그는 간혹 손으로 주먹을 쥐었다가 뒤집어 손바닥을 펴는 동작을 했지만 아무도 신호에 답하지 않았다.

"책이라고요?"

북(北)수디디 섬의 골풀 엮는 남자가 말했다.

"저기 저런 거 말이죠? 저런 걸 딴 데 어디 쓸 데가 있나요?"

그는 자기 집 지붕 재료에 섞어 넣은 송아지 피지 오라기를 손가락질했다. 까마귀는 처마에 드리운 골풀 줄기들 사이 여기저기에 드러나 보이는 단어들을 올려다보고 격분하여 벌벌 떨기 시작했다. 제비갈매기는 그가 폭발하기 전에 서둘러 도로 배로 데리고 왔다.

"그건 동물 치료사의 교과서에 지나지 않았어."

다시 뱃길에 나서서 진정된 후에 까마귀가 시인했다.

"'말 다리병'이라는 말을 봤지. 그리고 암양의 젖통에 관한 것도 보이더라고. 하지만 그런 무식한 짓이라니! 짐승이나 다를 바 없어! 세상에, 지붕을 이다니!"

"그것도 유용한 지식인데 말이에요."

제비갈매기가 말했다.

"지식을 지키지 못하고 가르치지 못한다면 사람들은 무지할 수밖에 없지 않겠어요? 만약 책들을 모두 한 장소에 모아 놓을 수 있다면……."

"왕들의 도서관처럼 말이지."

잃어버린 영광의 날들을 꿈꾸며 까마귀가 받았다.

"아니면 당신의 도서관일 수도 있죠."

옛날보다 훨씬 음흉해진 제비갈매기가 말했다.

"부스러기들이야. 찌꺼기들이라네!"

까마귀는 생애를 걸고 해 온 과업을 그렇게 폄하했다.

"시작인 거죠."

제비갈매기의 말에 까마귀는 한숨만 지었다.

"다시 남쪽으로 가 봐야 할 것 같아요. 포디로 가죠."

앞이 트인 물길로 배를 몰면서 제비갈매기가 말했다.

"자넨 사업에 재주가 있어. 어디를 봐야 할지 알고 있지. 그 헛간 다락에 있던 박물지를 곧장 찾아냈잖나……. 하지만 여기엔 찾을 만한 게 별로 없지. 중요한 건 하나도 없어. 아스가 전승책들 중에서도 제일 위대한 책을 책으로 지붕 이는 무지렁이들 사이에 남겨 두었을 리가 없어! 자네가 원한다면 포디로 가세. 그런 다음엔 오리미로 돌아가자고. 난 이제 아주 질렸네."

"그리고 단추도 바닥났지요."

제비갈매기가 말했다. 그는 기분이 명랑했다. 포디를 떠올리자마자 그는 이것이 옳은 방향임을 알았다.

"가면서 좀 조달할 수 있을지도 모르죠. 찾는 것, 그게 제 재주니까요."

두 사람 다 포디에는 가 본 일이 없었다. 포디는 졸음 오는 남방의 섬으로, 장밋빛 사암으로 건축된 오래되고 예쁘장한 항구도시 텔리오가 있으며 한때는 비옥했던 경작지와 과수원을 지니고 있었다. 그러나 와소트의 군주들이 근 백 년 동안 이 섬을 지배하면서 세금을 걷고 노예를 잡아가고 땅과 사람을 차츰 못 쓰게 만들었다. 햇빛 비치는 텔리오의 길거리는 울적하고 더러웠다. 주민들은 마치 야생 생활을 하듯 천막이나 집 쓰레기로 만든 달개지붕을 치고 살았고 심지어 그것조차 없기도 했다.

"아, 이래서야 안 되지. 이 작자들에게 책이 있을 리가 없네, 제비갈매기!"

까마귀가 인분 무더기를 피하며 욕지기를 냈다.

"기다려요, 기다려. 하루만 시간을 주세요."

동행자가 말했다.

"위험한 일이야. 될 일이 아니라고."

까마귀는 그렇게 말했지만 그 이상 반발하지는 않았다. 그가 읽기를 가르쳐 준 겸손하고 순박한 젊은이는 이제 그가 감히 판단하지 못할 안내자가 되어 있었다.

까마귀는 제비갈매기를 따라 큰길 중 하나를 타고 내려가서 작은 집들이 있는 해묵은 직조공 구역으로 꺾어 들어갔다. 포디에서는 삼을 재배했으므로 가다 보면 삼대를 물에 담그는 돌집들이 있고(지금은 대부분 사용되지 않고 있었다.), 몇몇 집들 창으로는 창가에 놓인 베틀이 눈에 띄었다. 뜨거운 햇살을 피할 그늘이 있는 작은 빈터 한 곳에서 너더댓 명 여자들이 우물가에 앉아 실을 잣고 있었다. 근처에는 아이들이 놀고 있었다. 앙상하게 마른 아이들은 더위 탓에 심드렁하게 놀이를 하면서 별 관심도 없이 낯선 사람들을 쳐다보았다. 제비갈매기는 머뭇거리지도 않고 그쪽으로 걸어갔다. 마치 어디로 가야 하는지 아는 사람 같았다. 그가 걸음을 멈추고 여자들에게 인사했다.

"어머나, 귀여운 남자네."

한 여자가 웃으며 말했다.

"짐 속에 뭐가 들었는지 우리한테 보여 줄 필요도 없어요. 구리든 상아든 한 푼도 없으니까. 달포 내 돈이라곤 구경도 못 한걸."

"그래도 아마포는 좀 있겠지요, 아주머니? 옷감으로 짠 것이든지 아니면 실이라도요. 포디의 아마포는 최고잖아요? 머나먼 해브너에서도 소문을 들었답니다. 여러분이 잣고 있는 실의 품질은 제가 장담할 수 있네요. 실이 아주 근사한걸요."

까마귀는 한편으로는 재미있게, 한편으로는 혀를 차며 동행자가 하는 것을 보고 있었다. 그 자신도 책을 얻는 거래일 경우 빈틈없이 약게 대처할 수가 있지만, 단추니 실이니 하는 것을 가지고 여염집 아낙네들과 톡탁거리는 것은 체면상 도저히 무리였다.

"자, 제가 열어 볼게요."

제비갈매기가 짐꾸러미를 자갈 위에 펼치면서 말했고, 여자들과 꾀죄죄한 수줍음쟁이 어린애들은 그가 보여 줄 신기한 것을 구경하려고 가까이 모였다.

"우린 다 짠 베를 구하려고 해요. 그리고 염색하지 않은 실도요. 다른 것도 받을지 몰라요. 단추가 모자라거든요. 아주머니들 중에 뿔이나 뼈 단추가 있으시면, 어떨까요? 여기 이 작은 벨벳 모자들은 단추 세 개나 네 개 주시면 하나를 드려요. 아니면 이 리본 뭉치들은 어때요? 색깔 좀 보세요. 아주머니 머리색에 아름답게 어울리잖아요! 아니면 종이나, 아니면 책이라도 좋아요. 오리미에 계신 우리 주인 나리가 그런 물건을 찾고 계세요. 치워 버리려는 책이나 종이가 있으면 가지고 나오세요."

"어쩜, 당신 정말 귀여운 사람이구먼요."

처음으로 말을 걸었던 여자는 제비갈매기가 붉은 리본을 들어 땋은 검은 머리에 대어 보이자 깔깔 웃으며 말했다.

"당신한테 줄 만한 게 있으면 좋았을걸!"

"감히 입맞춤을 바랄 정도로 뻰뻰스럽지는 못하답니다. 그러나 펼친 손은 내밀어 주실 수 있겠지요?"

메드라가 말했다.

그는 손짓 신호를 했다. 그 여자는 잠시 말끄러미 그를 보았다.

"그거야 쉽죠."

여자는 부드럽게 말하고 신호로 응답했다.

"하지만 항상 안전한 것은 아니라우, 낯선 사람들 사이에서는 말이지요."

그는 그 후에도 물건을 보여 주고 여자들이나 아이들과 농담을 계속했다. 뭐라도 사는 사람은 아무도 없었다. 모두들 싸구려 장신구 나부랭이를 보물 보듯 했다. 제비갈매기는 그들이 빤히 들여다보고 마음껏 만져 보게 내버려 두었다. 심지어 아이들 중 하나가 윤을 낸 구리로 만든 조그만 거울을 슬쩍한 것까지도, 거울이 누더기가 다 된 윗도리 밑으로 기어 들어가는 것을 보고서도 그냥 놔두었다. 마침내 그가 이제 가야겠다고 말했고, 아이들은 짐을 말아 싸는 동안 뿔뿔이 떠나갔다.

검은 머리를 땋은 여자가 말했다.

"우리 이웃이 하나 있는데, 아마 종이를 좀 갖고 있을 거예요, 댁들이 찾는 게 그거라면요."

"그 위에 글자가 있소?"

우물 갓돌에 올라앉아 지루해하던 까마귀가 물었다.

"종이에 얼룩이 있었소?"

여자는 까마귀를 위아래로 훑어보았다.

"얼룩 있지요, 선생 나리."

그녀는 그렇게 말한 다음 제비갈매기를 향해 어조를 바꾸었다.

"괜찮으면 나랑 가시지. 그 애는 이쪽에 살아요. 아직 어린 여자 애지만, 게다가 가난하지만 내가 장담할 수 있다우, 행상인 양반. 손바닥을 펼칠 줄 아는 애랍니다. 우리 모두 다 그렇지는 못한 것 같지만 말예요."

까마귀가 손짓 신호를 흉내내 보였다.

"세 명 중에 세 명이 다 알고 있소. 그러니 함부로 말하지 마요, 여자가."

"참 나, 말조심해야 할 사람은 댁이에요, 선생 나리. 이곳에 사는 우리는 가난한 사람들이죠. 무식하고요."

그녀는 눈빛을 쏘며 말하고는 길을 이끌었다.

여자는 그들을 골목 끝 집으로 데리고 갔다. 돌로 지은 이층 집은 한때는 깔끔했을 것 같지만 이제는 반은 비어 있고 외관이 상했으며 창틀과 가두리 돌이 빠져나왔다. 그들은 우물이 있는 안뜰을 가로질러 갔다. 여자가 곁문을 두드리자 소녀 하나가 문을 열었다.

"어이쿠, 여기는 마녀 굴이로군."

향을 품은 연기와 약초 냄새가 확 풍겨 나오는 바람에 까마귀는 뒷걸음질 쳤다.

"치료사랍니다."

안내해 온 여자가 말했다.

"엄마가 또 아프시냐, 달고기야?"

소녀는 고개를 끄덕이며 제비갈매기를 쳐다보고, 이어서 까마귀를 보았다. 열서너 살 된 여자 아이인데 살은 없지만 체격이 실팍하고 침울한 눈으로 지그시 사람을 쳐다보았다.

"저 사람들은 '손'의 남자들이란다, 달고기야. 하나는 키 작고 잘생긴 남자고 하나는 키 크고 거만한 남잔데, 종이를 찾고 있다는구나. 전에 네가 좀 갖고 있었지? 지금은 없을지도 모르지만. 저이들의 짐 속엔 너에게 필요한 것이 없지만 원하는 걸 주면 상아 조각으로 값을 치러 줄지도 몰라. 맞지요?"

여자는 반짝이는 눈을 제비갈매기에게 돌렸고, 그는 고개를 끄덕였다.

"엄마는 많이 아파요, 골풀 아줌마."

여자 애가 말했다. 그러고는 다시 제비갈매기를 쳐다보았다.

"아저씨는 치료사가 아니지요?"

원망하는 말투였다.

"아니란다."

"얘는 치료사라우."

골풀이 말했다.

"얘네 엄마나 엄마의 엄마와 마찬가지로 말예요. 집에 좀 들어가자, 달고기야. 아니면 나라도 좀 들여보내 다오. 어머니하고 얘기 좀 하게."

소녀는 잠시 도로 안으로 물러났고, 골풀은 메드라에게 말했다.

"저 애 엄마는 폐병으로 죽어 가는 중이에요. 낫게 해 줄 치료사가 없지. 자기는 부스럼을 고치고 만져서 아픔을 가시게 했더랬는데. 대단한 사람이었다우. 달고기도 착실하게 제 엄마 뒤를 따르고 있죠."

소녀가 몸짓으로 그들을 불러들였다. 까마귀는 밖에서 기다리는 편을 택했다. 천장이 높고 길쭉한 실내는 우아했던 과거의 자취가 언뜻언뜻 남아 있긴 해도 몹시 낡은 데다 가난에 찌든 모습이었다.

치료사의 기구들이며 말리는 중인 약초들이 온 사방에 놓여 있는데, 딴에는 구획이 지어져 있었다. 결 고운 돌로 지은 화덕 안에 달콤한 향을 풍기는 약초들이 불똥처럼 조그만 불을 달고 타고 있고, 그 곁에 침상이 있었다. 그 안에 누운 여자는 어찌나 쇠약했는지 침침한 불빛 속에 뼈와 그림자로밖에 보이지 않았다. 제비갈매기가 가까이 가자 여자는 일어나 앉아 말을 하려고 했다. 딸이 어머니의 머리를 베개에서 들어올려 주었고 제비갈매기가 아주 가까워지자 그녀의 말소리가 들렸다.

"마법사."

그녀는 그렇게 말했다.

"우연이 아니야."

힘을 지닌 여자인 그녀는 그가 어떤 사람인지를 알았다. 그녀가 그를 부른 것일까?

"나는 찾기꾼입니다. 또한 찾아 나서는 사람이지요."

그가 말했다.

"저 애를 가르쳐 줄 수 있어요?"

"가르칠 사람에게 데려갈 수 있습니다."

"그렇게 해 주세요."

"그러겠습니다."

그녀는 머리를 제자리에 도로 고이고 두 눈을 감았다. 그 강렬한 의지에 몸을 떨며, 제비갈매기는 자세를 바로 하고 깊은 숨을 들이마셨다. 그는 눈을 돌려 그 소녀, 달고기를 보았다. 소녀는 그의 시선을 맞받지 않고 무디고 무뚝뚝한 슬픔에 잠겨 자기 어머니를 응시했다. 여자가 도로 잠에 빠져 든 다음에야 비로소 달고기는 몸을 움직였고, 골풀을 도우려고 했다. 친구이자 이웃인 골풀은 자진해서 도움이 되고자 침대 곁에 흩어져 있던 피에 젖은 헝겊 조각들을 주워 모으는 참이었다.

"지금 막 다시 각혈을 하는데 전 멈추게 할 수가 없었어요."

달고기가 말했다. 눈에서 눈물이 흘러나와 뺨 위를 굴러 내려도 얼굴 표정은 거의 변할 줄 몰랐다.

"아, 우리 아기, 아, 우리 새끼양."

골풀이 달고기를 덥석 얼싸안으며 말했다. 그러나 달고기는 그녀를 마주 안으면서도 몸은 굽히지 않았다.

"엄마는 거기로 가요, 담장으로요. 전 같이 갈 수 없어요."

달고기가 말했다.

"엄마가 혼자 가는데 같이 갈 수가 없어요……. 아저씨는 거기 갈 수 없나요?"

소녀는 골풀의 팔을 풀고 나와서 재차 제비갈매기를 쳐다보았다.

"아저씨는 거기 갈 수 있지요!"

"아니다."

그가 대답했다.

"나는 길을 모른단다."

그러나 그는 달고기가 말할 때 그녀가 본 광경을 함께 보았다. 긴 언덕이 어둠 속으로 경사져 내려가고, 언덕을 가로질러, 아물아물한 땅거미의 경계에 맞추어, 돌로 된 낮은 담장이 있었다. 바라보는 동안 그는 한 여자가 그 담 곁을 걸어가는 것을 언뜻 본 듯했다. 몹시 여위고, 실체가 없는, 뼈에다, 그림자. 그러나 그녀는 침대에 누운 죽어 가는 여인이 아니었다. 그녀는 아니에브였다.

환상이 사라지자 그는 어린 마녀를 마주 보고 서 있었다. 탓하는 듯하던 눈빛이 서서히 달라졌다. 소녀는 두 손에 얼굴을 묻었다.

"그들을 보내 줘야 해."

그가 말했다.

"알아요."

소녀가 말했다.

골풀은 날카롭고 환한 눈으로 그들을 번갈아 쳐다보았다. 그러고는 말했다.

"사근사근 주변만 좋은 남자가 아니었구먼. '재주 있는 남자' 였어. 뭐, 댁이 처음은 아니라우."

제비갈매기는 묻는 눈길을 보냈다.

"이 집은 '아스의 집'이라 불리거든요."

골풀이 말했다.

"그분이 여기 살았어요."

달고기가 말했다. 어쩔 수 없는 고통 속에서 한순간 긍지의 빛이 새어 나왔다.

"현자 아스 님이요. 오래전에요. 서쪽으로 떠나기 전에요. 저희 집 할머니 어머니들은 모두 대대로 현명한 여인들이었어요. 아스 님은 이 집에 머물렀어요. 윗대 할머니들과 함께요."

"대야 좀 주련. 이것들을 물에 담가야겠다."

골풀이 말했다.

"제가 물을 떠 오죠."

제비갈매기가 말했다. 그는 대야를 가지고 뜰로 나가서 우물로 갔다. 까마귀는 아까와 조금도 다름없이 갓돌에 앉은 채 지루해 어쩔 줄 몰랐다. 제비갈매기가 우물에 물동이를 내리자 그가 따지고 들었다.

"왜 여기서 시간을 허비하지? 이제 숫제 마녀들 심부름이나 하고 있으려고?"

"그래요."

제비갈매기가 말했다.

"저 여자가 숨을 거둘 때까지 이렇게 할 겁니다. 그 후에는 그녀의 딸을 로크로 데려갈 거예요. 『이름의 책』을 읽어 보고 싶으시다면 당신도 오세요."

*

이렇게 해서 로크 섬의 학교는 바다를 건너온 첫 학생을 받았고, 그와 함께 최초의 사서도 왔다. 현재 '외딴 탑'에 보관돼 있는 『이름의 책』은 이름에 관한 지식과 명명법의 바탕이 되는 책이다. 그리고 이름은 곧 로크 마법의 토대이다.

자기 스승들을 가르쳤다고 일컬어지는 소녀 달고기는 모든 치료술과 약초학의 여스승이 되었고, 로크 섬에서 그 분야의 기술을 크게 영예롭게 만들었다.

까마귀는 어땠는가 하면, 『이름의 책』과 단 한 달이라도 떨어져 있을 수가 없었기에 오리미로 사람을 보내 자기 책들을 가져오도록 하여 스윌에 눌러앉았다. 그는 책들에게나 까마귀 자신을 향해 마땅히 가져야 할 존중심을 보이는 한 학교 사람들이 자기 책들을 연구하도록 허용해 주었다.

그렇게 해서 제비갈매기는 여러 해에 걸쳐 일정한 순서에 따라 움직였다. 늦은 봄에 희망호를 타고 사람을 찾아 나서서, 로크 섬의 학교에 맞아들일 사람을 찾아낸다. 대부분 어린아이와 젊은이들로서 마법에 재능을 타고난 이들이었지만 가끔은 성인 남자나 여자일 때도 있었다. 아이들은 거의 집안이 가난했고, 그가 억지로 데리고 온 아이는 없었을지라도 부모들이나 주인들은 진짜 사실을 알지 못했다. 제비갈매기는 어부가 되어서 뱃일 시킬 남자 아이를 찾거나 직조장에서 훈련시킬 여자 아이를 구했고, 그런가 하면 다른 섬에 계신 귀족 주인 나리를 위하여 노예를 사려고 하기도 했다. 부모들이 기회를 잡게 해 주고자 자식을 그에게 넘기거나 가난 때문에 아이를 일꾼으로 팔 경우, 제비갈매기는 진짜 상아로 값을 치렀다. 만약 그들이 아이를 노예로 팔면 그는 대가로 황금을 주고, 황금이 쇠똥으로 변하는 다음 날 바로 자취를 감추었다.

그는 군도를 널리 돌아다녔고 심지어 먼 동원해까지 갔다. 한 번 갔던 섬, 갔던 마을에 갈 때에는 자기 발자취가 스러지게끔 몇 년이고 간격을 두었다. 그랬는데도 사람들이 그에 관하여 수군거리기 시작했다. 소문은 그를 '어린애 잡아가는 사람'이라고 불렀다. 무시무시한 마술사가 꽁꽁 얼어붙은 북녘의 섬으로 아이들을 데려가서 피를 빨아먹는다는 것이었다. 길 섬과 펠크웨이 섬의 마을들에서는 지금까지도 아이들에게 낯선 사람을 믿지 않도록 주의시키기 위해 '아이 잡아가는 사람' 이야기를 해 준다.

이 무렵에는 손의 사람들 다수가 로크에서 어떤 일이 벌어지고 있는지 알았다. 그들이 젊은 사람들을 로크로 보냈다.

남자들과 여자들이 와서 가르치고 가르침 받았다. 많은 사람들이 로크까지 오는 데 고난을 겪었다. 섬을 숨기고 있는 주문들이 그 어느 때보다도 더 강했던 것이다. 섬은 그저 한 조각 구름이나 몰아치는 파도 사이에 숨은 암초처럼 보였고 로크 바람이 불었다. 그 바람을 되돌리는 방법을 아는 마술사가 배에 올라 있지 않은 한 어떤 배든지 스월 만에 들어올 수 없도록 밀어내 버리는 바람이었다. 그래도 그들은 찾아왔고, 여러 해가 지남에 따라 학교로 삼을 큰 건물이 필요해졌다. 스월 읍의 어떤 건물보다도 더 큰 건물이다.

군도에서는 남자가 배를 만들고 여자가 집을 지었다. 그것이 관습이었다. 그러나 아주 큰 구조물을 세울 때에는, 남자를 광산에 들이지 않는다는 광부들의 미신이나 용골을 놓을 때 여자가 그것을 보면 안 된다는 조선공의 미신을 받아들이지 않고 남자들도 함께 일하도록 허용했다. 그래서 위대한 힘을 지닌 남녀들이 함께 로크 섬에 대학당을 세웠다. 스월 읍을 굽어보는 언덕 꼭대기에 주춧돌을 놓았는데, 내재의 숲에서 가깝고 로크 동산을 바라보는 위치였다. 대학당의 벽들은 돌과 나무로만 지어진 것이 아니라 마법으로 깊이 토대를 다지고 주문으로 튼튼히 보강한 것이었다.

그 언덕 위에 서서 메드라는 말했다.

"내가 서 있는 바로 이 자리에 수맥이 흐릅니다. 결코 마르지 않을 물줄기입니다."

사람들은 조심스럽게 파 들어가 수맥에 다다랐다. 그리고 물이 햇살 속으로 솟구쳐 오르도록 했다. 그렇게 대학당의 핵심부인 분수의 뜰이 가장 먼저 만들어졌다.

그 뜰을 메드라는 엘레할과 함께 걸었다. 하얀 포석 위로, 주위에 벽 하나도 둘러쳐지기 전에.

그녀는 내재의 숲에서 가져온 어린 마가목을 분수 곁에 심었다. 그러자 그 나무가 잘 자랄 것을 확신할 수 있었다. 로크 동산을 쓸어내려 바다 쪽으로 부는 봄철의 거센 바람이 분수 물을 흩날렸다. 동산 비탈 위에 몇 사람이 모여 있는 것이 보였다. 어린 학생들 한 무리가 오 섬의 마술사 헤가에게서 환영 재주 부리는 방법을 배우고 있었다. 학생들은 헤가를 '기예사'라고 불렀다. 꽃 피는 시절을 넘긴 불티풀이 타고 남은 재를 바람에 실어 보냈다. 깜부기불의 머리카락에는 흰 가닥들이 섞여 있었다.

"그럼 이제 떠나요. 이 규칙 건을 해결하는 일은 우리에게 맡겨 두고요."

찌푸린 표정은 예와 다름없이 단호했지만, 그녀의 목소리가 그에게 말하면서 이렇게 거친 일은 잘 없었다.

"당신이 원하면 여기 있겠소, 엘레할."

"물론 당신이 있었으면 해요. 하지만 그러지 마요! 당신은 찾기꾼이죠. 찾으러 가야 해요. 문제는 그 방식에 동의할 경우, 아니면 와리스가 부르자는 대로 그 '규칙'이라고 할까요, 그럴 경우 대학당을 건축하는 데 일이 두 배가 된다는 것뿐이에요. 게다가 다툼은 열 배나 일어날 테죠. 난 정말 벗어나고 싶어요! 그저 당신과 함께 거닐었으면 좋겠어요, 이렇게……. 당신이 북쪽으로 가지 말았으면 좋겠어요."

"우리가 왜 다투고 있을까?"

메드라가 낙담한 듯 말했다.

"왜냐하면 우리 수가 더 많아졌기 때문이죠! 힘을 지닌 사람들을 이삼십 명씩 한 방 안에 모아놔 봐요. 제각기 자기 식대로 하려고 한다고요. 게다가 당신은 늘 자기들 식대로 살아온 남자들을 마찬가지로 나름의 방식이 있는 여자들과 합쳐 놓았어요. 그러니 서로 탓할 수밖에요. 그리고 그것 말고 우리들 사이에는 진짜 심각한 분열도 생겨났어요, 메드라. 해결하지 않으면 안 될 문제들인데, 쉽게 해결될 일들이 아니죠. 얼마간의 좋은 뜻이 큰몫을 해 주기는 한다지만요."

"와리스가 문제요?"

“와리스하고 몇 명이 더 있어요. 정말이지 남자들이죠, 다른 무엇보다도 그 사실을 더 중요하게 여겨요. 그들에게 옛 힘들은 혐오스러운 거예요. 그리고 여자들이 지닌 힘은 의심하죠, 여자들이 옛 힘들과 결탁해 있다고 치부해 버리니까요. 마치 산 사람 중 누군가가 그 힘들을 조종하고 이용할 수 있기라도 한 것처럼! 그러면서 우리가 ‘세상’이라고 할 때 그게 ‘남자들’을 뜻하는 줄로 알지요. 그렇기 때문에 진짜 마법사는 남자여야만 한다는 거예요. 게다가 독신이라야 하고요.”

“아, 그 얘기군요.”

메드라가 한탄했다.

“바로 그 얘기예요. 언니가 어젯밤에 말했는데, 언니랑 엔니오랑 목수들한테 대학당 한쪽을 자기들만 살도록 지어 달라고 부탁하더래요. 아니면 따로 집을 지어 주든지 해 달라고요. 그래야 순수함을 지킬 수 있다면서요.”

“순수함이라고요?”

“내가 한 말이 아니에요, 와리스가 한 말이지. 그 부탁은 거절했대요. 그 사람들은 로크의 규칙이 남자와 여자를 갈라 놓기를 원하고, 남자들이 전체 일을 결정하기를 원해요. 그러니 우리가 그 사람들한테 무슨 타협안을 낼 수 있나요? 우리와 함께 일하기 싫다면 왜 여기 온 거죠?”

“함께 일하기 싫다는 사람들은 보내 버려야 해요.”

"내보낸다고요? 화난 채로요? 나가서 와소트나 해브너의 공경들에게 로크의 마녀들이 폭풍우를 만들어 낸다고 일러바치라고요?"

"깜박 잊었소. 난 늘 깜박하는군."

다시 풀이 죽어서 메드라가 말했다.

"나는 감옥 벽이 있다는 걸 잊어버려요. 벽 바깥에 나가면 이 정도로 바보는 아닌데……. 여기 있을 땐 이게 감옥이라는 걸 정말이지 생각 못하게 되는군요. 하지만 밖에 있으면, 당신이 없으면, 상기하지요. ……나는 가고 싶지 않아요. 하지만 가야 해요. 이곳의 일이 어떤 것이든 잘못될 수 있음을, 잘못되어 가고 있음을 난 인정하고 싶지 않지만, 인정해야만 하는군요. ……이번에는 길을 나설 거요, 엘레할. 북쪽으로 갈 거예요. 하지만 돌아오면 그때는 머물러 있겠소. 내가 찾아야 할 것은 여기서 찾을 거요. 이미 예전에 찾아낸 것이 아닐까?"

"아니요, 당신이 찾은 건 나뿐이에요……. 그러나 '숲' 안에서 찾아내야 할 것은 정말 많아요. 거기 집중하면 아무리 당신이라도 안절부절못해 하지 않을걸요. 왜 북쪽이에요?"

"인라드와 에아의 '손'에 접촉하기 위해서요. 거기에는 가 본 적이 없어요. 우리는 그들의 마법에 관해 전혀 모르오. 왕들의 인라드, 그리고 찬란한 에아! 우린 분명 거기서 동맹을 찾을 수 있을 거요."

"하지만 그 사이에는 해브너가 있잖아요."

엘레할이 말했다.

"배를 몰아 해브너 섬을 가로지를 생각은 없소, 내 사랑. 돌아서 갈 거예요. 물길로 말이오."

메드라는 언제나 그녀를 웃게 만들었다. 그럴 수 있는 사람은 그뿐이었다. 그가 가고 없을 때면 엘레할은 차분한 음성에 흔들리지 않는 태도를 지녔다. 해야만 하는 일에 대하여 조급하게 구는 것이 아무 소용 없음을 배웠기 때문이다. 가끔은 전처럼 찌푸리기도 하고 가끔은 미소도 지었지만 소리 내어 웃지는 않았다. 갈 수만 있으면 그녀는 옛날처럼 혼자서 숲으로 갔다. 그러나 대학당을 짓고 학교의 토대를 다진 이 몇 년 사이에는 거의 그럴 수가 없었다. 그리고 그 후에도, 혼자가 아니라 학생 두어 명을 데리고 가서 숲 속을 지나는 길과 나뭇잎의 형상을 배우도록 했다. 왜냐하면 그녀가 조형사였기 때문이다.

제비갈매기는 그해에 느지막이 여행길을 나섰다. 그는 날씨술사로 장래가 촉망되어 바다에서 훈련을 거쳐야 할 열다섯 살 먹은 소년 '티끌'과, 그와 함께 로크에 온 지 칠팔 년째가 된 예순 살 먹은 여자 세바를 데리고 갔다. 세바는 과거에 방주 섬 손의 여인들 중 하나였다. 그녀는 마법 재능은 전혀 없지만 사람들이 서로 신뢰하게 하고 함께 일하게끔 하는 방법을 잘 알고 있어서 방주 섬에서 현명한 여인으로 존경받았으며, 지금은 로크 섬에서 존경받았다.

세바는 가족을 보고 싶다며 제비갈매기에게 자기를 데려가 달라고 했다. 어머니와 동생과 두 아들이 있었던 것이다. 제비갈매기는 티끌을 세바와 함께 남겨 두었다가 돌아오는 길에 다시 로크로 데려갈 심산이었다. 그래서 그들은 여름 일기 속에 내해를 북쪽으로 가로지르는 항해 길에 올랐고, 제비갈매기는 티끌에게 돛에 마법풍을 조금 불어 넣으라고 시켰다. 그래야 긴 춤 절기가 오기 전에 방주 섬에 확실히 도착할 수 있을 터였다.

방주 섬의 해안에 배를 댈 때에는 제비갈매기가 직접 희망호에 환영 마법을 걸어서 배가 아니라 물결에 떠밀려 온 통나무로 보이게 만들었다. 이 해역에는 로센의 노예 사냥꾼들이며 해적들이 빽빽하게 깔려 있었기 때문이다.

그는 방주 섬의 동쪽 해안에 있는 세세스리에 두 사람을 내려 주고 거기서 긴 춤을 추었다. 그러곤 돛을 올려 에바브너 해협을 거슬러 올라갔다. 오머 섬 남쪽 해안을 따라 서쪽으로 선수를 돌릴 의도였다. 그는 배에 건 환영 주문을 그대로 유지했다. 환하고 청명한 한여름날, 북풍은 불어오고, 푸른 해협 저 멀리 높다랗게, 아련히 비치는 푸르스름한 갈색 땅 위로 무게 없이 떠오른 온 산의 산꼭대기와 길게 뻗어 내린 산등성이가 보였다.

봐, 메드라, 보라고!

해브너였다. 그의 땅, 살았는지 죽었는지 모를 가족 친지들이 있는 땅, 저 산 위 무덤 속에 아니에브가 누워 있는 땅이다. 그는 한번도 돌아와 본 적이 없었다. 이렇게 가까이 온 적도 없었다. 얼마나 되었던가? 16년, 17년이다. 그를 아는 사람은 없을 것이다. 젊은 수달을 기억하는 사람은 없을 것이다. 수달의 어머니 아버지와 누나를 빼고는……, 그들이 아직 살아 있다면 말이지만. 그리고 해브너 대항에는 틀림없이 손의 사람들이 있을 터였다. 소년 시절에는 그들을 몰랐지만 지금은 알 수 있을 터였다.

그는 해브너 만 입구의 곶에 온 산이 가려 보이지 않게 될 때까지 돛을 올려 널따란 해협을 거슬러 올라갔다. 좁은 만 입구 통로를 지나야 온 산이 다시 보일 터였다. 이윽고 산이 다시 보였다. 쭉 뻗어 내린 산등성이와 울퉁불퉁한 능선까지 모든 것이 잔잔한 물 위로 드러났다. 그가 열두 살 때 바로 여기서 마법풍을 일으켜 보려고 애쓰곤 했다. 계속 배를 몰아가자 물에서 솟아오르는 탑들이 보였다. 처음에는 아렴풋한 점과 선들이다가 어느 순간 눈부신 깃발들을 높이 올리는 탑들, 바로 백색의 도시, 세상의 중심이었다.

이제 해브너에 가지 않는다는 것은 비겁일 뿐이었다. 자기 안전 때문에 전전긍긍하고, 가족 친지가 죽었음을 알게 될까 봐 두려워하며, 아니에브를 너무나도 생생하게 떠올리게 될까 봐 두려워하는 것이다.

사실 그는 간혹 생각했다. 아니에브 생전에 그가 그녀를 소환했던 것처럼, 죽은 그녀가 자신을 소환하지 않을까 하는 생각이다. 두 사람 사이에 맺어져 아니에브가 그를 구할 수 있게 한 끈은 아직 끊어지지 않았다. 그녀는 수없이 그의 꿈에 나와서 매연 가득한 세이모리의 탑에서 처음 본 모습 그대로 말없이 서 있었다. 그리고 그는 몇 년 전 텔리오에서 죽어 가던 치료자의 환상을 통하여 그녀를 본 일이 있었다. 어스름 속 돌로 쌓은 담 곁에 그녀가 있었다.

엘레할이나 다른 로크 사람들을 통해 이제 그는 그것이 무엇이었는지 알게 되었다. 그것은 산 사람과 죽은 사람 사이를 가르는 담장이다. 그리고 그때 본 환영 속에서 아니에브는 돌담 이편을 걷고 있었다, 암흑 속으로 뻗어 내린 돌담 저편에 있지 않고.

그녀가 두려운가? 그를 해방해 준 그녀가?

그는 강풍을 거슬러 배를 갈지자로 몰며 남쪽 곶을 빙 돌아서 해브너의 큰 만으로 범주해 들어갔다.

*

해브너 시에는 여전히 깃발들이 날리고 지금도 왕이 다스리고 있었다. 깃발은 정복당한 도시와 섬들의 깃발이며, 왕은 군벌인 로센이다. 로센은 온종일 자기 집인 대리석 궁전을 떠나지 않은 채 에레삭베의 검이 던진 그림자가 거대한 해시계인 양 그 아래 지붕들 위를 미끄러져 가는 것을 지켜보며 노예들의 시중을 받았다. 그가 이런저런 명령을 내리면 노예들이 아뢰었다. "그대로 시행했습니다, 전하." 그가 사람들을 불러들이면 나이 든 남자들이 와서 말했다. "명에 따르겠습니다, 전하." 그가 마법사들을 부르자 현자인 '일찍'이 와서 깊이 몸을 굽혀 절했다.

"나를 걷게 해라!"

로센은 쇠약한 두 손으로 마비된 두 다리를 후려치며 고함질렀다.

현자는 말했다.

"전하, 아시다시피 저의 보잘것없는 기술은 듣지 않습니다. 하나 제가 온 어스시에서 가장 위대한 치료자를 불렀습니다. 멀고먼 나르베듀엔에서 그가 온다면 전하께서는 틀림없이 다시 걷게 되실 것입니다. 물론이지요. 걸으시고 긴 춤도 추실 것입니다."

그러면 로센은 욕을 하고 울부짖었다. 노예들은 그에게 포도주를 가져오고, 현자는 절을 하고 물러 나오며 마비 주문이 틀림없이 듣고 있는지 확인했다.

일찍에게는 자기가 드러내 놓고 해브너를 다스리기보다 로센이 왕인 편이 훨씬 편리했다. 병사들은 '재주 있는 사람'들을 신뢰하지 않고 섬기기도 싫어했다. 현자의 힘이 어떻든 모레드의 적처럼 막강하지 않은 다음에야 군대와 함대가 복종하지 않으려 들면 그들을 붙잡아 유지할 수가 없다. 그들은 로센을 겁내고 그에게 복종하는 데 습관이 들어 있었다. 이제 그것은 해묵은 습관이었으며, 뼛속까지 스며들었다. 그들은 로센이 한때 지녔던 대담한 전략과 확고한 지도력, 가차없는 잔인함으로 인해 그를 떠받들었고 그가 한번도 지녀 본 적 없는 다른 힘으로 인해서도 떠받들었다. 바로 그를 받드는 마법사들을 지배하는 힘이다.

이제는 일찍과 천한 마술사 두 명 외에는 로센 막하에 마법사가 없었다. 로센의 총애를 다툴 만한 경쟁자들을 일찍이 하나하나 축출하거나 죽여 버렸던 것이다. 그렇게 그는 이제 몇 년째 홀로 해브너에 군림하며 자신의 지위를 즐겼다.

겔룩의 제자이자 조수였던 시절, 일찍은 스승이 길 섬의 전승을 연구하게끔 부추겼다. 그럼으로써 겔룩이 수은을 마시고 있는 동안 자유를 누릴 수 있었다. 그러나 겔룩의 갑작스러운 종말에 그는 크게 동요했다. 거기엔 뭔가 아리송한 점이 있었다. 어떤 요소나 사람이 빠져 있었다. 일찍은 쓸모 있는 '사냥개'를 불러들였고, 그의 도움을 받아 무슨 일이 벌어졌는지 아주 철두철미하게 조사했다. 겔룩이 어디 있는가 하는 것은 물론 조금도 아리송하지 않았다. 사냥개가 흔적을 뒤밟아 곧장 언덕 비탈에 난 상처 자국에 다다랐고 겔룩이 그 아래 깊은 곳에 묻혔다고 말한 것이다. 일찍은 겔룩의 시체를 발굴할 생각은 조금도 없었다. 그러나 겔룩과 함께 있던 젊은 녀석은 사냥개가 추적 못했다. 놈이 그 언덕 밑에 겔룩과 함께 파묻혔는지 아니면 깨끗이 내빼 버렸는지 말 못하겠다는 것이었다. 그는 겔룩과 달리 주문 흔적을 남기지 않았다고 사냥개는 말했다. 그리고 사건 이후 하룻밤 내내 폭우가 쏟아졌으며, 사냥개가 찾았다고 생각한 흔적은 웬 여자의 것이었고 그녀는 죽어 있었다.

일찍은 사냥개가 실패했다고 그를 벌하지는 않았지만, 그 일을 기억에 담아 두었다. 일찍은 별로 실패해 본 적이 없고 실패를 좋아하지도 않았다. 사냥개가 그 젊은 수달이라는 녀석에 관해 이야기했을 때 그것은 일찍의 마음에 들지 않았다. 그래서 그는 기억했다.

권력에 대한 욕망은 제 스스로 먹이를 찾아 먹고, 게걸스레 먹는 만큼 쑥쑥 커 간다. 일찍은 배가 고파 안달했다. 해브너를 통치하는 것은 거의 만족을 주지 못했다. 거지들과 가난한 농부들의 땅이다. 마하리온의 왕좌를 차지했다 한들 거기 앉아 있는 것이 고작 술 취한 절름발이라면 무슨 소용인가? 벌벌 기는 노예들만 사는 궁전에 무슨 영광이 있는가? 일찍이 원한다면 어떤 여자든 차지할 수 있지만, 여자는 그의 힘을 말려 버리고 기력을 빨아먹을 터였다. 그는 여자를 곁에 두고 싶지 않았다. 그가 갈망하는 것은 적이었다. 쳐부술 가치가 있는 적수를 원했다.

1년쯤은 그가 내보냈던 첩자들이 와서 왕국 전역에 비밀 결사가 펴져 있으며 '손'이라는 이름으로 자칭하는 마술사들이 반역 도당을 구축했다고 말해 주었다. 적 찾기에 열중한 일찍은 그런 도당 하나를 파헤치게 했다. 그 일당은 늙은 여자들과 산파들, 목수, 막일꾼, 양철공 도제, 어린 소년 두어 명인 것으로 밝혀졌다. 창피스럽고 화가 난 나머지 일찍은 이들에 관해 첩보를 올렸던 사내를 이들과 함께 죽여 버렸다. 그들은 로센의 이름 아래 공개 처형되었는데, 죄명이 왕에 대한 반역이었기 때문이다. 그 무렵에 그런 종류의 공개적인 위협이 좀 부족하기는 했다. 하지만 일찍은 이 일이 성미에 거슬렸다. 자기를 깜박 속여 겁먹게 만들었던 어릿광대들을 공중 앞에 내놓아 구경시키고 싶지 않았던 것이다. 그는 차라리 자기 식대로, 자기가 원할 때 그들을 처리하기를 원했다. 일찍이 한껏 즐기려면 공포가 직접 그를 향한 것이어야 했다. 그는 사람들이 자기를 두려워하는 것이 보고 싶었다. 그들의 공포를 직접 듣고 냄새 맡고 음미하고 싶었다. 그러나 로센의 이름 아래 통치하는 이상, 군대와 민중이 두려워해야 할 것은 로센이었다. 그리고 일찍 자신은 뒷전에 숨어서 노예들과 도제들로 만족할 수밖에 없었다.

그 일이 있은 후 얼마 되지 않아서, 일찍은 사냥개를 내보내 모종의 일을 처리하고 오게 했다. 일을 마친 후 그 늙은이가 일찍에게 말했다.

"로크 섬에 관해 들은 적이 있으십니까?"

"캐머리에서 남서쪽이지. 와소트의 군주가 사오십 년간 지배해 오지 않았나."

해브너 시를 떠나는 일이 거의 없는 그였지만 군도 전체에 대한 지식에는 자부심이 있었다. 선원들의 보고와 궁전에 보관돼 있는 훌륭한 옛 해도로부터 주워 모은 지식이다. 일찍은 밤이면 그 해도들을 골똘히 들여다보며 어디로 어떻게 자신의 제국을 확장할지 궁리하곤 했다.

로크 섬에 관심을 가진 것은 그저 그 위치 때문이었다는 듯이 사냥개가 고개를 주억거렸다.

"그래서?"

"그자들을 불살라 죽이기 전에, 현자님이 고문한 나이 든 여자 하나가 말입니다……, 그 일 기억하시지요? 그러니까, 그 일을 했던 친구가 말해 주더군요. 그 여자가 로크에 있는 아들 얘기를 하더라고요. 큰 소리로 오라고 불렀답니다. 아시죠, 그 아들이 올 능력을 지니고 있기나 한 것처럼 말씀입니다."

"그래?"

"묘하죠. 내륙의 마을에 살던 늙은 여자가 바다를 본 적도 없었을 텐데 멀리 떨어진 섬 이름을 그렇게 부르다니요."

"아들이 어부라서 자기가 다닌 곳 얘기를 했나 보지."

일찍은 손을 내저었다. 사냥개는 코를 킁 울린 다음 고개를 한 번 끄덕이고 물러갔다.

일찍은 사냥개가 하는 말은 아무리 사소한 것이라도 흘려 버리지 않았다. 그중 많은 것이 결코 사소하지 않은 것으로 밝혀졌기 때문이다. 그 때문에 일찍은 그 늙은이가 탐탁지 않았다. 또 그가 동요하지 않는다는 이유도 있었다. 일찍은 사냥개에게 치하하는 법이 없었고 가능한 한 그를 쓰지 않았다. 그러나 사냥개는 사용하지 않기에는 너무나도 쓸모 있는 자였다.

마법사는 기억 속에 로크라는 이름을 간직했다. 그리고 다시금 그 이름을 듣게 됐을 때 그 맥락은 전과 동일했고, 그는 사냥개가 또다시 제대로 흔적을 찾아냈음을 알았다.

고깃배를 훔쳐서 마법풍으로 몰고 가던 아이들 세 명이 오머 남쪽 해상에서 로센의 순찰대에 붙잡혔다. 열다섯 내지 열여섯쯤 된 소년 둘과 열두 살 소녀 하나였다. 순찰선이 그들을 잡은 것은 이쪽에도 날씨술사가 타고 있어서, 파도를 일으켜 훔친 배를 침몰시킨 덕택이었다. 붙잡혀서 오머로 돌아온 후에 두 소년 중 하나가 울음을 터뜨리며 '손'에 가담했다는 이야기를 불었다. 손이라는 말을 듣자 로센의 부하들은 고문을 거쳐 화형당할 거라고 아이들을 겁주었고, 고백한 소년은 자기를 살려 주면 손에 대해서나 로크에 대해서, 그리고 로크의 위대한 현자들에 대해서 모조리 털어놓겠다고 울부짖었다.

"애들을 이리 끌고 와."

일찍이 전령에게 말했다.

"여자 애가 날아가 버렸습니다, 나리."

전령은 어쩔 수 없이 그렇게 대답했다.

"날아가다니?"

"새 모습으로 변했습니다. 물수리라는 새라더군요. 그렇게 어린 여자 애가 그럴 줄 몰랐습니다. 눈치 채기도 전에 날아가 버렸답니다."

"그럼 남자 애들이라도 데리고 와."

엄청난 인내심으로 일찍이 말했다.

부하들은 소년 한 명을 데리고 왔다. 다른 한 명은 배에서 뛰어내려 해브너 만을 건너려다 석궁 화살에 맞아 죽었다. 지금 잡혀 온 소년은 발작적인 공포에 사로잡혀 있어서 일찍조차도 입맛이 쓸 지경이었다. 이미 공포에 산산이 조각나 아무것도 뵈지 않게 된 상대를 어떻게 새로 겁줄 수 있단 말인가? 일찍은 소년에게 묶기 주문을 걸어 석상처럼 꼼짝 않고 똑바로 서게 만든 다음, 그대로 하루 밤낮을 내버려 두었다. 그러면서 가끔씩 그 석상에 말을 걸어 너는 똑똑한 아이니 여기 궁전에서 도제 노릇을 훌륭하게 할 수 있을 거라고 했다. 어쩌면 결국 로크에도 갈 수 있을 것이다, 왜냐하면 일찍이 거기 현자들을 만나러 로크로 갈 생각을 하고 있기 때문이다.

주문을 풀어 주자 소년은 여전히 돌인 척하며 말하려 하지 않았다. 일찍은 소년의 마음속에 들어갈 수밖에 없었다. 옛날 겔룩이 자기 기술에 통달한 스승이었을 적에 가르쳐 준 수법이었다. 일찍은 찾을 수 있는 대로 찾아냈다. 그런 다음에는 소년이 아무짝에도 쓸데없어 폐기해 버려야 했다. 결과는 또다시 맥 빠지는 것이었다. 이 녀석들의 미련함에 기만당했던 것이다. 그가 로크에 관하여 알아낸 것은 '손'이 거기에 있고 그들이 거기에 마법을 가르치는 학교를 두었다는 것뿐이었다. 그 외에 한 남자의 이름을 알아냈다.

마법사들을 위한 학교라는 생각은 일찍을 웃게 만들었다. 멧돼지들의 학교를 세우지, 용을 위한 대학은 어때! 그는 그렇게 생각했다. 그러나 로크 섬에 힘 있는 남자들이 작당하고 모종의 음모를 꾸미고 있다는 이야기는 그럴싸해 보였다. 그리고 마법사들이 결맹한다든가 연합한다는 생각은 되새겨보면 볼수록 섬뜩하게 느껴졌다. 도무지 있을 법하지 않다. 굉장한 힘이 강요해야만, 정복자의 의지로 억압해야만 가능한 얘기다. 똑같이 강한 마법사들을 자기 밑에 잡아 둘 만큼 막강한 현자의 의지라야 가능하다. 그가 원하는 적이 존재하고 있었다!

사냥개가 문에 와 있다는 전갈이 올라왔다. 일찍은 사람을 보내 그를 불러 올렸다.

"제비갈매기가 누구지?"

늙은이를 보자마자 그가 물었다.

사냥개는 나이가 들어 이제 자기 이름에 어울리는 외모를 가졌다. 주름이 쭈글쭈글하고, 긴 코와 서글픈 눈초리를 갖게 된 것이다. 그는 코를 킁 울렸고, 얼핏 모른다고 대답하려는가 싶었다. 그러나 그는 일찍에게 거짓말을 할 정도로 물정을 모르지는 않았다. 그는 한숨을 쉬었다.

"수달입니다. 흰얼굴 어르신을 죽인 녀석이죠."

"어디에 숨어 있지?"

"숨어 있지 않습니다. 도시를 돌아다니며 사람들과 얘기하고 있어요. 자기 어머니를 만나 본다고 길끝 마을로 갔습니다. 산을 돌아서요. 지금 거기 있습니다."

"바로 나에게 말했어야지."

"그자를 쫓고 계신 줄 몰랐습니다. 저는 오랫동안 그의 뒤를 쫓았죠. 저를 속인 놈이니까요."

사냥개의 말투는 원한 맺힌 것 같지 않았다.

"놈은 위대한 현자를 속이고 죽였어. 나의 스승을 말이다. 그 놈은 위험해. 난 복수를 원한다. 놈이 여기서 얘기 나눈 사람이 누구지? 그자들을 봐야겠다. 그런 다음 그놈을 처리할 것이다."

"저 아래 부둣가의 나이 든 여자들하고 이야기했습니다. 늙은 마술사 하나하고요. 그자의 누나도 있지요."

"이리로 끌고 와. 내 부하들을 데리고 가라."

사냥개는 코를 울리고, 한숨을 쉬고, 고개를 끄덕였다.

부하들이 그에게 잡아다 준 사람들로부터 얻을 것은 별로 없었다. 또 똑같은 이야기였다. 그들은 '손'에 속해 있고, '손'이란 모레드의 섬인지 로크 섬인지에 결성된 강력한 마술사들의 연맹이라는 것이다. 수달 또는 제비갈매기라 불리는 남자는 그 섬에서 왔지만 원래는 해브너 출신이라고 했다. 그리고 그자는 고작 찾기꾼인데 사람들이 그를 대단히 존경한다는 것이었다. 그의 누이는 자취를 감추었는데 필경 수달과 함께 어머니가 산다는 길끝 마을로 떠난 듯했다. 일찍은 이 사람들의 흐리고 무지한 정신을 샅샅이 뒤지고, 가장 나이가 적은 자 한 명을 고문한 다음, 로센이 앉아서 창으로 구경할 수 있는 장소에서 불태워 죽였다. 왕에게는 기분 전환이 필요했다.

이 모든 과정에 이틀이 걸렸다. 일찍은 이 동안 내내 멀리 길끝 마을을 건너다보고 시험해 보았다. 그는 우선 사냥개를 앞장세워 보내 놓고, 자기 자신의 허상을 보내어 마을을 탐지했다. 그자가 어디 있는지 알자 일찍은 재빨리 몸소 그곳으로 갔다. 독수리가 되어 날아간 것이다. 일찍은 대단한 변신술사였고 심지어 용으로도 변신할 만큼 겁 없는 사내였다.

일찍은 이 남자를 주의하여 다루어야 한다는 것을 알고 있었다. 수달은 티나랄을 쳐부쉈다. 그리고 로크 문제도 있다. 그 자신이 내면에 어지간한 힘을 지녔든가, 아니면 곁에서 돕는 힘이 있는 것이다. 그러나 산파 나부랭이를 상대하고 돌아다니는 일개 찾기꾼을 두려워하기란 힘든 일이었다.

일찍은 체신상 몰래 숨어 기어들어 갈 수는 없었다. 그는 환한 대낮에 길끝 마을의 누추한 광장을 내리덮었다. 독수리 발톱을 오므리자 남자의 다리로 변했고 커다란 날개는 움츠러들어 팔이 되었다.

어린애 하나가 소리를 지르며 엄마에게 달려갔다. 그 외에는 주위에 아무도 없었다. 그러나 일찍은 머리를 한쪽으로 돌렸다. 단번에 홱 돌려서 뚫어지게 노려보는 동작에는 아직도 어딘가 독수리를 닮은 구석이 있었다. 마법사는 마법사를 안다. 일찍은 먹잇감이 어느 집 안에 들어 있는지 알았다. 그는 그 집으로 걸어가 문을 열어젖혔다.

탁자 앞에 앉아 있던 갈색 피부의 호리호리한 남자가 그를 올려다봤다.

일찍은 묶기 주문을 걸려고 한 손을 쳐들었다. 그의 손은 붙잡혔다. 들어 올리는 도중에 꼼짝 못하게 멈추어 버렸다.

그래, 대결이로군. 싸워 볼 만한 적이야! 일찍은 한 걸음 물러선 다음, 웃음을 띠고 두 팔을 다 앞으로 뻗어 쳐들었다. 아주 천천히, 하지만 확실하게, 그 어떤 다른 자가 붙잡아 놓을 수 없는 힘으로…….

집이 사라졌다. 벽이 없고 지붕도 없고 아무도 없었다. 일찍은 햇살 비치는 마을 광장의 흙먼지 위에서 허공에 두 팔을 쳐들고 있었다.

물론 이것은 그저 환상일 따름이지만, 그가 외우던 주문이 순간 멈칫했다. 다음 순간 그는 환각을 해제해 버리고 자기 몸 언저리에 둘려 있던 문틀과 사방 벽과 지붕 서까래들을, 오지 그릇에 비치는 빛 조각을, 화덕 돌을, 탁자를 도로 불러왔다. 그러나 탁자에는 아무도 앉아 있지 않았다. 적은 없어져 버렸다.

이제 그는 성이 났다. 굶주린 사람의 손에서 쥐고 있던 음식을 탁 채 간 셈이었다. 그는 제비갈매기라는 사내를 소환해서 다시 나타나게 하려 했지만 그의 진정한 이름을 몰랐고, 마음으로나 정신으로나 아무 장악력을 가질 수 없었다. 그의 부름에는 응답이 없었다.

일찍은 성큼성큼 집을 나왔다. 그러고는 돌아서서 화염 주문을 내렸으므로, 집은 폭발하는 불길에 휩싸였다. 지붕과 벽과 창문들에서 불이 뿜어져 나왔다. 여자들이 비명을 지르며 집에서 뛰쳐나왔다. 뒷방에 숨어 있었던 게 틀림없었다. 일찍은 그들은 개의치 않았다.

'사냥개.'

그는 생각했다. 그러곤 사냥개의 진짜 이름으로 그를 소환하는 말을 뱉었다. 그러자 늙은이는 당연히 그에게 왔다. 하지만 언짢은 기색이었다.

"저 길 아래 술집에 있었습니다. 쓰는 이름으로 부르셔도 왔을 텐데요."

일찍은 그를 한 번 쳐다보았다. 사냥개의 입이 탁 닫히고 열릴 줄 몰랐다.

"내가 허락하면 그때 말해라. 놈은 어디 있지?"

사냥개는 고갯짓으로 북동쪽을 가리켰다.

"어디 말이야?"

일찍은 사냥개의 입을 열어 주고 겨우 말할 만큼의 목소리를 주었다. 낮고 억양 없는 목소리였다.

"세이모리입니다."

"어떤 모습을 하고 있지?"

"수달입니다."

억양 없는 음성이 말했다.

일찍은 웃음을 터뜨렸다.

"내가 놈을 기다릴 테다."

그가 말했다. 인간의 다리는 노란 갈고리 발톱으로 변하고, 팔은 넓고 깃털 난 날개가 되었다. 독수리가 날아올라 바람을 가로지르며 날아갔다.

사냥개는 콧소리를 내고 한숨 지은 뒤, 마지못해 터덜터덜 그 뒤를 따라갔다. 그의 등 뒤 마을에서는 화염이 잦아드는 참이었고, 아이들이 악을 쓰고 여자들이 날아간 독수리를 향해 저주를 퍼부었다.

✱

좋은 일을 하려고 할 때 위험한 점은, 마음속으로 선한 의도와 실제로 잘 해내는 행위를 혼동하는 데 있다.

그것은 수달이 엔나바 강을 빠르게 헤엄쳐 내려가면서 할 생각이 아니다. 수달은 속도와 목적지, 그리고 달디단 강물의 감촉과 헤엄치는 힘의 달콤함 외에는 별로 다른 생각을 하지 않는다. 그러나 문이 활짝 열리고 무시무시하게 빛나는 형상이 거기 서 있기 직전, 길끝 마을의 할머니 집 탁자 앞에 앉아 어머니와 누나와 이야기하던 메드라는 대략 이 비슷한 생각을 했다. 메드라는 결코 위험을 끼칠 생각이 없으므로 해가 될 리 없으리라는 생각을 품고 해브너로 왔다. 그러나 그는 돌이킬 수 없는 해를 끼치고 말았다. 그가 거기 있었던 탓에 남녀 어른들과 어린이들이 죽었다. 그들은 고문을 당하다 죽고, 산 채로 화형당했다. 그는 누이와 어머니를 끔찍한 위험에 빠뜨렸고 자기 자신까지도 위험에 빠뜨렸으며, 그로 인해 로크마저 위험해졌다. 만약 일찍이(메드라가 그에 관하여 아는 것은 그가 내놓고 쓰는 이름과 악명뿐이었다.) 메드라를 붙잡아 이제껏 다른 사람들에게 했듯이 그를 이용한다면, 조그만 자루처럼 그의 마음을 텅 비게 만들어

버린다면, 로크 섬에 있는 모든 사람이 마법사의 힘에 노출되며 그 휘하 함대와 군대의 위력에 마주 서게 될 것이다. 메드라는 그들이 결코 입에 올리지 않던 그 마법사가 로크를 와소트에 팔아넘겼듯 로크를 배반하고 해브너에 팔아넘기게 될 수도 있었다. 어쩌면 옛날 그 마법사도 해를 끼칠 생각은 없었던지 모른다.

마법사가 왔을 때 메드라는 또다시, 또 한번 헛되이 들키지 않고 즉각 해브너를 떠날 방법을 궁리하던 중이었다.

이제 수달이 된 그는 그대로 수달로 남아 있고 싶다는 생각만 했다. 쾌적한 갈색 물속에, 살아 있는 강물 속에, 언제까지나 수달인 채 있었으면……. 수달에게는 죽음이 없고 최후까지 오직 삶만이 있다. 그러나 미끈한 그 짐승 안에는 죽음을 의식하는 영혼이 깃들어 있었다. 그리하여 개울이 세이모리 서쪽 언덕을 흘러 지나가는 곳에서, 수달은 진흙투성이 강가로 올라왔다. 다음 순간 거기에는 한 남자가 등을 구부린 채 벌벌 떨고 있었다.

이제 어디로 갈 것인가? 왜 이리로 왔는가?

그는 생각을 하지 않았다. 그는 가장 먼저 떠오른 형상을 취했고, 수달답게 강물로 도망쳤으며, 수달로서 헤엄을 쳤다. 그러나 인간으로서 생각을 하려면, 한 남자로서나 마법사로서, 자신을 잡아 거꾸러뜨리려는 마법사에 대항하여 숨고 결정을 내리고 행동하려면 자기 자신의 형상을 취해야만 했다.

그는 자신이 일찍의 적수가 못 된다는 사실을 알고 있었다.

맨 처음 그자가 발한 묶기 주문을 저지하기 위해 메드라는 자기가 지닌 모든 저항력을 다 써 버렸다. 그 환상과 변신이 그가 부릴 수 있는 재주의 전부였다. 만약 다시 한번 그 마법사와 맞닥뜨리면 그는 파멸할 것이다. 그리고 로크도 그와 더불어 파멸하리라. 로크 섬과 거기 있는 아이들, 그의 사랑 엘레할, 그리고 너울, 까마귀, 달고기, 그들 모두가. 하얀 뜨락에 있는 분수도, 분수 곁의 나무도 끝장이 난다. 오직 숲만이 살아남으리라. 오직 고요히 움직일 줄 모르는 초록빛 언덕만이 남으리라. 그는 엘레할이 자신에게 하는 말을 들었다. '해브너가 우리 사이에 있어요.' 그녀의 말소리가 들렸다. '모든 진정한 힘들, 모든 옛 힘들이 뿌리에서는 하나이지요.'

그는 위를 보았다. 개울 위 언덕 비탈은 그가 그날 티나랄과 함께, 아니에브의 존재를 내부에 간직한 채 찾아왔던 바로 그 언덕이었다. 언덕을 돌아 그때 갈라졌던 틈의 흔적까지는 몇 걸음 되지 않았다. 그 아문 자리는 여름의 초록빛 풀무더기 밑으로 여전히 또렷하게 남아 있었다.

"어머니."

그는 거기 무릎 꿇고 불렀다.

"어머니, 저에게 문을 열어 주세요."

그는 땅이 아문 자국에 두 손을 얹었지만 손에는 아무 힘도 들어 있지 않았다.

"들여보내 주세요, 어머니."

언덕만큼 오래된 언어로 그가 속삭였다. 땅이 조금 진동하더니 틈이 벌어졌다.

독수리 울음소리가 들렸다. 그는 일어섰다. 그러곤 암흑 속으로 뛰어들었다.

독수리가 왔다. 독수리는 골짜기와 언덕 비탈, 개울가 버들숲 위를 빙빙 돌며 날카롭게 부르짖었다. 선회하면서 찾고 또 찾았다. 그러고는 왔던 것처럼 도로 날아가 버렸다.

오랜 시간이 지난 후, 오후 늦게, 나이 든 사냥개가 골짜기로 터벅터벅 걸어 올라왔다. 그는 때때로 걸음을 멈추고 코를 킁킁거렸다. 그는 땅에 난 흉터 곁 언덕배기에 주저앉아 지친 다리를 쉬었다. 그는 새 흙이 조금씩 비어져 나오고 풀들이 휜 그 땅을 꼼꼼히 조사했다. 굽은 풀을 쓰다듬어 똑바르게 일으켜 세웠다. 그러곤 마침내 일어서서 아래로 내려가 버드나무 수풀 밑 갈색을 띤 맑은 물로 목을 축였다. 그런 다음 광산 쪽을 향해 골짜기를 등지고 내려갔다.

*

메드라는 캄캄한 어둠 속에 고통을 느끼며 깨어났다. 한참 동안 있는 것이라곤 어둠과 고통뿐이었다. 통증은 왔다가 물러갔지만 어둠은 그대로 남아 있었다. 어둠이 문득 조금 밝아져 희미하게 앞이 보였다. 그는 내려가는 비탈을 보았다. 그는 돌담을 바라보고 쓰러져 있었으며, 그 너머에 또다시 암흑이 있었다. 그러나 일어서서 담장으로 걸어갈 수가 없었다. 그런 뒤 팔과 엉덩이와 머리에 몹시도 날카로운 통증이 돌아왔다. 그러자 주위가 완전히 캄캄해졌고, 그 다음에는 아무것도 느낄 수 없었다.

목마름. 그리고 통증도 함께 왔다. 목이 말랐다. 물 흐르는 소리가 들렸다.

그는 빛을 만드는 방법을 기억해 내려고 애썼다. 아니에브가 애처롭게 말했다. "불 만들 줄 모르니?" 그는 만들 수가 없었다. 그는 물소리가 커지고 바닥의 바위들이 축축해질 때까지 어둠 속을 기었다. 그러고는 손으로 더듬은 끝에 물을 찾았다. 그는 물을 마셨고, 마신 다음에는 젖은 바위로부터 벗어나려고 기었다. 너무나도 추웠던 것이다. 한쪽 팔은 다쳐서 전혀 힘이 들어가지 않았다.

다시 머리가 쑤셨다. 그는 흐느끼는 소리를 내며 몸을 떨었고, 온기를 보존하려고 사지를 움츠렸다. 온기는 찾을 수 없고 빛도 없었다.

그는 자기가 쓰러져 있는 곳에서 조금 떨어진 자리에 앉아 자기 자신을 바라보았다. 칠흑 같은 어둠 속인데도 보였다. 그는 운모 바위 턱에서 똑똑 흘러 떨어지는 가는 물줄기 가까이에 몸을 웅크리고 쓰러져 있었다. 그리 멀지 않은 곳에 또 한 개의 흐트러진 무더기가 있었다. 썩어 버린 붉은 비단, 긴 머리카락, 뼈들의 무더기다. 그 너머로 동굴이 뻗어 나갔다. 빈 공간과 뚫린 길들이 자기가 알았던 것보다 훨씬 더 멀리 뻗어 있는 게 보였다. 그는 티나랄의 유해나 자기 몸을 볼 때와 똑같이 아무래도 좋다는 흥미를 가지고 그것을 보았다. 슬쩍 유감스러웠다. 여기 자기가 죽인 사내 곁에서 죽는 것은 공평한 일이었다. 그래도 괜찮다. 잘못된 것은 없다. 그러나 그의 내부에서 무엇인가가 쿡쿡 쑤셨다. 찌르는 듯한 신체의 통증이 아니었다. 해묵은 아픔, 일생에 걸친 아픔이었다. 그가 말했다.

"아니에브."

그러자 그는 도로 자기 자신으로 돌아왔다. 팔과 엉덩이와 머리에 격렬한 통증이 오고, 눈멀 듯한 암흑에 묻혀 어지럽고 메스꺼웠다. 몸을 움직이려 하자 신음이 나왔다. 그러나 그는 일어나 앉았다.

'살아야 해.'

그는 생각했다.

'사는 법을 기억해 내야 해. 빛을 만드는 법을 기억해야 해. 나는 기억해야만 해. 나뭇잎들이 그리는 그림자를 기억해야 해.'

숲은 얼마나 멀리까지 펼쳐져 있나?

마음이 미치는 만큼 멀리까지다.

그는 암흑 속에서 위를 보았다. 잠시 후 그는 다치지 않은 쪽 손을 살짝 움직였고, 거기서 흐린 빛이 흘러나왔다.

공동의 천장은 저 위 높은 곳에 있었다. 운모 바위 턱에서 떨어지는 물방울들이 마법광을 받아 찌르는 듯 순간적인 빛으로 반짝였다.

이제는 몸을 벗어나 무심한 눈으로 바라보았던 대로 동굴 안의 공간과 통로들을 볼 수 없었다. 오직 깜박거리는 도깨비불이 보여 주는 만큼 바로 자기 주변과 앞쪽만 보일 뿐이었다. 죽음을 향해 걸어간 아니에브와 함께 헤쳐 나갔던 그 밤처럼 걸음걸음이 어둠 속에 묻혔다.

그는 무릎을 땅에 세우고 생각하고, 속삭였다.

"고맙습니다, 어머니."

그러고는 발을 딛고 일어섰다가 도로 넘어졌다. 왼쪽 엉덩이께에 엄청난 아픔이 밀려와 크게 소리를 지르고야 말았다.

잠시 후에 그는 다시 한번 시도했고 제대로 일어섰다. 그는 앞으로 나아가기 시작했다.

공동을 가로질러 가는 데 한참 걸렸다. 그는 다친 팔을 윗도리에 집어넣고 괜찮은 팔로 엉덩이 관절을 눌렀다. 그러자 약간이나마 걷기가 쉬웠다. 동굴 벽은 차츰 좁아져 통로를 이루었다. 여기서는 천장이 훨씬 낮아져 바로 머리 위까지 내려왔다.

한쪽 벽에서 물이 스며 나와 발밑 바위들 사이에 고여 있곤 했다. 티나랄의 환상에 나왔던, 높다랗게 가지 친 기둥마다 신비스러운 은빛 룬 문자들이 새겨진 장대한 붉은 궁전은 아니었다. 그저 땅속이고 흙이고 물일 뿐이었다. 공기는 서늘했고 멈춰 있었다. 똑똑 떨어지던 물줄기에서 멀어지자 사방이 고요했다. 마법광이 빛나는 한계 밖에는 어둠뿐이었다.

메드라는 거기 서서 머리를 숙였다.

"아니에브."

그가 불렀다.

"여기까지 돌아와 줄 수 있니? 길을 모르겠어."

그러고는 잠시 동안 기다렸다. 어둠을 보고, 침묵을 들었다. 천천히, 멈칫멈칫, 그는 굴길로 들어섰다.

*

그자가 어떻게 자기 손을 빠져나갔는지 일찍은 알 수 없었다. 그러나 두 가지 사실은 분명했다. 그자는 자기가 여태 만났던 그 어떤 마법사보다도 훨씬 더 강력한 현자라는 것, 그리고 가능한 한 속히 로크로 돌아가리라는 것이었다. 그곳이 그자가 지닌 힘의 원천이자 중심이기 때문이다. 그자보다 먼저 로크 섬에 가려고 해 봤자 소용없었다. 그자가 앞섰다. 그러나 쫓아갈 수는 있다. 그리고 일찍 자신이 지닌 힘만으로 충분치 않다면, 어떤 현자라도 버틸 수 없는 강력한 힘을 동반하고 갈 수도 있다. 심지어 모레드조차도, 대적이 그에게 맞서 일어섰을 때, 마법이 아닌 군대의 힘 앞에 쓰러질 뻔하지 않았던가?

"전하께서 함대를 출정시키십시오."

왕들의 궁전 안락의자에 앉아 그를 쳐다보는 노인을 향해 일찍은 말했다.

"전하에게 반역하는 크나큰 적이 내해 남쪽에 결집했습니다. 그들을 쳐부술 겁니다. 대항에서, 그리고 오머와 남항과 호스크에 있는 전하의 영지에서 백 척의 전함이 항해에 나설 겁니다. 세상에서 볼 수 없던 가장 위대한 함대입니다! 제가 이끌겠습니다. 영광은 전하의 것입니다."

일찍은 드러내 놓고 하하 웃었다. 그리하여 로센은 일종의 공포를 품고 그를 쳐다보았고, 급기야 누가 주인이고 누가 노예인지 눈치 챘다. 일찍은 로센의 부하들을 아주 확실히 장악하고 있었기에 이틀이 채 못 되어 대함대가 해브너에서 출정했고 가면서 지원 부대가 더 합류했다.

여든 척의 배가 그들을 똑바로 로크로 데려다 줄 정확하고 그칠 줄 모르는 마법풍에 실려 방주 섬과 일리엔 섬을 지났다. 일찍은 때로 흰 비단 의장을 차리고 저 북쪽 끝에서 온 바다 짐승의 뿔로 만든 기다란 흰 지팡이를 들고 함대 맨 앞 갤리선의 뱃머리 단 위에 서 있었다. 백 개나 되는 노가 갈매기의 날갯짓처럼 물을 때려 반짝이는 물보라를 일으켰다. 때때로 그는 스스로 갈매기가 되어, 아니면 독수리가 되어, 아니면 용이 되어 함대 위로 앞으로 날았다. 그러면 그렇게 날고 있는 그를 보고 사람들은 소리 질렀다. "용주(龍主)시다! 용주시다!"

그들은 식수와 식량을 구하려고 일리엔에 상륙했다. 수백 명의 군사를 그렇게 서둘러 출항시키다 보니 배에 채비를 갖출 시간이 없었던 것이다. 그들은 일리엔 섬 서쪽 해안을 따라 자리잡은 성읍들을 덮쳐 원하는 대로 빼앗고, 비스티와 캐머리에서도 같은 일을 했다. 약탈할 수 있는 것은 약탈하고 남겨 둬야 할 것에는 불을 질렀다. 대함대는 그런 후 서쪽으로 뱃머리를 돌려 로크 섬에 하나뿐인 스월 만 항구를 향했다. 일찍은 해브너에 있는 지도들에서 그 항구를 알아내고, 항구 위로 높직한 언덕이 하나 있다는 것도 알아내었다. 함대가 항구로 접근할 때에 그는 용의 형상을 취하여 배들 위 하늘로 높이 솟구쳐 올라 함대를 이끌며 그 언덕을 찾으려고 서쪽을 응시했다.

안개 어린 바다 위로 희미하게 드러난 초록빛 동산을 보자 일찍은 큰 소리로 외치고(배에 탄 부하들은 용의 포효를 들었다.), 그들이 따라와 정복하도록 내버려 둔 채 더 한층 빠르게 계속 날았다.

로크에 관한 뜬소문들은 하나같이 그 섬이 주문으로 방어되고 마법으로 은폐되어 보통 사람의 눈에는 보이지 않는다고들 했다. 설사 그 언덕이나 만에 무슨 주문이 걸려 있었다 해도, 일찍은 지금 자기 앞에 열린 입구를 보고 있었다. 그 마법들은 그에게는 비치는 거미집과 다름없었다. 아무것도 그의 시야를 흐리지 않고 그의 의지에 도전하는 것도 없이 일찍은 만 위를 날아 지났고 작은 마을과 그 위 경사지에 마무리되다 만 건물을 지나서 초록빛 동산 꼭대기에 이르렀다. 거기에서, 용의 발톱으로 내리찍고 쇠의 녹처럼 붉은 날개로 때리며 그는 땅에 내렸다.

일찍은 본래 모습으로 서 있었다. 이 변신은 그가 일으킨 것이 아니었다. 그는 경계하며 어정쩡히 거기 서 있었다.

바람이 불었다. 키 큰 풀이 바람에 고개를 끄덕였다. 여름이 무르익어 풀들은 이제 메말랐고 노르스름해졌다. 풀밭에는 술거품꽃이 조그만 꽃송이들을 맺고 있었지만 꽃은 아직 피지 않았다. 키 큰 풀을 헤치고 한 여자가 그를 향해 언덕을 올라왔다. 길이 아닌 곳을 서둘지도 않고 수월하게 걸어왔다.

그는 한 손을 쳐들어 주문을 걸어서 여자를 멈춰 세우려고 했다. 그러나 손은 올라가지 않았고, 여자는 계속 걸어왔다. 그녀는 팔 길이 두세 배쯤 되는 거리만 남겨 두고 멈춰 섰다. 그가 선 곳보다 여전히 조금 아래였다.

"이름을 말하세요."

그녀가 일렀고, 그는 말했다.

"테리엘."

"여기에는 왜 왔나요, 테리엘?"

"너희들을 쳐부수려고."

그는 여자를 쳐다보았다. 얼굴이 둥글고, 중년에, 키 작고 강인하며, 머리에는 흰 것이 섞였고, 검은 눈썹 아래 검은 눈을 지녔다. 그 눈은 그의 시선을 붙잡고 그를 꼼짝 못하게 하고 그의 입에서 진실을 끄집어냈다.

"우리를 쳐부숴요? 이 언덕을 허물 건가요? 저기 나무들을?"

그녀는 동산에서 멀지 않은 곳에 있는 나무 숲을 내려다보았다.

"어쩌면 저것들을 만든 세고이라면 없앨 수 있을지 모르죠. 어쩌면 대지가 스스로 무너질지도 모르죠. 대지가 우리의 손을 빌려서 자신을 망가뜨리게 만들 수도 있겠죠, 종말에는요. 그러나 당신 손을 통해서는 아니에요. 가짜 왕, 가짜 용, 가짜 인간이여, 당신이 딛고 선 땅을 알게 되기까지는 로크 동산에 오지 마세요."

그녀는 땅 쪽으로 한 번 내리는 손짓을 했다.

그러고는 돌아서서 키 큰 풀 속을 지나 자기가 왔던 대로 언덕을 내려갔다.

언덕 위에 다른 사람들도 있었다. 그는 이제 볼 수 있었다. 많은 사람들, 남자, 여자, 아이들이, 살아 있는 사람과 죽은 자의 영혼들이, 많이, 아주 많이 있었다. 그는 그들이 겁났고 그들에게 보이지 않게 숨는 주문을 만들려 하며 몸을 움츠렸다.

그러나 주문을 걸지 못했다. 그의 내부에 마법이 남아 있지 않았다. 마법은 사라져 버렸다, 그에게서 흘러나가 이 끔찍한 언덕으로, 발아래 끔찍한 땅속으로 스며든 것이다. 그는 마법사가 아니었다. 그저 남들과 똑같은 한 남자일 뿐이었다. 아무 힘도 없는.

그는 그 사실을 알았다. 아직도 주문을 말하려고 발버둥치며 두 팔을 쳐들어 영창하고 격분하여 공중에 주먹질을 했지만, 의심의 여지 없이 알고 있었다. 곧 그는 동쪽을 보았다. 갤리선의 노가 만드는 반짝이는 빛을, 와서 이자들을 응징하고 자기를 구해 줄 선단의 돛을 보려고 눈에 힘을 주었다.

그가 볼 수 있었던 것은 물 위에 깔린 안개뿐이었다. 만 입구 저편 바다에 온통 자욱했다. 보고 있는 사이에 안개는 더욱 짙어지며 컴컴하게 어두워졌고 느린 바다 물결 위로 스멀스멀 퍼져 나갔다.

*

땅이 해를 향해 돌며 낮과 밤을 만들지만, 땅속에는 낮이 없다. 메드라는 밤 속을 걸어갔다. 그는 심하게 다리를 절었고 도깨비불은 계속 켜 둘 수가 없었다. 불이 꺼지자 그는 걸음을 멈추고 앉아서 잠을 잤다. 그런가 싶어도, 그 잠은 결코 죽음이 아니었다. 깨어나면 언제나 춥고 몸이 아프고 목이 말랐다. 어떻게 아물거리는 빛을 만들어 내는 데 성공하면 그는 일어나서 걸어 나갔다. 아니에브를 볼 수는 없었지만 그녀가 있다는 것을 알았다. 그는 그녀를 따라 걸어갔다. 가끔씩 커다란 공동이 나왔다. 가끔은 미동도 없는 물웅덩이가 나왔다. 그 고요한 수면을 부수기 어려울 정도였지만 그는 어쨌든 거기서 물을 마셨다. 그는 자기가 오랜 시간 점점 깊이 내려가고 또 내려간다고 생각했고, 이윽고 그런 물웅덩이들 중 가장 긴 웅덩이에 다다랐다. 그리고 그 이후로는 길이 도로 위를 향했다. 이제 가끔은 아니에브가 그의 뒤를 따랐다. 그는 그녀의 이름을 부를 수 있었다. 그녀가 대답하지는 않았지만……. 그 외의 다른 이름은 부를 수가 없었는데, 나무들에 대한 생각은 할 수 있었다. 그는 나무들의 뿌리를 생각했다. 여기는 나무뿌리의 왕국이었다. 숲은 어디까지 뻗어 가는가? 숲이 이르는 데까지 간다. 생명이 이어지는 만큼 오래, 나무뿌리들만큼 깊게. 나뭇잎들이 그림자를 드리우는 한……. 여기에는 그림자가 없었다, 어둠뿐이다. 그러나 그는 앞으로 가고 또 나아가 마침내 눈앞에 아니에브를 보았다. 그녀 눈 속에 담긴 섬광을, 구름처럼 곱슬곱슬한 머리카락을 그는 보았다. 그녀는 잠시 동안 그를 마주 바라보았다. 그러고는 옆으로 비켜나 돌아서서 길고 가파른 비탈 아래 어둠 속으로 가볍게 달려 내려갔다.

그가 서 있는 곳은 완전한 암흑이 아니었다. 공기가 얼굴에 밀려와 부딪혔다. 저 앞 멀리에 희미하고 조그맣게 도깨비불이 아닌 빛이 있었다. 그는 전진했다. 땅을 기어가게 된 지도 한참이었다. 몸무게를 지탱할 수 없는 오른 다리를 질질 끌면서 그는 기어서 전진했다. 그는 저녁 바람 냄새를 맡았고, 나뭇가지와 잎들 사이로 저녁 하늘을 보았다. 구부러진 참나무 뿌리가 동굴 입구를 이루었다. 사람이나 오소리가 겨우 기어 나올 만한 작은 구멍이었다. 그는 그 구멍으로 기어 나왔다. 그러곤 그대로 나무뿌리 밑에 드러누워 스러지는 빛과 잎 사이로 하나 둘 돋아나는 별들을 바라보았다.

사냥개가 그를 발견한 곳이 바로 거기였다. 세이모리 서쪽으로, 골짜기에서 십 리나 떨어진 팰리언의 큰 숲 언저리였다.

"드디어 잡았군."

진흙투성이가 되어 축 늘어진 몸뚱이를 내려다보며 노인이 말했다. 그러곤 유감스럽다는 듯 덧붙였다.

"너무 늦었나."

사냥개는 몸을 굽히고 그를 떠메야 할지 끌고 가야 할지 살펴보았고, 희미한 생명의 온기를 느꼈다.

"끈질긴 녀석……. 자, 일어나게. 정신 차리고. 수달, 일어나라고."

수달은 일어나 앉을 수 없고 말도 할 수 없을 지경이었지만 사냥개를 알아보았다. 노인은 자기 윗옷을 벗어 어깨에 둘러 주고 물병에서 물을 먹여 주었다. 그런 다음 수달 곁 그 큰 참나무 둥치에 등을 기대고 쪼그려 앉아 한동안 숲을 바라보고 있었다. 늦은 아침이고 일기는 더웠다. 여름 햇살이 나뭇잎에 걸러지며 천 가지나 되는 녹색 그림자를 그려 냈다. 참나무 저 위에서 다람쥐가 찍찍거리고 어치가 그에 대꾸했다. 사냥개는 목을 긁적인 다음 한숨지었다.

마침내 그가 입을 열었다.

"마법사는 틀린 길을 갔네, 늘 그랬듯이 말이야. 자네가 로크 섬으로 갔다면서 거기서 자넬 잡겠다는 거야. 난 아무 말 하지 않았지."

그는 수달이라는 이름으로만 아는 사내를 바라보았다.

"자넨 그리로 들어간 거지, 그 구멍으로? 옛날 그 마법사처럼. 안 그런가? 그를 찾았나?"

메드라는 고개를 끄덕였다.

"흠."

사냥개는 짧게 그르렁거리는 웃음과 함께 말을 이었다.

"자넨 찾던 것을 찾았지, 안 그런가? 나처럼 말일세."

그는 상대방이 근심에 잠긴 것을 알아채고 말했다.

"내가 데리고 나가 주지. 저 아래 마을에서 수레꾼을 불러오면 돼. 내 입김이 통하는 동안에 말이야. 들어 봐, 조바심 내지 말게. 이 몇 년간 자넬 찾은 건 겔룩에게 넘겨준 것처럼 일찍에게 넘겨주자고 그런 게 아니라고. 그 일은 유감이야. 그에 관해 생각해 봤다네. 내가 재주 있는 남자들이 한데 뭉친다는 얘기를 한 적이 있지. 그리고 누구를 위해 일하는가 하는 것하고. 그 일에 대해서는 아무래도 선택의 여지가 없었어. 하지만 자네에게 몹쓸 짓을 했으니, 다시 마주치면 될 수 있는 대로 도와줘야겠다고 생각했지. 찾기꾼끼리 말이야. 알겠나?"

수달의 숨결이 거칠어졌다. 사냥개는 수달의 머리에 한동안 손을 얹고서 말했다.

"걱정 말라고."

그러고는 일어섰다.

"쉬고 있게나."

사냥개는 두 사람을 태우고 길끝 마을로 내려갈 수레꾼을 찾아 왔다. 수달의 어머니와 누이는 불타 버린 집을 어떻게든 다시 지을 동안 사촌들 집에 얹혀 살고 있었다. 그들은 수달을 보자 너무나 반갑고 기뻐 믿을 수가 없었다. 사냥개가 군벌 로센이나 로센의 마법사와 관계가 있음을 몰랐으므로 그들은 사냥개를 식구처럼 대했다. 가엾은 수달이 숲 속에서 반 죽어 있는 것을 발견하여 집으로 데려다 준 착한 사람이라고 여긴 것이다.

수달의 어머니 장미는 말했다. "지혜로운 분이지, 정말이지 현명한 남자야." 이런 사람에게 무엇인들 아까울 리 없었다.

수달은 회복이 더뎠다. 상처가 좀처럼 낫지 않았다. 접골사가 부러진 팔과 깨진 골반 부위를 최대한 치료하고, 현명한 여인이 바위에 찢긴 손과 머리와 무릎 상처에 고약을 발랐으며, 어머니가 뜰에서나 딸기 덤불에서 찾을 수 있는 온갖 입맛 돋우는 것들을 가져다 주었다. 그럼에도 수달은 사냥개가 처음 날라 왔을 때와 똑같이 기운이 하나도 없이 쇠약한 채로 누워 있었다.

"마음이 텅 비었어."

길끝 마을의 현명한 여인은 그렇게 말했다. 그의 마음은 다른 데 가 있었다. 걱정, 공포, 또는 수치심에 삼켜져 버린 것이다.

"그래, 거기가 어딘가?"

사냥개가 물었다.

오랜 침묵 끝에 수달이 말했다.

"로크 섬이에요."

"일찍 영감이 대함대를 이끌고 간 곳 말이지. 알겠네. 거기 자네 친구들이 있었군. 음, 그 배들 중 한 척은 이미 돌아왔어. 거기 탔던 사람 하나를 내가 봤거든. 길 아래, 술집에서 말일세. 내가 가서 물어보지. 로크에 가긴 갔는지, 거기서 무슨 일이 있었는지 알아다 주겠네. 내가 말할 수 있는 건 일찍 영감이 집에 오는 게 영 늦다는 거야. 흐흠, 흐흠."

사냥개는 자기 농담이 마음에 들어서 되풀이했다.

"집에 오는 게 영 늦었어."

그러고는 일어섰다. 수달을 보자 여위어 빠져 보기도 민망했다.

"쉬고 있게."

그는 말하고 밖으로 나섰다.

사냥개는 며칠간 나가 있었다. 마침내 돌아왔을 때는 말이 끄는 마차를 타고 왔는데, 그 모습이 수달의 누나가 동생에게 말하려고 서둘러 집에 올 만했다.

"사냥개가 싸움터에 나가 공을 세웠든가 큰돈을 벌었나 보다! 도회지 말이 끄는 도회지 마차에 타고 왔단다, 왕자님처럼!"

사냥개가 바로 그녀를 뒤따라 들어섰다. 그가 말했다.

"음, 첫째로, 나는 도시에 가서 궁전에 올라갔네. 소식을 들으려고 그랬던 것뿐인데, 거기서 뭘 봤는지 알겠나? 늙은 해적 왕이 자기 다리로 일어서서 옛날처럼 고래고래 소리 질러 명령을 하고 있는 거야. 일어섰다니까! 몇 년이나 서지 못했는데. 소리쳐서 명령을 하더라고! 누구는 그 명령을 듣고 누구는 안 듣기도 하데. 그래서 난 거길 빠져나왔지. 그런 식이면 상황이 위험하니까. 궁전에서 말이야. 그런 다음에 내 친구들을 찾아다니며 일찍 영감이 어디 있는지, 함대가 로크에 도달했는지, 갔다가 다시 돌아왔는지 모두 다 물어보았지. 일찍으로 말할 것 같으면, 그이가 어떻게 됐는지 아무도 모르더군. 무슨 흔적도 없고 신호도 없대. 나라면 그를 찾아낼 수 있을 거라고 농을 걸더라고. 흐흠. 그들은 내가 일찍을 좋아하는 줄 알아. 배들은, 일부는 돌아왔네. 탔던 사람들은 로크 섬에 다다르지 못했고 아예 보지도 못했다고들 하고. 해도에 섬이 있다는 그 바다를 똑바로 뚫고 갔는데 섬이 없더래. 그리고 큰 갤리선 하나에 탔던 사람들이 있지. 그이들 말로는 섬이 있을 법한 장소에 가까이 가니 배가 젖은 천처럼 빽빽한 안개 속으로 들어갔고, 바다조차도 빽빽해져서 노잡이들이 노를 당기지도 못할 정도였다더군. 그렇게 하루 밤낮 동안 꼼짝 못했대. 겨우 풀려나고 보니 바다에 자기들 말고는 함대 배가 한 척도 없더라는군. 그리고 노예들은 자칫하면 반란을 일으킬 태세였고, 그래서 선장이 최대한 빨리 배를 몰아 돌아왔지. 또 한 척 로센이 직접 타던 오래된 배 폭풍구름 호는 내가 거기 있는 동안에 들어왔어. 그 배에서 내린 사람들 몇하고 얘기를 해 봤지. 로크 섬이 있어야 할 곳에는 어디를 보나 안개와 암초밖에 없었다더군. 그래서 다른 배 일곱 척과 함께 배를 몰아 남쪽으로 쭉 가다가 와소트에서 출정한 함대와 맞닥뜨리고 만 거야. 아마 그쪽 군벌들이 대함대가 습격해 온다는 첩보를 들은 거겠지. 왜냐하면 배를 세우고 물어보지도 않고 대뜸 마법사들이 우리 쪽 배들에 불을 쏘아 보내고 옆으로 배를 대어 갑판에 올라오려 했다고 하니까. 나하고 이야기한 사람들 얘기로는 그들을 떨쳐 버리는 데만도 악전고투였다데. 다 빠져 나오지는 못했다고 해.

그러는 동안 내내 일찍한테서는 아무 소식이 없고, 배에다 따로 가방꾼을 태우지 않은 다음에야 날씨도 받쳐 주지 않은 게지. 그래서 내해를 저 아래서부터 해브너까지 죽 거슬러 올라왔다고 폭풍구름 호 선원이 말했어. 개싸움에서 진 개처럼 한 척씩 뿔뿔이 흩어져서 말이야. 어때, 내가 가져온 소식이 마음에 드나?"

수달은 눈물을 감추느라 애를 썼다. 그는 얼굴을 가렸다.

"네, 고맙습니다."

"좋아할 줄 알았지. 로센 왕은 어떠냐면……."

사냥개는 코를 킁 울린 다음 한숨을 쉬었다.

"누가 알겠어? 내가 로센이라면 은퇴를 하겠네. ……나 자신은 은퇴할 생각이거든."

수달은 얼굴 표정과 목소리를 가까스로 다잡았다. 그는 두 눈과 코를 훔치고 목청을 가다듬었다.

"괜찮은 생각이네요. 로크로 오시죠. 더 안전하니까."

"찾기 어려운 곳 같던데."

사냥개가 말했다.

"제가 찾을 수 있습니다."

수달이 말했다.

메드라

우리 문간에 한 늙은 남자 있었지,
부자에게나 빈자에게나 문을 열어 주었지.
잘난 사람 못난 사람 많이들 오지만
메드라의 문을 지난 이는 드무네.
그렇게 물은 흘러, 흘러가네,
그렇게 물은 흘러간다네.

사냥개는 길끝 마을에 머물렀다. 그는 거기서 찾기꾼 노릇을 하여 생계를 꾸렸다. 그는 술집이 마음에 들었고 수달의 어머니에게 마음껏 신세를 졌다.

초가을 무렵, 로센은 새로 지은 궁전 창에 밧줄로 거꾸로 매달린 채 썩어 갔으며 일곱 명의 군벌들이 그의 왕국을 차지하려고 서로 싸웠다. 그리고 대함대의 배들은 해협을 가로질러 마법사들이 분탕질해 놓은 바다를 건너며 추적과 전투를 벌였다.

그러나 희망호는 해브너의 '손'으로부터 파견된 젊은 마술사 두 명이 몰아가서 메드라를 안전하게 내해 건너 로크 섬으로 데려다 주었다.

깜부기불이 부두로 마중 나왔다. 다리를 저는 데다 몹시 여윈 채로, 메드라는 다가가 그녀의 두 손을 붙잡았지만 차마 고개 들어 얼굴을 마주하지 못했다.

"너무 많은 죽음이 내 가슴을 짓눌러요, 엘레할."

"나와 함께 숲으로 가요."

둘은 함께 숲으로 가서 겨울이 올 때까지 거기 머물렀다. 이듬해에 그들은 내재의 숲에서 흘러나오는 스월 개울가에 조그만 집을 짓고 거기서 살며 여러 차례 여름을 맞았다.

그들은 대학당에서 일하고 가르쳤다. 그들은 대학당이 돌 위에 돌을 쌓아 올라가는 것을 보았다. 그 돌 하나하나마다 보호와 유지와 평화의 주문이 가득 배어들었다. 그들은 '로크의 규칙'이 제창되는 것을 보았다. 그들이 원한 만큼 확고하게 되지는 않았지만, 그리고 언제나 반발에 맞서야 했지만 말이다. 왜냐하면 다른 섬으로부터 현자들이 찾아오고 또 학교의 학생들 중에서도 생겨났기 때문이다. 그들은 힘과 지식과 긍지를 지닌 남녀들로서, 규칙에 의해 함께 일할 것과 모두를 위하여 일할 것을 서약했지만 그렇게 하는 방법에 있어서는 서로 견해가 달랐다.

나이가 듦에 따라 엘레할은 학교에 넘치는 정열과 질문들에 지쳐 더욱더 나무들 쪽으로 이끌렸다. 그녀는 홀로 마음 닿는 곳까지 거닐곤 했다. 메드라도 숲 속을 걷기는 했지만 엘레할처럼 멀리까지 갈 수는 없었다. 그는 발을 절었기 때문이다.

그녀가 죽은 후, 메드라는 한동안 숲에 가까운 작은 집에서 혼자 살았다.

어느 가을날 그는 학교로 돌아왔다. 그는 뜰의 문으로 들어왔다. 이 문에 이어진 길은 들판을 지나 로크 동산으로 통했다. 로크 대학당의 이상한 점은 건물에서 웅장한 대문이나 입구 통로를 찾아볼 수 없다는 것이었다. 사람들이 뒷문이라고 부르는 문을 통해 학교 안으로 들어갈 수 있다. 그 문은 용의 이로 틀을 짜고 뿔로 만들어 천 개의 잎을 단 나무를 조각한 것이지만, 바깥쪽에서 지저분한 거리를 걸어 다가온 이에게는 아무것도 아닌 것처럼 보인다. 아니면 쇠 빗장을 단 평범한 참나무 문인 뜰의 문을 통해서 들어갈 수도 있다. 그러나 앞문은 없다.

메드라는 회랑과 돌 복도를 지나 대학당의 중심부인, 바닥에 대리석을 깐 분수 뜨락으로 갔다. 엘레할이 심은 나무는 이제 훤칠하게 뻗어 올랐고 열매가 빨갛게 익어 가고 있었다.

그가 왔다는 말을 듣고 로크의 스승들이 왔다. 각자의 기예에 통달한 남녀들이다. 숲으로 가기 전 메드라는 탐색사였다. 이제는 젊은 여인이 그 기예를 가르쳤다, 예전에 그가 그녀에게 가르쳤듯이…….

"생각을 해 봤네."

메드라가 말했다.

"여러분은 여덟 명이지. 아홉이 더 좋은 숫자야. 괜찮다면 나를 다시 스승으로 꼽아 주게."

"당신은 무슨 일을 하시렵니까, 제비갈매기 님?"

일리엔에서 온 백발의 현자, 소환사가 물었다.

"나는 문을 지키겠네."

메드라가 말했다.

"절름발이가 되었으니 문에서 멀리 떠나지 않을 것이고, 나이 들어 늙었으니 찾아오는 이들에게 할 말을 알겠지. 나는 찾기꾼이니까 그들이 여기 속하는 사람인지 어떤지 진실을 찾아낼 걸세."

"그렇게 해 주시면 많은 수고를 덜 거예요. 위험도 막을 수 있을 거고요."

젊은 탐색사가 말했다.

"어떻게 해서 찾아내시지요?"

소환사가 물었다.

"그들에게 이름을 물어볼 걸세."

메드라가 말하며 미소 지었다.

"나에게 이름을 말하면 안으로 들어올 수 있지. 그리고 그들이 배울 것을 다 배웠다고 생각할 때에 다시 나갈 수 있을 거야. 그들이 내 이름을 말할 수 있다면 말이야."

그래서 그렇게 되었다. 남은 삶 동안 메드라는 로크 대학당의 문들을 지켰다. 수백 년 세월이 흘러 그 외 많은 것들이 변한 뒤까지도 동산 쪽으로 난 뜰의 문은 길이길이 '메드라의 문'이라고 불렸다. 그리고 오늘날에도 로크 섬의 아홉 번째 대마법사는 수문사(守門師)이다.

길끝과 해브너의 온 산 기슭을 빙 둘러 있는 마을들에서 여자들이 실을 잣고 길쌈을 하며 부르는 수수께끼 노래가 있다. 그 끝 구절은 아마도 메드라였던, 수달이었던, 제비갈매기였던 남자와 관계가 있는 듯하다.

다시는 없을 일이 세 가지 있지.
솔레아의 섬이 파도 위로 빛나는 일,
용이 바다에서 헤엄치는 일,
바닷새가 무덤 속을 나는 일이라네.

검은장미와 금강석

서해브너의 뱃노래

내 사랑이 가는 곳에
나도 가리라.
배 저어 가는 그곳
저어 가리라.

우리 함께 웃음 웃고
함께 울리라.
그가 살면 나도 살고

죽으면 나도.

내 사랑이 가는 곳에
나도 가리라.
배 저어 가는 그곳
지어 가리라.

해브너 섬의 서쪽, 참나무와 밤나무가 우거진 산지에 '숲속 빈터'라는 마을이 있었다. 한 세월 이전부터 그 마을의 부자로 황금칠이라고 불리는 상인이 살았다. 황금칠은 조선용 참나무 판자를 뜨는 제재소를 소유하고 있어서 해브너 남항과 해브너 대항에 선재를 댔다. 제일 큰 밤나무 숲이 그의 것이었다. 그는 수레들을 갖고 있었고, 수레꾼들을 고용해서 통나무를 나르게 하고 밤을 산 너머로 실어 보내 거기서 팔았다. 황금칠은 나무들에게서 크게 덕을 보았으므로 아들을 낳았을 때 아기 엄마가 말했다.

"이름을 '밤'이나 '상수리'라고 지읍시다, 어때요?"

그러나 아기 아빠는 말했다.

"금강석이야."

황금칠이 생각하기에 금보다 더 값진 것은 오직 하나 금강석이었다.

그리하여 어린 금강석은 숲속빈터에서 제일 좋은 집에서 자라났다. 통통하고 눈동자 빛이 밝은 어린 아기가, 살빛이 붉고 쾌활한 꼬마 사내애가 되었다. 금강석은 달콤한 미성과 음감 있는 귀와 음악에 대한 사랑을 타고나서 어머니인 툴리는 아이를 '노래참새'니 '종다리' 같은 이름으로 부르곤 했다. 애칭은 많았는데, 왜냐하면 툴리는 금강석이라는 이름이 영 마음에 들지 않았기 때문이다. 아이는 옹알옹알 노래하며 온 집 안을 돌아다녔고, 어떤 곡조든지 듣자마자 배웠으며, 아무 노래도 들리지 않으면 자기가 노래를 지어냈다. 아이 엄마는 현명한 여인인 '엉킨덤불'을 두어서 「에아의 창조」와 「청년 왕의 위업」을 가르치게 했고, 금강석은 열한 살 되던 해의 해돌이 절기에 해브너 서부를 다스리는 영주 나리 앞에서 「겨울 송가」를 불렀다. 그는 숲속빈터 윗녘의 자기 영지를 돌아보러 들른 참이었다. 영주와 부인은 소년의 노래를 칭찬하면서 뚜껑에 금강석이 박힌 조그만 황금제 상자를 주었다. 금강석과 엄마는 아주 후하고도 예쁜 선물이라고 여겼지만, 황금칠은 노래에 대해서나 상을 받은 것에 대해서나 어쩐지 불만스러워 보였다.

"너에겐 더 중요한 일들이 있다, 아들아. 그보다 더 훌륭한 상을 따내야 해."

금강석은 아버지가 사업 얘기를 한다고 생각했다. 벌목꾼들, 톱질꾼들, 제재소, 밤나무 숲, 밤 줍는 일꾼, 수레꾼과 수레들……. 일하고 보고하고 계획을 짜고, 그런 복잡한 어른들 얘기일 것이다. 금강석은 자기가 그 사업에 대하여 뭔가 할 수 있으리라고는 생각해 본 일이 없었다. 그러니 아버지가 기대하는 만큼 그쪽 방면에서 뭔가를 하려면 어떻게 해야 할까? 아마도 그것은 자라면서 차차 알게 될 터였다.

그러나 사실은 황금칠이 염두에 둔 것은 사업만이 아니었다. 아들을 지켜보는 그의 눈에는, 시선을 사업보다 더 고차원적인 어떤 것에 맞추게 할 뿐 아니라 때로는 그 위를 흘긋흘긋 넘겨다보았다가 곧바로 눈감아 버리게끔 만드는 어떤 것이 보였다.

처음에 황금칠은 금강석이 지닌 재주가 많은 아이들이 지녔다가 잃곤 하는, 뜬금없이 팔락 나타난 마술 재주라고 여겼다. 황금칠 자신도 어린아이였을 때는 자기 그림자를 환히 반짝거리게 만들 수가 있었다. 가족들은 그 재주를 칭찬하면서 손님들 앞에서 보여 주게 했다. 그 후에 일곱 살인가 여덟 살이 되자 황금칠은 요령을 잊어버렸고 다시는 그 일을 할 수 없었다.

금강석이 계단에 발을 딛지 않고 층계를 내려오는 것을 보았을 때, 황금칠은 자기 눈이 잘못된 줄 알았다. 그러나 며칠이 지나 그는 아들아이가 둥둥 떠서 미끄러지듯 층계를 올라가는 것을 보았다. 아이는 참나무로 된 계단 난간에 손가락 하나만 끌면서 올라갔다.

"내려오는 것도 그렇게 할 수 있느냐?"

황금칠이 물었고, 금강석이 말했다.

"그럼요, 이렇게요."

그러면서 남풍에 떠가는 구름처럼 부드럽게 도로 미끄러져 내려왔다.

"그런 재주는 어떻게 배웠지?"

"그냥 어쩌다가 하게 됐어요."

아버지가 칭찬하는 것인지 아닌지 긴가민가하는 모습이 눈에 보였다.

황금칠은 아이를 띄워 주지 않았다. 아이가 스스로 자각하게 만들고 싶지 않았고, 잠깐 있다 없어질 어린 시절의 재능에 헛되이 빠지는 것도 원치 않았다. 달콤한 떨림음을 품은 아름다운 목소리도 그런 재능이다. 그 목소리 때문에 이미 많은 말썽을 빚지 않았던가.

그러나 1년쯤 지난 어느날 황금칠은 금강석이 건물 밖 뒤뜰 정원에서 소꿉친구인 장미와 함께 있는 것을 보았다. 아이들은 쪼그려 앉아 등을 구부리고 머리를 가깝게 맞댄 채 깔깔대며 웃고 있었다. 그처럼 열중한 태도와, 얼핏 자연스럽지 않은 뭔가가 황금칠로 하여금 층계 밑에 난 창문 가에 걸음을 멈추고 지켜보게 했다. 두 아이 사이에 있는 어떤 물체가 펄쩍 뛰어올랐다가 떨어지곤 했다. 개구리? 두꺼비? 커다란 귀뚜라미인가? 황금칠은 밖으로 나가 정원으로 가서 아이들에게 가까이 다가갔다. 황금칠은 몸집이 큰 남자였지만 아주 조용히 움직였으므로 열중한 아이들은 인기척을 듣지 못했다. 아이들의 맨발가락 사이 풀밭에서 뛰어올랐다 떨어지곤 하던 물체는 돌덩이였다. 금강석이 손을 쳐들면 돌이 공중으로 펄쩍 뛰어오르고, 살살 손을 흔들면 공중에 둥둥 떠서 돌다가, 손가락을 탁 튀겨 내리면 땅으로 떨어졌다.

"이제 네 차례야."

금강석이 장미에게 말하자 장미도 그 장난을 시작했다. 그러나 돌덩이는 꿈틀 하고 조금 움직였을 뿐이었다.

"어, 너희 아빠다."

장미가 속닥였다.

"아주 제법이구나."

황금칠이 말했다.

"석이가 생각해 낸 거예요."

장미가 말했다.

황금칠은 이 애가 마음에 들지 않았다. 장미는 버릇없이 솔직하면서도 경계심이 강했고, 나대는 주제에 숫기가 없었다. 계집애인 데다 나이도 금강석보다 한 살 어리고 더군다나 마녀의 딸이었다. 황금칠은 자기 아들이 사내애들하고 놀기를 바랐다. 같은 나이, 같은 부류의, 숲속빈터 마을의 어엿한 집안 아들들과 말이다. 툴리는 마녀를 '현명한 여인'이라고 부르라고 줄곧 그에게 타박을 주었지만, 마녀는 마녀고 그 딸은 금강석의 또래 친구로 걸맞지 않았다. 그렇기는 해도 자기 아들이 마녀네 집 아이에게 마술 재주를 가르치는 것을 보자 황금칠은 웃음이 나왔다.

"그것 말고 또 할 줄 아는 게 뭐냐, 금강석아?"

"피리도 불어요."

금강석은 곧바로 대답하고는 주머니에서 열두 살 생일 선물로 어머니에게 받은 조그만 피리를 끄집어냈다. 금강석은 피리를 입술에 대었고 손가락들이 춤을 추었다. 그렇게 그는 서쪽 해안 지역에서 불리는, 달콤하고도 친숙한 「내 사랑이 가는 곳에」라는 곡조를 불었다.

"아주 잘한다. 하지만 피리는 누구라도 불지 않니?"

금강석은 장미를 흘긋 쳐다보았다. 계집아이는 고개를 돌리면서 눈길을 내리깔았다.

"난 굉장히 빨리 배웠어요."

금강석이 말했다. 황금칠은 같잖다는 듯 그르렁 소리를 냈다.

"피리가 저 혼자 소리 내게 할 수 있어요."

금강석은 그렇게 말하고 피리를 입술에서 떼어 들었다. 손가락이 누름점들 위로 춤을 추었고 피리는 짤막한 춤곡을 연주했다. 몇 음은 틀렸고 마지막에는 삐끗해서 새된 소리가 났다.

"아직은 제대로 못하겠어요."

금강석이 골이 나서 창피해하며 말했다.

"썩 잘한다, 잘하는 거야."

소년의 아버지는 그렇게 말했다.

"계속 연습을 하렴."

그러고는 황금칠은 자리를 떴다. 뭐라고 말하면 좋았을지 마음을 정하기 어려웠다. 아이가 앞으로도 음악에나, 그 계집애와 함께 노는 데 시간을 소모하게 부추기고 싶지는 않았다. 금강석은 지금까지 이미 실컷 시간을 낭비했으며, 음악과 계집애 어느 쪽이든 그의 인생에 어떤 향상도 이루어 주지 못할 터였다. 하지만 재능은, 부인할 수 없는 그 재능은……! 돌덩이가 둥둥 뜨고 불지도 않은 피리가……. 글쎄, 그렇게 굉장하게 볼 일이 아닌지도 모르지만, 아무튼 아이의 기를 꺾어서는 안 될 것이다.

황금칠의 생각에는 돈이 바로 힘이었는데, 그렇긴 해도 돈만 힘인 것은 아니었다. 돈 외에도 두 가지가 더 있어서 하나는 돈과 동등하고 또 하나는 돈보다 위대했다. 출생신분이라는 것이 있다. 서부 지역의 영주가 숲속빈터 가까이에 있는 자기 땅을 찾아왔던 그때 황금칠은 기꺼이 아랫사람으로서 고개를 숙였다. 영주는 태어날 때부터 다스리고 평화를 지키는 것이 일이고, 황금칠은 장사를 하며 부를 쌓는 것이 일이었다. 각각 자기 자리가 있는 법이고, 귀인이든 평민이든 자기 몫을 정직하게 잘 해낸다면 명예와 존경을 차지할 자격이 있다. 그러나 세상에는 변변치 않은 귀족들도 있어서 그 사람들에게는 황금칠이 물건을 사고팔고, 돈을 빌려 주든가 구걸하게 할 수 있었다. 귀한 신분으로 태어났지만 충성이나 명예나 바칠 필요가 없는 사람들이다. 출생신분의 힘과 돈의 힘은 불안정한 것으로서, 애써 획득하지 않으면 잃어버리는 힘이었다.

그러나 부자들과 귀인들 너머에 '힘 있는 이들'이라 불리는 사람들이 있었다, 바로 마법사들이다. 그들의 힘은 실제로 쓰는 일은 거의 없지만 절대적이었다. 오랫동안 왕이 없었던 군도의 왕국이 그들의 손에 운명을 맡기고 있었다.

혹시 금강석이 그런 종류의 힘을 타고났다면, 그것이 그의 재능이라면, 황금칠이 아들에 대하여 마음에 품은 꿈 그리고 계획은, 즉 그를 사업가로 훈련시켜 장차 수레 운행을 확장하여 남향 거래를 정기화하고 결국에는 레체 윗녘 밤나무 숲을 사들인다는 계획들은 쭈그러들어 버릴 수밖에 없었다. 금강석은 제 외가 쪽 종조부 한 사람이 그랬듯이 로크 섬 마법사들의 학교로 가야 하는 것일까? 그리고 그 외종조부처럼 해브너 대항의 공경 회의에 한 자리를 차지하는 대마법사가 됨으로써 귀족과 평민을 초월한 영예를 그의 가족에게 돌리게 될까? 황금칠은 그런 상상에 그만 자기 자신이 둥둥 떠서 층계를 올라가는 느낌이었다.

하지만 그는 아이에게나 아이 엄마에게 아무 말도 하지 않았다. 그는 의지에 따라 말을 아낄 줄 아는 남자였으며, 실제 행동으로 옮길 수 있게 될 때까지는 미래에 관한 환상에 기대지 않았다. 반면에 아이 엄마는, 아내로서나 어머니로서나 또 주부로서 나무랄 데가 없고 사랑스러운 여자이기는 해도, 금강석의 타고난 재능이니 소질 관계로 이미 너무 많은 영향을 미친 터였다. 게다가 여자가 다 그렇듯 툴리는 곧잘 실없는 이야기며 뒷소문에 혹하고 사람 사귀는 것도 너무 순진했다. 장미라는 계집애가 금강석 주위에 알찐거리는 것도 툴리가 그 애 어머니인 마녀 엉킨덤불을 추어올려서 뻔질나게 드나들도록 만들어 놓은 탓이다. 툴리는 금강석이 손거스러미만 일어도 매양 마녀에게 의논했고, 황금칠의 집안 사정을 미주알고주알 죄다 얘기했다. 황금칠의 집 일은 황금칠이 알아서 할 일이지 마녀가 주제넘게 상관할 일이 아니었다. 그러나 달리 생각해 보면, 만약 그의 아들이 진짜 장래성을 보인다면, 즉 마법을 익힐 자질을 타고났다면 엉킨덤불이 그렇다고 얘기해 줄 수 있을 것이다……. 그래도 황금칠은 마녀에게 물어본다는 생각을 하는 것만으로 몸이 움츠러들었다. 마녀에게 상의를 하다니, 그것도 자기 아들을 판정해 달라고 하다니 절대 안 될 일이다.

황금칠은 기다리며 지켜보기로 마음을 정했다. 의지력이 강하고 끈기 있는 사내로서, 황금칠은 4년 동안 그렇게 했고 금강석은 열여섯 살이 되었다. 덩치 크고 튼실하게 자란 젊은이로,

운동이건 공부건 제법 괜찮고, 여전히 어렸을 때처럼 불그레한 얼굴과 밝은 눈빛을 지닌 데다 성격도 명랑했다. 금강석은 변성기를 맞아 매우 힘들어했다. 그 달콤한 떨림음이 대번에 음정이 맞지 않는 목쉰 소리로 바뀌어 버렸던 것이다. 황금칠은 이것을 계기로 아들이 노래를 접기를 기대했지만, 소년은 계속해서 유랑 악사며 민요 가수 같은 자들과 어울려 돌아다니며 하등 쓸데없는 그들의 재주를 배우고 있었다. 그런 생활은 아버지의 재산과 제재소와 사업을 물려받을 상인 아들로서 어울리지 않는다고, 황금칠은 아들을 타일렀다. 그는 말했다.

"노래나 부르던 시절은 지나갔다, 아들아. 이제 남자가 될 생각을 해야지."

금강석은 숲속빈터를 굽어보는 산언덕들 사이 아미아의 수원(水原)에서 이름을 받았다. 현자인 금강석의 종조부와 친분이 있는 마법사 '솔송나무'가 그에게 이름을 지어 주기 위해 남향에서 올라왔다. 솔송나무는 1년 후 금강석의 명명일 잔치에도 초대를 받았다. 잔치에서는 모든 사람에게 맥주와 음식이 베풀어졌고 새 옷도 주었다. 아이들은 빠짐없이 각자 윗도리나 치마나 내리닫이 옷을 하나씩 받았는데 이것은 해브너 서부 지역의 오랜 전통이었다. 그들은 따뜻한 가을 저녁 마을 풀밭에서 춤을 추었다. 금강석은 친구가 많아서, 읍내의 또래 소년들이 다 그의 친구고 소녀들도 마찬가지였다. 젊은이들은 춤을 추고 몇몇은 맥주를 좀 과하게 마시기도 했지만 진짜 형편없이 주정을 부린 사람은 아무도 없었다. 즐겁고 뜻깊은 밤이었다. 다음 날 아침, 황금칠은 아들을 잡고 재차 어른이 될 생각을 해야 한다는 얘기를 꺼냈다.

"저도 생각을 좀 해 봤어요."

거칠거칠한 음성으로 소년이 말했다.

"그래서?"

"그게……, 저는요."

금강석이 말하다 도중에 굳어 버렸다.

"난 네가 가업에 힘을 보탤 거라고 늘 생각해 왔단다."

황금칠이 말했다. 중립적인 어조였다. 금강석은 아무 소리 하지 않았다.

"넌 뭘 하고 싶다고 따로 생각해 본 적이 있느냐?"

"가끔은 생각합니다."

"마법사 솔송나무 님하고 얘기는 해 봤니?"

"아니요."

머뭇거리다가 대답을 한 금강석은 묻는 눈으로 아버지를 보았다.

"내가 어젯밤에 그 양반과 얘기를 했다. 마법사님은 천부적인 재능 중에는 묵살해 버리기 어려운 것이 있고, 그런 재능을 묵살하는 것은 비단 어려울 뿐만이 아니라 잘못된 일이고 무척

해롭다고 그러시더라."

어둡게 그늘졌던 금강석의 눈동자에 밝은 빛이 되돌아왔다.

"마법사님은 그런 재능이랄까 가능성을 훈련으로 계발하지 않는 일은 낭비일뿐더러 위험하기까지 하다고 말씀하셨다. 그 기술은 반드시 배워야 하고 연습을 해야만 한다고 말이다."

금강석의 얼굴이 환히 빛났다.

"배우고 연습을 하되, 오직 그 자체에 뜻을 두고 해야 한다는 거야."

금강석은 열의를 가지고 고개를 끄덕였다.

"만약 그 재능이 보기 드문 것이고 가능성이 특출하다면 더더욱 그렇다더라. 사랑의 묘약을 조제하는 마녀는 큰 해를 끼칠 수 없지만, 마법사님 말씀에, 동네 마술사 정도만 되더라도 조심해야 한다는 거였다. 왜냐하면 그 기술을 천박한 목적에 사용하면 기술이 약화되고 해독을 끼치기 때문이란다……. 물론 마술사도 보수를 받지. 그리고 너도 알다시피, 마법사는 공경들과 함께 생활하고 원하는 것은 손에 넣곤 한단다."

금강석은 골똘히 귀 기울이며 미간을 약간 찌푸렸다.

"그러니까 단도직입적으로 말하자면 너에게 이 재능이 있다고 할 때, 금강석아, 그건 우리 집안 사업에는 아무 도움이 안 된단다. 직접적으로는 말이야. 그건 그쪽에서 하는 방식대로 길러 나가야 할 재능이지, 통제도 해야 하고……. 그렇게 배워서 통달하는 거다. 마법사님 말씀은 그런 뒤에야 널 가르친 스승님들이 비로소 얘기해 줄 수 있다는 거였다. 그걸 뭐에 쓸지, 그게 무슨 이득을 가져다줄지를 말이다. 너에게든 아니면 다른 사람들에게든."

황금칠은 신경 써서 마지막 말을 보탰다.

길고긴 침묵이 있었다.

"내가 그 양반에게 말했단다. 네가 손 한 번 뒤집고 말 한마디 하는 걸로 나무로 깎아 만든 새 모양 조각품을 펄펄 날며 노래하는 새로 바꾸어 놓는 광경을 봤다고 말이지. 네가 텅 빈 허공에 밝은 빛을 만드는 걸 본 얘기도 했다. 넌 내가 보는 줄 몰랐지. 나는 오랫동안 아무 말 않고 지켜보고 있었단다. 어린애들 장난을 가지고 괜히 크게 소란 떨고 싶지 않았거든. 하지만 너에게 재능이 있다고 난 믿는다. 어쩌면 굉장한 재능일지 몰라. 솔송나무 마법사님께 내가 본 대로 말을 하니 그 양반도 나와 같은 생각을 하시더라. 마법사님은 네가 자길 따라 남항에 가서 공부를 하면 어떻겠느냐고 하셨다. 1년이나, 아니면 더 길게라도."

"솔송나무 마법사님께 가서 공부를 해요?"

금강석의 목소리가 반 음계나 올라갔다.

"네가 가고 싶다면."

"저, 전 그런 생각은 해 본 적이 없어요. 생각 좀 해 봐도 될까요? 잠깐 동안……, 하루만요."

"물론이지."

황금칠은 아들이 조심성 있는 것이 마음에 좋았다. 그는 금강석이 제안을 들으면 기뻐서 펄쩍 뛰리라고 생각했던 것이다. 당연한 반응이라고 해야겠지만, 아버지로서는 괴로운 일일 터였다. 부엉이가 독수리 새끼를 깐 것에나 비길까?

왜냐하면 황금칠은 상급 마법을 향해서는 자기가 감히 닿을 수 없는 것을 대하듯 몸을 낮추고 우러러보았기 때문이다. 그것은 무슨 음악이니 이야기꾼의 이야기 같은 장난이 아니고 엄청난 가능성을 내포한 실질적인 사업으로서, 그 자신이 하고 있는 사업이 감히 견주지 못할 대상이었다. 그는 또한, 스스로 그런 식으로 시인하지는 않겠지만, 마법사들이 두려웠다. 속임수 재주를 피우고 허섭스레기 같은 환영을 가지고 노는 작은 마술사들에 대해서는 다소 경멸하는 마음을 가졌지만 마법사들은 두려웠다.

"어머니도 아시나요?"

금강석이 물었다.

"때가 되면 알게 되겠지. 네 어미가 결정에 간섭할 일은 전혀 없다, 금강석아. 여자들은 이런 일에 대해서는 아무것도 몰라. 여자들이 참견할 일이 아니란다. 넌 남자로서 혼자 결정을 내려야 한다. 알아들었냐?"

황금칠은 아이를 제 어미에게서 떼어 놓을 기회를 발견하고 진정을 다해 그렇게 말했다. 툴리는 여자니까 엉겨 붙겠지만, 금강석은 남자로서 놔 버릴 줄을 알아야 한다. 금강석은 고민하는 얼굴이었으나 아버지가 만족할 만큼 의젓하게 고개를 끄덕였다.

"솔송나무 님이 저를……, 마법사님이 그렇게 말씀을 하셨나요? 제가…… 재, 재능을, 자질을 가졌다고요?"

황금칠은 마법사가 정말 그렇게 말했다고 다시 한번 아들에게 확신시켜 주었다. 물론 그 재능이 어떤 종류의 재능인지는 차차 봐야 할 테지만 말이다. 아들이 이렇게 겸손한 것이 황금칠은 정말 다행이었다. 그는 정말이지 반쯤은 걱정했던 것이다. 금강석이 자기를 이기려 들까 봐, 바로 빳빳해져서 아버지의 힘을 눌러 버릴까 봐……. 그 신비스럽고 위험한, 측정할 수 없는 힘으로 황금칠의 재력과 권위와 위엄을 쭈그러들게 할까 봐 그는 두려워했던 터였다.

"고맙습니다, 아버지."

소년은 그렇게 말했다. 황금칠은 진실로 기꺼워하며 아들을 껴안았다가 놔주었다.

✳

그들 둘이 만나는 장소는 버들숲 속이었다. 대장간 아래로 흐르는 아미아 강가, 둑 아래 빽빽이 자란 버드나무들 안쪽이다. 장미가 도착하자마자 금강석은 말했다.

"아버지가 나보고 솔송나무 마법사님을 따라가서 공부하래. 어쩌면 좋지?"

"마법사님하고 공부를 해?"

"나한테 무지무지 대단한 재능이 있다고 생각하신대. 마법 재능이 말이야."

"누가?"

"우리 아버지가. 우리가 장난 연습하던 걸 아버지가 몇 번인가 보셨어. 그런데 아버지는 솔송나무 님이 말하길 내가 그분을 따라가서 공부를 해야 하고 안 그러면 위험할 수 있다고 그러셨다는 거야. 아아!"

금강석은 그러면서 두 손 사이에 머리를 박았다.

"하지만 넌 정말 재능이 있는걸."

금강석은 신음소리를 내고 꺾은 손마디로 머리 가죽을 벅벅 문질렀다. 그는 옛날 장미와 함께 놀던 자리의 흙바닥 위에 앉았다. 그 장소는 우거진 버드나무 숲에 깊숙이 묻혀 있어 마치 천연의 정자 같았다. 거기에 있으면 가까이에 돌 위를 흐르는 물소리가 들리고, 더 멀리 대장간에서 챙강챙강 쇠 치는 소리도 들렸다. 소녀는 금강석과 마주 보고 쪼그려 앉았다.

"네가 할 수 있는 그 일들을 생각해 봐. 너한테 재능이 없었다면 그런 거 하나도 할 수 없다고."

"조금이야 있지. 장난칠 만큼은."

금강석의 목소리는 들릴락 말락 했다.

"그런지 어떻게 아니?"

장미는 살빛이 아주 거무스름하고 구름처럼 부푼 자글자글한 곱슬머리와 얇은 입, 집중력 있어 보이는 진지한 얼굴을 가진 소녀였다. 손도 발도 다리도 헐벗은 데다 지저분했으며 치마와 윗옷도 볼꼴 사나웠다. 그러나 꾀죄죄한 발가락과 손가락들은 생김새가 섬세하고 우아했고, 단추가 떨어져 나가고 찢어진 겉옷 아래 목에는 자수정 목걸이가 반짝거렸다. 장미의 어머니인 엉킨덤불은 병 고치는 일이며 뼈 맞추기, 산파 노릇을 해서 벌이가 썩 좋았다. 그녀는 또 찾기 주문이나 사랑의 묘약, 잠 오는 약 등을 팔기도 했다. 엉킨덤불은 자기나 딸이 입을 새 옷과 신발을 얼마든지 살 수 있고 깨끗이 하고 살 수도 있었지만 전혀 그럴 생각이 없었다. 집안일은 그녀의 관심사가 아니기도 했다. 엉킨덤불과 장미는 거의 매끼 삶은 닭과 달걀부침을 먹고 살았는데, 대가를 닭으로 받는 일이 많았기 때문이다. 그들이 사는 방 두 개짜리 집의 앞마당은 암탉과 고양이가 득실득실 돌아다니는 벌판 같았다. 엉킨덤불은 고양이와 두꺼비와 보석을 좋아했다. 자수정 목걸이는 황금칠네 산지기 우두머리 집에서 해산을 도와 아들아이를 무사히 받아 준 보수였다. 엉킨덤불 자신도 팔 한가득 팔찌와 장식 고리를 차고 있어서, 성미 급한 그녀가 주문을 펼칠 때면 그것들이 반짝거리고 찰그랑대었다. 가끔은 고양이를 어깨에 올려놓고 있을 때도 있었다.

엉킨덤불은 자상한 어머니는 아니었다. 장미는 일곱 살 때 따진 적이 있었다.

"나한테 관심도 없으면서 왜 날 낳았어?"

그러자 엄마가 대답했다.

"아이를 안 낳아 본 사람이 어떻게 산파 노릇을 제대로 하겠니?"

장미는 기가 차서 내뱉었다.

"그럼 난 연습이었네?"

"세상만사가 다 연습이야."

엉킨덤불은 그렇게 말했다. 성미 고약한 여자는 절대 아니었다. 딸에게 무엇을 해 줘야겠다는 데 제대로 생각이 미치는 일은 아주 드물었지만, 아이를 괴롭히는 일은 결코 없었다. 절대 야단치는 일도 없고 달라는 건 뭐든지 주었다. 저녁밥이나 혼자만의 두꺼비나 자수정 목걸이나 마녀 수업까지도. 장미가 달라고만 했으면 새 옷도 마련해 주었겠지만, 장미는 그런 요구는 하지 않았다. 장미는 아주 어렸을 때부터 혼자서 제 앞가림을 했는데, 이것은 금강석이 그녀를 좋아하는 이유 중 하나였다.

장미와 함께 있으면 자유가 무엇인지 알 것 같았다. 그녀가 없으면 금강석은 오직 음악을 듣거나 노래를 부르거나 악기를 연주할 때만 자유로울 수 있었다.

"나한테 분명히 재능이 있긴 있지."

이제 금강석은 그렇게 말하면서 관자놀이를 문지르고 머리카락을 쥐어 당겼다. 장미가 다일렀다.

"그만해. 머리 다 뽑히겠다."

"'늑장꾼'은 나한테 재능이 있다고 본대."

"그야 물론이지! 늑장꾼이 어떻게 생각하든 그게 무슨 상관인데? 넌 지금도 벌써 그 늙다리보다 아홉 배나 더 하프를 잘 뜯잖니."

이것은 금강석이 장미를 사랑하는 또 한 가지 이유였다.

"음악 하는 마법사라는 게 세상에 있을까?"

위를 올려다보며 금강석이 물었다. 장미는 곰곰이 생각해 보았다.

"모르겠는데."

"나도 몰라. 모레드와 엘파란은 서로 노래를 불러 주었고, 모레드는 현자였어. 로크에는 찬미사가 있을 거라고 생각해, 민요나 역사 노래를 가르치는 대마법사가. 그렇지만 난 마법사가 음악가가 됐다는 말을 들어 본 적이 없어."

"왜 못 된다는 건지 이해가 안 되는데?"

장미는 무엇이 불가능하다는 것을 언제나 이해 못 했다. 그가 그녀를 사랑하는 또 하나의 이유였다.

"난 항상 그 두 가지가 왠지 닮았다고 생각했어. 마법하고 음악 말이야. 주문과 노랫가락이. 봐봐, 둘 다 아주 정확하게 해야 하잖아."

"연습해야 하는 거지. 알아."

장미는 투덜거리듯 말하고는 작은 조약돌을 금강석 쪽으로 튕겨 보냈다. 조약돌은 공중에서 나비로 변했다. 금강석도 그녀에게 나비 한 마리를 튕겨 보냈다. 그렇게 두 마리가 한동안 불꽃처럼 팔랑팔랑 날아다니다 도로 돌이 되어 땅에 떨어졌다. 금강석과 장미는 옛날 돌을 뜀뛰게 하던 장난으로부터 이런 놀이 몇 가지를 개발해 낸 터였다.

"넌 가야 해, 석아. 알아내러 가는 거야."

장미가 말했다.

"알아."

"네가 마법사가 된다면 어떻게 될까? 아! 네가 나에게 가르쳐 줄 수 있는 것들을 생각해 봐. 변신술……, 우리는 뭐든지 될 수 있을 거야. 말이든, 곰이든!"

"아님 두더지라도 말이지. 솔직히 말해서 난 땅속에 들어가 숨었으면 좋겠어. 난 이름을 받고 나면 아버지가 나한테 아버지 일 같은 걸 배우게 시키실 거라고 늘 생각했는데. 하지만 올해 들어 아버진 내내 머뭇거리시는 것 같더라고. 아마 이 일을 계속 마음에 담아 두고 계셨나 봐. 그렇지만 남항으로 내려가서 마법사가 되는 일도 장부 정리나 마찬가지로 꽝이면 어떡하지? 어째서 내가 확실하게 자신 있는 일을 하면 안 되는 걸까?"

"글쎄, 왜 두 가지 다 하면 안 된다는 거니? 마법하고 음악하고 둘 다, 응? 장부 정리할 사람은 고용하면 되잖아."

소리 내어 웃을 때면 장미의 갸름한 얼굴이 환하게 빛나고 얇은 입은 커다래졌으며 두 눈은 보이지 않게 되었다.

"오, 검은장미야. 난 널 사랑해."

"당연하지. 사랑하는 게 좋아. 아님 내가 너한테 마술을 걸 거니까."

둘은 무릎걸음으로 앞으로 갔다. 얼굴과 얼굴을 마주하고, 팔은 똑바로 늘어뜨린 채 서로 손을 맞잡았다. 그러곤 서로 온 얼굴에 입을 맞추었다. 장미의 입술에 느껴지는 금강석의 얼굴은 매끈하고 잘 익은 자두처럼 팽팽했으며, 입술 위와 턱선을 따라 아주 조금 따끔거리는 데가 있을 뿐이었다. 요즘 들어 깎기 시작한 수염 자리다. 금강석의 입술에 느껴지는 장미의 얼굴은 비단처럼 보드랍고 한쪽 뺨만 약간 가슬가슬했는데 흙 묻은 손으로 쓱 문지른 자리였다. 둘은 좀 더 가까이 붙어서, 손은 내려뜨린 채였지만 가슴과 배가 맞닿았다. 그들은 입맞춤을 계속했다.

"검은장미야."

금강석은 그녀의 귀에 숨결을 불어넣으며 자기가 지은 비밀 이름을 불렀다.

그녀는 아무 말도 하지 않았다. 그저 아주 따뜻한 숨결을 그의 귀에 불어넣었을 뿐이다. 그는 신음소리를 냈다. 그의 손이 그녀의 손을 꽉 움켜쥐었다. 금강석은 조금 뒤로 물러났다. 장미도 물러났다.

그들은 발뒤꿈치에 엉덩이를 괴고 앉았다. 그녀가 말했다.

"아아, 석아. 네가 떠나면 정말 괴로울 거야."

금강석이 말했다.

"난 안 가. 아무 데도, 영영 안 가."

*

그러나 그는 물론 해브너 남항으로 내려갔다. 아버지의 수레꾼 한 사람이 모는 아버지의 수레 중 한 채를 타고 마법사 솔송나무와 함께 갔다. 마법사의 충고를 들었으면, 그대로 하는 것이 일종의 규범이나 다름없었다. 게다가 마법사가 자기 학생이나 도제가 되라고 불러 주는 것은 결코 작은 영예가 아니었다. 로크에서 지팡이를 따낸 마법사 솔송나무에게는 문전에 찾아와 자기를 시험해 봐 달라고 애걸하는 소년들이 끊이지 않았다. 시험해 보고, 만약 마법을 배울 만한 소질이 있다면, 가르쳐 달라고 조르는 것이다. 솔송나무는 성격 밝고 싹싹한 이 소년이 뭔가 속으로 내키지 않거나 자신 없어 하는 것을 알아채고 다소 이상하게 생각했다. 소년에게 재능이 있다고 한 것은 아버지지 소년 자신이 아니었는데, 그것은 상례를 벗어난 일이었다. 하기는 보통 사람들보다는 부자들이 그러기가 좀 쉽기는 하겠지만 말이나. 아무튼 금강석을 도제로 삼는 대가로 지불된 수업료는 아주 후했다. 황금과 상아를 선금으로 치러 준 것이다. 만약 금강석에게 마법사가 될 소질이 있다면 솔송나무는 그를 훈련시킬 것이고, 만약 솔송나무가 의심하듯 그냥 어린애의 재주에 지나지 않는 것이었다면 집으로 돌려보내면서 받은 수업료의 나머지를 돌려줄 터였다. 솔송나무는 정직하고 고결하고 농담을 모르는 학자풍의 마법사로서 사람의 감정이나 마음속 생각에 관해서는 별로 관심이 없었다. 그가 타고난 재능은 이름들에 관한 것이었다.

"마법의 기예는 이름에서 시작해서 이름에서 끝난다."

솔송나무는 이렇게 말했고, 이 말은 진실이었다. 비록 시작과 끝 사이에 많은 것들이 들어 있긴 할 테지만 말이다.

그리하여 금강석은 주문을 배우거나 환영 마술과 변신술 같은 번드르르한 잔재주(솔송나무가 부른 대로)를 배우는 대신에, 오래된 도시의 좁다란 뒷길에 자리 잡은 마법사의 좁다란 집 뒤켠 좁다란 방에 앉아 길고긴 단어 목록을 외웠다. 창조의 언어에 속한 힘의 단어들이다. 식물들과 그 식물들의 부분부분, 동물들과 그 동물들의 부분부분, 그리고 섬들과 그 섬들의 부분들, 배의 부분들, 사람 몸의 부분들. 그 단어들은 맥락이 없고 문장을 구성하는 일도 결코 없었다. 그저 목록, 길고긴 목록일 뿐이었다.

금강석의 마음은 허공을 헤맸다. 속눈썹은 '진정한 언어'에서 '시아사'였다. 금강석이 그것을 읽자 나비의 날갯짓 같은 속눈썹의 감촉이, 검은 속눈썹의 감촉이 입 맞추듯 그의 뺨을 가볍게 쓸었다. 금강석은 깜짝 놀라 위를 보았지만 자기를 건드린 게 무엇인지 알 수 없었다. 나중에 그 단어를 되풀이하려고 하니, 그는 말문이 막혀 벙어리처럼 서 있었다.

"외워라, 외우는 거다. 타고난 재능은 외우지 않으면 아무 소용이 없어!"

솔송나무는 그렇게 말했다. 그는 지독하게 굴지는 않았지만 매우 집요했다. 금강석은 솔송나무가 자기에 대하여 어떻게 평가하는지 알 수 없었지만 짐작으로는 매우 평가가 낮을 것 같았다. 마법사는 간혹 일을 할 때 금강석을 함께 데리고 갔는데, 일이란 대개 배와 집에 안전 주문을 걸거나 우물을 정화하거나 그 도시의 의회에 참석하는 것이었다. 솔송나무는 발언을 하는 일은 거의 없었지만 언제나 유심히 귀 기울여 들었다. 남항에는 로크에서 훈련받은 마법사는 아니지만 치료에 소질 있는 마법사가 하나 더 있어서 병자와 죽어 가는 자들은 그 사람이 돌보았다. 솔송나무는 기쁘게 용인해 주었다. 솔송나무 자신은 학문에서 즐거움을 얻었고, 금강석이 볼 수 있는 한 실제로 마법을 일으키는 일은 전혀 하지 않았다.

"균형을 유지해야지, 모든 것이 거기에 달려 있단다."

솔송나무는 그렇게 말했다. 그리고 또 말했다.

"지식과, 질서와, 통제다."

이 단어들을 솔송나무가 어찌나 자주 입에 담았던지 금강석의 머릿속에서는 여기에 곡조가 붙어 저절로 반복해서 들려오고 또 들려왔다. 지식, 지이일……서, 토오오옹제에에……!

금강석이 줄줄 이어지는 이름들에 자기가 만든 곡조를 붙이자 훨씬 빨리 외워졌다. 그러나 동시에 그 곡조가 이름의 일부가 되어 버려서, 금강석은 청아한 목소리로(그의 목소리는 이제 다시 자리 잡혀 힘 있고 울림이 묵직한 높은 남성음이 되었다.) 이름들을 노래하여 솔송나무를 흠칫하게 만들었다. 솔송나무의 집은 아주 조용한 집이었던 것이다.

제자는 잠잘 때를 빼고는 언제나 스승 곁에 있든가, 전승책이며 단어 책들이 있는 방에서 이름들의 목록을 공부하는 것이 보통이었다. 솔송나무는 일찍 자고 일찍 일어나는 문제에 꼬장꼬장한 사람이었다. 그러나 가끔씩 금강석은 한두 시간쯤 자유 시간을 받았다. 그는 언제나 부두로 내려가서 물로 이어지는 계단이나 선창가에 걸터앉아 검은장미를 생각했다. 그 집을 나서자마자, 마법사 솔송나무에게서 멀어지자마자 그는 검은장미를 생각하기 시작했고 거의 다른 생각 없이 오직 그녀만을 생각했다. 금강석은 이 사실에 좀 놀랐다. 그는 자기가 향수병에 걸리지 않을까, 어머니 생각을 하게 되지 않을까 했더랬다. 어머니 생각도 자주 했고 집 생각도 종종 났다. 차가운 콩죽으로 변변찮은 저녁을 먹은 후 좁고 썰렁한 방 안 우묵한 잠자리에 등을 대고 누우면 그런 생각이 났다. 적어도 이 마법사는 황금칠이 상상했던 사치스러운 생활을 하지 않았던 것이다. 금강석은 밤에는 검은장미 생각을 전혀 안 했다. 어머니를 생각하거나 양지바른 방과 따끈한 음식을 생각했다. 아니면 머릿속에 무슨 가락이 떠오르기도 했다. 그러면 마음속의 하프를 타며 생각만으로 연습을 했고, 그러다 잠에 빠져 들었다. 검은장미는 그가 부둣가로 내려가야만 마음에 떠올랐다. 바닷물 저 너머를 물끄러미 바라다보고 배 대는 선창과 어선들을 바라볼 때에만……. 바깥에 나와 있을 때만, 솔송나무와 그의 집으로부터 멀리 떨어져 있을 때에만 그녀가 생각났다.

그래서 금강석은 자유 시간을 마치 그녀와 진짜로 만나는 것처럼 여겨서 몹시 소중하게 생각했다. 그는 옛날부터 죽 검은장미를 사랑했지만, 자기가 그 누구보다 그 무엇보다 더 그녀를 사랑하고 있음을 전에는 의식 못했다. 그녀와 함께 있을 때에는, 심지어 부두에 나가 그녀를 생각만 하고 있을 때라도, 그는 살아 있었다. 금강석은 마법사 솔송나무의 집에서나 솔송나무와 함께 있는 자리에서는 정말 살아 있다는 느낌이 들지 않았다. 어쩐지 좀 죽은 듯했다. 완전히 죽은 것은 아니고, 조금 죽은 느낌이었다.

몇 번인가, 물로 내려가는 층계에 앉아 있을 때, 더러운 항구 안의 바닷물이 바로 아래 계단에 철썩 물을 튀기고 시끄러운 갈매기 소리와 항구 노동자들의 외침이 어설프고 빈약한 음악을 이루어 공중에 소용돌이칠 때, 금강석이 눈을 감으면 사랑하는 그녀가 너무나도 또렷이, 너무나도 가까이 앞에 보였다. 그는 손을 뻗어 그녀를 만지려고 했다. 마음으로 하프를 탈 때처럼 머릿속으로 손을 뻗으면 정말로 그녀가 만져졌다. 손 안에 그녀의 손을 느끼고, 입술에 닿아 오는 따뜻하고 서늘한, 보드랍고 가슬가슬한 그녀 뺨의 감촉을 느꼈다. 그는 마음속으로 그녀에게 말을 걸고, 그의 마음속에서 그녀가 대답했다. 그녀의 목소리, 가칠한 그 목소리가 그의 이름을 불렀다. "석아……."

그러나 남항의 거리를 도로 걸어 올라갈 때면 어느새 그녀 생각을 잊고 말았다. 금강석은 마음속에 그녀를 꼭 품고 있겠다고, 그녀를 생각하겠다고, 바로 오늘 밤에 생각하겠다고 굳게 다짐했지만 그녀는 스르르 사라졌다. 마법사 솔송나무의 집 문을 열 때쯤이면 금강석은 이름들의 목록을 암송하거나 저녁밥이 뭘까 궁금해했다. 그는 늘 배가 고팠던 것이다. 한 시간 짬을 내어 다시 부둣가로 내려갈 수 있게 되기까지는 그녀를 생각할 수가 없었다.

그래서 금강석은 차츰 그런 시간들을 실제로 그녀를 만나는 것처럼 생각하게 되고, 그 시간을 바라보고 살아갔다. 그의 발이 부두의 자갈길을 밟고, 그의 눈이 항구와 저 먼 바다 끝을 바라볼 때까지는 자기가 무엇을 위하여 살았는지 떠올리지도 못하면서 말이다. 그때가 되어야만 그는 기억할 가치가 있는 그것을 기억해 내었다.

겨울이 지나고, 쌀쌀한 이른 봄이 지나고, 훈훈한 늦봄이 되어 수레꾼 하나가 어머니의 편지를 그에게 가져왔다. 금강석은 편지를 읽고 나서 스승인 솔송나무에게 가지고 갔다.

"올여름에 한 달쯤 집에 가서 지낼 수 있을지 어머니가 궁금해하시네요."

"안 될 것 같다."

마법사가 말했다. 그러곤 금강석의 존재를 의식한 듯이 펜을 내려놓고 말했다.

"젊은 녀석아, 네가 계속해서 나와 함께 공부하고 싶은지 물어봐야겠구나."

금강석은 뭐라고 말해야 할지 몰랐다. 그것이 자기 뜻에 달린 일이라고는 지금까지 생각도 못했다. 그는 마침내 이렇게 물었다.

"제가 계속해야 한다고 생각하세요?"

"아닌 것 같다."

마법사가 대답했다.

금강석은 마음이 놓이고 해방된 느낌이 들 거라고 예상했는데 거절당한 기분이고 수치스러웠다.

"죄송합니다."

금강석이 말했는데, 솔송나무가 힐끗 올려다볼 정도로 품위가 있었다.

"넌 로크로 갈 수도 있다."

마법사가 말했다.

"로크로요?"

입을 딱 벌리고 멍하니 쳐다보는 소년의 모습에 솔송나무는 그러지 말아야 한다고 생각하면서도 신경이 곤두섰다. 마법사들은 자기네 분야의 젊은이들에게서 주로 우쭐하고 자신만만한 모습을 보는 데 익숙했다. 겸허함은 나중에나 기대되는 것이었다, 겸허함이 가능하기나 하다면 말이지만.

"내가 로크라고 말했다."

말투로 보아 솔송나무는 한 말을 되풀이하는 것에 익숙하지 못한 듯했다. 그러나 그러고 나자 이 소년, 치마폭에 싸여 자라서 멍청하니 꿈꾸는 것 같은 이 젊은 녀석의 불평 없이 꾹 참는 태도가 기특해 그만 안쓰러운 마음이 들었다.

"너는 로크로 가든가 아니면 너에게 필요한 걸 가르쳐 줄 마법사를 만나야 한다. 물론 너에겐 내가 가르쳐 줄 수 있는 것도 필요하지. 넌 이름들을 알아야 해. 마법의 기예는 이름 짓기로 시작하고 끝나니까. 그러나 네 재능은 그게 아니다. 너는 단어 외우는 재주가 형편없어. 정말 뼈 빠지게 훈련을 해야 한다. 어쨌든, 너에게 가능성이 있다는 게 사실인데, 그것은 수양과 단련이 필요하고, 나보다는 다른 이가 더 잘해 줄 수 있을 것이다."

그러니 겸허함은 겸허함을 낳는 법이다, 가끔은 전혀 그럴 것 같지 않은 상황에서도 그랬다.

"로크로 가겠다고 한다면 네가 가져갈 편지를 써서 소환사님께 널 특별히 주목해 주십사 말씀을 드리마."

"아."

금강석은 압도되었다. 소환사의 기술은 상급 마법 중에서도 가장 난해하고 위험한 것이라 할 수 있었다.

"어쩌면 내가 잘못 알고 있는지 모르지."

솔송나무는 그답게 무뚝뚝하고 평정한 어조로 말했다.

"네 재능은 형상에 관한 것인지도 모른다. 아니면 그냥 일반적인 조형술과 변신술 재능일 수도 있고. 확실히는 나도 모르겠구나."

"하지만 마법사님……, 저는 사실……."

"그래, 맞다. 너는 네 재능을 깨우치는 게 보기 드물게 느린 편이지."

가차 없는 그 말에 금강석은 잠깐 몸을 빳빳이 세웠다.

"제 재능은 음악에 있다고 생각했어요."

솔송나무는 한 번 손을 내저어 간단히 그 말을 지워 버렸다.

"나는 진정한 기예에 관한 이야기를 하고 있는 거다. 이제 솔직히 말하마. 너에게 해 주고 싶은 조언은, 부모님께 편지를 쓰라는 거다. 나도 따로 한 통 써 주마. 편지를 써서 로크 학교로 가기로 결정했다는 사실을 알려 드려라, 네가 그렇게 결정한다면 말이야. 아니면 대항으로 가도 좋지. 현자 '외고집' 님이 너를 받아 주신다면 말이지만. 나는 받아 주실 거라고 본다만. 내가 널 추천할 테니까……. 어쨌든 집에는 가지 말라는 게 내 충고야. 가족에 얽히고 친구들에게 묶이고, 너는 그런 일들로부터 진정 해방되어야 해. 지금도 그렇고 앞으로도 마찬가지다."

"마법사들은 가족이 없나요?"

솔송나무는 소년에게서 약간이나마 열띤 기색을 보고 마음이 기꺼웠다.

"마법사들은 서로서로 가족이 되지."

"그리고 친구도요?"

"서로 친구가 될 수도 있지. 내가 쉽고 편한 삶이라고 그러더냐?"

짧은 침묵이 있었다. 솔송나무는 금강석을 빤히 직시했다.

"여자 애가 있었지 않느냐."

금강석은 한동안 솔송나무와 눈을 마주쳤다가, 아래를 보고, 아무 말도 하지 않았다.

"네 아버지가 말씀하시더라, 마녀의 딸이라고. 소꿉친구였다면서? 아버님은 네가 여자 애에게 주문을 가르쳤다고 생각하시던데."

"그 애가 저에게 가르쳐 줬어요."

솔송나무는 고개를 끄덕였다.

"얼마든지 그럴 수 있지, 애들 사이에서야. 하지만 이제는 불가능한 일이야. 이해하겠느냐?"

"아뇨."

"앉아라."

솔송나무가 말했다. 잠시 후, 금강석은 딱딱하고 등받이가 높은 의자에 앉아 솔송나무를 마주 보았다.

"여기서는 내가 너를 보호할 수 있단다. 지금까지 그렇게 해 왔고 말이다. 로크에 가면, 물론, 완벽하게 안전할 거야. 거기엔 벽이 있으니까……. 하지만 네가 집에 돌아가려면, 스스로 너 자신을 보호하겠다는 마음이 있어야 해. 젊은이에게는 힘든 일이지. 정말 어려운 일이야……. 아직 벼려지지 않은 의지력을 시험하고, 아직 최종적인 목표를 보지 못한 마음을 시험하는 일이지. 내 진정코 강력하게 충고하마, 위험을 무릅쓰지 마라. 부모님께 편지를 써. 그리고 해브너 대항으로 가는 거다. 아니면 로크로 가든지. 네 1년 치 수업료의 절반을 내가 돌려줄 작정인데, 그거면 일단 급한 비용은 충당이 될 게다."

금강석은 등을 꼿꼿이 세우고 미동도 없이 앉아 있었다. 그는 요즘 들어 거의 자기 아비지만큼 키가 커지고 허우대가 좋아졌으며 보기에도 제법 어른 남자 티가 났다. 아주 젊은 남자이긴 하겠지만.

"그게 무슨 말씀이세요, 솔송나무 스승님? 여기서 저를 보호하셨다고 하신 거요."

"내가 나 자신을 보호하는 것과 똑같은 거지."

마법사가 말했다. 그러곤 잠시 사이를 두고 신경질적으로 말했다.

"교환 조건이란다, 얘야. 우리의 힘을 얻기 위해서 대가로 내주는 힘이지. 저급한 존재 양식을 내버리는 것이다. 진정한 힘을 지닌 사람들은 모두 독신임을 너도 당연히 알지 않느냐."

침묵이 있었다. 그리고 금강석이 말했다.

"그럼 마법사님은 그걸 아시고……, 제가 그……."

"물론이지. 너의 스승으로서 내가 책임져야 할 일이니까."

금강석은 고개를 끄덕였다.

"고맙습니다."

그는 말하자마자 자리에서 일어섰다.

"잠깐 실례하겠습니다, 스승님. 생각 좀 해 봐야겠어요."

"어딜 가느냐?"

"부둣가에요."

"여기 있지 그러냐."

"여기선 생각할 수가 없어요."

솔송나무는 금강석이 무엇에 반발하여 일어섰는지 알 것 같았다. 그러나 소년에게 더 이상 그의 스승 노릇을 하지 않겠다고 이미 말한 이상, 명령하고 강요한다는 것이 떳떳하지 못했다.

"넌 진정한 재능을 지니고 있다, 엣시리."

솔송나무는 아미아의 샘에서 자기가 소년에게 준 이름을 써서 그를 불렀다. 옛 언어에서 그 단어는 버드나무를 뜻했다.

"나도 그에 대해 속속들이 다 이해하지는 못한다. 너는 전혀 이해할 수 없겠지. 주의해라! 타고난 재능을 그릇되게 사용하는 일은, 아니면 사용하지 않으려고 거부하는 일은 커다란 손실과 커다란 해악을 불러온단다."

괴로운 듯, 통탄하는 듯, 반항심은 없지만 요지부동인 태도로 금강석은 고개를 끄덕였다.

"가 봐라."

마법사가 말했고, 금강석은 떠났다.

나중에 솔송나무는 소년을 집에서 내보내는 게 아니었다고

뉘우쳤다. 그는 금강석의 굳은 의지를 너무 얕잡아 보았다. 아니면 그 여자 애가 그에게 건 주문의 힘을 얕잡아 보았다고 해야 할까? 이야기를 나눈 것은 아침이었다. 솔송나무는 주해를 달고 있던 옛 시대의 속임수 주문에 다시 빠져 들었고 저녁 식사 때가 되어서야 다시 제자 생각을 했다. 그리고 혼자서 저녁을 다 먹고 나서야 비로소 금강석이 달아났다는 사실을 깨달았다.

솔송나무는 저급한 마법 기술을 실제로 사용하는 일이 질색이었다. 마술사라면 누구라도 찾기 주문을 걸었겠지만 그는 하지 않았다. 그리고 어떤 방식으로든 금강석을 부르지도 않았다. 그는 화가 났다. 어쩌면 상처를 입었는지도 모른다. 솔송나무는 그 소년을 좋게 생각해서 로크의 소환사에게 편지를 써 주겠다고까지 했는데, 그 제안을 하기가 무섭게 금강석은 품성을 시험하는 첫 번째 관문에서 박살이 났다.

"유리로구먼."

마법사는 투덜거렸다. 어쨌든 이 약점이 그에게 위험성이 없음을 증명하기는 했다. 타고난 재능 가운데에는 제멋대로 뻗어가게 내버려 두면 안 될 것들이 있지만 이 녀석은 해악을 끼칠 소질 자체가 없었다. 악하지도 못하다, 야망이란 게 없다.

"줏대 없는 녀석 같으니. 집에 가서 제 어미 치맛자락에 도로 기어 들어가라지."

솔송나무는 고요한 자기 집 안에서 중얼거렸다.

아무리 뭐래도 금강석이 스승의 뒤통수를 친 것은 정말 너무 한 일이었다. 감사의 인사도 사죄의 말도 한마디 없이. 참으로 싹싹한 녀석이지 뭔가! 솔송나무는 그렇게 생각했다.

*

마녀의 딸은 등잔불을 끄고 침상에 누워 부엉이 울음소리를 들었다. 작고 물기 어린 '후, 후, 후, 후' 하는 소리 때문에 사람들은 그놈들을 웃음부엉이라고 불렀다. 그 소리를 듣는 장미의 마음은 슬픔으로 가득했다. 그것은 바로 둘 사이의 신호였던 것이다. 여름이면 모두가 잠든 밤마다 남몰래 집을 빠져나와 아미아 강의 강둑 위 버드나무 숲 속에서 만나면서, 둘은 그 소리로 신호를 보냈다. 장미는 밤에 금강석을 생각하지 않으려고 했다. 지난겨울 그녀는 밤이면 밤마다 그에게 마술 전언을 보냈다. 그녀는 어머니가 알고 있는 보내기 주문을 배운 터였고, 그것이 진정한 주문이라는 것을 알고 있었다. 그녀는 자기 손길을 보내고, 그의 이름을 부르는 자기 목소리를 보냈다. 몇 번이나, 몇 번이나……. 그러곤 공기와 침묵으로 된 벽에 부딪혔다. 만지려고 해도 만져지지 않았다. 금강석이 벽을 쌓고 그녀를 물리치고 있는 것이다. 금강석은 그녀의 목소리를 들으려 하지 않았다.

몇 번인가 아주 갑자기, 대낮에, 그가 마음속 가까이에 있고 손을 뻗으면 그에게 닿을 수 있으리라 깨닫는 순간들이 있었다. 그러나 밤이 되면 그가 비워 버린 텅 빈 자리만이, 그의 거부만이 느껴졌다. 장미는 벌써 몇 달 전에 금강석에게 가 닿으려는 노력을 그쳤다. 그러나 가슴은 여전히 지독히 아팠다.

"후, 후, 후." 부엉이가 울었다. 바로 창 아래서 울었다. 그러고는 말을 했다. "검은장미야!"

비탄에 빠져 있다 깜짝 놀라서, 장미는 침상에서 펄쩍 뛰어 일어나 덧창을 열었다.

"나와 봐."

별빛 아래 그림자로만 보이는 금강석이 속삭였다.

"엄마는 집에 없어. 들어와!"

장미는 문간에서 금강석과 마주쳤다.

그들은 서로 아무 말 없이 단단히, 거세게 끌어안고는 한참 동안 그대로 있었다. 금강석에게는 팔 안에 자기의 미래요 자기의 목숨, 한평생의 삶이 안겨 있는 것처럼 느껴졌다.

마침내 그녀가 몸을 움직이고 그의 뺨에 입을 맞췄다. 그러고는 속삭였다.

"그리웠어. 네가 그리웠어, 그리웠다고. 얼마나 있을 수 있니?"

"있고 싶은 대로 죽."

검은장미는 그의 손을 잡고 집 안으로 끌어들였다. 금강석은 언제나 마녀의 집에 들어가는 것이 좀 내키지 않았다. 진한 냄새가 풍기는 난잡하게 어질러진 집이며, 여자의 신비와 마녀의 술수가 강하게 도사린 집이다. 깨끗하고 쾌적한 금강석네 집과 크게 달랐고, 엄숙하고 냉기가 흐르는 마법사의 집과는 더 더욱 달랐다. 그는 말처럼 떨면서 서 있었다. 약초가 주렁주렁 매달린 서까래 밑에 서기엔 그의 키가 너무 컸다. 팽팽하게 당긴 하프 현처럼 긴장했고, 열여섯 시간 동안이나 아무것도 먹지 못한 채 120리를 걸어왔기에 너덜너덜할 정도로 지쳐 있었다. 그는 숨소리만으로 물었다.

"어머닌 어디 가셨어?"

"고사리 할머니 곁을 지키고 있어. 오늘 오후에 돌아가셨거든, 엄만 밤새도록 거기 있을 거야. 그런데 넌 어떻게 여기 온 거야?"

"걸어서."

"마법사님이 집에 가 보라고 했어?"

"도망쳤어."

"도망쳤어? 왜?"

"널 잃기 싫어서."

그는 그녀를 바라보았다. 구름처럼 헝클어진 머리카락이 가를 두른 가무스름한 얼굴은 단호한 빛을 띠고 펄펄 살아 있었다. 장미는 내리닫이 속옷 한 장만 걸친 채여서 궁극의 섬세함으로 빚어진 부드럽게 부푼 가슴이 엿보였다. 금강석은 다시 그녀를 가까이 끌어당겼지만, 검은장미는 그를 껴안아 준 다음 도로 몸을 떼었다. 찌푸린 얼굴이었다.

"나를 잃기 싫어? 겨울이 다 가도록 나를 잃어버릴까 봐 걱정하는 것 같지도 않더니. 이제 와서 돌아온 건 무엇 때문이지?"

"마법사님은 날 로크로 보내고 싶어하셨어."

"로크로?"

그녀가 빤히 쳐다보았다.

"로크로 간단 말이지, 네가? 그럼 넌 정말 재능이 있는 거구나. 마술사가 될 수도 있는 거지?"

그녀가 솔송나무 편에 서다니 충격이었다.

"마법사님은 마술사는 아무것도 아니라고 생각해. 그분은 내가 마법사가 될 수도 있다고 그러셨어. 상급 마법을 하는 거지, 시시한 마녀 술법이 아니고."

"아, 그래."

장미는 잠깐 시간을 두고서 말했다.

"그런데 네가 왜 도망쳤는지 난 모르겠네."

둘은 맞잡고 있던 손을 놓았다.

금강석은 그녀가 몰라주는 데 참을 수 없이 화가 났다. 바로 그가 모르고 있기 때문이었다.

"정말 모르겠니? 마법사는 여자하고 절대 아무 일도 할 수 없어. 마녀들하고 인연이 없다고. 마법사가 되면."

"아, 그렇지. 자기들보다 저열하니까."

"낮고 높고 하는 문제만이 아니야……."

"아, 하지만 그런걸. 내가 가르쳐 준 주문을 넌 몽땅 까먹었을 거야. 장담할 수 있어. 안 그러니?"

"이건 그런 문제가 아냐."

"아니지. 상급 마법이 아니야. 진정한 언어도 아니고. 마법사는 보통 말로 입술을 더럽힐 수 없다는 거지. '여자의 마술처럼 약하고, 여자의 마술처럼 음험하다.' 서로 이런 말을 수군대는 것도 내가 모를 것 같니? 그래, 넌 뭣 때문에 여기 돌아왔는데?"

"널 보러 왔어!"

"봐서 뭘 하게?"

"도대체 왜 그래?"

"넌 마법 전언을 보내지 않았어. 내가 보내는 것을 받지도 않고. 넌 계속 그 자리에 없었어. 네가 마법사 놀이에 싫증 날 때까지 기다려야 한다는 거지. 몰라, 난 기다리는 데 질렸어."

거친 숨소리에 가까운 목소리는 겨우 들릴 듯 말 듯했다.

금강석은 장미가 자기에게 맞선다는 것이 영 믿기지 않았다.

"누군지 이 근처에 얼씬거리고 있던데, 널 쫓아다니는 사람이 누구야?"

"그런 사람이 있다고 해도 네가 상관할 바 아냐! 넌 가 버려.

나한테 등을 돌리라고. 마법사들은 내 일이나 우리 엄마가 하는 일에는 아무 상관도 할 수 없잖니! 그래, 나도 네가 뭘 하든 상관하고 싶지도 않아. 그러니까 가!"

굶주리고 기진맥진한 채 오해받은 금강석은 다시 그녀를 끌어안으려 팔을 뻗었다. 일생을 담은 것 같은 깊고깊은 첫 번째 포옹을 되풀이하여, 몸으로 몸을 이해하게 하고 싶었다. 그는 자기가 두 걸음 뒤로 물러나 서 있음을 깨달았다. 두 손은 따끔거리고 귀가 윙윙 울리고 눈앞에 현란한 빛이 반짝거렸다. 번갯불이 장미의 눈에 담겨 있었고, 그녀가 주먹을 쥐자 손에서 불꽃이 튀었다. 그녀는 속삭였다.

"다시는 하지 마."

"걱정 마."

금강석은 말하고, 그 자리에서 획 뒤돌아 성큼성큼 밖으로 걸어 나갔다. 줄에 엮어 말린 샐비어가 그의 머리에 걸려서 뒤로 늘어져 날렸다.

*

그는 그날 밤을 버들숲 속 옛날 그 자리에서 보냈다. 어쩌면 장미가 와 주기를 바랐을지도 모르지만 그녀는 오지 않았고 그는 순수한 피로에 지쳐 금세 곯아떨어졌다. 금강석은 차디찬 첫

빛에 잠이 깨었다. 그리고 일어나 앉아서 생각을 했다. 그 싸늘한 빛 속에서 인생을 직시했다. 삶이란 그가 믿었던 것과 달랐다. 그는 자기가 명명식을 치른 강가로 내려갔다. 물을 마시고 손과 얼굴을 씻고 할 수 있는 대로 꼴사납지 않게 차림새를 정돈한 다음 마을을 가로질러 맨 끝에 자리 잡은 좋은 집으로 갔다. 그의 아버지 집이다.

깜짝 놀라 소리를 지르고 껴안는 과정을 거쳐서, 어머니와 하인들은 당장 그를 자리에 앉히고 아침밥을 주었다. 그래서 금강석은 뱃속에 따뜻한 음식을 채우고 가슴에는 차가운 용기를 품고서 아버지와 대면했다. 황금칠은 통나무를 싣고 대항으로 떠나는 수레 행렬을 전송하느라고 아침 식전부터 밖에 나가 있었다.

"그래, 내 아들아!"

두 사람은 뺨을 맞대어 인사했다.

"솔송나무 마법사님이 휴가를 주셨나 보구나?"

"아니요, 아버지. 전 떠나왔어요."

황금칠은 빤히 쳐다보다가, 접시에 음식을 담아 가지고 자리에 앉았다. 그러면서 말했다.

"떠나왔다고."

"네, 아버지. 마법사가 되고 싶지 않다고 마음을 정했습니다."

"흐흠."

황금칠이 음식을 씹으며 말했다.

“네 마음대로 떠나온 거냐? 완전히? 마법사님한테 허락은 받았니?”

“완전히 제 의지대로 떠나왔어요. 허락은 받지 않고요.”

황금칠은 아주 천천히 씹었다. 눈은 탁자에 둔 채였다. 아버지는 산지기 한 사람이 밤나무 숲에 병충해가 난 사실을 알렸을 때와 노새 상인이 사기를 친 것을 알아챘을 때에 지었던 그린 표정을 하고 있었다.

“마법사님은 제가 로크 섬의 대학으로 가서 소환사님과 함께 공부하길 바라셨어요. 그분은 절 그리로 보내실 참이었지요. 전 가지 않기로 했어요.”

한동안이 지나서 황금칠이, 시선은 여전히 탁자에 둔 채로 물었다.

“왜냐?”

“그건 제가 원하는 삶이 아니에요.”

또다시 간격이 떴다. 황금칠은 말없이 창가에 듣고만 선 아내를 흘긋 건너다보았다. 그러고는 아들을 쳐다보았다. 그의 얼굴에 떠올랐던 분노와 실망과 혼란스러움과 감탄이 뒤섞인 표정은 차차 가시고, 좀 더 간단한 공모자의 표정이 그를 대신했다. 눈을 찡긋할 것 같은 얼굴로 그가 말했다.

“알겠다. 그래, 네가 하고 싶다고 결정한 건 뭐냐?”

간격.

"이거요."

금강석이 말했다. 그의 목소리는 낮았다. 그는 어머니도 아버지도 쳐다보지 않았다.

"하!"

황금칠이 말했다.

"그래! 내가 기쁘다고 말을 해야겠구나, 아들아."

황금칠은 작은 돼지고기 파이를 한 입에 먹어 치웠다.

"마법사가 되느니, 로크로 가느니 하는 얘기들은 모두 다 영 참말 같지 않더라, 실감이 나지 않았어. 그리고 널 그쪽으로 보내 놓고 나서, 난 이게 다 뭐 하자는 짓인가 싶었다. 털어놓자면 그랬단다. 내 사업 말이다. 네가 여기 온다면, 그러면야 계산이 맞지. 알잖느냐, 계산이 맞는 거야. 그래! 하지만 괜찮을까? 마법사님한테서 그냥 도망쳐 온 거라고? 그 양반이 네가 어디로 갔는지는 아시냐?"

"몰라요. 제가 편지를 쓸게요."

금강석이 새로 갖게 된 낮고 무감정한 음성으로 말했다.

"그 양반이 성을 내지 않을까? 마법사들은 성미가 급하다고들 하잖니. 자존심이 대단하다는데."

"화나셨겠죠. 하지만 어떻게 하지는 않으실 거예요."

정말 그렇다는 게 밝혀졌다. 황금칠을 놀라게 한 일이지만, 실제로 마법사 솔송나무는 꼬장꼬장하게도 수업료의 5분의 2를 돌려보내기까지 했다. 남항으로 선재를 싣고 내려갔던 황금칠의 수레꾼 한 사람이 가지고 온 돈 꾸러미에는 금강석에게 보내는 편지도 끼어 있었다. 편지의 내용은 이랬다.

"진정한 기예는 한마음의 헌신을 요구한다."

겉봉에는 버드나무를 뜻하는 하드 어 룬으로 수신자를 표시했다. 짧은 글귀 말미에는 솔송나무의 룬으로 서명이 되어 있었다. 그 룬은 두 가지 의미를 가졌다. 솔송나무와, 고통 받음을.

금강석은 볕 잘 드는 이층 자기 방에서 편안한 자기 침대에 앉아 어머니가 집 안을 돌아다니며 부르는 노랫소리를 들었다. 그는 마법사의 편지를 손에 들고 그 내용과 두 개의 룬을 몇 번이고 다시 읽었다. 저 아래 버들숲에서 맞았던 그 아침에 그의 내면에 생겨난 춥고 둔한 마음으로 그는 그 가르침을 받아들였다. 마법은 없다. 두 번 다시는. 그는 마법에 온 마음을 바친 적이 없었다. 마법이 그에게는 그저 놀이였으며, 검은장미와 함께 하는 놀이였다. 심지어 마법사의 집에서 배운 진정한 언어 단어들조차도, 물론 그 속에 깃든 힘과 아름다움을 알기는 하지만, 그는 포기할 수 있었다. 스르르 놓아 버리고 잊어버릴 수 있었다. 그것은 그의 언어가 아니었다.

그의 언어는 오로지 그녀와 함께여야 말할 수 있는 것이다. 그리고 그는 그녀를 잃어버렸다, 놔 버렸다. 두 마음을 먹은 사람은 진실된 언어를 가질 수 없다. 이제부터 그는 오로지 의무의 언어로만 말할 수 있다. 벌고 쓰는 일, 투자와 소득, 이익과 손실.

그리고 그 뒤에는 아무것도 없다. 예전에는 환상이 있었다. 소소한 주문들이, 나비로 변하는 조약돌들이, 일이 분 동안 살아 있는 날개를 치며 날던 나무 새들이 있었다. 선택이란 사실 존재한 적이 없었다. 그가 갈 수 있는 길은 하나뿐이었다.

*

황금칠은 너무나도 흡족했는데, 자기는 그 사실을 자각 못 했다.

"늙은이가 자기 보석을 되찾은 거지. 새로 만든 버터처럼 말랑해졌더라고."

수레꾼이 숲지기를 상대로 그렇게 말했다.

자기가 말랑해졌다고는 생각 못한 황금칠은 그저 인생이 어쩌면 이렇게 말랑한가 생각했다. 그는 레체 숲을 사들였다. 사실 빡빡하게 내세운 값에 사 버리고 말았지만, 그래도 최소한 '동쪽언덕'의 '낮은가지'가 그걸 사게 두지는 않았다. 그러니 이제 부자 둘이서 그 숲을 제대로 개발할 수 있을 것이다. 거기엔 밤나무들 속에 소나무가 많이 끼어 자라고 있으니, 그것들은 베어서 돛대 감과 선재와 크기가 작은 통나무로 팔아넘기고 그

자리에 밤나무 묘목을 대신 심을 것이다. 그러면 차차로 황금칠 밤나무 왕국의 중심인 '큰 숲'처럼 잡목이 섞이지 않은 밤나무 숲이 되어 갈 것이다. 물론 시간이 걸린다. 참나무와 밤나무는 오리나무, 버드나무 같지 않아서 하룻밤에 쑥 크지는 않는다. 그러나 시간은 있다. 이제는 시간이 있다. 아들은 이제 겨우 열일곱 살이고 황금칠 자신은 이제 마흔다섯이었다. 한창 나이다. 늙었다고 느낀 적도 있지만 얼토당토않은 생각이었다. 그는 이제 한창나이였다. 열매 맺을 때가 지난 고목들은 소나무와 함께 솎아 내야 했다. 가구를 만들 좋은 목재가 웬만큼은 나와 줄 터였다.

황금칠은 아내에게 자꾸 말했다.

"자, 자, 자. 다시 모든 게 장밋빛이지, 응? 당신의 귀염둥이가 집에 왔잖소, 안 그래? 이제 우울해할 거 없지, 그렇잖아?"

그러면 툴리는 웃음 지으며 남편의 손을 쓰다듬었다.

한번은 그녀가 미소 짓고 동의하는 대신에 이렇게 말했다.

"그 애가 돌아온 건 기쁜 일이지요. 하지만……."

황금칠은 그 이상 들으려고 하지 않았다. 어머니들이란 아이 걱정을 하는 것이 업이고, 여자들이란 도무지 만족할 줄을 몰랐다. 툴리가 혼자 평생 질질 끌고 가는 근심걱정과 한탄을 그가 왜 귀 기울여 들어야 하는가. 그녀는 상인의 삶이 아들에게 뭔가 부족하다고 생각할 게 뻔했다. 그녀는 아들이 해브너의 왕이 되더라도 뭔가 부족하다고 생각할 것이다.

“애인이 생기면 다 돼.”

아내가 말하려고 했던 게 뭐였든 상관없이 황금칠은 이 대답으로 말을 막았다.

“그 앤 이제 만사 창창하다고. 마법사들과 함께 산다는 건, 당신도 알잖아, 그 양반들이 어떤지. 그래서 애가 좀 움츠러든 거야. 금강석을 걱정할 거 하나도 없소. 일단 보다 보면 어느 때건 자기가 이걸 원했다고 딱 알게 될 날이 올 테니!”

“그랬으면 좋겠어요.”

툴리가 말했다.

“최소한 애가 마녀 딸하고 사귀고 있진 않잖소. 그럼 됐지.”

나중에 황금칠은 아내도 마녀와 더 이상 왕래가 없다는 사실에 생각이 미쳤다. 몇 년이고 도둑처럼 뻔뻔스럽게 들락거리며 그가 아무리 경고를 해도 들은 척하지 않던 엉킨덤불이 이제는 집 근처에 얼씬도 하지 않았다. 여자들의 우정은 지속되는 법이 없다. 황금칠은 이 일로 아내를 놀렸다. 그는 툴리가 좀이 슬지 않게 박하와 제충국을 옷상자 안에 뿌리고 옷에 대고 다리는 것을 보고 말했다.

“당신 친구인 현명한 여자가 주문을 걸어서 좀을 퇴치할 수 있을 텐데. 혹시 인제는 친구가 아닌 거요?”

“그래요.”

황금칠의 아내가 특유의 부드럽고 고른 음성으로 말했다.

"이제 아니에요."

황금칠은 큰 소리로 말했다.

"그것도 정말 잘된 일이군! 그 여자 딸내미는 어떻게 됐소, 그럼? 떠돌이 요술쟁이하고 집을 나갔다지?"

"악사에요."

툴리가 말했다.

"지난여름이었죠."

*

"명명일 잔치를 하자꾸나. 이제 좀 놀아 줘야지. 조금쯤 음악과 춤을 즐겨야 하지 않겠느냐, 얘야. 열아홉 살이 됐어, 축하하자꾸나!"

"설의 노새들을 몰고 동쪽언덕으로 갈 건데요."

"아니야, 아니야, 아니야. 설이 알아서 할 수 있다. 넌 집에 있어라, 잔치를 즐기는 거야. 지금까지 열심히 일했지 않니. 악단을 고용하자꾸나. 이 근방에 누가 최고지? 늑장꾼네 패거리가 제일 낫나?"

"아버지, 전 잔치하고 싶지 않아요."

금강석은 말하고, 말이 부르르 몸을 떨듯이 근육을 떨면서 벌떡 일어섰다. 그는 이제 황금칠보다 더 몸집이 커져서 갑자기 움직이기라도 하면 옆 사람이 깜짝깜짝 놀랐다.

"저는 동쪽언덕으로 가렵니다."

그는 그렇게 말하고 방을 나갔다.

"대체 왜 저래?"

황금칠이 아내에게 물었다. 대답을 듣겠다는 질문은 아니었다. 튤리는 남편을 쳐다보고 아무 말도 하지 않았다. 그것은 직설적인 대답이었다.

황금칠이 외출한 뒤에 튤리는 회계실에서 장부를 점검하던 아들을 찾았다. 그녀는 장부 쪽을 들여다보았다. 길고긴 이름과 숫자들, 대변과 차변, 이익과 손실의 목록이 이어졌다.

"석아."

튤리가 불렀고, 금강석이 올려다보았다. 그의 얼굴은 아직 둥그스름하고 불그레한 혈색도 좀 남아 있었지만, 뼈대가 더 굵어졌고 눈빛은 우울해 보였다.

"아버지 기분을 상하게 해 드리려고 그런 건 아니었어요."

"아버지가 잔치를 열고 싶으시다면 여시겠지."

어머니가 말했다. 두 사람의 목소리는 서로 닮았다. 음역이 높지만 음색은 어둡고, 고르고 차분하며, 조심스럽게 삼가는 목소리다. 튤리는 높은 책상을 앞에 두고 앉은 아들 옆으로 걸상에 올라앉았다.

"전 못해요."

금강석은 말하고, 멈추었다가, 말을 이었다.

"전 정말 춤추는 거 하고 싶지 않아요."

"아버진 네 짝을 찾아 주시려는 거야."

정 깊은 어조로 스스럼없이 툴리가 말했다.

"그건 아무래도 상관없어요."

"네가 신경 안 쓴다는 거 안다."

"문제는요……."

"문제는 음악이지."

어머니가 마침내 그것을 말했다. 금강석은 끄덕였다.

"얘야, 그럴 필요 없지 않니. 네가 좋아하는 모든 걸 다 포기할 필요는 없어!"

툴리의 음성이 갑자기 열을 띠었다.

금강석은 어머니의 손을 잡아 입을 맞추었다. 두 사람은 나란히 앉아 있었다.

"섞일 수 없는 일들이 있어요. 될 것 같은데, 실제론 안 돼요. 전 그걸 깨달았어요. 마법사님한테서 떠나올 때요. 전 제가 이것도 되고 저것도 될 수 있을 줄 알았어요. 어머니도 아시죠. 마법을 부리고 음악을 하고 아버지께 아들의 도리를 다하고 장미를 사랑하고……. 그렇게는 안 되더라고요. 함께 섞일 수가 없어요."

"아니야, 그렇지 않아. 모든 것은 서로서로 연결돼 있어. 한데 엉켜 있단다!"

"어쩌면 여자들에겐 그럴지도 모르죠. 하지만 전……, 전 두 마음을 품을 수 없어요."

"두 마음을 품어? 네가? 네가 훌륭한 마법을 포기한 건 그러지 않으면 마법을 배신하게 된다는 걸 알았기 때문이잖니!"

금강석은 그 말에 눈에 보일 정도로 충격을 받았다. 하지만 부정하지는 않았다.

튤리가 따졌다.

"하지만 음악은, 음악은 왜 포기한 거냐?"

"전 한마음을 가져야 해요. 노새 번식업자하고 흥정하면서 하프를 탈 수는 없어요. 밤 따는 일꾼들이 낮은가지에게 고용되어 가 버리지 않게 하려면 임금을 얼마 지불해야 할지 계산하면서 노래를 지을 수는 없다고요!"

금강석의 목소리는 이제 좀 떨렸다. 떨림음이었다. 그의 눈은 슬프지 않고 분노를 품고 있었다.

"그래서 넌 스스로 주문을 걸었구나. 마법사님이 너에게 주문을 걸었던 것과 똑같이……. 너를 안전하게 지켜 줄 주문, 너를 노새 번식업자에게, 밤 줍는 일꾼들에게, 그리고 이것들에 가둬 놓을 주문이지. 침묵의 주문이야."

튤리는 이름과 숫자가 줄줄이 가득 찬 장부를 가볍게 경멸하는 손짓으로 탁 쳤다.

한참이 지난 다음 젊은이가 말했다.

"안 그럼 어떡해요?"

"모르겠다, 얘야. 난 물론 네가 몸 성히 잘 지내길 바란다. 아버지가 너를 자랑스럽게 여기고 행복해하시는 게 마음에 좋은 거야. 당연하지. 그렇지만 네가 행복하지 않고, 자부심도 없이 지내는 것은 차마 볼 수가 없구나! 모르겠다. 어쩌면 네 생각이 옳겠지. 어쩌면 남자한테는 모든 게 영영 한가지인지도 몰라. 그래도 난 네 노랫소리가 그립단다."

툴리는 눈물에 젖었다. 둘은 서로 끌어안고, 그녀는 아들의 숱 많은 금발을 쓰다듬으며 심하게 말해서 미안하다고 했다. 그리고 금강석은 한 번 더 어머니를 껴안고 어머니는 세상에서 제일 자상한 분이라고 말했다. 그렇게 툴리는 그 방을 나섰다. 그러나 나가면서 잠시 돌아보고 말했다.

"아버지가 잔치를 여시게 해 드리렴, 석아. 너도 정말로 잔치를 즐기면 좋겠구나."

"그럴게요."

금강석이 말한 것은 어머니를 안심시켜 드리기 위해서였다.

*

황금칠은 맥주와 음식과 꽃불을 주문했다. 하지만 악사들을 고용하는 일은 금강석이 맡았다.

"물론 우리 악단을 이끌고 가지. 이런 건을 놓치다니 그럴 리가 있겠나? 자네 아버님이 여는 잔치라면 세상 서쪽 악사들 전부가 풋내기까지 죄다 모여들 거야."

늑장꾼이 말했다.

"돈 받고 연주하는 악단은 아저씨네라고 다른 사람들에게 말씀해 주세요."

"아, 딴 사람들은 이름 좀 내 보자고 오는 거지."

그렇게 말하는 하프꾼은 여윈 몸, 주걱턱에 눈이 툭 불거진 사십 줄의 남자였다.

"그때 봐서 자네도 우리와 함께 한 곡조 가 보면 좋겠지? 자네도 한가락 했잖나, 돈 버는 일에 뛰어들기 전엔 말이야. 목소리도 나쁘지 않지. 계속 연습을 했다면 말이네만."

"글쎄요."

"자네가 좋아했던 처녀애 있지, 마녀네 집 장미. 그 애는 래비하고 같이 연주하고 돌아다닌다고 들었어. 그쪽 패도 틀림없이 올걸."

"그럼 그때 뵐게요."

덩치 크고 잘생긴 금강석은 아무렇지 않은 모습으로 그렇게 말하고는 걸어 나갔다.

"요새는 어찌나 고고하고 대단해졌는지 붙잡고 말 시키기도 어렵다니까."

늑장꾼이 중얼거렸다.

"저 친구가 하프에 대해서 아는 건 모두 내가 가르쳐 준 건데 말이야. 하기야 그게 부자한테야 무슨 소용이겠나만?"

*

늑장꾼의 심술에 금강석은 신경이 잔뜩 곤두섰다. 잔치 생각이 무겁게 내리눌러 입맛이 떨어질 지경이었다. 금강석은 한동안 자신이 앓아누우면 혹 잔치를 거를 수 있지 않을까 하는 희망을 품었다. 그러나 그날은 왔고 그는 그 자리에 있었다. 그의 아버지처럼 눈에 띄게, 산처럼 보란 듯이 우뚝 솟아 있지는 않았지만 분명히 참석을 했고 얼굴에 웃음을 띠고 춤을 추었다. 금강석의 어린 시절 친구들도 모두 참석했다. 절반은 이미 결혼을 했으며 그 상대는 나머지 절반인 것 같았지만, 그래도 아직 얼마든지 서로 시시덕거렸고 금강석 주변에는 줄곧 예쁜 아가씨들이 모여들었다. 금강석은 임시로 설치한 술 오두막의 훌륭한 맥주를 잔뜩 마셔서 음악을 들어도 견딜 만했다. 음악에 맞추어 춤을 추면서 이야기를 하고 큰 소리로 웃으면 된다. 그래서 금강석은 예쁜 처녀들과 한 명도 빼놓지 않고 차례차례 춤을 추었고, 그런 다음엔 누구든 다시 앞에 나타난 사람과 또다시 춤을 추었는데 아가씨들 모두가 그 상대였다.

이 잔치는 황금칠이 지금껏 열었던 중 가장 대단한 잔치였다. 황금칠의 집에서 얼마쯤 내려온 읍내 잔디밭에 무도대를 세웠고, 나이 든 사람들이 앉아서 먹고 마시고 잡담할 수 있게 천막도 쳤다. 어린애들에게는 새 옷을 주었고, 요술쟁이와 인형 부리는 광대에게도 후하게 해 주었는데 그중 일부는 황금칠이 고용했고 일부는 동전과 공짜 맥주를 바라고 그냥 와 본 자들이었다. 축하 자리에는 떠돌이 놀이꾼과 악사들이 꼬이는 법이다. 그들은 이런 식으로 밥벌이를 하는 사람들이었고, 초대는 받지 않았을지라도 환영받았다. 웅웅 울리는 백파이프와 웅웅 울리는 목소리를 지닌 이야기 노래꾼이 언덕 꼭대기 큰 참나무 밑에 모인 사람들을 청중 삼아 「용주의 위업」을 노래했다. 하프, 피리, 비올과 북으로 구성된 늑장꾼의 악단이 잠깐 쉬며 목을 축이기 위해 일시적으로 연주를 멈추자 새로운 악사 패가 무도대 위로 뛰어올랐다.

"어머나, 래비의 악단이야!"

금강석에게 제일 바짝 붙어 있던 예쁜 처녀가 소리쳤다.

"들어 봐, 래비네가 진짜 최고거든!"

피부 빛이 밝고 불량해 보이는 래비는 겹 리드를 넣은 나무 호른을 불었다. 그와 함께 비올 연주자가 있고, 작은 손북을 치는 북잡이가 있고, 그리고 장미가 피리를 불었다. 그들이 처음 연주한 곡은 쿵쿵 발 박자를 맞추게 하는 빠르고 화려한 춤곡이었다. 너무나 빨라서 춤추던 사람 중 몇은 중간에 나가떨어졌다. 금강석과 상대 아가씨는 거기 맞추어서 춤을 추었다. 춤이 끝나자 사람들은 환호를 올리고 손뼉을 쳐 댔고, 두 사람은 땀을 흘리며 숨을 헐떡거렸다.

"맥주!"

금강석이 외쳤고, 청년들과 아가씨들이 그를 에워싸 온통 웃고 재잘대며 데리고 갔다.

그는 등 뒤에서 다음 곡이 시작되는 것을 들었다. 남자의 음성처럼 강하고 서글픈 비올이 홀로 연주했다. 「내 사랑이 가는 곳에」를.

그는 잔에 담긴 맥주를 단번에 바닥까지 벌컥벌컥 들이켰다. 함께 있던 처녀들은 맥주를 목에 넘길 때마다 움직이는 억센 목 근육을 지켜보고는 까르르 웃으며 떠들어 댔다. 그리고 금강석은 날파리에 쏘인 마차 말처럼 선 채로 온몸을 부르르 떨었다.

"난 도저히 참을 수……!"

그렇게 말하고, 금강석은 가설 오두막에 매달린 등불 빛이 비치는 곳을 떠나 어둠 속으로 달려 들어갔다.

"어딜 가는 거야?" 한 사람이 말했다. 다른 사람이 대답했다. "다시 오겠지 뭐." 그러곤 그들 모두 웃고 수다를 떨었다.

음악이 그쳤다.

"검은장미야."

뒤쪽 어둠 속에서 금강석이 불렀다. 장미는 고개를 돌려 그를 쳐다보았다. 두 사람의 머리는 비슷한 높이였다. 그녀는 무도대 위에 책상다리를 하고 앉았고, 그는 풀 위에 무릎 꿇은 채였다.

"버들숲으로 와."

금강석이 말했다. 장미는 아무 말도 하지 않았다. 래비가 그녀를 곁눈으로 보면서 나무 호른을 입술에 가져다 댔다. 북잡이가 손북을 삼박자로 두드렸고, 악단은 선원들의 지그 춤곡을 흐드러지게 연주했다.

그녀가 다시 돌아보았을 때 금강석은 가고 없었다.

한 시간도 더 지나서 늑장꾼이 자기 악단을 이끌고 돌아왔다. 그는 원래 대신해 준 데 대해 고마운 마음이 없었을 뿐 아니라 맥주가 들어간 탓에 더한층 상태가 안 좋았다. 한창 연주하고 춤추는 한중간에 끼어들어 래비에게 큰 소리로 꺼지라고 말했다.

"허, 댁의 코나 퉝겨 보시지, 하프 퉝기는 양반."

래비가 말하자, 늑장꾼은 바짝 열을 받았다. 사람들이 각각 편을 들었다. 볼썽사나운 짧은 다툼이 극에 달했을 때, 장미는 피리를 주머니에 집어넣고 살짝 빠져나왔다.

잔치의 불빛에서 떨어지자 주위는 캄캄했다. 그러나 장미는 어둠에 묻힌 길을 알고 있었다. 버드나무들은 이 두 해 사이에 더 자랐다. 어린 나무가 청청히 돋고 기름한 잎사귀들이 떨어져 내린 가운데 앉을 수 있는 장소는 아주 좁았다.

음악이 시작되었다. 먼발치에서 들려오는 소리는 바람에 뭉개지고 속살대며 흐르는 강물 소리에 흐려졌다.

"뭘 하자고 날 불렀어?"

"얘기."

그들은 서로 목소리와 그림자만으로 상대방을 느꼈다.

"해 봐."

"난 너한테 함께 달아나 달라고 부탁하려고 했어."

"언제?"

"그때. 우리가 싸웠을 때 말이야. 난 말을 영 잘못했어. 내가 생각한 건……"

한참 사이가 떴다.

"내가 생각한 건, 둘이서 떠나도 어떻게 해 나갈 수 있을 거라는 거였어. 너하고 함께라면. 음악을 연주하는 거지. 먹고살 수 있을 거야. 둘이 함께. 그런 얘기를 하려고 했어."

"그런 말 안 했잖아."

"알아. 말을 이상하게 잘못한 거야. 뭐든지 엉망으로 잘못하고 말았어. 모든 걸 배반해 버렸지. 마법을. 그리고 음악을. 그리고 너를."

"난 괜찮아."

"그래?"

"내가 피리의 명수는 아니지만, 그래도 충분히 괜찮게 불어. 네가 가르쳐 주지 않은 부분은 마법 주문으로 채울 수 있거든. 꼭 필요하다면 말이야. 그리고 악단도, 뭐, 다 좋아. 래비는 겉보기보다는 괜찮은 사람이야. 나를 속이고 이용해 먹을 사람은 아무도 없어. 우린 벌이가 썩 좋거든. 겨울이 오면 엄마 집에 가 있으면서 엄마 일을 돕지. 그러니까 나는 괜찮아. 넌 뭐가 문제지, 석아?"

"모든 게 다 틀렸어."

장미는 무슨 말을 할 것처럼 빤히 쳐다보았지만 끝내 입 밖에 꺼내지 않았다.

"우린 너무 어렸던 것 같아."

금강석이 말했다.

"이제는……."

"뭐가 달라졌는데?"

"난 그때 선택을 잘못했어."

"한 번, 아니면 두 번?"

장미가 물었다.

"두 번."

"세 번째는 마법이라지."

둘 다 한동안 말이 없었다. 장미는 버들잎들이 드리운 그늘

속에서 금강석의 큼지막한 덩치가 그린 윤곽을 이제야 분별해 볼 수 있었다.

"너, 전보다 더 커졌구나. 아직도 빛을 만들 수 있니? 난 네가 보고 싶어."

금강석은 고개를 저었다. 장미가 말했다.

"그건 너만 할 줄 알고 나는 영 못하는 재주 중 하나였잖아. 나한테 가르쳐 주려고 했지만 되지 않았지."

"알지도 못하면서 했던 거야. 어떨 때는 되고, 어떨 때는 안 되고."

"그런데 남항의 마법사가 너한테 그거 하는 법도 안 가르쳐 줬어?"

"그분은 나한테 이름만 가르쳤어."

"왜 지금은 못하게 됐니?"

"그만둬 버렸거든. 검은장미야, 다른 건 다 버리고 오직 그것만을 하든가, 아니면 그걸 하지 않든가였어. 한마음이 아니면 안 된대."

"이유를 모르겠네. 우리 엄마는 열을 내리게 하고, 여자가 애 낳을 때 진통을 가라앉히고, 잃어버린 반지를 찾는 일을 다 하는데. 마법사님들이나 용주들이 하는 일하고는 비교할 수 없겠지만, 그래도 아무것도 아닌 건 아니잖아. 안 그래? 엄마는 마법 때문에 뭘 포기하거나 하진 않았다고. 나를 가진 것도 방해되지 않았어. 나를 낳았기 때문에 어떡하면 되는지 배울 수 있었단 말이야. 다른 건 다 그만두고, 내가 너한테서 음악 연주하는 걸 배웠다고 해서 주문 외우는 걸 관둬야 했니? 난 지금도 열을 떨어지게 할 수 있어. 왜 꼭 한 가지 일을 그만둬야 다른 일을 할 수 있다는 거야?"

"우리 아버지."

금강석은 그렇게 말을 꺼냈으나 멈춰 버리고 웃음 같은 소리를 냈다.

"한데 섞을 수 없는 일들이 있어. 돈이랑 음악 말야."

"아버지하고 마녀 계집애 말이지."

검은장미가 말했다.

또다시 침묵이 그들 사이에 내렸다. 버드나무 잎들이 바람에 술렁였다.

"나에게 돌아와 줄래?"

금강석이 물었다.

"나하고 함께 갈래? 함께 살아 줄래? 나와 결혼해 주겠니, 검은장미야?"

"너희 아버지 집에서는 안 돼, 석아."

"어디든지 괜찮아. 함께 도망가자."

"그렇지만 나하고 살려면 음악을 떼어 놓을 순 없어."

"그리고 너 없인 음악도 없지."

"너하고 갈게."

그녀가 말했다.

"래비가 하프 연주자를 받아 줄까?"

장미는 멈칫하더니 소리 내어 웃었다.

"피리 부는 사람을 잡아 두려면 받아 줘야 할걸."

"난 그때 떠난 후로 연습을 안 했어. 하지만 음악은 언제나 내 머릿속에 있었지. 그리고 검은장미야, 너는……."

그녀는 두 손을 그에게 뻗었다. 그들은 무릎을 땅에 짚고 서로 마주했다. 버들잎이 살랑이며 머리카락을 스쳤다. 그들은 서로 입을 맞췄다. 처음에는 수줍게 시작했다.

✵

금강석이 집을 떠난 후 몇 년 동안, 황금칠은 이전과 비교할 수 없을 정도로 많은 돈을 벌었다. 하는 장사마다 재미를 보았다. 마치 금전 운이 그에게 들러붙어 아무리 해도 떨쳐 낼 수 없는 것 같았다. 황금칠은 정말 대단한 부자가 되었다.

그는 아들을 용서하지 못했다. 이야기는 행복한 결말이 될 수도 있었을 텐데, 황금칠은 그렇게 끝맺을 마음이 없었다. 그런 식으로 훌쩍, 한마디 말도 없이, 다른 날도 아닌 명명일 밤에, 마녀 딸년과 함께 도망쳐서, 정직한 일은 모두 내팽개쳐 버리고,

뜨내기 악사가 되려고, 띵가띵가 하프나 뜯고 노래나 부르고 푼돈을 받자고 웃는 악사가 되려고……. 황금칠은 이 모든 일에서 수치와 괴로움과 분노밖에는 느낄 수가 없었다. 그렇게 그는 비극에 젖었다.

툴리는 오랫동안 남편과 함께 슬퍼했지만, 남편에게 거짓말을 하지 않고는 아들을 볼 수 없는 상황에 처하자 마음을 고쳐먹었다. 거짓말은 그녀가 차마 못하는 일이었다. 툴리는 금강석이 배를 곯고 잠자리가 편치 않을 것을 생각하면 눈물이 났다. 싸늘한 가을밤이면 가슴이 미어졌다. 그러나 시간이 지남에 따라 아들이 "서해브너의 달콤한 노래꾼 금강석"이니 "검의 탑에 모인 위대한 공경들 앞에서 하프 타고 노래한 금강석"이라고 이름이 나자 한결 위안을 받았다. 그러다 한번은 황금칠이 남항으로 내려간 사이에 툴리와 엉킨덤불 둘이서 당나귀 수레를 몰아 동쪽언덕으로 올라가서 금강석이 「잃어버린 여왕의 노래」를 부르는 것을 들었다. 그가 노래하는 동안 장미는 그들과 한자리에 앉아 있었고 '꼬마 툴리'가 툴리의 무릎 위에 앉혀졌다. 그리고 설사 행복한 '결말'은 아닐지라도 그것은 진정한 기쁨이었다. 그것이야말로 어쨌든 사람이 바랄 수 있고, 충분한 것이었다.

내 사랑 가는 곳에

편안하게 물 흐르듯
fine
내 사랑이 가는 곳에 나도 가리라. 배 저어 가는 그곳 저어 가리라.
Da capo al fine
우리 함께 웃음 웃고 함께 울리라. 그가 살면 나도 살고 죽으면 나도.

대지의 뼈

비가 다시 내리기 시작했고, 르 알비의 마법사는 정말이지 별것 아닌 작은 주문을 써서 비를 산 저편으로 보내 버리고 싶은 마음이 간절했다. 뼈마디가 쑤셨다. 그의 뼈는 해가 나오기를, 몸속까지 따뜻한 볕을 쬐어서 이 아픔이 깨끗이 가셔 주기를 바라고 있었다. 물론 그는 주문으로 통증을 다스릴 수도 있었지만, 그것은 그저 잠시 동안 아픔을 숨기는 것뿐이다. 그를 괴롭히는 통증은 낫게 할 방법이 없었다. 늙은 뼈에는 햇살이 필요하다. 마법사는 문간에 우두커니 서 있었다. 컴컴한 방과 비가 주룩주룩 떨어지는 트인 바깥 공기 사이에, 주문을 사용하지 않기로 하면서, 주문을 쓸 수 없는 것과 굳이 쓰지 말아야 한다는 것 양쪽에 골이 난 채 혼자 서 있었다.

욕은 하지 않았다. 힘을 가진 사람은 욕하지 않는다, 욕은 위험하기 때문이다. 그는 다만 헛기침을 하면서 곰처럼 그르렁거리는 불평의 소리를 냈다. 별안간 여기서는 보이지 않는 곤트산 위로부터 천둥이 치더니, 그 메아리가 북에서 남으로 퍼져가서 안개구름에 잠긴 숲 속에 가 잦아들었다.

'천둥이라니, 좋은 징조군.'

'바닷말'은 그렇게 생각했다. 이제 머지않아 비가 그칠 것이다. 그는 두건을 끌어올려 덮어쓰고 닭에게 모이를 주러 빗속으로 나갔다.

닭장을 살펴보니 알이 세 개 있었다. 빨간둥이는 알을 품는 중이다. 이제 거의 깰 때가 되었다. 진드기가 극성이라 빨간둥이는 맥없고 추레한 몰골이었다. 바닷말은 진드기를 퇴치하는 주문을 몇 마디 읊고, 병아리가 깨는 대로 둥지 상자를 청소하자고 혼자 다짐했다. 그런 다음 닭들을 풀어놓는 뜰로 나가니 갈색둥이, 재둥이, 양말이와 싹싹이와 '왕'이 처마 밑에 옹기종기 모여 꾸룩거리며 비 탓을 하고 있었다.

"한낮이면 그칠 거야."

마법사는 닭들에게 말했다. 모이를 준 다음 따뜻한 달걀 세 개를 들고 빗속을 철버덕거리며 집으로 돌아왔다. 어릴 때 그는 진흙 속을 걷는 것이 좋았다. 시원한 진흙이 발가락 사이로 올라오는 느낌을 즐기던 일이 기억났다. 그는 지금도 맨발로 다니기를 좋아했지만 이제 진흙은 싫었다. 진흙은 끈적끈적하다. 집에 들어가기 전에 몸을 굽혀 발을 털어야만 하는 것이 힘겨웠다. 집 안 바닥이 흙바닥이었을 때는 괜찮았는데, 지금은 귀족 나리나 상인이나 대현자나 되는 것처럼 마룻바닥을 깔았다. 냉기와 습기가 뼈에 스미지 않게 하려고 한 것이다. 바닷말 자신이 원한 것은 아니었다. 지난봄에 '침묵'이 이 낡은 집에 마루를 깔겠다고 일부러 곤트 항에서 올라왔다. 두 사람은 이 일로 또 말다툼을 벌였다. 바닷말은 좀 더 현명했어야 했다, 그렇게 오랜 세월을 보내고도 침묵과 옥신각신하다니! 바닷말은 말했다.

"난 일흔다섯 해를 흙바닥을 밟고 살았다. 몇 년 더 그런다고 설마 죽겠니!"

침묵은 물론 이 말에 아무 대답을 하지 않음으로써 바닷말이 자기가 한 말을 스스로 듣고 그 말이 얼마나 바보 같은지 속속들이 깨닫게 했다.

"청소하기는 흙바닥이 더 쉽단다."

저항해 봤자 이미 소용없다는 것을 알면서 바닷말은 말했다. 사실 제대로 다진 단단한 흙바닥이라면 그저 비질이나 하고 가끔씩 먼지가 일지 않게 물이나 뿌려 주면 그만이다. 그러나 이 말도 똑같이 어리석게 들렸다.

"그래, 마루를 누가 깐단 말이냐?"

이번에 그의 말은 그저 투덜거리는 소리에 지나지 않았다.

침묵은 자기가 하겠다는 뜻으로 고개를 끄덕했다.

그 녀석은 실제로 일류 기술자였다. 대목일, 소목일, 석재 다루는 일, 지붕 놓는 일을 다 할 줄 안다는 것을 예전에 바닷말의 제자로 이 산 위에 살 적에 이미 증명해 보였고, 곤트 항에서 유복한 사람들과 살았어도 그 솜씨는 무뎌지지 않았다. 침묵은 큰할멈의 소를 몰아 르 알비 제6제재소에서 판자를 날라 왔고, 다음 날로 마루를 깔고 광택을 냈다. 그동안 늙은 마법사는 호수 늪에 올라가 약초를 캤다. 바닷말이 돌아오니 마루가 깔려 있었다. 컴컴한 호숫물처럼 반들반들 윤기가 흐르는 마루였다.

"집에 한번 들어가려면 노상 발을 씻어야겠구나."

바닷말은 투덜거렸다. 그는 송구스럽다는 듯이 집 안에 들어섰다. 나무가 어찌나 매끄러운지 벗은 발바닥보다도 더 보들보들한 것 같았다.

"숫제 비단일세. 주문 하나 안 쓰고 하루 사이에 이 큰일을 해낸 건 아니겠지. 촌 오두막에 궁궐 마루를 깔았구나. 오는 겨울에 화덕 불빛이 비치면 정말 근사하겠다. 아니면 이제 융단을 장만해야 하나? 황금 날실에 양털로 엮은 융단이라야 쓰겠구먼!"

침묵은 자기가 한 일에 마음이 뿌듯해 빙그레 웃었다.

그는 어느 날 바닷말의 집 문간에 불쑥 나타났더랬다. 여러 해 전, 아니, 아마 20년쯤 전이다. 아니면 25년인가? 지금으로부터 한 세월 전의 일이었다. 그 시절엔 진짜로 꼬맹이로, 키가 껑충하고 머리카락이 뻣뻣하고 얼굴은 순하게 생긴 소년이었다. 입은 다문 채이고 눈은 맑았다.

"뭘 원하느냐?"

소년이 무엇을 원하는지 알면서, 사람들이 다들 원하는 게 무엇인지 알면서 마법사는 그 맑은 눈을 외면하고 물었다. 그는 훌륭한 스승이고 곤트에서 제일갔다. 자기 자신도 알고 있었다. 그러나 가르치는 일에 진력이 났고 더 이상 슬하에 제자를 두고 싶지 않았다. 게다가 그는 위험한 냄새를 맡았다.

"배우고 싶습니다."

소년은 속삭이듯 말했다.

"로크로 가려무나."

마법사가 말했다. 소년은 발에 신발을 신었고 좋은 가죽으로 지은 조끼를 입고 있었다. 학교로 가는 뱃삯을 낼 수 있을 것이다. 아니면 벌어서 가면 된다.

"벌써 가 봤습니다."

이 말에 바닷말은 다시 한번 소년을 훑어보았다. 망토도 걸치지 않았고 지팡이도 없다.

"낙제했느냐? 쫓겨났느냐? 도망쳐 나왔느냐?"

소년은 각각의 질문에 고개를 저었다. 그는 눈을 감았다. 입은 벌써부터 다문 채였다. 소년은 거기 우뚝 서서, 잔뜩 긴장하여 움츠러든 채 아픔을 느끼는 양 숨을 들이마셨다. 그러곤 마법사의 눈을 똑바로 응시했다.

"제가 익힐 기술은 여기 곤트에 있습니다."

소년의 음성은 여전히 속삭임 수준이었다.

"저의 스승님은 헬레스 님이십니다."

이 말을 듣고, 진정한 이름이 헬레스였던 마법사는 소년과 똑같이 움직이지 못하고 우뚝 서 버렸다. 그는 소년이 마침내 시선을 떨어뜨릴 때까지 지그시 마주 바라보았다.

침묵 속에서 바닷말은 소년의 이름을 찾았고 두 가지 영상을 보았다. 잣송이, 그리고 '다문 입술'이라는 룬 문자였다. 더욱 깊이 찾아 들어가자 마음속에 하나의 이름이 생겨났지만 그는 그것을 말하지는 않았다.

"나는 가르치는 것, 말하는 것에 지쳤단다."

바닷말이 말했다.

"나에게는 침묵이 필요해. 그래도 괜찮겠느냐?"

소년은 한 번 고개를 끄덕했다.

"그러면 나는 너를 '침묵'이라고 부르겠다. 잠은 서향 창문 아래 구석 자리에서 자면 된다. 장작 광에 낡은 짚 요가 있다. 꺼내서 바람을 쐬렴. 생쥐까지 같이 끌고 들어오진 마라."

그러고 나서 그는 '큰벼랑'을 향하여 성큼성큼 걸어가 버렸다. 자신을 찾아온 소년에게 화가 났으며 소년을 들여놓은 자기 자신에게도 화가 났다. 그러나 그의 심장을 고동치게 만드는 것은 분노가 아니었다. 큰걸음으로 걸어가면서(그 무렵에는 큰걸음으로 걸을 수가 있었다.), 바닷바람은 계속해서 왼쪽에서 불어닥쳐오고 이른 아침 햇살은 광대한 곤트 산 그림자 너머 바다 위에 비치는 가운데, 바닷말은 로크의 대마법사들을 생각했다. 그들은 마법 기예의 달인들이며 신비와 힘을 전문적으로 다루는 선생들이다.

"저 애가 그들에게 버거웠단 말이지, 응? 당연히 나한테도 버겁겠지."

바닷말은 생각하고 빙그레 웃음 지었다. 그는 평화로운 사람이었지만 약간의 위험은 개의치 않았다.

그리하여 바닷말은 멈춰 서서 발 아래 흙을 느꼈다. 늘 그렇듯이 맨발이었다. 로크의 학생이었을 무렵에는 신발을 신었다. 그러나 마법사의 지팡이를 따내어 고향인 곤트로, 르 알비로 돌아왔을 때 그는 신발을 차 던져 버렸다. 바닷말은 가만히 서서 발밑으로 마른 흙과 바위의 감촉을 느끼고, 그 아래 버티고 선 절벽을 느끼고, 그 아래 어둠 속에 잠겨 있는 모든 섬의 뿌리를 느꼈다. 물 아래 어둠 속에서 섬들은 모두 서로 닿아 있으며 하나이다. 바닷말의 스승 아르드는 그렇게 말했다. 그리고 로크 섬의 선생님들도 그렇게 말했다. 그러나 이것은 그의 섬이고 그의 바위이며 그의 흙이었다. 그의 마법이 여기서 자라났다. "제가 익힐 기술은 여기 곤트에 있습니다." 소년은 그렇게 말했다. 그러나 기술을 넘어서는 심오한 것이 있다. 그것이, 아마도, 바닷말이 소년에게 가르쳐 줄 수 있는 뭔가일 것이다. 마법 기술보다 더욱 깊은 것. 바닷말이 여기 곤트 섬에서 배운 것, 로크로 가기 전에 배운 그 무엇이.

그러고 보면 소년은 지팡이를 가지고 있어야 했다. 넴머를이 어쩌자고 지팡이 하나 주지 않고 그를 로크에서 떠나보냈을까? 무슨 수련생이나 마녀처럼 빈손으로……. 그러한 힘은 방향성도 예고도 없이 떠돌아다녀서는 안 되는 것인데.

'내 스승에게도 지팡이는 없었지.'

바닷말은 생각했다. 그리고 동시에 또 생각했다, 소년은 바닷말에게서 지팡이를 얻기를 바라는 것이다. 곤트 섬의 참나무로 만든 지팡이를 곤트 마법사에게서 수여받고 싶은 것이리라.

'흠, 쓸 만한 녀석이라면 내가 만들어 줘야지. 제대로 입을 다물고 지낸다면 말이야. 그리고 내 전승책들도 물려줄 테다. 녀석이 닭장을 청소하고, 데인머의 주석을 이해할 수 있고, 그리고 입을 다물고 지낸다면.'

새로 온 제자 아이는 닭장을 청소했고 콩밭을 일구었고 데인머의 주석을 배우고 인라드 제도의 신비 전승을 배웠으며 입을 꼭 닫고 지냈다. 그는 귀 기울여 들었다. 바닷말이 하는 말을 들을 뿐 아니라 가끔은 생각까지도 들었다. 바닷말이 했으면 하는 일들을 했을 뿐 아니라 바닷말 자신이 원하는 줄 미처 깨닫지 못했던 일까지도 했다. 소년의 재능은 바닷말의 이끎을 크게 초월했다. 그러나 그래도 소년은 르 알비에 잘 온 것이었다. 그들 둘 다 그것을 알았다.

바닷말은 그 몇 년간 때때로 아버지와 아들이라는 문제를 생각했다. 바닷말은 마술사를 찾아내는 일을 했던 자기 아버지와 아르드를 스승으로 삼는 문제를 놓고 말다툼을 했더랬다. 바닷말의 아버지는 아르드의 제자 따위는 아들도 아니라고 고함을 질렀고 내내 화를 삭이지 못했으며 죽을 때까지 그를 용서하지 않았다.

바닷말은 젊은 남자들이 첫아들을 낳고 기뻐서 우는 것을 보았다. 가난한 사람이 건강한 아들을 낳을 것이라는 보장을 받고 마녀에게 1년 치 수입을 지불하는 것을 보고, 부자가 온통 황금으로 치장한 아기에게 폭 빠져서 그 얼굴을 만지며 속삭이는 것을 보았다. “나의 불멸이여!” 그는 사람들이 제 아들을 때리는 것과, 윽박지르고 굴욕감을 주고 마구 욕하고 닦아세우고 꺾어버리는 것을 보았다. 그들은 아들들에게서 비쳐 보이는 자신들의 죽음이 혐오스러웠던 것이다. 바닷말은 그 아들들의 눈 속에서 그 증오에 답하는 증오를 보고 위협을, 잔혹한 경멸을 보았다. 그것을 보면서 바닷말은 왜 자신이 아버지와 화해하려고 하지 않았던가를 알았다.

그는 어떤 아버지와 아들이 동틀 녘부터 해 질 때까지 함께 일하는 광경을 보았다. 늙은이는 눈먼 소를 몰고, 중년 사내는 쇠 날을 댄 쟁기로 쟁기질을 했다. 한마디 말도 없었다. 집으로 향할 때 늙은이는 아들의 어깨에 잠시 손을 얹었다.

바닷말은 그 광경을 쑥 기억했나. 요새 들어 그 광경을 떠올리곤 했다. 겨울날 저녁, 화덕 건너 고개 숙인 가무잡잡한 얼굴을 보면서……. 전승책을 보고 있거나 고쳐야 할 윗옷을 보는 침묵의 얼굴이다. 눈길은 아래를 향해 있고, 입은 다문 채이고, 영혼은 귀 기울여 듣고 있다.

"운 좋은 마법사라야 일생에 한 번, 얘기 나눌 상대를 찾을 수 있지."

바닷말이 로크를 떠나기 하루인가 이틀 전 밤에 넴머를은 그렇게 말했다. 대현자로 선출되기 일이 년 전이다. 넴머를은 조형사였으며, 바닷말이 학교에서 만난 선생들 중에서도 가장 자상한 사람이었다.

"자네가 남았더라면 우리는 서로 얘기할 수 있었을 거야, 헬레스."

바닷말은 잠시 동안 뭐라고 답을 할 수 없었다. 그런 다음, 자기가 배은망덕하다는 죄책감을 느끼고 또 기어코 떠나야만 할 건 뭔가 하는 의심도 들어서 더듬더듬 말했다.

"스승님, 저는 머물고 싶습니다. 하지만 제 일이 곤트에 있어요. 여기였더라면 좋았을 거라 생각합니다, 스승님과 함께……."

"자네가 있을 필요 없는 장소들을 모조리 가 보지 않고도 어디에 가 있어야 하는지 안다는 건 드문 재능이지. 그래, 때때로 나에게 학생을 보내 주게나. 로크에는 곤트 마법이 필요해. 우리는 여기서 뭔가를 배제하고 있다고 생각하네, 알 가치가 있는 어떤 것을 말이야……."

바닷말은 학교로 학생들을 보냈다. 세 명인가 네 명, 각자 이런저런 방면에 재능을 가진 착한 소년들이다. 그러나 넴머를이 기다리던 한 명은 자기 뜻대로 갔다가 떠나왔으며, 로크에서 그녀석을 어떻게 생각했을지 바닷말은 알지 못했다. 물론 침묵도 말하지 않았다. 침묵이 거기서 다른 몇몇 소년들이 육칠 년 걸려 배우는 것, 많은 수가 끝까지 결국 달성하지 못하는 것을 이삼 년 안에 배웠다는 사실은 명백했다. 침묵에게 그것은 그저 기초 다지기에 불과했다.

"왜 처음부터 나에게 오지 않았지? 그런 다음에 로크로 가서 기술에 광택을 내면 좋잖아?"

바닷말이 다그쳤다.

"스승님의 시간을 낭비시켜 드리고 싶지 않았습니다."

"넴머를 님은 네가 나와 함께하러 오는 줄 아셨느냐?"

침묵은 고개를 저었다.

"어쩔 생각인지 제대로 말씀을 드렸으면 나에게 전갈을 보내셨을 텐데."

침묵은 한 대 맞은 듯했다.

"그분이 스승님의 친구셨나요?"

바닷말은 멈칫했다.

"내 스승이셨다. 어쩌면 친구가 될 수 있었겠지, 내가 로크에 눌러앉았더라면. 마법사에게 친구가 있나? 차라리 마누라가 있고 아들이 있겠지……. 언젠가 그 어른이 나에게 말씀하시길 우리 세계에서 이야기 나눌 만한 사람을 찾는 이는 행운아라고 하셨어……. 마음에 새겨 둬라. 네가 행운아라면, 어느 날엔가는 기어코 입을 열게 될 거야."

침묵은 생각에 잠겨 덥수룩한 머리를 숙였다. 바닷말이 덧붙였다.

"그 입이 닫힌 채 녹슬어 버리지 않는다면 말이지만."

"하라고 하시면 말을 할게요."

너무도 진지하게, 너무도 기꺼이 자기 천성을 깡그리 부정해 버리며 요구에 부응하려 하는 젊은이의 모습에 마법사는 웃을 수밖에 없었다.

"그러지 말라고 내가 그랬지. 내가 말한 건 내 얘기가 아니야. 난 너끈히 두 사람 몫을 지껄이니까. 신경 쓰지 마라. 때가 되면 무슨 말을 해야 할지 알게 돼. 그게 마법이 아니겠냐, 응? 무슨 말을 할지, 또 언제 그 말을 할지 아는 것. 그 나머지는 침묵이지."

젊은이는 3년간 바닷말의 집 조그만 서쪽 창 아래의 잠자리에서 잠을 잤다. 그러면서 상급 마법을 배우고 닭 모이를 주고 소젖을 짰다. 딱 한 번, 침묵이 바닷말에게 염소를 키우자고 했다. 아마 한 일 주일 아무 말도 하지 않은 끝이었다. 춥고 눅눅한 가을철의 한 주였다. 그가 말했다.

"염소를 키워 보시죠."

바닷말은 커다란 전승책을 탁자 위에 펼쳐 놓고 있었다. 그는 몇 세기 전 펀다우르의 영향을 받아 힘을 잃고 산산조각 난 아카스탄 주문들 중 하나를 다시 짜 맞추는 데 골몰한 참이었다. 그는 빈 곳 한 군데를 채워 줄 잃어버린 단어를 지금 막 감지하려는 참이었다. 금방이라도 손에 넣을 것 같았다. 그런데…….

"염소를 키워 보시죠."

침묵이 말했다.

바닷말은 자기가 말 많고 벌컥 화내곤 하는 성질 급한 사람이라고 생각하고 있었다. 젊은 시절에는 욕설을 내뱉지 말아야 한다는 것이 큰 부담이었으며, 30년간 도제들과 손님들, 암소와 닭들의 미련함이 그를 무던히도 시험했다. 도제들과 손님들은 그의 혀를 겁냈지만 소나 닭은 그가 성질을 터뜨려도 본척만척했다. 바닷말은 이전에 침묵에게 화내 본 적이 없었다. 아주 길게 사이가 떴다.

"뭐 하게?"

침묵은 분명 사이가 길게 뜬 것이나 바닷말의 목소리가 극히 부드럽다는 것을 눈치 채지 못했다.

"젖을 짜고 치즈를 만들고 새끼염소 구이에, 친구도 되죠."

"넌 염소 키워 본 적 있느냐?"

바닷말이 똑같이 부드럽고 예절 바른 목소리로 물었다.

침묵은 고개를 저었다.

그는 사실 곤트 항에서 태어난 도회지 소년이었다. 자기 자신에 관한 일은 아무것도 말한 바가 없지만, 바닷말이 어느 정도 에둘러 물어보긴 했다. 아버지는 부두의 노동자였는데 큰 지진에 죽었다. 침묵이 일고여덟 살 되었을 때다. 어머니는 부두 여관의 요리사였다. 소년이 열두 살이 되었을 때 무슨 말썽이 있어서(틀림없이 마법으로 뭔가 실수를 저질렀을 터였다.), 어머니는 어찌어찌 그를 존경할 만한 발 하구의 마술사 엘래슨에게 보내 도제로 삼아 달라고 했다. 거기서 그는 진짜 이름을 찾아내어 받고, 다른 건 몰라도 목수 일과 농장 일만큼은 대충 배웠다. 그렇게 3년이 지나자 엘래슨은 정말 너그럽게도 침묵이 로크까지 갈 여비를 지불해 주었다. 바닷말이 아는 건 거기까지였다.

"난 염소 치즈가 싫다."

바닷말이 말했다.

늘 그랬듯, 침묵은 고개를 끄덕이며 받아들였다.

그 뒤 몇 년간 바닷말은 때때로 침묵이 염소를 키우자고 했을 때 자기가 화내지 않았던 것을 회상했다. 그 기억은 매번 무르익은 배를 마지막 한 입까지 깨물어 먹는 듯한 조용한 만족감을 안겨 주었다.

이어진 며칠 동안 놓쳐 버린 그 단어를 다시 붙잡느라 애쓴 끝에, 바닷말은 침묵에게 아카스탄 주문들을 연구해 보도록 시켰다. 둘이 함께 한참이나 고생을 거쳐 마침내 성과를 거두었다. 바닷말은 말했다.

"눈먼 황소를 부려서 쟁기질을 한 꼴이지."

그가 곤트산 참나무로 만든 지팡이를 침묵에게 준 것은 그 후로 그리 오래지 않아서였다.

그리고 곤트 항의 영주가 다시 한번 바닷말에게 내려와 곤트 항에서 일을 보아 달라고 조르자 바닷말은 침묵을 대신 내려 보냈고, 침묵은 곤트 항에 머물렀다.

그리고 바닷말은 자기 집 문간에 서 있었다. 손에는 달걀 세 개를 쥐었고, 등에는 차가운 빗물이 흘러내렸다.

이 자리에 얼마나 오래 서 있었을까? 왜 여기 서 있는 걸까? 그는 진흙에 생각이 미쳤고 마루가, 침묵이 생각났다. 나가서 큰벼랑 위 길을 걸었던가? 아니다, 그건 예전 일, 몇 년이나 전 햇빛 비치던 날의 일이다. 지금은 비가 내렸다. 그는 닭 모이를 주었고 달걀 세 알을 가지고 집으로 돌아왔다. 달걀들은 손 안에서 아직까지 따뜻했다. 뜨뜻미지근하고 보드라운 갈색 달걀들, 그리고 천둥 소리가 아직도 그의 마음속에 남아 있었다. 천둥의 떨림이 뼈 속에, 그의 두 발에 느껴진다. 천둥이라고?

아니다. 천둥은 한참 전에 울렸다. 이건 천둥이 아니야. 바닷말은 전에 이런 기묘한 감각을 느낀 적이 있었는데 무엇인지 몰랐다. 전에……, 언제? 오래전에, 그가 지금 생각했던 세월들보다 더 전에. 언제였더라, 언제 이랬더라……? 지진이 일어나기 전이었지. 지진이 일어나기 직전에. 엣사리 해안이 두 마장이나 바다로 쑥 곤두박질치고, 마을이 폐허가 되어 사람들이 깔려 죽고, 엄청난 파도가 곤트 항의 선착장을 집어삼키기 직전에.

그는 발바닥의 신경으로 땅을 느끼기 위해 문간에서 내려가 흙을 밟았지만 질척한 진흙이 그에게 전해질 신호를 망쳤다. 바닷말은 달걀들을 문간에 내려놓고, 그 옆에 앉아서 층계 곁에 놓아둔 항아리의 빗물로 두 발을 씻고, 항아리 손잡이에 걸어놓은 천으로 물기를 걷고, 천을 헹구어 짜서 항아리 손잡이에 걸고, 달걀들을 집어 든 다음, 천천히 일어서서 집 안으로 들어갔다.

그는 문 뒤 구석진 곳에 기대 세워져 있는 자기 지팡이에 날카로운 눈길을 던졌다. 달걀을 찬장에 넣고, 배가 고팠기 때문에 사과 한 알을 급히 먹어 치운 다음 지팡이를 쥐었다. 지팡이는 주목(朱木)인데 아래쪽 끝은 구리를 대었고 손으로 잡는 곳은 닳아빠져 비단처럼 매끄러웠다.

"서라!"

바닷말은 그것의 언어를 사용하여 말하고 손을 놓았다. 지팡이는 마치 받침대에 꽂아 놓기라도 한 것처럼 꼿꼿이 섰다.

"뿌리에 닿도록."

그는 조급하게 말했다. 창조의 언어였다.

"뿌리에 닿도록!"

바닷말은 반짝이는 마루 위에 곤두선 지팡이를 바라보았다. 잠시 보고 있으니 지팡이는 아주 미미하게, 파르르 떨렸다.

"어이쿠, 어이쿠……."

늙은 마법사가 중얼거렸다. 그러고는 한참 후에 큰 소리로 혼자 말했다.

"어떻게 해야 한담?"

지팡이는 흔들리다가, 정지했다가, 다시 부르르 떨었다.

"이제 그건 됐다, 귀염둥아."

바닷말이 말하며 손을 얹었다.

"따져 보자고. 계속해서 침묵이 생각난 것도 무리가 아냐. 그 녀석을 불러야……, 불러야 하는데……. 안 돼. 아르드가 뭐랬더라? 중심을 찾아라, 중심을 찾으랬지. 해야 할 질문이 이거야. 이게 바로 할 일이야……."

그렇게 혼자 중얼거리면서 바닷말은 묵직한 외투를 찾아 꺼내고 앞서 피워 놓았던 자그마한 불 위에 물을 올렸다. 그러면서 자기가 늘 이렇게 혼잣말을 해 댔던지, 침묵이 함께 살던 시절에도 노상 중얼거리고 있었던 것인지 의아해했다. 아냐. 이건 침묵이 떠난 다음에 버릇이 된 거야. 바닷말은 그렇게 생각했다. 그의 마음 한 부분은 계속해서 일상적인 생각에 할애하고 있었지만 나머지 부분은 파멸과 공포를 준비하고 있었다.

바닷말은 밤새도록 바깥에 있어야 할 경우에 대비해 새 달걀 세 개와 찬장 안에 있던 것 한 개를 모두 완숙으로 삶아서 사과 네 알과 나뭇진으로 처리한 포도주 한 주머니와 함께 가방에 담았다. 무거운 외투에 눌려 쑤시는 어깨를 추썩이고, 지팡이를 집어 들고, 불이 꺼지도록 한마디 한 후 집을 나섰다.

바닷말은 이제 암소를 키우지 않았다. 그는 멈춰 서서 닭을 치는 안마당을 바라보며 망설였다. 근자에 여우가 과수원에 들락거렸다. 하지만 자기가 떠나 있는 동안에는 닭들이 알아서 모이를 찾아 먹어야 할 것이다. 위험을 감수하고 살아남아야지, 다른 모든 것들도 마찬가지잖아? 그는 닭장 문을 조금 열었다. 비는 이제 안개 같은 가랑비에 지나지 않았지만 닭들은 처마 밑에 깃을 부풀리고 처량하게 웅크린 채였다. 오늘 아침 '왕'은 아예 꼬끼오 소리를 내지 않았다.

"나에게 무슨 할 말이 있느냐?"

바닷말이 닭들에게 물었다.

그가 제일 귀여워하는 갈색둥이가 몸을 부르르 떨더니 몇 번 꼬꼬댁거렸다. 다른 놈들은 아무 소리가 없었다.

"그럼, 조심들 해라. 보름날 밤에 여우를 봤단다."

바닷말은 그렇게 말하고 갈 길에 올랐다.

걸어가면서 바닷말은 생각을 했다. 힘들여 생각했다. 그는 회상했다. 할 수 있는 한껏, 그를 가르친 이가 오래전 단 한 번 말했던 것들을 돌이켜 생각했다. 기묘한 것들이다, 너무 기묘해서 그것이 진짜 제대로 된 마법인지 아니면 로크에서 말하는 대로 '마녀 술수'에 지나지 않는지 분간이 가지 않았다. 로크에서는 물론 절대 들어 본 적 없는 것들이며, 그 자신도 거기서는 그런 것들을 한번도 입에 올린 일이 없었다. 스승인 대마법사들이 그따위 것들을 진지하게 믿는 자신을 멸시할까 봐 두려웠는지도 모른다. 어쩌면 그들이 이해 못할까 봐 두려웠는지도……. 왜냐하면 그것들은 곤트 섬 마법이고, 곤트의 진리들이기 때문이다. 그 마법들은 심지어 아르드의 전승책에도 적혀 있지 않았다. 그 책은 위대한 현자인 페레갈의 엔나스에게서 전해 내려온 것이었는데, 그 마법들은 모두 입말로 전해졌다. 부인할 수 없는 진실이다.

스승은 그에게 이렇게 말했다.

"산을 읽어야 할 경우에는 시미어네 소 치는 풀밭 꼭대기 '검은 연못'으로 가라. 거기 서면 길들이 보이지. 중심을 찾아야 해. 어디로 들어갈지를 봐야지."

"들어간다고요?"

어렸던 바닷말이 속삭였다.

"밖에서 뭘 할 수 있겠니?"

바닷말은 한참이나 조용히 있다가 겨우 말했다.

"어떻게요?"

"이렇게."

아르드는 말한 다음 긴 팔을 뻗쳐 위로 쳐들어 주문을 펼쳤다. 바닷말은 훗날 그것이 대단한 변신 주문이었음을 알게 되었다. 아르드는 주문의 단어들을 이상하게 뒤틀어 말했는데, 마법 스승들은 반드시 이렇게 해야만 했다. 안 그러면 주문이 실행되어 버리기 때문이다. 바닷말은 틀린 말들을 제대로 고쳐 듣는 요령을 알고 있었고, 그 주문을 들어 외웠다. 아르드가 주문을 마치자 바닷말은 주문의 일부인 그 기묘하고 우스꽝스러운 몸짓을 반쯤 흉내 내면서 소리 내지 않고 마음속으로 한마디 한마디 되풀이해 보았다. 갑자기 그의 손이 멈추었다.

"하지만 이렇게 하면 돌이킬 수가 없어요!"

그가 소리 내어 말했다. 아르드가 끄덕였다.

"취소할 수 없는 주문이야."

오직 한 번만 말해질 '푸는 말'을 제외하고, 되돌리지 못할 변신이나 도로 주워 담지 못할 주문이 있는 줄 바닷말은 몰랐다.

“하지만 왜……?”

“필요에 따라서지.”

아르드는 말했다.

바닷말은 설명해 달라고 조를 만큼 멍청하지는 않았다. 그런 주문을 말할 필요가 자주 생길 리 없다. 자신이 그 주문을 사용할 가능성은 정말 희박했다. 바닷말은 그 무서운 주문을 마음 밑바닥에 가라앉도록 내버려 두었다. 천 가지나 되는 유용하거나 아름답거나 깨달음을 주는 작고 큰 마법들, 로크의 전승과 규칙들, 아르드가 그에게 남겨 준 책들에 담긴 지혜가 그 위로 켜켜이 덧쌓여 그 주문을 감추었다. 투박하고 기괴하며 아무 소용도 없는 그 주문은 60년 동안이나 그의 마음속 어두운 데에 방치되어 있었다. 빛과 보물과 어린아이들로 가득 찬 대저택 지하실에 남아 있는, 이제는 잊히고 만 이전 시대 집의 주춧돌처럼 말이다.

안개가 아직 산정을 덮고 있어도 비는 이제 그쳤다. 갈가리 조각난 구름 자락이 고지대의 숲 사이로 흘러 지나갔다. 내버려 두면 평생 곤트 산의 숲 속을 헤집고 다녔을 침묵처럼 지칠 줄 모르는 걷기꾼은 아닐지라도, 바닷말은 르 알비에서 태어났기에 곤트 산을 휘감은 온갖 길들을 자기 몸처럼 환히 알았다. 그는 리시의 우물에서 지름길을 택하여 한낮이 되기 전에 산 위 평평한 들판에 있는 시미어의 고지대 목장으로 나왔다. 천 길 아래에는 바람받이 반대편 비탈에 선 농장 건물들이 이제 온통 햇빛에 휩싸였고, 그 건너편에는 양 떼가 비구름처럼 움직여 갔다. 곤트 항과 그곳을 둘러싼 만은 내륙 쪽으로 불거진 언덕 비탈에 가려 있었다.

바닷말은 '검은 연못'이라고 생각되는 장소를 찾기까지 한동안 헤맸다. 작은 연못, 반은 진흙과 갈대로 메워진 연못이며, 알아볼락 말락 한 한 줄기 진흙 길이 그 물가로 나 있었다. 그리고 거기에는 염소 발굽 자국들뿐이었다. 이렇게 밝은 하늘 아래 고여 있는데도, 토탄 섞인 흙 지대보다 훨씬 높은 지대인데도 물이 시커멨다. 바닷말은 염소 발자국을 따라가다 진흙탕에 발이 미끄러져, 물에 빠지지 않으려다 발목을 접질리고는 투덜대었다. 물 고인 가장자리에서 그는 멈춰 섰다. 몸을 굽혀 발목을 문질렀다. 그러고는 귀를 기울였다.

완벽한 침묵이었다.

바람도 없었다. 새소리도 없었다. 멀리 들리는 염소의 매에에 소리나 음메 하는 소 울음도 없고 가축 부르는 외침도 없었다. 흡사 섬 전체가 숨죽이고 멈춘 듯했다. 파리 한 마리 붕붕대지 않았다.

바닷말은 거무스름한 물을 바라보았다. 거기엔 아무것도 비치지 않았다.

주저하면서, 그는 앞으로 걸음을 떼어 놓았다. 맨발로, 바짓

자락을 걷어올리고 갔다. 외투는 한 시간 전 해가 났을 때 이미 짐 속에 말아 넣은 터였다. 갈대가 다리에 스쳤다. 부드러운 진흙이 딛는 발을 빨아들일 듯했다. 속에는 갈대 뿌리가 잔뜩 뒤엉켜 있다. 바닷말은 천천히 점점 더 연못으로 들어가면서 아무 소리도 내지 않았다. 그가 움직이며 만들어 낸 둥근 물무늬와 찰박거림은 극히 작고 미미했다. 한참 들어가도 물은 얕았다. 그런 뒤 조심스레 내디딘 발에 바닥이 잡히지 않았으므로, 바닷말은 멈춰 섰다.

물이 진동했다. 제일 먼저 허벅지에 느낌이 왔다. 간지러운 털가죽 같은 잔물결의 찰랑거림이다. 그런 다음 눈에도 보였다. 연못 수면 전체가 떨림으로 뒤덮였다. 바닷말이 만든 둥근 물무늬가 아니다, 그것은 이미 가라앉아 없어졌다. 그런 것이 아니라 물이 파도치고, 더 거칠어지고, 몸서리를 치듯 부르르 떠는 것이었다. 다시, 또다시.

"어디지?"

바닷말은 속삭이듯 말하고, 다른 언어를 갖지 못한 천하 만물이 알아듣는 그 언어의 단어를 써서 다시금 크게 말했다.

침묵이 내렸다. 그런 뒤 출렁이는 검은 물로부터 물고기 한 마리가 뛰어올랐다. 그의 손만 한 회백색 물고기였다. 그것이 펄쩍 뛰면서 작지만 또렷한 음성으로, 같은 언어로 외쳤다.

"야베드!"

늙은 마법사는 그 자리에 서 있었다. 그는 곤트의 이름들에 관하여 자기가 아는 것을 모조리 되짚어 보았다. 모든 산비탈과 절벽과 협곡을 마음에 떠올리고, 잠시 후 야베드가 어디였는지 알아냈다. 그곳은 산등성이가 갈라지는 지점, 곤트 항에서 내륙으로 접어드는 곳, 도시 위쪽으로 불거져 오른 언덕들 깊숙이였다. 바로 단층이 진 곳이다. 거기가 지진의 중심이라면 도시가 무너져 내릴지도 모른다. 산사태가 일어나고 해일이 덮치리라. 손뼉을 치며 두 손을 합치듯 부두 양쪽 벼랑이 닫혀 버릴 것이다. 바닷말은 진저리를 쳤다. 연못물과 똑같이 온몸이 떨려 왔다.

바닷말은 몸을 돌려 물가로 나갔다. 찰방거리는 물과 몰아쉬는 숨소리로 정적을 깨는 것도 개의치 않고, 발 디딤도 조심하지 않고 허둥지둥 나갔다. 고생고생하며 갈대밭 사이로 난 길을 헤치고 되짚어 올라가 마른땅과 거친 풀이 있는 곳에 다다랐고, 그러자 잉잉대는 각다귀며 귀뚜라미 소리가 들려왔다. 바닷말은 그제야 땅에 앉았다. 다리가 후들후들 떨렸기 때문에 털퍼덕 주저앉고 말았다.

"소용없어."

그는 자기 자신을 향해 하드 어로 말했다. 그런 다음 말했다.

"난 못 해."

그러고는 다시 말했다.

"나 혼자서는 못 해."

침묵을 부르기로 마음을 정하고도 정신이 산란하여 주문 첫머리가 도무지 생각나지 않았다. 60년 동안이나 알고 있던 것인데도! 겨우 기억이 났는가 싶자 바닷말이 외기 시작한 것은 부르기가 아닌 소환 주문이었다. 자기가 무슨 짓을 하고 있는지를 깨닫기도 전에 주문은 작용하기 시작하여, 그는 멈추고는 한마디 한마디 무효화했다.

그는 풀을 한 움큼 뽑아 발과 다리에 묻은 질척한 진흙을 훔치려 했다. 진흙은 아직 마르지 않아서 피부에 문질러 발라질 뿐이었다.

"진흙은 질색이야."

바닷말은 두덜거렸다. 그러곤 입을 꽉 다물고 다리를 닦아 내려던 노력을 멈추었다.

"흙아, 흙아."

그는 자기가 앉은 땅을 부드럽게 토닥이며 불렀다. 그러고는 아주 천천히, 아주 조심스럽게, 부르기 주문을 외기 시작했다.

*

곤트 항의 번잡한 선창으로 내려가는 번잡한 길거리에서, 마법사 오지언은 느닷없이 멈춰 섰다. 옆에 있던 선장은 몇 걸음 더 걸은 후에야 돌아보고 오지언이 공중에 대고 혼자 말하는 것을 보았다.

"하지만 전 가겠습니다, 스승님!"

그러고는 잠시 사이가 뜬 후에 다시 말했다.

"시간이 얼마나 남았지요?"

그런 뒤 퍽 오랜 간격이 있고, 오지언은 허공에다 선장이 알아듣지 못할 언어로 뭐라고 말했다. 그러고는 순간적으로 그의 몸 주위를 어둡게 만든 무슨 몸짓을 했다.

"선장님, 죄송합니다. 선장님 배의 돛에 주문 거는 것은 미뤄야 하겠습니다. 지진이 가까웠어요. 온 도시에 경고를 내려야 합니다. 내려가서 말씀 좀 해 주십시오, 항해할 수 있는 배는 모조리 바깥바다로 나가라고요. '창칼벼랑'을 지나서 확실하게 밖으로 나가 있어야 해요! 행운을 빕니다."

그러고 나서 그는 몸을 돌려 온 길을 도로 달려 올라갔다. 덥수룩한 머리가 이제 희끗해져 가는, 키가 훤칠하고 굳센 사내가 수사슴처럼 달렸다.

*

곤트 항은 가파른 절벽 해안 사이의 길고 좁은 만 끄트머리에 자리 잡고 있었다. 바다에서 항구로 접어드는 입구는 두 개의 높다란 곶인데, 바로 항구의 대문인 창칼벼랑으로서 간격이 백 자도 떨어져 있지 않다. 곤트 항의 주민들은 해적을 염려하지 않았다. 그러나 그들의 안전이 한편으로는 위험이기도 했다. 기다란 만은 대지의 단층을 따라 생겨난 것이며, 벌어진 입은 다물어질 수도 있는 것이다.

항구 도시에 경고를 발하기 위하여 할 수 있는 일을 다하고, 겁에 질려 제정신을 잃은 사람들이 몇 개 되지 않는 출로에 몰려들어 참변이 일어나는 일을 막고자 문지기들과 항구 경비대 전원이 전력을 다하는 것을 본 후에, 오지언은 항구 신호탑 안의 한 방에 혼자 처박혔다. 그는 문을 걸어 잠갔다. 모든 사람이 동시에 그를 원했던 것이다. 그런 다음 오지언은 저 산 위 시미어의 소 목장에 있는 검은 연못으로 마법의 환영을 보냈다.

나이 든 스승은 연못 근처 풀밭 위에 앉아서 사과 한 알을 먹던 참이었다. 부스러진 달걀 껍데기가 두 다리 곁 땅바닥에 희끗희끗했다. 다리에는 말라 가는 진흙이 떡져 있었다. 위를 올려다보아 오지언의 환영을 보고서 스승은 커다랗게 기분 좋은 미소를 띠었다. 그러나 그는 늙어 보였다. 이전에는 이렇게 늙어 보인 일이 없었다. 오지언은 벌써 1년 넘게 스승을 뵙지 못했다, 바빴던 것이다. 곤트 항에서 그는 언제나 바빴다. 귀족들과 일반 주민들의 일을 돌보아 주느라고, 산비탈 숲 속을 거닐거나 가서 르 알비의 작은 집에 헬레스와 함께 앉아 가만히 귀 기울일 틈이 전혀 없었다. 헬레스는 늙은 사람이었다. 이제 거의 여든이다. 그런 데다 두려움에 젖어 있었다. 그는 오지언을 보자 기뻐서 미소 지었지만 그럼에도 두려움에 젖어 있었다.

헬레스는 거두절미하고 말했다.

"우리가 해야 할 일은 단층이 심하게 미끄러져 나가지 않게 붙드는 거다. 넌 '대문'에서 하고 나는 산의 내부에서 안쪽 끝을 잡는 거야. 함께 일하는 거지, 알겠느냐. 어쩌면 우리가 해낼 수 있을지 몰라. 지층이 솟구쳐 오르는 게 느껴지는데, 너도 느껴지냐?"

오지언은 고개를 저었다. 그는 자기의 환영을 헬레스 곁 풀 위에 앉게 했다. 그러나 환영이 밟거나 앉는 것은 풀줄기들을 굽혀 놓지도 못했다.

"제가 한 일은 도시를 혼돈에 빠뜨리고 배들을 만 밖으로 내보낸 것뿐입니다. 느끼신다는 게 대체 뭐지요? 어떻게 그것을 느끼시나요?"

그것은 현자들끼리 주고받는 기술적인 질문이었다. 헬레스는 대답하기 전에 머뭇거렸다.

"나는 이걸 아르드에게서 배웠다."

이렇게 대답하고 나서 그는 다시 말을 멈췄다.

그는 오지언에게 자기 첫 스승에 대해서 한마디도 얘기해 준 적이 없었다. 곤트 출신 마술사, 곤트에서조차도 아무 명성이 없고 아마 좋지 못한 평판이나 있었을 마술사이다. 오지언이 아는 것은 오직 아르드가 결코 로크에 갔던 일이 없으며 페레갈에서 훈련을 받았다는 것과, 무엇인가 불분명하고 명예롭지 못한 점이 그 이름에 그늘을 드리우고 있다는 것뿐이었다. 헬레스가 마법사치고 말이 많은 편이기는 해도 어떤 화제들에 관해서는 돌처럼 침묵했다. 침묵을 존중하는 오지언은 말할 것도 없어, 그는 스승의 스승 일을 결코 묻지 않았다.

"이건 로크 마법이 아니야."

노인이 말했다. 마지못해 말하는 듯 메마른 음성이었다.

"그렇긴 해도 균형에 반하는 일은 아니지. 끈적거리는, 그런 건 아니라고."

그것은 악한 행위를 가리키는 그의 말이었다. 이득을 노리는 주문, 저주, 흑마술, 이런 것들은 '끈적거렸다.'

잠시 후에, 무슨 말로 말할지 말을 고르며 헬레스가 뒤를 이었다.

"흙이야. 바위지. 땅의 마법이거든. 오래된 거야. 아주 오래됐어. 곤트 섬만큼이나 오래되었지."

"옛 힘들인가요?"

오지언이 낮게 물었다.

"확실히는 몰라."

"그 마법이 정말 땅을 통제할 수 있나요?"

"그보다는 땅에 직접 스며든다고 해야겠지, 아마도. 그 속으로 말이다."

노인은 먹고 남은 사과 속과 큰 계란 껍데기 조각들을 푸석푸석한 흙으로 묻어 버린 다음 그 위를 손으로 다독여 말끔하게 만들었다.

"물론 난 그 주문을 알고 있지만 뭘 어떻게 해야 하는지는 하면서 배워야 해. 큰 주문들은 그게 문제지, 안 그러냐? 실제로 할 때에 비로소 자기가 하고 있는 걸 배우게 된단 말이야. 연습할 기회가 없지."

그는 위를 보았다.

"아하, 이거야! 너도 느끼느냐?"

오지언은 고개를 저었다.

"팽팽해졌어."

헬레스는 말하면서 손으로는 여전히 무심하게, 겁 먹은 암소를 토닥이듯 다정하게 흙을 다독였다.

"이제 금방이야, 난 그렇게 생각해. 항구의 문을 열어 둘 수 있겠느냐, 얘야?"

"뭘 하려고 하시는지 말씀해 주세요……."

그러나 헬레스는 머리를 흔들었다.

"안 돼. 시간이 없다. 네가 알 일이 아니다."

그는 땅이나 공기에서 느껴지는 것 때문에 점점 더 산만해졌다. 그리고 그런 스승을 통해서 오지언도 꽉 죄어드는, 참을 수 없는 긴장을 느낄 수가 있었다.

그들은 말없이 앉아 있었다. 위기는 지나갔다. 헬레스는 조금 태도를 풀고 미소까지 띠었다. 그가 말했다.

"아주 오래된 거야, 내가 하려는 건 말이다. 막상 닥치니 그에 관하여 좀 더 많이 생각을 해 봤더라면 좋았겠다 싶구나. 너에게 전해 주었어도 좋았을걸. 하지만 어째 조야한 것 같아서. 투박하지……. 어디서 배운 건지 그녀는 나에게 말해 주지 않았어. 여기서겠지, 물론……. 아무튼 세상엔 온갖 종류의 지식이 존재하지 않느냐."

"그녀라고요?"

"내 스승 아르드지."

헬레스는 위를 보았다. 그 얼굴은 읽을 수 없었다. 그 표정은 아마도 짓궂은 장난기를 품고 있는 듯했다.

"몰랐느냐? 하긴, 내가 아무 말 안 했겠지. 나는 스승님이 여자라고 해서 그녀의 위대한 마법에 무슨 차이가 생길까 의아했단다. 아니면 내가 남자라고 해서 내 마법이 뭐가 달라지는지……. 문제가 되는 건, 내가 보기엔, 우리가 누구의 집에 사는가 하는 거였어. 그리고 우리가 그 집에 누구를 불러들이느냐 하는 것하고. 이런 종류의 일은……, 왔다! 또 왔구나……."

갑작스럽게 용을 쓰며 꼼짝하지 않는 모습, 내부에 주목한 채 팽팽히 긴장한 그 얼굴은 산고를 겪으며 자궁이 수축하는 것을 느끼는 여자와 비슷했다. 그것이 오지언에게 든 생각이었고, 질문할 때에도 그 생각을 떨칠 수 없었다.

"산의 내부에서 붙잡는다는 게 무슨 말씀이세요?"

경련이 지나갔다. 헬레스가 대답했다.

"산 덩어리 안으로 들어간다는 거지. 야베드에서."

그는 저 아래 울룩불룩 솟이 있는 언덕들을 가리켰다.

"내가 들어가서 지층이 미끄러져 돌아다니지 않게 잡고 있을 거다, 알겠니? 실제 하게 되면 방법을 찾아낼 거야, 분명히. 너는 이제 너 자신으로 돌아가야 할 것 같다. 상황이 점점 긴박해지는구나."

그는 다시 멈추었다. 마치 그 자신이 격렬한 고통을 느끼는 것처럼 몸을 굽히고 주먹을 부르쥐었다. 그는 일어서려고 버둥거렸다. 오지언은 미처 생각지 못하고 부축하려고 손을 내밀었다.

"쓸데없이."

늙은 마법사가 빙그레 웃고 말했다.

"넌 바람이고 햇빛일 뿐이야. 이제 난 흙과 돌이 될 거란다. 넌 계속 그대로 해 나가면 돼. 잘 있어라, 에이할. 입구가……, 입구가 닫히지 않게 지켜라. 한번쯤은 입을 열기도 해야지, 응?"

순종적인 오지언은 곤트 항에 있는, 물건이 가득하고 태피스트리가 걸린 방 안으로 자기 자신을 도로 불러들였다. 그는 창을 열고 기다란 만 저 끝에 자리 잡은 창칼벼랑을 볼 때까지 노인의 농담을 이해 못했다. 바위로 된 그 입은 당장이라도 콱 다물어질 듯했다.

"그렇게 할게요."

오지언은 말하고 그 일에 착수했다.

*

"내가 해야 하는 일은 말이야, 산의 내부로 들어가는 거란다."

이제는 침묵이 곁에 없지만 그를 상대로 말하는 것이 일종의 위안이 되었으므로, 늙은 마법사는 계속해서 침묵에게 말을 걸었다.

"직통으로 들어가는 거지. 마술을 쓰는 탐지자들이 하는 식이 아니야. 거기 있는 것들 틈새로 미끄러져 지나가며 훔쳐보고 맛을 보는 그런 게 아니라고. 더 깊어. 완전히 들어가는 거야. 핏줄 정도가 아니라 뼈까지 들어가지. 자."

그러곤 고지대 풀밭에 홀로 서서, 정오의 햇빛을 받으며, 헬레스는 위대한 주문을 여는 초대의 몸짓으로 두 팔을 넓게 벌렸다. 그러고는 주문을 읊었다.

아르드가 가르쳐 준 주문을 말했는데도 아무 일도 벌어지지 않았다. 그의 옛 스승이었던 마녀, 말투가 매섭고 길고 여윈 두 팔을 지녔던 그녀가 말했을 때는 틀린 채로 말한 것이지만 지금은 진정으로 말한 것이었다.

아무 일도 벌어지지 않았으므로, 그는 햇빛과 바닷바람을 한탄할 시간이 있었다. 그리고 주문을 의심하고 자기 자신을 의심했다. 그런 후에야 땅이 그의 주위로 솟아올랐다. 메마르고 따뜻한, 캄캄한 땅이었다.

그 속에서 그는 서둘러야 한다는 사실을 알았다. 대지의 뼈가 움직이려고 진통하고 있었고, 그것들을 인도하려면 자신이 그것들로 화해야만 했다. 그러나 서두를 수가 없었다. 어떤 변신에든 뒤따를 수밖에 없는 혼란이 그를 휩쌌다. 그는 여우가 돼 본 적이 있고, 황소도 돼 보았고, 잠자리도 되었더랬다. 그러므로 다른 존재가 된다는 것이 어떤 것인지 알았다. 하지만 이것은 달랐다, 이 느리게 부풀어 오르는 느낌은…….

'나는 엄청나게 커지고 있군.' 그가 생각했다.

그는 야베드 쪽으로, 동통이 있는 그곳을 향해 뻗어 나갔다. 거기 거의 근접했을 때 서쪽으로부터 엄청난 힘이 그의 내부로 흘러드는 것을 느꼈다. 침묵이 어떻게든 그의 손을 붙잡고야 만 듯했다. 그 접점을 통하여 그는 자기 힘을 보낼 수 있었다. 바로 곤트 산의 힘을 보내어 도울 수가 있었다.

'돌아오지 않을 거라고 말하지 않았는데.'

그는 생각했다. 하드 어로 생각한 마지막 생각이며, 마지막 아쉬움이었다. 왜냐하면 그는 이제 산의 뼈가 되었기 때문이다.

그는 불이 흐르는 동맥을 느끼고 거대한 심장 박동을 알았다. 그는 해야 할 일을 알고 있었다. 그의 말은 이제 인간의 말이 아니었다.

"가만있어, 가만히. 그래, 그래. 그대로 멈춰. 그래, 그렇지. 우리 이제 진정하자고."

그리고 그는 긴장을 풀었다. 가만히 있었다. 그대로 단단히 멈추어 있었다. 바위 속의 바위가 되어, 땅속의 땅이 되어, 산 중심의 불타는 어둠 가운데 머물러 있었다.

*

거리가 파도에 덮였다 나왔다 하고 조약돌이 파도에서 튕겨 나오며, 진흙 벽돌로 쌓은 벽은 터져서 먼지로 화하고, 창칼벼랑이 신음을 토하며 안쪽으로 기울어질 때 사람들이 본 것은 자기들의 현자인 오지언이었다. 그는 홀로 부두의 신호탑 지붕 위에 서 있었다.

사람들이 본 것은 오지언이었다, 그는 두 손을 앞으로 쳐들고 힘을 쓰며 양쪽으로 갈라놓으려는 움직임을 하고 있었다. 그러자 그 손짓에 따라 벼랑이 갈라지고, 똑바로 서서, 움직이지 않았다. 도시는 진동을 겪은 후 움직이지 않고 서 있었다. 지진을 멈춘 것은 오지언이었다. 사람들이 보았고, 사람들이 말했다.

"내 스승님이 나와 함께 계셨습니다. 그리고 그분의 스승께서 그분과 함께하셨고요."

사람들이 자신을 칭송할 때면 오지언은 그렇게 말했다.

"내가 문이 닫히지 않게 붙잡을 수 있었던 것은 그분이 산을 잡고 계셨기 때문입니다."

사람들은 오지언의 겸손함을 높이 기릴 뿐 그의 말을 귀담아듣지 않았다. 듣는 것은 드문 재능이며, 사람들은 영웅을 가지고 싶어했다.

도시가 다시 질서를 찾고 배들도 모두 다시 돌아오고 무너진 벽들이 재건되자 오지언은 칭송을 피하여 곤트 항 위 산지로 올라갔다. 그는 '다듬는 사람 골짜기'라는 기묘한 작은 계곡을 찾아냈다. 창조의 언어에서 그 계곡의 진정한 이름은 야베드였다. 오지언의 진짜 이름이 에이할인 것과 마찬가지다. 그는 하루 내내 무언가를 찾는 것처럼 그 골짜기 안을 걸었다. 저녁이 되자 그는 땅에 누워 말을 걸었다.

"저에게 말씀해 주셨어야죠. 인사라도 할 수 있었잖아요."

오지언은 말하고 흐느껴 울었다. 눈물이 풀줄기 사이의 마른 흙에 떨어져 조그만 진흙 점 무늬들을 만들어 냈다. 끈적이는 작은 점들이다.

그는 그곳에서, 흙과 자신 사이에 짚자리나 요 한 장 깔지 않은 채 맨땅에서 잠들었다. 해 뜰 녘에 그는 일어나서 르 알비로 올라가는 고지대 길로 걸어갔다. 그는 마을에 들르지 않고 그냥 지나쳐서 다른 집들 북쪽으로 큰벼랑이 시작되는 지점에 자리 잡은 외딴집을 향해 갔다. 문은 열려 있었다.

콩 덩굴에 빳빳하게 쉰 끝물 콩이 달려 있었다. 양배추는 자라다 못해 흐드러졌다. 암탉 세 마리가 꼬꼬댁거리며 흙먼지투성이 안마당에서 모이를 쪼고 있었다. 빨간 놈, 갈색둥이, 그리고 흰 녀석이다. 잿빛 암탉 한 마리는 닭장 안에서 알을 품고 있었다. 병아리는 한 마리도 없고 수탉도 보이지 않았다. 이름이 '왕'인 놈. 헬레스가 그렇게 불렀다.

'왕은 죽었구나.'

오지언이 생각했다. 어쩌면 지금이라도 병아리가 깨어나서 아비의 자리를 이어받을지 모른다. 집 뒤 조그만 과수원에 여우가 휙 스쳐 가는 것을 언뜻 본 듯도 했다.

오지언은 열린 문으로 바람에 불려 들어와 반지르르한 마루 위에 내려앉은 흙먼지와 나뭇잎들을 비로 쓸어냈다. 그러곤 헬레스의 요와 이불을 양지쪽에 꺼내 바람을 쏘였다.

'한동안 여기 머물러야지. 좋은 집이야.'

그는 생각했다.

그러고는 잠시 후에 이렇게 생각했다.

'염소를 몇 마리 키워야겠다.'

높은 습지 이야기

세멜 섬은 해브너에서 펠니시 해를 건너 북서쪽에 자리 잡고 있다. 인라드 제도의 남서쪽이다. 어스시 군도를 통틀어 큰 섬 중 하나이기는 해도, 세멜 섬에 얽힌 이야기는 그리 많지 않다. 인라드 섬에는 빛나는 역사가 있고 해브너 섬은 풍요로우며 팰른 섬은 악명이 높은데 세멜에는 그저 소와 양이 있고 숲과 소읍들이 있을 따름이다. 안단덴이라 불리는 거대한 휴화산이 고요히 이 모든 것 위로 우뚝 서 있다.

안단덴 산의 남쪽으로는 마지막으로 화산이 분출했을 때 스무 길이나 두껍게 화산재가 덮인 땅이 펼쳐져 있다. 그 펀펀한 고지대 들판에 강과 실개천 들이 저마다 바다를 향하여 길을 내었다. 굽이굽이 흐르다가 소를 이루고, 넓게 퍼졌다가 서로 얽혀 들기도 하면서 습지대를 형성했는데, 하늘과 만나는 선까지 멀리 펼쳐진 이 광대하고 황량한 물투성이 땅에는 나무가 거의 없고 사람도 많이 살지 않았다. 화산재로 된 토양에서는 빛 좋은 목초가 무성하게 자랐고, 사람들은 그 초지에 소 떼를 방목하여 인구가 많은 남쪽 해안 지역에서 소비될 쇠고기를 불렸다. 여기서는 소들이 평원을 몇 십 리고 마음대로 돌아다니게 내버려 두었다. 강이 울타리 구실을 했다.

산들이 그렇다시피 안단덴은 거친 날씨를 만든다. 산 주위에는 늘 구름이 감돌았다. 사람 사는 동네로부터 멀리 떨어진 이 높은 습지에서 여름은 짧고 겨울은 길다.

일찍 날이 저무는 겨울의 어느날, 한 여행자가 바람 거센 갈림길에 서 있었다. 어느 쪽 길인들 별로 탐탁해 보이지 않았다. 양쪽 모두 갈대밭 사이로 가축이 지나다닌 길 흔적에 지나지 않았던 것이다. 나그네는 어느 쪽을 선택해야 할지 알려 주는 무슨 표지라도 없을까 찾아보았다.

마지막 산비탈을 내려오면서 습지 여기저기에 집들이 있는 것을 본 터였다. 마을은 멀지 않을 것이다. 마을로 가는 길이라고 생각하고 걸어왔는데, 어디선가 길을 잘못 접어든 모양이었다. 키 큰 갈대가 길가에 바짝 다가들어 자라나 있는 탓에 설사 어딘가에 불빛이 반짝이고 있다 해도 볼 수 없을 듯했다. 발치 어디쯤 물줄기가 졸졸거리며 흘렀다. 안단덴 산을 돌아 오는 동안 거칠기 짝이 없는 검은 화산암 길을 걷느라 신은 다 해어져 버렸다. 신바닥이 닳아서 다 뚫렸고, 얼음처럼 찬 습지 길의 진흙탕을 딛고 온 두 발은 에는 듯이 욱신거렸다.

어둠은 빨리 찾아왔다. 남쪽으로부터 피어오른 산안개가 하늘에 얼룩을 만들었다. 별들은 거대하고 컴컴한 산의 윤곽 위쪽으로만 맑게 반짝였다. 갈대숲을 스치는 바람은 나지막이 구슬픈 휘파람 소리를 냈다.

여행자는 갈림길에 서서 갈대들을 향해 마주 휘파람을 불어 보냈다.

두 길 중 한쪽에서 무엇인가가 움직였다. 어둠 속에 크고 시커멓게 보이는 뭔가였다.

"거기 있니, 예쁜아?"

여행자가 말했다. 그는 옛 언어를 써서 말했다. 창조의 언어다.

"자, 울라, 이리 와, 응."

그가 말하자 암소는 자기 이름에 응하여 한두 걸음 그를 향해 다가왔다. 그도 소를 맞이하러 마주 나갔다. 그는 눈으로 보기보다 손으로 더듬어서 큼지막한 머리를 찾아내어, 비단처럼 보드라운 두 눈 사이 오목한 곳을 쓰다듬고 이마의 덜 자란 뿔자리를 긁어 주었다.

"미녀야, 너 정말 미녀로구나."

풀 냄새를 띤 암소의 숨결을 들이마시고 크고 따뜻한 옆구리에 몸을 가까이 밀어붙이며 그가 말했다.

"날 데리고 가 줄래, 예쁜 울라야? 내가 가야 할 곳으로 이끌어 주겠니?"

농장 소를 만난 것은 행운이었다. 풀어 키우는 소였더라면 오히려 그를 습지 깊숙이 끌고 갔을 것이다. 그의 울라는 울타리를 뛰어넘는 데 취미를 붙이긴 했지만, 얼마간 헤매고 나자 슬슬 외양간이 그리워졌고 또 아직까지도 때때로 한 입씩 젖을 훔쳐 먹곤 하는 제 어미 생각이 난 터였다. 그래서 소는 이제 여행자를 기꺼이 집으로 이끌어 갔다. 느릿느릿, 그러나 분명 목적지가 있는 걸음으로 암소는 두 길 중 하나를 따라갔다. 여행자는 소를 따라갔고, 길이 좀 넓어지자 소 궁둥이에 한 손을 얹고 걸었다. 암소가 무릎까지 오는 시내를 걸어서 건널 때는 꼬리를 잡고 쫓아갔다. 암소는 야트막한 진흙 냇둑에 헛발을 디디며 기어오르다가 꼬리를 홱 쳐서 그의 손을 떨쳤지만, 여행자가 자기보다도 더 위태롭게 발을 미끄러뜨리며 올라오는 것을 기다려 주었다. 그런 다음 암소는 얌전히 터벅터벅 걸어 나갔다. 여행자는 소 옆구리에 바짝 몸을 붙이고 매달리다시피 했는데, 시냇물의 냉기가 뼛속까지 스며들어 후들후들 떨려 왔기 때문이다.

"음매." 하고 길잡이가 부드럽게 울었다. 그때 왼쪽으로 얼마

떨어지지 않은 곳에 네모나게, 희미한 노란색 불빛이 눈에 띄었다.

"고맙다."

여행자는 말하고, 암소가 들어가도록 울타리 문을 열었다. 암소는 어미소를 찾아가고 그는 절뚝거리며 컴컴한 앞마당을 가로질러 문으로 걸어갔다.

*

문 앞에 온 사람은 산딸기일 텐데 왜 문을 두드리고 있는지 그녀는 몰랐다.

"들어와라, 바보 자식아."

그런데 그 사람은 다시금 문을 두드렸고, 그녀는 바느질거리를 내려놓고 문으로 갔다.

"벌써 곤드레만드레가 된 거냐?"

그렇게 말하고 나서야 그 사람이 보였다.

그녀가 맨 처음 생각한 것은 왕이나 귀족, 노래들에 나오는 마하리온이었다. 큰 키에 자세가 곧고 아름다운 남자. 그 다음에 생각한 것은 거지나 길 잃은 사람이었다. 더러운 옷을 입고 후들후들 떨리는 두 팔로 자기 몸을 단단히 끌어안고 있었다.

"길을 잃었습니다. 여기가 마을 맞나요?"

그의 목소리는 거칠게 쉬어 터져 영락없는 거지였지만 어조는 거지가 아니었다. '선물'이 말했다.

"두 마장쯤 더 가야 해요."

"거기 여관이 있습니까?"

"오레이비까지 가야 있어요. 남쪽으로 사오십 리 길이지요."

선물은 오래 고민하지 않았다.

"밤에 잘 방이 필요하다면 우리 집에 있어요. 아니면 샘이 방을 내줄 거예요, 마을에 가겠다면요."

"괜찮으시다면 여기 머물겠습니다."

귀인다운 말투로 그가 말했다. 이를 따닥따닥 마주치며 쓰러지지 않으려고 문설주를 붙잡은 채였다.

"신을 벗어요. 푹 젖었네요. 들어와요, 그럼."

선물은 옆으로 비켜 서며 말했다.

"불가로 가세요."

그러곤 그 사람을 화롯가에 놓인 브렌의 팔걸이의자에 앉혔다.

"불을 쑤석여서 좀 일으켜요. 국 좀 들겠어요? 아직 뜨끈한데."

"고맙습니다, 아주머니."

불 앞에 웅크린 채 그가 웅얼거렸다. 선물은 묽은 국물 한 사발을 가져다주었다. 그는 사발을 입에 대고 허겁지겁, 그러나 오랫동안 뜨거운 국을 구경 못 한 사람처럼 쩔쩔매며 국물을 들이마셨다.

"산을 넘어온 건가요?"

그가 고개를 끄덕였다.

"대체 뭐 하러?"

"여기 오려고요."

그가 말했다. 이제는 떠는 게 조금 덜해졌다. 벗은 발은 멍이 들고 퉁퉁 부었으며 물에 불어터져서 보기에도 딱했다. 발을 불 쪽으로 두어 열기를 쬐라고 이르고 싶었지만 앞질러 말하기는 싫었다. 뭐 하는 사람인지는 몰라도 거지가 되고 싶어 된 건 분명 아니었다.

"여기 '높은 습지'에 오는 사람은 별로 없어요. 행상인들이나 뭐 그런 사람들이라야 오지요. 그나마도 겨울엔 없어요."

그가 국물을 다 마시자 그녀는 그릇을 돌려받았다. 그러고는 도로 자기 자리인 화로 오른쪽 기름등 옆 등받이 없는 걸상에 앉아서 깁던 일감을 집어 들었다.

"불을 쬐어서 몸을 녹이세요, 그런 다음에 잠자리로 안내해 드릴게요. 그 방엔 불이 없거든요. 산 위에서 날씨 때문에 고생했나요? 눈이 왔다던데."

"눈보라가 좀 날리더군요."

그가 말했다. 이제 등불 빛과 화덕에 타는 불빛에 비쳐 생김생김이 제대로 보였다. 젊지는 않았다. 몸은 여위었고 생각보다 키가 크지 않았다. 호감이 가는 얼굴이지만, 무엇인가 잘못된 것이 있었다. 뭔가가 들어맞지 않는다. 신세를 망친 사람 같다고 그녀는 생각했다. 몰락해 버린 사람이다.

"왜 우리 습지에 왔나요?"

집에 들여놓은 이상 물을 권리가 있긴 했지만, 그럼에도 강요하는 것 같아 선물은 마음이 개운치 않았다.

"이곳 가축 떼에 역병이 돈다고 들었습니다."

이제 추위로 꽁꽁 얼어 있던 몸이 풀리자, 이 사내의 음성은 아름다웠다. 그 말투는 마치 이야기꾼들이 영웅과 용주(龍主)들에 관하여 말할 때 같았다. 혹시 이야기꾼이나 가수는 아닐까? 아니야, 아니지. 자기가 말했잖아, 역병이라고.

"맞아요."

"내가 그 짐승들을 도울 수 있을 겁니다."

"치료사세요?"

그는 고개를 끄덕였다.

"그럼 정말 대환영이죠. 소 떼에 퍼진 역질이 정말 끔찍하거든요. 게다가 점점 더 심해지고 있어요."

그는 아무 말 하지 않았다. 온기가 몸에 스미면서 굳어 있던 사람이 솔솔 풀리는 게 눈에 보였다.

"발을 올려놓고 불을 쬐세요."

선물이 불쑥 말했다.

"우리 남편이 신던 신발이 몇 켤레 있어요."

이 말을 하기까지는 넘어서야 할 고비가 있었지만 정작 말한 뒤엔 스스로도 긴장이 풀리고 놓여난 듯했다. 정말이지 브렌의 신발을 둬서 뭐 하려고? 산딸기에게는 너무 작고 그녀가 신기엔 너무 크다. 남편의 옷들은 모두 남에게 주어 버렸지만 신발은 놔두고 있었다. 왜인지도 모르면서 그냥 두었다. 아마 이 사람에게 주려고 그랬나 보다 싶었다. 어찌 됐든 기다리고 있으면 다 차례가 돌아오는 법이라고 선물은 생각했다.

"내가 내다 드릴게요. 당신 신발은 이제 끝났어요."

사내가 흘긋 그녀를 보았다. 그 검은 눈은 크고 깊으며 말의 눈처럼 불투명해 속을 읽을 수가 없었다.

"남편은 죽었어요. 2년 됐지요. 습지 열병이에요. 여기서는 조심해야 해요. 물이 문제죠. 나는 동생하고 같이 살아요. 동생은 마을에 갔어요, 술집에. 우리는 치즈 제조장을 꾸리고 있어요. 내가 치즈를 만들죠. 우리 집 소들은 멀쩡해요."

그러고는 악운을 물리치는 손짓을 했다.

"내가 단단히 단속하거든요. 외곽 목장들에는 역병이 아주 심하답니다. 날씨가 쌀쌀해지면 끝이 나겠지만요."

"그보다는 역병에 약해진 짐승들이 추위에 죽기 쉬울걸요."

사내가 말했다. 약간 졸린 목소리였다.

"나는 선물이라고 불려요. 남동생은 '산딸기' 고요."

"'도랑' 입니다."

사내는 잠깐 사이를 띈 후에 이름을 대었다. 선물은 지어낸 이름이라고 생각했다. 이름이 전혀 어울리지 않았다. 그는 어느 한 부분도 딱 들어맞지 않았으며 완전한 모습을 이루지 못했다. 그런데도 선물은 못 믿겠다는 마음이 들지 않았다. 그녀는 이 사람이 아무렇지도 않았다. 해 끼칠 사람은 아니다. 심성 고운 사람이라고 선물은 생각했다. 동물들에 관하여 얘기하는 걸 보면 그랬다. 이 사람 자체가 한 마리 동물이었다. 상처를 입고도 아무 소리 내지 않는 동물, 누군가 지켜 줘야 하지만 지켜 달라고 말 못 하는 동물 말이다.

"이리 와요. 그러다간 거기서 잠들겠군요."

선물이 말했다. 그는 얌전히 뒤를 따라 산딸기의 방으로 갔다. 방이라고는 해도 그저 집 한구석에 만들어 놓은 벽장 비슷한 것이다. 선물의 방은 굴뚝 뒤였다. 조금 있으면 산딸기가 술에 취해 들어올 것이기에 그녀는 굴뚝 모퉁이에 자리를 폈다. 나그네를 하룻저녁이라도 제대로 된 잠자리에서 재울 생각이었다. 어쩌면 떠나면서 구리 돈 한두 닢쯤 주고 갈지 모른다. 요새 들어 살림살이에 돈이 턱없이 부족했다.

*

그는 늘 그랬듯 대학당의 자기 방에서 잠이 깨었다. 방의 천장이 왜 이렇게 낮은지, 공기가 신선하면서도 시큼한 이유는 무엇인지, 왜 밖에서 음매음매 소 우는 소리가 나는지 이해할 수 없었다. 이 낯선 장소로, 그리고 어젯밤 암소인지 여자인지에게 말한 이름이지만 지금은 기억나지 않는 평소 이름을 가진 이 낯선 사람으로 돌아오기까지 그는 꼼짝 않고 누워 있어야만 했다. 그는 자기 이름을 알고 있었지만 여기서는 쓸 수 없었다. 여기가 어디든 간에……, 아니, 다른 어디에서라도 마찬가지다. 검은 길이 있었고, 눈부시게 반짝이는 강들이 얼기설기 갈라 놓은 넓디넓은 초록빛 대지로 내려가는 비탈이 앞에 놓여 있었다. 차가운 바람이 불어왔다. 갈대가 휘파람 소리를 냈고, 어린 암소가 그를 이끌어 개울을 건넜다. 그리고 에메르가 문을 열어 주었다. 그는 보자마자 그녀의 이름을 알았다. 하지만 부를 때는 다른 이름을 써야 한다. 그녀의 이름으로 불러서는 안 된다. 그는 자기가 뭐라고 이름을 댔는지 기억해 내야만 했다. 그는 이리오스였지만, 이리오스일 수 없었다. 아마도 얼마 안 가 또 다른 사람이 되어야만 하겠지. 아니다, 그건 틀렸어. 이 사람이 되어야 해. 이 사람의 다리는 쑤시고 발은 쓰라렸다. 하지만 잠자리는 훌륭했다. 깃털 이불로 꾸민, 따뜻한 침대다. 게다가 아직 잠자리에서 나가지 않아도 된다. 그는 잠시 졸음에 빠져 이리오스를 떠나 꿈속을 헤맸다.

마침내 자리에서 일어났을 때, 그는 자기 나이가 얼마인지 궁금했다. 손과 팔을 내려다보며 혹시 일흔 살이 돼 버렸나 했다. 보기에는 여전히 마흔 살 같지만 기분은 일흔이나 된 것 같고, 멈칫멈칫하며 움직이는 것도 일흔 살 같았다. 그는 옷을 찾아 입었다. 몇 날 며칠을 여행한 옷이라 퀴퀴한 냄새가 풍겼다. 의자 밑에는 신발이 한 켤레 있었다. 닳아빠졌지만 아직 신을 만한 든든한 신이었다. 양모로 짠 양말 한 켤레가 곁들여 있었다. 엉망이 된 발에 양말을 신고서 절뚝거리며 부엌으로 나가자, 에메르가 커다란 개수통 가에 서서 거름 천에 뭔가 무거운 것을 받혀 물기를 빼고 있었다.

"양말 고맙습니다. 신발도요."

선물에 감사하며 말하고 보니 그녀의 평소 이름이 기억났지만, 그는 그저 "아주머니."라고 불렀다.

"됐어요."

그녀는 말한 다음 천에 받힌 것을 추어올려 큼지막한 도기 그릇에 담고는 앞치마에 두 손을 닦았다. 그는 여자에 대해 아는 것이 아무것도 없었다. 열 살 때부터 지금까지 여자가 있는 곳에서 지내 본 일이 한번도 없었던 것이다. 예전에는 여자들이 겁났다. 오래전, 여기가 아닌 어떤 커다란 부엌에서 그에게 썩 꺼지라고 야단치던 여자들이다. 그러나 어스시 이곳저곳을 여행해 다니면서 그는 여자들과 마주쳤고, 그들이 쉽게 친할 수 있는 상대임을 깨달았다. 동물과 마찬가지다. 겁을 주지만 않는다면 여자들은 자기 일에 신경 쓰며 그에게 별 관심을 보이지 않았다. 그들은 남자가 아니었다.

"금방 만든 응유 좀 들겠어요? 아침밥으로 괜찮을 거예요."

그녀는 그에게 눈길을 주었지만, 오래는 아니었고 그와 시선을 마주치지도 않았다. 동물처럼, 고양이처럼 재어 보고 있지만 도전적으로 그러는 것은 아니다. 실제 고양이가 한 마리 있었다. 커다란 회색 고양이가 화덕 돌 위에 네 발을 접고 앉아 석탄을 응시하고 있었다. 이리오스는 그녀가 건네주는 그릇과 숟가락을 받아 들고 팔걸이의자에 앉았다. 고양이가 펄쩍 그의 곁으로 뛰어올라 가르릉거렸다.

"저것 좀 보게. 사람을 따르는 고양이가 아닌데."

여자가 말했다.

"응유 때문이겠죠."

"치료사를 알아보는가 봐요."

여자와 고양이와 함께한 이곳은 평화로웠다. 그는 좋은 집을 찾아들었다.

"밖은 추워요. 오늘 아침엔 물구유에 얼음이 끼었더라고요. 이런 날 길을 계속 갈 거예요?"

사이가 떴다. 그는 말로 대답해야 한다는 것을 잊고 있었다.

"더 묵어도 된다면 묵고 싶군요. 여기에요."

그는 그녀가 방긋 웃는 것을 보았지만, 한편으로는 머뭇거리는 기색이 있었다. 그러더니 잠시 후에 말했다.

"음, 계시겠다면 환영이에요, 선생님. 하지만 좀 여쭤 봐야겠네요, 돈을 좀 내실 수 있으세요?"

"아, 물론이죠."

그는 당황해서 말하고는 일어서서 절뚝거리며 잠을 잔 방으로 가 돈주머니를 찾았다. 그러고는 그녀에게 돈 한 닢을 갖다주었다. 왕관이 새겨진 조그마한 인라드 금화였다.

"먹을 것하고 불 값만 주시면 돼요. 토탄이 요새는 정말 비싸서 말예요."

여자는 그렇게 말한 후에야 그가 건네준 돈을 제대로 보았다.

"어머나, 선생님."

그녀가 말했고, 그는 자기가 잘못했다는 걸 알았다. 여자는 한동안 그의 얼굴을 올려다보았다.

"마을에 이 돈을 거슬러 줄 수 있는 사람은 아무도 없을걸요. 마을 사람들이 몽땅 합쳐도 못 바꿔 줄 거예요!"

그렇게 말하고 그녀는 소리 내어 웃었다. 그러면 괜찮은 것이다. 그러나 '바꾼다'는 말이 머릿속에 자꾸만 쟁쟁 울렸다.

"이건 바뀐 게 아닙니다."

그는 그렇게 말했지만, 그녀가 그런 뜻으로 말한 게 아닌 줄은 알고 있었다.

"미안해요. 만약 내가 한 달 동안 묵는다면, 만약에 겨우내 묵어 간다면 이 돈을 다 쓸 수 있겠지요? 집짐승들을 치료하는 동안 있을 곳이 필요하니까요."

"넣어 두세요."

또다시 소리 내어 웃고 두 손으로 손사래를 치며 그녀가 말했다.

"선생님이 소 떼를 치료할 수 있으면 소 임자들이 돈을 낼 테니 그때 주시면 돼요. 원하신다면 그 돈은 담보라고 해 두죠. 하지만 제발 넣어 두세요, 네! 보기만 해도 어지러워요……. 산딸기야."

문에서 한 줄기 찬바람이 불어 닥치며 중독자 같은 인상의 무감정한 사내가 들어섰다.

"이 신사 양반이 가축 떼를 치료하는 동안 우리 집에 묵기로 했다. 일을 빨리 하고 싶으시대! 숙박비를 내겠다고 보증도 하셨어. 그러니 넌 굴뚝 모퉁이에서 자라. 이분이 방에서 주무실 거야. 제 남동생 산딸기랍니다, 선생님."

산딸기는 고개를 한 번 주억이고는 뭐라고 중얼거렸다. 눈이 흐리멍덩했다. 이리오스의 눈에 그는 독이라도 먹은 듯했다. 산딸기가 도로 밖으로 나가자 여자가 가까이 다가와 낮은 음성으로 단호하게 말했다.

"술이 아니면 못된 생각을 품을 애가 아니지만, 재한테 술 말고 남은 것도 별로 없어요. 술이 저 애 심성을 거의 삼켜 버렸죠. 우리 집 살림도 거의 다 집어삼켰고요. 그러니까, 아시겠죠, 선생님, 돈은 저 애가 못 볼 곳에 간수하세요. 부탁이에요. 일부러 뒤지지는 않을 거예요. 그렇지만 눈에 띄는 날에는 가져갈 거예요. 자기가 무슨 짓을 하는지도 모를 때가 자주 있답니다. 아시겠지요."

"네. 알아들었어요. 아주머니는 인정 있는 분이시군요."

이리오스가 말했다. 그녀가 말한 것은 이리오스 얘기였다. 자기가 무슨 짓을 하는지 모르고 한 그의 행동에 관해서 말한 것이다. 그녀는 용서해 주었다.

"인정 많은 누님이세요."

그 단어들이 몹시 생소했다. 이전에 입에 담거나 생각이라도 해 본 적 없는 말이었다. 그 말들을 '진정한 언어'로 해 버린 듯했다. 그 언어는 이제 쓰면 안 되는데. 그러나 그녀는 그저 미간을 찌푸리고 웃으면서 어깨를 으쓱했다.

"가끔은 저 자식 머리통이 굴러떨어지라고 잡아 흔들어 주고 싶어요."

그렇게 말하고, 그녀는 도로 일을 손에 잡았다.

그는 이 안식처에 오기까지 자신이 얼마나 기진맥진해 있었는지 미처 몰랐다. 그는 하루 종일 불 앞에서 잿빛 고양이와 함께 꾸벅꾸벅 졸았다. 그러는 사이에 선물은 일을 하느라 집을 들락거리고, 몇 번인가 먹으라고 음식을 주었다. 초라하고 거친 음식이었다. 하지만 그는 모조리 먹어 치웠다. 천천히 음미하면서 먹었다. 저녁이 되어 남동생이 나가 버리자 그녀는 한숨을 쉬며 말했다.

"이제 집에 손님을 치게 됐으니 그 구실로 술집에다 새 외상을 잔뜩 올려 두겠군요. 선생님 잘못이라는 말은 아녜요."

"아니, 맞습니다. 제 잘못이죠."

이리오스가 말했다. 그러나 그녀는 용서해 주었고, 잿빛 고양이는 그의 허벅지에 몸을 바짝 붙인 채 꿈을 꾸고 있었다. 고양이의 꿈이 그의 마음속에 스며들었다. 동물들과 이야기하던 완만한 들판에 어스름이 내려 있고, 고양이는 그 들판에서 펄쩍펄쩍 뛰었다. 그 다음에는 우유가 나오고, 깊고 부드러운 흥분이 밀려왔다. 거기에는 잘못이라는 것이 없고 오직 광대한 무지만이 있었다. 말은 필요 없다. 발견될 염려도 없었다. 그는 여기에 찾으러 오지 않았다. 아무 이름도 부를 필요가 없었다. 그녀 외에는, 그리고 꿈을 꾸는 고양이 외에는 아무도 없고 불꽃만 팔락거렸다. 그는 검은 길을 통하여 죽음 같은 산들을 넘어와야 했지만 여기에는 개울들이 목초지 사이사이로 느긋이 흘렀다.

*

미친 사람이었다. 선물은 자기가 뭐에 씌어서 그 사람을 집에 재우기로 했는지 몰랐다. 하지만 그런데도 도무지 두려운 마음이나 못 미더운 생각이 들지 않았다. 미쳤다손 치더라도 무슨 상관인가? 그는 태도가 부드러웠고, 아마 전에는 현명한 사람이었을 터였다. 무슨 일인지 그가 당한 일을 당하기 전에는 말이다. 그리고 미쳤다고 해도 그렇게 심하진 않았다. 군데군데 실성한 사람, 가끔 정신이 나간 사람이다. 저 사내는 어느 구석 할 것 없이 온전한 데가 없는데 하다못해 광기마저도 그랬다. 앞서 댔던 이름을 기억 못하고 마을 사람들에게는 '오탁'이라 불러 달라고 했다. 보아하니 선물의 이름도 기억 못하는 것 같았다. 늘 "아주머니" 하고 불렀다. 하지만 그건 예의를 차리느라고 그러는 건지도 모른다. 선물은 그를 "선생님"이라고 불렀는데, 물론 대접해서 불러 준 것이지만 '도랑'이나 '오탁' 둘 다 그에게 안 어울리기 때문이기도 했다. 오탁은 이가 날카롭고 울음소리를 내지 못하는 조그만 짐승이라고 얘기로 들은 바가 있다. 하지만 높은 습지에는 그런 동물이 없었다.

여기에 가축 전염병을 고치러 왔다는 이야기도 그런 광기의 한 조각이라고 선물은 생각했다. 사내의 행동거지는 처방전과 주문과 동물용 고약을 가지고 마을에 들러 가곤 하는 치료사들과 영 달랐다. 그러나 이삼 일 휴식을 취하고 난 다음, 그는 마을에 소 기르는 집이 어디어디인지 물어보고 나서 여전히 아픈 발로 집을 나섰다. 브렌의 낡은 신을 신고 갔다. 그 모습을 보자니 선물은 마음이 짠했다.

사내는 저녁때가 되어서야, 전보다 더 절뚝이면서 돌아왔다. 그건 물론 샌이 그를 데리고 자기 소들을 대부분 두어 둔 '긴 들판'까지 나갔기 때문이다. 말을 가진 사람은 '오리나무'뿐인데, 그의 말들은 그가 데리고 있는 소몰이꾼들 타라고 있는 것이었다. 선물은 손님에게 안쓰러운 발을 돌보라고 대야에 뜨거운 물을 받아다 주고 깨끗한 수건도 가져다주었다. 그러고 나자 목욕을 하겠느냐 물어볼 생각이 났다. 그는 하겠다고 했다. 두 사람은 물을 데워서 오래된 목욕통에 채웠고, 그가 화롯가에서 목욕하는 동안 선물은 자기 방에 들어가 있었다. 방에서 나와 보니 이미 치울 것을 다 치우고 물기까지 싹 닦아 낸 뒤였다. 수건들은 불 앞에 널어 두었다. 선물은 이렇게 뒷정리를 하는 남자는 처음 보았다. 더군다나 돈 많은 남자가 이런 일을 할 줄이야? 어디서 왔는지 거기서는 하인도 안 부렸나? 그는 고양이보다도 손이 덜 갔다. 자기 옷은 자기가 빨고, 심지어 침대보까지 빨아서 어느 볕 좋은 날 그녀가 눈치 채기도 전에 밖에 널었다.

"그러실 필요 없어요, 선생님. 제 빨래 하면서 같이 빨게요."

"아니, 됐어요."

그는 선물이 무슨 말을 하는지 못 알아듣겠다는 듯 퉁명스럽게 대답했다. 그런 다음에 덧붙였다.

"그렇게 힘들게 일하시잖아요."

"안 그런 사람이 어디 있어요? 나는 치즈 만들기를 좋아해요. 재미있는 일이거든요. 그리고 난 튼튼하답니다. 나이 먹는 게 두려울 뿐이죠. 늙어서 양동이나 치즈 틀을 들지 못하게 되면 어떡하나 싶어요."

그녀는 둥그렇게 근육이 잡힌 팔뚝을 보여 주었다. 그러고는 주먹을 쥐어 보이며 방긋 웃었다.

"쉰 살치고 이만하면 괜찮죠!"

자랑하는 건 바보 같은 일이지만, 선물은 튼튼한 팔과 활력과 기술에 자부심이 있었다.

"일 잘하시겠어요."

사내가 진지하게 말했다.

그는 소를 다루는 솜씨가 좋았다. 선물이 누군가의 도움이 필요하고 사내가 옆에 있을 때면 산딸기 대신 그가 일을 도왔다. 선물이 친구인 '황갈색'에게 깔깔 웃으면서 말한 대로, 그는 예전에 브렌이 키우던 늙은 개보다도 재주가 좋았다.

"소한테 말을 한단다. 그러면 농담 아니고 정말로 소들이 그 사람 말을 귀 기울여 듣는다니까. 저 암송아지는 강아지처럼 뒤를 졸졸 따라다녀."

사내가 목장에서 소들과 뭘 어떻게 하는지 몰라도, 소 임자들은 그를 좋게 생각하게 되었다. 물론 누군가 도와준다면 그들은 앞뒤 가리지 않고 희망을 붙잡으려 할 터였다. 샌의 소 떼는 절반이나 죽었다. 오리나무는 얼마나 많은 손실을 입었는지 말하려고 하지 않았다. 어디를 가도 죽은 소가 널려 있었다. 추운 날씨가 아니었더라면 습지는 온통 시체 썩는 냄새가 진동했을 것이다. 우물에서 길어 올린 물이 아닌 한, 물은 한 시간이나 끓여야 겨우 마실 수 있었다. 우물은 선물의 집에 하나 있고 하나는 마을에 있어서 거기서 마을 이름이 유래했다.

어느 날 아침 오리나무의 소몰이꾼 한 사람이 말을 타고 앞마당에 나타났다. 그는 안장 없은 노새를 끌고서 왔다.

"오리나무 나리께서 오탁 선생께 타고 오시랍니다. 동쪽 들판으로 사오십 리 가야 하니까요."

그녀의 손님이 집에서 나왔다. 안개 기운이 있지만 화창한 아침이었다. 습지를 덮은 안개가 아른아른 반짝였다. 안단덴 산은 안개 위로 두둥실 떠올라 북쪽 하늘에 엄청나게 크고 거친 모습을 드러냈다.

치료사는 소몰이꾼에게는 아무 말도 않고 곧바로 노새에게 갔다. 아니, 샌의 큰 암탕나귀와 오리나무의 백마 사이에서 난 놈이니 정확히는 버새라고 해야 할 터였다. 버새는 흰둥이로, 아직 어리고 귀여운 얼굴을 하고 있었다. 사내는 버새에게 가서 이마를 문질러 주며 커다랗고 섬세한 귀에 대고 잠시 무슨 이야기인가를 했다.

"저 양반 저럽디다. 짐승한테 말을 해요."

소몰이꾼이 선물을 상대로 말했다. 깔보면서도 재미있어하는 티가 났다. 산딸기의 술친구로서, 소몰이꾼치고는 괜찮은 축에 드는 젊은이였다. 선물이 물었다.

"치료해서 소가 낫던가?"

"글쎄요. 단번에 역병을 없애지는 못하던걸요. 하지만 소가 휘청거리기 전에 손을 대면 낫게 할 수 있는 것 같아요. 그리고 아직 병에 걸리지 않은 녀석들은, 자기 말로는 병이 얼씬 못하게 할 수 있다더라고요. 그래서 주인 나리가 저 양반을 사방 목장에 보내서 할 수 있는 한껏 조치를 하게 하는 거죠. 너무 늦은 놈들도 많아요."

치료사는 뱃대끈을 살펴보아 조금 헐겁게 늦추어 준 다음 안장에 올랐다. 능숙하게 오른 것은 아니지만 버새는 조금도 반항하지 않았다. 오히려 길쭉하고 하얀 크림 빛 코를 돌려서 아름다운 눈으로 그를 보았다. 그는 미소를 지었다. 선물은 그가 미소 짓는 것을 본 적이 없었다.

"이제 갑시다."

소몰이꾼은 선물에게 손을 흔들어 보이고 콧소리로 자기가 탄 자그마한 암말을 다그쳐 바로 출발했다. 치료사는 그를 따라갔다. 버새는 긴 다리를 움직여 매끄러운 걸음걸이로 나아갔고, 아침 햇살 아래 하얀 몸이 눈부시게 빛났다. 선물은 무슨 이야기 속 왕자님이 말을 타고 떠나는 것 같다고 생각했다. 말 탄 사람들 모습이 환히 빛나는 안개를 뚫고 희미하게 보이는 겨울 들판의 언덕들을 가로질러 가서 빛 속으로 스러진다. 그렇게 그들은 가 버렸다.

*

목초지의 일은 고되었다. "힘들게 일 안 하는 사람이 어디 있어요?" 하고, 에메르는 둥글고 굳센 두 팔뚝과 딱딱하게 굳은 벌건 손을 보여 주며 말했더랬다. 소 떼의 임자인 오리나무는 이 들판에 놓아먹이는 큰 떼 중에 살아 있는 것들은 죄다 그가 손대 주고 오기를 바랐다. 오리나무는 젊은 소몰이꾼 두 사람을 붙여 보냈다. 그들은 깔개를 깔고 반쪽짜리 천막을 쳐서 야영지 비슷한 것을 만들었다. 습지에는 작은 덤불 나무와 죽은 갈대 이외에는 태울 것이 없었으므로, 불은 간신히 물이나 끓일 정도였고 사람이 몸을 덥히기에는 턱도 없었다. 소몰이꾼들은 말을 타고 나가서 소들을 둥글게 모으는 데 힘썼다. 그렇게 하면 그가 메마르고 서리 맺힌 풀을 뜯겠다고 사방으로 흩어진 소들을 한 마리 한 마리 찾아다니는 대신 소 떼 속에 들어가 작업할 수 있기 때문이다. 그러나 소들은 오랫동안 뭉쳐 있지 않았고, 소몰이꾼들은 소들에게 화를 내고 좀 더 빨리 움직이지 못하는 그에게도 화를 냈다. 그의 생각에는 소몰이꾼들이 짐승을 상대로 그렇게 안달하는 것이 이상했다. 그들은 소들을 무슨 물건처럼 다루었다. 마치 벌채한 통나무를 강물에 띄워 운반하는 일꾼들처럼 그저 힘으로만 다스리려 했다.

소몰이꾼들은 그를 상대로도 노상 빨리 하라고, 얼른 해치우자고 말하며 안달했다. 그런 태도는 그들 자신에 대해서나 그들의 삶에 대해서도 마찬가지였다. 그들 둘이 이야기를 하면 화제는 영락없이 돈을 받으면 마을에서 뭘 하고 오레이비에서 뭘 할 것인가 하는 것들이었다. 그는 '들국화'와 '금빛'과 소몰이꾼들이 '불타는 덤불'이라고 부르는 여자 등등 오레이비의 창녀들에 관한 이야기를 아주 흠뻑 얻어 들었다. 세 사람 모두 불에서 얻을 수 있는 한껏 온기를 얻어야 했기에 젊은이들과 한자리에 앉을 수밖에 없었지만, 그들은 그가 있는 것을 싫어하고 그도 그들과 함께 있기가 싫었다. 그는 그들의 마음속에 마술사인 자신을 향한 막연한 두려움이 있음을 감지했다. 그리고 시기심도 있다. 하지만 무엇보다 강한 것은 경멸감이었다. 그는 나이 든 사람, 이질적인 사람이며 그들과 한동아리가 아니었다. 두려움과 시기심은 그가 알아차리고는 피했고, 경멸감은 마음에 새겨두었다. 그는 그들의 한동아리가 아닌 것이 기뻤고, 그들이 자기와 말하고 싶어하지 않아서 다행이었다. 혹시라도 자기가 그들에게 무슨 짓을 할까 봐 겁났다.

얼어붙을 듯 추운 아침에 그가 잠에서 깨자 소몰이꾼들은 아직도 담요를 돌돌 말고 자고 있었다. 그는 근처 어디에 소들이 있는지 알고 그리로 찾아갔다. 이 병은 이제 몹시 친숙한 것이 되었다. 두 손을 얹으면 병이 뜨거운 불처럼 느껴졌다. 만약 병이 많이 진행된 경우에는 메스꺼운 느낌이 들었다. 땅에 누운 수송아지 한 마리를 보고 가까이 가니 어지럽고 구역질이 났다. 그는 더 이상 다가가지 않고 죽음을 편안하게 해 줄 말들을 해 준 후에 앞으로 나아갔다.

인간의 손에서 받은 것은 거세와 도살뿐인 야생에 가까운 소들이지만, 그들은 그가 자기들 사이를 지나다니게 내버려 두었다. 그는 그들의 신뢰가 기뻤고 마음이 우쭐했다. 그래서는 안 될 텐데, 그렇게 느꼈다. 덩치 큰 동물 중 어떤 녀석을 만지고 싶으면 그냥 선 채로 말 못 하는 그들의 언어로 잠시 말을 걸면 되었다.

"울라, 엘루, 엘루아."

그는 그들의 이름을 써서 불렀다. 소들은 별다른 기색도 없이 커다랗게 서 있으면서, 간혹 가다 한 녀석이 오랫동안 그를 쳐다보곤 했다. 때로는 한 마리가 그들 특유의 위엄 있고 한가로운 설렁걸음으로 가까이 와서 펼친 손에 숨결을 불곤 했다. 그에게 다가오는 짐승은 모두 치료할 수 있었다. 그는 두 손을 그들 몸에, 뻣뻣한 털이 난 뜨끈한 옆구리와 목에 얹고 치유의 힘을 보내며 몇 번이나 되풀이한 힘의 말을 중얼거렸다. 잠시 후면 소는 몸을 부르르 떨거나 흠칫 머리를 빼는가 하면 뚜벅뚜벅 걸어 나가곤 했다. 그러면 그는 능력이 고갈되고 말라붙어서는 두 손을 늘어뜨리고 한동안 그 자리에 서 있었다. 그런 후엔 또 한 마리 커다랗고 호기심에 찬, 수줍으면서도 대범한, 진흙 더께가 진 짐승이 그 내부에 쿡쿡 찌르는 듯한, 간질간질한, 뜨거운 어지럼증을 품고서 그의 손 아래 몸을 맡겼다.

"엘루."

그는 부르고, 그놈에게 다가가서는 산속 개울물이 몸속으로 흐르듯 그들이 시원함을 느낄 때까지 두 손을 얹고 있었다.

소몰이꾼들은 역병으로 죽은 수송아지의 고기를 먹어도 괜찮을지 의논 중이었다. 처음부터 그다지 시원치 않았던 가져온 식량은 거의 바닥났다. 소몰이꾼들은 먹을 것을 가지러 80리나 100리 길을 말 달려 가기보다는 아침에 근처에서 죽은 송아지의 혀를 잘라 내고 싶어했다.

그는 그들에게 물은 무조건 끓여 쓰도록 강요했던 차였다. 이제 그가 말했다.

"그 고기를 먹으면 1년 안에 어지럼증이 올 거고, 결국에는 소들처럼 눈이 멀어 비틀거리다 끝장날 거요."

소몰이꾼들은 욕을 하고 코웃음을 쳤지만 그의 말을 믿었다. 그는 자기가 한 말이 정말인지 알지 못했다. 말할 때는 정말인 것 같았다. 어쩌면 이자들을 괴롭혀 주고 싶었는지 모른다. 어쩌면 이자들이 없어지기를 바랐는지도 모른다.

"말을 타고 돌아가시오. 나를 여기 두고 가요. 한 사람이 먹을 식량으로 치면 사나흘 치가 되니까. 나는 버새를 타고 돌아가겠소."

그들을 설복시킬 필요는 전혀 없었다. 소몰이꾼들은 담요, 천막, 쇠 냄비 등 모든 것을 남겨 두고 떠났다.

"저걸 전부 다 어떻게 마을로 가져간다지?"

그는 버새에게 물었다. 버새는 두 필 조랑말들의 뒷모습을 바라보며 버새답게 말했다. "히히힝!" 버새는 말들이 그리울 터였다.

"우린 여기 일을 끝내야 해."

그가 타이르자 버새는 부드러운 눈으로 그를 보았다. 동물은 모두 참을성이 강하다. 그러나 대가 없이 건네주는 말 족속들의 참을성은 놀라운 것이었다. 개들은 충실하지만 그 충실함은 주로 복종심이다. 개들은 서열을 중시하고 세상을 귀족과 평민으로 나눈다. 말들은 모두 귀족이다. 그들은 동의 하에 함께한다. 그는 덩치 큰 마차 말들의 장식 털이 난 발굽 사이를 겁 없이 건던 일을 기억했다. 말들이 내쉬는 숨결이 머리에 안온하게 느껴졌다. 오래전 일이다. 그는 귀여운 버새에게 다가가 말을 걸고 예쁜이라고 부르면서 외로움을 타지 않게 달래 주었다.

동쪽 습지의 큰 소 떼들을 다 돌아보는 데는 그로부터 엿새나 더 걸렸다. 마지막 이틀 동안은 버새를 타고 따로 안단덴 산기슭 쪽으로 올라간 몇몇 소 떼들을 찾아다녔다. 아직 감염되지 않은 녀석들이 많았고, 그는 보호 조치를 취할 수 있었다. 버새는 안장을 얹지 않고 그를 태워 주어서 다니기가 편했다. 그러나 먹을 것은 하나도 남아 있지 않았다. 그가 버새를 타고 마을로 돌아왔을 때에는 현기증이 나고 무릎에 힘이 빠졌다. 오리나무네 집 마구간에 버새를 두고 집으로 돌아가기까지는 한참이 걸렸다. 에메르가 그를 맞이하여 야단을 치고 먹을 것을 먹이려고 애를 썼다. 그러나 그는 아직은 먹을 수 없다고 사정을 얘기했다.

"병든 녀석들 속에서 지냈으니까요. 병이 퍼진 들판에 있다 보니 속이 메스껍습니다. 조금 시간이 지나면 다시 식사를 할 수 있을 겁니다."

"미쳤군요."

에메르는 몹시 화를 냈다. 그것은 기분 좋은 노여움이었다. 왜 더 많은 노여움들이 이렇게 좋은 것이 되지 못할까?

"그럼 목욕이라도 하세요!"

그는 자기 몸에서 어떤 냄새가 날지 알고 있었으므로 그녀에게 고맙다고 했다.

"이 고생을 시키고 오리나무가 얼마를 준다던가요?"

물을 데우는 사이에 그녀가 다그쳤다. 그녀는 아직까지 화가 나서 평상시보다 퉁명스럽게 말했다.

"모르겠어요."

그녀는 동작을 멈추고 쳐다보았다.

"품삯을 정하지 않았어요?"

"품삯을 정해요?"

그는 순간적으로 화가 나서 말했지만, 이내 자기가 그 사람이 아님을 기억하고 겸손하게 말했다.

"아뇨, 정하지 않았습니다."

"순진한 것도 정도가 있지. 오리나무는 당신을 벗겨 먹을 거예요."

선물은 내뱉듯이 말했다. 그러고는 김이 나는 물 한 주전자를 목욕통에 좍 부었다.

"돈은 상아로 내라고 하세요. 저 밖에서 열흘 동안 추위에 얼고 굶주리면서 그 사람의 소들을 낫게 해 줬잖아요! 샌한테는 구리 돈밖에 없지만 오리나무는 상아로 삯을 치를 수 있어요. 괜히 참견했다면 미안하군요, 선생."

그녀는 양동이 두 개를 든 채 문을 확 열어젖히고 우물가로 갔다. 요새 들어서는 어디에 쓰는 물이든 간에 개울물은 아예 쓰지 않았다. 그녀는 현명하고 인정이 많았다. 그는 왜 그토록 오랫동안 매정한 사람들 속에서 살았을까?

"병이 나았는지 어디 두고 봅시다."

다음 날 오리나무는 그렇게 말했다.

"그놈들이 겨울을 무사히 나면 말이오, 그러면 당신이 빠짐 없이 치료했다는 걸 알게 될 거요. 소들이 건강할 거 아니겠소. 내가 의심한다는 게 아니라 일은 반듯하게 해야지. 품삯은 내가 다 생각하고 있소. 아무튼 치료가 제대로 안 돼서 소들이 죽으면 말이오, 나보고 그 품삯을 내라고 하지는 않을 거 아니오, 안 그렇소? 그런 일은 없어야지! 그렇다고 그때까지 돈 한 푼 받지 않고 기다리라는 얘긴 아니고. 자, 여기 선금이 있소. 이제 앞으로 두고 보기로 하고, 지금은 이걸로 우리 사이에 셈은 다 치러진 거요, 그렇죠?"

구리 동전들은 심지어 주머니에 넣어서 주지도 않았다. 이리오스는 손을 내밀어야 했고, 소 주인은 구리 동전 여섯 개를 하나하나 손바닥에 놓아 주었다.

"자, 됐지요! 반듯하게 다 치러진 거요!"

오리나무는 인심 좋게 말했다.

"그럼 또 내일쯤 해서 저 너머 '긴 연못' 쪽 초지에 있는 한 살배기 송아지들을 좀 봐 줄 수 있겠죠."

"안 됩니다. 내가 자리를 비운 사이에 샌 씨네 소들이 빠르게 나빠지고 있어요. 거기 가 봐야겠습니다."

"아, 아니요. 그럴 필요 없어요, 오탁 선생. 당신이 동쪽 들판에 나가 있는 사이에 마술 치료사가 왔거든. 전에도 여기 왔던 사람이지요. 남해안에서요. 그래서 샌이 그이를 고용했다오. 당신은 나를 위해 일해 주시오, 쏠쏠한 벌이가 될 테니까요. 소들이 아무 탈 없으면 어쩌면 구리보다 더 좋은 걸로 치러 줄 수도 있소!"

이리오스는 그러겠다고도 싫다고도 하지 않고 고맙다는 말도 않고 아무 말 없이 자리를 떴다. 소 떼의 주인은 그 뒷모습을 보며 침을 뱉었다. "액땜이다."

높은 습지에 온 이래 일어난 적 없던 번뇌가 이리오스의 마음속에 피어올랐다. 그는 번뇌와 싸웠다. 힘을 지닌 남자가 가축을 치료하러 왔다. 또 한 명의 능력자가. 하지만 그냥 마술사다, 오리나무가 그렇게 말했다. 마법사가 아니고 현자도 아니지. 치료사에 불과해. 가축 치료사라고. 그자를 두려워할 필요는 없어. 그의 힘은 겁내지 않아도 돼. 직접 봐야겠다. 확인해야지. 확실히해 둬야지. 그가 하는 일이 내가 여기서 하는 일이라면 해될 게 없다. 함께 일하면 되지. 내가 여기서 그 사람이 하는 대로 하기만 하면. 만약 그가 마술만 사용하고 해칠 생각이 없다면 말이야. 나도 그러잖아.

그는 집들이 아무렇게나 산재해 있는 '맑은우물' 마을의 길을 걸어 술집 맞은편에 있는 샌의 집으로 갔다. 시간은 정오에 가까웠다. 삼십 대에 성미가 모진 샌은 자기 집 문간에서 누군가와 이야기를 하고 있었다. 낯선 남자였다. 그들은 이리오스를 보자 불편한 빛을 띠었다. 샌이 집 안으로 들어가고 낯선 사람도 따라 들어갔다.

이리오스는 문간에 올라섰다. 그는 안으로 들어가지 않고 열린 문을 통해 말했다.

"샌 나리, 강줄기 사이에 있는 소 떼 말인데요, 제가 오늘 그쪽으로 갈 수 있습니다."

왜 이 말을 했는지 모를 일이었다. 그가 하려고 했던 말은 이게 아니었다.

"아아."

샌이 말하고 문 쪽으로 와서 잠시 말하기를 머뭇거렸다.

"그럴 필요 없어요, 오탁 선생. 여기 이분 '밝은햇살' 선생이 역질을 처리하러 올라오신 참이오. 이 양반이 전에도 우리 집 소들을 치료해 줬지요. 발굽 썩는 병부터 시작해서 뭐든지요. 선생이 혼자서 오리나무네 소들 전부를 어떻게든 해 줘야 한다는 판국이라……."

마술사가 샌 뒤에서 앞으로 나왔다. 그의 이름은 아이에스였다. 그가 품고 있는 힘은 작았고 더럽혀져 있었다. 무지와 오용, 거짓말로 오염된 것이다. 그러나 그가 품고 있는 시기심은 살을 지지는 불 같았다.

"난 이 마을에 와서 일한 지가 10년도 더 됐소."

이리오스를 위아래로 훑어보며 그가 말했다.

"엉뚱한 사람이 북쪽 어디서 굴러들어 와서 남의 일을 뺏다니, 딴 사람 같았으면 다툼이 벌어지고도 남았지. 마술사들끼리 싸우는 건 흉한 일이오. 당신이 마술사라면, 힘을 가진 사람이라면요. 내가 그렇지. 이 마을의 선량한 사람들이 잘 알고 있다시피 말이오."

이리오스는 다투고 싶지 않다고 말하려 했다. 일거리는 두 사람에게 충분할 만큼 많다고 말하려 했다. 그에게서 일을 뺏을 마음은 없다고 말하려 했다. 그러나 이 모두가 이 말들에 귀 기울이지 않을, 말이 나오기도 전에 불태워 버릴 그 사내의 표독한 시기심에 타서 없어져 버렸다.

빤히 쳐다보던 아이에스는 이리오스가 말을 더듬는 것을 보면서 더욱 거만해졌다. 그는 샌에게 뭐라 말하려 했는데 이리오스가 입을 열었다.

"당신은……, 당신은 가야 해. 돌아가시오."

돌아가라는 말을 하며 그의 왼손이 칼처럼 공중을 그어 내렸고, 아이에스는 빤히 쳐다보던 그대로 뒤로 자빠져 의자에 주저앉았다.

이자는 작은 마술사에 지나지 않는다. 한심한 주문 몇 가지를 가지고 사람들을 속이는 치료사일 뿐이다. 아니면 그렇게 보이는 건가. 가장하고 있는 거라면 어쩌지. 힘을 숨기고 있다면, 적수가 힘을 숨기고 있는 거라면? 시기심에 불타는 적수. 멈추게 해야만 한다. 묶어야지, 이름 짓고, 불러야지. 이리오스는 그를 묶을 주문을 읊기 시작했고 겁에 질린 상대방은 몸을 움츠리고 물러나려 하면서 벌벌 떨었다. 그가 가늘고 높은 소리로 울부짖었다. 잘못됐어, 잘못된 일이야. 난 나쁜 짓을 하고 있어. 내가 바로 해악이야. 이리오스는 생각했다. 그는 주문의 단어들을 입 안에서 멈추고 주문에 저항해 싸웠다. 그러고는 마침내 한 다른 단어를 외쳤다. 그러자 아이에스는 그 자리에 웅크리고 엎어져 사시나무 떨듯 하며 구토를 했다. 그리고 샌은 그 광경을 빤히 쳐다보며 "면할지어다! 면해지리라!" 하는 말을 하려고 용을 썼다. 해로운 일은 저질러지지 않았다. 그러나 이리오스의 두 손 안에 타는 불은 그가 손으로 눈을 덮으려 하자 그의 눈을 지졌고, 말을 하려 하자 혀를 태워 없애 버렸다.

*

한참이 되도록 아무도 그를 만지지 않았다. 그는 발작을 일으켜 샌의 문간에 쓰러졌다. 이제 그는 죽은 사람처럼 거기 널브러져 있었다. 그러나 남쪽에서 온 치료사는 그가 죽은 것은 아니라고 했다. 그래도 독사만큼이나 위험한 자라고 말했다. 샌은 오탁이 어떻게 밝은햇살에게 저주를 내렸는지 이야기했다. 그가 무슨 끔찍한 말 몇 마디를 하자 밝은햇살이 점점 더 움츠러들고 움츠러들며 불에 들어간 장작개비처럼 울부짖었고, 그러더니만 한순간에 도로 회복되었다는 이야기였다. 하지만 개처럼 비실거리는 채였다, 그거야 당연한 일이다. 그리고 이 일들이 벌어지는 동안 상대편에 있던 오탁에게는 몸에 빛이 어렸다. 마치 흔들리는 불 같았고 그림자들이 뛰놀았다. 그의 목소리는 결코 사람의 목소리 같지 않았다. 무시무시한 일이다.

밝은햇살은 사람들에게 그자를 쫓아내 버리라고 말했지만 그러는지 어쩌는지 보려고 머물러 있지는 않았다. 그는 술집에서 큰 잔의 맥주를 벌컥벌컥 들이마신 뒤에 즉시 도로 남쪽 길로 내려갔다. 그러면서 한 마을에 두 명의 마술사가 설 자리는 없으며 자기는 사람인지 뭔지도 모를 저자가 사라지면 그때나 돌아오겠다고 말했다.

아무도 그를 건드리지 않았다. 사람들은 샌의 집 문간에 쓰러져 있는 덩어리를 먼발치에서 지켜보았다. 샌의 아내는 큰 소리로 울면서 거리를 오락가락했다.

"나쁜 징조, 나쁜 징조예요! 아, 우리 아기가 죽어 나올 거야, 난 안다고!"

산딸기가 가서 제 누나를 데리고 왔다. 그는 술집에서 밝은햇살의 이야기를 들었고, 샌이 하는 이야기도 들은 후였다. 이야기는 벌써 몇 가지 서로 다른 내용으로 퍼져 있었다. 그중 제일 가관인 얘기로는 오탁이 열 자나 되도록 키가 커져서 벼락으로 밝은햇살을 때려 석탄 더미에 처박은 다음, 자기는 입가에 거품을 물고 파랗게 혈색을 잃고는 그 자리에 돌더미처럼 무너져 내렸다고 했다.

선물이 서둘러 마을로 왔다. 그녀는 곧장 문간으로 올라가 널브러진 것 위에 몸을 굽히고 손을 얹었다. 사람들은 모두 헉 하고 숨을 삼키며 중얼거렸다. "면할지어다! 액땜해야지!" 다만 황갈색의 제일 어린 딸애만은 그 몸짓을 잘못 읽고 짹짹 소리쳤다. "일 잘하세요!"

무너져 있던 것이 움직이고, 천천히 일어났다. 사람들은 그것이 치료사임을 볼 수 있었다. 그의 모습 그대로이고, 영 성치 않아 보이기는 해도 불이며 그림자 같은 것은 없었다.

"정신 차려요."

선물이 말하고 그를 일으켜 세웠다. 그러고는 마을길을 그와 함께 천천히 걸어 올라갔다.

마을 사람들은 고개를 저었다. 선물은 용감한 여자지만, 세상엔 도를 넘은 만용이라는 게 있다. 아니면 술집 탁자를 둘러싸고 이야기할 때 나온 말마따나 길을 잘못 든 용기, 주소를 잘못 찾은 용기라고 해야겠지. 마술은 타고난 사람이 아니면 쓸데없이 얽힐 일이 아니야, 안 그래? 마술사들하고 얽히는 것도 마찬가지고. 생각도 말아야 해. 겉으로야 남들과 똑같아 보이지. 하지만 그 작자들은 딴 사람들 같지 않다고. 치료사는 아무 해를 안 끼칠 것 같았잖나. 발 썩는 병을 고치고 소 젖통에 더께 지는 걸 없애고 말이야. 그거야 좋지. 하지만 비위를 거슬러 보라고, 직통으로 불에다 그림자에다, 저주가 날고 발작으로 쓰러지고 하잖아. 괴이하지. 그 사람 원래부터 영 괴이하더라고. 그런데 대체 어디서 온 거래? 누가 말 좀 해 봐.

*

선물은 그를 침대 위에 올려놓고 두 발에서 신을 벗겨 준 후 잠을 자게 놔두었다. 산딸기는 보통 때보다 더 곤드레만드레가 되어서 늦게야 집에 들어왔고, 넘어져 이마를 화로 받침쇠에 긁혔다. 피가 흐르자 그는 성질을 내며 선물더러 그놈의 '마숫샤'를 집 밖으로 쫓아내라고 명령했다. 지금 당장, 뻥 차내 버려. 그러고는 재에 대고 토하더니 화로 위에 엎어진 채 잠들었다. 선물은 동생을 잠자리에 끌어다 놓고 신을 벗겨 준 후 잠을 자게 놔뒀다. 그런 뒤 또 한 사람을 살펴보러 갔다. 열이 있어 보여서, 선물은 그의 이마에 손을 짚어 보았다. 그가 눈을 뜨더니 아무 감정 없는 눈으로 뚫어지게 그녀의 눈을 들여다보았다.

"에메르."

그렇게 부른 다음, 그는 도로 눈을 감았다.

선물은 기겁하여 뒷걸음질 쳤다.

자기 잠자리에 누워, 어둠 속에서 그녀는 생각했다. 저 사람은 나에게 이름을 붙여 준 마법사와 아는 사이였을 거야. 아니면 내가 내 이름을 말했든지. 아마 자다가 소리 내어 말했겠지. 아니면 누군가가 그에게 알려 줬을지도. 하지만 아무도 모를 텐데. 그 마법사님하고 우리 엄마 말고는 세상 누구도 내 이름을 몰랐는데. 그리고 두 분 다 돌아가셨지, 돌아가셨어……. 내가 잠결에 말했을 거야…….

하지만 그녀는 사실 짐작하고 있었다.

✳

그녀는 손에 조그만 기름등을 들고 서 있었다. 등불 빛이 손가락 사이로 붉게 빛나고 얼굴에 금빛으로 어른거렸다. 그는 그녀의 이름을 불렀다. 그녀는 그에게 잠을 주었다.

✳

그는 아침 늦게까지 잤고, 병을 앓는 사람처럼 맥없이 얌전하게 잠을 깨었다. 선물은 그를 두려워할 수가 없었다. 선물은 그가 마을에서 일어났던 일이나 다른 마술사에 관해, 그리고 자기가 침대보 여기저기에서 찾아낸 구리 동전 여섯 개에 관해서도 아예 아무것도 기억 못한다는 사실을 알아냈다. 그 동전들은 그가 줄곧 손에 꽉 쥐고 있었던 게 틀림없었다.

"분명히 오리나무가 준 돈이겠군요. 그 구두쇠!"

"내가 그 사람 가축들을……, 강줄기 사이 목초지에 있는 가축들을 봐 주겠다고 말했습니다. 맞지요?"

그가 걱정스러운 듯 그렇게 말했다. 쫓기는 듯한 표정이 돌아와 있었고, 그는 팔걸이의자에서 일어서려 했다.

"앉아 있어요."

그는 앉았다. 하지만 앉은 채로 안절부절못했다.

"당신이 아픈데 무슨 치료를 한다고 그래요?"

"그럼 어떡합니까?"

그러나 그는 서서히 다시 안정을 찾고 잿빛 고양이를 쓰다듬었다.

선물의 남동생이 들어왔다.

"잠깐 나와 봐."

치료사가 의자에 앉아 졸고 있는 것을 보자마자 산딸기는 말했다. 선물은 동생을 따라 밖에 나갔다.

"이젠 더 이상 이 집에서 저자랑 함께 지낼 수 없어."

누나를 누르고 집주인 행세를 하는 그의 이마에는 크고 시커먼 상처가 났고, 눈은 굴처럼 흐리멍덩했으며, 손은 덜덜 떨렸다.

"너 어디로 가려고?"

"꺼져야 할 건 저자야."

"여긴 내 집이다. 브렌의 집이지. 저분은 여기 계실 거야. 떠나든지 있든지 넌 네 맘대로 해라."

"저자가 떠나고 있고는 나한테 달린 일이기도 해. 그리고 저자는 가야 해. 누나가 모든 걸 다 결정하는 건 아니라고. 사람들이 다들 저 사람을 내보내래. 저자는 정상이 아니야."

"아, 그러니. 저 사람이 소 떼를 절반이나 치료해 주고 그 대가로 구리 돈 여섯 닢을 받고 나니 이제는 저 사람을 내보내란 말이지. 정말 공정하구나! 저이를 언제까지 묵게 하든 그건 내 마음대로야. 그럼 얘긴 끝났다."

산딸기가 징징거렸다.

"사람들이 우리 집 우유랑 치즈를 사지 않을 거야."

"누가 그러던?"

"샌의 마누라가. 여자들이 다 그래."

"그럼 치즈를 오레이비로 싣고 가지. 거기서 파는 거야. 세상에, 이 자식아. 얼굴이 그게 뭐니? 가서 상처 좀 씻고 와. 윗도리도 갈아입고. 술내가 진동을 하는구나."

그러고는 다시 집으로 들어왔다.

"기가 막혀서."

그녀는 말하고서 왈칵 눈물을 터뜨렸다.

"무슨 일이에요, 에메르?"

치료사가 여윈 얼굴과 기묘한 눈빛을 그녀에게로 향했다.

"소용없어요, 안 되는 줄 알고 있어요. 주정뱅이한테는 어떡해도 안 돼요."

그녀는 앞치마로 눈물을 훔쳤다.

"당신이 그렇게 된 것도 술 때문인가요?"

"아니요."

그는 화내지 않았다. 아마 무슨 말인지 알아듣지도 못한 것 같았다.

"물론 아니었겠죠. 미안해요."

"동생은 아마 자기 아닌 다른 사람이 되고 싶어서 술을 마시는 것일 거예요. 변하고 싶어서, 바꾸고 싶어서……."

"술을 마시니까 마시는 거예요. 어떤 사람들은 그게 전부예요. 이제 치즈 광에 가 봐야겠네요. 집 문은 잠글게요. 아무래도…… 낯선 사람들이 돌아다니고 있으니. 쉬세요. 바깥은 춥더라고요."

선물은 그가 무슨 해코지 당할 곳에 있지 말고 집 안에 있도록 단속해 두고 싶었다. 그러면 누가 찾아와서 못살게 굴 일도 없을 것이다. 나중에 자기가 마을에 들어가 분별 있는 사람들과 얘기해서 이런 허튼소리들을 최대한 막아 볼 생각이었다.

선물이 그렇게 했을 때, 오리나무의 아내 황갈색을 비롯한 몇몇 사람들은 일거리를 두고 마술사들끼리 다툼이 일어나는 것쯤이야 사실 별일 아니라는 데 동의했다. 그러나 샌과 샌의 아내, 그리고 술집 단골들은 그 건을 덮어 두려 하지 않았다. 소 죽는 얘기 말고는 남은 겨울 동안 얘기할 만한 흥밋거리가 그것뿐이었던 것이다. 황갈색이 말했다.

"게다가 우리 남편은 상아를 지불해야 할 때에 구리를 지불할 수 있으면 얼씨구나 할 사람이잖아."

"그럼 그 사람이 손을 댄 소들이 꿋꿋하게 버티고 있나 봐?"

"지금까지 본 바로는 그래. 새로 병이 난 소도 없고."

"그 사람은 진짜 마술사야, 얘. 난 알아."

선물이 정말로 진지하게 말했다.

"그게 문제지. 안 그래? 자기도 알잖아! 여긴 그런 사람이 올 곳이 아니야. 그 사람이 누구든 그거야 우리가 참견할 일이 아니지. 하지만 뭐 하러 여기 왔는지는 자기가 꼭 물어봐야 해."

"가축들을 치료하러 왔다니까 그러네."

선물이 말했다.

*

밝은햇살이 가 버린 후 사흘도 되기 전에 마을에 새로 낯선 사람이 나타났다. 한 남자가 훌륭한 말을 타고 남쪽 길로 올라와서는 술집에 가서 숙박할 곳을 물었다. 그들은 그 사람을 샌의 집으로 보냈지만, 낯선 사람이 문간에 왔다는 말을 듣고 샌의 아내가 찢어지는 비명을 질렀다. 그녀는 만약 샌이 또 다른 마녀 술법 쓰는 작자를 집에 들여놓으면 뱃속의 아기가 두 번 되풀이해 죽어서 태어날 거라고 소리쳤다. 그녀가 울부짖는 소리는 길을 따라 위아래로 몇 집 건너까지 들릴 정도였기에 군중이(그래 봐야 열 명인가 열한 명이지만) 샌의 집과 술집 사이에 몰려들었다.

"아니, 설마 그럴 리가요."

낯선 사람은 상냥하게 말했다.

"출산이 잘못 앞당겨지게 할 수야 없지요. 술집 위쪽으로는 혹시 묵을 곳이 없을까요?"

"마을 밖 치즈 집으로 보냅시다. 선물은 자기 집에 아무나 받잖아요."

오리나무네 소몰이꾼 한 사람이 말했다. 키득키득 웃는 소리와 쉿 하고 조용히 시키는 소리가 났다.

"저 길로 가세요."

술집 주인이 말했다.

"고맙습니다."

여행자가 말하고 사람들이 가리켜 준 방향으로 말을 몰았다.

"외지 사람들은 모두 한 바구니에 담자고."

술집 주인이 한 이 말은 그날 밤 술집에서 수십 번이나 되풀이되었고, 마르지 않는 갈채를 불러일으켰으며, 소 역병이 난 이래 사람들이 가장 많이 입에 담는 화제가 되었다.

*

선물은 저녁 젖짜기를 마치고 치즈 광에 있었다. 그녀는 우유를 받쳐 둔 채 냄비들을 꺼내 준비를 했다.

"아주머니."

문에서 부르는 목소리가 났고, 그녀는 치료사라고 생각하고 말했다.

"잠깐만요, 이것 좀 마치고요."

그러고는 돌아선 순간 낯선 사람과 맞닥뜨려 하마터면 냄비를 떨어뜨릴 뻔했다.

"어머나, 놀라라! 어떻게 오셨나요?"

"오늘 밤 잘 곳을 찾는데요."

"미안해요, 안 되겠네요. 손님을 치고 있고 동생이랑 제가 있어서요. 마을의 샌 씨 집에 가 보시면……."

"거기서 이쪽으로 가라던데요. 외지 사람들을 모두 한 바구니에 담자면서."

낯선 사람은 삼십 대의 나이에 둔감해 보이는 얼굴이었는데 표정은 호감이 갔다. 옷차림은 평범한데, 뒤에 세워 놓은 다리

굵은 말은 훌륭한 녀석이었다.

"외양간에 재워 주세요, 아주머니. 그걸로 충분합니다. 편안한 잠자리가 필요한 건 제 말이거든요. 말이 지쳤어요. 외양간에서 자고 아침에 떠나겠습니다. 추운 밤에 잘 때 소들이 함께라면 차라리 반갑죠. 돈도 낼게요. 구리 돈 두 닢이면 될까요, 아주머니? 제 이름은 '매'랍니다."

"나는 '선물'이에요."

그녀는 조금 당황스러웠지만 이 사람이 싫지 않았다.

"좋아요, 그럼. 매 양반, 말을 들여놓고 돌봐 주세요. 물은 저쪽에서 길으면 되고 건초는 넉넉해요. 나중에 집에 들어오세요, 우유 수프를 좀 드릴게요. 그리고 동전 한 닢이면 충분하고도 남아요. 고맙습니다."

치료사에게는 늘 선생님이라고 경칭을 썼지만 이 사람을 상대로는 그럴 마음이 나지 않았다. 그에게는 귀족 같은 분위기가 없었다. 또 다른 한 명과는 달리, 이 사람을 처음 봤을 때는 그녀의 눈에 왕이 비치지 않았던 것이다.

치즈 광에서 할 일을 마치고 집으로 가자, 이름이 매라는 새로 온 사람은 화롯가에 쪼그리고 앉아 능숙한 솜씨로 불길을 돋우고 있었다. 치료사는 자기 방에 잠들어 있었다. 선물은 안을 들여다본 다음 문을 닫았다.

"저 양반은 몸이 안 좋아요."

그녀가 목소리를 낮추어 말했다.

"저이는 습지를 가로질러 저 멀리 동쪽 끝까지 소들을 치료했어요. 이 추위 속에서, 여러 날 동안이나요. 그러다 쇠약해지고 만 거예요."

그녀가 부엌에 가서 할 일을 하고 있으려니 매가 때때로 아무렇지 않은 듯 일을 거들어 주었다. 그래서 선물은 외지 남자들은 모두 다 습지 남자들보다 집안일에 이렇게나 도움이 되는 것일까 궁금하게 여겼다. 매는 함께 이야기하기 좋은 사람이었다. 그래서 그녀는 치료사에 관한 일들을 그에게 말해 주었다. 자기 자신에 관해서는 별로 할 말이 없었던 것이다.

"사람들은 마술사를 이용해 먹은 다음에 그의 재주를 놓고 험담을 해요. 옳은 일이 아니에요."

"하지만 저 사람이 사람들을 겁줬겠죠. 어떻게든지요. 안 그런가요?"

"그랬을 것 같아요. 치료사가 또 한 사람 이쪽으로 왔거든요. 전에도 여기 왔던 사람이에요. 내가 아는 한 그 사람은 별로예요. 2년 전에 우리 집 암소 젖통에 더께가 졌을 때 보니 소용없더라고요. 그이가 고약이라고 가지고 다니는 건 그냥 돼지비계예요, 장담할 수 있어요. 그래서 그 사람이 오탁에게 '당신이 내 일을 뺏고 있어.' 하고 말했어요. 아마 오탁도 같은 말을 했겠죠. 그러다 둘이 다 화가 났고, 서로 상대방에게 흑마술 주문을 걸었을 거예요, 아마도요. 내 생각엔 오탁이 건 것 같아요. 하지만 그 사람에게 해를 끼친 건 전혀 없어요, 자기가 쓰러져서 정신을 잃었죠. 지금은 그 일을 전혀 기억 못해요. 상대방 남자는 아무 데도 다치지 않고 자기 발로 걸어 나갔고요. 그리고 사람들 얘기로는 저 양반이 손을 댄 가축들 모두가 지금까지 서 있고 건강하다고들 그래요. 열흘 동안이나 저 밖에서 비바람을 맞으며 지냈다니까요. 소들을 만져 주고 병을 낫게 해 주면서요. 그런데 소 임자가 준 게 얼만지 아세요? 동전 여섯 개예요! 저 양반이 그래 화가 안 나겠어요? 그렇다고 저이한테……."

그녀는 혼자 멈칫했다가 말을 이었다.

"그렇다고 저이한테 이상한 구석이 아예 없다는 건 아니에요. 가끔은요. 마녀들이며 마술사들이 그렇죠, 그렇게 생각해요. 어쩌면 그 사람들은 그래야만 할 거예요. 그런 큰 힘을 다루고 사악한 것을 다루려면 말이에요. 하지만 저분은 진실한 사람이랍니다. 마음도 곱고요."

"아주머니, 제가 이야기 하나 해 드릴까요?"

매가 말했다.

"어머나, 이야기꾼이에요? 진작 그렇다고 말씀을 하시지. 정말 그런 거예요? 혹시 그렇지 않을까 했어요. 철도 겨울이고 한데 길을 가는 중이라니. 그렇지만 그런 말을 데리고 계시고 해서 상인인가 보다 했지요. 정말 얘기를 해 주실 거예요? 제 평생에 이런 기쁜 일이! 길수록 좋답니다. 하지만 수프부터 드세요. 자리에 앉아서 들을게요……."

"저는 이야기꾼은 아닙니다, 아주머니. 그래도 들려 드릴 이야기가 있긴 하지요."

그 사람은 호감 가는 웃음을 띠고서 말했다. 그러고는 수프를 다 마셨고, 선물이 바느질감을 들고 자리를 잡고 앉자 이야기를 시작했다.

"내해에 있는 현자의 섬, 모든 위대한 마법의 본산인 로크 섬에는 아홉 명의 대마법사들이 있습니다."

선물은 너무 좋아 두 눈을 감고 귀를 기울였다.

매는 아홉 스승들의 이름을 열거했다. 기예사와 약초사, 소환사와 조형사, 풍향사와 찬미사, 그리고 명명사가 있고 변화사가 있었다.

"변화사와 소환사의 기예는 아주 위험한 것이지요. 변화는 변신술이라고 하면 잘 아시겠죠. 평범한 마술사만 돼도 환각으로 변화를 일으키는 법은 알고 있어요. 어떤 물건을 잠깐 동안 다른 것으로 바꿔 놓는다든가, 자기 모습이 아닌 다른 모습으로 변신하는 거지요. 구경해 보신 일 있으세요?"

"들어는 봤어요."

선물이 숨죽인 소리로 말했다.

"또 간혹 가다 마녀들이나 마술사들 중에 죽은 사람을 소환하여 자기를 통해 이야기하도록 할 수 있다고 하는 사람들이 있죠. 예컨대 아이가 죽어서 비통해하는 부모에게 말입니다. 마녀의 오두막, 컴컴한 어둠 속에 소리가 들립니다. 아기 울음소리가, 까르륵 웃는 소리가……."

그녀는 고개를 끄덕였다.

"그것들은 환영 주문에 지나지 않아요. 눈속임이죠. 그렇지만 세상에는 진정한 변화술이 있고 진정한 소환술도 존재합니다. 바로 마법사를 진정으로 유혹하는 것들이랍니다! 매가 되어 하늘을 나는 일은 정말 멋진 일이거든요. 그러면서 저 밑에 펼쳐진 땅을 매의 눈으로 내려다보지요. 그리고 소환술은 참되게 이름을 부르는 것이니 대단한 힘이죠. 아주머니도 아시다시피 진정한 이름을 안다는 것은 힘을 가진다는 것이니까요. 소환술사의 기술은 정통으로 거기에 잇닿아 있지요. 오래전 죽은 사람들의 모습을, 영혼을 지상으로 소환해 낸다는 것은 굉장한 일입니다. 그 옛날 모레드가 보았던 모습, 그러니까 솔레아의 과수원에 있는 엘파란의 아름다움을 본다는 것은……."

매의 음성은 몹시 부드러우면서도 어둡게 느껴졌다.

"음, 얘기로 돌아가지요. 한 40년쯤 전에 방주 섬에서 한 아이가 태어났습니다. 세멜에서 남동쪽으로 멀리 떨어져 있는 내해의 부유한 섬이랍니다. 이 아이는 방주 섬 영주 집안에서 사무 보는 사람의 아들이었어요. 가난뱅이는 아니었지만 대단한 신분을 타고나지도 못했죠. 게다가 부모가 일찍 죽었어요. 그러니 아이에게 신경 써 줄 사람이 별로 없었습니다. 그 애가 어떤 일을 할 수 있고, 실제로 해 내기도 한 것을 사람들이 눈치 채기 전까지는 말입니다. 기괴한 꼬마였어요, 사람들은 그 애를 그렇게 말했지요. 힘을 가지고 있었거든요. 그는 말 한마디로 불을 만들어 내기도 하고 꺼 버리기도 했어요. 냄비와 번철을 공중에 둥둥 뜨게 만들 수도 있었지요. 생쥐를 비둘기로 둔갑시켜 방주섬 영주 저택의 큰 부엌 안에서 빙빙 날아 돌게 할 수도 있었어요. 그리고 무슨 일이 성미에 거슬리거나 겁을 먹으면 사람을 해치기도 했어요. 요리사 한 사람이 자기를 못살게 굴자 주전자에 펄펄 끓던 물을 뒤집어씌웠답니다."

"저런."

선물이 속삭이듯 말했다. 그녀는 이야기가 시작된 후 단 한 땀도 뜨지 않은 채였다.

"그는 어린애에 불과했는데, 그 집안의 마법사들은 현자라고 할 수 없는 위인들이었지요. 아이에 대해서 전혀 지혜롭게나 부드럽게 행동하지 못했거든요. 아마 아이가 두려웠겠지요. 그들은 그의 두 손을 묶고 주문을 못 외도록 입에 재갈을 물렸어요. 그러곤 돌로 지은 창고 방에 가둬 버렸지요. 그들 생각에 아이가 길이 들었다 싶을 때까지 말이죠. 그런 다음에 그들은 아이를 멀리 큰 농장으로 보내어 마구간 일꾼으로 얹혀살게 했습니다. 아이는 동물을 다루는 솜씨가 있었고, 또 말들과 함께 있을 때면 한층 얌전했기 때문이죠. 하지만 그는 마구간 일을 하던 소년과 다툰 끝에 불쌍한 그 소년을 똥 덩어리로 만들어 버렸어요. 마법사들은 마구간 소년을 도로 제 모습으로 되돌린 후에 다시 한번 아이를 꽁꽁 묶었고, 재갈을 채웠죠. 그런 다음 그 애를 로크로 가는 배에 실었답니다. 아마 로크의 대마법사들이라면 그를 길들일 수 있으리라 생각한 거예요."

"불쌍하기도 하지."

선물이 중얼거렸다.

"정말 그래요. 왜냐하면 선원들도 그 애를 두려워해서, 뱃길을 다 가도록 그냥 묶인 채로 내버려 두었거든요. 로크 대학당의 수문사님께서 그 애를 보시고서야 두 손을 풀어 주고 혀를 자유롭게 해 주셨죠. 그리고 그 소년이 대학당에서 맨 처음 했던 일은 바로 그곳 식당의 '긴 탁자'를 홀라당 뒤집어 버리고 맥주 맛을 시게 만든 거라고 합니다. 학생 하나가 그를 저지하려다 잠시 동안 돼지로 변하고 말았다지요……. 그러나 대마법사님들과 마주치자, 그는 임자를 만났죠.

대마법사들은 벌을 주지 않았어요. 그 대신 그가 제대로 이야기를 듣고 배움을 얻기 시작할 때까지 그의 난폭한 힘을 주문으로 묶어 두었지요. 그렇게 되는 데는 시간이 한참 걸렸습니다. 그에게는 반항심이 뿌리박혀 있어서 자기가 가지지 못한 힘이나 알지 못하는 대상을 모조리 위협으로, 도전으로 간주했지요. 그래서 맞서 싸워 물리쳐야만 직성이 풀렸습니다. 그런 아이들이 많아요. 저도 그런 아이였지요. 하지만 저는 운이 좋았죠. 젊어서 교훈을 얻었으니까요.

그래요, 이 소년은 마침내 자신의 분노를 다스리고 힘을 통제하는 법을 배웠습니다. 그의 힘은 과연 대단했어요. 어떤 마법 기술이든지 쉽게 습득했지요. 너무나도 쉽게 배우는 바람에 그는 환상 마법을 하찮게 보았고 날씨 마법도 무시했어요. 그리고 치료술까지도 업신여겼죠. 거기엔 그를 두렵게 하는 것도 도전도 없었기 때문이죠. 그런 마법들을 깊이 익힌들 무슨 가치가 있을까 하고 그는 속으로 생각했어요. 그리하여, 대현자 넴머를 님에게서 이름을 받고 나자, 소년은 위대하고 위험한 마법 기예인 소환술에 뜻을 두었어요. 그는 그 마법의 대마법사님과 오랫동안 함께하며 공부를 했지요.

그는 계속 로크에서 지냈어요. 그곳이 모든 마법 지식의 고향이자 보고이기 때문이지요. 그렇기에 그는 여행하면서 다른 부류 사람들을 만나고 싶은 마음이나, 세상 구경을 하고 싶은 마음이 전혀 없었어요. 그는 온 세상을 소환해서 자기에게 불러들일 수 있다고 말하곤 했죠……. 그건 사실이었어요. 아마도 그 마법의 위험한 점은 바로 그것일 거예요.

그런데 소환술사가 해서는 안 되는 일이 있어요. 어떤 마법사라도 해선 안 되는 일이지요. 바로 살아 있는 사람을 소환하는 일이랍니다. 산 사람들을 마법으로 부를 수는 있어요. 그것은 괜찮아요. 목소리나 형상을, 자기 모습과 꼭 닮은 마법 형상을 그들에게 보낼 수도 있지요. 하지만 그들을 소환하는 일은, 영혼만 부르건 몸까지 오게 하건 간에 절대로 안 하도록 되어 있어요. 소환한다면 오직 죽은 사람만 부른답니다. 오직 그림자만을 소환하지요. 왜 그래야만 하는지는 충분히 아시겠죠. 산 사람을 소환한다는 것은 절대적인 힘으로 그 사람을 압도하는 거예요. 정신과 육체 모두를요. 어떤 사람도, 아무리 강하고 지혜롭고 위대한 사람일지라도 다른 사람을 소유하고 이용하는 일이 정당화될 수는 없어요.

그러나 소년이 지니고 있던 뿌리 깊은 경쟁심이 그가 어른이 되면서 움직이게 됐지요. 로크에는 용맹한 기풍이 있어요. 언제든지 다른 사람들보다 더 잘 해내야 한다, 계속해서 최고가 되어야 한다는……. 마법 기예는 경쟁이 되고 시합이 되어 버립니다. 목적은 그 목적 자체보다 못한 목적을 위한 수단이 되고 말죠. 이 사람보다 더 대단한 재능을 타고난 사람은 없었습니다. 그러나 혹 누군가가 그 어떤 일에서든 그를 능가하면, 그는 그걸 못 참아 했어요. 그만 안절부절못하며 절치부심했지요.

로크의 대마법사들 사이에는 그가 끼어들 자리가 없었습니다. 새로운 소환사가 선출되었는데, 은퇴하거나 죽을 가망이 거의 없는 한창나이의 군건한 남자였으니까요. 그 외 선생들과 학자들 사이에서는 존경받는 위치를 차지했지만 '아홉 스승' 중 한 사람이 될 수는 없었어요. 그에게는 기회가 이미 지나가 버린 거예요. 어쩌면 그가 거기 머물러서 줄곧 마법사와 현자들, 그리고 마법을 배우는 소년들하고만 어울려 지낸 것은 그에게 좋은 일이 되지 못했던가 봅니다. 그들은 모두가 힘을, 더 큰 힘을 추구하고, 가장 강한 자가 되고자 안간힘을 쓰지요. 어쨌든 그 이후 여러 해가 흐르고 그는 점점 더 남들과 동떨어진 사람이 되어 갔습니다. 사람들을 멀리하고 탑 위의 방에 틀어박혀 자기 연구에 몰두한 채 학생들도 거의 가르치지 않고 좀처럼 말도 안 했지요. 소환사는 재능 있는 학생들을 그에게 보냈지만 로크의 소년들 대부분은 아예 그를 몰랐습니다. 이렇게 고립된 채로 그는 좋은 결과를 낳지 못할 어떤 마법을, 시험 삼아 해 보는 것조차 꺼림칙한 마법을 시험하기 시작했습니다.

소환술사는 영혼들과 그림자들로 하여금 자기 뜻에 복종하여 오도록 하고 자기 말에 떠나가게 하는 일에 익숙해집니다. 아마도 이 사람은 이런 생각을 하게 된 듯해요. '산 사람들에게 같은 일을 한다고 한들 누가 날 막을까? 쓸 수도 없는 힘이라면 가져서 뭐 해?' 그래서 그는 살아 있는 사람을 자기에게 부르기 시작했어요. 로크에서 두렵게 생각했던 사람들, 경쟁자라고 생각했던 사람들, 자기가 시기심을 품었던 힘을 지닌 사람들을 말이죠. 그들이 오자 그는 그들의 힘을 빼앗아 가졌으며 그들이 아무 말도 못 하게 했지요. 그 사람들은 무슨 일을 당했는지, 자기들의 힘이 어떻게 된 건지 말하지 못했어요. 알 수가 없었지요.

그렇게 해서 마침내 그는 자기 스승인 로크의 소환사를, 그분이 방심한 틈을 타서 소환하기에 이르렀어요.

하지만 소환사는 정신과 육체로 그와 싸웠으며, 나를 불렀습니다. 그래서 내가 갔지요. 우리는 힘을 합쳐 우리를 파멸시키려는 의지에 맞서 싸웠습니다."

밤이 찾아왔다. 선물의 등불이 까무룩 꺼져 나갔다. 화덕의 붉은 불빛만이 매의 얼굴을 비추었다. 그것은 그녀가 생각했던 얼굴이 아니었다. 풍상을 겪은 얼굴, 엄숙한 얼굴이며, 한쪽 옆얼굴에는 온통 아래로 내리그은 흉터가 져 있었다. '매의 얼굴이야.' 선물은 생각했다. 그녀는 꼼짝도 하지 않고 이야기를 들었다.

"이것은 이야기꾼의 이야기가 아닙니다, 아주머니. 아주머니께서 앞으로 다른 누구에게서도 듣지 못할 이야기지요. 그 당시 나는 갓 대현자 노릇을 시작한 참이었어요. 우리가 맞서 싸운 그 사람보다 나이도 젊었고, 그 사람을 충분히 두려워할 줄 몰랐지요. 우리 둘이 그에게 맞서서 할 수 있었던 것은 그저 온 힘을 다해 우리 자신을 지키는 것뿐이었습니다. 그 탑의 방 안에는 정적이 감돌았죠. 우리 말고는 아무도 무슨 일이 벌어지고 있는지 몰랐어요. 우리는 싸웠습니다. 오랜 시간 우리는 싸웠어요. 그리고 마침내 끝이 났죠. 그가 꺾였어요. 마치 나무 막대기가 부러지듯이. 그는 패배했지만 도망쳐 버렸습니다. 소환사는 자기 힘의 일부를 아주 써 버린 뒤였습니다. 그 무분별한 정복욕에 맞서 싸우느라 소모해 버린 겁니다. 그리고 나에게도 그 사람이 도망칠 때 그를 멈추게 할 만한 힘은 남아 있지 않았습니다. 누구를 시켜 그를 쫓아가게 해야겠다는 생각도 미처 못했어요. 나 자신이 그를 쫓아갈 힘은 정말 한 오라기도 남지 않았고요. 그렇게 그는 로크에서 도망쳤습니다. 깨끗이 사라져 버렸죠.

우리는 가능한 한 말을 아꼈지만, 그래도 우리가 그와 격투를 벌였던 사실은 숨길 방법이 없었습니다. 그곳 사람 대다수가 잘된 일이라고 했지요. 왜냐하면 그는 줄곧 반쯤 광기에 들려 있었고, 이제는 아주 미쳐 버린 것이니까요.

그러나 우리 영혼의 멍든 자국이 가시고(이렇게 말하면 아주머니도 이해하시겠죠.), 그런 악전고투 끝에 찾아오게 마련인 심한 어리석음도 극복이 되자, 소환사와 나는 정말 대단한 힘을 가진 남자가, 현자가, 온정신이 아닌 채로 어스시를 헤집고 다니도록 내버려 두는 것은 좋지 않다고 생각하게 되었습니다. 그뿐 아니라 수치심과 분노와 복수심에 범벅이 되어 있을 텐데요.

우리는 그의 발자취를 찾지 못했어요. 틀림없이 로크를 떠날 때 새나 물고기로 변신해서 어디 다른 섬에 도착할 때까지 그 모습으로 있었겠지요. 그리고 마법사는 모든 찾기 주문을 피해 몸을 숨길 수 있답니다. 우리 식대로 탐지하고 탐문해 봤지만 그 누구도, 그 무엇도 대답하지 않았어요. 그래서 우리는 그를 찾으러 길을 떠났습니다. 소환사는 동쪽 섬들로 갔고 저는 서쪽으로 왔지요. 그건 제가 그 사람을 생각했을 때 제 마음의 눈에 장엄한 산이 보이려고 했기 때문입니다. 부서져 나간 듯한 산꼭대기가 있고, 산 밑에는 길쭉하니 남쪽으로 뻗어 나간 초록빛 들판이 있었어요. 어렸을 때 로크에서 배운 지리 수업을 돌이켜 보고 세멜의 지형을 기억해 냈고, 안단덴이라는 이름을 지닌 산을 기억했지요. 그래서 저는 높은 습지로 왔습니다. 제 생각엔 옳게 찾아온 것 같군요."

침묵이 내렸다. 화덕의 불이 속삭였다.

선물은 낮은 음성으로 물었다.

"저 양반한테 말을 할까요?"

"괜찮습니다. 제가 하지요."

매를 닮은 남자가 말했다. 그러고는 불렀다.

"이리오스."

그녀는 침대 방의 문을 쳐다보았다. 문이 열리고 그가 그곳에 섰다. 몸은 야위고 지쳤으며, 잠이 덜 깨 퀭한 눈에는 온통 당혹감과 고통이 가득 차 있었다.

"게드."

그가 불렀다. 그러고는 머리를 깊이 숙였다. 잠시 후 그가 고개를 들고 물었다.

"내 이름을 가져가겠소?"

"내가 왜 그래야 하지요?"

"이 이름에 담긴 것은 고통뿐이오. 미움과 오만과 욕심이라오."

"그 이름들을 당신에게서 빼앗겠습니다, 이리오스. 하지만 당신의 이름은 빼앗지 않아요."

"나는 몰랐소."

이리오스가 말했다.

"타인들에 대해서. 그들이 타인인 것을 이해 못했소. 우리 모두가 타인들인데. 그렇게 되어야 하는데. 내가 잘못 생각했소."

게드라고 불린 남자가 그에게 가서 그의 두 손을 잡았다. 애원하듯 반쯤 뻗쳐 낸 손들이었다.

"당신은 잘못된 길을 갔지요. 그 길에서 돌아왔습니다. 하지만 당신은 지쳤어요, 이리오스. 혼자 걸으면 길이 고됩니다. 나와 함께 돌아가시죠."

이리오스는 완전히 녹초가 되어 고개를 떨어뜨렸다. 긴장과 열정이 깡그리 그의 몸에서 빠져나갔다. 그러나 그는 눈을 들었다. 게드를 향해서가 아니라 화덕 모퉁이에 말없이 서 있는 선물을 향해서였다.

"나는 여기서 할 일이 있다오."

게드도 역시 그녀를 바라보았다. 그녀가 말했다.

"정말이에요. 그분은 소들을 치료하세요."

"그놈들은 내가 무엇을 해야 할지 가르쳐 준다오. 그리고 내가 누구인지도 가르쳐 줘요. 그들은 내 이름을 알아요. 하지만 절대로 말하지 않소."

잠시 후 게드는 연장자를 부드럽게 끌어당겨 두 팔로 안았다. 그러고는 조용히 무슨 말인가를 속삭인 후에 그를 놓아주었다. 이리오스가 깊은 숨을 들이마셨다.

"나는 거기서 아무 쓸모가 없어요, 게드. 여기서는, 쓸모가 있소. 사람들이 나에게 일을 시켜 준다면요."

그는 다시 선물을 보았고, 게드도 또다시 그녀를 보았다. 선물은 두 사람을 쳐다보았다.

"어떻습니까, 에메르?"

매를 닮은 사람이 물었다.

"제 생각엔……."

치료사를 향해 말하는 그녀의 목소리는 가늘었고 파들파들 떨렸다.

"오리나무네 소들이 겨우내 쓰러지지 않고 버텨 낸다면 소임자들이 당신에게 제발 있어 달라고 사정할 거예요. 당신을 좋아하지는 않겠지만요."

"마술사를 좋아하는 사람은 없죠."

대현자가 말했다.

"자, 그럼, 이리오스! 내가 이런 한겨울에 이 먼 길을 당신을 찾으러 왔는데 혼자 돌아가야 할 판이군요?"

"전해 주시오……, 내가 틀렸던 거라고 전해 줘요. 내가 잘못된 일을 했다고 말해 줘요. 소리온에게……."

이리오스는 혼란에 빠져 말을 잇지 못했다.

"한 사람의 인생에 변화라는 것은 우리가 알고 있는 모든 기술과 모든 지혜를 뛰어넘는다고 그에게 말하죠."

대현자가 말했다. 그러고는 다시 에메르를 보았다.

"이분이 여기 있어도 될까요, 아주머니? 이분은 있고 싶어하는데 아주머니도 원하십니까?"

"저분은 우리 동생보다 열 배나 소용이 되고 의지가 돼요. 게다가 마음씨 곱고 진실한 사람이지요. 제가 말씀드렸죠, 마법사님."

"그럼 좋습니다. 이리오스, 내 다정한 동료이자 선생, 경쟁자이자 친구인 분, 안녕히 계십시오. 에메르, 용감한 여인이여, 당신께 영예와 감사를 바칩니다. 당신 가슴과 당신 집 화롯가에 평화가 깃들이기를!"

그러면서 그는 무슨 손짓을 하여, 화덕 돌 위 공중으로 손이 지나간 궤적이 잠시 동안 희미하게 반짝였다.

"이제 전 외양간으로 가겠습니다."

그는 그렇게 말하고, 그렇게 했다.

문이 닫혔다. 속살대는 불 이외에는 아무 소리 없이 고요했다.

"불가로 오세요."

그녀가 말했다. 이리오스는 와서 팔걸이의자에 앉았다.

"저 사람이 대현자예요? 진짜로?"

그가 끄덕였다.

"온 세상의 대현자를, 우리 집 외양간에 재우다니. 내 잠자리를 내드려야겠어요……."

"안 올 겁니다."

이리오스가 말했다.

그녀는 그 말이 옳다는 것을 알았다.

잠시 후에 그녀가 말했다.

"당신 이름은 아름다워요, 이리오스……. 난 남편의 진짜 이름을 결국 몰랐어요. 그 사람도 내 이름을 몰랐고요. 당신 이름을 또 부르지는 않을게요. 하지만 알게 되어 기뻐요, 아무튼 당신도 내 이름을 아니까요."

"당신 이름은 아름답습니다, 에메르."

그가 말했다.

"당신이 부르라고 하면 나는 당신 이름을 부르겠어요."

잠자리

이리아

그녀의 아버지 쪽 조상들은 땅이 넓고 풍요로운 길 섬에 넓고 풍요로운 영지를 소유하고 있었다. 왕들이 다스리던 시절에 그들은 아무 칭호도 혜택도 요구하지 않았고, 마하리온이 쓰러진 후 이어진 암흑시대 동안에는 줄곧 자기들의 땅과 그 주민들을 단단히 지켰다. 얻은 이득을 도로 그 땅에 투자하고, 웬만큼 정의를 유지하고, 그 땅을 집적거리던 작은 폭군들은 싸워서 물리쳐 냈다. 로크 섬 현인들이 앞서서 주도하여 마침내 군도에 질서와 평화가 되돌아온 이후, 한동안은 그들 가문과 농장과 마을이 흥성했다. 목초지와 고원 풀밭과 참나무가 왕관처럼 장식한 산언덕들의 아름답고 풍요로운 정경이 이리아를 하나의 대명사로 만들었다. 그래서 사람들은 "이리아산 암소처럼 토실토실하다."라든가 "이리아 사람처럼 운이 좋다." 같은 말을 쓰곤 했다. 이 지역의 영주들이나 소작인들은 땅 이름을 자기 이름에 덧붙여 자신들을 '이리안' 즉 '이리아 사람'이라고 불렀다. 그러나 농사짓고 목축하는 사람들은 계절이 바뀌고 해가 바뀌어도 대를 이어서 참나무처럼 견실하게 생활을 꾸리고 자녀를 보며 살아갔지만, 영주 가문은 세월과 운명에 따라 변화를 겪고 쇠퇴하게 되었다.

유산을 놓고 형제들 간에 다툼이 일어나 가문이 분열되었다. 상속자 하나는 탐욕으로 인해, 또 한 명은 우둔함으로 인해 영지 경영을 그르쳤다. 또 다른 상속자는 딸을 낳았는데 그녀는 상인에게 시집가서 도시에 살면서 영지를 운영하려고 했다. 다른 상속자는 아들을 낳았지만 그 아들들이 또다시 서로 다투며 기왕에 갈라진 영지를 또 쪼개려고 들었다. '잠자리'라고 불리게 된 여자아이가 태어난 무렵까지도 이리아 지역은 여전히 온 어스시에서 가장 사랑스러운 산과 들과 목초지가 있는 곳으로 손꼽혔으나, 동시에 반목과 권리 분쟁의 전쟁터가 되어 있었다. 경작지는 잡초에 덮이고 농장 건물들의 지붕은 무너진 후에 새로 덮지 않았다. 젖 짜는 우릿간은 찾는 이 없이 을씨년스럽게 서 있을 뿐이고, 목동들은 더 나은 목장을 찾아 가축 떼를 몰고 산 너머 다른 곳으로 가 버렸다. 영지의 중심에 자리한 오래된 저택은 참나무 숲 사이 언덕 위에 반쯤 허물어진 모습으로 남아 있었다.

그 저택의 주인은 이리아 영주를 자처하는 네 명 중 하나였다. 나머지 세 사람은 그를 '옛 이리아의 주인'이라고 불렀다. 그는 실라이스에서 길 섬 공경들의 접견실과 법정을 드나들면서 이 지역 전체의 관할권이 백 년 전부터 지금까지 변함없이 바로 자신에게 있음을 입증하는 데 물려받은 재산과 자기 청춘을 깡그리 소모했다. 그는 성공하지 못한 채 쓰디쓴 낙심에 잠겨 고향으로 돌아왔고, 마지막 남은 포도밭에서 난 독한 적포도주를 마시는 일과 난폭하게 다루고 배를 곯린 개 떼를 끌고서 침입자가 발을 붙이지 못하게끔 자기 땅 경계 지역을 순찰하는 일로 여생을 보냈다.

그는 실라이스에 있으면서 결혼을 했다. 이리아 사람 누구도 그 부인에 대해서는 무엇 하나 알지 못했다. 왜냐하면 그 여자가 무슨 다른 섬에서 온 사람이었기 때문인데, 소문에 서쪽 어디에 있는 섬이라고 했다. 게다가 그녀는 이리아에는 온 적도 없었다. 그곳 도회지에서 아이를 낳다가 죽고 말았던 것이다.

옛 이리아의 주인은 귀향길에 세 살 난 딸을 데리고 왔다. 그러고는 집안 살림 하는 여자에게 아이를 넘겨주고 자기는 아예 잊어버렸다. 술에 취했을 때만 가끔 딸 생각을 했다. 그럴 때 딸이 눈에 띄면 자기가 앉은 의자 옆에 세워 놓고, 아니면 무릎에 앉혀 놓고 이리아 가문과 자기가 당한 온갖 부당한 일들에 관하여 줄줄이 떠들었다. 그는 욕을 하고 고함을 지르고 술을 마시면서 딸에게도 술을 먹였다. 그러면서 상속권을 영예롭게 여길 것과 이리아에 대하여 충실할 것을 맹세시켰다. 딸아이는 한 입 가득 머금은 포도주를 꿀꺽 삼켰지만, 저주와 맹세와 눈물은 몹시 싫어했다. 마찬가지로 으레 뒤따르는 감상에 취한 애무도 너무나 싫었다. 그럴 수만 있다면 그녀는 최대한 빨리 도망쳐서 저 아래 개와 말과 소들에게로 달아나곤 했다. 그 가축들을 상대로 그녀는 맹세했다. 아무도 모르고, 아무도 영예를 돌리지 않으며 자기를 빼곤 아무도 성의를 표하지 않는 어머니에게 충실하겠다고 말이다.

소녀가 열세 살이 되자 가솔들 중 유일하게 남아 있던 늙은 포도밭지기와 가정부가 주인 나리에게 아가씨의 명명일을 잡을 때가 됐다고 말했다. 그러면서 저 건너편 '서쪽연못'의 마술사를 부를지 아니면 한동네 마녀를 불러다 부탁할지 여쭤 보았다. 이리아의 주인은 몹시 성을 내며 고함을 질렀다.

"동네 마녀라고? 이리아 가문의 딸에게 진정한 이름을 주는 일에 너절한 촌 마녀를 부르잔 말이냐? 아니면 내 조부에게서 서쪽연못을 빼앗아 간 땅 도둑놈의 하인이 되어 살살거리는 배신자 마술사 놈을 불러? 그 족제비 같은 것이 내 땅에 한 발이라도 올려놓는 날엔 개들을 풀어 간까지 찢어발길 테다! 놈을 부르려거든 가서 이 말이나 일러 줘라!"

이게 다가 아니었다. 나이 든 가정부 '들국화'는 부엌으로 돌아갔고 코니 영감도 포도밭으로 돌아갔다. 열세 살의 잠자리는 집을 뛰쳐나와 마을로 향하는 비탈길을 뛰어 내려갔다. 그러면서 자기 고함소리에 흥분해서 컹컹 짖고 으르렁대며 따라 내달리는 개들을 향해 아버지가 내뱉곤 하는 욕지거리들을 퍼부었다.

"집에 가, 이 심보 고약한 암캐 년아! 가라니까, 빌빌 기는 개새끼들 같으니!"

그러자 개들은 조용해지며 옆걸음으로 물러났다. 그러곤 꼬리를 내리고 집으로 돌아갔다.

잠자리는 마을 마녀가 양 궁둥이의 덧난 상처로부터 구더기를 끄집어내고 있는 것을 찾아냈다. 마녀는 평소 이름이 '장미'였는데, 이 이름은 길 섬에서만도 수많은 여자들이 쓰는 이름이고 하드 인들이 사는 군도의 다른 섬들에도 아주 많았다. 금강석이 빛을 품은 것처럼 힘을 품은 비밀 이름을 가진 사람들은 공개적으로 쓰는 이름이 다른 사람들과 똑같이 평범하고 흔하기를 바랐다.

장미는 입속으로 중얼중얼 주문을 읊었지만 실제 치료는 주로 두 손과 짤막하고 날 선 칼이 담당했다. 암양은 참을성 있게 상처를 후비는 칼을 견뎌 냈다. 좁은 틈 같은 불투명한 호박빛 눈으로 고요히 응시하며, 이따금 조그마한 왼쪽 앞발 끝으로 땅바닥을 톡 톡 밟으면서 한숨을 쉴 뿐이었다.

잠자리는 가까이 가서 장미가 하는 것을 넘겨다보았다. 장미는 구더기 한 마리를 끄집어내어, 떨어뜨리고, 그 위에 침을 뱉은 다음, 다시 찾았다. 잠자리는 암양에게 몸을 기댔고, 암양 또한 마음을 의지하려는 듯 소녀 쪽으로 몸을 밀착시켜 왔다. 장미는 맨 마지막 구더기를 꺼내고, 떨어뜨리고, 침을 뱉은 후에 말했다.

"이제 양동이 좀 집어 주련."

그러고는 짓무른 상처 자리를 소금물로 씻어 주었다. 암양은 깊은 숨을 쉬더니 별안간 뜰에서 걸어 나가 자기 우리로 향했다. 치료는 받을 만큼 받은 것이다.

"못난아!"

장미가 소리를 치자 칠칠치 못해 보이는 아이 하나가 덤불 아래서 자고 있다가 모습을 드러내어 암양 뒤를 쫓아갔다. 암양 쪽이 아이보다 나이 많고, 덩치 크고, 영양 상태도 좋고, 아마 머리도 더 좋은 것 같았지만 아무튼 명목상으로는 아이가 양을 관리하는 역할이었기 때문이다.

"당신이 나한테 이름을 줘야 한다고들 그랬어요. 아버지는 엄청 화를 냈어요. 그걸로 그만이에요."

마녀는 아무 말도 하지 않았다. 그녀는 잠자리의 말대로라는 것을 익히 알았다. 이리아의 주인이 한번 어떤 일을 허락한다든가 허락 못 한다고 말했으면 절대로 마음을 바꾸지 않았다. 그는 자신의 비타협적인 고집에 긍지를 갖고 있었다. 왜냐하면 그의 관점으로는 어떤 말을 해 놓고 나중에 취소하는 것은 나약한 사내들이나 하는 짓이기 때문이다.

"왜 나 스스로 나의 진정한 이름을 지을 수 없는 거죠?"

장미가 소금물에 칼을 씻고 두 손을 헹굴 무렵 잠자리가 물었다.

"그렇겐 안 돼."

"왜 안 돼요? 왜 꼭 마녀나 마술사라야 해요? 당신들이 뭘 어떻게 하는데요?"

"그게 말이다."

장미는 자기 집 앞 조그만 흙 마당에 소금물을 좍 부어 버렸다. 그녀의 집은 마녀 집이 대개 그렇듯 동네의 다른 집들로부터 좀 떨어져 있었다.

"그게 말이야."

그녀는 허리를 펴고 또렷하지 못한 시선으로 주위를 둘러보았다. 마치 대답을, 아니면 암양을, 그도 아니면 수건을 찾는 듯했다.

"넌 힘이라는 것에 대해 좀 알아야 해. 알겠니?"

마침내 그렇게 말하고, 장미는 한 눈으로 잠자리를 빤히 보았다. 다른 쪽 눈은 약간 옆으로 빗나간 방향을 보고 있었다. 때때로 잠자리는 초점이 장미의 왼눈에 있다고 생각했지만, 가끔은 오른눈에 맺혀 있는 것 같기도 했다. 그러나 언제든 장미의 한 눈은 똑바로 바라보고 다른 눈은 미묘하게 시야에서 비켜난 무엇인가를, 구석 쪽을, 어디든 딴 데를 바라보고 있었다.

"무슨 힘요?"

"그 '힘' 말이야."

장미는 말하고, 암양이 느닷없이 걸어가 버렸던 것처럼 집으로 쑥 들어갔다. 잠자리는 그녀를 따라갔지만 문간까지만 갔다. 들어오라는 말도 없었는데 마녀의 집에 들어설 사람은 아무도 없었다.

"당신은 내가 그 힘을 가졌다고 그랬죠."

연기로 가득 차 어슴푸레한 단칸짜리 오두막에 대고 소녀가 말했다.

"내가 말한 건 네가 네 안에 대단한 잠재력을 갖고 있다는 거였지."

어둠 속에서 마녀가 말했다.

"그건 너도 아는 거지. 네가 무슨 일을 하게 될는지 나는 모른다. 너도 모르고. 그건 앞으로 찾아내야지. 하지만 너 자신을 이름 짓는 그런 힘은 세상에 없어."

"왜요? 진정한 이름보다 더 자기다운 게 어디 있어요?"

긴 침묵이 있었다.

마녀가 동석 추가 달린 물레와 기름기 있는 양털 뭉치를 들고 어둠 속에서 솟아 나왔다. 그러곤 문가에 놓인 긴 걸상에 앉아 물레질을 시작했다. 굵직한 회갈색 실을 두 자쯤 자은 다음에야 마녀는 대답했다.

"내 이름은 나 자신이지. 맞아. 하지만 그러면 이름이란 뭐겠어? 그건 남이 나를 부르는 거야. 만약 나만 있고 다른 누가 아무도 없다면 내가 뭐 하자고 이름을 갖겠니?"

"그렇지만."

잠자리는 복잡한 생각에 사로잡혀 말을 뚝 그쳤다. 그러다 잠시 후에 말했다.

"그럼 이름이란 누군가가 선물로 주는 거라야 하나요?"

장미는 고개를 끄덕였다.

"나에게 이름을 줘요, 장미."

"네 아버지가 안 된다고 하시잖니."

"내가 달라고 하잖아요."

"네 아버지가 여기 주인이란다."

"아버진 날 가난하고 무식하고 아무 쓸모없는 애로 놔둘 수 있어요. 하지만 이름도 없이 살게 할 순 없다고요!"

마녀는 암양이 그랬듯 괴롭고 불편한 한숨을 내쉬었다.

"오늘 밤이에요. 이리아 언덕 아래 우리 샘에서 해요. 아버지가 모르면 속상해할 일도 없잖아요."

잠자리의 음성은 반은 구슬림이고 반은 협박이었다.

"명명일은 제대로 잡아야지. 다른 젊은이들처럼 잔치를 하고 춤도 추어야 할 것을."

마녀가 말했다.

"이름을 주는 것은 새벽이라야 해. 그러고 나서 음악이랑 푸짐한 잔칫상 같은 것들이 뒤따라야지. 축하 잔치 말이다. 밤에 살그머니 빠져나가서, 아무도 모르게 그러는 게 아니야……."

"내가 알잖아요. 무슨 이름을 말할지 어떻게 알아요, 장미? 물이 말해 주나요?"

마녀는 철회색 머리를 한 번 흔들었다.

"너에게 말해 줄 수는 없단다."

장미가 말할 수 없다는 것이 말하기 싫다는 뜻은 아니었다. 잠자리는 기다렸다.

"그건 '힘'이야. 내가 말했잖니. 그냥 그렇게 떠오르는 거야."

장미는 물레질을 멈추고 한 눈으로 서쪽 하늘의 구름을 올려다보았다. 다른 눈은 약간 더 북쪽의 하늘을 바라보고 있었다.

"물속에 서 있지. 둘이 함께. 아이를 데리고 서 있는 거야. 아이한테서 어릴 적 이름을 빼앗아. 그 이름을 막 쓰는 이름으로 평생 계속 사용하는 사람들도 있지만, 그건 진짜 그 사람의 이름이 아니야. 그랬던 적도 없지. 그렇게 해서 이제 그 사람은 어린애가 아니고, 아무 이름도 없어. 그렇게 하고 나서 기다리는 거야. 그 물속에서. 마음을 열어 놔야 해, 그러니까, 집 문을 열어서 바람이 들어오게 하는 것처럼 말이지. 그렇게 떠오르게 된단다. 혀가 움직여서 그 이름을 말하지. 숨결이 소리를 만들어. 그 이름을, 그 숨결을 아이에게 주는 거야. 생각은 전혀 할 수 없어. 이름이 저절로 올 뿐이야. 그 사람에게 이름이 붙으려면 물을 통해, 나를 통해 와야만 해. 그게 힘이지, 힘이 그렇게 움직이는 거야. 바로 이런 식이란다. 내가 하는 건 아무것도 없어. 힘이 어떻게 움직이게 할지를 알아야지. 모두가 위대한 마법이 작용하는 거니까."

"현자들은 그보다 뭔가 더 하겠죠."

잠시 사이를 둔 후에 소녀가 말했다. 장미가 답했다.

"아무도 이보다 더 무엇을 할 수는 없어."

잠자리는 목 위 머리를 돌리고 등골뼈에서 우둑 소리가 나도록 기지개를 켰다. 그러면서 기다란 팔다리를 초조한 듯 쭉쭉 뻗었다.

"올 거죠?"

조금 시간이 지난 다음, 장미가 한 번 끄덕였다.

*

두 사람은 밤중 캄캄할 때 이리아 언덕 아래 샛길에서 만났다. 해가 진 뒤 한참 시간이 흘렀고, 새벽이 오려면 역시 한참 남은 때였다. 장미가 흐릿하게 비치는 도깨비불을 만들었으므로 갈대숲 속 물구덩이에 빠지는 일 없이 샘을 둘러싼 습지를 가로질러 갈 수 있었다. 별 몇 개가 반짝이는 시커먼 언덕 능선 아래 싸늘한 어둠 속에서 둘은 옷을 벗고 얕은 물속을 걸어갔다. 벨벳처럼 보드라운 진흙에 발이 푹푹 빠져 들었다. 마녀가 소녀의 손을 건드리며 말했다.

"아이여, 네 이름을 빼앗노라. 너는 이제 어린애가 아니다. 너는 아무 이름도 없다."

숨죽인 적막이었다.

마녀가 속삭이는 소리로 말했다.

"여인이여, 이름지어질지라. 너는 이리안이다."

두 사람은 잠시 동안 더 꼼짝 않고 멈추어 있었다. 밤바람이 불어와 벗은 어깨를 스치자, 그들은 부르르 떨었고 철벅거리며 물에서 나왔다. 최대한 몸의 물기를 걷고 맨발로 날카로운 갈대와 뒤엉킨 뿌리들과 악전고투하며 겨우 다시 샛길까지 나왔다. 그리고 거기서, 잠자리는 성이 나 모진 소리로 속삭였다.

"어떻게 그런 이름을 지어 줄 수 있어요!"

마녀는 아무 말이 없었다.

"그건 아니에요. 그건 내 참 이름이 아니라고요! 내 이름이야말로 날 나 자신으로 만들어 줄 거라고 생각했어요. 하지만 이

건 완전 엉망으로 만드는 거예요. 당신이 잘못 알았어요, 당신은 그저 마녀일 뿐이죠. 당신이 실수한 거라고요. 이건 그 사람 이름이에요. 그 사람 같으면 좋아라고 갖겠죠. 자기가 엄청 뻐기는 거니까. 거지 같은 영지에, 거지 같은 조상님에……. 난 싫어요. 난 안 할래요. 그건 내가 아니야. 난 아직도 내가 누군지 몰라요. 난 아니라고요, 이리안 따위!"

그 이름을 입 밖에 낸 순간, 잠자리는 그만 뚝 말을 자르고 침묵에 빠졌다.

마녀는 아직도 말이 없었다. 두 사람은 나란히 어둠 속을 걸었다. 마침내 장미가 두려움에 질린 음성으로 달래듯 말을 걸었다.

"이름은 그렇게 오는 거야……."

"만약에 누구한테 얘기하면 죽여 버릴 거예요."

이 말에 마녀는 걸음을 멈추곤 고양이처럼 목구멍에서 쉿 소리를 토했다.

"누구한테 얘기를 해?"

잠자리도 멈춰 섰다. 잠시 후 그녀가 말했다.

"미안해요. 하지만 난……, 난 배신당한 기분이에요."

"내가 네 진짜 이름을 말했지. 내가 그런 이름을 부르려고 생각한 게 아니야. 그리고 기분이 개운치도 않아. 꼭 뭔가 덜 끝마친 느낌이 들어서. 하지만 그건 네 이름이야. 그게 널 배신하는 거라면 진짜 이름인 게 분명하지."

장미는 머뭇거렸지만 곧 좀 화가 누그러진 소리로, 그러나 더욱 차갑게 말을 이었다.

"네가 나를 배신할 힘을 원한다면, 이리안, 내가 주마. 내 이름은 에타우디스란다."

바람이 다시 불어왔다. 둘 다 부르르 떨었고 이빨이 딱딱 부딪쳤다. 깜깜한 샛길 위에 마주 보고 서 있었는데 상대방이 어디 있는지도 보기 힘들었다. 잠자리는 손을 뻗어 더듬어서 마녀의 손과 만났다. 두 사람은 서로 꽉 끌어안고 한참을 그렇게 있었다. 그런 후에 서둘러서 돌아갔다. 마녀는 마을 근처 자기 집으로, 이리아의 상속녀는 언덕 위 폐허가 다 된 저택으로 갔다. 나올 때는 별 소란 없이 보내 줬던 개들이 그녀가 돌아오자 큰 소리로 짖고 법석을 떨며 맞이했다. 몇 리 안 사람들이 다 일어날 정도로 요란했지만 주인만큼은 깨지 않았는데, 그는 차갑게 식어 버린 화롯가에서 술에 곤드레가 되어 있었다.

상아

서쪽연못에 사는 이리아 영주 자작나무는 옛 저택은 소유하고 있지 않았지만, 이리아 옛 영지에서도 중심부가 되는 가장 비옥한 땅을 차지하고 있었다. 친척 간의 싸움보다 포도밭과 과수원에 더 관심이 많았던 그의 아버지는 아들에게 풍성한 기업(基業)을 물려주었다. 자작나무는 사람을 고용하여 농장과 포도주 양조장, 술통 제조장, 운송용 수레 관리 등등 온갖 일을 맡기고 자기는 한껏 부를 즐겼다. 그는 웨이퍼스 영주 막내아우의 수줍은 딸과 결혼했는데, 자기 딸들이 귀족 피를 받았다는 생각을 하면 무한히 뿌듯했다.

이 시기 귀족들 사이의 유행은 마법사를 고용하는 것이었다.

현자의 섬에서 훈련을 받고 지팡이와 잿빛 망토를 지닌 진짜 마법사 말이다. 그래서 서쪽연못의 이리아 영주도 로크 마법사 한 사람을 구했다. 값만 치르면 그토록 쉽게 구할 수 있다는 데 그는 퍽 놀랐다.

'상아'라 불리는 그 젊은이는 사실은 아직 지팡이와 망토를 갖고 있지 못했다. 상아는 자기가 로크로 돌아가면 그때 마법사가 되게 되어 있다고 설명했다. 로크의 스승들이 세상 경험을 쌓으라고 내보냈다는 것이다. 왜냐하면 로크 학교의 수업들을 다 거쳤을지라도 마법사가 되기 위해 필요한 경험은 얻을 수가 없기 때문이다. 자작나무는 이 점에 다소 의구심을 가졌다. 그러나 상아는 자신이 로크 섬에서 받은 훈련을 통해 길 섬의 이리아 서쪽연못 지역에서 요구될 만한 마법은 빠짐없이 다 갖추고 있노라고 거듭 장담했다. 이를 증명하기 위하여 상아는 한 무리의 사슴들이 만찬회장을 통과해 뛰어가는 환영을 만들어 냈다. 사슴 떼의 뒤를 이어 백조들이 날았다. 환영들은 남쪽 벽을 뚫고 솟아 나와 북쪽 벽으로 스며들어 갔다. 그런 뒤 마지막으로 은제 수반에서 솟아나는 분수가 식탁 한가운데에 나타났는데, 영주와 식구들이 마법사가 하는 대로 조심스럽게 잔을 채우고 맛을 보았더니 그 액체는 달콤한 황금빛 포도주였다.

"안드라드 제도의 포도주랍니다."

겸손하면서도 만족스러운 미소를 짓고 젊은이가 말했다. 이

때쯤엔 안주인과 영애들은 그에게 홀딱 반했다. 한편 자작나무는 이 젊은이가 급료만큼의 값어치는 하겠다고 생각했다. 비록 입 밖에 내어 말하지 않은 그의 취향은 자신이 소유한 포도밭에서 나는 단맛 적은 파니안 적포도주 쪽이었지만 말이다. 그 술은 마시면 마신 만큼 취기가 도는데, 그에 비하면 이 노란 술 따윈 꿀물이나 다름없었다.

젊은 마술사가 찾아 나선 것이 경험이었다면, 서쪽연못 지역에서는 별로 얻을 수가 없었다. 자작나무가 켐버 하구에서나 이웃 영지들에서 손님을 청하면 매번 사슴 떼와 백조들과 황금빛 포도주가 솟아나는 분수가 등장했다. 상아는 또 화창한 봄밤에 아주 예쁜 꽃불들을 만들어 보이곤 했다. 그러나 과수원지기나 포도밭지기가 주인 나리를 찾아와 올해 배 수확이 좋도록 주문을 좀 걸어 주십사, 아니면 남쪽 언덕의 파니안 종 포도 덩굴에 발생한 흑부병을 없앨 마법을 써 주십사 청하면 자작나무는 말했다.

"로크 마법사가 그런 시시한 일을 할 정도로 한가한 것 같나. 동네 마술사를 찾아가서 밥벌이를 하라고 하게!"

그리고 막내딸이 기침병으로 핼쑥해져 앓아누웠을 때도 자작나무의 아내는 감히 그런 용무로 젊은 현인을 귀찮게 할 엄두를 내지 못하고 그저 겸손히 옛 이리아 고을에 사람을 보내 장미를 청해 왔다. 뒷문으로 들어와 찜질약을 조제해 주든가 딸애를 다시 건강하게 해 줄 송가를 불러 달라고 말이다.

상아는 막내딸이 앓아누운 것을 전혀 눈치 채지 못했고, 배밭이나 포도밭에 관해서도 아무 관심이 없었다. 그는 자기대로 지낼 따름이었는데 마법 재주를 지니고 학식에 몸바친 사람은 으레 그런 법이었다. 상아는 매일매일 탐스러운 까만 암말을 타고 전원 지대를 돌아다니며 소일했다. 그 말은 그의 고용주가 마음껏 타도록 내준 것인데, 상아가 자신은 먼지 날리고 진창에 발 빠지는 시골길을 도보로 터덜터덜 돌아다니러 로크에서부터 오지는 않았노라고 확실하게 못 박았기 때문이다.

말을 타고 돌아다니던 길에, 상아는 때때로 언덕 위 참나무 거목들 사이에 선 오래된 저택을 지나쳤다. 한번은 마을 길을 뒤로하고 언덕 위로 향해 보았다. 그러나 앙상하게 여위고 입질이 험악한 개들이 떼를 지어 컹컹 짖으며 그에게 쏟아져 내려왔다. 말은 개들이 무서워 껑충거리고 마구 달려 나가려 했다. 그래서 그 후로 상아는 안전 거리를 지켰다. 하지만 아름다움을 보는 눈이 있는 그는 초여름 오후 잎잎이 조각난 빛 속에 백일몽처럼 떠오른 그 해묵은 저택을 바라보는 것이 좋았다.

상아는 자작나무에게 그 장소에 관하여 물어보았다.

"거기가 이리아지. 옛 이리아 말일세. 권리상 그 저택은 내 것이야. 하지만 그 집을 두고 백 년이나 반목과 다툼이 계속되었기에 내 증조부가 그걸 건드리지 말고 싸움을 그만 잠재우기로 하셨다네. 그 집을 차지한 작자는 말도 못 할 만큼 곤드레가 아닌 한 여전히 나와 싸우려 들겠지만. 그 늙은이를 못 본 지도 여러 해 되었군. 딸이 하나 있었던 것 같은데."

"'잠자리'라고 해요. 온갖 일을 다 도맡아 한대요. 제가 작년에 한번 봤어요. 키가 커요, 그리고 꽃이 만발한 나무처럼 아름답던데요."

그녀에게 허락된 14년 세월 동안 날카로운 관찰력으로 이것저것 살피고 다니기에 바빴던 막내딸 '장미'가 그렇게 말했다. 장미는 기침을 하느라 말을 잇지 못했다. 소녀의 어머니는 고뇌에 찬 간절한 일별을 마법사에게 던졌다. 이번에야말로 저 사람도 확실히 기침 소리를 들었겠지? 상아는 어린 장미를 향해 미소 지었고 어머니의 마음은 가벼워졌다. 장미의 기침병이 심각한 것이라면 물론 마법사가 저렇게 웃음 지을 리 없지 않은가?

"우리한테 무슨 상관이냐, 그 묵어 빠진 동네 일이."

자작나무가 불쾌한 듯 말했다. 눈치가 빠른 상아는 더 이상 질문을 던지지 않았다. 하지만 그는 꽃이 만발한 나무처럼 아름답다는 그 처녀를 보고 싶었다. 그래서 일삼아 말을 타고 옛 이리아 쪽을 지나다녔다. 언덕 기슭의 마을에 잠깐 내려 말을 물어보려고 했지만 그럴 만한 장소도 없고 아무도 상대해 주려 하지 않았다. 동자가 큰 사팔눈의 마녀가 그를 한번 흘긋 보더니 허둥지둥 오두막으로 기어들어 갔다. 저택 쪽으로 올라간다면 그 지옥견 떼와 맞닥뜨릴 것이다. 어쩌면 주정뱅이 늙은이도 나올지 모르지. 하지만 시도해 볼 만하지 않은가 하고 상아는 생각했다. 그는 서쪽연못의 지루한 일상에 지쳐 머리가 둔해져 있던 차였다. 게다가 위험을 감수하는 데는 원래 주저하는 법이 없었다.

상아는 언덕 위로 말을 몰았고, 급기야 개들이 주위를 에워싸고 말 다리를 물려고 발작적으로 입질을 해 댔다. 암말은 개들을 걷어차고 발굽으로 찍으려고 했고, 상아는 말이 튀어나가 미친 듯이 질주하지 않도록 하는 데 팔힘을 다 쓰고 제어 주문까지 써야만 했다. 개들은 펄쩍펄쩍 뛰어올라 이제는 사람 발마저 깨물려고 해, 상아는 그만 고삐를 늦춰 말이 원하는 대로 튀어나가게 할 참이었다.

그때 누군가가 개 떼를 헤치고 나왔다. 그 사람은 고함쳐 욕을 하고 채찍을 휘둘러서 개들을 물러나게 했다. 거품 땀을 흘리며 거친 숨을 쉬는 말을 간신히 진정시켜 그 자리에 세우고 나서, 상아는 꽃이 만발한 나무처럼 아름다운 아가씨를 바라보았다. 그녀는 정말이지 키가 컸다, 그리고 땀투성이였다. 커다란 손발에 입도 코도 눈도 컸으며, 머리카락은 마구 흐트러지고 먼지가 앉아 있었다. 여자가 고함을 질렀다.

"물러나! 당장 집으로 꺼져, 썩어 문드러질 놈! 못돼 먹은 개새끼들 같으니!"

낑낑 콧소리를 내며 납죽 엎드리는 개들을 향해 지른 소리였다.

상아는 손으로 오른쪽 다리를 탁 짚었다. 개 이빨이 바지 장딴지께를 물어 찢어 놓았는데 피가 방울방울 흘러내렸다.

"말이 다쳤나요? 아, 이런 비열한 쓰레기 같은 놈!"

그녀는 암말의 오른쪽 앞발을 쓸어내렸다. 손을 떼자 피 섞인 말 땀이 범벅이었다.

"이제 괜찮아, 이제 됐어……. 용감한 아이네. 마음이 용감해."

암말은 대가리를 낮게 드리우고 안도감에 온몸을 떨었다.

"개 떼 한가운데다 얘를 세워 놓다니, 그게 무슨 짓이에요?"

여자가 분노에 차서 상아를 닦아세웠다. 말 다리 옆에 무릎을 꿇고 그를 올려다보는 자세였다. 상아는 말등에 앉아 내려다보고 있었는데, 그런데도 자기가 더 작은 느낌이 들었다. 아주 조그매진 느낌이었다.

그녀는 대답을 기다리지 않았다. "내가 말을 걸릴게요." 그렇게 말하곤 일어서서 고삐를 받으려고 손을 내밀었다. 상아는 자기보고 말에서 내리라고 하는 것인 줄 알아챘다. 그는 그렇게 하면서 물었다. "상처가 심한가요?" 그러면서 말 다리를 훔쳐보니 피거품이 번들거릴 뿐 다른 것은 보이지 않았다.

"자, 이제 이리 오련, 우리 예쁜이."

젊은 여인의 말은 상아를 보고 한 게 아니었다. 암말은 신뢰에 차 끄는 대로 따라갔다. 언덕 비탈을 돌아가는 거친 오르막 길을 따라 돌과 벽돌로 지은 오래된 마구간 건물까지 올라갔는데, 그곳에 말은 한 필도 없고 저희끼리 지지배배 수다를 떨며 잽싸게 지붕을 넘나드는 제비들만 둥지를 틀어 살고 있었다.

"잘 달래 줘요."

여자는 그렇게 말하곤 암말의 고삐를 잡은 그를 이 황폐한 장소에 남겨두고 가 버렸다. 얼마간 시간이 흐른 뒤 그녀가 무거운 양동이를 질질 끌고 돌아왔고, 해면으로 말 다리를 닦아 줄 태세를 취했다.

"안장을 벗겨요."

그녀가 말했다. "바보 같으니!" 하는 성마른 꾸지람을 직접 하지는 않았지만 어조만으로도 충분히 귀에 들렸다. 상아는 성미 거친 이 여장부 앞에 반쯤은 자존심이 상하면서도 반쯤은 굴복되어 명령대로 움직였다. 그녀는 꽃이 만발한 나무를 연상시키지는 않았다. 하지만 실제로 아름답기는 했다. 당당하고 강렬한 방식으로 말이다. 말은 이 여자 앞에 완전히 고분고분했다. 그녀가 "발 움직여 봐!" 하고 말하자 암말은 다리를 움직였다. 여자는 말 몸뚱이를 속속들이 다 닦아 준 후에 안장받이 천을 도로 등에 올리고 햇빛 속으로 데리고 나가 말이 제대로 서는가 확인했다.

"괜찮을 거예요. 상처가 나긴 했지만 댁이 따뜻한 소금물로 하루 너더댓 번 씻어 주면 말끔히 아물 거예요. 미안해요."

마지막 한마디는 솔직했지만 불만스러운 기색도 담겨 있었다. 어떻게 말을 덤벼드는 개 떼 앞에 가만히 세워 둘 수 있는지 아직도 어처구니가 없는 듯했다. 그러면서 그녀는 처음으로 상아를 똑바로 쳐다보았다. 그 눈동자는 맑은 주황 갈색이었는데 흡사 짙은 토파즈나 호박 같았다. 묘한 눈빛이었다, 그리고 상아 자신과 똑같은 높이에 위치해 있었다.

"저도 죄송하군요."

상아는 별일 아닌 듯 가볍게 말하려고 애썼다.

"이 애는 서쪽연못 이리아의 암말인데, 그럼 당신이 바로 그 마법사인가요?"

상아는 절을 했다.

"해브너 대항에서 온 상아라 합니다, 공녀. 귀 양께선……"

그녀가 말을 잘랐다.

"난 당신이 로크에서 온 줄 알았는데요."

"맞습니다."

상아는 평소의 태도를 회복했고, 여자는 그 묘한 눈동자로 그를 응시했다. '양의 눈만큼이나 읽기 어렵군.' 상아는 그렇게 생각했다. 그러더니 여자의 말문이 갑자기 터졌다.

"당신 거기서 살았나요? 거기서 공부했어요? 대현자님을 아나요?"

"알지요."

상아는 미소 띤 채 말했다. 그런 다음 얼굴을 찌푸리며 몸을 굽혀서 잠시 정강이를 손으로 누르고 있었다.

"당신도 다쳤어요?"

"아무것도 아닙니다."

실제로, 상아에게는 반갑지 않게도, 상처에 흐르던 피는 이미 멎은 뒤였다.

여자의 시선이 그의 얼굴로 돌아왔다.

"어때요? 그러니까…… 로크는요?"

상아는 아주 살짝만 절룩이며 걸음을 떼어 근처에 있던 승마용 디딤대로 가서는 거기 걸터앉았다. 그는 다리를 쭉 펴고 찢긴 자리를 보듬고는 여자를 올려다보았다.

"로크가 어떤 곳인지 당신에게 이야기하자면 꽤 오랜 시간이 필요할 거예요……. 하지만 기꺼이 얘기해 드리죠."

*

"그 남자는 마법사야, 아니면 마법사가 거의 다 된 사람이지."

마녀 장미가 말했다.

"로크 마법사란 말이야! 그 사람한테 질문을 해서는 안 돼!"

단순히 꼴사나워 하는 것이 아니라 거의 겁에 질린 태도였다.

잠자리는 장미를 안심시키려 했다.

"별로 싫어하지도 않던데요. 게다가 제대로 된 대답은 거의 해 주지 않았어요."

"당연히 안 하지!"

"왜 당연히 안 해요?"

"그 사람은 마법사니까! 그리고 넌 여자고! 기술도 없고 지식도 없고 학문도 없잖니."

"당신이 가르쳐 줄 수 있었잖아요! 가르쳐 주지도 않아 놓곤!"

장미는 자기가 가르친 것과 가르칠 수도 있었을 것들 전부를 손가락 한 번 튀겨서 물리쳐 버렸다.

"좋아요, 그러니까 그 사람한테 배워야겠어요."

"마법사는 여자를 가르치지 않아. 너 정말 정신 나갔구나."

"당신하고 '빗자루'는 서로 주문을 교환하잖아요."

"빗자루는 동네 마술사지. 이 남자는 현인이야. 로크 대학당에서 상급 마법을 배운 사람이라고!"

"그에 대해서 얘기해 줬어요."

잠자리가 말했다.

"읍을 통과해서 걸어 올라간대요. 스윌 읍이죠. 거리로 난 문이 있는데, 닫혀 있어요. 겉보기엔 보통 문처럼 보이고요."

마녀는 누설되는 비밀에 대한 유혹을 이기지 못하고 정열에 찬 잠자리의 욕구에 감염되어서 그대로 귀를 기울였다.

"문을 두드리면 한 남자가 오지요. 평범하게 생긴 남자예요. 그 사람이 문제를 내요. 어떤 단어를 말해야만 안으로 들여보내 줘요. 암호인 거죠. 그 단어를 모르면 절대로 들어갈 수 없대요. 하지만 그 사람이 들여보내 주면, 그래서 안쪽에서 그 문을 보면 문이 완전히 달라요. 뿔을 깎아 만든 것인데, 나무 한 그루가 새겨져 있대요. 문틀은 이빨로 만든 거예요. 옛날옛날 에레삭베보다 더 전에, 모레드보다도 전에, 어스시에 사람이 살기보다도 더 전에 살았던 용의 이 한 개를 가지고 만들었대요. 맨 처음에 있었던 건 용들뿐이죠. 그 이빨은 세상의 중심인 해브너의 온 산에서 찾아낸 거래요. 조각된 나무 잎새는 어찌나 가냘픈지 그걸 통해 빛이 비칠 정도라는군요. 그런데도 문은 아주 튼튼해서 수문사가 문을 닫으면 어떤 주문으로도 열 수 없대요. 문으로 들어서면 수문사가 이 방 저 방을 지나 이끄는데, 어질어질 길을 잃을 지경이 됐을 때 갑자기 하늘이 트인 장소로 나가게 되는 거예요. 대학당 제일 깊은 속에 있는 '분수의 뜰'이죠. 바로 대현자가 계신 장소예요, 대현자가 그곳에 계실 경우에 말이지만……."

"계속 말해 보렴."

마녀가 중얼거렸다.

"그 사람이 실제로 해 준 얘긴 이게 다예요."

잠자리는 약간 흐린 봄 하늘 아래 펼쳐진 마을 길과 장미 집의 앞뜰, 이리아 언덕에서 풀을 뜯는 장미의 젖 암양 일곱 마리, 청동빛 왕관처럼 깔쭉깔쭉한 참나무 우듬지로 이루어진 무한히 익숙한 정경 속으로 돌아왔다.

"대마법사들에 대한 얘기는 무지하게 조심하더라고요."

장미는 고개를 끄덕였다.

"하지만 학생들 중 몇 명에 대해서는 말을 했어요."

"그런 건 이야기해도 해로울 게 없었겠지, 필경."

"모르겠어요. 대학당 이야기는 정말 근사했어요. 하지만 그곳 사람들 이야기는 영……. 모르겠어요. 물론 거기 갔을 무렵에는 대개들 그냥 사내애들이었겠지요. 하지만 그 사람들은 아무래도……."

잠자리는 멀찍이 언덕 위 양들에게 눈길을 못 박았다. 언짢은 얼굴이었다.

"그들 중 몇 명은 정말 못됐고 어리석어요."

낮은 목소리로 잠자리가 말했다.

"그 사람들은 부유하기 때문에 학교에 들어간 거예요. 그리고 더 부자가 되기 위해서만 공부를 해요. 아니면 권력을 얻으려고 공부하거나요."

"흠, 물론 그렇겠지. 그러려고 들어갔을 테니!"

장미가 말했다.

"하지만 힘은요……. 당신이 말해 줬잖아요? 힘이란 사람들을 내 맘대로 부리고, 나한테 돈을 바치게 만드는 거랑은 다르다고요."

"다르냐?"

"다르죠!"

"말이 상처를 낫게 할 수 있다면, 말로 상처를 입힐 수도 있지. 손으로 생명을 앗을 수 있다면, 손으로 치유도 하지. 한 방향으로만 가는 수레는 못쓸 물건이야."

"하지만 로크에서는 힘을 잘 사용하는 방법을 배우잖아요. 해를 끼치거나 이득을 보는 방법이 아니라."

"뭐가 됐든 어떤 방식으로는 이득을 보는 일이지. 사람은 먹고 살아야잖니. 하지만 내가 뭘 알겠니? 난 내가 할 줄 아는 일을 해서 밥벌이를 해. 그렇지만 위대한 기예나, 죽은 자를 소환하는 것 같은 위험천만한 술법은 건드리지 않아."

장미는 이렇게 말하곤 말이 씨가 될까 봐 재앙을 쫓는 손짓을 했다.

"모든 것이 위험하죠."

잠자리가 말했다. 그녀의 시선은 이제 양 떼와 언덕과 나무를 다 지나쳐 해 뜨기 전의 말간 하늘같이 색채 없는 광대한 허공, 고요한 심연으로 빨려 들어가고 있었다.

장미는 그녀를 바라보았다. 장미는 자기가 이리안이 누구고 무엇이 될는지 모른다는 사실을 알고 있었다. 덩치 크고 힘세고

붙임성 없고 무식하고 순박한, 성난 여자. 그렇다. 하지만 이리안이 아이였을 때부터 장미는 그 이상의 어떤 것을 그녀 속에서 보아 왔다. 이리안 자신의 모습을 초월하는 뭔가가 있었다. 그래서 이리안이 저렇게 눈길을 이 세상 저편의 어딘가로 던질 때면 그녀는 시간과 장소를 벗어나고 그녀 자신을 벗어나, 장미의 지식 범위를 완전히 초월한 어딘가로 접어드는 것만 같았다. 그러면 장미는 그녀가 두려워지고, 그녀를 걱정하는 마음으로 두려워졌다. 마녀는 다짐을 두었다.

"조심해야 해. 모든 게 위험하지. 정말이지 그렇고말고. 그중에서도 마법사와 지분거리는 거야말로 최고로 위험해."

장미에 대해 애정과 존경과 신뢰를 품은 잠자리는 결코 경고를 무시할 마음이 없었다. 그러나 상아는 도저히 위험 인물로 여겨지지 않았다. 잠자리는 상아를 이해할 수 없었다. 하지만 그를, 다른 누가 아닌 하필 그를 두려워한다는 생각은 좀처럼 마음에 새기기가 어려웠다. 잠자리는 상아를 정중하게 대해 보려고 했지만 될 일이 아니었다. 그녀는 상아가 똑똑하고 꽤 잘생겼다고 생각했지만 대단한 사람이라고는 생각 안 했다. 그가 해 줄 이야기만이 중요했다. 상아는 그녀가 뭘 알고 싶어하는지 알고 있어서 조금씩조금씩 얘기해 주었는데, 듣고 나면 그 대답은 실제로 그녀가 알고 싶어한 그것이 아니었지만 그래도 더 알고 싶어지는 것이었다. 상아는 인내심을 가지고 대해 주었는데 잠자리는 그의 참을성이 고마웠다. 그가 자기보다 훨씬 빠르다는 것을 그녀는 알고 있었다. 때때로 상아는 잠자리의 무지에 미소를 짓기도 했지만 그 일로 비웃거나 곱씹으며 곯리는 짓은 하지 않았다. 마녀와 마찬가지로 상아도 질문에 질문으로 답하기를 좋아했다. 그러나 장미의 질문에 대한 대답들은 늘 잠자리가 줄곧 알고 있던 것인 반면 상아의 질문에 대한 답은 그녀가 상상조차 해 본 적 없는 것이며 질겁하게 만드는 것, 반겨 받아들일 수 없고 고통스럽기까지 하며 믿고 있던 것을 고쳐 놓는 것들이었다.

둘이 이리아의 낡은 마구간 건물에서 만나는 것이 습관이 되고, 그렇게 이야기 나눈 날들이 하루하루 늘어 감에 따라 잠자리는 더 많이 물어보고 상아는 더 많이 대답해 주었다. 비록 마지못한 듯 늘 일부분만 말하기는 했지만 말이다. 스승들을 감싸고 로크의 밝은 인상을 지키려는 거라고 잠자리는 생각했다. 그러다 하루는 상아가 그녀의 집요함에 손들고 결국에 터놓고 말했다.

"좋은 사람들도 있습니다. 대현자님은 확실히 위대하고 지혜로운 분이었죠. 하지만 그분은 떠나셨어요. 그러자 대마법사님들은…… 몇은 난해한 지식을 추구하고, 형상을 더 파고들고, 이름들을 더 파고들면서 아무렇지 않은 척했지요. 그래 봐야 가진 지식은 아무 데도 쓰지 않으면서요. 나머지는 지혜의 잿빛 망토로 자기들 야심을 숨기고 있었죠. 로크는 더 이상 어스시의 힘이 자리한 곳이 아니에요. 이제는 해브너의 왕궁에 힘이 있지요. 로크는 위대했던 과거를 파먹고 살고 있어요. 천 가지 주문으로 현재에 대항해 자신을 방어하면서……. 그런데 그 주문의 장벽 안에는 뭐가 있죠? 야망으로 인한 암투, 새로운 것이라면 무엇이든 겁내는 공포, 늙은이들의 권력에 도전하는 젊은 사람들에 대한 공포뿐이죠. 그리고 그 핵심부엔 아무것도 없어요. 텅 빈 안뜰이에요. 대현자님은 다시는 돌아오지 않을 겁니다."

"당신이 어떻게 알아요?"

잠자리가 속삭이듯 물었다. 상아의 표정은 딱딱이 굳었다.

"용이 그분을 태우고 날아갔거든요."

"당신이 봤나요? 그 광경을 봤어요?"

잠자리는 그 장면을 상상하며 두 손을 꽉 움켜쥐었고, 그러느라 심지어 상아의 대답도 귀에 들어오지 않았다.

오랜 시간이 지난 후에 그녀는 햇빛과 마구간과 아까까지 했던 생각으로 돌아왔고, 그러자 혼란스러워졌다.

"그렇지만 그분이 떠나셨더라도, 분명 대마법사님들 중 몇 분은 진정으로 현명한 분들이시겠지요?"

상아가 시선을 들고 입을 열었을 때, 그는 묘하게 서글픈 미소를 비쳤고 마지못해 이야기했다.

"대마법사들의 모든 지혜와 신비는, 대낮의 햇빛 아래 보게 되면 별것 아니에요. 알겠죠, 사람들한테 먹히는 잔재주들이고 보기에 근사한 환상일 뿐이죠. 하지만 사람들은 진상을 알고 싶어하지 않아요. 사람들은 환상을 원하고 신비를 원하죠. 누가 탓할 수 있겠어요? 실제 삶에 아름다운 것, 가치 있는 것은 정말 너무도 드물잖아요."

자기 말을 직접 보여 주려는 듯이, 상아는 바닥에 깔린 포석에서 깨져 나온 벽돌 파편 하나를 집어들어 공중으로 튀겨 올렸다. 그러면서 말을 하자 벽돌 조각은 섬세한 푸른 날개를 팔랑이며 그들 머리 주위를 날았다. 나비였다. 상아가 손가락 하나를 뻗으니 나비는 그 위에 사뿐히 내려앉았다. 손가락을 흔들자 땅으로 떨어졌는데, 그것은 벽돌 조각이었다.

"내 삶에도 그렇게 가치 있는 일은 많지 않아요."

물끄러미 바닥 돌에 시선을 준 채 잠자리가 말했다.

"내가 아는 거라고는 농장을 꾸려 나가는 거랑, 당당히 서서 참말을 하려고 노력하는 것뿐이지요. 하지만 로크에조차 온통 잔재주와 거짓말뿐인 줄 알았더라면, 난 나를 속이고 우리 모두를 속인 그들을 미워했을 거예요. 거짓일 리가 없어요. 전부 다 거짓은 아닐 거예요. 대현자께서는 정말로 흰둥이들 나라의 미궁에 들어가서 평화의 고리를 가져온 거잖아요. 그분이 죽음의 나라로 젊은 왕과 함께 가서 거미 현자를 물리쳤고, 다시 돌아오셨어요. 왕께서 직접 하신 말씀대로라고요. 이 고장에도 하프꾼들이 오면 그 노래를 부르는걸요. 이야기꾼도 그 얘기를 하러 오고요."

상아는 고개를 끄덕였다.

"하지만 대현자께서는 죽음의 땅에서 힘을 전부 잃으셨어요. 아마도 온 세상의 마법이 그로부터 약해져 버린 거겠죠."

"장미의 주문은 변함없이 잘 듣는데요."

잠자리는 뻗댔다.

상아가 미소 지었다. 그는 아무 말 안 했지만 잠자리는 동네 마녀의 술법이 그의 눈에 얼마나 하찮게 보였을지 알 것 같았다. 엄청난 위업과 대단한 힘을 목격해 온 사람인 것이다. 잠자리는 한숨을 쉬고 진심에서 우러나온 말을 절절히 뱉었다.

"아, 내가 여자만 아니었다면!"

상아는 다시 미소 지었다.

"당신은 아름다운 여인인데요."

그는 그렇게 말했지만, 그냥 평범하게 말했을 뿐 처음 그녀와 만났을 때 하던 것처럼 아첨 삼아 한 얘기는 아니었다. 그때는 잠자리가 그런 것이 질색임을 알려 주기 전이라서 그랬다.

"왜 남자가 되고 싶어하나요?"

"그러면 로크에 갈 수 있잖아요! 가서 보고 배울 수 있고요! 어째서, 어째서 오직 남자만 거기 갈 수 있는 거죠?"

"몇 백 년 전에 초대 대현자께서 그렇게 정하셨기 때문이에요. 하지만…… 나도 거기에 의문이 있어요."

"당신이?"

"자주 그런 생각이 들죠. 날이면 날마다 보이는 것은 어리든 나이 들었든 모조리 남자들뿐이에요. 대학당 안에 있는 사람들, 학교의 학생들 전부가요. 마을 여자들은 철저히 주문에 속박돼 있어서 로크 동산 근처 벌판에 발도 딛지 못해요. 대략 1년에 한 번쯤, 굉장한 귀부인이 방문하실 것 같으면 그 부인은 바깥뜰에 잠시 동안 머물 수 있죠……. 대체 왜일까요? 모든 여자들이 다 이해력이 딸리나요? 아니면 대마법사들이 여자를 두려워하기 때문인가요? 여자와 접촉해 더럽혀질까 봐……. 아니, 그들은 자기들이 붙잡고 매달리는 규칙을 여자들이 바꿔 놓을지 모른다는 사실을 인정하기가 두려운 거예요. 그 규칙의 순수성을요."

"여자들도 남자 못지않게 순결하게 금욕하며 살 수 있어요."

잠자리가 무뚝뚝하게 말했다. 상아가 섬세하고 부드러운 데 비해 자신은 거칠고 통명스럽다는 것을 알고는 있었지만 달리 행동할 도리를 몰랐다.

"물론이지요."

상아의 미소는 더욱 환히 피어올랐다.

"하지만 마녀들이 늘 순결하게 살지는 않지요, 그렇잖아요? ……아마도 그게 대마법사들이 두려워하는 것일 거예요. 어쩌면 금욕이라는 게 로크의 규칙이 이르듯 필수적이진 않을지도 몰라요. 어쩌면 그것은 힘을 순수하게 유지하는 길이 아니라 힘을 그들의 것으로 묶어 두는 방편일지도 모르죠. 여자들을 배척하고, 누구든 그 단 한 가지 힘을 얻기 위해 자발적으로 고자가 되기로 동의하지 않는 사람들은 전부 배척해 버리고……. 누가 알겠어요? 여자 현자가 있을 수도 있죠! 그러면 모든 게 다 바뀔 거예요. 모든 규칙이 다요!"

잠자리는 상아의 생각이 자기보다 저만치 앞서서 춤추고 있음을 알았다. 그는 새로운 생각을 떠올리고 그것들을 희롱하고 마치 벽돌을 나비로 변신시켰듯 이렇게 저렇게 바꾸어 보고 있었다. 잠자리는 함께 춤추거나 함께 희롱할 수 없고 그저 놀라움에 젖어 바라볼 따름이었다.

"당신은 로크에 갈 수 있어요."

상아가 말했다. 그의 눈은 대담한 장난기에 잔뜩 흥분되어 환히 빛났다. 거의 호소하는 듯한, 차마 못믿어 하는 그녀의 침묵에 응하여 그는 장담했다.

"당신이라면 가능해요. 그야 당신은 여자죠. 하지만 겉모습을 바꿀 방법들이 있어요. 당신은 남자의 심장을 가졌어요. 남자의 용기, 남자의 의지력을 갖고 있죠. 당신이라면 대학당에 들어갈 수 있어요, 난 알아요."

"그래서 거기 가면 뭘 하죠?"

“모든 학생들이 하는 대로 하지요. 돌로 된 독방에 살면서 현인이 되는 법을 배우는 거죠! 당신이 꿈꾸는 것하고는 다를 거예요. 하지만 그것도 역시 거기서 배우게 되겠죠.”

“못할 거예요. 발각될걸요. 들어가지도 못할 거예요. 수문사가 계시다고 했잖아요. 그분께 대어야 하는 단어가 뭔지도 난 모르는데요.”

“암호 말이군요. 맞아요. 하지만 내가 가르쳐 줄 수 있어요.”

“당신이요? 그래도 되나요?”

“되고 안 되고 따위 상관없어요.”

잠자리가 한번도 본 적이 없는 찌푸린 얼굴로 그가 말했다.

“대현자님 자신이 그러셨지요, 규칙이란 깨어지기 위해 만들어진다고. 공평치 못하게 만들어진 규칙을 용기로써 부수는 거예요. 당신이 하겠다면, 내가 용기를 내겠어요!”

잠자리는 그를 바라보았다. 말을 할 수가 없었다. 그녀는 일어섰고, 잠시 후 마구간 건물에서 걸어 나가 비탈을 질러가서 언덕을 감아 도는 길 중간쯤에 다다랐다. 개들 중 잠자리가 제일 예뻐하는 덩치 크고 대가리가 우람한 못생긴 사냥개가 뒤를 따라왔다. 잠자리는 10년 전 장미가 이름을 주었던 습지의 샘 위쪽 경사면에서 발길을 멈췄다. 그리고 그 자리에 서 있었다. 개는 옆에 주저앉아 그녀의 얼굴을 올려다보았다. 마음속에 무엇 하나 뚜렷이 떨어지는 생각이 없었지만 말들은 계속해서 되풀이되었다. 난 로크에 갈 수 있다, 내가 누구인지 찾아낼 수 있다.

그녀는 서쪽으로 갈대밭과 버드나무 숲 너머 더 먼 언덕들을 바라보았다. 서쪽 하늘은 막막하게 빈 채 청명하였다. 그녀는 가만히 서 있었다. 영혼이 몸을 버리고 그 하늘 멀리 빨려들어가 버릴 것만 같았다.

작은 소음이 일었다. 검은 암말의 발굽이 빚어내는 따각따각 소리가 길을 따라 가까이 오고 있었다. 마침내 잠자리는 정신을 차리고 소리 내어 상아를 부르며 마중하러 언덕을 달려 내려갔다. 그녀가 말했다.

"나 갈래요."

*

상아는 이런 모험을 미리 계획한 게 아니고 의도한 바도 없었다. 하지만 어지간히 미친 짓인 만큼, 스스로 생각한 것보다 더 그에게 딱 맞는 착상이었다. 기나긴 잿빛 겨울을 서쪽연못에서 보낸다는 생각을 하면 그는 기분이 돌처럼 팍 가라앉았다. 이 고장에서 잠자리라는 아가씨 말고는 흥미를 둘 만한 것이 하나도 없었다. 그리고 잠자리는 그의 마음을 온통 사로잡았다. 덩치 크고 순수한 그녀의 힘이 지금까지는 그를 완전히 압도했지만, 상아는 종국에 그녀가 자신을 즐겁게 해 주게끔 하기 위해 일단 자기가 먼저 그녀를 즐겁게 해 줄 참이었다. 그의 생각에 이것은 내기이고 걸어 볼 만한 가치가 있었다. 만약 잠자리가 그와 함께 달아난다면 내기는 이긴 거나 다름없다. 농담 삼아 한 말로 그녀를 정말 남자로 변장시켜 로크 섬 학교에 들어가게 만든다는 얘기는, 진짜 실행할 가능성은 거의 없지만, 경건하답시고 거드름 피우는 대마법사들과 그들 앞에 아첨하는 놈들에 대한 모독이라는 점에서 흐뭇한 일이었다. 게다가 만일 어떻게든 성공한다면, 그가 정말로 여자를 그 문으로 들여보낼 수 있다면, 단 한순간일지라도 좋다, 이 얼마나 달콤한 복수가 될 것인가!

돈이 문제였다. 그 처녀는 당연히도 상아가 위대한 마법사이니 손가락 한 번만 튀기면 마법풍에 날듯이 나아가는 요술 배로 눈 깜짝할 사이에 바다를 건너가게 될 거라고 생각했다. 하지만 그가 배편을 마련해야 한다고 하자 꾸밈없이 말했다.

"치즈 판 돈이 있어요."

상아는 그토록 순박한 그녀의 말투가 정말 좋았다. 때때로 잠자리는 그를 주눅들게 만들었는데, 그럴 때면 성질이 났다. 꿈에 그녀가 나오면 고분고분 정복당하는 법이 없었다. 오히려 상아 자신이 그토록 사납고 파멸을 가져올 듯한 사랑스러움에 굴복하고 그녀의 포옹에 완전히 압도당했다. 꿈에서 그녀는 형언

할 수 없이 대단한 여자가 되고 그는 아무것도 아니었다. 그런 꿈을 꾸고 일어나면 몸이 다 떨리고 창피했다. 낮 동안, 그러니까 그가 그녀의 큼직하고 지저분한 손을 보고 그녀가 시골뜨기 얼간이 같은 소리를 하는 동안에는 상아가 우월한 지위를 되찾았다. 상아는 잠자리가 한 말들을 옮겨 말할 상대가 없는 것만이 아쉬웠다. 대항에 사는 옛 친구들 중 하나라면 필경 재미있게 들어 주었을 것이다.

"치즈 판 돈이 있어요."

서쪽연못으로 돌아가면서 혼자 그 말을 따라해 보고 상아는 소리 내어 웃었다.

"정말 있어요."

그는 큰 소리로 말했다. 검정 암말이 한쪽 귀를 쫑긋했다.

그는 자작나무에게 로크 섬에 있는 자기 스승 기예사에게서 즉시 오라는 전갈을 받았노라고 말했다. 무슨 용건인지는 당연히 말할 수 없다. 하지만 가서 오래 있지는 않을 것이다. 가는 데 반 달, 오는 데 반 달이다. 아무리 늦어도 휴경기에 접어들 때쯤엔 돌아올 것이다. 승선료와 숙박비로 써야 하므로 자작나무 공께서 급료를 선불해 주셔야겠다, 왜냐하면 로크의 마법사는 뭐든지 무료로 제공해 주려는 사람들의 호의에 기생해서는 안 되고 일반인과 똑같이 길삯을 치러야 하기 때문이다. 자작나무가 이 이야기에 수긍한 이상, 상아에게 여행길에 쓸 돈지갑을 내주어야 했다. 상아는 주머니에 진짜 돈이 들어온 게 몇 년 만에 처음이었다. 한쪽 면에 실라이스의 수달이 새겨지고 반대쪽 면에는 레반넨 왕을 기려서 평화의 룬이 들어간 상아제 돈 열 개였다.

"안녕, 이름 같은 꼬마들아."

그는 혼자 남자 돈들을 보고 말했다.

"너희들과 그 치즈 판 돈은 친하게 지내게 될 거야."

*

잠자리에게는 계획을 거의 알려 주지 않았다. 주된 이유는 계획이 없다시피 했기 때문이며, 상아는 운과 자기 자신의 기지를 믿었다. 그의 기지는 제대로 써먹을 기회가 있었던 한 실패를 안겨 준 일이 좀처럼 없었다. 잠자리는 뭘 물어보는 법이 없는 처녀였는데, 한마디 물어본 건 이랬다.

"가는 길에도 내내 남장하고 가나요?"

"그래요. 하지만 그냥 변장만 하는 겁니다. 로크 섬에 갈 때까지는 눈속임 주문을 걸지 않을 거예요."

"변신 주문을 거는 줄 알았는데요."

"현명하지 못한 일이에요."

상아는 말수 적고 엄숙한 변화사를 근사하게 흉내 냈다.

"필요하다면, 내가 할 거요, 물론. 하지만 마법사들은 위대한 주문을 최대한 유보적으로 사용한다는 걸 당신도 알게 될 거예요. 거기엔 이유가 있지요."

"평형 때문이죠."

잠자리는 이 말로서, 언제나와 마찬가지로 그가 한 온갖 말들을 가장 단순한 감각으로 받아들였다.

"또 그런 상급 마법들이 전에 비해 위력이 없기 때문이기도 하겠지요."

상아는 자기가 왜 마법에 대한 잠자리의 믿음을 약화시키려고 애쓰는지 알지 못했다. 아마도 어떤 것이든 그녀의 힘을 약하게 만들고 흠집을 내는 게 그에게 이득이 되기 때문일지 몰랐다. 애초에 시작한 건 그저 그녀를 침대로 끌어들이기 위해서였다. 그가 하기 좋아하는 내기이고 놀이이다. 그랬던 게 예상치 못하게 무슨 시합처럼 변해 가는데도 손을 뗄 수 없었다. 상아는 이제 그녀를 차지하기 위해서가 아니라 그녀를 거꾸러뜨려 이겨 보려고 용을 쓰고 있었다. 잠자리가 자기를 이기게 놔둘 수는 없는 일이었다. 꿈은 개꿈에 불과했다는 것을 그녀에게나 자기 자신에게 입증해 보여야 했다.

아주 초기에, 추근거리려 해도 그녀의 큰 몸이 너무 멀쩡한데 조바심이 난 나머지 주술을 건 적이 있었다. 마술사나 쓸 유혹의 술법은 쓰면서도 경멸스러웠지만 분명히 효력이 있는 주문이었다. 누가 아니랄까 봐 소 고삐를 고치고 앉은 잠자리를 향해 그는 이 주문을 걸었다. 결과는 그가 해브너와 스윌에서 주문에 걸었던 아가씨들이 보여 준 녹아내려 갈구하는 몸짓이 아니었다. 잠자리는 갈수록 말이 없고 뚱해졌다. 로크에 대한 끝이 없던 질문들이 멈추었고 그의 말에 대답도 하지 않았다. 안달이 나 가까이 가서 손을 잡았더니, 그녀는 머리가 띵할 만큼 호되게 후려쳐서 그를 떼어 버렸다. 상아는 그녀가 벌떡 일어나 한마디 말도 없이 성큼성큼 마구간 건물에서 걸어 나가는 것을 보았다. 그녀가 예뻐하는 못생긴 사냥개가 종종걸음으로 쫓아갔다. 개는 그를 돌아보며 싱긋 웃는 것처럼 입을 헤벌렸다.

그녀는 오래된 저택 길로 갔다. 웡웡대던 귀울음이 멎자 상아는 뒤를 따르며 주술이 효력을 발휘한 것이기를, 그리고 이것이 마침내 그를 침대로 이끌어 가려는 몹시도 투박한 그녀 특유의 방식에 지나지 않았기를 희망했다. 저택에 가까워지자 단지며 병이 깨지는 와장창 소리가 들렸다. 그녀의 아버지, 그 술꾼 아버지가 겁을 집어먹고 놀란 모습으로 비틀비틀 나오고 뒤에서는 잠자리의 거친 고함소리가 따라왔다.

"당장 나가, 이 주정뱅이! 벌벌 기는 비열한 같으니! 썩어 문드러질, 부끄러운 줄도 모르는 난봉꾼아!"

"딸년이 내 술잔을 뺏었어."

이리아의 영주가 뜨내기를 붙잡고 강아지처럼 낑낑거렸다.

개들도 주위를 맴돌며 끙끙대고 있었다.

"뺏어서 깨 버렸어."

상아는 그 자리를 떴다. 그는 이틀 동안 그녀를 다시 찾지 않았다. 사흘째 되는 날 시험 삼아 말을 타고 옛 이리아를 지나가 보았더니 잠자리가 큰 걸음으로 그를 맞이하러 내려왔다.

"미안해요, 상아."

흐린 기가 도는 주황빛 눈으로 올려다보며 그녀가 말했다.

"저번 날엔 내가 뭐에 씌었던지 모르겠어요. 화가 나더라고요. 당신에게 화난 건 아니었는데. 용서해 줘요."

상아는 품위 있게 그녀를 용서했다. 그는 두 번 다시 그녀에게 사랑의 주술을 걸려 하지 않았다.

얼마 안 남았다고 이제 그는 생각하고 있었다. 주술 따위는 필요없다. 진정한 힘으로 그녀를 정복할 수 있게 될 테니. 어떻게 하면 될는지 상아는 마침내 알았다. 그녀가 그의 손에다 고스란히 힘을 넘겨주게 될 것이다. 그녀의 힘과 의지력은 실로 대단했지만, 다행히도 그녀는 멍청한 반면 상아는 안 그랬다.

자작나무는 수레꾼을 시켜 켐버 하구의 포도주 상인이 주문한 10년 묵은 파니안 포도주 여섯 통을 싣고 내려가게 했다. 마법사를 경호역으로 함께 보내는 것은 흡족한 일이었다. 포도주는 매우 값진 상품이고, 젊은 왕이 할 수 있는 한 빠르게 온갖 일들을 바로잡고 있기는 해도 노상엔 여전히 강도들이 있었기 때문이다. 그래서 상아는 체구가 큰 짐말 네 필이 끄는 커다란 수레에 올라 천천히 덜컹거리고 쏠리는 움직임에 늘어뜨린 두 다리를 달랑거리며 서쪽연못을 떠났다.

'수나귀 언덕'을 내려가는 도중 길 옆에서 투박한 모습의 사람 하나가 불쑥 나타나 수레에 태워 달라고 했다.

"낯모르는 놈인데."

수레꾼은 그렇게 말하며 다가오지 말라고 채찍을 쳐들었지만 상아가 마차를 돌아 앞으로 와서 말했다.

"여봐, 젊은이를 태워 주게나. 내가 붙어 있으니 못된 짓은 할 일이 없네."

"그럼 잘 지켜봐 주십쇼, 나리."

수레꾼이 말했다.

"그러겠네."

상아가 말했고, 잠자리를 향해 슬쩍 눈을 찡긋해 보였다. 먼지투성이인 데다 농장 일꾼의 낡은 작업복에 홀태바지를 입고 더럽기 짝이 없는 펠트 모자를 덮어써 훌륭하게 변장한 그녀는 마주 눈짓을 보내 주지 않았다. 그녀는 수레 뒤에 상아와 나란히 두 다리를 늘어뜨리고 앉아서도, 졸음에 못 이긴 수레꾼과 그들 사이에 큼지막한 포도주 통 여섯 개가 덜컹덜컹 흔들리고 있는데도 어디까지나 맡은 배역대로 행동했다. 그렇게 졸음 가득한 여름 언덕과 들판이 천천히, 천천히 그들 옆으로 미끄러져 지나갔다. 상아는 농을 걸려고 해 봤지만 그녀는 고개를 저을 따름이었다. 아마도 이 대담무쌍한 작전에 겁을 먹었는지도 모른다. 이제는 그녀도 가담한 것이다. 대화는 없었다. 잠자리는 완강하게 엄숙할 정도의 침묵을 지켰다.

'난 이 여자가 지긋지긋해질 거야.'

상아는 그렇게 생각했다.

'일단 깔아눕히고 나면 말이지.'

그 생각을 하자 견딜 수 없을 정도로 흥분이 되었다. 그러나 고개를 돌려 그녀를 바라보자, 욕망은 체격이 당당한 그녀의 실제 존재감 앞에 스르르 꺼져 내렸다.

한때에는 모두 이리아 영토였던 땅을 지나가는 이 길에는 여관이 없었다. 태양이 서쪽 평원에 가까워진 무렵 일행은 한 농가에 이르러 가던 길을 멈추었다. 말들에게는 작으나마 마구간이 있고 수레는 헛간에 들여놓고 수레꾼은 짚이 쌓인 마구간 들보 위에서 쉬어 갈 수 있었다. 마구간 들보 위 공간은 어둡고 답답했으며 짚에서는 곰팡내가 났다. 상아는 전혀 욕정이 일지 않았다. 잠자리가 겨우 석 자 떨어진 데 누워 있었는데도 말이다. 온종일 어찌나 철저하게 남자 흉내를 냈던지 심지어 상아마저도 반쯤은 그녀가 남자 같았다. 어쩌면 아무렇거나 그 늙은이들도 속아 넘어갈지 몰라! 상아는 그렇게 생각하고 빙그레 웃었다. 그러고는 잠이 들었다.

다음 날도 하루 종일 덜컹거리며 길을 갔다. 천둥을 동반한 여름 소나기를 한두 번 거쳐서 저물녘이 되자 켐버 하구에 도달했다. 성벽으로 둘러친 번창하는 항구 도시다. 수레꾼은 주인 나리 볼일을 보도록 따로 보내고, 두 사람은 부두 근처에서 여관을 잡으려고 걸어 내려갔다. 잠자리는 침묵 속에 도시의 정경을 둘러보았는데, 놀라운지 마음에 안 드는지 아니면 그저 둔감한 것인지 알 수 없었다.

"여기도 말쑥하니 괜찮은 소읍이죠. 하지만 이 세상에 도시란 오직 해브너뿐이에요."

잠자리에게 감명을 주려고 해 봐야 소용없었다. 그녀가 한 말이라곤 고작 이랬다.

"로크에 무역하러 가는 배가 많진 않지요, 네? 우리를 데려다 줄 배를 찾는 데 시간이 오래 걸릴까요?"

"내가 지팡이를 가져가면 오래 안 걸려요."

상아가 대답했다. 잠자리는 두리번거리던 것을 멈추고 잠시 동안 생각에 잠겨 그의 곁에서 큰 걸음으로 보조를 맞췄다. 그녀의 움직임은 아름다웠다. 대담하고 우아했으며 머리를 곧게 들고 걷곤 했다.

"그 말은 마법사는 특별 대접을 받는다는 건가요? 당신은 마법사는 못 되잖아요."

"공식적으로는 그렇지만, 나 같은 상급생 마술사들은 로크의 공무를 수행할 때에는 지팡이를 지닐 수 있어요. 지금 내가 바로 그렇지요."

"나를 로크로 데려가는 게요?"

"그들에게 학생을 데려다 주는 거니까, 그래요. 굉장한 재능을 가진 학생이죠!"

잠자리는 더 묻지 않았다. 그녀는 언쟁을 벌이려 드는 법이 없었다. 그게 그녀의 장점 중 하나였다.

그날 밤, 바다에 면한 여관집에서 저녁을 마친 후에 잠자리는 평소 같지 않게 수줍은 음성으로 물었다.

"나한테 그렇게 큰 재능이 있나요?"

"내가 판단하기에는, 그래요."

잠자리는 생각에 골똘했다. 이 아가씨와 이야기 나누는 것은 때로는 퍽 시간을 잡아먹었다. 마침내 그녀가 말했다.

"장미는 늘 내가 힘을 가졌다고 말했어요. 하지만 어떤 종류의 힘인지는 알지 못했죠. 그리고 나는……, 나는 내가 정말 그렇다는 걸 알고 있지만, 그게 뭔지는 모르겠어요."

"그걸 찾아내려고 로크에 가는 거죠."

상아는 그녀를 향해 잔을 들어 보였다. 잠시 후 잠자리도 잔을 쳐들며 그를 향해 미소 지었다. 그 미소가 어찌나 부드럽고 환히 빛났던지 상아는 자기도 모르게 이렇게 말했다.

"그리고 당신이 찾아낸 그것이 당신이 찾고자 하는 전부이기를 빌어요!"

"찾게 된다면 당신 덕택이에요."

잠자리가 말했다. 이 순간 상아는 그녀의 진심에 사랑을 느꼈고, 그녀에 대해 품은 생각이 오직 대담한 모험이자 배짱 좋은 농담을 함께 수행할 동료라는 것뿐임을 맹세라도 할 수 있었다.

여관이 만원이어서 그들은 다른 여행객 두 사람과 한 방에 들어야 했다. 그러나 상아는 딴생각이 없었다. 그런 자신이 다소 우습기는 했지만…….

다음 날 아침에 그는 여관집 부엌 뜰에서 약초 한 오라기를 따서 겉보기 주문을 걸어 튼튼한 지팡이로 만들었다. 그의 키에 맞춘, 끝에 구리를 댄 지팡이였다.

"무슨 나무예요?"

잠자리는 감탄하며 물었고, 그가 소리 내어 웃으면서 "로즈마리예요." 하고 대답하자 그녀도 웃었다.

그들은 여관을 나서 선창가를 따라 걸으며 마법사와 그 제자를 현자의 섬으로 태워다 줄 남쪽으로 가는 배를 수소문했고, 얼마 안 가서 육중하게 지은 와소트행 상선 한 척을 찾았다. 선장은 마법사는 기꺼운 마음으로 태워 드리고 제자 분은 반값만 받겠다고 했다. 뱃삯을 절반만 냈다고 해도 치즈 판 돈이 반 동강 났다. 하지만 두 사람은 선실을 하나 차지하는 사치를 누릴 수가 있었다. 이 '해달호'는 갑판이 깔려 있고 돛대를 두 대나

세운 큰 배였기 때문이다.

그들이 선장과 이야기하고 있는데 마차 한 대가 굴러와서는 어디서 많이 본 둥근 통 여섯 개를 부둣가에 부려 놓았다.

"저것, 우리 술통이군요."

상아가 말했다.

"호트 읍으로 가는 겁니다."

선장이 말했다.

"이리아에서 출발해서요."

잠자리가 나지막이 말했다.

그러더니 그녀는 육지 쪽을 돌아보았다. 그녀가 돌아보는 모습을 상아는 이때 처음 보았다.

이 배의 날씨술사는 출항 직전에야 승선했다. 로크 마법사는 아니고, 해진 바다 외투를 걸친 풍상에 시달린 사람이었다. 상아는 인사 삼아 보란 듯이 지팡이를 가볍게 흔들어 보였다. 날씨술사는 그를 위아래로 훑어보고는 이렇게 말했다.

"이 배에서 날씨를 주무르는 건 한 명이면 족해요. 그 사람이 내가 아니라면 난 내리겠소."

"나는 그저 승객입니다, 가방꾼 선생. 바람은 기꺼이 선생 손에 맡겨 드리죠."

날씨술사는 잠자리를 쳐다보았다. 그녀는 수목인 양 똑바로 선 채 아무 말도 하지 않았다.

"좋아요."

그가 말했다. 그가 상아에게 건넨 말은 그게 마지막이었다.

그러나 항해하는 동안 잠자리하고는 몇 번인가 이야기를 나누었다. 상아는 왠지 마음이 찜찜했다. 순진무구하고 쉽게 신뢰를 주는 그녀인 만큼 위험에 빠질지 모르고, 그랬다간 상아 자신도 위험해질 터였다. 가방꾼과 둘이 무슨 얘기를 하는 걸까? 상아는 물어보았다. 그랬더니 잠자리가 답했다.

"우리가 어떻게 될까 하는 얘기예요."

상아는 멀거니 그녀를 보았다.

"우리 모두 말이에요. 길 섬과 펠크웨이, 해브너, 그리고 와소트, 그리고 로크의 사람들이요. 여러 섬들에 사는 사람들 모두 말이에요. 그 사람 말이 레반넨 왕이 즉위할 때, 작년 가을이죠, 대관식을 주재해 주십사 전 대현자님을 부르러 곤트에 사람을 보냈대요. 그랬는데 안 오셨다죠. 그리고 새 대현자는 안 나왔고요. 그래서 왕은 자기 스스로 왕관을 썼어요. 그런데 그게 잘못됐다고 하는 사람들이 있대요. 그러니 그가 옥좌를 차지하고 있는 것도 옳지 못하다고요. 반면에 왕 자신이 새로운 대현자라고 말하는 사람들도 있어요. 하지만 그는 마법사가 아니고, 왕일 뿐이죠. 그래서 또 다른 사람들은 어두운 시대가 다시 찾아올 거라고 해요. 세상에 정의로운 통치가 없고 마법이 사악한 목적에 쓰이는 시대가요."

잠시 사이가 뜬 후에 상아가 말했다.

"그 날씨술사 늙은이가 이 얘길 다 했다고요?"

"흔히들 하는 얘긴데요, 뭐."

잠자리가 그녀 특유의 침착하고 단순한 대답을 했다.

날씨술사는 아무튼 자기 분야를 웬만큼 아는 사람이었다. 해달호는 남쪽으로 속도를 냈다. 몰아치는 여름 비나 물결 거친 바다는 더러 만났지만 폭풍우나 고약한 바람에 맞닥뜨린 일은 없었다. 배는 오 섬의 북쪽 해안 항구들에서 화물을 일부 내리고 더 싣기도 했다. 일리엔에, 렝에, 캐머리에, 오 항구에 들르고 나자 승객들을 로크 섬으로 실어다 주기 위해 서쪽으로 선수를 돌렸다. 서쪽을 향하자 상아는 뱃속에 자그만 구멍이 뚫린 느낌이었다. 로크의 경비 태세가 어떤지 너무나 잘 알고 있었기 때문이다. 그는 자신이든 날씨술사든 로크의 바람이 맞바람으로 불어닥쳐 올 경우 무슨 짓을 해도 그 방향을 바꿔 놓지 못하리라는 사실을 알고 있었다. 만약 그렇게 되면, 잠자리가 이유를 묻지 않을까? 왜 역풍이 부느냐고 묻지 않을까?

날씨술사도 불안해 보인다는 게 그는 기뻤다. 날씨술사는 키잡이 곁에 서서 돛대 꼭대기를 계속 주시하면서 서풍 비슷한 것만 불어도 당장 돛을 거둬들이게 했다. 하지만 바람은 꾸준히 북쪽으로부터 불어왔다. 천둥을 품은 소나기가 닥쳐와 북풍을 두들겨 댔고, 상아는 선실로 내려갔지만 잠자리는 갑판 위에 남아 있었다. 그녀는 물을 무서워했다. 자기 입으로 상아에게 그렇게 말했다. 그녀는 헤엄을 칠 줄 몰랐다.

"물에 빠져 죽는다는 건 정말 끔찍한 일일 거예요. 공기를 마실 수가 없다니……."

잠자리는 그 생각에 몸서리쳤다. 그녀가 무엇에 대해서든 공포심을 가진 건 이게 유일했다. 하지만 그녀는 낮고 비좁은 선실이 싫어서 매일같이 갑판 위에 올라가 있었고 일기가 따뜻한 밤에는 잠도 거기서 잤다. 상아는 구태여 선실로 꼬여 들이려고 애쓰지 않았다. 꼬드겨 봐야 먹히지 않는다는 것을 그는 알고 있었다. 그녀를 가지려면 그녀를 지배해야만 했다. 그가 하려는 일이 바로 그것이었다. 로크 섬에 닿기만 하면!

상아는 도로 갑판 위로 올라갔다. 날이 개고 있었다. 막 해가 지는데 구름은 서쪽으로 온통 점점이 조각나 흩어지며 높고 둥근 동산의 검은 윤곽과 그 뒤에 깔린 황금빛 하늘을 드러냈다.

상아는 일종의 애절한 미움에 젖어 그 동산을 바라보았다.

"저게 로크 동산이라네, 젊은이."

날씨술사가 함께 뱃전에 붙어 서 있던 잠자리에게 말했다.

"이제 스월 만으로 들어설 거야. 그들이 원하는 바람만이 부는 곳이지."

배가 만 안으로 충분히 진입해 닻을 내렸을 때는 이미 어두웠고, 상아는 선장에게 말했다.

"아침에 상륙하도록 하죠."

배 아래 작은 선실에는 잠자리가 그를 기다리고 앉아 있었다. 늘 그랬듯 엄숙한 모습이지만 두 눈은 흥분으로 빛을 발했다.

"우린 아침에 상륙할 거요."

상아는 되풀이해 말해 주었고, 그녀는 수긍하여 고개를 끄덕였다.

"나 괜찮아 보여요?"

상아는 좁다란 자기 침대에 걸터앉아 마찬가지로 좁다란 맞은편 침대에 앉은 그녀를 바라보았다. 무릎이 들어갈 자리가 없어서 정면으로 마주 보고 앉을 수는 없었다. 오 항구에서 잠자리는 자기가 입을 깔끔한 윗도리와 바지를 하나씩 샀다. 그러는 편이 학교에 들어가려는 지원자로서 더 적합해 보일 거라고 상아가 권했던 것이다. 바람에 그을린 얼굴은 깨끗하게 박박 씻었고, 머리카락은 땋아서 상아의 머리와 똑같이 곤봉 모양으로 틀었다. 잠자리는 손도 깨끗이 씻었는데 지금은 넓적다리 위에 펴서 얹고 있었다. 남자 손처럼 길쭉하고 억센 손이었다.

"남자처럼 보이진 않아요."

상아의 말에 그녀는 표정이 나빠졌다.

"나한테는요. 내 눈에 당신은 절대로 남자로는 보이지 않아요. 하지만 걱정 마요, 그들에겐 남자로 보일 테니까."

그녀는 걱정스러운 얼굴로 고개를 끄덕였다.

"첫 번째 시험이 제일 중대한 시험이에요, 잠자리."

그가 말했다. 밤이면 밤마다 이 선실에 혼자 누워서 상아는 이 대화를 미리 계획해 두었다.

"대학당에 들어가기 위한 시험이죠. 그 문을 통과하느냐 못 하느냐 하는 시험이오."

"나도 생각해 봤는데요."

성급하고 진지하게 그녀가 말했다.

"그냥 내가 누구인지 말하면 안 될까요? 당신이 같이 가서 보증인이 돼 준다면……, 내가 여자라고는 해도 얼마간 재능이 있다고 말해 주면요. 그리고 나는 서약을 하고 금욕 주문을 행하기로 약속하고요. 그들이 원한다면 난 따로 떨어져 살기로 하고요……."

잠자리가 말하는 동안 내내 그는 절레절레 고개를 저었다.

"아니, 아니, 아니, 안 돼요. 가망 없어요. 소용없다고요. 그러다 큰일나요!"

"당신이 도와줘도……."

"내가 당신 편을 들어 따진다 해도 안 돼요. 귓전으로도 안 들을걸요. 로크의 규칙에 여자는 상급 마법을 결코 배울 수 없으며 창조 언어의 단어 하나라도 배워서는 안 된다고 금지되어 있어요. 지금까지 늘 그래왔지요. 그들은 들을 마음이 없어요. 그러니 그들에게 보여 줘야죠! 우리가 보여 줄 겁니다, 당신과 내가. 그들에게 가르쳐 줍시다. 용기를 내야 해요, 잠자리. 약해지면 안 돼요. '아이, 그냥 들여보내 달라고 사정해 볼래, 설마 쫓아내진 않겠지.' 하고 생각하지 마요. 설마가 아니에요, 쫓아냅니다. 게다가 만약에 당신이 정체를 드러낸다면 그들은 벌을 내릴 거예요. 나한테도요."

상아는 마지막 말을 무겁게 강조한 다음, 속으로 중얼거렸다. '면할지어다.'

잠자리는 그 읽어낼 수 없는 눈으로 상아를 응시하다가 마침내 물었다.

"내가 해야만 하는 일이 뭐죠?"

"날 믿나요, 잠자리?"

"네."

"나를 완전히, 철두철미하게 신뢰할 수 있겠어요? 이 모험에서 당신이 무릅쓴 위험보다도 더 큰 위험을 내가 당신을 위해서 감수한다는 걸 알지요."

"네."

"그렇다면 수문사께 말할 단어를 나에게 말해 줘야 해요."

잠자리는 빤히 그를 보았다.

"하지만 당신이 내게 말해 줄 줄 알았는데요. 그 암호는……."

"그분이 요구할 암호는 당신의 진짜 이름이에요."

상아는 잠시 여운을 둔 후, 부드럽게 말을 이었다.

"당신에게 겉보기 주문을 걸려면, 로크의 대마법사들이 당신을 남자로밖에 못 볼 만큼 깊숙이 완벽하게 주문을 걸려면, 그 일을 해내려면 나 역시 당신의 이름을 알아야만 해요."

그는 다시 말을 끊었다. 말을 함에 따라 그에게는 자기가 하는 말이 다 참말인 양 느껴졌다.

"벌써 오래전에 알아낼 수 있었어요. 하지만 난 그런 기술들을 쓰지 않기로 했지요. 당신이 자진해서 이름을 말해 줄 만큼 나를 신뢰해 주길 바랐거든요." 하고 말하는 그의 음성은 감동적이고 점잖았다.

그녀는 자기 손을 내려다보았다. 이제는 무릎 위에 움켜쥔 채였다. 선실 등잔에서 비치는 흐리고 불그레한 빛이 속눈썹에 내려 섬세하고 긴 그림자를 양 볼에 드리웠다. 그녀는 시선을 들어 똑바로 그를 보며 말했다.

"내 이름은 이리안이에요."

상아는 빙그레 웃었다. 그녀는 웃지 않았다.

그는 아무 말도 하지 않았다. 사실 그는 당황하고 말았다. 이토록 쉬울 줄 알았더라면 진작에, 며칠 전이나 몇 달이라도 전에 벌써 그녀의 이름을 얻어 냈을 것이고 그와 함께 그가 원하는 일은 뭐든지 하게 만들 힘을 손에 넣었을 터였다. 이 정신 나간 계획을 그냥 슬쩍 비추기만 했어도……. 그의 봉급과 그럭저럭 확보한 괜찮은 지위를 내던지지 않고도, 항해 따위 하지 않고도, 이 먼 길을 굳이 다 와서 로크에 다다르지 않고도 얼마든지 가능했는데! 상아는 이제 계획을 통째로 바라보고 자기가 바보 짓을 했음을 깨달았다. 단 한순간이라도 수문사를 속일 만큼 그녀를 가장할 수단이 그에게 있을 리 없었다. 자기가 창피당한 만큼 대마법사들을 창피 주겠노라 떠벌리던 속말들은 한갓 헛꿈이었다. 이 처녀를 속여 넘기는 데 정신이 팔린 나머지, 상아는 그녀를 후리려고 판 함정에 제 발로 빠져 들었다. 자기가 죽 자기 자신의 거짓말을 정말로 믿고 있었음을 그는 통한스럽게 깨달았다. 제 손으로 정교하게 엮어 낸 그물에 걸린 것이다. 로크에서 이미 한번 웃음거리 될 짓을 했던 그가 똑같은 짓을 되풀이하러 돌아온 셈이다. 크나큰 낙담과 분노가 그를 휩쌌다. 아무짝에도, 아무짝에도 소용없다.

"뭔가가 잘못됐나요?"

잠자리가 물었다. 깊고 가칠한 음성에 상아는 맥이 탁 풀렸고 두 손에 얼굴을 파묻었다. 그러곤 눈물 흘리는 창피라도 면하려고 안간힘썼다.

잠자리는 그의 무릎에 한 손을 얹었다. 그녀 쪽에서 몸이 닿은 것은 처음이었다. 상아는 그 접촉을 참아 냈다. 그 따뜻한 무게감을 원하며 얼마나 많은 시간을 허비했는지!

그녀를 상처 입히고 충격을 주고 싶었다. 치떨리게 무심하고 선선한 그 태도를 뒤집어 놓고 싶었다. 하지만 종국에 말문을 떼고 그가 한 말은 이랬다.

"난 단지 당신과 자고 싶었던 거예요."

"그랬어요?"

"내가 로크 늙다리들 패거리처럼 고자인 줄 알아요? 성스러운 사람이 되자고 주문을 걸어 나 자신을 거세한 줄 아냐고요? 내가 왜 지팡이를 안 갖고 있다고 생각해요? 왜 학교에 있지 않고 이러고 있다고 생각해요? 내가 한 말을 다 믿었단 말이오?"

"네."

잠자리가 말했다.

"미안해요."

그녀의 손은 아직도 상아의 무릎에 놓여 있었다.

"당신이 그러고 싶으면 해도 돼요."

상아는 허리를 꼿꼿이 세우고 굳은 듯이 앉아 있었다.

"당신 대체 뭐요?"

마침내 그가 그녀를 보고 말했다.

"나도 몰라요. 그래서 로크에 오고 싶어한 거예요. 알아내려고요."

상아는 풀려난 듯 몸을 움직이고, 자리에서 일어나, 엉거주춤하고 섰다. 선실이 낮아서 잠자리도 그도 똑바로 설 수는 없었다. 두 손을 꽉 쥐었다 폈다 하면서 상아는 최대한 그녀에게서 떨어져 아예 등을 돌리고 섰다.

"당신은 알아내지 못해요. 다 거짓말이에요, 사기라고요. 늙다리들의 말장난이죠. 난 그 말장난에 끼기 싫어 떠난 거예요. 내가 그때 무슨 짓을 했는지 알아요?"

그는 돌아보고 승리감에 이가 보이도록 커다란 웃음을 지었다.

"여자 애를 끌어들였죠, 마을 아가씨 하나를 내 방으로 끌어들였어요. 내 감방, 그 조그만 순결의 돌감방으로 말이에요. 뒷골목으로 난 창문이 하나 있었거든요. 주문은 안 걸었어요, 사방 천지에 그들의 마법이 돌아가고 있는 중에 주문은 어림없죠. 그 여잔 오고 싶어 온 거예요. 그래서 정말 왔고, 내가 창에 줄사다리를 걸어 줘서 그녀가 타고 올라왔어요. 늙다리들이 쳐들어왔을 때 우린 한창 하는 중이었죠. 그 작자들에게 보여 줬다니까! 만약에 내가 당신을 들여보낼 수 있다면, 그들에게 다시 한번 뭔가를 보여 주는 거죠. 그들에게 본때를 보여 줄 거예요!"

"그런가요. 해 보죠."

그녀가 말했다.

상아는 물끄러미 그녀를 보았다.

"당신과 같은 이유에서 그러는 건 아니지만, 그래도 난 여전히 로크에 들어가고 싶어요. 이렇게 먼 길을 왔잖아요. 당신은 내 이름을 알고 있고요."

정말이었다. 상아는 그녀의 이름을 알고 있었다, 이리안. 그 단어는 타오르는 석탄이나 훨훨 피는 깜부기불처럼 마음속을 지겼다. 상아는 생각으로라도 그 이름을 집어 들고 버틸 수가 없었다. 그의 지식으로 그 이름을 이용할 수 없었다. 혀가 그 이름을 말할 수 없었다.

그녀가 올려다보았다. 선이 날카롭고 강인한 얼굴이 그늘 지우는 등잔 빛 아래 전보다 한결 부드러워졌다.

"당신이 날 여기까지 데리고 온 게 오로지 그 일을 하기 위해서였다면, 상아, 우린 그렇게 할 수 있어요. 당신이 아직도 그러고 싶다면요."

처음에는 그저 말문이 막혀 고개만 저었다. 시간이 좀 지나자 웃음을 터뜨릴 수 있었다.

"내 생각에 그건 이제 물 건너갔어요. 그럴 가능성은……."

그녀는 섭섭한 기색 없이 그를 바라보았다. 나무라는 빛도 부끄러운 빛도 없었다.

"이리안."

그가 말했다. 이제 그녀의 이름이 수월하게 불러졌고, 마른 입에 봄철의 샘물처럼 달콤하고 시원했다.

"이리안, 대학당에 들어가려면 이렇게 해야 해요……."

아즈버

상아는 길모퉁이에서 그녀와 헤어졌다. 폭이 좁고 우중충하며 비밀스러운 느낌을 주는 길은 밋밋한 두 벽 사이로 더 높은 벽에 난 나무 문을 향하여 오르막져 있었다. 상아가 주문을 걸어 주어서 겉모습은 남자처럼 보였지만, 남자가 된 기분은 들지 않았다. 그녀는 상아와 포옹을 나눴다. 왜냐하면 아무튼 간에 두 사람은 친구이자 벗이며 그가 그녀를 위해서 이 모든 일을 해 주었기 때문이다.

"용기를 내요!"

상아는 그렇게 말하고 그녀를 보냈다. 그녀는 거리를 걸어가 문 앞에 섰다. 그러고는 뒤돌아봤지만, 그는 가고 없었다.

그녀는 문을 두드렸다.

잠시 있자 빗장이 덜거덕거리는 소리가 났다. 문이 열렸다. 중년 남자 한 사람이 서 있었다. 그가 말했다.

"무엇을 도와드릴까?"

웃음 짓지는 않았지만 음성이 듣기 좋았다.

"대학당 안으로 들여보내 주셨으면 합니다, 선생님."

"들어가는 길을 아시오?"

갸름한 눈이 분명 그녀를 주시하고 있는데도, 흡사 몇 리나 몇 년의 시공을 넘어 바라보는 듯했다.

"이것이 들어가는 길입니다, 선생님."

"내가 들여보내 드리기 전에 누구의 이름을 말해야 하는지는 알고 있소?"

"제 이름입니다, 선생님. 제 이름은 이리안입니다."

"그렇소?"

그가 말했다. 그러고는 잠시 시간을 주었다. 그녀는 묵묵히 서 있었다.

"길 섬 저희 마을에 사는 마녀 장미가 저한테 준 이름입니다. 이리아 언덕 아래 샘에서요."

그녀는 급기야 이렇게 말했다. 당당히 서서 참말을 한 것이다.

문지기는 그녀를 바라보았는데 그 시간이 퍽 길게 느껴졌다.

"그러면 그건 당신 이름이 맞군. 하지만 이름이 그게 다는 아닐 거요. 당신에겐 다른 이름도 있을걸."

"전 알지 못합니다, 선생님."

또 다시 긴 시간이 지난 후 그녀는 말했다.

"아마 여기서 배울 수 있을 겁니다, 선생님."

문지기가 살짝 머리를 숙였다. 몹시 희미한 미소가 뺨에 초승달 같은 굴곡을 지었다. 그가 비켜섰다.

"들어오시게, 딸이여."

그녀는 대학당의 문지방을 넘어 들어갔다.

상아가 건 겉꾸밈 주문은 거미줄처럼 걷혀 나갔다. 그녀는 실제로도, 겉으로도 그녀 자신이었다.

그녀는 수문사를 따라 돌로 지어진 통로를 빠져나갔다. 그 끝에 다 와서야 하얀 뼈 색깔 문틀에 물린 높직한 문짝에 새겨진 나무를, 천 장이나 되는 잎사귀를 통해 비치는 빛을 돌아볼 생각이 났다.

잿빛 망토를 걸친 젊은 남자 하나가 서둘러 통로를 따라 내려오다가 그들에게 가까워지자 우뚝 멈춰 섰다. 그 남자는 이리안을 빤히 쳐다보더니 고개를 한 번 까딱해 보인 후 가던 길을 갔다. 그녀는 그를 돌아보았는데, 그도 이쪽을 돌아보고 있었다.

공처럼 둥글고 안개 낀 듯 뿌연 녹색 불덩어리가 눈높이쯤에 둥둥 뜬 채 복도를 빠르게 지나왔다. 젊은 남자를 쫓아가는 게 분명했다. 수문사가 불덩어리를 향해 손을 내젓자 그놈이 피했다. 이리안은 황급히 비켜나서 몸을 수그렸지만 그것이 머리 위로 지나갈 때 차가운 불길에 스쳐 머리카락이 따끔따끔했다. 수문사는 한 바퀴 빙 둘러보았는데 미소가 더욱 커졌다. 말은 한 마디도 안 했지만 그녀는 수문사가 자신을 염두에 두고 챙기고 있음을 느꼈다. 그녀는 일어서서 그를 따라갔다.

수문사는 참나무 문 앞에 다다라 멈춰 섰다. 문을 두드리는 대신에 그는 지팡이 머리로 무슨 작은 기호나 룬 같은 것을 그렸다. 뭔지 모를 잿빛 나무로 된 가벼운 지팡이였다. 문이 열리고 저편에서 잘 울리는 음성이 말했다.

"들어오십시오!"

"괜찮다면 잠깐 여기서 기다리고 있어요, 이리안."

수문사가 말하고 방 안으로 들어갔다. 문은 활짝 열어젖힌 채였다. 이리안은 책장과 책들을 볼 수 있었다. 탁자 위에도 또 책들이 쌓여 있고 먹물병과 글자가 쓰인 종이가 있고, 소년 두세 명이 탁자 앞에 앉아 있고 수문사는 백발이 성성한 땅딸막한 남자하고 얘기를 했다. 그녀는 그 남자의 얼굴이 달라지는 것을 보았고, 그의 눈이 깜짝 놀라 한순간 뚫어져라 자신을 응시한 것을 보고, 음성을 낮추어 격앙된 어조로 수문사에게 질문을 던지는 것을 보았다.

그러더니 둘 다 그녀 쪽으로 왔다. 수문사가 말했다.

"로크의 변화사시고, 길 섬의 이리안이오."

변화사는 대놓고 그녀를 뚫어지게 쳐다봤다. 그는 키가 그녀에게 못 미쳤다. 그는 수문사를 빤히 노려보다가 다시 그녀를 응시했다.

"면전에서 이런 말을 하는 걸 용서해 주시오, 젊은 여자여. 하지만 말을 해야겠소. 수문사님, 내가 수문사님 판단에 의문을 제기한 적이 없다는 걸 아시지요. 하지만 규칙은 명백합니다. 도대체 무엇이 당신을 움직여 규칙을 깨고 이 처녀를 들여놓게 만든 건지 여쭤 봐야겠습니다."

"이 아가씨가 요구했다오."

수문사가 말했다.

"하지만……."

"여자가 학교에 들여보내 줄 것을 마지막 부탁했던 게 언제였던가?"

"규칙이 허락하지 않는다는 걸 그들도 알아요."

"당신도 알고 있었소, 이리안?"

수문사가 물었고 그녀는 대답했다. "네, 선생님."

"그럼 뭘 믿고 여길 온 거요?"

변화사가 물었다. 엄한 물음임에도 호기심이 그대로 드러났다.

"마술사 상아 님이 남자인 척하면 그렇게 통할 수 있다고 했습니다. 전 제가 누군지 말해야 한다고 생각했지만요. 저도 다른 누구 못지않게 금욕하고 지낼 수 있습니다, 선생님."

두 개의 긴 곡선이 수문사의 뺨에 그려지며 좀처럼 떠오르지 않는 미소를 완성했다. 변화사는 안색을 엄하게 굳힌 채였지만 그만 눈을 깜박였다. 잠시 생각한 후에 그가 말했다.

"그야 그렇지……. 암. 솔직하게 말하는 게 물론 더 낫소. 그런데 마술사 누구라고?"

"상아요."

수문사가 말했다.

"해브너 대항에서 온 녀석, 3년 전에 내가 들어오게 해 주었다가 작년에 다시 내보낸 녀석이지. 기억나시오?"

"상아! 기예사한테서 공부하던 그놈? 그놈도 여기 왔소?"

변화사가 핏대를 올려 이리안을 다그쳤다. 그녀는 똑바로 서서 아무 말 안 했다. 수문사가 빙그레 웃으며 말했다.

"학교 안에는 없소."

"그자한테 속았구려, 아가씨. 우리를 골탕 먹이려고 아가씨를 속인 거요."

"제가 그를 이용했어요. 여기 오는 것을 도와주고 수문사님께 무슨 말을 해야 하는지 알려 주게끔요."

이리안의 말이었다.

"전 여기 누굴 속이고 골탕먹이러 온 게 아니라 알아야만 할 것을 배우러 왔어요."

"내가 왜 그 아이를 들여놓았던가 종종 궁금했는데, 이제 조금씩 알 것 같소."

수문사가 말했다.

이 말에 변화사가 수문사를 보았고, 골똘히 생각에 잠겼다가 진지하게 물었다.

"수문사님, 무슨 생각을 하고 계신 겁니까?"

"내 생각에 길 섬의 이리안은 자기가 알아야 할 것을 찾아 우리에게 왔을 뿐 아니라 우리가 알아야 할 것도 찾아내러 와 준 것 같소."

수문사의 어조도 똑같이 진지했다. 미소는 이미 사라진 후였다.

"이 일은 우리 아홉 사람이 모여서 얘기해야 할 문제라고 난 생각하오."

변화사는 들으면서 진정으로 놀란 얼굴을 했지만 수문사의 말에 꼬투리를 잡지는 않았다. 단지 이 말만 했다.

"하지만 학생들 사이에 왈가왈부할 건 아니지요."

수문사도 고갯짓으로 그에 동의했다.

"마을에 묵게 하면 되겠군요."

변화사가 다소 안심하여 그렇게 말했다.

"당사자를 빼놓고 뒷전에서 떠들게?"

"회의실에 데리고 들어갈 생각은 아니시겠지요?"

변화사는 믿을 수 없다는 듯이 물었다.

"대현자는 소년 아렌을 데리고 들어왔더랬소."

"하지만……, 하지만 아렌은 레반넨 왕이었어요."

"그럼 이리안은 누구요?"

변화사는 침묵한 채 서 있었다. 그러고는 조용히 경의를 다해 말했다.

"내 벗이여, 무엇을 하려, 무엇을 배우려 하시는 겁니까? 저 아가씨가 누구이기에 그녀를 위해 이런 요청을 하십니까?"

"우리가 누구이기에 그녀를 거부하겠소, 그녀가 무엇인지를 알지도 못하면서?"

수문사가 말했다.

*

"여자로군요."

소환사가 말했다.

이리안은 수문사의 방에서 몇 시간 동안 기다렸다. 천장이 낮고 세간이 없는 환한 방이었다. 창가에 의자가 있고, 쪽유리를 낀 창으로 대학당 부엌 뜰이 내다보였다. 보기 좋게 잘 가꾸어진 텃밭에는 기다란 고랑과 이랑을 따라 줄줄이 채소와 약초들이 자라고 그 너머 나무딸기 덤불과 과일나무들이 있었다. 피부색이 검고 건장한 사나이가 소년 둘을 데리고 나와 채소밭 한쪽을 김매었다. 세심한 손놀림을 바라보노라니 마음이 편해졌다. 그들을 도와 일할 수 있었으면 싶었다. 기다림과 낯섦이 몹시도 거북했다. 수문사가 한 번 들어와 물 한 잔과 차가운 고기, 빵, 봄양파를 한 접시 갖다 주었다. 이리안은 먹기는 했지만 수문사가 먹으래서 먹은 것이고 씹어 넘기기가 고역이었다. 채소밭지기들이 가 버리자 창으로 내다볼 거리조차 없어졌다. 양배추가 자라고 참새들이 폴짝폴짝 뛰고, 어쩌다 한번씩 하늘 저 높이 매가 나타나곤 하는 것뿐이었다. 뜨락 저 너머 키 큰 나무 우듬지에 바람이 살랑살랑 불었다.

수문사가 다시 와서 말했다.

"갑시다, 이리안. 로크의 대마법사들을 만나 보시오."

그녀의 심장은 마치 끄는 말처럼 급히 뛰었다. 수문사를 따라 미로처럼 얽힌 복도를 이리저리 뚫고 가 거무스름한 벽이 둘러쳐진 방에 다다랐다. 꼭대기가 뾰족한 높은 창들이 줄지어 나 있는 방이었다. 한 무리의 남자들이 거기 서 있었다. 그녀가 들어서자 모두 한결같이 몸을 돌려 그녀를 주시했다.

"길 섬의 이리안이오, 여러분."

수문사가 말했다. 그들은 모두 침묵했다. 수문사는 몸짓으로 그녀를 방 안 더 깊숙이 들여보냈다.

"변화사님은 이미 만났고……."

수문사는 나머지 대마법사들을 모두 한 명 한 명 열거했지만 그녀는 그들의 이름이나 전문 분야를 다 새겨듣지 못했다. 다만 채소밭지기일 거라고 생각했던 사람이 약초사라는 것과, 검은 돌을 깎아 만든 듯 엄격하고 아름다운 얼굴을 가진 키 큰 사내가 소환사라는 것만 알았을 뿐이다. 소환사는 그들 가운데 가장 젊었다. 수문사가 소개를 마친 다음에 말한 사람이 바로 그였다.

"여자로군요."

수문사는 고개를 한 번 끄덕했다. 변함없이 부드러운 태도였다.

"이게 9인 회의를 소집한 이유입니까? 이것뿐이고 딴 건 없고요?"

"이뿐이고 딴 건 없소."

"내해 위를 나는 용들이 목격되었습니다. 로크에는 대현자가 없지요. 섬들은 참되게 즉위한 왕을 갖지 못하고요. 우리가 진짜 매진해야 할 일이 있습니다. 언제가 돼야 할 겁니까?"

소환사의 음성 또한 돌인 양 차갑고 무거웠다.

수문사가 아무 말 없자 불편한 침묵이 자리 잡았다. 끝내는 잿빛 마법사 망토 아래 빨간 통옷을 입고 밝은 색 눈동자를 지닌 호리호리한 사내가 입을 열었다.

"이 여인을 학생으로서 대학당에 들어오게 하셨습니까, 수문사님?"

"내가 그랬다고 한다면, 추인을 하고 하지 않고는 여러분에게 달려 있을 거요."

수문사가 말했다. 빨간 통옷 입은 사내는 슬며시 웃음 지었다.

"그러십니까?"

"기예사여, 이 아가씨는 학생으로서 들어오겠노라고 청했다오. 나는 거절할 이유를 찾을 수 없었소."

"온갖 이유가 다 있지요."

소환사가 말했다. 깊고 맑은 음성을 지닌 사람이 이어 말했다.

"우리 판단에 따라 좌우할 일이 아닙니다. 우리가 따르기로 서약한 로크의 규칙이 있는데요."

"수문사께서 규칙을 가벼이 무시하실 것 같지는 않구려."

이 말을 한 것은 그때까지 그 자리에 있는지 눈치 채지도 못했던 사람이었다. 덩치가 크고, 새하얀 머리에 뼈대가 앙상하고 바위산처럼 우락부락한 얼굴인데도……. 이 사람은 다른 이들과 달리 말하면서 이리안을 똑바로 바라보았다.

"나는 커렘카르머룩이오. 이곳의 명명사로서, 이름들을 터놓고 얘기한다오. 내 이름도 포함해서 말이지. 당신 이름을 누가 지었소, 이리안?"

"우리 동네 마녀인 장미입니다, 선생님."

이리안이 대답했다. 당당히 서서 말하긴 했지만 목소리는 새되게 갈라져 나왔다.

"이름이 잘못 지어졌소?"

수문사가 명명사에게 물었다. 커렘카르머룩은 고개를 저었다.

"아니요, 하지만……."

줄곧 다른 사람들에게 등을 돌린 채 불기 없는 화덕을 마주 보고 있던 소환사가 뒤돌아섰다.

"마녀들이 저희끼리 지어 주고 지어 받는 이름 따위는 우리가 여기서 논할 일이 못 돼요. 수문사님께서 이 여자에게 뭔가 흥미가 있으시다면, 이 벽들 바깥쪽에서 뭘 하든 하십시오. 당신이 지키겠노라 서약하신 저 문 바깥에서 말입니다. 저 여자는 여기 올 사람이 아닙니다, 영영코 안 됩니다. 그녀는 단지 혼란과 분쟁만을 가져올 거고 두고두고 우리들 사이에 약점을 심고야 말 겁니다. 이제 그만하죠, 저 여자 앞에서는 더 이상 아무 말 하지 않으렵니다. 의도적으로 행한 실수에 대한 응답은 오직 침묵뿐이지요."

"침묵으로는 충분하지 않습니다, 대마법사님."

지금까지 말을 꺼낸 적 없던 사람이 말했다. 이리안이 보기에 그는 몹시도 기묘하게 생겼는데, 피부 빛이 엷어서 불그레하고, 길게 기른 머리카락 빛도 엷다 못해 거의 허옇고, 가느다란 눈은 얼음 같은 색을 띠었다. 말하는 것도 이상해서 말투가 딱딱한 데다 발음도 다소 뭉그러졌다.

"침묵은 모든 것에 답이 되지만, 아무것에도 답을 못 합니다."

소환사는 고상한 검은 얼굴을 쳐들어 방을 가로질러 반대편에 선 살빛 흰 남자를 주시했지만 말은 하지 않았다. 한마디 말이나 몸짓도 없이 그는 다시 돌아섰고 방에서 나갔다. 그가 천천히 걸어서 곁을 지나쳐 갈 때 이리안은 흠칫 몸을 움츠렸다. 마치 무덤이 입을 벌린 느낌이었다. 차갑고 습기 찬, 컴컴한 겨울 무덤이다. 목구멍에 숨이 탁 막혔다. 그녀는 공기를 들이마시려고 작게 숨 삼키는 소리를 냈다. 다시 진정이 되고 보니 변화사와 살빛 흰 남자가 둘 다 뚫어져라 이쪽을 응시하고 있었다.

저음의 종소리 같은 음성을 지닌 사나이 역시 그녀를 주시했고, 꾸밈없고 친절이 깃든 엄정함으로 말했다.

"나는 알고 있소. 아가씨를 이리로 데려온 남자는 악의를 품고 한 짓이지만 아가씨는 그렇지 않지요. 하지만 당신이 여기 있는 건, 이리안, 우리에게도 당신에게도 좋지 않아요. 제자리가 아닌 곳에 있는 사물은 무엇이든 해가 된다오. 한 음이 아무리 아름답게 울린다 해도 그 가락에 속하지 않은 음이라면 가락을 망쳐 놓는 법. 여인들은 여인들을 가르쳐요. 마녀들의 술법은 다른 마녀에게 배우거나 마술사에게서 배우는 것이지, 마법사로부터 배우는 것이 아니오. 우리가 이곳에서 가르치는 것은 여자가 말하기에 적합하지 않은 언어로 되어 있다오. 젊은 혈기로 이런 법칙에 반발하면서 공평치 못하다 독선적이다 말을 하지만, 이들은 참된 법칙이라오. 우리가 바라는 것에 기반한 것이 아니라 있는 그대로의 우리 자신들에 기반한 것이오. 정의롭든 정의롭지 않든, 어리석든 현명하든 간에 모든 이가 이 법칙에 복종하게 마련이오. 그러지 않으면 인생을 헛되이한 후 비통해 하게 되지요."

변화사와 그 곁에 서 있던 날카로운 인상의 여윈 노인이 이 말에 동의해 고개를 끄덕였다. 기예사가 말했다.

"이리안, 미안해요. 상아는 내 제자였소. 내가 그를 형편없이 가르쳐 놓았다면, 그를 내보낸 건 더 나빴던 게지요. 난 그 녀석이 별 볼일 없는 놈이라 생각했고, 그러니 해될 일도 없으리라 보았소. 하지만 아가씨에게 거짓말을 하고 아가씨를 기만했구려. 아가씨가 부끄러워할 일이 아니오, 잘못은 그놈이 하고 내가 한 거요."

"전 부끄럽지 않습니다."

이리안이 말했다. 그녀는 그들 모두를 바라보았다. 그들의 정중함에 고맙다는 인사를 해야 할 것 같았지만 말이 나오지 않았다. 그녀는 딱딱하게 고개를 꾸벅해 보이고 나서 몸을 돌려 큰 걸음으로 방을 나왔다.

수문사가 따라잡았을 때 그녀는 십자로 교차하는 복도참에 선 채 어디로 가야 할지 몰라하고 있었다.

"이쪽이오."

수문사가 말하곤 옆에서 같이 걷기 시작했다. 잠시 후에 그가 또 말했다.

"이쪽이오."

그렇게 그들은 금세 어떤 문 앞에 당도했다. 뿔과 엄니로 만들어진 문이 아니었다. 조각이 되어 있지 않은 그 문은 참나무로 만든 것이며, 시커멓고 육중하고 세월에 삭아 가늘어진 쇠빗장이 쳐 있었다.

"뜰의 문이지."

대마법사가 빗장을 풀면서 말했다.

"메드라의 문이라고 부르곤 한다오. 양쪽 문을 다 내가 지키오."

수문사는 문을 열었다. 대낮의 환한 빛이 이리안의 눈을 어지럽혔다. 제대로 볼 수 있게 되자 그녀는 문으로부터 뻗어 나간 길이 뜨락을 지나, 그 너머 들판을 지나 이어지고 있는 것을 보았다. 들판 저 너머에는 높다란 나무들이 보였고 부풀어 오른 로크 동산이 오른쪽 멀찍이 자리 잡고 있었다. 하지만 그 길에, 문 바로 밖에, 마치 그들을 기다리듯 서 있었던 것은 바로 눈이 가느다란 옅은 빛 머리카락의 사나이였다.

"조형사여."

수문사는 전혀 놀란 빛이 없었다. 조형사가 특유의 기묘한 어조로 말했다.

"이 여자 분을 어디로 보내시렵니까?"

"아무 데로도 안 보내오. 들어오게 해 준 것처럼 내보내 줄 뿐이지. 그녀의 뜻에 따라서요."

"나를 따라오겠습니까?"

조형사가 이리안에게 말했다.

그녀는 그를 쳐다봤다가 수문사를 보고 아무 말도 하지 않았다.

"나는 이 대학당에 살지 않아요. 아무 집에도 살지 않지요. 나는 저기 삽니다. '숲'에요. ……아."

조형사는 말하다가 별안간 몸을 돌렸다. 덩치 큰 백발의 사나이, 명명사인 커렘카르머룩이 길 위 바로 뒤에 서 있었다. 그는 다른 대마법사가 "아" 하고 말하기 전에는 그 자리에 없었다. 이리안은 그만 얼떨떨해져서 두 사람을 번갈아 바라보았다.

"이건 나처럼 보이게끔 하는 것일 뿐이오. 환영이며, 전언이지요."

늙은이가 그녀에게 말했다.

"나 또한 이곳에 살지 않소. 몇 십 리 밖에 있지."

그러면서 몸짓으로 북쪽을 가리켰다.

"여기에서 조형사와 볼일이 끝나면 그쪽으로 와도 좋소. 아가씨 이름에 관해서 좀 더 배우고 싶구려."

명명사는 다른 두 대마법사들에게 고개를 끄덕여 보이곤 그 자리에서 없어졌다. 뒝벌 한 마리가 둔한 붕붕거림으로 그가 있던 자리의 공기를 헤집었다.

이리안은 땅을 내려다보았다. 한참 시간이 지난 다음 그녀는 말을 했다. 목청을 가다듬고 시선은 들지 않은 채로 이렇게 말했다.

"내가 여기 있는 게 정말 해가 되나요?"

"난 모르오."

수문사가 말했다.

"'숲'에는 해되는 것이 없습니다."

조형사가 말했다.

"오세요. 작은 집이 있습니다. 오두막집이지요. 해묵고 더럽지만, 괜찮겠지요, 예? 한동안 머무세요. 알게 될 겁니다."

그러고는 파슬리와 덤불콩 사이 길로 발걸음을 떼었다. 이리안은 수문사를 보았다. 슬쩍 미소 짓고 있었다. 그녀는 머리카락이 허여스름한 그 남자를 따라갔다.

사오 리쯤 걸어갔다. 꼭대기가 둥그런 동산은 오른쪽에 솟아올라 서녘 햇살 아래 전체 모습을 드러냈다. 등 뒤로는 더 나지막한 언덕지에 여러 채의 지붕들로 된 잿빛 학교가 웅숭그리고 섰다. 나무 숲은 이제 앞쪽으로 탑처럼 높다랗게 서 있었다. 이리안은 참나무와 버드나무, 밤나무와 물푸레나무 그리고 키 큰 상록수들을 보았다.

햇살 아래 빽빽한 나무들이 이룬 짙고 컴컴한 숲 그림자로부터 개울이 하나 흘러나왔다. 물가의 둔덕은 초록빛인데, 소 떼며 양 떼가 물을 마시거나 개울을 건너려고 밟고 내려간 갈색 발자취들이 여기저기 나 있었다. 두 사람은 오륙십 마리쯤 되는 양들이 짧고 초록이 선명한 풀을 뜯던 목초지 흙울타리를 사람 드나드는 층계를 통해 넘어와서 이제 개울가로 다 왔다.

"저 집이에요."

오후의 숲 그림자에 반쯤 가려진, 야트막하니 이끼 먹은 지붕을 가리키며 대마법사가 말했다.

"오늘 밤 있으세요. 그럴 겁니까?"

그는 묵으라고 청을 하는 것이지 지시하는 게 아니었다. 이리안이 할 수 있었던 일은 끄덕이는 것뿐이었다.

"내가 음식을 가져올게요."

그가 말하고는 큰 걸음으로 나아갔다. 그는 점점 걸음을 빨리 해서, 아무리 명명사처럼 갑자기 없어진 것은 아니라 해도 나무들 아래 빛과 그림자 속으로 금방 자취를 감췄다. 이리안은 그가 확실히 가 버리기까지 지켜보고 있다가 혼자서 키 큰 풀과 잡초들을 헤치고 조그만 집으로 다가갔다.

집은 몹시 오래된 것 같았다. 거듭거듭 다시 짓고 다시 지은 집인데 재건축을 안 한 지도 한 세월 되었다. 죽은 듯이 고립된 공기로 보아 사람이 살지 않은 지도 마찬가지로 오래되었다. 그렇지만 느낌이 나쁘지 않은 것이, 이 집에서 잠들었던 사람은 평안한 잠을 잤을 것 같았다. 해묵어 삭은 벽과 생쥐들, 먼지, 거미줄, 빈약한 가구까지, 이리안에게는 그 모든 것이 자기 집처럼 친숙했다. 그녀는 몽당비 하나를 찾아서 쥐똥을 쓸어냈다. 그러곤 편편한 널빤지 침대에다 이불을 폈다. 문짝이 비틀린 찬장에서 금 간 주전자를 찾아내어, 문에서 열 발짝 떨어진 곳에 소리 없이 흐르는 맑은 개울에 가 물을 채웠다. 이런 일들을 그녀는 일종의 도취 상태에서 했으며 다 하고 나자 햇볕의 열기를 간직한 집 벽에 등을 기댄 채 풀 속에 주저앉았다. 그런 채 그만 잠이 들었다.

잠이 깨자 조형사가 가까이에 앉아 있고, 두 사람 사이의 풀 위에는 바구니가 하나 놓여 있었다.

"배고픕니까? 먹어요."

"나중에 먹겠습니다, 선생님. 고맙습니다."

"나는 지금 배가 고픕니다."

대마법사는 바구니에서 삶은 달걀 한 개를 집더니 껍데기에 금을 내어 벗기고 먹어치웠다.

"이 집은 '수달의 집'이라고 부릅니다. 아주 오래됐어요. 대학당만큼 오래됐지요. 뭐든지 오래됐어요, 여기에서는요. 우리도 오래된 사람들이지요. 대마법사들요."

"당신은 그렇게 나이 들지 않았는데요."

이리안은 그가 서른 살에서 마흔 살 사이일 거라고 생각했다.

확실하게 말하기는 어려웠다. 머리카락 색이 검정이 아니다 보니 자꾸만 백발인 것처럼 생각되었다.

"하지만 나는 먼 길을 왔어요. 거리는 햇수가 될 수도 있지요. 나는 카레고에서 온 카르그 사람입니다. 알고 있어요?"

"흰둥이들!"

이리안은 말했고, 드러내 놓고 그를 쳐다보았다. 들국화가 부르던 노래에는 하나같이 동쪽으로부터 배를 몰고 와 땅을 황폐하게 하고 무고한 어린애들을 창으로 찔러 꿰는 흰둥이들 얘기가 나왔다. 그리고 에레삭베가 어떻게 평화의 고리를 잃게 되었는가 하는 사연이며, 대현자 새매가 흰둥이들 나라로 가서 고리를 되찾아 온 사연에 관한 '왕의 이야기'와 새로 만들어진 노래들도 하나같이…….

"흰둥이요?"

조형사가 물었다. 이리안은 민망한 마음에 눈길을 피하며 대답했다.

"허여스름하다고요. 흰색 말이에요."

"아."

조형사가 조금 후에 말했다.

"소환사는 늙지 않았어요."

그리고 이리안은 그 가느다란 얼음 빛깔 눈과 흘긋 시선이 마주쳤다. 그녀는 아무 말도 하지 않았다.

“나는 당신이 그를 두려워했다고 생각해요.”

그녀는 고개를 끄덕였다.

그렇게 아무 말이 없자, 한동안 시간이 흐른 후에 그가 말했다.

“이 숲의 나무들 속에서는 해될 일이 없어요. 오직 진실뿐이지요.”

“그 사람이 날 스쳐 갈 때 무덤을 봤어요.”

이리안이 음성을 낮추어 말했다.

“아.”

조형사가 말했다. 그는 자기 무릎 옆 땅바닥에 달걀 껍데기 조각들을 조그만 무더기로 쌓아 올렸다. 그 하얀 부스러기들을 가지고 곡선을 만들더니 끄트머리를 아무려 원이 되게 했다.

“그래요.”

자기가 만져 놓은 달걀 껍데기를 들여다보면서 그가 말했다. 그런 뒤에는 땅을 조금 긁어 파서는 섬세한 손동작으로 깔끔하게 그것들을 묻었다. 조형사는 손에 묻은 흙먼지를 털어 버렸다. 다시금 그의 시선이 이리안 쪽으로 번득 비쳤다가 다른 데로 피해 갔다.

“그동안 죽 마녀 노릇을 했나요, 이리안?”

“아뇨.”

“하지만 당신은 어느만큼 지식을 가지고 있어요.”

“아니에요, 없어요. 장미는 나를 가르쳐 주지 않았는데요. 그럴 엄두를 못 내겠다고 했어요. 왜냐하면 내가 힘을 가지고 있는데, 자기는 그 힘의 정체를 알 수가 없다고요."

"당신의 장미는 현명한 꽃입니다."

대마법사는 웃음기 없이 이 말을 했다.

"그렇지만 무엇인가 해야만 한다는 걸 나는 알아요. 나는 무엇인가가 되어야 해요. 여기 오고 싶어한 게 그 때문이에요. 알아내는 거죠. 현자들의 섬에서요."

이제는 조형사의 기묘한 얼굴 생김에도 익숙해져서 표정을 읽을 수가 있었다. 이리안은 그가 슬퍼 보인다고 생각했다. 그가 얘기하는 방식은 단호하고 빠르고 군더더기 없으며 평온했다.

"이 섬 사람들이 늘 현명한 건 아니지요, 예? ……어쩌면 수문사님이라면."

그는 이제 이리안을 보고 있었는데, 곁눈질 하는 것이 아니라 정면으로, 자신의 두 눈으로 그녀의 눈길을 붙잡아 놓은 채 바라보았다.

"하지만 저기서는요. 숲 속에서는요. 나무 아래에서는. 거기에는 오래 묵은 지혜가 있지요. 결코 낡지 않습니다. 나는 당신을 가르칠 수 없어요. 당신을 저 '숲'으로 데리고 들어갈 수는 있어요."

잠시 후에 그가 일어섰다.

"좋아요?"

"네."

확신하지 못한 채 이리안이 대답했다.

"집은 괜찮아요?"

"네……."

"내일요."

그가 말하고, 큰 걸음으로 떠나갔다.

그래서 그 뜨거운 여름철 반 달 남짓한 기간을 이리안은 수달의 집에 묵었고, 거기서 단잠을 잤다. 조형사가 바구니에 담아다 주는 달걀, 치즈, 녹색 채소, 과일, 연기를 쐰 양고기를 먹고, 매일같이 오후에는 그와 더불어 높다란 나무들이 이룬 숲 속에 들어가곤 했다. 숲 속의 길은 기억했던 자리에 그대로 있는 법이 없는 것만 같고, 때로는 숲의 경계가 있음직한 곳을 넘어 훨씬 더 멀리까지 뻗어 나갔다. 두 사람은 침묵 속에 걸었고 쉴 때에도 거의 말을 하지 않았다. 대마법사는 조용한 남자였다. 인정사정없이 단호한 면이 있기는 한 것 같지만 이리안을 향해 그런 면을 보이는 일은 없었다. '숲'에 사는 나무들이며 희귀한 새들, 네발짐승들의 존재처럼 그가 있는 것도 편안했다. 그 자신이 말했다시피 그는 이리안을 가르치려 들지 않았다. '숲'에 대해 묻자 그는 로크 동산과 마찬가지로 세고이가 세상의 섬들을 만든 이래 죽 서 있었으며, 그 나무들의 뿌리에 모든 마법이 서려 있고, 전에 있었거나 앞으로 있을 모든 숲의 뿌리와 한데 얽혀 있다고 말해 주었다.

"그리고 때로 '숲'이 이 장소에 있는가 하면 때로는 다른 곳에 있습니다. 그러나 언제나 존재하지요."

이리안은 그가 어디 사는지 본 일이 없었다. 따스한 여름밤에 아무 데든 자기가 고른 자리에서 잠을 자리라고 그녀는 상상했다. 두 사람이 먹는 음식은 어디에서 난 것이냐고 물어보았다. 학교가 자급자족하지 못하는 만큼은 근방의 농부들이 가축 떼와 논밭과 과수원에 대마법사들이 걸어 준 보호 마법에 대한 사례 삼아서 대 준다고 그가 말했다. 그것은 그럴 만했다. 길 섬에서 말하듯 "죽도 못 얻어먹는 마법사"란 영 있을 법하지 않은, 듣도 보도 못한 일인 것이다. 하지만 이리안 자신은 마법사가 아니니, 밥값을 하려는 생각에 그녀는 수달의 집을 수리하기에 최선을 다했다. 한 농부에게서 연장을 빌리고 못과 석회는 스월 읍에서 샀다. 아직 치즈 판 돈 절반이 남아 있었던 것이다.

조형사는 정오에 가깝기 전에는 찾아오는 법이 없었다. 그러니 아침나절은 마음대로였다. 이리안은 혼자 지내는 데 익숙했지만, 그래도 장미와 들국화와 코니가 그리웠다. 그리고 닭들과 암소들과 양들과, 날뛰어 대는 멍청한 개들과, 고향에 있을 때 옛 이리아를 꾸려 나가고 식탁에 먹을 것을 올리기 위해 하던 온갖 일들이 다 그리웠다. 그래서 매일 아침 서두르지 않고 차근차근 일을 해 나갔다. 그 대마법사가 햇빛 색깔 머리를 햇빛에 환히 반짝이며 나무 숲으로부터 나오는 모습이 보일 때까지…….

일단 '숲'에 들어가면, 밥벌이를 한다든가 밥값을 한다는 생각은 깡그리 잊었고 심지어 배운다는 생각조차 들지 않았다. 거기 있다는 것만으로 충분했다. 그게 다였다.

대학당에서 학생들이 오기도 하느냐고 묻자 조형사는 말했다.

"가끔은요."

또 다른 때에는 이렇게 말했다.

"내 말은 아무것도 아닙니다. 나뭇잎에 귀를 기울여요."

그가 한 말 중에서 가르침이라고 부를 만한 것은 그것이 전부였다. 이리안은 걸으면서 귀를 기울여 바람이 사락사락 나뭇잎을 흔들거나 삐죽삐죽 주위에 둘러쳐진 우듬지에 몰아치는 소리를 들었다. 그림자들의 유희를 지켜보고, 저 아래 캄캄한 땅속에 서려 있을 나무뿌리들에 대해 생각했다. 그곳에서 그녀는 더없는 충족감에 젖었다. 하지만 언제나, 부족한 것이 있다거나 조급한 마음에 그러는 것은 아닌데도, 뭔가 기다리는 중이라는 느낌이 들곤 했다. 그리고 그 고요한 기대감은 보금자리 같은 숲을 나와 탁 트인 하늘을 볼 때에 가장 깊고 또렷해졌다.

한번은 둘이서 먼 길을 걸어가 무슨 나무인지 이리안이 모르는 거무스름한 상록수들이 하늘을 찌를 듯 둘러선 숲 가운데서 어떤 외침소리를 들었다. 뿔나팔 소리인가, 부르짖음인가? 아주 멀리서, 청각의 한계에 아슬아슬하게 걸려 들려온 소리였다. 그녀는 멈춰 섰고 서쪽을 향해 귀 기울였다. 대마법사는 계속 걸어갔고, 이리안이 선 것을 알아채고야 돌아섰다.

"소리가……."

그녀는 말했지만, 무슨 소리를 들었는지는 말로 할 수 없었다.

조형사는 귀를 기울였다. 그런 후에는 마침내 그 먼 외침으로 인해 더욱 커지고 깊어진 침묵 속으로 계속 길을 갔다.

이리안은 그와 동행하지 않고는 '숲'에 들어가지 않았으며, 조형사가 그녀를 숲 속에 혼자 내버려두게 된 것은 것은 여러 날 후부터였다. 어느 더운 날 오후 참나무가 무리지어 선 숲 속 공터에 이르자 그가 말했다.

"갔다 올게요, 알았지요?"

그러고는 자기다운 빠르고 조용한 발걸음으로, 빛과 그림자가 얼룩얼룩 움직이는 숲 속으로 거의 단번에 자취를 감추듯이 그 자리를 떠나갔다.

혼자서 숲 속을 탐험하고픈 마음은 없었다. 이 장소가 간직한 평화로움은 가만히 숨죽인 채 바라보고, 귀 기울일 것을 요구했다. 또한 이리안은 길들이 얼마나 오묘한지 알았고, '숲'이 조형사가 말한 대로 "밖보다 안이 더 크다."는 것도 알았다. 이리안은 햇빛으로 점박이 진 나무 그늘에 들어가 앉아서 땅에 비쳐 노니는 나뭇잎 그림자들을 바라보았다. 참나무 도토리는 그림자가 짙었다. 숲에서 멧돼지를 본 적은 없지만 여기 보니 발자국이 있었다. 한순간 여우 냄새가 난다 싶었다. 따뜻한 볕 속에 움직이는 산들바람처럼 생각들이 고요 속에 수월히 흘렀다.

숲 자체로 가득 차 아무 생각 없이 텅 빈 것 같은 때도 많았지만, 이날은 추억이 생생하게 밀려왔다. 그녀는 상아를 떠올리고, 다시는 그를 보지 못할 것이라고 생각하면서 그가 해브너로 돌려보내 줄 배를 찾았을까 궁금해했다. 상아는 다시는 서쪽연못으로 돌아가지 않겠다면서 자기가 갈 곳은 왕의 도시인 해브너 대항뿐이라고, 길 섬은 그저 송두리째 바닷속으로 솔레아만큼이나 깊이 가라앉아 버리기나 했으면 좋겠다고 말했다. 하지만 그녀는 애정 어린 마음으로 길 섬의 들판과 길들을 생각했다. 그녀는 옛 이리아 마을을 생각하고, 이리아 언덕 아래의 습지 샘을 생각하고, 언덕 위 오래된 저택을 생각했다. 들국화가 겨울날 저녁이면 부엌에서 그렇게 줄창 나막신을 따각거리면서 이야기 노래를 부르던 것, 그리고 코니 할아범이 포도밭에서 면도날처럼 날이 선 칼을 들고서 "속에 깃든 생명을 향해 똑바로 내려 끊는" 거라고 말하여 포도나무 가지 치는 법을 보여 주던 것, 그리고 장미, 그녀의 에타우디스가 팔이 부러진 어린애의 고통을 달래려고 입속말로 주문을 읊어 주던 것.

'나는 현명한 사람들을 알고 지냈어.'

이리안은 그렇게 생각했다. 아버지를 떠올리자 마음이 움찔 움츠러들었지만, 잎새들과 그림자의 움직임은 멈추지 않고 그 모습도 그려 냈다. 그녀는 아버지가 술 취해 고함치던 것을 보았다. 벌벌 떨리는 손으로 더듬던 감촉을 지금 느꼈다. 훌쩍이며 우는, 구역질하는, 수치심에 젖은 아버지를 보았다. 슬픔이 온몸을 관통해 솟아올랐다가 녹아내렸다. 마치 한참 동안 쭉 뻗은 팔의 동통이 사라지듯이……. 그녀에게 아버지란 어떤 사람이었는지 모르는 어머니보다도 못한 존재였다.

이리안은 몸을 쭉 펴고 따스함 속에 편안히 이완되는 몸의 감각을 맛보았다. 그러자 생각은 다시 상아에게로 흘러갔다. 그녀는 지금껏 살아오면서 열정을 품고 원했던 사람이 아무도 없었다. 그 젊은 마법사가 그렇게 호리호리하고 오만한 모습으로 말을 타고 나타났을 때, 저 사람을 원하게 되었으면 좋겠다고 생각했다. 하지만 그렇게 되지 않았다. 도저히 무리였다. 그래서 그녀는 상아가 주문으로 보호받고 있는가 보다고 생각했다. 마법사들의 주문이 어떻게 작용하는지 장미가 설명해 주었던 것이다.

"네 머릿속에도 그들 자신의 머릿속에도 그런 생각이 아예 안 들게 되는 거야. 왜냐하면 그 짓을 하면 힘을 뺏기게 되니까. 그이들이 하는 얘기다만."

하지만 상아는, 딱한 상아, 그는 정말이지 너무나도 무방비 상태였다. 만약 어느 쪽엔가 순결의 주문이 걸려 있었다고 한다면 그건 필경 이리안 자신이었을 것이다. 왜냐하면 잘생기고 매력 있는 사람임에도 그를 향해 가진 것은 그저 호감일 따름이지 그 외 아무런 다른 느낌도 받지 못했기 때문이다. 그녀의 욕망은 오로지 상아가 가르쳐 줄지도 모르는 것들을 배우고자 하는 욕망, 그뿐이었다.

'숲'의 깊은 정적 속에 앉은 채로 그녀는 자기 자신을 돌아보았다. 우는 새 한 마리 없었다. 산들바람이 잠들어, 나뭇잎들도 가만히 달려 있기만 했다. 내가 마술에 걸렸나? 석녀인가? 어딘가 모자란가? 여자가 아닌 걸까? 그녀는 자문하며 힘센 맨팔뚝과, 윗도리 목깃 아래 그늘에 묻힌 젖가슴의 부드러운 융기를 내려다보았다.

고개를 들자 그 흰둥이 사내가 시커먼 참나무 숲 아래 오솔길에서 걸어 나와 공터를 가로질러 다가오는 게 보였다.

그가 앞에 와 섰다. 그녀는 낯이 붉어지는 것을 느꼈다. 얼굴에서 목까지 확확 달아오르고, 현기증이 나고, 귓속이 윙윙거렸다. 뭐라도, 뭐라도 자신에게서 주의를 돌리게 할 만한 말을 찾았지만 한마디도 찾지 못했다. 그가 가까이에 앉았다. 그녀는 눈을 내리깔았다. 손에 든 지난해 낙엽의 앙상한 잔해를 속속들이 살펴보기라도 하는 것처럼.

내가 원하는 게 뭐지? 그녀가 스스로에게 묻자 대답은 말로 나오지 않고 온몸과 영혼을 통해 왔다. 불이다, 더 큰 불, 그리고 비행, 불타는 비행을…….

그녀는 다시 자기 자신으로, 나무숲 아래 정적에 잠긴 대기 속으로 돌아왔다. 흰둥이 남자가 가까운 데 앉아 있는데 얼굴을 푹 숙인 채였다. 그가 얼마나 가녀리고 가벼워 보이는가 그녀는 생각했다. 얼마나 조용하고 시름 잠겨 있는가. 거기엔 두려워할 것이 없었다. 해될 것이 전혀 없었다.

그가 눈길을 보냈다.

"이리안, 나뭇잎 소리를 들었습니까?"

산들바람이 미미하게 다시 불었다. 이리안은 참나무 숲 속에 이는 아주 미약한 술렁임을 들을 수 있었다.

"조금요."

"말이 들리던가요?"

"아뇨."

이리안은 묻지 않았고, 그는 더 이상 말하지 않았다. 얼마 지나지 않아 그가 일어서고, 그녀는 그를 뒤따랐다. 늘 가던 그 길은 늦든 이르든 숲을 벗어나 스윌 개울가 빈 땅과 수달의 집이 있는 곳으로 나가게끔 이끌어 주곤 했다. 거기 다다르자 늦은 오후였다. 건널목들보다 위쪽, 개울이 숲에서 흘러나오는 곳에서 그는 물가로 내려가 무릎 꿇은 자세로 입을 대고 마셨다. 그녀도 따라했다. 그런 다음 시원한 냇둑의 키 큰 풀들 속에 앉아서 그가 말을 꺼냈다.

"우리 카르그 민족 말입니다, 그들은 신을 섬기지요. 쌍둥이

신을요. 형제랍니다. 그리고 거기서는 왕도 신이에요. 하지만 신들이 있기 전에, 그리고 후에도, 언제나 존재하는 것이 개울물입니다. 동굴이고, 돌이고, 산들이지요. 나무들이에요. 땅입니다. 대지의 암흑이고요."

"옛 힘들 말이죠."

그가 고개를 끄덕였다.

"그쪽에서, 여자들은 옛 힘을 알지요. 여기서도 그래요. 마녀들이오. 그런데 그 지식은 나빠요. 예?"

그가 가볍게 질문하듯이 "예?", "그렇죠?" 하는 말을 일견 단정하는 것 같은 말 끝에 덧붙여 말할 때면 이리안은 매번 깜짝깜짝 놀랐다. 그녀는 아무 말 하지 않았다.

"어둠은 나쁜 거예요. 그렇죠?"

이리안은 숨을 깊이 들이쉰 다음, 앉아 있던 그대로 조형사와 눈을 마주쳐 그를 직시하고 말했다.

"오로지 어둠 속에만 빛이 있나니."

"아."

조형사가 눈길을 돌리는 바람에 무슨 표정을 짓는지 볼 수 없었다. 이리안이 말했다.

"나는 가야 해요. 난 '숲' 속을 걸을 수 있지만 그 안에서 살 수는 없어요. 그곳은 내……, 내가 있을 곳이 아니에요. 그리고 찬미사님은 내가 여기 있으면 해를 끼치는 거라고 했지요."

"우리는 모두 존재함으로써 해를 끼칩니다."

조형사는 자주 하던 대로 손 닿는 데 있는 것을 아무거나 집어서 작은 문양을 만들었다. 앉아 있던 개울 둑 위 손바닥만 하게 깔린 모래에다 나뭇잎 줄기 하나, 풀잎 한 장, 조약돌 몇 개를 늘어놓았다. 그러고는 골똘히 들여다보더니 배열을 고쳤다.

"이제 해악에 관한 이야기를 해야겠군요."

그는 한참 사이를 띈 후에 말을 이었다.

"우리의 주인이신 새매 공을 용이 태워다 준 일은 알고 계시겠지요. 젊은 왕과 함께, 죽음의 해안으로부터 실어 왔지요. 용은 그런 뒤 새매를 고향으로 데려갔습니다. 왜냐하면 힘이 사라져 그분은 더 이상 현자가 아니었으니까요. 그래서 얼마 후 로크의 대마법사들은 새로운 대현자를 택하기 위해 모였습니다. 늘 그랬듯이 여기에, '숲'에 모였어요. 하지만 일은 여느때 같지 않았죠.

용이 찾아오기 전에, 소환사 또한 죽음으로부터 돌아와 있었습니다. 그는 거기 갈 수 있어요. 그의 기술이 그를 데려갑니다. 소환사는 그곳에서 우리 주군과 젊은 왕을 보았습니다. 돌담 너머 있는 그 나라에서요. 소환사는 두 사람이 돌아오지 못할 거라고 말했습니다. 새매 공이 그더러 우리에게 돌아가라고, 생으로 돌아가라고, 가서 말을 전하라고 말했다 했지요. 그래서 우리는 우리 주군을 애도했습니다.

그런데 그 후에 용이 왔어요. 칼레신이, 살아 있는 그분을 태우고 온 겁니다.

우리가 로크 동산 위에 서서 대현자가 레반넨 왕 앞에 무릎 꿇는 모습을 보았을 때 소환사도 우리 중에 있었습니다. 그러고 나서, 용이 우리의 벗이신 그분을 태우고 날아갔을 때, 소환사는 땅에 쓰러졌습니다.

그는 마치 죽은 사람처럼 쓰러져 있었지요. 심장은 뛰지 않았고, 그런데도 숨은 쉬고 있었습니다. 약초사가 모든 기술을 동원했지만 그를 일어나게 하지는 못했어요. '그는 죽었습니다.' 약초사는 그렇게 말했지요. '숨은 떠나지 않을 거요, 하지만 그는 죽은 겁니다.' 그래서 우리는 그의 죽음을 슬퍼했습니다. 그런 후에, 우리 중에 낙담이 자리 잡고 내가 보는 형상들이 한결같이 변화와 위험을 말해 주기에 우리는 로크의 신임 수호자를 선출하기 위하여 다시 모였습니다. 우리를 인도할 새 대현자를 뽑으려고요. 그렇게 회합을 하면서 우리는 젊은 왕을 소환사 대신에 참석시켰습니다. 우리에겐 왕께서 우리 중에 한 자리를 차지하는 게 마땅한 일이라 여겨졌어요. 변화사만 처음에 반대 의견을 냈지만, 나중에 가선 동의했지요.

그러나 우리가 모이고 자리를 채워도, 선출은 못 하고 말았습니다. 우리는 이 말을 하고 저 말을 했지만 아무 이름도 나오지 않았지요. 그러다가 내가……."

조형사는 잠시 말을 끊었다.

"우리 민족 사람들이 '에듀이바누'라고 부르는 것이 나에게 임했습니다. '다른 숨결'이지요. 단어들이 떠올랐고 나는 그것들을 말했어요. '하마 곤둔!' 그리고 커렘카르머룩이 다른 사람들에게 하드 어로 풀어서 말해 주었지요. '곤트의 한 여자'라고. 하지만 내 정신을 찾은 뒤에 나는 그게 무슨 뜻인지 설명할 수 없었어요. 그렇게 우리는 대현자를 선출 못한 채 해산했습니다.

왕은 그 후 곧 떠나갔고, 풍향사가 수행해서 함께 갔어요. 대관식이 있기 전에 그들은 곤트에 가서 우리 주군 새매 공을 수소문했습니다. '곤트의 한 여자'란 게 무슨 뜻인지 알아내려고요. 예? 하지만 그분은 찾지 못했고 우리 고향 사람인 '고리의 테나'만 찾았지요. 그녀는 그들이 찾는 여자가 자기는 아니라고 말했습니다. 그러고는 아무도, 아무것도 못 찾았지요. 그래서 레반넨은 그 말이 앞으로 이루어질 예언이리라 판단 내렸습니다. 그리하여 해브너에서 스스로 왕관을 머리에 썼지요.

약초사는, 그리고 나도, 소환사가 죽었다고 판단했습니다. 우리는 그의 호흡이 우리가 알지 못하는 그만의 기술로 건 모종의 주문 때문에 아직 남아 있는 것이라고 생각했어요. 뱀이 죽은 지 한참 후까지 심장을 뛰게 만드는 주문을 알듯이 말입니다. 숨을 쉬는 몸뚱이를 파묻는다는 것은 끔찍한 일이라 여겨졌지만, 그의 몸은 차갑고 피는 돌지 않고 몸 속에 아무 영혼이 깃들어 있지 않았어요. 그게 더욱 끔찍했지요. 그래서 우리는 그를 매장할 채비를 차렸습니다. 그런데 그때에, 무덤 곁에 가로누인 상태에서 그가 두 눈을 떴습니다. 몸을 움직이고 말을 했어요. '내가 나 자신을 다시 생으로 소환했소. 이루어져야 할 일을 이루기 위해서요.'"

조형사의 목소리가 거칠어졌다. 그는 느닷없이 조약돌로 된 작은 형상을 손바닥으로 흐트러뜨렸다.

"그래서 풍향사가 왕의 대관식을 마치고 돌아오자 우리는 다시 아홉이 되었지요. 하지만 우리는 분열했습니다. 왜냐하면 소환사가 우리가 다시 모여 대현자를 선출해야 한다고 말했기 때문입니다. 왕은 우리 중에 자리를 차지할 수 없다고, 그렇게 말했지요. 그리고 '곤트의 여자'가 누구든 간에 로크의 남자들 사이에 낄 수는 없지요, 예? 풍향사, 찬미사, 변화사, 기예사는 그의 말이 옳다고 했습니다. 그리고 레반넨 왕이 죽음에서 돌아온 사나이로서 예언을 충족시킨 것처럼, 그들은 대현자 역시 죽음으로부터 돌아온 남자라야 한다고 말했습니다."

"하지만……."

이리안이 말하려다 멈추었다.

잠시 후에 조형사가 말했다.

"그 기술, 그러니까 소환은 무서운 것입니다. 알겠지요. 항상 위험이에요. 여기에는……"

그러면서 그는 나무들이 이루는 녹색과 금빛의 어둠을 올려다보았다.

"여기에는 소환이 없습니다. 담을 넘어 도로 불러들이는 법이 없어요. 담이 없지요."

그의 얼굴은 전사의 얼굴이었다. 하지만 나무 속을 바라보는 사이에 점차 누그러져 무언가를 간절히 바라는 낯으로 변했다.

"그렇게 해서, 이제 그는 당신을 우리가 회합을 가질 이유로 만들고 있어요. 하지만 나는 대학당에 가지 않을 겁니다. 나는 소환되지 않을 거예요."

"그가 이리로 오진 않나요?"

"내 생각에 그는 '숲' 속을 거닐지 않을 겁니다. 로크 동산에도 오르지 않을 거고요. 동산 위에서는, 무엇이든 그 자체 그대로가 되지요."

이리안은 무슨 말인지 알아듣지 못했지만 다른 것에 정신이 팔려 질문은 안 했다.

"나를 구실 삼아 당신들을 한데 모이게 하려고 한다고요."

"그래요. 여자 하나를 내쫓느라 현자가 아홉 명 필요한 거죠."

그가 미소 짓는 일은 정말 보기 드물었는데, 지을 때면 그 미소가 빠르고 매서웠다.

"우리는 로크의 규칙을 수호하기 위해 모일 참입니다. 그리고 대현자를 뽑기 위해서도 모이겠지요."

"내가 가 버린다면……." 이리안은 그가 고개 젓는 것을 보았다. "명명사에게 가도 되잖아요……."

"여기 있는 게 더 안전해요."

자기가 해를 끼친다는 생각에 그녀는 마음이 불편했지만, 거꾸로 자기에게 위험이 닥쳤다는 생각은 전혀 다가오지 않았다. 완전히 터무니없게만 느껴졌다.

"난 괜찮아요. 그러면 명명사하고 당신하고……. 그리고 수문사도……?"

"소리온이 대현자가 되는 것을 원치 않지요. 약초사도 마찬가지입니다. 비록 그는 땅은 많이 파고 말은 적게 하지만요."

이리안이 놀라서 쳐다보는 것을 보고 그가 말했다.

"소환사 소리온은 자기 참 이름을 불러요. 그는 죽었으니까, 예?"

그녀는 레반넨 왕이 참 이름을 공개적으로 사용한다는 것을 알고 있었다. 왕도 역시 죽음으로부터 돌아온 바 있다. 하지만 소환사가 굳이 그렇게 한다는 사실은 생각할수록 충격적이고 기분이 나빴다.

"그러면……, 학생들은요?"

"마찬가지로 분열되었죠."

이리안은 그토록 짧은 시간 동안밖에 있어 보지 못한 학교 일을 생각했다. 이곳 '숲'의 처마 밑에서 바라보기에 그곳은 한 종류의 존재들만을 빙 둘러싸 가두고 다른 존재들은 모조리 바깥으로 배제한 돌 벽들 같았다. 흡사 가축 울타리나 새장이다. 그런 장소에서 사람이 어떻게 균형을 유지할 수 있을까?

조형사는 조약돌 네 개를 모래 위에 그려진 자그만 굽은 선에 밀어넣으며 말했다.

“나는 새매가 떠나지 말기를 바랐습니다. 그림자가 쓴 것을 내가 읽을 수 있었더라면. 하지만 내가 듣는 나뭇잎들의 이야기는 그저 변화, 변화라는 것뿐이에요……. 모든 것이 다 바뀝니다. 그들만 제외하고요.”

그는 다시금 간절히 바라는 얼굴로 나무들을 내부에서 올려다보았다. 해가 넘어가고 있었다. 조형사는 일어서서 그녀에게 부드럽게 잘 자라는 인사를 하고 걸어서 떠나갔다. 나무들 아래로 들어갔다.

이리안은 스월 개울가에 한동안 앉아 있었다. 그가 해 준 말 때문에 심란하고 ‘숲’에서 밀려왔던 생각과 감정 때문에도 싱숭생숭했다. 그곳에서 어떤 생각이나 감정이 자신을 괴롭힐 수 있었다는 것 자체가 심란한 일이었다. 그녀는 집으로 가서, 훈제 고기와 빵과 여름 상추로 저녁을 차리고 맛을 느낄 생각도 없이 그저 먹었다. 그런 후 가만히 있지 못하고 다시 개울 둑을 내려와 물가에 다다랐다. 땅거미 진 늦은 시각 사위는 따뜻하고 정적에 잠겨 있었다. 가장 큰 별들만이 뿌옇게 흐린 하늘을 뚫고 타올랐다. 이리안은 끈 신을 벗어던지고 물에 두 발을 잠갔다. 물은 시원했지만 태양의 따스함이 그 속에 줄기줄기 흘렀다. 그녀는 옷으로부터 빠져나오듯 자기 소유물의 전부인 남자 바지와 윗도리를 벗어 버리고 알몸으로 물속에 미끄러져 들어가, 몸 전체에 밀어닥치고 소용돌이치는 시내의 흐름을 느꼈다. 이리아에서는 냇물에서 헤엄쳐 본 일이 없고, 게다가 잿빛이고 차디찬 바다는 싫어했지만, 오늘 밤 이 빠른 물살은 기분 좋았다. 그녀는 물살에 몸을 맡기고 둥둥 떠 보았다. 두 손이 물 밑 매끄러운 바위들과 그녀 자신의 매끄러운 옆구리를 스치고 두 다리는 물풀 사이를 미끄러지듯 헤집었다. 온갖 번민과 초조한 마음이 흐르는 물줄기에 씻겨 나갔고, 그녀는 시냇물에 애무 받는 즐거움 속에 몸을 띄운 채 희고 부드럽게 타는 별들을 물끄러미 올려다보았다.

온몸에 소름이 쫙 끼쳤다. 물이 순식간에 차가워졌다. 몸을 추스르려 했지만 사지는 아직 느슨하게 풀어진 채였고, 올려다보자 저 위 냇둑에 검은 그림자로 보이는 남자가 보였다.

이리안은 벌거벗은 채 물속에 똑바로 일어섰다.

"저리 꺼져!"

그녀는 고함 질렀다.

"꺼져 버려, 이 비열한 놈, 썩어빠진 치한 놈아! 간을 끄집어내 끊어 줄 테다!"

그녀는 냇둑으로 튀어 올라갔다. 질긴 쇠풀을 움켜잡고 몸을 끌어올려서 두 발로 서고 보니 그곳에는 아무도 없었다. 이리안은 훨훨 불이 붙어 서 있었다. 분노로 몸이 덜덜 떨렸다. 그러곤 냇둑에서 도로 펄쩍 뛰어 내려가 옷을 찾아서 꿰어 입었다. 여전히 큰 소리로 욕을 하면서…….

"비겁한 마법사 놈! 비열하기 짝이 없는 개자식 같으니!"

"이리안?"

"놈이 여기 왔어요! 더러운 염통을 가진 그놈, 그 소리온 놈이요!"

그녀는 고함치고, 성큼성큼 걸어가 이쪽으로 다가오며 집 곁의 별빛 속으로 나선 조형사를 만났다.

"개울에서 멱을 감고 있었어요. 그런데 그놈이 저기 서서 날 보더라고요!"

"허상입니다. 그렇게 보이는 환영일 뿐이에요. 그건 당신을 해치지 못해요, 이리안."

"눈이 있는 허상이잖아요. 볼 줄 아는 환영이고요! 그놈에게 저……."

이리안은 말을 멈추었다. 갑자기 하려던 말을 잃고 만 것이다. 속이 메스꺼웠다. 그녀는 부르르 몸서리쳤고, 입 안에 고인 차가운 침을 꿀꺽 넘겼다.

조형사가 나아와 두 손을 맞잡았다. 그의 손은 따뜻했고, 그녀는 죽도록 추웠기에 그의 몸으로부터 온기를 얻으려고 가까이 다가붙었다. 그들은 그렇게 잠시 동안 서 있었다. 얼굴은 그를 외면했지만 두 사람의 손은 잡은 채였고 몸이 한데 밀착되었다. 마침내 그녀가 자세를 풀고 떨어져 서며 꼿꼿이 몸을 폈다. 물에 젖은 긴 머리를 뒤로 젖혔다.

"고마워요. 추웠어요."

"알아요."

"나는 추위를 안 타요. 그자가 한 짓이에요."

"장담할게요, 이리안. 그는 여기 올 수가 없어요. 절대 여기서 당신을 해칠 수 없어요."

"그잔 어디서고 날 해치지 못해요."

그녀가 말했고, 또다시 불길이 혈관을 타고 흘렀다.

"그런 짓을 하려고 하면 뭉개 버릴 거예요."

"아."

이리안은 별빛 속에서 그를 바라보고, 말했다.

"나에게 이름을 말해 주세요……. 참 이름은 말고요……. 당신을 생각할 때 내가 부를 수 있는 이름이면 돼요."

조형사는 잠시 동안 조용히 서 있었다. 그러고는 말했다.

"카레고앗에서, 야만인이었을 적에 나는 아즈버였어요. 하드 말로 그건 '전쟁의 깃발'이에요."

"아즈버. 고마워요."

그녀가 말했다.

*

눌러 내리는 듯한 천장 아래 답답한 공기를 느끼며 이리안은 그 작은 집 안에 깬 채로 누워 있었다. 그러다 순식간에 깊이 잠들었다. 그러고는 동쪽이 막 밝아 올 때쯤 마찬가지로 갑자기 잠에서 깨었다. 그녀는 무엇보다 사랑하는 광경을 보기 위해 문으로 갔다. 해돋이 전의 하늘이다. 문에서 밑을 보니 조형사 아즈버가 잿빛 망토를 둘둘 감고서 댓돌 앞 땅바닥에 깊이 잠들어 있었다. 이리안은 소리 내지 않고 집 안으로 물러났다. 시간이 얼마 지나지 않아 그가 자신의 숲으로 돌아가는 모습을 볼 수 있었다. 걸음걸이가 조금 뻣뻣하고 걸으면서 머리를 긁적이는 품이 반쯤 잠에 취한 사람다웠다.

이리안은 석회칠을 할 밑준비로 집 내벽을 긁어내리는 작업을 개시했다. 첫 햇살이 창문에 와 부딪히자마자 열린 문을 두드리는 소리가 났다. 밖에는 지난번에 채소밭지기라 생각했던 사나이, 약초사가 있었다. 누런 황소처럼 탄탄하고 우직해 보이는 그는 여위고 엄격한 얼굴의 노인, 명명사와 나란히 찾아왔다.

이리안은 문가로 나가며 인사 비슷한 것을 중얼거렸다. 이 사람들, 로크의 대마법사들은 위압감을 주었다. 또 그들이 여기와 있다는 건 평화로운 시간이, 조형사와 함께 고요한 여름 숲을 거닐던 날들이 다했음을 의미했다. 그 시간은 어젯밤에 끝장을 본 것이다. 이리안은 알고 있었다. 하지만 알고 싶지 않았다.

"조형사가 보내서 왔소."

약초사는 심기가 불편해 보였다. 창 아래 소복하게 난 잡초 북데기를 알아보고는 그가 말했다.

"저건 벨버로군. 누구 해브너에서 온 사람이 심은 게지. 섬에 이게 있는 줄은 몰랐는걸."

약초사는 주의를 기울여 그 풀을 살펴보더니 씨꼬투리 몇 개를 주머니에 담았다.

이리안은 드러나지 않게, 하지만 똑같이 주의를 기울여서 명명사를 살펴보고 있었다. 명명사가 아즈버가 말했던 허상인지 아니면 피와 살을 가진 몸으로 거기 서 있는 것인지 분간할 수 있을까 해서였다. 그의 모습에는 조금도 비현실적인 데가 없었지만, 그녀는 명명사가 그 자리에 있지 않다고 생각했다. 그리고 그가 발을 옮겨 디디며 비낀 햇살 아래로 나오자, 그림자가 비치지 않는 걸 보고 정말 그렇다는 것을 알았다.

"사시는 곳에서 오시기에 먼가요, 선생님?"

명명사는 고개를 끄덕였다.

"나는 반쯤 오는 중이오."

그렇게 말하고 그는 시선을 올렸다. 조형사가 그들에게 다가

오고 있었다. 이제는 잠이 완전히 깨었다.

조형사는 모두에게 인사를 하고 물었다.

"수문사님은 오십니까?"

"문들을 지키는 편이 낫겠다고 하십디다."

약초사가 말했다. 그는 넣는 칸이 여럿인 자기 주머니를 조심스럽게 닫더니 나머지 사람들을 둘러보았다.

"하지만 그분이 개미집에 뚜껑을 덮어 둘 수 있을는지 모르겠어요."

"무슨 일인가? 나는 용들에 관한 내용을 읽고 있었네. 개미들에겐 관심이 없고. 그런데 내가 탑에서 가르치던 애녀석들이 죄다 자리를 떴어."

명명사가 말했다.

"소환된 겁니다."

약초사가 딱딱하게 말했다.

"그래서?"

명명사가 더 딱딱하게 말했다. 약초사는 불편한 듯 마지못해 말했다.

"난 사태를 내 눈에 보이는 대로 얘기할 수 있을 따름이에요."

"하시게나."

늙은 현자가 말했다. 약초사는 여전히 머뭇거렸다. 그러다 마침내 입을 뗐다.

"이 여자 분은 우리 회의에 낄 수 없어요."

"내가 맡은 사람입니다."

아즈버가 말했다.

"이 여자는 이 시기에 이곳으로 온 사람일세."

명명사가 말했다.

"그리고 이 장소에, 이 시기에 우연히 올 사람은 아무도 없네. 우리 중 누구라도, 우리가 아는 것은 모두 상황이 우리 눈에 보이는 대로일 뿐일세. 이름 뒤에 이름이 있다네, 우리 치료사여."

눈이 검은 현자는 이 말에 고개를 수그렸다. 자기 판단보다 그들의 판단을 받아들이는 데 안도한 기색이 역력했다.

"좋아요, 그러면. 소리온은 다른 대마법사들과, 그리고 젊은 이들과도 많은 공작을 했지요. 비밀 회합을 갖고 끼리끼리 뭉쳤습니다. 뜬소문에, 속삭임으로. 하급생들은 겁을 집어먹었고 몇 명은 나에게나 수문사께 가게 해 달라고 청했어요. 로크를 떠나려는 거지요. 그래서 우리는 그 애들을 보내 줬습니다. 하지만 항구에는 배가 없었습니다. 당신을 실어 온 배 이후로는 한 척도 스윌 만에 들어온 일이 없었다오, 아가씨. 그 배는 바로 다음 날 와소트로 떠났고 말이지요. 로크의 풍향사가 계속 역풍을 일으켜 모든 배를 밀쳐 낸 거예요. 만약 왕이 몸소 오신다 하더라도 로크 섬에 상륙하진 못하실 겁니다."

"바람이 바뀔 때까지는 말이지요, 예?"

조형사였다.

“소리온은 레반넨이 진정한 왕이 못 된다고 했어요. 대현자가 왕관을 얹어 주지 않은 이상엔.”

“어처구니없군! 역사에 없는 일을!”

늙은 명명사가 말했다.

“최초의 대현자는 마지막 왕으로부터 몇 백 년이나 뒤에 나타났지. 로크는 왕을 대신해 통치했던 것인데.”

“아. 주인이 집에 왔다고 해서 살림하던 사람이 열쇠를 내주기란 어려운 일입니다. 그렇지요?”

조형사가 말했다.

“평화의 고리는 치유되었소.”

참을성 깊으며 심란해하는 음성으로 약초사가 말했다.

“예언은 성취되었고 모레드의 아들에게 왕관이 씌워졌는데, 아직도 우리에겐 평화가 없어요. 어디서 길을 잘못 들었을까요? 왜 우리는 균형을 찾지 못하는 걸까요?”

“소리온의 의도는 뭔가?”

명명사가 물었다.

“레반넨을 이리로 오게 하는 겁니다. 젊은이들은 ‘진정한 왕관’ 운운 하는 얘기들을 합니다. 두 번째 대관식 말이죠. 여기에서. 대현자 소리온이 집전하는.”

“면할지어다!”

이리안이 엉겁결에 그렇게 내뱉으며 들은 말이 이루어지는 것을 막아 줄 기호를 그렸다. 남자들 중 누구도 웃음 짓지 않았다. 그리고 약초사는 한 발 늦게 같은 기호를 그렸다.

"그가 어떻게 아이들 모두를 장악한 건가? 약초사, 자네는 새매와 소리온이 이리오스에게 도전받았던 그때 여기에 있었네. 내 생각에 그의 재능도 소리온만큼이나 대단했지. 사람들을 이용하고 완전히 통제하는 데 그 재능을 사용했어. 소리온이 하는 일이 그건가?"

"나는 몰라요. 내가 말할 수 있는 건 내가 그와 함께 있을 때, 대학당 안에 있을 때, 지금까지 계속되어 온 일 말고는 아무 일도 이룰 수 없다는 느낌을 받는다는 거예요. 아무것도 변하지 않고, 아무것도 자라지 않을 것이라는 느낌입니다. 내가 어떤 치료법을 쓰든지 질병은 결국 죽음으로 끝을 맺으리라는 느낌이에요."

약초사는 상처 입은 황소인 양 그들을 빙 둘러보았다.

"그리고 정말일 거라고 난 생각해요. 계속 버티는 것 외에는 다시 평형을 얻을 방법이 없습니다. 우리는 지나친 짓을 했지요. 대현자와 레반넨이 몸을 지닌 채 죽음으로 들어갔고, 다시 돌아왔으니……. 그건 옳지 않았어요. 그들은 깨서는 안 될 법을 깬 겁니다. 소리온이 되돌아온 것은 법을 회복시키기 위해서지요."

"뭐라고, 그들을 죽음으로 돌려보내기 위해서 말인가?"

명명사가 말했고, 조형사가 뒤를 이었다.

"무엇이 법인지 누가 말을 합니까?"

"거기엔 담장이 있어요."

약초사가 말했다.

"그 담장은 나의 나무들만큼 깊이 뿌리 박고 있지 않습니다."

"하지만 자네가 옳네, 약초사. 우리는 균형을 벗어나 있어. 언제 어디서 우리가 도를 넘기 시작한 걸까? 우리가 잊어버리고 등 돌리고 간과해 온 게 무엇일까?"

커렘카르머룩의 음성은 딱딱하게 쉬어 있었다.

이리안은 이 사람을 보았다 저 사람을 보았다 했다.

"균형이 어그러졌을 때 그대로 버티는 것은 통하지 않습니다. 더 심하게 어그러지겠죠. 결국엔……."

조형사는 말 끝에 재빠른 손동작으로 펼친 두 손의 위아래를 바꾸어 보였다. 명명사가 말했다.

"죽음으로부터 자기 자신을 소환해 오는 것보다 더 어그러진 게 무엇일까?"

"소리온은 우리 중 최고였어요. 용감한 마음에, 고귀한 정신."

약초사는 거의 분노에 차 말하고 있었다.

"새매는 그를 사랑했지요. 우리 모두 그랬습니다."

"분별심이 그를 낚아 버린 거지. 분별심이 그에게, 그 혼자만이 온갖 일들을 바로잡을 수 있다고 이른 거지. 그 일을 하기 위해 그는 자기 죽음을 부정해 버렸어. 그럼으로써 생을 부정한 거야."

"그런데 누가 그를 막아선단 말입니까? 나는 그저 나의 숲에 숨을 수 있을 따름입니다."

"그리고 나는 나의 탑에 숨지. 게다가 약초사 자네와 수문사는 덫에 걸려 있네. 대학당 안에 갇힌 게지. 우리가 온갖 해악을 밖으로 떨치고자 지어 올린 벽 안에 말이야. 아니, 이번에는 안에 넣고 둘러친 셈이구먼."

"그에게 대항하는 사람은 우리 넷입니다."

조형사가 말했다.

"그쪽은 다섯이서 우리에게 맞섭니다."

약초사가 말했다.

"일이 이렇게까지 되다니. 우리가 세고이가 심은 숲 가장자리에 서서 서로서로 파괴할 궁리를 하며 이야기 나누고 있는 것인가?"

"그렇습니다."

조형사가 말했다.

"지나치게 오랫동안 변하지 않아 온 것은 스스로를 파괴합니다. 숲은 죽고 또 죽음으로써 살아 있기에 영원하지요. 나는 이 죽음의 손길이 나를 건드리도록 가만두지 않겠습니다. 또는 우리에게 희망을 가져다 준 왕을 건드리는 것도 용납하지 않겠어요. 언약이 생겨났습니다. 나를 통해서 생겨났지요. 내가 말을 했습니다. '곤트의 한 여자'라고. 나는 그 말이 잊히는 것을 두고 보지 않습니다."

"그렇다면 우리는 곤트로 가야 할까요?"

약초사가 아즈버의 열정에 사로잡혀 말했다.

"새매가 거기 있지요."

"고리의 테나도 그곳에 있습니다."

아즈버가 말했다.

"어쩌면 우리의 희망도 그곳에 있겠군."

명명사가 말했다.

그들은 침묵에 빠졌다. 확신하지 못한 채, 희망을 품으려고 애쓰며 서 있었다.

이리안 역시 말없이 서 있었다. 하지만 그녀의 희망은 확 가라앉았고 부끄러움과 자신이 처절할 만큼 하잘것없다는 느낌이 그 자리를 대신 메웠다. 이들은 용기 있고 현명한 남자들이었다. 자신들이 사랑하는 것을 구원할 방도를 모색하지만, 어떻게 하면 될지 모르고 있다. 그리고 그녀는 그들의 지혜를 함께 나눌 수 없었고, 그들의 결정에 아무 역할도 하지 못했다. 그녀는 혼자 떨어져 물러 나왔지만 그들은 눈치 채지 못했다. 그녀는 걸음을 옮겨서 스윌 개울이 숲에서 빠르게 흘러나오며 굽직굽직한 돌덩이들에 작은 폭포를 이룬 곳을 향해 갔다. 아침 햇살에 물이 환히 반짝이며 경쾌한 소리를 내었다. 그녀는 소리 내어 울고 싶었다. 하지만 우는 것에는 영 익숙하지 못했다. 그녀는 선 채로 물을 응시했다. 수치스러운 마음이 서서히 분노로 바뀌어 갔다.

그녀는 돌아와 세 남자를 향하고는 말했다.

"아즈버."

그가 놀란 듯이 그녀 쪽으로 몸을 돌리더니 앞으로 조금 나섰다.

"왜 나 때문에 당신들의 규칙을 깼나요? 그게 나한테 공평한 일이었나요? 난 절대 당신들이 될 수 없는데."

아즈버가 찌푸렸다.

"수문사는 당신이 청한 까닭에 받아 주었지요. 나는 당신이 여기 오기보다도 더 전에 나무들의 잎사귀가 당신의 이름을 말했기에 당신을 '숲'으로 데리고 갔습니다. '이리안', 그들은 그렇게 말했어요. '이리안'이라고. 당신이 왜 왔는지 나는 모릅니다. 하지만 우연은 아니지요. 소환사도 그 사실을 압니다."

"어쩌면 나는 그를 파괴하기 위해 왔나 봐요."

그는 그녀를 바라보고 아무 말 하지 않았다.

"어쩌면 나는 로크를 파괴하러 온 거예요."

그러자 색 옅은 두 눈이 불타올랐다.

"해 봐요!"

조형사와 얼굴을 맞대고 서 있는 동안 긴 전율이 그녀의 몸을 뚫고 흘렀다. 그녀는 자기 자신이 그보다 더 크다는 느낌이 들었다. 예전의 자신보다 더, 아주 엄청나게 커진 느낌이었다. 손가락 하나만 뻗어도 그를 뭉개 버릴 수 있다. 그는 조그마한, 용감한, 잠깐 있다 없어지는 인간으로서, 죽을 운명을 띤 채 그토록 무방비하게 그 자리에 서 있었다. 그녀는 길고긴 숨을 들이마셨다. 그리고 그로부터 뒷걸음질 쳤다.

크나큰 힘의 느낌이 그녀로부터 흘러나와 사라졌다. 이리안은 고개를 조금 틀어 내려다보고, 갈색 도는 자기 팔과 걷어올린 소매와 끈신을 신은 발 둘레에 솟아난 서늘한 초록빛 풀을 보고는 놀랐다. 다시 조형사를 보자 여전히 연약한 존재로 보였다. 그가 가엾고도 존경스러웠다. 그가 처한 위태로운 지경에 경고를 보내 주고 싶었다. 그러나 아무런 말도 떠오르지 않았다. 이리안은 빙글 돌아서 조그만 폭포들 곁 개울가 둑으로 돌아갔다. 거기서 털퍼덕 땅에 주저앉아 팔에 얼굴을 묻음으로써 그를 바깥으로 내치고 세상을 내쳐 차단시켰다.

이야기를 하고 있는 현자들의 음성은 흡사 흐르는 시냇물 소리 같았다. 시냇물은 제 할 말을 지껄이고 그들도 그랬지만, 그 중 올바른 말은 하나도 없었다.

이리안

아즈버가 다른 사람들 쪽으로 돌아가자 그의 얼굴에 어린 심상치 않은 빛에 약초사가 물었다.

"무슨 일이지요?"

"모르겠습니다. 어쩌면 우리는 로크를 떠나지 말아야 할 것 같군요."

"못 떠나기가 쉽겠죠. 풍향사가 바람을 역풍으로 못박아 둔다면……."

약초사가 말했다. 커렘카르머룩이 불쑥 말했다.

"난 내가 있는 곳으로 돌아가야겠네. 나 자신을 낡은 신발짝처럼 내버려 두고 싶지 않으니. 오늘 저녁이면 여기에 와서 자네들과 함께할 걸세."

그러더니 그는 사라졌다. 약초사가 긴 한숨을 곁들여 말했다.

"당신의 나무들 아래를 좀 걷고 싶군요, 아즈버."

"그러십시오, 데얄라. 난 여기 있겠습니다."

약초사는 자리를 떠났다. 아즈버는 이리안이 만들어 놓은 투박한 긴의자에 걸터앉아 집 정면 벽에 등을 기댔다. 그리고 상류 쪽 개울 둑 위에 꼼짝 않고 몸을 웅크린 그녀를 바라보았다. 그들과 대학당 사이 들판에서는 양들이 매에에 부드럽게 울었다. 아침 녘 해가 점점 더워졌다.

아버지는 그를 '전쟁의 깃발'이라고 이름 지었다. 그는 자기가 아는 모든 것을 뒤에 남겨 두고 서쪽으로 왔다. 그는 '내재의 숲' 나무들로부터 자신의 참 이름을 배웠고 로크의 조형사가 되었다. 올해 들어 죽 그림자와 가지와 뿌리의 형태들, 그의 숲이 발하는 소리 없는 언어는 한결같이 파괴를, 기존 것에 대한 침범을, 모든 게 다 바뀌는 변화를 말하고 있었다. 이제 그것이 닥쳐왔음을 그는 알았다. 그녀와 더불어 온 것이다.

이리안이 자기 책임이며, 자기가 보살펴야 할 존재임을 그는 처음 본 즉시 알았다. 비록 이리안 스스로 말한 대로 로크를 파괴하러 왔다고 할지라도 그는 그녀를 위해 움직여야 했다. 그는 진심으로 기꺼이 그렇게 했다. 이리안은 그와 함께 숲 속을 거닐었다. 큰 키, 어정쩡한 몸짓, 두려움 없는 태도……. 그녀는 가시 돋친 나무딸기 가지 한 줄기를 그 크고 조심스러운 손으로 제쳐 놓았다. 그녀의 두 눈, 응달진 곳의 스월 개울물처럼 호박빛 갈색을 띤 두 눈은 모든 것을 보았다. 그녀는 귀 기울여 들었고, 움직이지 않고 가만히 있었다. 보호해 주고 싶었지만 그럴 수 없음을 그는 알고 있었다. 이리안이 추워할 때 약간의 온기를 나누어 주기는 했다. 그것 외에는 줄 것이 아무것도 없었다. 가야 할 곳으로 그녀는 갈 것이다. 그녀는 위험을 이해 못했다. 순수함 이외의 지혜는 갖지 않았고, 분노 말고는 아무런 방어구도 없다. 당신은 누구요, 이리안? 말 못 하는 존재 속에 갇힌 한 마리 짐승인 양 그곳에 웅크린 그녀를 바라보며 그가 물었다.

약초사가 숲에서 돌아와 한동안 함께 앉아 있었다. 말은 하지 않았다. 한낮이 되자 약초사는 대학당으로 돌아가며 아침에 수문사와 함께 다시 오겠다고 했다. 그들은 다른 대마법사들에게도 모두 '숲'에 모이자고 청할 참이었다.

"하지만 그 사람은 안 올 테지요."

데얄라가 말했고, 아즈버도 끄덕였다.

아즈버는 종일토록 수달의 집 근처에 있으면서 이리안에게서 눈을 떼지 않았고, 자기와 함께 조금이나마 식사를 하도록 했다. 이리안은 집에 왔지만 다 먹고 나자 다시 냇둑 위 자기 자리로 가서 꼼짝도 하지 않고 앉아 있었다. 그리고 아즈버 또한 몸과 마음이 멍하니 늘어지는 느낌이 들었다. 그러지 않으려고 싸워 보아도 떨쳐 낼 수 없는 둔함이었다. 그는 소환사의 두 눈을 생각했다. 그러자 이번에는 자기가 추워졌다. 여름날 한낮의 열기 속에 앉아 있는데도 뼛속까지 추웠다. '우린 죽은 자에게 다스림 받고 있어.' 아즈버는 그렇게 생각했다. 그 생각이 떠나지를 않았다.

커렘카르머룩이 스윌 개울 둑을 타고 북쪽에서부터 느릿느릿 다가오는 모습을 보자 고마운 마음이 들었다. 노인은 맨발로 철벅철벅 시냇물을 건너왔다. 한 손에 신을 몰아 쥐고 다른 손에는 키 큰 지팡이를 들고 오면서 바위를 디딘 발이 미끄러지자 불만스러워 콧소리를 냈다. 그는 이편 둑에 와 앉아서 발에 물기를 걷고 신을 도로 신었다.

"탑으로 돌아갈 때는 뭐라도 타야겠어. 수레꾼을 고용하든지, 노새를 사든지. 난 늙었네, 아즈버."

"집으로 올라오세요."

조형사가 말하곤, 명명사를 위해 물과 먹을 것을 차려 주었다.

"여자 애는 어디 있나?"

"자는군요."

아즈버는 고갯짓으로 작은 폭포 위 풀 속에 이리안이 몸을 말고 누운 곳을 가리켰다.

낮의 열기가 가시기 시작했고 '숲'의 그림자가 풀밭을 가로질러 길게 깔렸다. 그래도 수달의 집은 아직 양달에 들어 있었다. 커렘카르머룩은 긴의자에 앉아 집 벽에 등을 기댔고, 아즈버는 문 앞 층진 데에 걸터앉았다.

“끝장을 볼 때가 됐군.”

노인이 침묵을 깨고 말했다.

아즈버는 침묵 속에 고개를 끄덕였다.

“자네는 어쩌다 여기까지 왔나, 아즈버? 난 종종 물어봐야지 생각하고 있었다네. 그토록 멀고먼 길을 왔으니. 게다가 카르그 땅에는 마법사가 없잖나.”

“없지요. 하지만 우리에겐 마법을 구성하는 원천인 사물들이 있습니다. 물, 돌, 나무, 말…….”

“하지만 ‘창조의 말’은 없지.”

“없습니다. 용도 없고요.”

“전혀 없나?”

“최동단인 후랏후르의 사막에서 전해진 오래된 이야기 속에만 나옵니다. 신들이 있기 전이지요. 인간이 있기 전이에요. 인간이 인간이기 전에, 그들은 용이었답니다.”

“어라, 그건 재미있구먼.”

늙은 학자가 말하면서 허리를 곧추세우고 앉았다.

“내가 용에 대한 기록을 읽고 있다고 했잖나. 그들이 내해를 가로질러 동쪽으로 곤트에 이르도록 멀리까지 날아왔다는 소문들을 자네도 알지. 칼레신이 게드를 고향으로 태워다 줬다는 데는 의심의 여지가 없네. 뱃사람들이 중구난방으로 얘기를 더 굉장하게 부풀렸지. 하지만 여기 온 녀석 하나가 맹세코 말하길 자기네 마을 전체가 날아가는 용들을 봤다지 뭔가. 올봄에, 온 산 서쪽 비탈에서 말이야. 그래서 내가 오래된 책들을 읽고 있었네. 용들이 언제부터 펜더보다 동쪽으로는 안 오게끔 됐는가 알아보려고 말이야. 그러다 오래된 팰른 두루마리 하나에서 자네가 말한 얘길 봤다네. 하여튼 그 비슷한 얘기였어. 인간과 용이 모두 한 종족이었는데 다툼을 일으켰다는 거지, 몇몇은 서쪽으로 갔고 몇몇은 동쪽으로 가서, 그렇게 두 종족이 되었고, 자기들이 하나였음을 잊고 만 거야."

"우리가 동쪽으로 가장 멀리 갔군요."

아즈버가 말했다.

"그렇지만 말입니다. 군대를 이끄는 지휘자를 우리 말로 뭐라고 하는지 아십니까?"

"에드란." 명명사가 즉시 답을 하고는 웃음을 터뜨렸다. "용도마뱀, 용……."

잠시 후에 그가 말했다.

"멸망 직전에 그 어원을 좇고 있는 것도 좋지……. 그러게 아즈버, 내가 생각키에 우리가 처한 상황이 그걸세. 우린 그를 이길 수가 없어."

"그가 유리하지요."

아즈버가 몹시 건조하게 말했다.

"정말로 그래. 하지만 도저히 그럴 법하지 않다 치고, 불가능하다 치고 말일세……. 만약에 우리가 그를 패배시킨다면, 만약에 그가 죽음으로 돌아가고 우리는 산 채로 여기 남아 있다고 하면……. 우리가 어째야 할까? 그 다음에는 어떡하지?"

한참이나 시간이 지난 후에 아즈버가 말했다.

"모르겠습니다."

"자네의 나뭇잎과 그림자들이 아무 말도 해 주지 않나?"

"변화, 변화……라고요. 완전한 변신이라고."

그가 돌연 시선을 들었다. 흙울타리 층계 근처에 떼지어 있던 양들이 허둥지둥 흩어졌다. 누군가가 대학당으로 통하는 길을 따라 오고 있었다.

"젊은 아이들이 여럿입니다."

약초사가 다가오며 숨가쁘게 말했다.

"소리온의 군대지요. 이리로 오고 있소. 그 아가씨를 데려가려고요. 내쫓아 버리려는 거예요."

그는 멈춰 서서 숨을 들이쉬었다.

"내가 떠나올 때 수문사께서 그들을 상대해 얘기하고 있었습니다. 내 생각에……."

"여기 오셨군요."

아즈버가 말하자, 수문사는 그 자리에 있었다. 그의 부드러운 황갈색 얼굴은 언제나와 같이 평온했다.

“내가 그들에게 일렀소, 오늘 메드라의 문을 나선다면 두번 다시 그 문을 통하여 그들이 알던 집으로 돌아오지 못할 것이라고. 그랬더니 몇 명은 돌아섰소. 하지만 풍향사와 찬미사가 아이들을 다그쳤다오. 이제 곧 우리에게 올 거요.”

‘숲’ 동쪽 들판에서 남자들의 목소리가 들려왔다.

아즈버는 신속하게 냇가에 이리안이 누워 있는 곳으로 갔고 다른 사람들도 그를 따랐다. 그녀는 깨어서 일어나 섰지만 취한 듯 멍해 보였다. 서른 명 남짓한 남자들이 무리 지어 작은 집을 지나쳐 그들에게 다가오자, 네 사람은 이리안 주위에 경호하듯 둘러섰다. 무리를 이룬 것은 대부분 상급생들이었다. 개중엔 마법사의 지팡이도 대여섯 자루 섞여 있고 풍향사가 그 무리를 인솔하고 있었다. 여위고 날카로운 노인의 얼굴은 긴장과 근심에 시달린 표정이었지만, 그래도 그는 네 현자를 직함으로 부르며 정중하게 인사를 건넸다.

그들도 그에게 인사했고, 아즈버가 나서서 말했다.

“숲으로 들어가십시다, 풍향사님. 거기서 아홉 사람이 차기를 기다리도록 하지요.”

“우선 우리를 분열시키는 문제부터 반듯하게 처리해야 하오.”

풍향사가 말했다.

“그건 건드리기 힘든 문제인데.”

명명사가 말했다.

"당신과 함께 있는 여자는 로크의 규칙에 도전하고 있소. 그녀는 떠나야만 하오. 그녀를 태워 갈 배 한 척이 부두에 기다리고 있소. 그리고 바람은, 내 장담하오만, 길 섬까지 순조로이 불게요."

"그 점은 조금도 의심하지 않습니다, 대마법사님. 하지만 그녀가 갈지는 의심스럽군요."

아즈버였다.

"여보시오, 조형사. 우리의 규칙과 우리 공동체에 공공연히 반하려 하시는 게요? 유린하는 폭력에 맞서 질서를 굳게 유지하며 그토록 오랜 세월 하나였건만! 온 세상 사람 중에 정녕 당신이, 형태를 깨뜨리는 이가 되려는 게요?"

"그건 유리가 아닙니다. 깨지는 게 아니지요. 그것은 숨결이요, 불길입니다."

아즈버는 말을 하기 위해 엄청난 힘을 들이고 있었다.

"그것은 죽음을 모릅니다."

그렇게 말했지만, 그 말은 그만의 언어로 한 것이고 다른 이들은 무슨 말인지 알아듣지 못했다. 아즈버는 이리안에게 더 가까이 다가섰다. 그녀 몸의 온기가 느껴졌다. 이리안은 빤히 응시하며 서 있었다. 마치 지금까지 오간 말을 한마디도 이해 못한 듯이, 그 짐승 같은 침묵에 잠긴 채로…….

"소리온 공은 우리 모두를 구원하기 위해 죽음으로부터 돌아왔소."

풍향사는 맹렬한 어조로 분명하게 단언했다.

"그가 대현자가 될 것이오. 그의 통치 아래 로크는 과거 그랬던 대로 지속될 거요. 왕은 그의 손에서 진정으로 왕관을 건네받을 거고 그의 인도를 받아 통치할 거요. 모레드가 통치했듯이 말이지. 신성한 땅을 마녀들이 더럽히지 못할 것이오. 어떤 용도 내해를 위협 못하오. 질서와 안전과 평화가 있게 될 거요."

이리안과 함께한 네 현자들 중 누구도 그에게 대답하지 않았다. 침묵 속에서 풍향사와 함께 온 남자들이 웅성거렸다. 그중 한 목소리가 말했다. "저 마녀를 빼앗자."

"안 돼."

아즈버가 말했다. 그러나 다른 말은 조금도 할 수가 없었다. 그는 버드나무로 만든 자기 지팡이를 쳐들었다. 그러나 그의 손안에 쥐인 그것은 그냥 나무에 불과했다.

네 사람 중에서 오직 수문사만이 움직이고 말을 했다. 그는 한 걸음 앞으로 나서서 젊은이들 하나하나에 눈도장을 찍었다. 그러고는 말했다.

"자네들은 나를 신뢰해서 나에게 이름을 주었네. 지금도 나를 신뢰하는가?"

그중 한 명, 검고 수려한 얼굴에 마법사의 참나무 지팡이를 가진 청년이 말했다.

"대마법사님, 우리는 진실로 당신을 신뢰합니다. 그렇기에 당신께 부탁드립니다. 마녀를 쫓아 보내고 평화를 돌려 주세요."

이리안이 수문사가 미처 대답하기 전에 앞으로 나섰다.

"난 마녀가 아닙니다."

남자의 깊은 음성에 이어 울린 그녀의 목소리는 쨍쨍대는 쇳소리 같았다.

"난 아무 기술도 없습니다. 지식도 없어요. 나는 배우러 온 겁니다."

"여기선 여자를 가르치지 않아요. 알면서 그러나."

풍향사가 말했다.

"난 아는 것이 없어요."

이리안이 말했다. 그녀는 한 걸음 더 나서서 그 현자를 똑바로 마주 보았다.

"내가 누구인지 말하세요."

"있을 자리를 알아야지, 여자가."

현자는 분노에 차 차갑게 말했다.

"있을 자리라고."

그녀가 말했다. 그녀는 느릿하니, 단어들을 질질 끌며 말하고 있었다.

"내가 있을 자리는 동산 위야. 사물이 그 자체 그대로인 곳.

죽은 남자더러 내가 거기서 그를 만날 거라 말해."

풍향사는 선 채로 침묵에 빠졌다. 무리 지은 남자들은 수군거리고, 화가 나서, 몇은 앞으로 나오려고 했다. 아즈버가 이리안과 그들 사이를 가르고 들었다. 그녀의 말에 그를 묶고 있던 몸과 마음의 마비가 풀린 것이다.

"소리온에게 우리가 로크 동산 위에서 그를 만날 거라고 말하시오. 그가 올 때에 우리가 거기 있을 거요. 자, 이제 갑시다."

끝 말은 이리안에게 한 말이었다.

명명사, 수문사, 약초사가 그를 따라 이리안과 함께 '숲'으로 들어섰다. 그들에게는 길이 있었다. 그러나 몇몇 젊은이들이 뒤쫓아 가려고 하자 전혀 길이 없었다.

"돌아오너라."

풍향사가 젊은이들에게 말했다. 그들은 뭐가 뭔지 모른 채 되돌아왔다. 나지막이 걸린 해는 여전히 들판과 대학당의 지붕들에 밝은 빛을 비추고 있었다. 하지만 숲 속에는 온통 그늘뿐이었다. 젊은이들은 서로 말했다.

"마녀의 술수야. 신성모독이다. 숲을 더럽혔어."

"물러나는 게 낫겠다."

풍향사는 멀쩡한 얼굴로 굳은 표정을 유지했지만, 날카로운 두 눈은 흔들리고 있었다. 그는 학교 쪽으로 되돌아가기 시작했고, 젊은이들은 낭패하고 화가 나서 서로 왈가왈부 악다구니를 하면서 갈팡질팡 따라갔다.

*

그들은 '숲' 안으로 그리 깊이까지는 들어가지 않았고, 아직 개울가에 있었다. 이리안은 걸음을 멈추더니 옆으로 돌아서서 물 위로 뻗쳐 난 버드나무의 커다랗게 덩어리진 뿌리들 곁에 주저앉아 웅크렸다. 네 명의 현자들은 길 위에 섰다.

"그녀는 다른 숨결로 말했습니다."

아즈버의 말에 명명사는 고개를 끄덕였다.

"그러니 우린 저 아가씨를 따라야 하나?"

이번에는 수문사가 끄덕였다. 그는 희미한 미소를 지었다.

"그런 것같이 보이는구려."

"좋아요, 그러지요."

약초사는 그 특유의 참을성 많고 근심 어린 얼굴로 말했다. 그러고는 조금 옆으로 가서 숲 속 땅바닥에 난 무슨 조그만 식물이나 곰팡이를 보려는지 땅에 무릎을 꿇었다.

내재의 숲에서 시간의 흐름은 언제나처럼, 전혀 흐르지 않는 것 같지만 어느새 가 버리고 없어, 몇 차례의 긴 숨으로, 나뭇잎의 떨림으로, 먼 데서 노래하는 새 한 마리와 더욱더 먼 곳에서 화답하는 새 울음으로 하루가 그렇게 조용히 갔다. 이리안이 서서히 일어나 섰다. 말은 하지 않은 채 그저 길을 내려다보고, 그 길로 걸어갔다. 네 사나이는 그녀를 따라갔다.

그들은 탁 트인 차분한 저녁 공기 속으로 나왔다. 스윌 개울을 건너 로크 동산을 향해 들판을 가로질러 갈 때까지도 서쪽에는 약간 빛 기운이 남아 있었다. 동산은 그들 앞에 하늘을 뒤로 하고 높고 꺼멓게 선 채 둥그런 곡선을 그렸다.

"저이들이 오는구려."

수문사가 말했다. 채마밭을 지나서 대학당으로부터 이어진 길로 남자들이 오고 있었다. 다섯 명의 현자와 많은 학생들이다. 이끌고 오는 이는 소환사 소리온이었다. 잿빛 망토를 걸친 그는 키가 훤칠했고, 뼈처럼 흰 나무로 된 키 큰 지팡이를 들고서 왔다. 지팡이에 어린 희미한 도깨비불 빛이 공중에 부유했다.

두 길이 하나로 합쳐 동산 위로 감아올라 가는 지점에 이르러 소리온은 걸음을 멈추고 서서 이편이 다다르기를 기다렸다. 이리안이 큰 걸음으로 그와 마주하기 위해 나아갔다.

"길 섬의 이리안."

소환사가 그의 깊고 뚜렷한 음성으로 말했다.

"평화와 질서가 있기를 기원하는 바, 만물의 균형을 지키기 위하여 당신이 이 섬을 떠나기를 명하오. 우리는 당신이 요구한 것을 결코 줄 수 없소. 이에 대해 당신의 용서를 비오. 그러나 당신이 여기 머물기를 획책할 시엔 용서받을 기회조차 망칠 것이며, 침범 행위에 무엇이 뒤따르는지 배우게 되고야 말 거요."

그녀는 꼿꼿이 몸을 세웠다. 거의 그만큼이나 훤칠하고 그만큼이나 꼿꼿했다. 그녀는 잠시 아무 말 하지 않고 있다가 높고 까칠한 음성으로 말을 뱉었다.

"동산 위로 오르시오, 소리온."

그를 평지인 갈림길에 서 있게 버려둔 채, 이리안은 언덕에 오르는 길을 조금 걸어 올라갔다. 큰 걸음을 몇 발짝 떼었을 따름이다. 몸을 돌려 아래 서 있는 그를 보고 말했다.

"무엇 때문에 못 오르지?"

주위의 공기가 컴컴해졌다. 서쪽에는 어두운 붉은색 선만 남았고 바다 위 동쪽 하늘엔 그늘이 졌다.

소환사는 이리안을 올려다보았다. 천천히 두 팔을 올려 하얀 지팡이를 쳐들고 주문을 발동하면서, 로크의 모든 마법사와 현자들이 배워 온 그 말, 그들의 기술을 이루는 언어, 창조의 언어로 말했다.

"이리안, 너의 이름으로 너를 소환하며 나에게 복종하도록 너를 묶노라!"

그녀는 머뭇거렸다. 한순간 마치 굴복하려는 것처럼, 마치 그에게 가려는 것처럼……. 그러더니 큰 소리로 외쳤다.

"나는 이리안만이 아니다!"

그러자 소환사가 그녀에게 달려 올라갔다. 마치 잡으려는 것처럼, 움켜 안으려는 것처럼 두 팔을 뻗고서 그녀를 향해 돌진했다. 그들은 이제 둘 다 동산 위에 있었다. 그녀는 도저히 그럴 수 없을 정도로 커다랗게 그를 압도하며 서 있었다. 둘 사이에서 불길이 터져 나왔다. 땅거미 진 공기 속에 붉은 화염이 화르륵 피고, 적금색 비늘과 거대한 두 날개가 언뜻 비쳤다……. 다음 순간, 그 광경은 사라졌고 동산 길 위에 선 여자와 그 앞에 몸을 굽힌 키 큰 남자밖에 아무것도 없었다. 남자는 천천히 땅으로 몸을 기울여 가서 그대로 엎어졌다.

그 모든 이들 가운데 제일 먼저 움직인 것은 치료자인 약초사였다. 그는 동산 길로 올라가 소리온 곁에 무릎을 꿇었다.

"고귀한 이여, 내 벗이여."

잿빛 망토가 불룩한 곳을 짚자 거기에선 다만 불룩하게 뭉친 옷과 메마른 뼈와 부러진 지팡이만 잡혔다.

"이게 나아요, 소리온."

약초사는 말했지만 울고 있었다.

나이 든 명명사가 앞으로 나와 동산에 올라선 여인에게 물었다.

"당신은 누구인가?"

"나는 내 이름을 몰라요."

그녀가 말했다. 명명사가 말한 것과 똑같이, 소환사에게 말했을 때와 똑같이 창조의 언어로, 용들이 쓰는 말로써 말했다.

그녀는 몸을 돌려 언덕 위로 걸어 올라가기 시작했다.

"이리안, 우리에게 돌아와 주겠습니까?"

조형사 아즈버가 말했다.

그녀는 멈춰 서서 조형사가 뒤따라 오도록 기다려 주었다.

"그럴게요, 당신이 날 부르면."

그녀가 손을 뻗어 그의 손을 건드렸다. 그는 날카롭게 숨을 들이켰다. 그가 물었다.

"어디로 갈 거요?"

"물이 아닌 불 속에서, 나에게 이름을 줄 이들에게 가요. 내 동족들에게."

"서쪽으로요."

"서쪽 너머로."

그녀는 몸을 돌려 그와 다른 사람들을 등지고 점점 짙어지는 어둠 속 동산 위로 올라갔다. 그녀가 멀어질수록 사람들은 누구 하나 예외 없이 그녀에게서 어마어마하게 큰 금빛 갑주 두른 몸통과 삐죽삐죽 가시 돋친 말린 꼬리, 갈고리발톱, 밝은 불길로 퍼져 나오는 숨결을 보았다. 동산 꼭대기에 이르러 그녀는 잠시 움직임을 멈췄다. 기다란 대가리가 빙 돌아오며 천천히 로크 섬을 한 바퀴 둘러보았다. 시선은 '숲'에 가장 오래 머물렀다. 이제는 어둠 속 또 다른 어둠으로 흐릿하게 보일 뿐이었다. 그런 후 흡사 놋쇠 판들을 터는 것 같은 철그렁거림과 함께 바람개

비처럼 날개판이 선 널따란 두 날개가 펼쳐졌고, 용이 공중으로 힘차게 솟아올라 로크 동산을 한 바퀴 돌고는 날아가 버렸다.

어둑한 밤공기를 뚫고 두르르 말리는 불길이 일고, 한 줄기 연기가 공기 중에 떠돌아 내려왔다.

조형사 아즈버는 왼손으로 오른손을 붙잡고 서 있었다. 그녀가 건드린 자리에 화상을 입은 것이다. 그는 동산 기슭에 서 있는 사람들을 내려다보았다. 모두 침묵에 빠져 사라진 용의 자취만을 바라보고 있었다.

아즈버가 말했다.

"자, 나의 벗들이여. 이제 어떻게 할까요?"

수문사만이 대답했다.

"내 생각에는 다함께 우리들의 학당으로 가서 문들을 열어 놔야 할 것 같구먼."

부록

어스시 세계 개관

민족과 언어

민족

● 하드 땅의 사람들

군도의 하드 인들은 농경, 유목, 어업, 무역, 기타 일반적으로 산업사회가 아닌 세상에서 통하는 기술과 수공으로 생계를 잇는다. 인구는 안정적이며, 사람이 살 수 있는 제한된 영역에 넘칠 정도로 늘어난 적이 없다. 사람들은 기근을 모르고 심각한 가난도 좀처럼 닥치지 않았다.

작은 섬과 마을들에는 보통 웬만큼 민주적인 평의회가 있어 정부 구실을 하는데, 그 수장 또는 대표로서 외부 집단을 상대하는 선출된 '섬 대표'를 둔다. 섬 대표는 남성이거나 여성일 수도 있다. 사방 원해에는 각 섬이나 마을의 의회 이외에 더 큰 정부가 없는 경우가 많다. 내지에서는 지배 계급이 일찍부터 확립되어 대부분의 큰 섬과 도시들은 최소한 명목상으로라도 남녀 세습 영주들이 통치했다. 군도 전체는 몇 백 년토록 왕이 다스렸다. 그러나 일반 성읍과 마을들은 의회나 상공업 조합들이 거의 완전한 자치를 이룬 경우가 많다. 내지 전역에 연락망을 가진 큰 조합들은 해브너에 있는 왕을 제외한 어떤 지배자나 통치 권력에도 응답하지 않는다.

봉토, 가신, 노예 제도라는 형태는 일부 지역에서 때때로 존재했지만, 해브너 왕들의 치세에는 존재하지 않았다.

모든 사람이 아닌 특정한 사람들이 행사하는 힘으로서 그 효과가 공인된 마법의 존재는 하드 민족의 모든 제도를 형성하고 영향을 미친다. 그래서 군도의 일상생활은 많은 부분 다른 곳의 비산업사회의 일상생활과 비슷해 보일지라도 기기엔 헤아릴 수 없을 정도의 차이가 있다. 이런 차이 중 한 가지는 아마도 어떤 종류건 제도화된 종교가 없다는 사실일 것이다. 미신은 다른 어디에서나 그렇듯 흔하지만, 어떤 종류의 신이나 의식, 숭배 형식도 없다. 의례는 '옛 힘'이 깃든 장소에서 하는 전통적인 봉납, 해돌이 절기나 긴 춤 같은 누구나 참여하는 연례 대축제, 이 축제들에서 전승 노래와 서사시를 이야기하고 노래할 때, 그리고 아마도 마법 주문을 실행할 때만 일어난다.

지역적인 편차는 있지만 군도와 원해의 모든 사람들은 하드어와 하드 문화를 공유한다. 먼 남서 원해의 뗏목족은 연례 대축제들을 보존하고 있지만 군도 문화의 다른 것은 거의 갖고 있지 않으며, 상업이나 농경, 다른 민족들에 관한 지식이 없다.

군도 사람들은 대부분 갈색이나 붉은 갈색 피부와 검은 직모, 짙은 색 눈을 갖고 있다. 체형은 키가 작고 호리호리하며 골격이 작지만 근육이 잘 발달되어 있고 살집이 탄탄한 것이 보통이다. 동원해와 남원해 사람들은 키가 더 크고 뼈대도 육중하며 피부색은 더 짙다. 남방 사람들은 매우 짙은 갈색 피부가 많다. 대부분의 군도인들은 얼굴의 털이 별로 없거나 아예 없다.

오스킬, 로그미, 보스 사람들은 군도의 다른 지역 사람들보다 피부색이 엷고, 종종 갈색 머리나 심지어 금발에 옅은 색 눈을 갖기도 한다. 남자들은 턱수염을 기르는 경우가 많다. 그들의 언어와 신앙의 일부는 하드보다 카르그에 가깝다. 이 북방 끄트머리 지역의 거주자들은 아마도 동방 4대도에 정착한 이후 2,000년쯤 전 도로 서쪽으로 항해해 온 카르그 인의 후손일 것이다.

● **카르그 땅 사람들**

주 군도의 북동쪽에 있는 이 네 개의 큰 섬에서 지배적인 피부색은 옅은 갈색부터 흰색에 이르고, 머리색은 짙은 색부터 금발까지, 눈은 검은색부터 파란색이나 회색까지 있다.

카르그 땅과 군도의 서로 다른 피부색이 섞이는 현상은 오스킬을 제외하면 많이 일어나지 않는다. 북원해는 외따로 떨어져 있고 인구 밀도가 희박하며, 카르그 인들은 이삼천 년 동안 군도인들과 거리를 두었고 적대 관계일 때도 많았기 때문이다.

카르그의 네 섬은 기후상 주로 건조하지만 물을 대고 경작하면 소출이 많다. 카르그 인들이 유지한 사회는 남쪽과 서쪽의 훨씬 수가 많은 이웃들의 영향을 (부정적으로 받은 것을 제외하면) 거의 받지 않은 것으로 보인다.

카르그 사람들 사이에서 마법의 힘이 선천적 재능으로 나타나는 것은 매우 드문데, 이는 그들의 사회와 정부가 그런 재능을 묵살했거나 또는 앞장서서 박해했기 때문일 것이다. 두려워하고 피해야 할 사악함으로서가 아닌 한 마법은 그들 사회에서 공인되지 않았다. 이처럼 마법을 사용하지 못하거나 또는 사용하기를 거부했기에 카르그 인들은 거의 모든 면에서 군도인들에 비해 불리했다. 그것은 그들이 남원해와 곤트 해 근방의 가까운 섬들에 대한 상습적인 노략질과 침공을 제외하고 무역을 비롯한 모든 종류의 교류에 떨떠름한 이유를 설명해 줄 것이다.

용들

노래와 이야기들은 용들이 다른 어떤 생물보다도 먼저 존재했다고 말한다. 옛 하드 시의 완곡 어법에서 용을 가리키는 말은 '장자', '맏이', '손윗아이'이다. (가문의 장자를 가리키는 단어인 오스킬 어 '아카드'와 카르그 어 '갓다'는 옛 언어로 용을 가리키는 '하스'에서 유래했다.)

곤트와 원해에 흩어져 있는 문헌들과 이야기들, 카르그 국 신성 역사의 구절들과 로크 학자들이 오랫동안 무시해 온 팰른 전승에 비전된 신비는 최초의 시절에 용과 인간이 모두 한 종족이었다고 이야기한다. 뒤에 와서 이 용 인간들은 두 종류의 존재로 나뉘어, 생활 양식이나 추구하는 바가 서로 정반대였다. 아마도 긴 지리학적 분리가 점차적인 자연적 분기와 종의 분화를 야기한 듯하다. 팰른 전승과 카르그 땅의 전설들은 그 분리가 베루 나단, 베두난, 즉 '분리'로 알려진 협정에 의해 만들어진 계획적인 것이었다고 주장한다.

이 전설들은 카르그 4대도의 맨 동쪽 섬, 용들이 높은 지능을 갖지 못한 동물로 전락한 후랏후르에 가장 잘 보존되어 있다. 후랏후르 사람들은 인간과 용 족속의 원초적 혈족 관계에 대하여 가장 생생한 확신을 갖고 있다. 그리고 이 고대의 이야기들과 함께 인간의 형태를 취한 용과 용의 형태를 취한 인간들, 사실은 인간과 용 양쪽 다인 존재들에 대한 최근 시대의 이야기들도 있다.

그 '분리'가 어떻게 일어났건 간에, 역사 시대의 시초에 인간은 주 군도와 그 동쪽에 있는 카르그 섬들에 거주한 반면 용들은 가장 먼 서쪽 섬과 그 너머에만 있었다. 용들은 바다에 가라앉으면 익사하는 '바람과 불의 생물'이기에 인간들은 용들이 그 빈 바다를 자신들의 영역으로 선택한 것을 의아해했다. 그러나 그들은 땅 위건 물 위건 내려앉을 필요가 없다. 그들은 공기와 햇빛, 별빛 속에서 높이 날개를 타고 살기 때문이다. 용이 이용하는 땅은 오로지 알을 낳고 새끼를 키우기 위해 필요한 약간의 암석 지대뿐이다. 서원해 맨 끄트머리 사람이 살지 않는 작은 섬들은 이 용도를 충족시키기에 충분하다.

「에아의 창조」에는 용과 인간이 원래 하나였음과 결국 서로 갈라지게 된 일에 관하여 분명한 언급이 없는데, 이는 이 시의 원형으로 추정되는 '창조의 언어'로 된 시의 연원이 분리 이전의 시대까지 거슬러 올라가기 때문일 것이다. 「에아의 창조」에 나타난 용과 인간의 공통 기원에 관한 가장 확실한 증거는 '사람들'이나 '인간'으로 널리 이해되는 옛 하드 어 단어인 '알라스'이다. 이 단어는 어원학상으로 (아틀과 흐사의 '진정한 룬'에서) '말 존재', '말을 하는 자들'이고, 따라서 용들을 뜻하거나 포함할 수 있다. 때때로 사용된 단어인 '알헤라스'는 '진정한 말 존재', '진정한 말을 하는 자들', 즉 진정한 언어를 쓰는 이들을 뜻한다. 이것은 인간 마법사나 용을 가리키며 어쩌면 둘 다를 뜻할 수도 있다. 팰른의 비밀 전승에서 그 단어는 마법사와 용 둘 다를 뜻하는 것으로 사용된다고 한다.

용들은 선천적으로 '진정한 말'을 알고 태어난다. 혹은 게드가 말한 대로 "용과 용의 말은 하나이다." 인간이 원래 그 선천적 지식이나 정체성을 함께 갖고 있었다 해도, 그들은 용의 천성을 잃어버리면서 그것도 잃어버렸다.

언어

옛 언어, 혹은 태초에 세고이가 어스시의 섬들을 창조한 '창조의 언어'는 모든 사물에 이름을 붙이는 무한한 언어라고 할 수 있다.

이 언어는 위에서 말한 바와 같이 용들이 선천적으로 타고나는 말이다. 인간에게는 그렇지 않은데, 예외가 있기도 하다. 강력한 마법 재능을 지녔거나, 아니면 인간과 용의 고대의 혈족관계를 통해 선천적으로 옛 언어의 단어들을 아는 사람이 몇몇 있다. 그러나 대다수의 인간들은 옛 언어를 배워야 한다. 하드땅의 마법 종사자들은 선생에게서 배운다. 마술사와 마녀들은 몇 개의 단어들을 배운다. 마법사는 수많은 단어를 배우고, 몇몇은 용만큼이나 유창하게 옛 언어를 말하게 된다.

동네 마녀나 마술사는 그 의미를 분명히 모를 수도 있지만, 모든 주문은 옛 언어를 최소한 한 단어라도 사용한다. 위대한 주문들은 전적으로 옛 언어로 만들어지고, 말하는 그대로 이해된다.

군도의 하드 어와 오스킬의 오스킬 어, 카르그 어는 모두 옛 언어의 먼 후손들이다. 이 언어들은 마법 주문을 구성하는 데는 쓰이지 않는다.

군도 사람들은 하드 어를 한다. 섬의 수만큼 많은 방언이 있으나, 다른 섬 사람이 완전히 이해 못할 정도로 극단적인 것은 없다.

오스킬과 그 북서에 자리한 두 섬에서 사용하는 오스킬 어는 하드 어보다 카르그 어에 더 가깝다. 카르그 어는 단어로나 문법으로나 옛 언어로부터 가장 널리 벗어나 있다. 카르그 어를 하는 이들 대부분은(하드 어 사용자도 대개 그렇지만) 자신들의 언어가 모두 공통의 조상을 갖고 있다는 것을 깨닫지 못한다. 군도의 학자들은 그 사실을 알지만 대부분의 카르그 인들은 그것을 부인할 것이다. 그들은 하드 어와 마법을 부리는 옛 언어를 혼동하기 때문에, 군도의 말은 모두 부정한 요술로 생각해 두려워하고 경멸한다.

문자

문자를 발명한 것은 군도에 맨 처음 있었던 위대한 마법사들인 '룬 스승'들이었다고 한다. 아마도 옛 언어를 간직하는 것을 돕기 위해서였을 것이다. 용에게는 글이 없다.

어스시에는 두 가지의 완전히 다른 글이 있다. '진정한 룬'과 필기용 룬 문자이다.

군도에서 사용되는 '진정한 룬'은 창조 언어의 단어들을 구현한다. '진정한 룬'은 상징일 뿐만 아니라 구체화하는 것이다. 그것들은 하나의 사물이나 상태를 존재로 바꾸거나 사건을 일으키는 데 사용될 수 있다. 이런 룬을 쓰는 것은 행위하는 것이다. 행위의 힘은 상황에 따라 다르다. '진정한 룬'의 대부분은 고대 문헌과 전승책에서만 발견되고, 그 사용법을 훈련받은 마법사들만이 그것을 사용한다. 그러나 '진정한 룬' 중에 예컨대 집을 화재로부터 지키기 위해 문지방에 쓰는 상징처럼 흔히 쓰이는 것도 상당수 있어, 이런 룬들은 배움이 없는 사람들에게도 친숙하다.

'진정한 룬'이 발명되고 한참 후, 관련은 있지만 마법의 힘이 없는 룬 문자가 하드 어에서 발전되었다. 이 문자는 현상에 여느 문자만큼의 영향만 미친다. 즉 간접적이기는 하나 상당히 영향을 미친다는 말이다.

세고이가 처음에 바람 위에 불로 '진정한 룬'을 썼으니 그것들이 창조의 언어와 같은 시대의 것이 아니냐고들 한다. 그러나 그렇지는 않을 것이다. 용들이 그것을 사용하지 않고, 그것을 알고 있더라도 인정하지 않기 때문이다.

'진정한 룬'은 저마다 하나의 의미 또는 함축하는 바 또는 뜻의 영역을 갖고 있다. 그것들은 대체로 하드 어로 정의될 수 있다. 그러나 이 룬들은 단어가 아니라 주문이고 행위라고 말하는 것이 나을 것이다. 단 오직 옛 언어의 문법 속에서만, 그리고 마법사가 언술이 아니라 행위의 의도를 갖고 음성과 몸짓으로 강화한 채 주문 속에서 말하거나 쓸 때에만 그 단어나 룬이 완전히 힘을 발휘한다.

글로 쓸 때 주문은 '진정한 룬'으로 기록하는데, 때때로 하드 룬을 섞어서 기록하기도 한다. '진정한 룬'으로 쓰는 것은 옛 언어로 말하는 것과 마찬가지로 어떤 자가 말하는 것의 진실을 보증하는 일이다(그자가 인간이라면). 인간은 그 언어로 거짓말을 할 수 없다. 용은 할 수 있다. 혹은 용들이 그렇게 말한다. 그리고 그들이 거짓말을 한 것이라면 그 사실이 곧 그들이 한 말이 사실임을 증명하지 않을까?

'진정한 룬'을 부르는 이름은 그 룬이 옛 언어에서 의미하는 단어일 수도 있고, 하드 어로 번역되는 룬의 뜻 중 하나일 수도 있다. 피르(불, 바람, 광기로부터 보호하기 위해 사용됨), 시플('속도를 내다'), 심('일이 잘되게 하다')처럼 흔히 쓰는 룬들의 이름은 하드 어를 말하는 보통 사람들이 의식하지 않고 부르곤 한다. 그러나 마법을 쓰는 이라면 그렇게 잘 알려지고 자주 쓰이는 이름도 주의를 기울여 말한다. 왜냐하면 그것들은 사실 옛 언어의 단어들이고, 의도를 벗어나 예측 못했던 방식으로 사건들에 영향을 끼칠 수 있기 때문이다.

이른바 '하드의 600룬'이란 일상어를 기록할 때 쓰는 하드 룬 문자가 아니다. 그것들은 '안전'하다고 간주되는 '진정한 룬'으로서 보통 언어 속에 섞여 있어 힘을 발휘하지 않는 이름들이다. 옛 언어에서 그들의 진정한 이름은 소리 내어 말하지 않고 외워야만 한다. 야심찬 마법 학도들은 '더 나아간 룬', '에아의 룬', 그리고 다른 많은 것들을 계속해서 배우게 된다. 옛 언어가 끝이 없다면 룬도 그러하다.

정부에서나 상거래에나 개인적인 전언에 쓰이고 역사, 이야기, 노래를 기록하는 보통 하드 어는 '하드 룬'이라는 적절한 명칭을 띤 글자로 기록한다. 대부분의 군도인들은 이 글자를 몇 백 개에서 몇 천 개까지 배우는데, 이것이 몇 년 안 되는 학교 수업의 주된 부분이다. 말로 하든 글로 쓰든 간에 하드 어는 마법을 부리는 데는 쓸모가 없다.

문학과 역사의 원천

1,500년 전, 어쩌면 그보다도 더 전에 크게 발달한 하드 룬들 덕에 이야기가 문자로 기록되었다. 그때부터 「에아의 창조」, 「겨울 성가」, 무용담, 담시, 전승 창가 등 노래나 이야기로 태어났던 모든 것들이 문자로 기록돼 보존되었다. 그것들은 두 가지 형태로 계속 이어진다. 옛날에 기록된 많은 필사본들은 노래 가사나 문장이 심하게 달라지거나 완전히 실전되지 않게끔 막아준다. 그러나 한편 모든 아이들이 받는 교육의 일부인 노래와 역사들은 소리 내어 가르치고 배우면서, 흐르는 세월 동안 살아 있는 목소리에서 살아 있는 목소리로 전해 왔다.

옛 하드 어는 단어나 발음도 종종 지금의 말과 다르다. 그러나 하드 룬이 한자나 마찬가지로 갖가지로 변한 발음과 교체된 의미들에 대응할 수 있었던 한편, 기계적 학습을 시켜 정규적으로 고전을 읊고 또 듣게 한 것은 고대 언어를 의미 있게 지켜 주었다. (그리고 아마 일상 회화에서도 언어학적 표류에 어느 정도 제동을 걸어 주었을 것이다.)

무용담, 담시, 창가, 대중적인 이야기 노래는 여전히, 주로 직업 가수들이 입으로 불러 전한다. 대중의 흥미를 모은 새 작품은 어떤 것이든 곧 한 면 인쇄지에 적히거나 편집물에 수록된다.

공연되건 조용히 읽히건, 그러한 모든 시와 노래들은 대단한 명작에서 아무것도 아닌 것까지 다양한 문학적 질에 의해서가 아니라 담고 있는 내용에 따라 의식적으로 가치가 매겨진다. 느슨한 정규적 보격, 두운, 양식화된 강조 어구, 반복에 의한 구조화가 주요 시적 장치들이다. 내용은 신화, 서사시, 역사적 사건, 지리적 기술, 자연이나 농업 및 해양 전승에 대한 실제적인 관찰, 그리고 기술, 교훈적 이야기와 우화, 철학적이거나 공상적이거나 영적인 시, 사랑 노래 등이 포함된다. 무용담과 담시는 보통 낭송되고 이야기 노래는 노래로 부르는데, 타악기를 동반하는 일이 잦다. 직업적인 낭송자와 가수는 하프, 비올, 북이나 그 외 다른 악기를 갖고 노래하기도 한다. 노래는 일반적으로 서사적 내용이 더 적고, 노래 중 많은 것이 주로 곡조로 가치가 매겨지고 보존된다.

역사와 기록과 마법 비결 책은 문자의 형태로만 존재하며, 맨 끝의 것은 보통 하드 룬 문자와 '진정한 룬'을 혼용하여 기록한다. 전승책(마법사나 마법사의 혈통이 만들고 주석을 다는 주문의 편집물)은 보통 한 권만 존재한다.

이 전승책의 단어들을 큰 소리로 말해서는 안 된다는 것은 때때로 매우 중요하다.

오스킬 사람들은 자기네 언어를 쓰는 데 하드 룬을 사용한다. 대부분 하드 어를 하는 나라들과 무역하기 때문이다.

카르그 인들은 어떤 종류의 것이든 글쓰기란 마술적이고 사악하다고 간주하기에 그에 대하여 심히 저항한다. 그들은 복잡한 수량과 기록해야 할 사항들을 여러 가지 색깔과 무게의 실로 엮어서 기억하며, 12진법을 사용하는 수학의 전문가들이다. 하지만 상징 문자를 채용한 것은 신왕(神王)들이 권력을 갖게 되면서부터이며 그나마 매우 드물게만 이용했다. 제국의 관료와 상인들은 사업이나 외교 목적으로 하드 룬을 깎고 보태어 카르그 어를 기록하는 데 차용했다. 그러나 카르그의 사제들은 절대 글쓰기를 배우지 않는다. 그리고 많은 카르그 인들은 모든 하드 룬 문자에 도사린 요술을 없애기 위해 아직까지도 문자를 관통하는 가는 선 한 줄을 긋고 쓴다.

역사

날짜에 대하여: 많은 섬들에 각각 그 고장에서만 통하는 연대법이 있다.
군도에서 가장 널리 쓰이는 연대 체계는 「해브너 이야기」에서
유래한 것으로, 모레드가 왕좌를 차지한 해를 역사 원년으로 잡는다.
이 체계에 따르면 이 글 속의 '현재'란 군도력 1058년이다.

시원

우리가 어스시의 고대에 대해 알고 있는 것은 문자화되기 전에 이미 몇 세기 동안 입에서 입으로 전해 내려온 시와 노래 속에서 발견되는 것이 전부이다.

가장 오래되고 신성한 시인 「에아의 창조」는 하드 어로 불린 지 최소한 2,000년이 되었다. 그 원본은 아마도 그 이전 수천 년 동안이나 존재했을 것이다. 이 시의 서른한 개 연은 세고이가 시간의 시작 때에 어떻게 어스시의 섬들을 일으키고 '창조의 언어'(이 시가 처음 읊어진 언어)로 이름 붙임으로써 모든 존재

를 만들었는가를 이야기한다.

바다는 섬들보다도 오래되었다고 노래는 말한다.

> 환한 에아가 있기 전, 세고이가
> 섬들이 있으라 이르기 전,
> 여명의 바람이 바다 위에 불었느니……

그리고 로크 동산, 내재의 숲, 아투안의 무덤, 테레논, 파오의 입술, 그리고 다른 많은 장소들에서 분명히 나타나는 '대지의 옛 힘'은 세계 그 자체와 같은 연령일 터이다.

세고이는 대지의 옛 힘 중 하나이거나 원래 대지의 옛 힘이었을 수 있다. 세고이라는 이름 자체가 대지를 가리키는지도 모른다. 어떤 이들은 용들 전체나 용들 중 몇몇, 아니면 특정한 몇 사람들을 세고이의 현현으로 여긴다. 명백한 것은 '세고이'라는 이름이 '만들다, 형성하다, 의도적으로 존재하게 되다'의 뜻을 가진 옛 하드 어 동사 '세오지'로부터 나온 고대의 존칭 주어라는 것뿐이다. 같은 어원에서 '창조적 힘, 호흡, 시'를 뜻하는 명사 '에세지'가 나온다.

「에아의 창조」는 군도에서 교육의 기본이다. 모든 아이들은 예닐곱 살의 나이에 그 시를 듣고, 대부분이 그 나이에 그것을 암기하기 시작한다. 다른 사람들과 이 시를 말하거나 노래 부르고 아이들에게 가르칠 수 있도록 완전하게 외우지 못하는 어른은 대단히 무식하다고 간주된다. 이 시는 겨울과 봄에 가르쳐, 여름의 정점을 축하하는 축전인 '긴 춤'에서 매년 읊고 노래된다.

『어스시의 마법사』 서두에 「에아의 창조」에서 인용된 부분이 있다.

말은 침묵 속에만
빛은 어둠 속에만
삶은 죽어감 속에만 있네.
텅 빈 하늘을 나는 매의 찬란함이여.

첫 연의 시작 부분이 『테하누』에 인용된다.

만들어 내는 것은 없앰으로부터
끝내는 것은 시작함으로부터
그 누가 진정으로 알리요?
우리가 아는 것은 그 둘 사이의 열린 문
거기서 우리는 첫걸음을 떼네.
영원히 회귀하는 모든 존재들 속에서,
가장 나이 든 이, 문지기, 세고이……

그리고 첫 연의 마지막 행은 이렇다.

그리하여 물거품으로부터 찬란한 에아가 터져 나왔네.

군도의 역사

● 인라드의 왕들

남아 있는 중에 가장 오래된 두 개의 서사시 또는 역사 기록은 「인라드의 위업」과 「청년 왕의 노래」 혹은 「모레드의 위업」이다.

「인라드의 위업」은 상당 부분 순전히 신화상의 것으로 보이며, 모레드 이전의 왕들과 모레드의 즉위 원년에 대한 것이다. 이 통치자들의 수도는 인라드의 섬에 있는 베릴라이다.

라 아샬, 도훈, 에나셴, 티만, 탁타를 포함한 인라드 초기의 왕과 여왕들은 점차로 지배권을 넓혀 마침내 자기들이 어스시의 통치자들이라고 주장하게 되었다. 그들의 영토는 일리엔 이상 남쪽으로 넓혀지지 않았고 동쪽으로는 펠크웨이, 서쪽으로는 팰른과 세멜, 북쪽으로는 오스킬을 포함하지 못했지만, 그들은 내해와 원해 전체로 탐험가들을 보냈다. 이제 해브너의 궁정의 고문서 보관소에 있는 어스시의 가장 오래된 지도들은 1,200년쯤 전에 베릴라에서 그려졌다.

이 왕과 여왕들은 옛 언어와 마법에 대해 어느 정도의 지식을 갖고 있었다. 그들 중 몇몇은 확실히 마법사였고, 아니면 조언을 하거나 도움을 줄 마법사들을 데리고 있었다. 그러나 「인라드의 위업」에 나타난 마법은 변덕스러운 힘이며 의지할 수 없는 것이다. 모레드는 현자로 불린 최초의 왕이자 최초의 인간이었다.

● 모레드

매해 동지에 지키는 해돌이 축제에서 부르는 「청년 왕의 노래」는 현자 왕, 백색의 마법사, 청년 왕으로 불린 모레드의 이야기를 한다. 모레드는 인라드 가의 방계 출신으로 사촌에게서 왕위를 계승했다. 그의 선조들은 마법사들로서 왕의 고문을 지냈다.

시는 군도에 가장 널리 알려졌으며 가장 아낌 받는 모레드와 엘파란의 사랑 이야기로 시작된다. 통치 3년째에 젊은 왕은 남행 길을 가서 군도의 가장 큰 섬인 해브너에 이르러 그곳에 도시 국가들 사이의 분쟁을 해결했다. "노 없는 긴 배"를 타고 돌아오던 길에, 그는 솔레아 섬에 닿아 "봄철의 과수원"에서 솔레아의 여성 영주 또는 섬 대표인 엘파란을 본다. 그는 인라드로 길을 재촉하는 대신 엘파란과 머물렀다. 약혼 선물로 모레드는 그녀에게 가보인 은팔찌 또는 '손목 고리'를 주었다. 거기에는 독특하고 강력한 '진정한 룬'이 새겨져 있었다.

모레드와 엘파란은 결혼했고, 시는 그들의 치세를 그 이후의 윤리와 통치의 초석이자 시금석이 된 짧은 황금기로 기술한다.

그들이 결혼하기 전에, 이름이 '모레드의 적'이나 '지팡이의 군주'라고밖에 알려지지 않은 한 현자 또는 마법사가 엘파란에게 구애한 바 있었다. 앙심을 품고 그녀를 소유하려고 마음먹은 그는 결혼 후 몇 년의 평화기에 어마어마한 마법의 힘을 구축해 냈다. 5년 후에 그자는 와서 이렇게 선포했다. 시구는 이렇다.

> 엘파란이 내 것이 되지 않는다면, 나는 세고이의 말을 철회하리라.
>
> 내가 이 섬의 창조를 돌이키리니, 흰 파도가 모든 것을 내리덮으리라.

그는 바다에서 거대한 파도를 일게 하고, 조류를 멈추게 하거나 더 빠르게 불러오는 힘을 가졌다. 그리고 그의 목소리는 주민 전부를 현혹해 그의 말을 듣는 모든 사람을 조종하였다. 그래서 그는 모레드의 백성들을 돌려세워 모레드를 적대하게 만들었다. 인라드의 마을 사람들은 왕이 우리를 배반했다고 외치면서 자신들의 도시와 경작지를 파괴했다. 뱃사람들은 배를 가라앉혔다. 그리고 모레드의 군사들은 적의 주문에 복종하여 자기들끼리 싸우며 파멸적인 피투성이 전투를 벌였다.

모레드가 자기 백성들을 이 주문에서 해방시키고 적과 맞상대할 일을 모색하는 동안, 엘파란은 한 살 난 아이를 데리고 자기가 태어난 섬 솔레아로 돌아갔다. 그녀가 지닌 힘들은 그곳에서 최고가 되었다. 그러나 적은 엘파란을 자신의 포로이자 노예로 만들려고 그곳으로 따라갔다. 그녀는 엔사의 샘으로 피신했고, 그 장소의 옛 힘에 관한 지식을 가졌기에 거기서 적에게 대항해 그를 섬 밖으로 물리칠 수 있었다. "땅의 달콤한 물이 짠물의 파괴자를 몰아냈도다."라고 시는 말한다. 그러나 도망가면서 적은 엘파란을 도우려고 인라드에서 배를 몰아 오던 그녀의 남자 형제 살란을 사로잡았다. 살란을 그의 '겝베스' 또는 도구로 만든 적은 엘파란이 아기를 데리고 '인라드의 입'에 있는 작은 섬으로 도망갔다는 소식을 살란에게 주어 그를 모레드에게 보냈다.

소식을 가져온 사람을 믿은 모레드는 그 덫에 들어갔다. 그는 간신히 목숨만 건져 달아났다. 적은 인라드의 동쪽에서 서쪽까지 뒤에 폐허를 남기며 모레드를 추적해 갔다. 인라드 평원에 이르러 변함없이 충성스러운 벗들(대부분 그를 돕기 위해 인라드로 배를 몰고 온 뱃사람들이었다.)을 만난 모레드는 돌아서서 전투를 감행했다. 적은 직접 맞아 싸우지 않고 모레드 자신의 전사들을 주문에 걸어 보내어 모레드와 싸우도록 했다. 더 악독하게도 적이 보낸 요술에 모레드 부하들의 몸은 "살아 있지만 검게 목말라 죽은 사막의 시체처럼 보일" 때까지 오그라들었다. 자기 편 사람들을 살리기 위해 모레드는 후퇴했다.

모레드가 전장을 떠나려 할 때 비가 내리기 시작했고, 그는 자기 적의 진정한 이름이 먼지 속의 빗방울들에 씌어 있는 것을 보았다.

적의 이름을 알자 모레드는 적의 마술을 받아칠 수 있었고 적을 인라드에서 몰아내어 "서풍과 비바람, 무거운 구름을 타고" 겨울 바다를 가로질러 추격했다. 그 둘은 서로 호적수였기에 에아 해 어딘가에서 마지막 대결을 벌여 둘 다 죽었다.

모레드의 적은 단말마의 고통 속에 격노에 차서 거대한 파도를 일으켰고 그것이 속도를 내어 밀려가 솔레아 섬을 휩쓸어 버리게 했다. 엘파란은 모레드가 숨 거둔 순간을 알았듯이 이 사실도 알았다. 그녀는 자기 백성들에게 배에 오르도록 했다. 그런 다음, 시에 이르길 "그녀는 자기의 작은 하프를 손에 들었다." 그리고 모레드만이 잠잠하게 만들 수 있을 파괴적인 파도를 기다리는 동안 「백색 마법사의 애가」로 불리는 노래를 지었다. 그 섬은 바다 밑으로 가라앉았고 엘파란도 섬과 함께했다. 그러나 물에 뜨는 버드나무 요람은 자유롭게 떠돌면서 모레드의 서약물이었던 평화의 룬이 새겨진 고리를 팔에 찬 그들의 아이 세리아드를 안전한 곳으로 태워다 주었다.

군도의 지도에서 솔레아 섬은 공백이나 소용돌이로 나타난다.

모레드 이후 왕과 여왕을 합쳐 일곱 사람이 인라드에서 다스렸으며, 그 영토는 점차 넓어지고 번영해 갔다.

● 해브너의 왕들

모레드의 죽음으로부터 한 세기 반이 지나서 길 섬 실라이스의 대공인 아캄바르 왕은 해브너 땅으로 궁정을 옮겨 해브너 대항을 왕국의 수도로 만들었다. 인라드보다 더 중심에 있는 해브너는 무역을 하기에도, 카르그의 내습이나 노략질로부터 하드의 섬들을 보호할 함대를 내보내기에도 더 좋은 위치에 자리해 있었다.

해브너 열네 왕들(실제로는 여섯 왕과 여덟 여왕, 150년에서 400년까지)의 역사는 「해브너 노래」에 기술되어 있다. 남자 쪽 혈통과 여자 쪽 혈통 양쪽 다로 내려오면서, 그리고 군도의 여러 귀족 가문들과 통혼하면서 왕가는 다섯 공가를 포함하게 되었다. 가장 오래되었고 모레드와 세리아드의 직계인 인라드 가계, 실라이스, 에아, 해브너, 그리고 마지막으로 일리엔 계가 그것이다. 일리엔의 '바다에서 태어난 게말' 왕자는 자기 가계에서 해브너의 왕권을 얻은 최초의 사람이었다. 그의 손녀가 헤루 여왕이다. 그녀의 아들 마하리온(430~452)은 '암흑시대'가 오기 전 마지막 왕이었다.

해브너 왕들이 다스린 세월은 번영과 발견과 힘의 시대였지만 그 마지막 100년 동안에는 동쪽의 카르그 인들과 서쪽의 용들로부터 습격이 잦아지고 맹렬해졌다.

군도의 섬들을 방어하는 책임을 맡은 왕들과 공경들, 섬 대표들은 용과 카르그 함대를 물리치기 위하여 점점 마법사에 의존하게 되었다. 「해브너 노래」와 「용주의 위업」을 보면, 이야기가 진행됨에 따라 이 마법사들의 이름과 공훈이 왕들의 그것을 가리기 시작한다.

위대한 학자이자 현자였던 아스는 흩어져 있던 수많은 지식, 특히 '창조의 언어' 단어들에 관한 지식들을 한데 모아 전승책을 편찬했다. 그가 엮은 『이름의 책』은 기예로서의 마법에서 체계적인 부분을 구성한 '이름 짓기'의 기초가 되었다. 서쪽 섬들을 휩쓸며 가축 떼를 쫓아 버리고 불을 지르고 농장들을 파괴하는 한 무리의 용들을 물리치든가 몰아내라는 왕의 명을 받아 서쪽으로 나서는 길에 아스는 그 책을 동료 현자에게 주어 포디에 남겨 두었다. 엔스머 서쪽 어딘가에서 아스는 거대한 용 오름과 대결한다. 이 만남 이야기는 여러 가지이다. 그러나 그 이후 용들이 한동안 적대 행위를 멈추기는 했어도, 오름은 대결에서 살아남았고 아스는 그러지 못했다는 것은 분명하다. 수세기 동안 실전되었던 그의 책은 이제 로크의 '외딴 탑'에 있다.

용들의 식량은 빛이나 불이라고 한다. 그들은 화가 나서 죽이고, 어린 새끼들을 보호하기 위해 죽이고, 놀이 삼아 죽일 수도 있으나 결코 죽인 것을 먹지는 않는다. 태곳적부터 헤루의 치세에 이르기까지, 그들은 만남과 번식을 위해 오직 서원해 가장 바깥쪽의 섬들만을 이용했다. 아마 그들 자신의 영토에서는 동쪽 끄트머리였을 것이다. 섬사람들은 대부분 그들의 모습을 보지도 못했다. 천성적으로 민감하고 오만한 용들은 내지에 인구가 불고 번영하는 모습에 위협을 느꼈을 수 있다. 인간들이 번성한 결과 심지어 서원해에도 끊임없이 배들이 지나다녔던 것이다. 이유가 무엇이었든 간에 그 시대에 용들은 점점 더 자주, 갑작스럽게 닥치는 대로 고립된 서쪽 섬들의 가축 떼와 주민들을 습격하곤 했다.

후랏후르에 알려진 바 '베두난' 즉 분리에 관한 이야기는 말한다.

사람들은 멍에를 택했고,
용들은 날개를.
사람들은 소유하기를 원했고,
용들은 아무것도 갖지 않았네.

즉, 인간들은 소유물을 갖기를 선택했고 용들은 그러지 않기로 한 것이다. 그러나 인간들 사이에도 욕망을 버린 이들이 있듯이 어떤 용들은 반짝이는 것들, 금, 보석에 탐욕스럽다. 그중 하나는 게드에 의해 서쪽으로 몰려 나갈 때까지 때때로 인간의 모습으로 사람들 사이에 나타났으며, 부유한 펜더 섬을 용들의 온상으로 만들었던 예바우드이다. 그러나 「해브너 노래」를 비롯해 여러 노래에 나오는 약탈하는 용들은 탐욕보다는 노여움, 그러니까 속았고 배신당했다는 감정 때문에 움직였던 것 같다.

용들의 습격과 마법사들의 역습을 이야기하는 무용담이며 담시들은 용들을 여느 야수나 다름없이 가차없고 위협적이고 예측 불가능한 반면에 지성을 가져 때때로 마법사들보다 더 현명한 존재로 그린다. 용들은 '진정한 언어'로 말하지만 끝없이 속임수를 쓴다. 그들 중 몇몇은 분명 "갈라진 혓바닥으로 논쟁을 두 갈래로 만들며" 마법사들과 기지의 전투를 즐긴다. 인간과 마찬가지로 용들도 가장 위대한 자들을 제외하고는 모두 자신의 진정한 이름을 숨긴다. 담시 「하사의 항해」에서 용들은 강력하지만 감정이 있는 동물로 나타나고, 인간들의 선단을 습격할 때에 그들의 분노는 쓸쓸한 자기들의 영역에 대한 사랑으로 정당화된다. 그들은 영웅에게 말한다.

일출의 집들로 항해하여 돌아가라, 하사.
우리의 날개에 서쪽의 긴 바람을 놔두고

우리를 창공의 바다, 미지의 곳, 가장 먼 곳에 놔두어라.

● 마하리온과 에레삭베

'독수리'라 불린 여왕 헤루는 아버지인 일리엔 가의 덴게말로부터 왕좌를 물려받았다. 그녀의 배우자 아이만은 모레드 가문 사람이었다. 서른 해를 통치한 후 그녀는 아들 마하리온에게 왕관을 주었다.

마하리온의 현자 조언자이자 떨어질 수 없는 친구는 평민이자 "아버지 없는 남자"였으니, 해브너 내륙 출신이며 촌동네 마녀의 아들이었다. 군도에서 가장 사랑받는 영웅인 그 사람의 이야기는 한여름의 긴 춤 때 음유시인들이 부르는 「에레삭베의 위업」에 펼쳐져 있다.

에레삭베의 마법 재능은 소년일 때부터 뚜렷이 드러났다. 그는 궁정에 와서 궁정 마법사들에게 훈련을 받게 되었고, 여왕은 그를 자기 아들의 동무로 선택했다.

마하리온과 에레삭베는 "마음의 형제"가 되었다. 그들은 10년을 함께 카르그와 싸웠다. 동쪽으로부터 오던 카르그 인들의 간헐적인 약탈이 그 즈음에는 노예 사냥이자 식민적 침략이 되었기 때문이다. 벤웨이, 토르헤븐과 토리클 제도, 스페비, 페레갈, 그리고 곤트 섬의 일부가 한 세대가량 카르그의 지배하에 있었다. 길 섬의 실라이스에서 에레삭베는 길늪에 "천 척의 배"를 정박시키고 본토를 휩쓸며 까맣게 몰려오는 카르그 군대에 위대한 마법을 썼다. '바다 전승'이라 불리는 옛 힘을 불러 일으키는 기도로써(아마 엘파란이 적에 맞서 솔레아에서 사용했던 것과 같은 것이리라.), 그는 실라이스의 '샘물'(길 섬 공경들의 뜨락에 있는 성스러운 샘과 못들)을 홍수로 바꾸어 침략자들을 도로 해안으로 쓸어냈다. 해안에서는 마하리온의 군대가 그들을 기다리고 있었다. 그 함대에서는 한 척의 배도 카레고앗으로 돌아가지 못했다.

에레삭베의 다음 도전자는 '불의 주인'이라고 불리는 현자였는데, 그의 힘은 아주 거대해서 하루를 다섯 시간이나 늘릴 수 있었다. 자기가 하겠다고 맹세한 것처럼 정오에 해를 멈추고 어둠을 섬들에서 영원히 쫓아내지는 못했지만 말이다. 불의 주인은 용의 모습을 하고 에레삭베와 싸웠으나 끝내는 패배했으며 그가 불을 지른 일리엔의 숲과 도시들이 그 와중에 희생되었다.

사실은 불의 주인은 인간 형상을 한 용이었을 것이다. 왜냐하면 그의 몰락 직후에 아스를 이긴 위대한 용 오름이 제 동족 무리를 이끌어 군도의 서쪽 섬들을 침략했기 때문이다. 이는 아마도 불의 주인의 복수를 하기 위해서였을 것이다. 이 불의 비행대는 엄청난 공포를 불러일으켰고, 수백 척의 배들이 팰른과 세멜에서 내해도들로 도망치려는 사람들을 실어 날랐다. 그러나 용들은 카르그만 한 피해를 입히지는 않았고, 마하리온은 긴

급한 위험은 동쪽에 있다고 판단했다. 그는 스스로 용들과 싸우기 위해 서쪽으로 가면서 카르그 왕과 평화를 확립하라고 에레삭베를 동쪽으로 보냈다.

'어머니 여왕' 헤루는 모레드가 엘파란에게 주었던 팔찌를 그 사자에게 건네주었다. 그녀의 배우자 아이말이 결혼 당시에 그녀에게 주었던 것이다. 그것은 여러 세대에 걸쳐 세리아드의 후손들에게 물려 내려온 것으로서 그들의 가장 귀중한 소유물이었다. 그 위에는 다른 어떤 곳에도 씌어지지 않은 상징이며 평화롭고 정의로운 통치의 보증으로 믿어지는 '결속의 룬' 혹은 '평화의 룬'이 새겨져 있었다. "카르그 왕에게 모레드의 고리를 차게 해라." 어머니 여왕이 말했다. 그래서 에레삭베는 단신으로 선물 중 가장 후한 것이자 평화로운 뜻을 나타내는 서약물로서 그 고리를 가지고 카레고앗에 있는 왕도로 갔다.

그곳에서 그는 함대가 산산이 와해된 이상 마하리온이 보복하려 들지 않는다면 휴전 협정을 맺고 점령했던 하드의 섬에서 기꺼이 물러날 뜻이 있던 소렉 왕에게 기꺼운 영접을 받았다.

그러나 카르그의 왕권은 이미 쌍둥이 신의 사제장들이 조종하고 있었다. 어떤 휴전이나 정전도 반대하는 소렉의 사제장 인타신은 에레삭베에게 마법으로 결투를 하자고 도전한다. 하드 사람들은 마법을 이해한 반면 카르그는 마법을 수련하지 않는 땅이었으니, 인타신은 대지의 옛 힘이 그의 힘을 없앨 수 있는 곳으로 에레삭베를 유인했음이 분명하다. 하드 땅에 전하는 「에레삭베의 위업」은 오직 그 영웅과 사제장이 벌인 "힘씨름"에 대해서만 기술한다. 그 결국은 이렇다.

옛 어둠의 유약함이 에레삭베의 사지에 스미고
어머니 어둠의 침묵이 그의 마음에 들어왔네.
오랫동안 그는 누워 있었네, 빛나는 명성과 형제애를 잊은 채
오랫동안, 그리고 그의 가슴에는 깨어진 룬의 고리가.

"현명한 왕 소렉"의 딸이 에레삭베를 이 혼수상태 또는 구속의 마법에서 구출했고 그의 힘을 되찾아 주었다. 그는 그녀에게 자기에게 남은 '평화의 고리' 절반을 주었다. (그것은 그녀의 후손들에게 500년 동안 물려 내려왔다. 동원해의 무인도로 쫓겨난 남매인 소렉의 마지막 후예들까지. 그리고 남매 중 누이동생이 그것을 게드에게 주었다.) 인타신은 깨진 고리의 다른 반쪽을 갖고 있었고, 그것은 "어둠 속으로 들어갔다." 즉 아투안 무덤의 대보고로 들어갔다. (그곳에서 게드는 그것을 발견하고, 두 개의 반쪽을 맞추어 잃어버린 '평화의 룬'을 하나로 맞추며, 그와 테나가 그 고리를 해브너로 도로 가져온다.)

그 이야기의 카르그 판은 성직자의 신성한 영창으로 읊어지는데, 인타신이 에레삭베를 이겼고 에레삭베는 "그의 지팡이와

호부와 힘"을 잃고 부서진 사람이 되어 슬금슬금 해브너로 돌아갔다고 한다. 그러나 그 시절에는 마법사들이 지팡이를 가지고 다니지 않았고, 에레삭베는 용 오름과 대결했을 때 분명 멀쩡한 사람이며 강력한 현자였다.

마하리온 왕은 평화를 모색했지만 끝끝내 얻을 수 없었다. 에레삭베가 카레고앗에 있는 사이에(그 기간은 아마도 몇 년이나 되었을 것이다.) 용들의 약탈이 증가했다. 용들은 호스크 서쪽을 항해하는 배들에 불을 질렀고 내해의 배들까지도 유린했기에 내해도들은 서쪽 땅들로부터 몰려온 피난민이며 배 수송과 무역의 중단 때문에 곤란을 겪었다. 마하리온의 명령을 받는 모든 마법사들과 무장한 사내들이 용들과 싸우러 나갔고, 마하리온 자신도 그들과 함께 네 번이나 나갔다. 그러나 검과 화살은 비늘이 있고 불을 뿜고 날아다니는 적에게 별 소용이 없었다. 펠른은 "숯의 들판"이었고, 해브너 서쪽의 마을과 도시들은 땅바닥까지 타 버렸다. 왕의 마법사들은 펠니시 해에서 몇 마리 용에게 마법을 걸어 죽였지만, 그것은 용들의 화를 더 돋워 놓았다. 에레삭베가 돌아온 바로 그때 위대한 용 오름은 해브너 시로 날아와 왕궁의 탑들을 불로 위협했다.

"동쪽 바람에 닳아 비치게 된 돛"을 달고 만으로 항해해 들어온 에레삭베는 "마음의 형제를 껴안거나 집에 인사를 하러" 들를 수도 없었다. 그는 용의 형태를 취하고 온 산 위에서 오름과 전투를 하러 날아갔다. "한밤중의 공중에 불길과 화염"은 해브너의 궁전에서도 볼 수 있었다. 그들은 북쪽으로 날아갔는데, 에레삭베가 추적했다. 타언 근처의 바다에서 오름은 다시 몸을 돌렸고 이번에는 현자에게 땅으로 내려가 자기 형태를 취해야 할 정도의 부상을 입혔다. 에레삭베는 이제 뒤쫓는 용과 함께 세고이가 바다에서 일으킨 첫 땅인 '옛 섬' 에아로 왔다. 그 신성하고 강력한 흙 위에서 그와 오름은 만났다. 전투를 그치고 그들은 동등한 자들로서 말했고, 종족의 대립을 종식하는 데 동의했다.

불행히도 왕의 마법사들은 왕국 중심부에 대한 공격에 분노하고 펠니시 해에서 거둔 승리에 고무된 나머지 서원해 멀리 함대를 몰고 가 용들이 어린것들을 키우는 작은 섬과 바위들을 공격하여 많은 새끼들을 죽이고 "강철 망치로 괴물의 알들을 깨부수었다." 이 소식을 들은 오름에게는 용의 분노가 다시 솟아올랐고, "그는 불의 화살과 같이 해브너를 향해 날아올랐다." (하드 어와 카르그 어에서 용들은 일반적으로 남성으로 언급되지만, 사실은 모든 용들의 성은 추측의 문제이고, 가장 오래되고 위대한 용들의 경우에는 수수께끼이다.)

반쯤 회복된 에레삭베는 오름을 뒤쫓아 가, 그를 해브너에서 몰아내고 "군도와 원해 전체에서" 그를 괴롭혔다. 최후의 무시무시한 비행으로 '용의 길'을 지나 서원해의 마지막 섬 셀리더에 갈 때까지 결코 오름이 땅에 내려앉지 못하게 하고, 언제나 바다 위로 그를 몰아갔다. 셀리더의 외딴 해변에서 그들은 둘 다 기진맥진한 채 마주서서 "발톱과 불과 말과 검"으로 싸웠다. 그 종국은 이렇다.

그들의 피가 흘러 섞이며 모래를 붉게 했네.
그들의 숨이 멈추었네. 그들의 몸은 우렁찬 바다 곁에
얽힌 채 누웠도다. 그들은 함께 죽음의 땅으로 들어갔노라.

이야기가 말하는 바에 따르면, 마하리온은 "바다 곁에서 울기 위해" 몸소 셀리더까지 길을 떠났다. 그는 에레삭베의 검을 되찾았고 그것을 자기 궁전의 가장 높은 탑 꼭대기에 세웠다.

오름의 죽음 이후 용들은 줄곧 서쪽의 위협으로 남아 있었으며, 특히 용 사냥꾼들에게 자극받았을 때는 더욱 그러했지만, 사람들이 사는 섬이며 평화로이 왕래하는 선박은 내습하지 않게 되었다. 펜더의 예바우드는 왕들의 시대 이후 내해도를 공습한 유일한 용이었다. '가장 나이 든 자'로 불리는 칼레신이 게드와 레반넨을 로크 섬으로 데려온 것은 수세기 동안 내해에 어떤 용도 목격되지 않은 뒤였다.

마하리온은 에레삭베가 죽은 지 몇 년 후, 평화가 정착하는 것을 보지 못하고 왕국 안에 많은 근심과 불화를 남긴 채 죽었다. '평화의 고리'를 잃어버린 이후 어스시에는 진정한 왕이 있을 수 없다는 말이 널리 퍼졌다. 반역한 공경 게히스와 맞서 싸우다 치명상을 입은 후 마하리온은 예언했다. "살아서 어둠의 땅을 가로질러 저 너머 낮의 기슭에 다다른 그가 나의 왕좌를 이어받으리라."

● 암흑시대, '손', 로크 학교

452년 마하리온이 죽은 후 왕위가 자신의 것이라고 주장한 몇몇이 경쟁했지만 아무도 우세를 점하지 못했다. 그들의 분쟁은 몇 년 안에 모든 중앙 지배권을 파괴했다. 군도는 온통 자기의 부를 증가시키고 자기의 경계를 넓히거나 지키려는 세습 봉건 영주들, 작은 섬과 도시국가의 정부들, 해적 군벌들의 싸움터가 되었다. 해적질이 만연하여 무역과 선박의 왕래는 감소했고 도시와 성읍들은 방어벽 속으로 후퇴했다. 예술과 어업, 농업은 끊임없는 공습과 전쟁으로 고통을 겪었다. 왕들이 다스렸을 때에는 존재하지 않던 노예 제도가 흔해졌다. 침략과 전투에서 마법은 주요 무기였다. 마법사들은 군벌에 고용되거나 스스로 권력을 추구했다. 무책임하게 힘을 악용한 이 마법사들 탓에 마법 자체가 악평을 받게 되었다.

용들은 이 시기 동안에는 아무 위협도 가하지 않았고 카르그인들은 내부 분쟁 탓에 물러나 있었으나, 군도 사회의 해체는 해가 갈수록 더 심해졌다. 도덕과 지식이 명맥을 이을 수 있었던 것은 오직 「창조」를 비롯한 신화와 영웅 이야기들을 알고 가르친 덕택이며, 여러 기술과 기예를 보전한 덕택이었다. 그 기술 가운데는 옳은 목적을 위해 사용되는 마법 기술도 포함된다.

주로 마법을 이해하고 가르치며 올바른 일에 사용하도록 하는 데 관련된 느슨하게 짜인 연맹 또는 공동체로서 '손'은 마하리온이 죽은 때로부터 150년쯤 후에 로크 섬의 남녀들이 수립했다. '손'이 자기들의 주도권을 위협한다고 여긴 와소트의 현자 군벌들은 로크를 습격했고, 섬의 성인 남자들을 거의 다 몰살했다. 그러나 '손'은 이미 내해 전역의 다른 섬들로 뻗어 나가 있었다. '손의 여자들'로 존립한 그 공동체는 정보와 상호교류, 보호, 가르침을 나누는 성글지만 활기찬 그물망을 유지하면서 수세기를 존속했다.

650년 즈음, 로크의 엘레할과 야한 자매, 탐색사 메드라, 그리고 '손'의 다른 사람들이 로크에 지식을 모으고 공유하고 질서를 분명히하고 마법 실행에 윤리적 제어권을 발휘할 중심지로서 학교를 세운다. '손'을 다른 섬에 대한 대리인으로 둔 그 학교의 명성과 영향력은 빠르게 커졌다. 그 학교를 현자들의 통제되지 않는 개인적 힘에 대한 위협으로 생각한 해브너의 현자 테리엘은 학교를 파괴하고자 대함대를 몰고 왔다. 테리엘은 죽었고 그의 함대는 흩어졌다. 이 최초의 승리는 로크의 학교가

난공불락이라는 명성을 확립하는 데까지 나아갔다.

천천히 커지는 로크의 영향력 아래 마법은 지식의 일관된 조직체로서 형태를 갖추었고, 마법의 사용은 점차 도덕적 정치적 목적에 따라 통제받게 되었다. 학교에서 훈련받은 마법사들은 군도의 다른 섬으로 가서 사회적 질서가 재건되도록 군벌, 해적, 반목하는 공경들에 대항해 일했다. 그들은 습격과 약탈을 막고, 벌칙을 부과하거나 휴전을 시키고, 영토 경계를 확고히하는 데 힘을 보태고, 사람들과 농장, 성읍, 도시, 선박의 왕래를 보호했다. 초기에 그들은 평화를 강요하기 위해 파견되었다. 그러다 점차 평화를 유지하고자 요청을 받아 가게 되었다. 해브너의 왕좌가 빈 채로 남아 있었던 200년 동안 로크 학교는 군도의 중앙 정부로 효율적으로 기능했다.

로크 대현자의 권력은 많은 면에서 왕의 그것과 동일했다. 최초의 대현자 할켈이 자신의 권위적인 칭호를 만들어 낸 데에는 분명 야망, 오만, 편견이 영향을 미쳤다. 그렇기는 해도, 학교의 일관된 가르침과 실행과 동료들의 지켜보는 눈에 제약을 받았기에 뒤를 이은 대현자들 중 누구도 다른 현자들을 약화시키거나 자신을 강화하기 위하여 가진 힘을 심각하게 오용하지는 않았다.

그러나 암흑시대에 마법이 얻은 나쁜 평판은 마술사와 마녀들이 하는 일 대부분에 계속 따라다녔다. 여자들의 힘은 특히 의심받고 비방을 당했는데, 그것들이 옛 힘과 혼합되어 있을수록 더 그랬다.

어스시 전역에서 여러 샘이나 동굴, 언덕, 바위, 숲은 늘 힘이 집중되어 있는 곳이자 신성한 장소였다. 그 모두가 근방에서 경외와 숭배를 받았다. 몇몇은 아주 널리 알려져 있었다.

이런 장소와 힘에 관한 지식이 카르그 땅에서는 종교의 핵심이었다. 군도에서 옛 힘의 전승은 여전히 사상과 경외심의 심원하고도 일반적인 기반이 된다. 모든 섬에서 아이 받기, 치료, 동물 돌보기, 수맥 찾기, 광업과 야금술, 식물을 심고 기르는 주문, 사랑의 주문 등등 주로 마녀들이 익혀 쓰는 기술들은 종종 옛 힘을 불러일으키거나 옛 힘으로부터 도출한 것들이었다. 그러나 로크의 학식 있는 마법사들은 일반적으로 옛날식 기술을 불신하게 되어 '어머니의 힘들'에 호소하지 않았다. 팰른에서만 마법사들이 두 방식을 하나로 결합해 소수에게만 전해지는 비밀스러운 '팰른 전승'을 이루어 냈는데 그 탓에 위험하다는 평판을 얻었다.

어떤 힘이든 야심을 위해 삿되게 쓸 수 있는 바(오스킬의 테레논 돌이 그런 것처럼), 옛 힘들은 원래는 윤리 이전의 것이며 신성한 것이었다. 그러나 암흑시대 동안이나 그 이후에도, 사제왕과 신왕들이 카르그 땅에서 그렇게 했듯이 하드 땅에서도 마법사들이 옛 힘들을 여성적인 것이자 악마 같은 것으로 바꾸어 버렸다. 그래서 8세기경 군도의 내지에서는 오직 마을 여인들만이 옛 장소들에서 의식과 봉납을 계속했다. 그들은 그렇게 하기 때문에 경멸받고 학대받았다. 마법사들은 그런 장소에 가까이 가지 않았다. 그 자체가 온 어스시 옛 힘들의 중심인 로크에서, 그 힘의 가장 심원한 현현인 로크 동산과 내재의 숲은 결코 옛 힘이라고 불리는 법이 없었다. 평생 '숲'에서 산 조형사들만이 마법사와 현자들에게 그들의 힘이 그들의 것이 아니라 그들에게 빌려준 것임을 상기시키면서 인간의 기술과 행위를 대지의 더 오래된 신성함과 연결하는 일에 종사했다.

카르그 국토의 역사

4대도의 역사는 수천 년간 카르그 사회를 구성해 온 부족들, 도시 국가들, 소왕국들의 지역적 분쟁과 조정에 관한 것인데, 대부분 전설적이다.

노예 제도는 이 나라들에서 흔히 나타나며, 사회적 신분 제도와 성차별("노동 분업")이 군도보다 더 철저하다.

종교는 가장 호전적인 부족들 사이에서도 통합의 요소로 작용했다. 4대도에는 전쟁이나 다툼이 결코 용납되지 않는 '휴전의 장소'가 수백 군데 있다. 카르그의 종교는 어떤 장소에 깃든

영이라는 식으로 나타난 땅 밑 또는 대지 전체의 힘들, 즉 옛 힘을 집에서나 공동체 안에서 참배하는 것이었다. 그들은 그 장소와 자기 집의 제단에서 꽃과 기름, 음식, 춤, 경주, 희생, 조각품, 노래, 음악, 침묵을 봉헌하며 참배했다. 일상적인 참배와 의식상의 참배, 개인적인 것과 공동체적인 것 양쪽 다이다. 그때는 사제직이 없었다. 모든 어른이 의식을 수행할 수 있고 아이들에게 그렇게 하도록 가르칠 수 있었다. 이 고대의 영적 관습은 쌍둥이 신과 신왕이라는 더 새롭고 제도적인 종교 아래에서도 비공식적으로, 때로는 몰래 숨어서 지속되어 갔다.

4대도의 셀 수 없이 많은 신성한 숲, 동굴, 산, 언덕, 샘, 바위들 중에서 가장 신성한 장소는 아투안의 사막에 있는 동굴과 선돌들로서 '무덤'이라고 불렸다. 이 장소는 기록된 최초의 시대로부터 성지 순례의 중심이었고, 아투안의 왕들과 나중에는 후푼의 왕들이 모든 참배자들을 위해 그곳에 숙소를 유지했다.

육칠백 년 전, 원래는 후랏후르의 사막 영웅시에 나오는 영웅들이었던 쌍둥이 신 아트와와 울루아 숭배로부터 발전된 한 하늘신 종교가 섬들에 퍼지기 시작했다. '하늘 아버지'가 만신전의 수장으로 덧붙여졌고 제례를 이끌 성직 계급이 발달했다. 옛 힘들에 대한 참배를 억압하지는 않은 상태로, 쌍둥이 신과 하늘 아버지를 섬기는 사제들은 의식과 축전들을 주관하고, 점점 돈이 많이 들어간 사원들을 짓고, 결혼, 장례식, 그리고 공무원의

임관 같은 공적인 의례들을 관리하며 종교를 전문화하기 시작했다.

이 종교의 위계적이고 중앙집권적인 경향이 처음에는 카레고앗의 후푼 가 왕들의 야심을 지지해 주었다. 군대의 힘과 외교적인 수완으로 후푼 가는 불과 한 세기 남짓한 기간에 200개가 넘는 다른 카르그 왕국들 대부분을 정복하거나 흡수했다.

(하드력으로 440년) 에레삭베가 '결속의 고리'를 자기 왕의 진정성을 나타내는 증표로서 지니고 군도와 카르그 섬들 사이에 평화를 맺으러 왔을 때, 그는 카르그 제국의 수도인 후푼에 와서 그 통치자인 소렉 왕과 교섭했다.

그러나 후푼의 왕들은 몇 십 년 동안이나 후푼에서 200리쯤 떨어진 신성한 도시 아와바스의 사제장 및 그 추종자들과 분쟁 중에 있었다. 쌍둥이 신의 사제들은 왕들에게서 권력을 빼앗아 아와바스를 나라의 종교적 중심지일 뿐 아니라 정치적인 중심지로 만들어 가고 있었다. 에레삭베의 방문은 권력이 최종적으로 왕에게서 사제들에게로 이동한 것과 시기가 맞아떨어진 듯하다. 소렉 왕은 그를 영접했지만 사제장 인타신은 그와 싸웠고, 그를 이겼는지 속였는지 한동안 그를 감금해 두었다. 두 왕국을 결속시키려던 고리는 깨졌다.

이 전투 이후에 카르그 왕들의 계보는 후푼에 이어졌으나 명목상의 영광뿐이고 아무 힘이 없었다. 4대도는 아와바스에서 통치했다. 쌍둥이 신의 사제장들이 사제왕이 되었다.

군도력으로 840년, 두 사제왕 중 하나가 다른 하나를 독살하고 그 자신이 육신 그대로 숭배받아야 할 '하늘 아버지', '신왕'의 현신이라고 선언했다. 대중적인 옛 힘 참배와 마찬가지로 쌍둥이 신 숭배는 계속되었다. 그러나 종교적 및 세속적 권력은 그때부터 아와바스의 사제들이 선출하고(종종 그 과정에는 다소간의 폭력이 은폐되어 있었다.) 신성화한 신왕의 손에 있었다. 카르그 4대도는 "하늘의 제국"으로 선언되고 신왕의 공식 칭호는 "모든 것의 황제"였다.

후푼 가의 마지막 후계자는 한 소년과 한 소녀, 엔사르와 안실이었다. 카르그 왕의 혈통을 끝내고는 싶었지만 왕족의 피를 흘림으로써 신성모독의 위험을 무릅쓰고 싶지는 않았던 신왕은 이 아이들을 황폐한 외딴섬에 유배시키도록 명령했다. 안실 공주는 옷과 장난감 중에 에레삭베가 가져와 소렉의 딸로부터 그녀에게로 내려온 부서진 고리 반쪽을 갖고 있었다. 노파가 된 그녀는 살던 섬에 난파한 젊은 마법사 게드에게 그것을 주었다. 나중에, 아투안 무덤의 대무녀 아르하 테나의 도움으로 게드는 반 동강난 고리를 맞추어 평화의 룬을 다시 만들 수 있었다. 그와 테나는 고쳐진 룬을 해브너에 가져다 두어 그곳에서 모레드와 세리아드의 후계자 레반넨 왕을 기다리도록 했다.

마법

하드 어를 하는 군도 주민들 가운데 마법을 부리는 능력은 음악적 재능과 마찬가지로 타고나는 것인데, 다만 훨씬 드물다. 대부분의 사람들은 그런 재능이 전혀 없다. 소수의 사람들, 아마 백에 하나쯤에게는 그것이 배양할 수도 있을 소질로 잠재되어 있다. 극소수에게는 훈련 없이도 재능이 확연히 나타난다.

천부적인 마법 재능은 주로 사물의 이름이 곧 사물인 '진정한 언어', '창조의 말'을 씀으로써 위력을 더하게 된다.

용들에게는 선천적인 이 말은 인간이 배울 수 있다. 몇몇 사람들이 배우지 않고도 창조의 언어를, 최소한 단어 몇 개라도 알고 태어나는 경우가 있다. 창조의 언어를 가르치는 것은 마법

명명사, '진정한 언어'에 관한 지식의 대마법사

조형사, 내재의 숲에 사는 이이자 의미와 의도의 대마법사

탐색사, 찾고 구속하고 돌아오는 주문의 대마법사

수문사, 대학당의 들어옴과 떠남을 관장하는 대마법사

최초의 대현자 할켈은 탐색사의 칭호를 없애고 찬미사로 대체했다. 찬미사의 일은 모든 구전 무용담과 이야기 시, 노래 등등을, 노래로 부르는 주문들을 보존하고 가르치는 것이다.

원래 느슨하게 대충 구분하여 말하던 마녀, 마술사, 마법사라는 명칭들이 할켈에 의해 엄격한 위계로 나뉘었다. 그의 규칙에 따르면 이렇다.

'마녀술'은 여자들에 국한된다. 여자들이 부리는 모든 마법은 "비천한 술법"이라고 불린다. 치유, 영창, 변화 등과 같이 여자들이 부리지 않는다면 "상급 마법"이라고 불릴 마법들이 포함되는 경우조차도 그렇다. 마녀들은 오직 서로간이나 마술사에게만 배울 수 있다. 그들은 로크 학교에 들어오는 것이 금지되었으며, 할켈은 마법사들을 종용하여 여자들에게 아무것도 가르치지 못하도록 했다. 그는 특히 '진정한 언어'의 어떤 단어도 여자에게 가르치는 것을 금지했고, 이 조치는 많은 사례에 있어서 무시되었지만 오래도록 지속되며 마법을 배우고 실행하는 여자들 사이에 오랜 세월 동안 지식과 힘의 심대한 손실을

초래했다.

'마술'은 남자가 부리는 것이다. 이것이 마녀술과 실제로 유일하게 다른 점이다. 마술사는 마술사를 훈련시키며 '진정한 언어'에 대한 지식을 얼마간 갖고 있다. 마술은 할켈이 정의한 비천한 술법(찾기, 고치기, 수맥 찾기, 동물 치료 등)과 얼마간의 상급 기예(인간 치유, 영창, 날씨 부리기)를 둘 다 포함한다. 마술에 재능을 보여 훈련받기 위해 로크로 가게 된 학생은 우선 마술의 상급 기예를 공부한다. 그리고 거기에 성공적이라면 기예로서의 마법에 대한 훈련을 계속 받게 되는데, 특히 이름 짓기, 소환, 형상을 연구한다. 그리고 마법사가 된다.

할켈이 그 용어를 정의한 바, '마법사'란 마법사인 스승이 특별한 책임을 지고 훈련시켜 지팡이를 수여한 남자다. 학생에게 지팡이를 주어 그를 마법사로 만드는 것은 보통 대현자다. 이런 유의 교습과 계승은 로크보다 다른 곳(특히 팰른)에서 일어나지만, 로크의 대마법사들은 로크에서 훈련받지 않은 어떤 사람의 학생도 의심하는 눈으로 보게 되었다.

'현자'란 거대한 힘을 가진 마법사인데, 본질적으로 정의되지 않은 용어로 남아 있다.

'대현자'라는 이름과 직책은 할켈이 만든 것이고, 로크의 대현자는 열째 스승으로 결코 아홉에 셈해진 일이 없다. 대현자는 윤리적으로나 지적으로 중대한 힘을 지녔을 뿐 아니라 상당한 정치적 힘도 발휘한다. 전반적으로 볼 때 이 힘은 좋은 의도로 사용되었다. 군도 사회 속에 로크를 중앙집권을 이룩하고 표준을 세우고 평화를 지키는 강력한 요소로서 유지하면서, 대현자들은 윤리 규범에 맞추어 마법을 실행할 것을 배운 훈련된 마술사와 마법사들을 내보내어 가뭄, 질병, 침입자, 용, 그리고 그들의 기술을 부도덕하게 사용하는 일로부터 공동체를 보호하도록 했다.

레반넨 왕의 대관식이 있고 해브너 대항에 최고 법원 및 의회가 회복된 이후, 로크는 대현자가 없는 채로 남아 있다. 원래 그 학교나 군도의 통치의 일부가 아니었던 이 직책은 더 이상 유용하거나 적절하지 않아 보인다. 많은 사람들이 대현자 중 가장 위대한 자라고 부르는 게드가 아마도 마지막 대현자일 것이다.

금욕과 마법

로크 학교는 남녀가 힘을 합쳐 설립한 것으로, 첫 10년간에는 남자들과 여자들 양쪽 다 그곳에서 가르치고 배웠다. 그러나 암흑시대로부터 여자들, 마녀술, 옛 힘들은 모두 부정한 것으로 간주되었고, 그 믿음은 이미 널리 퍼져서 남자들은 '상급 마법'을 수행할 준비를 위해 '비천한 주문'과 '대지 전승'과 여자들을 용의주도하게 피해야 했다. 순결 마법의 강철 같은 지배 아래에 기꺼이 들어가지 않으려는 남자는 결코 상급 마법을 실행할 수 없었다. 그는 흔한 마술사 이상이 될 수 없었다. 따라서 남자 마법사는 여자들을 피하게 되었고, 그들을 가르치거나 그들에게 배우는 것을 거부했다. 성적인 부분을 포기하지 않고 거의 보편적으로 계속해서 마법을 실행해 온 마녀들은 독신 남성들에 의해 부정하고 불결하며 근본적으로 사악한 요부로 기술되었다.

730년 로크 최초의 대현자인 길 섬의 할켈이 여자를 학교에서 배제했을 때, 아홉 스승들 중에서 조형사와 수문사만이 항의했다. 그들의 의견은 버려졌다. 3세기가 더 지나도록 로크 학교에서 배우거나 연구한 여자는 아무도 없었다. 그 세기들 동안 마녀술이란 여자들이 실행하고 농부들이 돈을 내는 부정하고 무지한 미신인 반면 마법이란 지위와 권력을 주는 영예로운 기술이었다.

마법사는 독신이어야 한다는 믿음은 너무나 오랜 세기 동안 의문의 여지가 없었던 나머지 심리학적 사실 같은 것이 되었다. 그러나 이 확신의 편견이 없다면 마법과 성생활의 연관은 남자, 마법, 그리고 환경에 달린 듯하다. 모레드같이 위대한 현자가 남편이자 아버지였다는 사실에는 의문의 여지가 없다.

500년 혹은 그 이상, 현자의 기술에 속하는 위대한 주문을 실행하고자 하는 야심이 있는 남자들은 자신이 건 주문으로 강화된 절대적인 순결에 자신을 묶었다. 로크의 학교에서 학생들은 대학당에 발을 들여놓은 순간부터 이 순결의 주문 하에 살았고, 만약 마법사가 되면 나머지 평생 동안도 그러했다.

마술사들 가운데는 엄격한 독신이 거의 없고 많은 수가 결혼하여 가정을 꾸린다.

마법을 부리는 여자들이 단식과 금욕, 그리고 힘을 정화하고 집중시킨다고 믿어지는 또 다른 훈련 기간을 가질 수는 있다. 그러나 대부분의 마녀들은 성적으로 적극적인 삶을 살고, 대부분의 마을 여자들보다 더 자유로우며 성적 학대를 두려워할 필요가 덜하다. 많은 수가 다른 마녀 혹은 보통 여자와 '마녀의 결혼 서약'을 한다. 그들은 남자들과 결혼하지 않는 경우가 많고, 만약 남자와 결혼한다면 마술사를 선택할 듯하다.

어슐러 르 귄 Ursula K. Le Guin

어슐러 르 귄은 1929년 미국 캘리포니아 주 버클리에서 태어났다. 아버지 알프레드 크뢰버는 북미 인디언 연구에 헌신한 저명한 인류학자였으며 어머니 테오도라 크뢰버는 아동 문학가로 『마지막 인디언Ishi in Two Worlds』 등의 작품을 남겼다. 르 귄은 래드클리프 대학을 졸업하고 컬럼비아 대학원에서 중세 불문학 석사 학위를 받은 후 풀브라이트 장학생으로 파리에서 체류하는 동안 역사학자 찰스 르 귄을 만나 결혼했으며, 현재 미국 오리건 주의 포틀랜드에 살고 있다. 세계3대 판타지 소설로 손꼽히는 대표작 어스시 시리즈는 전 세계 수백만 독자들의 사랑을 받으며 전미 도서상 등 유수의 문학상들을 수상하였고, 과학 소설 『빼앗긴 자들』, 『어둠의 왼손』 등은 발표 당시 네뷸러 상과 휴고 상을 동시에 휩쓸었다.

최준영

연세대학교 사회복지학과를 졸업하고 다년간 전문 편집자로 일했다. 옮긴 책으로 『어스시』 전집 외에 론 허버드 『투 더 스타』가 있다.

이지연

서울여자대학교 식품과학과를 졸업했다. 로즈마리 서트클리프의 『태양의 전사』를 비롯하여 『복제 인간 사냥꾼』, 『손바닥 동화』 등을 우리말로 옮겼다.

어스시 전집 제5권

어스시의 이야기들

1판 1쇄 펴냄 2008년 8월 5일
1판 11쇄 펴냄 2022년 8월 8일

지은이 | 어슐러 르 귄
옮긴이 | 최준영 · 이지연
발행인 | 박근섭
편집인 | 김준혁
펴낸곳 | 황금가지

출판등록 | 2009. 10. 8 (제2009-000273호)
주소 | 06027 서울 강남구 도산대로 1길 62 강남출판문화센터 5층
전화 | **영업부** 515-2000 **편집부** 3446-8774 **팩시밀리** 515-2007
홈페이지 | www.goldenbough.co.kr

도서 파본 등의 이유로 반송이 필요할 경우에는 구매처에서 교환하시고
출판사 교환이 필요할 경우에는 아래 주소로 반송 사유를 적어 도서와 함께 보내주세요.
06027 서울 강남구 도산대로 1길 62 강남출판문화센터 6층 민음인 마케팅부

ISBN 978-89-8273-195-2 04840 (5권)
ISBN 978-89-8273-197-0 (set)

㈜민음인은 민음사 출판 그룹의 자회사입니다.
황금가지는 ㈜민음인의 픽션 전문 출간 브랜드입니다.

어스시의 섬들
호겐 대륙
보스
우드라스
로그미
오스킬
소레스크
오스킬의 창자
조야돌 제도
노스트
투프
인라드 제도
아울
베릴라 평원
에보스킬
타언
세멜
안다든 산
비시
에비시
베수
메트
로소
팰른
해브너
팰리언 산지
남항
엡팰른
셉피시
토닝
아래 토닝
펜더
네시
호스크
내해
방주
아혼 섬
드롬가
로크
스윌 마을
게스
세르드
포디
엔스머
호트 읍
와소트
힐
데르헤멘
나르베듀엔
오논
셀리더
셀리더의 문
울라이
유사이데로
리스크
에릴
용의 길
잉앗
온투에고
서 원 해
갤류엘
애린스
심리
가까운 갤류엘
팰류엘
오브
제사지
모래섬들
로바네리
루드
오베훌
남 원 해
웰로기
긴 모래톱
먼 소르

고래 섬
코모코메
케미시
레프
북 엔와스
남 엔와스
소르
앨러놋 제도
베레스웩
해
원
북
페린스
도
대
안드라드 제도
북쪽 이빨
오란드라드
4
메스레스
후랏후르
남쪽 이빨
안드라드
페레갈
그
오래네아
아르 하구
곤트
곤트 항
르
앗니니
에아
케임버
남항
스페비
카
이베아
에아 해
아와바스
아투안
무덤
바니스크
토르헤븐
레브니안 산지
카레고앗
에스겔
온산
토리클 제도
대항
켐버 하구
에스겔
길 섬
양손 섬
실라이스
사틴스
펠크웨이
베미시
길 군도
벤웨이
일리엔
오톡네
요르
미시 항
페릴레인
렘
바깥 인란
해
스네그
캐머리
오 항구
이스메이
원
먼 툴리
유니 제도
토크
이피시
콥피시
동
코프
훌프
인스머
유니
콥
나미엔
소울
압소
셀렛 제도
소더스
롤라메너
미스크
게일
세트
던넬
펠리머
와스니
고스크
코르네이
남해 대제도
아스토웰
귀의 섬